Anna Grue
Die Wurzel des Bösen

PIPER

Zu diesem Buch

Christianssund, eine Woche vor Weihnachten: Während die Bewohner der beschaulichen Küstenstadt letzte Geschenke besorgen, wird der reiche Bauunternehmer Peter Münster-Smith erstochen in seiner Firma aufgefunden. An Verdächtigen besteht kein Mangel: Die Liste der Menschen, die von ihm abhängig waren, ist lang. Der Unternehmer hatte viel Geld, von dem er sich Freunde und Geliebte kaufte. Als Privatermittler Dan Sommerdahl von dem Fall erfährt, winkt er zunächst ab, denn er hat mit der Ordnung seines turbulenten Privatlebens genug zu tun. Doch schnell wird klar, dass die Polizei nicht weiterkommt. Notgedrungen begibt sich Dan auf Spurensuche, die bei ihm selbst beginnt; er war einer der Letzten, denen Münster-Smith lebend begegnet ist ...

Anna Grue, 1957 in Nykøbing geboren, ist eine der erfolgreichsten skandinavischen Krimi-Autorinnen. Nach einigen Stationen bei bekannten dänischen Zeitungen und Zeitschriften widmet sie sich seit 2007 ausschließlich dem Schreiben von Büchern. Ihre Serie um den kahlen Detektiv Dan Sommerdahl stand regelmäßig auf der dänischen Bestsellerliste. Anna Grue lebt mit ihren drei Kindern und ihrem Mann in der Nähe von Kopenhagen.

Anna Grue

Die Wurzel des Bösen

Sommerdahls fünfter Fall

Übersetzung aus dem Dänischen
von Ulrich Sonnenberg

PIPER

Mehr über unsere Autoren und Bücher:
www.piper.de

Von Anna Grue liegen im Piper Verlag vor:

Dan-Sommerdahl-Reihe:
Die guten Frauen von Christianssund
Der Judaskuss
Die Kunst zu sterben
Es bleibt in der Familie
Die Wurzel des Bösen

Gemeinsam sind wir einzig

MIX
Papier aus verantwor-
tungsvollen Quellen
FSC® C083411

Ungekürzte Taschenbuchausgabe
ISBN 978-3-492-31291-2
Piper Verlag GmbH, München 2018
September 2018
© Anna Grue 2012
Titel der dänischen Originalausgabe:
»Et spørgsmål om penge«, Politikens Forlag, Kopenhagen 2012
© der deutschsprachigen Ausgabe:
Atrium Verlag AG, Zürich 2015
Umschlaggestaltung: zero-media.net, München
Umschlagabbildung: Kim Schandorff/getty images
Satz: Greiner & Reichel, Köln
Gesetzt aus der Sabon Next
Druck und Bindung: CPI books GmbH, Leck
Printed in the EU

Für Jesper. Wen sonst?

DONNERSTAG, 16. DEZEMBER 2010

1 Nick zog die Kapuze seiner Winterjacke über den Kopf, von der schwarzen Strickmütze war jetzt nur noch ein schmaler Streifen auf der Stirn zu sehen.

»Ich gehe«, erklärte er. »Willst du nicht auch bald Feierabend machen?«

Christina schüttelte den Kopf. »Ich habe dem Meister versprochen, heute noch fertig zu werden.«

»Streikbrecherin.« Nick sah sie an. »Vergiss nicht, hinter dir abzuschließen.«

Christina stellte sich ans Fenster. Sie blickte dem Malergesellen nach, der den Hof überquerte und in der dunklen Toröffnung verschwand. Als er die Tür zur Straße öffnete, leuchtete für einen Moment ein schräges Rechteck auf dem Asphalt auf. Sie blieb einen Augenblick stehen, die Stirn an die kühle Thermoscheibe gelehnt. Es war bereits dunkel, obwohl es erst vier Uhr nachmittags war. Seit gut einer Stunde fiel Schnee, und man sah deutlich, wo Nick, Jørn und die Angestellten der Firma entlanggelaufen waren. Ihre Fußspuren führten von der Tür des Hinterhauses zum Tor und kreuzten sich mit Fahrradspuren, die unter dem Vordach auf der anderen Seite des Hofes begannen.

Als Christina sicher war, dass ihre Kollegen verschwunden waren, ging sie zurück in den Raum, in dem sie arbeitete, und schaltete zuerst den Ghettoblaster aus. Wenn sie diese manisch plappernden Moderatoren auf *Radio Voice* auch nur eine weitere Minute ertragen müsste, würde sie schreien. Oder vielleicht heulen. Das war einer der Nachteile für sie als Auszubildende, dass die Gesellen bestimmten, was sie hören wollten. Und das war in diesem Fall *Radio Voice*. Nick und Jørn schworen auf den Sender.

Andererseits würden die beiden Männer bei der Musik, die durch die Ohrhörer von Christinas iPod drang, garantiert die Augen verdrehen. Sie stellte die Musik so laut, bis sie nur noch Patsy Clines Stimme hörte, und sang aus vollem Hals mit: »Crazyyy, I'm crazy for feeling so lonelyyy. I'm crazyyy, crazy for feeling so bluuuue.« Gut, dass niemand sie hören konnte.

Singend reinigte Christina den unhandlichen fünfunddreißig Zentimeter breiten Spachtel, mit dem sie den ganzen Nachmittag über gekämpft hatte. Sie nahm sich einen schmaleren Spachtel, bevor sie die Spachtelmasse in den Plastikeimer füllte und in dem Raum weiterarbeitete, für den sie verantwortlich war. Ihr rechter Arm und die Schulter schmerzten, weil Nick und Jørn darauf bestanden hatten, dass sie mit dem breiten Spachtel arbeitete. »Sonst kommen wir nicht schnell genug voran, Mädel«, hatte Nick erklärt, und der etwas ältere Jørn hatte ihm zugestimmt: »Es kann ja wohl nicht angehen, dass wir in Rückstand geraten, nur weil wir eine Frau in der Kolonne haben.«

Die beiden Gesellen arbeiteten mühelos mit dem breiten Spachtel. Es sah so leicht aus, wenn Jørn in wenigen Augenblicken einen Quadratmeter Wand verspachtelte, ohne sich nach mehr Spachtelmasse bücken zu müssen. So geschickt wollte Christina auch werden. Der Unterschied zwischen einem ausgewachsenen, 1,90 Meter großen, muskelbepackten Mann und einem schmächtigen, einundzwanzigjährigen, 1,62 Meter großen Mädchen ließ sich nicht leugnen. Natürlich lieferte sie ein ebenso gutes Finish wie Jørn und Nick ab, doch sie würde niemals so schnell arbeiten können wie die beiden. Vielleicht war sie tatsächlich nicht kräftig genug für diesen Beruf, dachte sie und hob den Eimer auf die oberste Stufe der Leiter. Das Problem war nur, dass sie genau diesen Beruf lernen wollte. Vermutlich würde sie nie ein großer Fan der Vorarbeiten werden, aber sie liebte es zu malern und zu tapezieren, sorgfältig die Ecken und Kanten zu bearbeiten, und es war einfach eine Frage der Ehre für sie, die Tapetenbahnen absolut perfekt aneinanderzufügen, sodass die Naht unsichtbar blieb.

Alles in allem gefiel ihr die Arbeit, nur die Gesellen waren ein bisschen anstrengend. Deshalb hatte sie am Vormittag auch einen Arztbesuch erfunden, damit sie nun in aller Ruhe arbeiten konnte, ohne ihre Musik und ihre Sticheleien. Wenn ich ausgelernt habe, dachte Christina, während sie die fette, hellgraue Spachtelmasse sorgfältig in einer gleichmäßigen Schicht auftrug, werde ich meinen eigenen Betrieb gründen. Einen kleinen Einfraubetrieb, mit dem man ganz gewöhnlichen Menschen helfen konnte, ihre Wohnungen zu verschönern. Sie sah schon vor sich, wie sie die Kunden bei Farbkombinationen und Tapetenmustern beriet, und sie stellte sich vor, wie es wäre, mit den Leuten eine Tasse Kaffee zu trinken, wenn die Arbeiten erledigt waren. Vielleicht könnte sie mit einem Schreiner zusammenarbeiten, der Regale und Schränke nach Maß baute. Am besten mit einer Schreinerin, dachte sie.

Nach einer Stunde machte Christina eine Pause. Sie stand am Fenster und pustete den Zigarettenrauch durch einen schmalen Spalt, durch den es eiskalt hereinzog, jetzt mit der Musik von einem alten Dixie-Chicks-Album in den Ohren. Etwas bewegte sich unten auf dem dunklen Hof, ein Schatten lief in Richtung Tor. Einen Augenblick später zeigte sich erneut das schräge Lichtrechteck in der Toröffnung, um sofort wieder zu verschwinden. Merkwürdig, dachte Christina. Sie hätte schwören können, die Letzte zu sein. Sie warf den Zigarettenstummel aus dem Fenster und schloss beide Fensterhaken. Dann widmete sie sich wieder ihrer Arbeit.

Gegen acht goss Christina die überschüssige Spachtelmasse zurück in den Eimer und schloss sorgfältig den Deckel. Dann reinigte sie den Spachtel, legte den Overall an die Eingangstür, zog Jacke und Skihose an und setzte ihren Fahrradhelm auf.

Auf dem Heimweg biss ihr die Kälte in die Wangen und drängte durch den Schlitz zwischen den Jackenärmeln und dem Saum ihrer Fäustlinge. Immerhin gab es jetzt kaum noch Verkehr, das schlimmste vorweihnachtliche Gedränge war überstanden. Auf dem ganzen Weg überlegte Christina, was sie ihrer Mutter schenken sollte, die sich wie gewöhnlich weigerte, einen Wunsch zu äußern. Ihr Lohn als Auszubildende ließ ihr keinen allzu großen Spielraum, doch eine Kleinigkeit würde sie sich schon leisten können.

Die Straße hinauf zum Skolevænget war steil und schneeglatt. Nach wenigen Hundert Metern stieg Christina ab und schob bis zum Haus ihrer Eltern. Es war einmal das schönste Haus der ganzen Straße gewesen; mit weißen Sprossenfenstern und schwarzlasierten Ziegeln. In den vergangenen Jahren hatte der Verfall allerdings seine Spuren hinterlassen. Es gab Risse im dunkelroten Putz, und die Weide im Vorgarten, die früher zur Weihnachtszeit mit Lichterketten geschmückt wurde, blieb jetzt ein Schatten zwischen anderen Schatten. Der Gartenweg war geräumt, aber nicht gestreut. Vor seinem Unfall war es die Aufgabe von Christinas Vater gewesen, doch nun musste ihre Mutter sich um all diese Dinge kümmern – und das fiel ihr bestimmt nicht leicht, dachte Christina mit einem Anflug von schlechtem Gewissen.

Nachdem sie ihr Fahrrad abgeschlossen hatte, blieb sie noch kurz vor der Haustür stehen, an der ein großer Adventskranz mit vergoldeten Zapfen hing. Das Symbol einer geborgenen, bürgerlichen Weihnacht. Ihre Mutter versuchte, die Traditionen aufrechtzuerhalten und würde sich über einen Besuch sicher freuen. Es war mehrere Tage her, seit Christina zum letzten Mal nach ihren Eltern gesehen hatte. Allerdings ertrug sie die in besorgte Bemerkungen verpackten, indirekten Vorwürfe ihrer Mutter nur schwer. »Hauptsache, du fühlst dich nicht einsam, Schatz« oder »Dein Vater ist ja so froh, dass du dir Zeit für ihn nimmst« oder »Ist doch wunderbar, dass du auch an etwas anderes denken kannst als an den ganzen Trott hier zu Hause.« Ihre Mutter verstand es ausgezeichnet, Schuldgefühle bei ihr zu wecken. Jedes Mal, wenn Christina die Wohnung ihrer Eltern verließ, zermarterte sie sich mit Selbstvorwürfen. Warum hatte sie keinen Freund? Sollte sie nicht mehr aus sich machen? Wieso ging sie eigentlich nie mit ihrem Vater im Rollstuhl für einen kleinen Ausflug in den Park? Weshalb half sie ihrer Mutter nicht ein bisschen mehr bei den täglichen Arbeiten? War sie vielleicht ganz einfach ein schlechter Mensch?

Christina ging hinter dem Haus die Kellertreppe hinunter, schloss die weiß lackierte Tür auf und betrat ihren warmen Flur. Die Wohnung hatte sie selbst renoviert, als sie sich für die Malerlehre entschieden hatte. Sie bestand aus einem erstaunlich geräumigen Wohnzimmer mit einer Kochnische, in der sie ein Spülbecken, einen Herd und einen Kühlschrank installiert hatte. Auf der anderen Seite des Flurs lagen ihr Schlafzimmer und eine Toilette mit einem Waschbecken. Um ein ordentliches Bad zu nehmen, musste sie das Badezimmer ihrer Eltern benutzen.

Als sie sich auszog, wurde ihr klar, dass sie eigentlich genau das jetzt brauchte. Sie hörte Schritte in der Etage über ihr. Es war fast neun. Also kamen jetzt Nachrichten im Fernsehen, und Mutter trug das Tablett mit dem Tee ins Wohnzimmer. Christina sah ihren im Rollstuhl zusammengesunkenen Vater vor sich, das gestreifte Plaid über den Beinen.

Einen Moment blickte sie in den leeren Kühlschrank, außerstande, sich zu entscheiden. Hier unten herrschten Stille und Ruhe – aber auch nicht viel mehr. Dort oben erwarteten sie der Redestrom ihrer Mutter, die Blicke ihres Vaters und ein plappernder Fernseher. Außerdem eine warme Mahlzeit und eine Badewanne. Die Badewanne gab den Ausschlag. Christina löschte das Licht im Wohnzimmer, ging durch den gemeinsamen Waschkeller und stieg mit drei großen Schritten die Treppe zur Wohnung ihrer Eltern hinauf.

2

»Musst du schon gehen?«

»Allzu lange kann ich nicht bleiben.« Axel Holkenfeldt bückte sich und küsste ihre nackte Schulter. »Aber im Moment will ich mir nur ein kaltes Bier holen. Soll ich dir eins mitbringen?«

»Ja, gern.« Benedicte zog die Bettdecke über sich. Es war kühl im Ferienhaus, obwohl sie die ferngesteuerte Wärmepumpe schon einige Stunden vor ihrem Eintreffen aktiviert hatte. Sie tastete nach dem Mobiltelefon auf dem Nachttisch. Es gab zwei unbeantwortete Anrufe, beide von Anton. Und drei Kurznachrichten. Eine von einer Werbeagentur, eine von ihrer Schwester und eine von Anton.

Sie öffnete die letzte. *Wann kommst du nach Hause?*, stand auf dem Display, abgeschickt vor über einer Stunde. Benedicte schaltete die Nachttischlampe ein und rief ihn an.

Ihr Sohn war sofort am Apparat. »Wo bist du?«, fragte er ohne weitere Einleitung.

»Ich habe eine Sitzung in der Stadt, Schatz. Hat Papa das nicht gesagt?«

»Er ist auch nicht zu Hause.«

Sie setzte sich im Bett auf. »Ist er nicht?«

»Nee.«

»Hat er gesagt, wo er hinwollte?«

»Nee.«

»Aber er hat doch sicher angerufen, oder?«

»Er hat um fünf angerufen und gesagt, dass er gegen sieben kommen würde. Er wollte bei McDonald's vorbeifahren und was zu essen kaufen.«

»Und er ist noch nicht da?«

»Nee.«

»Hast du versucht, ihn zu erreichen?«

»Ständig. Aber er geht nicht ran. Und du auch nicht.«

Das schlechte Gewissen überrollte sie wie eine Welle bei dem Gedanken, was sie getan hatte, während ihr kleiner Sohn versuchte, sie zu erreichen. »Tut mir leid, Schatz. Ich hatte während der Sitzung das Handy stumm gestellt.«

»Mmm.«

»Und jetzt bist du ganz allein?«

»Mmm.«

»Hast du was gegessen?«

»Ja, ja, ich habe mir eine Pizza aus der Gefriertruhe geholt.«

Benedicte sah auf ihre Armbanduhr. »Meine Sitzung ist vorbei, aber ich bin noch in einem Restaurant in Kopenhagen, ich kann erst in einer Stunde zu Hause sein. Ist das okay?«

»Ja, ja.«

»Putz dir schon mal die Zähne und geh ins Bett. Du kannst dir gern eine DVD ansehen, bis du einschläfst.«

»Okay.«

»Du hast doch keine Angst, oder?«

Die Pause dauerte nur einen kleinen Moment. »Mama, ich bin elf!«

»Ich beeile mich.«

Axel stand mit zwei Gläsern Bier an der Tür zum Schlafzimmer. »Was ist los?«, fragte er, als er sah, dass sie sich hastig anzog.

»Dieser Blödmann ist nicht heimgekommen, und Anton sitzt ganz allein zu Hause.« Benedicte zog den Reißverschluss an einem ihrer langen schwarzen Stiefel hoch, das Leder schmiegte sich eng um ihren schmalen Unterschenkel. »Ich erschlage ihn, das schwöre ich dir.«

»Wen, Anton?«

»Nein, du Idiot. Martin natürlich.«

»Und was ist jetzt damit?« Axel hielt ihr die beiden Gläser hin.

»Die kannst du auskippen«, sagte sie. »Ich kann hier nicht sitzen und Bier trinken, wenn ich weiß, dass Anton allein zu Hause ist.«

Axel leerte eines der Gläser in einem Zug. »Es muss ja nicht ganz umkommen«, erklärte er.

»Zieh dich endlich an.« Benedicte hob seine Boxershorts auf. »Wir müssen los.«

»Okay, okay«, erwiderte Axel. Er stellte die Gläser auf die Kommode. »Ich bin dir stets zu Diensten, Benedicte. Das weißt du doch?«

Benedicte war vollständig angezogen und richtete ihr Haar. Sie begegnete im Spiegel dem Blick ihres Liebhabers.

»Es war ein schöner Abend«, sagte sie.

»Da hast du recht.« Nur in Boxershorts, Socken und Hemd kam er zu ihr und legte von hinten die Arme um sie. Sein Schnurrbart kitzelte sie im Nacken, während sie die Reste ihres Augen-Make-ups überprüfte. »Es ist immer noch schön«, murmelte er und presste sich an ihre Hinterbacken. »Spürst du, wie schön es ist?«

Sie schob ihn beiseite. »Nicht jetzt, Axel ... Ich muss nach Hause.«

Sie fuhren in ihrem kleinen Peugeot zurück nach Christianssund. Axel wäre lieber standesgemäß in seinem Wagen zu dem Ferienhaus gefahren, aber Benedicte hatte sich durchgesetzt. Die Anwesenheit ihres Wagens in der Einfahrt konnte sie jederzeit erklären, doch ein BMW der Oberklasse hätte Aufsehen erregt, vor allem außerhalb der Saison. Das Risiko, dass jemand sich an den Wagen erinnerte und es ihrem Mann gegenüber erwähnte, war einfach zu groß.

»Wie ist die Sitzung heute eigentlich gelaufen?«, erkundigte sich Axel, während sie über die kleinen, kurvigen Straßen fuhr.

»Die Kampagnensitzung? Gut. Die Agentur hat ein paar tolle Ideen.«

»Peter war also zufrieden?«

»Er soll die Hauptrolle in einem halbstündigen Werbefilm spielen. Also, was glaubst du wohl? Er hat beinahe geschnurrt.«

Axel lachte. »Das kann ich mir vorstellen. Er liebt es, wenn man dem Schauspieler in ihm schmeichelt.«

»Wir müssen noch einmal über das Budget reden. Es wird deutlich teurer als geplant«, fügte Benedicte hinzu.

»Womit hattest du gerechnet?«

»Jedenfalls nicht mit so erheblichen Mehrkosten. Peter hatte heute die Spendierhosen an.«

»Das musst du mit ihm klären. Ich werde mich nicht in seine Planung einmischen. Unsere Vereinbarung ist eindeutig, das weißt du doch, Benedicte.«

»Ja, ja, aber wenn er seine Budgets überzieht, betrifft das auch dich. Schließlich gehört euch die Firma gemeinsam.«

»Ich vertraue Peter«, unterbrach er sie.

Benedicte warf ihm einen Blick zu. Er starrte geradeaus. »Selbstverständlich. Entschuldige. Ich wollte dich nicht bevormunden.«

Er nickte einmal und zuckte kurz mit dem Kinn, ohne zu antworten.

Sie fuhren auf die Autobahn, Benedicte beschleunigte. Es hatte wieder angefangen zu schneien, winzige Flocken wirbelten auf die Scheibe und wurden von den Scheibenwischern beiseitegewischt.

»Wann sehen wir uns wieder?«, fragte er, als sie die Abfahrt Christianssund-Ost erreichten. »Irgendwann nächste Woche vielleicht?«

»Ich habe meine Termine nicht im Kopf«, erwiderte sie und blinkte, bevor sie nach rechts auf den Søndervangsvej bog. »Nächsten Freitag ist ja schon Weihnachten, und ich muss in den kommenden Tagen noch einiges erledigen.«

Benedicte hielt vor dem Hauptsitz der Firma, einem beeindruckenden, frisch renovierten Sandsteingebäude, das Anfang des 18. Jahrhunderts gebaut worden war. In der gesamten Dachetage brannte Licht. »Die Putzkolonne«, sagte sie.

»Gut, dass noch jemand arbeitet«, erwiderte er und küsste sie. »Wir sehen uns.«

Sie sah ihm nach, als er mit hochgeschlagenem Mantelkragen am Gebäude entlang und um die Ecke zum Parkplatz ging. Er drehte sich ein letztes Mal um, winkte und verschwand.

Anton war eingeschlafen, als sie nach Hause kam. Er lag mit der Fernbedienung in der Hand neben seiner Bettdecke. Auf dem Flachbildschirm lief ein *Star-Wars*-Film. Benedicte löste vorsichtig den Griff ihres Sohns um die Fernbedienung und stellte Fernsehgerät und DVD-Player aus. Dann stopfte sie sorgfältig die Bettdecke um Antons inzwischen erstaunlich großen Körper und betrachtete ihn eine Weile. Eigentlich ist er zu groß, um noch in Petzi-Bettwäsche zu schlafen, dachte sie. Aber das musste er selbst wissen. Im Grunde war es ja auch ganz schön, dass er in der Beziehung noch immer ein wenig kindlich war. Sie strich sein blondes Haar zur Seite und küsste ihn auf die Stirn, bevor sie das Licht löschte und ins Badezimmer ging. Dort nahm sie die Kontaktlinsen heraus und träufelte ein paar Augentropfen auf die müden Augen, bevor sie nach ihrem Brillenetui griff. Die Gläser waren so stark, dass ihre hellgrünen Augen – das Beste an ihrem Aussehen, wenn sie diese Frage selbst hätte beantworten sollen – winzig klein wurden. Die Brille ließ sie langweilig und unsexy aussehen, sie hasste sie eigentlich.

Martin ging noch immer nicht an sein Handy, stellte sie kurz darauf fest. Sie schickte ihm eine etwas säuerliche Nachricht und las dann die beiden Kurznachrichten, die sie sich am frühen Abend nicht mehr angesehen hatte. Die SMS von ihrer Schwester war lediglich eine Erinnerung an den Geburtstag ihres Vaters am Sonntag. Sie antwortete kurz angebunden, sie hätte es nicht vergessen, aber vielen Dank. Immer so bemüht, diese Frau. Bei der SMS aus der Werbeagentur handelte es sich um die Bitte, sich die Mail anzusehen, mit der ein überarbeiteter Budgetvorschlag verschickt worden war.

Benedicte klappte ihr Notebook auf, goss sich ein Glas Cognac ein und setzte sich aufs Sofa. Der neue Budgetvorschlag der Agentur war erschreckend hoch. Sie ging die einzelnen Beträge durch, keiner erschien ihr unangemessen. Es gab einfach nur zu viele einzelne Aufträge. Sehr viel mehr, als sie ursprünglich geplant hatten. Wenn sie das durchziehen wollten, musste sie ihr Budget nahezu verdoppeln, und damit musste sich dann auch Axel beschäftigen, ob er nun wollte oder nicht. Das kommt dabei heraus, wenn Peter eifrig wird, dachte sie und leitete das Dokument an ihn weiter. Sie fügte einen kurzen Kommentar dazu, in dem sie ihm ankündigte, dass sie die Zahlen ihrer Ansicht nach am kommenden Tag noch einmal gründlich besprechen sollten. Sogar Peter musste seiner Kommunikationschefin doch hin und wieder zuhören.

Benedicte beantwortete noch ein paar Mails, dann stellte sie den Computer beiseite. Sie legte den Kopf an die Rückenlehne des Sofas. Das Gefühl, dass ihr Leben ein einziges Chaos war, überkam sie stärker als je zuvor. Die Ehe mit Martin hing am dünnsten seidenen Faden, den man sich vorstellen konnte, und sie wusste, dass das vor allem ihre Schuld war. Ihr Mann war durch und durch loyal, aber ihre Beziehung war in den letzten Jahren zu reiner Routine und langweilig geworden. Benedicte langweilte sich, wohlgemerkt. Martin zeigte dagegen nie, dass er genug von ihr hatte, egal, wie ungerecht und abweisend sie sich benahm. Sie verachtete ihn wegen seiner grenzenlosen Geduld nur umso mehr.

Auch die Beziehung zu Axel war längst nicht mehr so aufregend wie zu Beginn. Benedicte war nie der Ansicht gewesen, man müsse glühend verliebt sein, um eine kleine Affäre zu haben, ein Funke sollte natürlich schon da sein. Eigentlich war ihr Verhältnis zu Axel inzwischen fast genauso vorhersehbar wie ihre Ehe mit Martin, dachte sie und trank einen Schluck Cognac. Sie spürte die Wärme bis in den Magen.

Auch der Job bei Petax Entreprise hatte sich im Grunde enttäuschend entwickelt. Die Firma expandierte, ja sicher, und sie wurde durchaus gefordert. Trotzdem hatte sie das Gefühl, nicht wirklich weiterzukommen. Benedicte Johnstrups Karriere war immer wie auf Schienen verlaufen, im Moment spürte sie jedoch, wie die Frustration ihr unter die Haut kroch. Man kannte sie an all ihren Arbeitsplätzen als innovative und kompetente Kommunikationschefin, doch in der Zusammenarbeit mit Peter war sie ständig gezwungen, die langweilige Rolle eines Bremsklotzes zu spielen. Sonst waren die Marketing-Leute die Kreativen und Dynamischen, und die Direktion hielt dagegen und mahnte zur Vernunft. Hier war es umgekehrt, und damit kam sie einfach nicht zurecht.

Manchmal hatte Benedicte große Lust, alles hinzuschmeißen – die Ehe, die Affäre, ihren Job. Würde es so schwer sein, einen Koffer zu packen, Anton an die Hand zu nehmen und irgendwo neu anzufangen? Sie hatte gute Kontakte zu einem britischen Architekturbüro, mehr als einmal hatten man ihr angeboten, nach London zu kommen und die Kommunikationsabteilung zu übernehmen. Der Gedanke war verlockend. Es gibt doch auch in England gute Schulen, dachte Benedicte, und eine hübsche kleine Wohnung bekam man bestimmt auch.

Nein, unterbrach sie ihren Gedankengang und stand auf. Sie fuhr den Computer herunter und stellte ihr Cognacglas in die Spülmaschine. Sie musste aufhören zu fantasieren. Martin war trotz allem Antons Vater, und die beiden hingen sehr aneinander. Sie konnte ihrem Sohn nicht zumuten, jedes zweite Wochenende in einem Flugzeug zwischen Heathrow und Kastrup zu verbringen. Der Junge konnte schließlich nichts dafür, dass sie ihren Mann leid war. Sie musste eine andere Lösung finden.

FREITAG, 17. DEZEMBER 2010

3 »Reichst du mir mal das Salz, Liebster?«
»Natürlich, bitte.« Axel schob das Salzfässchen über die Tischdecke.

Seine Frau nahm mit den Fingerspitzen ein paar Körner und

streute sie über ihr weich gekochtes Ei. »Wo warst du eigentlich gestern Abend?«, erkundigte sie sich.

»Ich musste die Spanier zum Essen ausführen.«

»Ist es spät geworden?«

»Nein. Ich war gegen halb elf zu Hause.«

»Da habe ich schon wie ein Stein geschlafen.« Julie Holkenfeldts schlanke Gestalt war in einen Designerbademantel gehüllt, und obwohl ihr Gesicht zu diesem Zeitpunkt noch kein Make-up trug, sah sie nicht aus wie achtundvierzig. So alt war sie erst vor einem Monat geworden, sie wirkte allerdings mindestens zehn Jahre jünger.

»Das habe ich schon bemerkt«, sagte Axel und griff nach dem Silberständer mit dem Toast. »Deshalb habe ich mich ins Gästezimmer gelegt.«

»Das hättest du nicht müssen«, erwiderte seine Frau. »Ich hatte eine Schlaftablette genommen.«

»Ich musste noch ein paar Unterlagen durchsehen, bevor ich das Licht gelöscht habe.«

»Vermutlich hättest du ein Gewehr neben mir abschießen können, ohne dass ich aufgewacht wäre.«

»Ich wollte dich nicht stören.« Axel strich eine dünne Schicht Butter auf den Toast und legte eine Scheibe Käse darauf. Nach kurzer Überlegung verzierte er das Brot mit einem Klacks Schwarze-Johannisbeer-Marmelade.

»Süßmaul«, kommentierte Julie.

Axel lächelte.

Eine Weile aßen sie schweigend. Axel hatte die *Berlingske Tidende* vor sich ausgebreitet, Julie las in der neuen Nummer einer Frauenzeitschrift für gesunde Ernährung und aktives Leben. Das Au-pair-Mädchen hatte sich in die Küche zurückgezogen, um nicht zu stören.

»Tja, ich muss mich auf den Weg machen«, sagte Axel kurz darauf und tupfte sich den Mund mit einer Stoffserviette ab. »Peter und ich haben heute noch ein Treffen mit unseren spanischen Partnern, und heute Nachmittag ist eine Feier für den Abteilungsleiter der Architekten. Er wird fünfzig.« Er trank den letzten Schluck Kaffee und stellte die Tasse ab. »Und wie sieht dein Programm aus?«

»Ach, das Übliche. Ich muss in den Laden und mir eine neue schwedische Kinderkollektion ansehen. Vielleicht finde ich ein paar Sachen für den Sommerschlussverkauf.« Julie stand auf. »Caroline isst heute Abend zu Hause. Und sie bringt ihren neuen Freund mit. Ich hoffe, du kannst dabei sein?«

»Natürlich.«

So reden wir immer miteinander, dachte Axel, als er sich kurz darauf die Zähne putzte. Immer höflich, immer wohlerzogen. Vollkommen undenkbar, dass er seine Frau anraunzte, wie er es hin und wieder mit seiner Liebhaberin tat. Julie war so erzogen, dass sie ihre Gefühle nicht zeigte, während Benedicte jede Form von Gefühlsausbruch parieren konnte. Wenn sie wollte, konnte sie ebenso scharf sein wie er, und nie hatte er den Eindruck, als wäre sie sonderlich beeindruckt von ihren kleinen Auseinandersetzungen.

Wer wusste schon, was geschehen würde, wenn er eines Tages Julie gegenüber einen Moment die Kontrolle verlieren würde? Sie wäre vermutlich entsetzt. Oder? Im Grunde wusste er es nicht. Er hatte es nie ausprobiert. Ohne Julie und die Firma, die sie von ihrem Vater geerbt hatte, hätten er und Peter niemals dieses Imperium aufbauen können, über das sie heute herrschten. Jedenfalls nicht so schnell. Sicherlich war sein eigenes Vermögen in der Zwischenzeit so gewachsen, dass er auch ohne das Geld seiner Ehefrau zurechtkommen würde, der Gedanke lag ihm jedoch unendlich fern.

Wir sind ein gutes Paar, dachte er, als er sich die Büroschuhe anzog. Vielleicht nicht die große Leidenschaft, aber gutes und stabiles Teamwork, das auf gegenseitiger Sympathie basierte. Es könnte schlimmer sein. Wenn Axel an Peter und all seine hektisch kurzen Beziehungen dachte, konnte er glücklich über seine Ehe sein. Heftige Gefühlsausbrüche erlebte er mit Benedicte und Peter genug. In seinen eigenen vier Wänden wollte er davon möglichst verschont bleiben.

»Ich bin dann weg«, rief er durch die Badezimmertür seiner Frau zu.

»Hab einen schönen Tag!«, rief Julie zurück. Er hörte, dass sie schon in der Badewanne lag. »Ich liebe dich!«

»Ich dich auch.« Er sah sie vor sich, wie sie in dem heißen, parfümierten Wasser lag, doch nicht einmal der Gedanke an ihren nackten, fitnessgestählten Körper brachte Leben in seinen sonst so leicht beeinflussbaren Beckenbereich. Gleich würde sie aufstehen, ihre Haare trocknen und ein einwandfreies Make-up auflegen, bevor sie sich irgendein unglaublich teures, allerdings total unauffälliges Designerteil anzog und in ihr Geschäft nach Kopenhagen fuhr. Führte sie ein gutes Leben? War sie glücklich? Axel vermutete es nur, in Wahrheit hatte er keine Ahnung.

In dem Augenblick, als er sich ans Steuer seines neuen Wagens setzte, war Julie aus seinem Bewusstsein verschwunden. Axel graute vor der Besprechung, die er heute mit Peter haben würde. Wenn Benedicte mit ihren Ahnungen recht hatte – und normalerweise war das so –, dann war die Kampagnenplanung bereits jetzt außer Kontrolle geraten. Sicher, gestern hatte er ihr erklärt, sich nicht einmischen zu wollen, in Wahrheit war er gezwungen, die Vorgänge im Auge zu behalten. Peter Münster-Smith war ein gottbegnadeter Kommunikator und von Anfang an das Gesicht der Firma nach außen gewesen. Er machte eine gute Figur in Nachrichtensendungen und Talkshows und hatte auch sonst ein untrügliches Gespür für alle Formen der Repräsentation. Dem eher vorsichtigen und konservativen Axel hatte er beigebracht, dass ein unbegrenztes Repräsentationskonto ein wesentlicher Faktor in jeder Baufirma ist. Auf die Idee zu Abendeinladungen mit gutem Wein kamen auch Amateure, Peter ließ Geschäftspartner zu einem Rockkonzert nach London fliegen, lud die wichtigsten Zulieferer zum Pokalfinale ins Fußballstadion ein oder arrangierte ein Golfturnier mit Weltstars in Südfrankreich. Das ist Kundenpflege, behauptete er, und Axel hatte ihm mit der Zeit und ein wenig widerwillig recht geben müssen, obwohl es ihn schmerzte, wenn er hinterher die Rechnungen zu sehen bekam.

Peters Schattenseite kannten nur wenige Außenstehende. Sein nahezu manisch optimistisches Auftreten war teuer. Es kostete nicht nur bares Geld, sondern auch menschliche Ressourcen. Peter war ein miserabler Chef, das wusste auch Axel schon lange. Ständig stieß er seine Mitarbeiter vor den Kopf, delegierte in einem Augenblick und schränkte im nächsten die Befugnisse der Leute wieder ein. Axel hatte keine Ahnung, wie viele Marketingkoordinatoren und Pressemitarbeiter Peter inzwischen verschlissen hatte. Einige hatten es nur wenige Monate ausgehalten, andere waren geblieben, bis sie sich aufgrund des Stresses krankschreiben lassen mussten. Benedicte war mit ihren zweieinhalb Jahren tatsächlich kurz davor, in Peters Abteilung den Rekord als dienstälteste Kommunikationschefin zu brechen.

Und jetzt dieser Werbefilm. Auch Axel war der Ansicht, dass es eine gute Idee war, die Präsentation der neuen Projekte in Südfrankreich in ordentlicher Qualität zu produzieren. Wollte man die französischen Behörden beeindrucken, brauchte es mehr als die üblichen guten Argumente. Außerdem gab es potenzielle Mitinvestoren, die sie unbedingt brauchten, um dieses ambitionierte Bauvorhaben durchführen zu können. Axel hatte keinen Zweifel an dem Nutzen von inspirierendem Präsentationsmaterial, dennoch gab es Grenzen, und die musste er Peter aufzeigen. Heute noch. Der Geldspeicher war nicht mehr ganz so unerschöpflich wie noch vor ein paar Jahren. Sogar Petax spürte die Finanzkrise.

Axel parkte auf seinem üblichen Platz, schloss das Tor auf und betrat den Platz vor der Firma. Dort lagen noch immer Bretterstapel, notdürftig abgedeckt von einer blauen Plane, und am Ende des Hofes hatten die Handwerker einen großen, rostigen Container für den Bauschutt aufgestellt. Es ärgerte ihn, dass die Renovierung des Hinterhauses noch immer nicht abgeschlossen war. Der Umbau des Erdgeschosses, wo die Architekten der Firma ihre Büros hatten, war planmäßig verlaufen, als die Handwerker dann im ersten und zweiten Stock anfangen wollten, hatten sie Holzfäule in den tragenden Balken gefunden. Dieses Problem musste natürlich zuerst gelöst werden und hatte zu einer Verzögerung der Bauarbeiten von einem halben Jahr geführt. Axel ärgerte sich maßlos darüber, dass es so lange gedauert hatte.

In den Büros der Architekten brannte Licht. Im Schutz der Toröffnung sah er jemanden durch den großen Raum gehen, eine jüngere Frau saß mit konzentriertem Gesichtsausdruck vor ihrem Bildschirm. Axel schaute nach oben in den ersten Stock, wo noch immer die Maler arbeiteten. Er hörte das durchdringende Jaulen irgendeiner Maschine. Laut Plan sollten sie Ende der kommenden Woche fertig sein. Dann fehlte nur noch die zweite Etage – er sah hinauf zu den dunklen Dachfenstern –, Gott weiß, wie lange sich das noch hinziehen wird.

Axel drehte sich um und ging zurück zum Haupteingang.

»Ist Peter schon da?«, fragte er seine Sekretärin, als sie seinen Mantel entgegennahm.

»Ich glaube nicht«, erwiderte Inge Sejer und hob den Hörer. »Das lässt sich schnell feststellen.«

Einen Augenblick später legte sie wieder auf. »Leider nein.«

»Es ist nach halb zehn, versuchen Sie es auf seinem Handy«, forderte Axel sie auf, ohne zu versuchen, seine Irritation zu verbergen. Seine Sekretärin war die Einzige in der Firma, die über die Probleme zwischen den beiden Eigentümern Bescheid wusste. »Und auf dem Festnetz. Vielleicht pennt er ja noch.«

Ohne Erfolg.

Dann musste Axel sich allein mit den Spaniern treffen. Vielleicht ist das auch gut so, dachte er und griff nach den Unterlagen, um sie noch einmal durchzugehen. Zu diesem Zeitpunkt der Verhandlungen war Peters charmantes Wesen im Grunde überflüssig. Es ging um trockene Zahlen und ganz konkrete Vereinbarungen, das war Axels Gebiet.

Er vertiefte sich in die Papiere und bemerkte kaum, dass Inge eine heiße Tasse Kaffee neben seinen Ellenbogen stellte. Am Rand der Untertasse lagen ein paar Vollkornkekse mit Schokoladenüberzug, sein kleines vormittägliches Laster. Die Sekretärin schloss leise die Tür hinter sich.

4

»Willst du sehen, wie weit ich gekommen bin, Jørn?«, fragte Christina. »Ich bin bereit für den letzten Schliff.«

In den folgenden Minuten beurteilte der Altgeselle Christinas Arbeit mit kritischer Miene und gab ihr die notwendigen Anweisungen für die noch ausstehenden Arbeiten.

»Ziemlich gut«, sagte er schließlich. Wie gewöhnlich wusste sie nicht genau, in welches seiner Augen sie schauen sollte, also richtete sie ihren Blick zwischen seine buschigen Augenbrauen. Jørns Gesicht war ebenso knochig und unharmonisch wie sein ganzer Körper, aber er hatte etwas Verletzliches, das ihr gefiel. Außerdem ließ sich über sein fachliches Können ebenso wenig diskutieren wie über seine sparsame Art zu loben. Gab es von Jørn einen positiven Kommentar, konnte man stolz sein. »Wenn du dich beeilst, kannst du heute Nachmittag die Glasfasermatten anbringen.«

Jørn ging in den Flur, um sich umzuziehen. Kurz darauf rief er: »Wer hat meinen Overall weggenommen?«

»Ich nicht!«, rief Christina zurück.

»Ich habe ihn hier an die Tür gelegt, als ich gestern gegangen bin.«

»Vielleicht hast du ihn zu Hause in die Wäsche geschmissen?«

»Ich habe ihn hier hingelegt!« Schnaufend und fluchend kam Jørn durch die Büroräume auf Christina zu. »Gibt's noch Einwegoveralls?«

»Hast du in der Kiste auf dem Küchentisch nachgesehen?« Christina ging voraus. »Ich bin sicher, dass ich welche gekauft habe, als ich das letzte Mal im Baumarkt war.« Sie suchte zwischen neuen Pinseln, frischen Rollen mit Malertape und Umrühr-Stäbchen aus Holz. »Hier«, sagte sie und gab ihm einen neuen, in Folie eingeschweißten Overall.

»Du bist ein Pfundsmädel«, bedankte er sich.

In diesem Moment ging die Tür auf, und Nick kam herein, offensichtlich außer Atem.

»Mahlzeit!« begrüßte ihn Jørn. »Kommt der Herr neuerdings zu den Zeiten des Herrn Direktors?«

»Ich habe verschlafen. Danke, dass du angerufen hast.« Nick warf seine Jacke in eine Ecke. »Der Meister ist noch nicht da, oder?«

»Nein, und dafür kannst du deinem Schöpfer danken«, erwiderte Jørn. »Er kommt erst in einer Stunde.«

»Was will er eigentlich? Gibt's noch mehr Änderungen?« Nick zog den Fleecepullover aus und griff nach seinem Overall. Christina versuchte, nicht auf seine muskulösen goldbraunen Oberarme zu starren. »Ich finde, die kommen ständig mit was Neuem.«

Jørn zuckte mit den Schultern. »Davon hat er nichts gesagt.« Er goss einen ordentlichen Schuss Milch in seinen Kaffee und rührte mit einem Kugelschreiber um. »Ich glaube nicht, dass etwas geändert werden soll. Er will sich vermutlich nur vergewissern, dass wir im Zeitplan sind.«

»'türlich sind wir das.«

»Wenn wir es sind, liegt's bestimmt nicht an dir, du Penner.«

Christina ging wieder in ihr Zimmer und setzte den Atemschutz und die Ohrenschützer auf, bevor sie die Schleifmaschine startete. Das durchdringende Jaulen übertönte alle anderen Geräusche, glücklicherweise auch das Radio.

Erst als der Meister ihr auf die Schulter tippte, schaltete sie die Maschine wieder ab und drehte sich um. Christina schob den Hörschutz beiseite und zog den Mundschutz unters Kinn.

»Hej«, grüßte sie.

»Und wie läuft's so bei unserer kleinen Christina?« Finn Frandsen klopfte ihr auf die Schulter und ließ die Hand ein bisschen zu lange dort liegen.

»Gut.« Sie spürte, wie sich Röte an ihrem Hals ausbreitete.

Er blieb ein paar Minuten stehen und erklärte ihr genau die gleichen Dinge, die sie gerade mit Jørn durchgesprochen hatte. Dann tätschelte er ihr wieder die Schulter und ging zu den Gesellen.

Bis zur Mittagspause arbeitete Christina konzentriert weiter. Als Nick den Kopf zu ihr hereinsteckte und mit dem Finger auf seine

Armbanduhr pochte, hielt sie den Daumen hoch und beendete rasch die Arbeiten an der Wand, bevor sie die Maschine abstellte.

Eigentlich musste Christina keinen Zettel schreiben, dennoch bestanden die Gesellen darauf. »Sonst vergisst du die Hälfte«, behauptete Jørn. Nick wollte eine Banane, einen Liter Magermilch und zwei Dosen Thunfisch natur, während Jørn eine Pizza mit Bacon und einer zusätzlichen Portion Chili bestellte. Und drei Flaschen Bier. »Für den Feierabend. Ich gebe einen aus. Ist doch Freitag, oder?«

»Ich möchte kein Bier«, sagte Nick. »Ein Wasser ist okay.«

Christina zog die Kapuze fest über den Kopf und ging vornübergebeugt über den Bürgersteig, wobei sie versuchte, ihre Zigarette mit den Händen abzuschirmen, damit sie nicht nass wurde. Nachdem sie zu Ende geraucht hatte, bestellte sie die Pizza bei dem netten Kurden an der Ecke und lief dann weiter zum *Netto*-Supermarkt. Die Pizza holte sie nach ihren Einkäufen ab und steckte die Kassenzettel in ihr Portemonnaie. Jørn bestand auf einer genauen täglichen Abrechnung.

Als sie zurückkam, hielt ein Streifenwagen vor dem Gebäude, und zwei Polizisten standen im Hof. Der eine, ein südländisch aussehender Mann, telefonierte im Schutz der Toröffnung. Er sah Christina beim Aufschließen zu, wandte sich aber ab und sprach gedämpft weiter, als sie vorbeiging. Der andere, ein ganz junger Kerl, stand mit einem Zimmermann, den sie oberflächlich kannte, in der offenen Eingangstür des Hinterhauses. Der Zimmermann sah leichenblass aus.

»Wo wollen Sie hin?«, erkundigte sich der Beamte, als Christina versuchte, sich an ihm vorbeizudrücken.

»Ich arbeite im ersten Stock. Ich habe gerade das Mittagessen eingekauft.« Sie hielt die Pizzaschachtel und die *Netto*-Tüte hoch.

Der Beamte notierte ihren Namen und begleitete sie nach oben. Als sie die Tür hinter sich schloss, spürte sie noch immer seinen Blick.

»Was ist denn los?«, fragte Nick. »Was haben sie gesagt?«

»Nichts.« Christina legte die Einkäufe aufs Fensterbrett des größten Büros, wo auch der Elektrokocher und eine Küchenrolle standen. »Er wollte bloß wissen, wie ich heiße. Ist was passiert?«

»Keine Ahnung«, sagte Jørn. »Ich habe nur gesehen, dass plötzlich die Bullen mit Brian, dem Zimmermann, dort unten standen.«

»Wenn wir das mal abschalten,« Christina nickte in Richtung Ghettoblaster, »dann könnten wir vielleicht hören, was los ist.«

Ausnahmsweise traf ihr Vorschlag nicht auf höhnische Bemerkungen. Nick schaltete das Radio aus, und es wurde still auf der Etage. Sie aßen an den Fenstern im Stehen und beobachteten die beiden Beamten, die in der Toröffnung standen, ohne miteinander zu reden. Brian war nirgends zu sehen.

»Vielleicht hat einer der Architekten Kinderpornos auf seinem Computer«, mutmaßte Jørn. Er hatte sich auf die Fensterbank gesetzt, die Füße auf einem Eimer Gewebegrundierung.

»Würde mich nicht wundern.« Nick schaufelte sich noch eine Gabel Thunfisch in den Mund. »Einige von denen sehen ehrlich gesagt ziemlich verdächtig aus.« Er saß in einem der weißen Kunststoffgartenstühle, die sie von einem Arbeitsplatz zum nächsten mitschleppten.

»Jetzt kommen noch mehr Polizisten«, sagte Christina.

Einige in weißen Overalls, so ähnlichen wie jene, die sie selbst anhatten. Zwei von ihnen hatten Metallkoffer dabei, ein anderer hatte sich ein Fotostativ unter den Arm geklemmt. Ein paar Zivilbeamte waren ebenfalls aufgetaucht. Einer, ein dunkelhaariger

Kerl in einem mausgrauen Mantel, legte den Kopf in den Nacken und schaute direkt hinauf zu Christina.

»Was machen Sie da oben?«, wollte er wissen.

»Ich bin Malerin.«

»Allein?«

»Wir sind zu dritt.«

»Und Sie arbeiten nur auf dieser Etage?«

»Ja.«

»Sie bleiben bitte vorerst, wo sie sind. Ich komme gleich bei Ihnen vorbei«, sagte er.

»Was ist denn passiert?«

»Ich brauche noch eine halbe Stunde«, erwiderte der Polizist. »Bitte bleiben Sie so lange dort oben. Sie dürfen die Treppe erst benutzen, wenn wir es gestatten.«

Sie hörten die Schritte vieler Menschen draußen im Treppenaufgang, und einen Augenblick später knarrte der Fußboden in der Etage über ihnen.

»Was ist dort oben eigentlich?«, erkundigte sich Christina. »Steht das Stockwerk nicht leer?«

Jørn hob die Schultern. »Ich glaube, die Zimmerleute wollten am Montag die Böden erneuern. Die neuen tragenden Balken sind erst vor ein paar Tagen eingezogen worden. Das erzählt Brian jedenfalls.« Er faltete die leere Pizzaschachtel zusammen. »Na, die Mittagspause ist vorbei«, erklärte er. »Sehen wir zu, dass wir weitermachen.« Er schaltete den Ghettoblaster wieder ein.

Christina blieb noch einen Augenblick am Fenster stehen. Ein uniformierter Beamter mit einem fast schwarzen Schäferhund an der Leine überquerte den Hof und verschwand im Hinterhaus. Als sie nicht wieder auftauchten, riss sie sich los und begann, ihr Zimmer vom Schleifstaub zu säubern.

Einige Zeit später klopfte es an der Tür. Nick war zuerst dort. Er führte zwei Polizisten in den größten Büroraum, dessen Renovierung schon beendet war und der ordentlicher aussah als die anderen Räume im ersten Stock.

»Frank Janssen, Kommissar bei der Polizei von Christianssund«, stellte der Beamte in Zivil sich vor. »Und das ist«, er nickte in Richtung seiner Kollegin, »Polizeiassistentin Pia Waage.«

Nick streckte die Hand aus. »Nick Olsen.«

»Jørn Kallberg.«

»Christina Isakson.«

Pia Waage notierte ihre Namen, Adressen und Personennummern auf einem Block. Sieht nett aus, die Polizistin, dachte Christina. Athletisch gebaut, kurzes, lockiges Haar, braune Augen. Richtig burschikos. Genau wie Christina.

»Wie heißt die Firma, für die Sie arbeiten?«, erkundigte sich Pia.

»Finn Frandsen A/S«, antwortete Jørn. Er leierte die Adresse und Telefonnummer des Betriebs herunter.

»Wann sind Sie gestern nach Hause gegangen?«, wollte Frank Janssen wissen.

»Halb vier«, erklärten Jørn und Nick gleichzeitig.

»Ich war bis um acht hier«, ergänzte Christina.

»Ich dachte, du wolltest nur eine Stunde länger bleiben?«, sagte Nick und grinste. Jørn starrte sie nur an.

»Dann müssen wir uns mit Ihnen unterhalten, Christina.« Frank wandte sich an Jørn und Nick. »Sie können wieder an Ihre Arbeit gehen. Verlassen Sie die Etage bitte vorerst noch nicht. Die Techniker sind noch nicht damit fertig, den Treppenaufgang nach Spuren abzusuchen. Sollten Sie rausmüssen, bevor sie fertig sind, rufen Sie Pia Waage oder mich an.« Er überreichte ihnen eine Visitenkarte. »Okay?«

»Dürfen wir nicht wenigstens erfahren, worum es eigentlich geht?«, fragte Jørn.

»Im zweiten Stock wurde ein Mann tot aufgefunden. Mehr kann ich Ihnen leider nicht sagen.«

»Hat Brian, der Zimmermann, ihn gefunden?«

»Ja.«

»Und geht es um Mord?«

»Sehr viel deutet darauf hin, ja.«

»Wie ist es passiert?«

»Darüber kann ich keine Auskunft geben.«

»Hat er schon lange da oben gelegen?«, fragte Nick nach.

»Das werden wir von den Rechtsmedizinern erfahren«, erwiderte Frank Janssen. »Sie werden nicht lange brauchen, um es herauszukriegen.«

Die beiden Malergesellen waren schon fast an der Tür, als Christina sagte: »Ich weiß nicht, ob es etwas zu bedeuten hat …«

»Sprechen Sie«, forderte Frank sie auf.

»Jørns Overall ist verschwunden.«

Beide Gesellen drehten sich um und sahen, wie die Ermittler, Christina an.

»Wann?«, wollte Pia Waage wissen.

Jørn zuckte mit den Schultern. »Er lag direkt neben der Tür, als ich gestern gegangen bin. Und heute Morgen war er weg.«

»Wie sah er denn aus?«

»Wie meiner«, antwortete Nick. Alle betrachteten einen Moment den weißen Overall mit den dunklen Flecken an beiden Oberschenkeln, wo Nick sich immer die Finger abwischte. »Und wie Christinas natürlich.«

»Das ist interessant«, sagte Frank. »Ist noch mehr verschwunden? Handschuhe zum Beispiel?«

»Ich glaube nicht.« Jørn zog die Augenbrauen zusammen. »Wir haben so eine Schachtel mit Einweghandschuhen, aber ich weiß wirklich nicht, wie viele noch drin sind.«

»Wo steht diese Schachtel?«

»Draußen am Eingang, bei dem anderen Material.«

»Bitte fassen Sie sie nicht an«, sagte Janssen. »Auch die anderen Dinge nicht, die dort stehen. Ich schicke einen Techniker vorbei.«

»Glauben Sie«, Christina schluckte, »der Mörder war in den Räumen hier? Um den Overall zu stehlen?«

»Das ist zumindest vorstellbar.«

»Aber dann hat er ja ... Ich habe doch nebenan gearbeitet ... Und wenn er mich nun ...« Sie schwieg, plötzlich war ihr schwindelig. »Ich war doch gleich nebenan«, wiederholte sie.

»Glücklicherweise ist nichts passiert.« Frank Janssen legte eine Hand auf ihre Schulter. »Und vielleicht hat der Täter die Räume hier auch gar nicht betreten. Es ist nur eine Theorie.« Er wurde von seinem Mobiltelefon unterbrochen, trat einige Schritte beiseite und führte ein kurzes Gespräch, so leise, dass Christina die einzelnen Worte nicht unterscheiden konnte.

»Er wurde möglicherweise identifiziert«, sagte er und wandte sich an Pia Waage, als er das Gespräch beendet hatte. »Ich muss gehen.«

Christina holte die beiden Plastikstühle. Sie fühlte sich merkwürdig ruhig. Als ob das Ganze überhaupt nichts mit ihr zu tun hätte.

»Warum sind Sie gestern dreieinhalb Stunden länger geblieben als Ihre Kollegen?«, fragte Pia, nachdem sie sich gesetzt hatten.

»Ich wollte das kleine Büro fertig spachteln, und am Vormittag war ich ein paar Stunden weg gewesen.« Christina erklärte so kurz wie möglich ihre Arbeit mit den Spachtelbrettern, sie erwähnte die schmerzende Schulter, den Raum, für den sie verantwortlich war und den erfundenen Arztbesuch. Es sah aus, als ob die Polizistin sie sofort verstand. Sie kommentierte es jedenfalls nicht, sondern nickte nur und machte sich Notizen. Dann ließ sie Christina detailliert erklären, was sie in den Stunden getan hatte, bis sie nach Hause gegangen war.

»Sie haben nichts gehört?«, fragte sie, als Christina ihren Bericht beendet hatte.

»Ich hatte Kopfhörer auf.«

»Und Sie haben auch keine Vibrationen bemerkt? Keinen Schlag, der den Boden erzittern ließ? Dort oben muss es einen ziemlichen Tumult gegeben haben, beinahe direkt über Ihrem Kopf.«

»Tut mir leid. Ich habe nichts bemerkt.« Christina runzelte die Stirn. »Jemand ist gegen sechs aus dem Tor gegangen, als ich aus dem Fenster gesehen habe. Oder vielleicht kurz nach sechs«, sagte sie dann. Sie verschwieg elegant den Grund, warum sie dort gestanden hatte. Soweit sie wusste, war es verboten, am Arbeitsplatz zu rauchen – egal, wie allein man war.

»Wer war es denn?«

»Das habe ich nicht gesehen. Es war total dunkel dort unten. Ich habe das Licht von der Straße gesehen, als das Tor geöffnet wurde.«

»Könnte es jemand gewesen sein, der hereinkam?«

»Ich habe etwas gesehen, das sich unten bewegt hat, kurz bevor ich das Licht am Tor gesehen habe.«

Pia Waage notierte sich etwas.

»Und Sie haben nichts anderes bemerkt?«

Christina schüttelte den Kopf.

»Und später? Ist Ihnen im Treppenhaus irgendetwas aufgefallen, als Sie gegangen sind?«

»Nein.«

Wieder eine Notiz. »Und die Tür zum Hof war verschlossen?«

»Ganz bestimmt. Ich hätte es bemerkt, wenn sie offen gewesen wäre. Die Architekten im Erdgeschoss haben mega-teure Computer, die legen großen Wert auf Sicherheit. Ich habe sie auch direkt wieder zugeworfen, als ich draußen war.«

»Hat es zu diesem Zeitpunkt geschneit?«

»Nein.«

»Noch etwas?«

Christina schloss die Augen und versuchte, sich zu erinnern. »Ja«, sagte sie einen Moment später und schlug die Augen wieder auf. »Da waren so seltsame Spuren im Schnee.«

»Seltsam? Wieso?«

»Fußspuren …«

»Ja?«

Wieder schloss Christina die Augen. »Zwei verschiedene Fußspuren«, fügte sie nach einer kleinen Pause hinzu. »Das Seltsame war, dass die eine Spur vom Tor zur Tür führte, also der Tür hier zum Treppenaufgang …« Sie sah Pia an, die aufmunternd nickte. »Und wieder zurück.«

»Und die zweite Spur?«

»Führte nur vom Tor bis zur Tür.«

»Beide Personen sind also hineingegangen, während nur eine wieder herauskam?«

Christina nickte.

Pia Waage betrachtete sie mit ihren braunen Eichhörnchenaugen. »Und da sind Sie ganz sicher?«

»Hundertprozentig. Aber die Spuren sind ja jetzt zugeschneit.«

»Können Sie sich an die Uhrzeit erinnern? Also wann Sie am Hintereingang standen und die beiden Fußspuren bemerkten?«

»Das muss sieben oder acht Minuten nach acht gewesen sein«,

sagte Christina. »Ich habe auf die Uhr gesehen, als ich mit der Arbeit fertig war, da war es eine Minute nach acht. Dann musste ich noch pinkeln und mich umziehen, das hat ein paar Minuten gedauert.«

»Super.« Pia schrieb noch einen Moment. Dann blickte sie auf. »Können Sie sich genauer an die Fußabdrücke erinnern? Wissen Sie noch, wie groß sie waren?«

»Nein. Wenn ich raten müsste, würde ich sagen, es war ein Mann.«

»Beide Spuren?«

»Ja, Entschuldigung. Natürlich. Zwei Männer, nicht wegen der Größe, sondern wegen des Musters.«

Pia hob eine Augenbraue. »Sie können sich an ein Muster erinnern?«

»Na ja, so ungefähr ... Es waren kräftige Schuhe mit einem deutlichen Muster. Wanderschuhe. Oder so trittsichere Winterstiefel.«

»Beide?«

Wieder schloss Christina die Augen. »Nein«, sagte sie nach ein paar Sekunden, »nur die Spur, die hin- und zurückführte. Die andere war verwischter. Es könnten Gummistiefel gewesen sein. Ziemlich groß. So wie Segler sie benutzen ... mit geriffelten Sohlen.«

Pia Waage klappte ihren Notizblock zusammen. »Darf ich Sie bitten, das zu wiederholen?«

»Warum?«

»Weil es Ihnen so frisch in Erinnerung ist und wir Ihre Aussage auf Band brauchen.« Pia stand auf. »Außerdem wäre es nett, wenn Sie diese Sohlenmuster noch einmal detailliert beschreiben könnten.«

Christina blieb sitzen. »Ich könnte sie zeichnen«, schlug sie vor.

»Das wäre fantastisch.« Pia gab ihr den Block. »Versuchen Sie es.

Ich wette, Sie können das sehr gut. Ihr Gedächtnis würde ich fast kartografisch nennen.«

»Woher wollen Sie wissen, dass ich ein gutes Gedächtnis habe?«

»Der tote Mann dort oben trägt Gummistiefel. Größe fünfundvierzig. Mit geriffelten Sohlen.«

5

Benedicte kam erst gegen halb elf ins Büro. Sie hatte ein spontanes Treffen zum Frühstück mit dem Chef der Werbeagentur gehabt und mit ihm einen neuen und etwas weniger kostspieligen Plan erarbeitet, sodass sie Peter Münster-Smith im Laufe des Tages eine Alternative präsentieren konnte.

Auf dem Weg zu ihrem Arbeitsplatz hatte sie eine weitere Nachricht auf der Mailbox ihres Mannes hinterlassen. Inzwischen mussten es mindestens fünf sein. Abgesehen von all den Kurznachrichten. Allmählich wurde sie unruhig. Wo steckte er bloß? Als sie am frühen Morgen bemerkte, dass Martin noch immer nicht nach Hause gekommen war, hatte sie im Krankenhaus angerufen und sich erkundigt, ob man ihn möglicherweise im Laufe der Nacht eingeliefert hatte. Als es verneint wurde, hatte sie bei der Polizei angerufen. Auch dort war kein Unfall oder Überfall gemeldet worden, der sein Verschwinden hätte erklären können. Immerhin hatten die Beamten Benedictes Kontaktdaten aufgenommen und versprochen, sie anzurufen, falls sie etwas hören sollten. Nicht, dass sie damit rechnete. Die Polizei hatte gesagt, es sei ja durchaus denkbar, dass ihr Mann bewusst nicht nach Hause kam. Es klang nicht so, als wollten sie allzu viel Zeit mit diesem Fall verschwenden.

Kurz nach acht hatte sie in seiner Zahnarztpraxis angerufen, um in Erfahrung zu bringen, ob er dort aufgetaucht war. Aber sie hatte kein Glück. Die Zahnarzthelferin war ebenso ratlos wie sie selbst. Sie verständigten sich darauf, die Termine sämtlicher Patienten für heute abzusagen.

Vielleicht hatte Martin irgendetwas über sie und Axel herausbekommen, dachte Benedicte, als sie den Wagen parkte. Vielleicht hatte er sie ganz einfach verlassen? Oder sich das Leben genommen? Beides konnte sie sich nur schwer vorstellen. Sie fallen lassen? Ja, möglicherweise, wenn er wirklich einen Verdacht hegte, dass sie ihm untreu war. Aber Anton, seinen Sohn, einen ganzen Abend vergeblich warten lassen? Das konnte sich Benedicte einfach nicht vorstellen.

»Hat mein Mann angerufen?«, fragte sie ihre Assistentin, als sie ihren Mantel an die Garderobe gehängt hatte.

»Nein. Aber ganz viele andere.« Malene Nissen reichte ihr einen Haufen hellgelber Zettel.

Benedicte blätterte sie durch. »Was wollte der hier?« Sie hielt einen der Zettel hoch.

»Keine Ahnung.«

»Hast du nicht gefragt?«

»Nee. Er hat mir ja seine Nummer gegeben.«

Benedicte blätterte weiter. »Und sie? Ist es eilig?«

Die Assistentin zuckte mit den Schultern, ohne zu antworten.

»Malene, du musst die Leute fragen, was sie wollen. Wie soll ich beurteilen können, welche Anrufe dringend sind, wenn ich nicht weiß, worum es geht?«

»Okay.« Malene sah sie an. »Im Hof ist die Polizei«, teilte sie dann mit.

»Polizei? Warum das denn?«

»Irgendetwas ist im Hinterhaus passiert. Ich gehe gern mal runter und versuche, mehr herauszufinden, wenn du willst.«

»Nein danke. Wir haben schon genug zu tun. Ich rufe ihn an.« Benedicte wählte einen Zettel aus. »Und ihn. Die anderen rufst du zurück und fragst, worum es geht. Den meisten kannst du bestimmt selbst helfen, oder du stellst sie zu Jacob durch.«

»Okay.« Malene verschwand hinter ihrem Schreibtisch. Sie schien merkwürdig unbeeindruckt. Ob sie überhaupt begriffen hatte, dass sie gerade getadelt worden war, oder beschäftigte sie der Besuch von ein paar Männern in vermutlich eng sitzenden Uniformen tatsächlich so sehr?

Benedicte sah ihre Assistentin einen Moment an, dann rief sie ihr zu: »Und zuallererst gehst du bitte zu Peters Sekretärin, verstehst du? Ich will mich im Laufe des Tages mit ihm treffen.«

»Okay.«

Die beiden Telefonate waren rasch überstanden, und Benedicte öffnete den Posteingang ihrer Mails. Es ist erschütternd, wie viele E-Mails an einem ganz gewöhnlichen Freitagvormittag ankommen, dachte sie und ließ den Blick über die Liste gleiten. Kein Martin. Verdammt.

Malene kam zurück. »Peter ist nicht in seinem Büro.«

»Aber er kommt doch noch, oder?«

»Davon hat sie nichts gesagt.«

Benedicte hielt ein tiefes Seufzen zurück und sagte so ruhig wie möglich: »Dann rufst du seine Sekretärin noch einmal an und fragst sie.«

»Linde vom Empfang sagt, dass noch mehr Polizisten gekommen sind.«

»Malene! Du rufst jetzt bitte Peters Sekretärin an. Sofort!«

»Okay.«

Es ist zum Heulen, dachte Benedicte. Jedes Mal, wenn sie eine Assistentin so weit angelernt hatte, dass sie einigermaßen ordentlich arbeitete, kam Peter Münster-Smith und schnappte sie sich für ein »besonderes Projekt« oder ein »Entwicklungsprogramm« in seiner Abteilung. Und jedes Mal endete es mit einem gewaltigen Krach und einer Kündigung, entweder weil er ein so ungewöhnlich miserabler Vorgesetzter war – oder seine Griffel nicht bei sich behalten konnte. Vielleicht war es Glück im Unglück, dass Malene nicht sonderlich viel zu bieten hatte, weder innerlich noch äußerlich. Dadurch würde sie ihre Assistentin möglicherweise etwas länger behalten können.

Sie blickte auf. Ein dunkelhaariger, gut gekleideter Mann in ihrem Alter stand vor ihrem Schreibtisch.

»Ja?«, sagte sie. »Kann ich Ihnen helfen?«

»Frank Janssen. Polizei von Christianssund. Sind Sie Benedicte Johnstrup?«

»Ja?«

»Haben Sie ein Zimmer, in dem wir uns unterhalten können?«, fragte er mit einem Blick auf Malene, die sie unverblümt anstarrte. »Also unter vier Augen?«

Benedicte erhob sich voller banger Vorahnungen und nahm ihn mit in das kleine Sitzungszimmer.

»Haben Sie nicht vor einigen Stunden Ihren Mann gesucht?«, begann Frank Janssen und setzte sich an den Konferenztisch.

Benedicte blieb stehen. »Ist er gefunden worden?«

»Wissen Sie, was er anhatte, als er verschwand?«

Sie schüttelte langsam den Kopf. »Ich habe ihn seit gestern Morgen nicht mehr gesehen.«

»Könnte es sein, dass er Gummistiefel getragen hat?«

»Das weiß ich nicht, vielleicht schon.«

»Hat er dunkles Haar?«

»Dunkelblond. Also so eine unauffällige Farbe. Ganz kurz.«

»Ich weiß nicht, ob Sie es schon gehört haben, wir haben im Hinterhaus einen Toten gefunden.«

»Hier, auf dem Firmengelände?« Sie fasste sich an den Hals. »Ist es …?«

»Wir wissen es nicht, er hat keine Papiere dabei. Als wir hörten, dass Sie Ihren Mann vermissen … Ein merkwürdiger Zufall, oder?«

»Hat er … Ich meine, ist es …«

»Selbstmord? Nichts deutet darauf hin.«

»Darf ich ihn sehen?«

»Nicht bevor er ins Krankenhaus gebracht wurde.«

»Ins Krankenhaus?«

»Ja, die Rechtsmedizinische Abteilung befindet sich im Keller des Krankenhauses von Christianssund.« Frank Janssen zog sein Mobiltelefon aus der Tasche. »Vielleicht ist das ja auch gar nicht nötig. Darf ich Ihnen ein paar Fotos zeigen?«

»Von … der Leiche?« Erst jetzt setzte Benedicte sich. Sie hörte ihren Pulsschlag wie ein Brausen in den Ohren.

»Ganz ruhig, nichts Ekelhaftes. Ich habe lediglich einige seiner Sachen fotografiert. Vielleicht erkennen Sie ja etwas davon wieder.« Er zeigte auf das Display seines Handys.

Zunächst konnte Benedicte überhaupt nichts erkennen, das Bild auf dem kleinen Schirm verfloss vor ihren Augen, nach und nach gelang es ihr aber, sich auf das Foto zu konzentrieren.

»Nein«, sagte sie nach einer Weile. »Das ist nicht Martins Uhr, und seine Gummistiefel sind schwarz, nicht blau.« Langsam entspannte sie sich. »Nein.« Sie schüttelte den Kopf. »Das ist er nicht.«

»Gut.« Der Polizist steckte das Handy zurück in die Tasche. »Dann ist diese Möglichkeit ja aus der Welt.« Frank stand auf.

»Aber wo ist er?«

»Ihr Mann? Meinen Sie nicht, dass er im Laufe des Tages wieder auftauchen wird?«

»Also, einfach so wegzubleiben, ist überhaupt nicht seine Art.«

»Möglicherweise haben Sie etwas missverstanden? Vielleicht ist er auf einer Geschäftsreise?«

»Mit einem Wartezimmer voller Patienten? Wohl kaum.«

»Wenn er in ein paar Tagen nicht wieder aufgetaucht ist, rufen Sie bitte noch einmal an.«

»In ein paar Tagen?«

»Er ist ein erwachsener Mann. Wenn er auf einer Sauftour ist oder das Bedürfnis nach einer kleinen Pause hat, ist das seine Sache.«

»Er würde nie ...«

»Okay. Ich sorge dafür, dass eine Suchmeldung an die Polizeireviere rausgeht. Mehr können wir im Augenblick nicht tun.«

»Danke.«

»Ich habe zu danken.« Frank streckte eine Hand aus. »Möglicherweise müssen wir uns noch einmal unterhalten.«

Benedicte begleitete ihn zum Ausgang.

Malene kam ihnen entgegen. »Also, Benedicte, ich habe jetzt mit Peters Sekretärin geredet, wie du gesagt hast. Er ist verschwunden. Er antwortet auch nicht auf seinem Handy.«

»Seltsam. Wo steckt er? Na ja, dann müssen wir ...« Benedicte hielt mitten in der Bewegung inne. »Warten Sie«, rief sie dem Polizisten hinterher, der den Aufzug fast schon erreicht hatte. »Darf ich die Fotos noch einmal sehen?«

»Selbstverständlich.« Frank Janssen öffnete die Datei, dann hielt er sein Handy so, dass Benedicte aufs Display schauen konnte.

»Nicht das ... das Foto mit der Uhr«, sagte sie. »Ja, das.« Sie setzte Daumen und Zeigefinger auf den Touchscreen und vergrößerte das Foto.

»Das ist Peters Uhr«, erklärte sie und gab Frank Janssen das Telefon zurück. »Ganz sicher. Eine Patek Philippe, sauteuer. Er hat sie gekauft, als die ganze Führungsmannschaft vor ein paar Monaten in Paris war. Er musste sie unbedingt jedem zeigen.«

»Peter?«

»Peter Münster-Smith. Einer der Inhaber. Bisher hat ihn heute noch niemand erreichen können.« Sie sah den Polizisten an. »Es ist gut möglich, dass er dort oben liegt.«

6

»Komm, lass mich das letzte Stück machen.« Nick nahm Christina die Schleifmaschine aus der Hand und stieg die Leiter hinauf.

»Aber ...« Christina massierte ihre Hand, die nach fast einem ganzen Tag Arbeit mit dem unhandlichen Werkzeug schmerzte. »Ich habe doch gesagt, dass ich diesen Raum allein schaffe.«

»Und das hast du ja auch getan, oder?« Er drehte sich lächelnd zu ihr um. »Keiner von uns hat damit gerechnet, dass du bis zum Wochenende so weit kommst.«

»Ach.«

»Und schon gar nicht, nachdem du auch noch so lange mit dieser Polypin reden musstest.«

»So lange war das nun auch wieder nicht.«

»Nein, aber trotzdem. Du hast deine Sache gut gemacht, Chris, das ist so. Ich habe mit Jørn darüber gesprochen.« Nick lächelte noch immer.

»Danke.« Christina errötete über diese ungewohnte Aufmerksamkeit.

»Was hat sie denn gewollt?«, erkundigte sich Nick.

»Alles Mögliche. Ob ich etwas gehört hätte, als ich hier gearbeitet habe.«

»Und, hast du?«

»Nee. Ich hatte die Stöpsel meines iPods in den Ohren.«

»Und was noch?«

»Ob ich etwas gesehen hätte, als ich ging. Aber ich hatte ja nicht wirklich etwas gesehen.«

»Und wieso habt ihr dann so lange geredet?«

Christina zuckte mit den Schultern. »Ich musste das Ganze noch einmal wiederholen, die Polizistin hat es aufgezeichnet.« Sie erwähnte die Sohlenmuster nicht, die sie zu zeichnen versucht hatte. Pia Waage hatte sie gebeten, das Detail mit den Fußspuren für sich zu behalten.

Nick lächelte und drehte sich um. Er stellte die Schleifmaschine an. Der Lärm beendete jeden Versuch eines weiteren Gesprächs, Christina fing an aufzuräumen. Als sie sich nach einer leeren Verpackung bückte, spürte sie einen heftigen Stich im Rücken. Sie stöhnte leise und richtete sich auf, während sie die Hand auf ihren Lendenwirbel presste.

Die Schleifmaschine stoppte abrupt. »Hast du häufiger Rückenschmerzen?«, fragte Nick, der sie offenbar aus den Augenwinkeln beobachtet hatte.

»Manchmal. Eigentlich ist es in den Schultern schlimmer. Und im Nacken.«

»Soll ich dir ein paar Übungen zeigen, mit denen du das vermeiden kannst?«

»Hier?«

»Nein.« Er kontrollierte mit dem Finger den Putz an einer Steckdose. »In dem Fitnessstudio, in dem ich trainiere. Ich kann versuchen, dir einen Rabatt zu verschaffen.«

»Na ja …«

»Morgen früh? Ich bin um neun dort.«

Es fiel ihr schwer, das Angebot abzulehnen, also stimmte sie zu und räumte weiter auf, während Nick die Schleifarbeiten beendete. Sie ging mit einem Müllsack durch die gesamte Etage und sammelte den Müll ein. Leere Farbdosen, Jørns Pizzaschachteln, ein paar flach getretene Milchkartons und vieles mehr. Als sie den Sack in den Container im Hof geworfen hatte, hatte sie für heute Feierabend. Sie streckte sich und ging zu ihren beiden Kollegen.

Die Polizei war offenbar fertig mit dem Treppenaufgang und der Dachetage, aber noch immer sperrte ein rot-weiß gestreifter Plastikstreifen den Treppenabsatz, sodass man ohne eine besondere Erlaubnis nur bis zum ersten Stock kam.

Die beiden Gesellen redeten noch immer über den Mord. Christina hörte zu, während sie ihr Bier trank. Sie fand das alles ziemlich unangenehm, und es fiel ihr schwer, sich an dem morbiden Rätselraten über die Mordmethode, den Spekulationen über die Identität der Leiche und die ekelhaften Geschichten über andere Leichenfunde in der letzten Zeit zu beteiligen.

»Danke für das Bier«, sagte sie und stand auf, als sie den letzten Schluck getrunken hatte. »Und schönes Wochenende.«

Während der Fahrradfahrt nach Hause war es noch kälter als am Tag zuvor, und es schneite immer stärker, also trat sie nur noch fester in die Pedale. Als sie den letzten Hügel hinauffuhr, spürte sie, wie der Schnee schmolz und die Vorderseiten ihrer Hosenbeine durchweichte. Mistwetter.

Christina ging direkt in den Waschkeller und steckte ihre nassen Sachen in die Waschmaschine, bevor sie den viel zu großen Bademantel und die Hausschuhe anzog und die Treppe zur Wohnung ihrer Eltern hinaufging.

»Christina!«, rief ihre Mutter beim Anblick ihrer durchfrorenen Tochter aus. »Du siehst ja aus wie eine ertrunkene Maus.«

»So fühle ich mich auch.« Christina stellte verblüfft fest, dass ihre Stimme bebte.

»Ist irgendetwas nicht in Ordnung, Schatz?« Kirsten Isakson legte einen Arm um ihre Tochter, und plötzlich löste sich etwas in Christina. Die ganze Geschichte sprudelte aus ihr heraus, wobei sie untröstlich schluchzte. Alles, was sie den ganzen Tag über in sich hineingefressen hatte, damit ihre Kollegen sich nicht über sie lustig machten.

»Möchtest du eine Tasse heißen Kakao?«, erkundigte sich ihre Mutter, als der Redestrom und die Tränen allmählich nachließen.

»Ja danke.« Christina putzte sich die Nase. »Und danach würde ich gern ein heißes Bad nehmen, wenn das okay ist.« Sie wischte sich die Tränen mit dem Ärmel ihres Bademantels aus dem Gesicht.

Erst jetzt bemerkte sie, dass auch ihr Vater in die Küche gekommen war. Er saß mit einem gestreiften Plaid über den Beinen in seinem Rollstuhl und sah sie an.

Christina umarmte ihn. »Mach dir keine Sorgen, Papa. Ich bin okay.«

»Wissen sie inzwischen, wer es ist?«, fragte ihr Vater und fischte seine Zigaretten aus der Brusttasche. »Also der Tote.« Er ignorierte den Blick seiner Frau und bot seiner Tochter eine Zigarette an.

»Nein.« Christina zündete sich eine Zigarette an und inhalierte dankbar. »Oder sie haben es uns noch nicht erzählt.«

»Könnt ihr nicht in den Wintergarten gehen, wenn ihr unbedingt rauchen müsst?«, fragte Kirsten. »Ich bringe euch den Kakao. Willst du auch eine Tasse, Villy?«

In dem gut isolierten Wintergarten herrschte eine angenehme Temperatur, denn hier hielt sich Villy Isakson den größten Teil des

Tages auf. Hier bastelte er an seinen Projekten – Konstruktionen aus Streichhölzern ohne Zündköpfe, die er tütenweise kaufte. Hier stand alles aufgereiht, von kleinen Häuschen bis zu groß angelegten Nachbauten der Domkirche von Christianssund und des Kopenhagener Rathauses. Die Streichholzhäuschen waren seine mentale Rettung, seit er nach einem Arbeitsunfall vor einigen Jahren querschnittsgelähmt war. Die Basteleien zeigten seine große handwerkliche Begabung, und sie machten ihn stolz. Er behauptete, dass er ohne diese Beschäftigung wahnsinnig werden würde.

Außerdem konnte er hier in Ruhe seine geliebten Zigaretten rauchen. »Die nimmst du mir nicht weg, Kirsten«, sagte er regelmäßig zu seiner Frau, wenn sie mehr oder weniger direkt versuchte, ihn darauf aufmerksam zu machen, wie gefährlich das Rauchen für einen übergewichtigen, zum Sitzen verurteilten Mann ist.

»Macht die Tür zum Wohnzimmer zu, und kippt das oberste Fenster an«, sagte sie zu ihrer Tochter. »Dann müssen wir uns nicht streiten.« Sie zwinkerte ihrer Tochter zu.

»Was baust du gerade, Papa?«, wollte Christina wissen, die mit schlechtem Gewissen bemerkte, dass er mit einem Projekt nahezu fertig war, an das sie sich einfach nicht erinnern konnte. Hatte sie ihn wirklich so lange nicht gesehen?

»Erkennst du es nicht? Es ist das neue Firmengebäude von Petax Entreprises. Arbeitest du nicht im Augenblick dort?«

»Im Hinterhaus, ja. Das Vorderhaus sehen wir nicht so oft, aber jetzt, wo du es sagst, erkenne ich es natürlich.« Sie hielt ihren Bademantel am Hals zusammen, während sie sich über das Streichholzgebäude beugte und die zierliche Konstruktion bewunderte. »War das nicht schwierig, diese Bögen über den Fenstern zu bauen?«, fragte sie und strich die Asche ihrer Zigarette in dem bereits übervollen Aschenbecher ab.

»Nein, man muss nur wissen, wie es geht.« Villy nahm ein Streichholz und ein Skalpell und zeigte seiner Tochter, wie er eine Reihe feiner Kerben in eine Seite des Streichholzes schnitt.

»Dann lege ich es in kochendes Wasser, und nach einer Weile kann man es so biegen, wie man es braucht.«

»Clever.« Christina richtete sich auf.

Kirsten Isakson kam mit zwei dampfenden Bechern in den Händen. »Puh, ist es hier zugequalmt«, beschwerte sie sich.

»Wir haben das Fenster aufgemacht«, erwiderte Christina und nahm ihr einen Becher ab.

»Wenn wenigstens du damit aufhören würdest, Schatz.«

»Darüber will ich jetzt nicht diskutieren.« Christina pustete auf den heißen Kakao.

Sie saßen eine halbe Stunde zu dritt im Wintergarten, und Christina merkte, wie sich ihr Nervensystem allmählich beruhigte.

Nach einem langen Bad und einer Portion Würstchen zog sie sich in ihren Keller zurück. Auf ihrem Handy, das sie absichtlich unten hatte liegen lassen, fand sie einige Kurznachrichten von Freundinnen, die mit ihr ausgehen wollten. Sie schaute eine Weile auf die letzten Nachrichten und überlegte. Dann antwortete sie kurz angebunden, dass sie andere Pläne hätte, stellte das Handy ab und kroch mit *Sturmhöhe* ins Bett. Sie las es schon mindestens zum siebten Mal.

7

»Wie oft machen Sie hier sauber?« Frank Janssen sah sich in dem imponierenden Wohnzimmer von Peter Münster-Smith um. Jede Spur menschlichen Lebens schien wie weggeblasen, sämtliche Flächen – Glas, Stahl, Leder, Granit, sogar die großen Gemälde an der fensterlosen Wand des Raumes – waren fleckenfrei und glänzten klinisch sauber. Es sah aus wie der Lounge-Bereich eines gerade eröffneten Luxushotels.

»Jeden Tag.« Die etwas ältere Frau sah ihn mit einem leicht brüskierten Gesichtsausdruck an. »Was sonst?«

»Wohnen Sie auch hier?«, erkundigte sich Pia Waage und riss sich von der Aussicht los, einem Hundertachtziggrad-Panoramablick über Christianssund, den Hafen und den Fjord. Die Lichter der Stadt glitzerten in der Dunkelheit.

»Selbstverständlich. Schließlich bin ich die Haushälterin, nicht wahr?« Vera Kjeldsen blieb mit verschränkten Armen stehen. Wenn man genau hinsah, ließ sich erahnen, dass ihre Augen und ihre Nasenlöcher eine Spur gerötet waren, sonst sah man ihr nicht an, ob der Tod ihres Arbeitgebers sie berührt hatte.

»Dürfen wir Ihr Zimmer sehen?«

Die Haushälterin erwiderte den Blick der Polizeiassistentin. »Ich habe doch nichts verbrochen, oder?«

»Beruhigen Sie sich«, sagte Pia mit einer Stimme, die frei von jeder Aggression war.

Vera blickte sie noch einen Moment an, dann wandte sie sich wortlos um.

Die beiden Ermittler folgten ihr durch eine Halle in den zweiten großen Aufenthaltsraum der Wohnung, in dem Küchenelemente aus schwarzem Lack und Stahl eine ganze Wand füllten, während die andere Seite von einem ovalen Esstisch für zwölf Personen aus blankpoliertem Holz dominiert wurde. Die Tischplatte bestand aus einer einzigen großen runden Scheibe eines Baumstamms mit Hunderten sichtbaren Jahresringen.

»Kalifornischer Küstenmammutbaum, ein Spezialimport«, erläuterte die Haushälterin, als sie sah, wie Frank fasziniert seine Finger über die seidenglatte Oberfläche gleiten ließ.

Pias Blick hatte sich erneut der Aussicht zugewandt. Von dieser Ecke aus sah man das östliche Hinterland von Christianssund, den Wald und natürlich auch noch etwas mehr vom Fjord. Das Penthouse von Peter Münster-Smith hat die beste Aussicht von Christianssund, dachte sie.

»Hier wohne ich«, informierte Vera Kjeldsen und stieß eine Tür an der Längswand auf.

Ein großes Schlaf- und Wohnzimmer, eine kleine Essküche, ein hübsch gefliestes Badezimmer.

»Nett«, sagte Pia. »Wohnen Sie schon lange hier?«

»Wir sind vor knapp drei Jahren eingezogen.«

»Und wie lange arbeiten Sie schon für Peter Münster-Smith?«

»Über dreizehn Jahre. Aber damit ist jetzt ja wohl Schluss.« Ihre gleichgültige Maske war kurz davor, Risse zu bekommen. Dann rieb sie sich mürrisch die Augen und fasste sich wieder. »Wer weiß, wie viel Zeit die mir geben, eine andere Wohnung zu finden.«

»Die?«

»Die Erben. Ich vermute, dass Peters Geschwister erben werden. Die Eltern sind tot, und Peter war nicht gerade der Typ, der in seinem Testament den Katzenschutzverein als Erben seines Vermögens eingesetzt hätte.«

»Haben Sie die Namen und Adressen seiner Geschwister?« Pia Waage zog ihren Block heraus.

»Der Bruder wohnt in Kapstadt, soweit ich weiß. Ulrik Münster-Smith. Die Schwester heißt Charlotte. Ich habe keine Ahnung, wo sie lebt oder ob sie unter einem anderen Namen verheiratet ist. Begegnet bin ich den beiden nie.«

»Die drei haben sich nicht oft gesehen?«

Vera zuckte mit den Schultern.

»Wann haben Sie Peter Münster-Smith zuletzt gesehen?«, wollte Frank von ihr wissen.

»Gestern Morgen. Gegen halb neun oder so.«

»Hat er etwas über seine Pläne für den Tag gesagt?«

»Nein.«

»Nicht einmal, ob er zum Essen nach Hause kommen wird?«

»Nein.«

»Aber Sie sind doch vermutlich für die Küche verantwortlich?«

»Nur fürs Frühstück. Außerdem kaufe ich natürlich ein. Was Peter auf die Liste schreibt und was ich zum Saubermachen brauche.«

»Und wer kocht dann?«

»Peter natürlich.« Vera sah ihn an. »Peter ist … war ein guter Koch, obwohl er an den meisten Abenden auswärts gegessen hat.«

»Und wenn er zu Hause war, hat er selbst gekocht. Haben Sie zusammen gegessen?«

»Nein.«

»Nie?«

»Wenn wir etwas zu besprechen hatten, er zum Beispiel eine Einladung plante, dann haben wir zusammen einen Kaffee getrunken. Aber sonst nie. Peter hielt sehr auf die Form. Wir waren Arbeitgeber und Arbeitnehmer, keine Familie. Und um ganz ehrlich zu sein, ich war sehr zufrieden mit dieser Regelung. Ich will freihaben, wenn ich Feierabend habe.«

»Aber Sie sind gut miteinander ausgekommen?«

»Sonst wäre ich ja wohl nicht hier, oder?«

»Wie sind Sie zu dem Job gekommen?«, erkundigte sich Pia.

Wieder zuckte Vera die Achseln. »Durch Mund-zu-Mund-Propaganda.«

»Wie?« Pia setzte sich an den imponierenden Esstisch und bedeutete Vera, sich ebenfalls zu setzen.

»Erzählen Sie nur weiter«, sagte Frank. »Ich sehe mir den Rest der Wohnung an.«

Abgesehen von dem großen Küchenraum und dem riesigen Wohnzimmer bestand Peter Münster-Smiths Teil des Penthouses aus einem großen Arbeitszimmer, einem noch größeren Schlafzimmer, zwei Gästezimmern und drei Badezimmern, eins davon war mit einem Whirlpool und der avanciertesten Duschkabine ausgestattet, die Frank je gesehen hatte – mit Strahlen von oben und unten und von den Seiten. Wohn- und Schlafzimmer verfügten über einen Zugang zu einer breiten, mit einem Holzfußboden ausgelegten Terrasse.

Draußen konnte er die Umrisse einiger Möbel erkennen: eine abgedeckte Außenküche, eine Sitzgruppe und zwei Liegen, die nebeneinanderstanden und mit einer Lage Schnee bedeckt waren. Im Sommer muss es hier fantastisch schön sein, dachte Frank, der es längst aufgegeben hatte, sich seinen Neid nicht einzugestehen.

Er ging ins Arbeitszimmer. Mehrere Bildschirme standen in einer Reihe, es gab einen Drucker, einen Aktenvernichter und einige weitere Büromaschinen. An der Wand hing eine teure Musikanlage. Alles nagelneu, registrierte er. Frank sah keine Aktenordner, und die Schubladen des schwarz lackierten Schreibtisches waren bemerkenswert leer. Peter Münster-Smith war offenbar ein Mann, der für die papierlose Gesellschaft eintrat, dachte Frank und rief den Computerexperten des NITEC an, des National IT Ermittlungscenters.

»Ja, vier Computer«, sagte er. »Zumindest sind es vier Bildschirme, die mit demselben Computer verbunden sind. Davon verstehe ich nichts … Nein, selbstverständlich habe ich nicht versucht, sie einzuschalten … Ja, ihr könnt einfach kommen. Wir sind hier bestimmt noch eine Stunde beschäftigt.«

Frank ging weiter ins Schlafzimmer. Hier sah es auf den ersten Blick ebenso unpersönlich, klinisch sauber und ordentlich aus wie in den übrigen Räumen. Ein großes Doppelbett mit einer gesteppten, perlgrauen Decke dominierte das Zimmer. Er öffnete einen der eingebauten Schränke, die sich über die ganze Wand zogen und deren Türen Spiegel enthielten. Anzüge hingen nach Farben sortiert auf Bügeln. Frank steckte aus reiner Routine die Hände in eine Jacketttasche nach der anderen. Natürlich fand er nichts. Die Hemden lagen ebenfalls nach Farben sortiert in Schrankfächern. Jedes einzelne war professionell gefaltet und mit einer Papierschleife der Reinigung versehen. Frank nahm ein Hemd heraus. Auf dem schmalen Papierstreifen stand Peter Münsters Name, geschrieben in einer einfachen, eleganten Schrift. Die Papierschleifen wurden also für ihn produziert und stammten nicht aus irgendeiner öffentlichen Reinigung. Wusch, bügelte und faltete Vera wirklich jedes einzelne Hemd, bevor sie die Papierschleifen mit Nadeln feststeckte? Vielleicht hatte Peter Münster-Smith es so verlangt, vielleicht geschah es auch auf ihre eigene Initiative hin. Frank legte das Hemd zurück in den Schrank. Er öffnete weitere Einbauschränke und sah, dass überall die gleiche penible Ordnung herrschte. Schuhe, Socken, Unterwäsche. Alles war perfekt sortiert und glänzte vor Sauberkeit. Nirgendwo sah man auch nur ein Staubkorn, nicht einmal ganz hinten im Schrank. Frank bekam allmählich eine Vorstellung davon, womit sich die Vollzeithaushälterin des einzigen Bewohners dieser Wohnung beschäftigte.

Eine hohe moderne Nussbaumkommode war abgeschlossen. Frank ging zurück in die Küche.

»Nein«, sagte Vera, der in der Zwischenzeit offensichtlich die Tränen gekommen waren, »dafür habe ich keinen Schlüssel. Die Kommode ist privat.«

»Sie wissen auch nicht, wo er den Schlüssel aufbewahrte?«

»Haben Sie es schon mit seinem Schlüsselbund versucht?«

»Das ist hier.« Pia hob eine Plastiktüte mit einem Schlüsselring. Die Spuren des Fingerabdruckpuders der Kriminaltechniker waren noch darauf zu sehen. »Autoschlüssel, Wohnungsschlüssel, Büroschlüssel ... Das sieht aus wie ein Fahrradschlüssel.«

»Er hat ein Mountainbike«, warf Vera ein und tupfte sich die Nase mit einer Papierserviette. »Für den Sommer.«

»Vermutlich ist es der hier.« Pia hielt einen ganz einfachen, fast zierlich aussehenden Schlüssel hoch.

»Ich nehme einfach mal das ganze Bund mit.«

Bingo, dachte Frank, als der Schlüssel ins Loch glitt und ohne Widerstand aufschloss. Bingo, wiederholte er innerlich, als er zunächst die oberste, dann nacheinander die übrigen Schubladen öffnete. Bingo, bingo, bingo. Hier lag offensichtlich das Privatleben von Peter Münster-Smith komprimiert vor ihm. Alles Chaos und der ganze Krempel, der so konsequent in dem Rest der klinisch sauberen Wohnung fehlte, hatte er in dieses elegante Möbelstück verbannt. Kunterbunt durcheinander.

Frank zog ein paar Latexhandschuhe an und begann. In der obersten Schublade fand er eine randvolle Reißverschlusstüte mit Marihuana sowie eine Tüte mit acht bis zehn Gramm eines weißen Pulvers. Er wettete, dass es sich um Kokain handelte, aber das mussten die Techniker herausfinden. Es gab auch einige Tablettengläser, in denen alles Mögliche sein konnte, von Schlaftabletten bis hin zu Medikamenten gegen irgendwelche Allergien. Frank schloss die Schublade wieder. Auch das mussten Sachkundigere entscheiden. In der mittleren Schublade lag die obligatorische Menge an Pornoheften und eine Handvoll DVDs. Ohne sie unnötig anzufassen, konstatierte Frank, dass es um Heterosex und ein paar lesbische

Szenen ging. Die Sammlung war der seinen zum Verwechseln ähnlich.

In der untersten Schublade fand er ein paar Sexspielzeuge. Gepolsterte Handschellen, einen Buttplug, einen Cockring. Wieder: nichts Ungewöhnliches für einen alleinstehenden Mann mit Appetit auf ein variationsreiches Sexualleben. In einer Schachtel lag ein weißer USB-Stick. Frank kribbelte es in den Fingern, den Inhalt sofort zu überprüfen, aber er beherrschte sich. Er konnte seine Lust später befriedigen.

Kurz darauf öffnete Vera zwei Kriminaltechnikern die Tür. Frank tat so, als würde er ihr Gemecker überhören, dass er sich vor ihnen in der Wohnung umgesehen hatte. Er zeigte ihnen das Arbeitszimmer und die Kommode im Schlafzimmer, bevor er und Pia die Wohnung verließen.

»Sie tut mir leid«, sagte Pia, als sie im Fahrstuhl standen. »Ihr wird wirklich der Teppich unter den Füßen weggezogen.«

»Hat sie noch etwas Interessantes erzählt?«

»Na ja, nachdem du gegangen bist, haben wir uns über ihr Verhältnis zu Peter Münster-Smith unterhalten. Sie mochte ihn sehr.« Pia trat zuerst aus dem Aufzug. »Gestern Abend hat mehrfach eine Frau angerufen. Um halb acht und um Viertel nach acht. Um zehn ist sie dann an der Haustür aufgetaucht. Die Frau behauptete, sie hätte eine Verabredung mit Peter zum Abendessen gehabt, aber er sei nicht erschienen. Sie hätte mehrere Nachrichten auf seinem Handy hinterlassen.«

»Wenn die Gerichtsmediziner recht haben und er zu diesem Zeitpunkt bereits tot war, überrascht es mich nicht, dass er seine Verabredung nicht eingehalten hat.« Frank sah Pia an. »Hatte Vera einen Namen für sein Date?«

»Nur den Vornamen. Sara. Vera hatte sie noch nie gesehen.«

»Tja, hoffen wir, dass sie sich selbst an uns wendet.« Frank schloss ihren Dienstwagen mit einem Klicken der Fernbedienung auf. »Abgesehen davon, wie sieht es mit Veras Alibi aus?«

»Sie befand sich in der Wohnung. Hat Bratkartoffeln mit Spiegelei gegessen und sich einen Krimi auf TV2 Charlie angesehen. Sie war nicht mit irgendjemandem zusammen, der das bestätigen könnte.«

»Aber wenn wir diese Sara fänden ...«

»Ja, sie könnte Veras Geschichte bestätigen.«

»Allerdings erst ab halb acht.«

»Auch wieder richtig.«

8

»Wie wurde er eigentlich ermordet?«, wollte der junge Mann mit dem etwas zu strammen Krawattenknoten wissen. »Hat man es Ihnen erzählt?«

»Messerstich«, antwortete Axel Holkenfeldt und wich dem Blick des Jungen aus. Der neue Freund der Tochter zeigte sich außerordentlich interessiert an dem Drama, das sich an diesem Tag bei Petax abgespielt hatte. »Möchtest du noch Kartoffeln?«

»Ja danke. Man hat ihm die Brieftasche gestohlen, oder?«

»Soweit ich weiß, ja. Aber die Polizei hat Wichtigeres zu tun, als uns auf dem Laufenden zu halten. Ich bin sicher, du erfährst weitere Details eher morgen aus der Zeitung als von mir.«

»Haben Sie die Leiche gesehen?«

»Ich habe ihn identifiziert, ja.« Axel warf seiner Frau einen Blick zu.

Julie legte eine Hand auf den Arm des Jungen. »Ich finde, wir sollten hier bei Tisch nicht mehr über dieses Thema sprechen.«

»Oh, Entschuldigung, ich wusste nicht …«

»Peter und meine Eltern kannten sich schon sehr lange, Emil«, erklärte Caroline. »Das Ganze ist nicht leicht.«

Glücklicherweise klingelte Axels Mobiltelefon und unterbrach die Sintflut an Entschuldigungen, die jetzt aus dem jungen Mann herausbrach. Emil. Axel musste versuchen, sich den Namen einzuprägen. Laut sagte er: »Es ist unsere Kommunikationschefin. Ich muss leider …«

Julie nickte, ohne ihn anzusehen. Es war das dritte Mal, dass er den Tisch verließ, um einen Anruf zu beantworten – und mindestens das achte Telefonat, seit er vor anderthalb Stunden nach Hause gekommen war. Im Konzern hatte das tragische Ereignis Bestürzung und Unruhe hervorgebracht. Die spanischen Investoren waren extrem nervös, die Mitarbeiter verunsichert und verstört. Der Leiter der Architekturabteilung, der seinen Geburtstagsempfang am Nachmittag hatte absagen müssen, bemühte sich bereits eifrig um einen neuen Termin, und Peters Sekretärin hatte sich in psychologische Betreuung begeben müssen. Axel verließ das Esszimmer und nahm den Anruf entgegen.

»Benedicte, hej!«, meldete er sich und stellte sich ans Fenster seines Arbeitszimmers. »Wie geht's?«

»Besch…eiden. Martin ist immer noch nicht nach Hause gekommen.«

»Wie, immer noch nicht?«

»Das habe ich dir doch gestern erzählt, Axel. Deshalb sind wir so früh nach Hause gefahren. Er ist jetzt seit vierundzwanzig Stunden verschwunden.«

»Ach ja, richtig. Entschuldige, aber du weißt ja, ich musste mich um andere Dinge kümmern.«

»Wie nimmt Julie es auf?«

»Standhaft. Du kennst sie ja. Es braucht mehr als einen Messerstich, um sie umzuwerfen.«

»Ich dachte, sie mochte Peter.«

»Ja, das hat sie auch. Ich vermute, die Reaktion kommt noch.«

»Und wie geht es dir?« Als er nicht antwortete, fügte sie hinzu: »War es sehr schlimm? Ihn zu sehen, meine ich.«

»Es war nicht gerade angenehm.« Axel setzte sich auf seinen Schreibtischstuhl. »Aber sie hatten ihn ordentlich hergerichtet.« Er hatte nicht das Bedürfnis, weiter davon zu erzählen, wie es war, die Leiche seines ältesten Freundes zu identifizieren. Er kannte das Gesicht zu gut. Die kurzen, leicht grau melierten Haare. Die Augenbrauen, die Peter professionell hatte schneiden lassen, darauf hätte er schwören können. Den leichten dunklen Bartschatten. Die Narbe am rechten Mundwinkel. Das Personal der Rechtsmedizinischen Abteilung hatte ein Laken über Peters Körper gelegt, das nur das Gesicht frei ließ, nicht einmal den Hals hatte er sehen können. Axel wusste genau, was das bedeutete, und er war dankbar, dass er die Stichwunden nicht sehen musste. Während er dort stand und die Leiche betrachtete, hatte er mit einem Mal das Gefühl, als würden die Jahre verschwinden. Peters Lachfältchen glätteten sich, die grauen Sprenkel in seinem Haar wurden unsichtbar, die Haut lag wieder straff um die Kieferpartie. Wie nahe sie sich damals doch standen, hatte Alex gedacht. Wie sehr er ihn bewunderte, ihn fast liebte. Nachdem er mit einem Nicken bestätigt hatte, dass der Tote Peter Münster-Smith war, der Mitinhaber von Petax Entreprise und einer Reihe von Schwester- und Tochterfirmen, durfte er gehen. Die Polizei wollte ihn morgen ausführlich vernehmen, sie bedankten sich für seine Hilfe.

»Haben sie etwas gesagt?«, erkundigte sich Benedicte.

»Gesagt? Was meinst du?« Axel hörte selbst, wie gereizt er klang.

»Zu ... der Geschichte. Ich weiß nicht, entschuldige, dass ich gefragt habe.«

Axel seufzte. »Nein, ich muss mich entschuldigen. Ich kann einfach keine Fragen mehr beantworten.«

»Ich lasse dich jetzt in Ruhe. Ich wollte nur hören, wie's dir geht.«

»Ich vermisse dich.« Die Worte blieben unbeantwortet in der Luft hängen. Er war nicht sicher, ob sie ihn verstanden hatte, bevor sie auflegte.

Axel blieb noch eine Weile in dem halbdunklen Arbeitszimmer sitzen und starrte hinaus in die Nacht. Die kahle Trauerweide im Vorgarten bewegte sich im Wind und ließ das Licht der Straßenlaterne flackern. Es war kälter geworden, im Laufe des Wochenendes sollte es immer wieder schneien. Axel wischte sich mit dem Handrücken eine Träne aus dem Augenwinkel, erhob sich hastig und ging zurück ins Esszimmer. Auf dem Weg schaltete er sein Smartphone aus.

*

Die Kommunikationschefin? Als ob Julie nicht ganz genau wusste, dass Axels Beziehung zu Benedicte Johnstrup nicht nur rein professionell war. Er selbst glaubte, er sei clever mit all seinen Ausreden und Manövern, aber so einfach konnte er sie nicht zum Narren halten.

Axel kam nach einer Viertelstunde zurück. Er sah müde aus.

»Na, da bist du ja, Lieber.« Julies Lächeln war ebenso gut trainiert wie ihr Körper. Sie wusste, wie wenig kleidsam es war, negative Gefühle zu zeigen, also tat sie es ausgesprochen selten. Und schon gar nicht, wenn sie Gäste hatten. »Möchtest du noch etwas vom Hauptgericht? Oder sollen wir direkt zum Dessert übergehen?«

»Ich denke, ich brauche jetzt etwas Süßes«, erwiderte Axel. »Ich habe es abgestellt«, er hielt das ausgeschaltete Telefon in die Höhe, »jetzt werden wir nicht mehr gestört.«

»Wer erbt eigentlich Peters Anteil?«, wollte Caroline wissen. »Er war doch nicht verheiratet, oder?«

»Die Juristen der Firma prüfen im Augenblick, wo wir stehen. Vermutlich werden Peters Geschwister seinen Anteil erben.«

»Kommst du mit ihnen klar?«

»Es ist viele Jahre her, seit ich sie zuletzt gesehen habe.« Axel schaute seine Frau an. »Seit Peters vierzigstem Geburtstag nicht mehr, oder?«

»Das kann sein«, sagte Julie. Sie behielt das Au-pair-Mädchen im Auge, das die Teller einsammelte. »Zu seinem Fünfzigsten sind sie jedenfalls nicht aufgetaucht.«

»Vielleicht waren sie gar nicht eingeladen«, vermutete Caroline.

»Das waren sie bestimmt«, erwiderte Axel. »Aber sie wohnen weit weg. Der Bruder in Südafrika, die Schwester in London. Vielleicht war es ihnen das Ticket nicht wert.«

»Wenn der Bruder fünfzig wird?« Caroline schüttelte den Kopf. »Die müssen ja echt merkwürdig sein.«

»Das hoffe ich nicht. Wenn wir auch weiterhin Partner sein wollen, meine ich.«

»Danke, Mai«, sagte Julie zu dem Au-pair-Mädchen, das einen Stapel Platten und Teller zur Tür balancierte. Dann sah sie wieder ihren Mann an. »Das wird sicher nicht einfach.«

Axel leerte sein Glas und schenkte allen noch etwas Rotwein nach.

»Was macht Ihre Firma eigentlich genau?«, erkundigte sich Emil.

»Wir bauen Häuser«, erklärte Axel. »Sowohl in Dänemark als auch im Ausland. Außerdem kaufen wir alte Gebäude und renovieren sie.«

»Wie zum Beispiel das Sundværket«, warf Caroline ein. »Das kennst du doch, Emil.«

Natürlich kannte er das Sundværket. Einst war es eine der größten Werften Dänemarks gewesen. Die Gebäude lagen auf einer künstlichen Insel, die durch eine Brücke mit Christianssund verbunden war. Als die Werft in Konkurs ging, standen Lagergebäude, Werfthallen und Büroräume einige Jahre leer, bis Petax Entreprise den gesamten Komplex mit einer außergewöhnlichen Garantiesumme der Stadt aufkaufte und renovierte. Die instand gesetzten Gebäude wurden an Werbeagenturen, Architekten oder Designer verkauft oder vermietet. Auf dem östlichen Teil der Insel ließ Petax Entreprise ein exklusives Wohngebiet entstehen, in dem sich Ladengeschäfte und Cafés angesiedelt hatten. Die größte und schönste aller Wohnungen am Sundværket war natürlich das Penthouse von Peter Münster-Smith in der obersten Etage eines Hochhauses. Aber niemand aus der Familie Holkenfeldt wollte Emil jetzt davon erzählen.

»Und dann ist da noch unser neuer Hauptsitz an der Kingos Allé«, fuhr Axel fort. »Ein Palais aus dem achtzehnten Jahrhundert, das unter Denkmalschutz steht. Der reichste Kaufmann von Christianssund hat früher darin gewohnt. Es ist ganz unbeschreiblich. Das musst du dir mal von Caroline zeigen lassen, Emil. Wir sind fast fertig mit der Renovierung.«

»Wahrscheinlich gebt ihr doch bald eine Housewarming-Party?«, fragte Julie.

»Na ja, ob wir das machen, jetzt, wo Peter ...« Axel hielt inne.

»Abgesehen davon, muss das Hinterhaus noch fertig werden. Im Augenblick sitzen wir noch sehr gedrängt.«

Du könntest deine Frau zumindest einmal wieder auf einen Rundgang durch das Gebäude einladen, dachte Julie. Schließlich wäre dein ganzes feines Imperium ohne mich niemals so groß geworden. Aber das vergisst du ja gern. Sie sah ihren Mann an, der das Glas Rotwein bereits ausgetrunken hatte, das er sich erst vor wenigen Minuten eingeschenkt hatte. Heute Abend würde er sich wieder betrinken. Ich bin diese Trinkerei so leid, dachte sie. Aber auch das sagte sie nicht laut.

Mai teilte kleine Teller aus und servierte den Nachtisch, einen Blaubeer-Käsekuchen von dem guten Bäcker in der Algade. »Kaffee?«, fragte sie und sah Julie an.

»Ja danke.« Julie schnitt ein Stück Kuchen ab und reichte es Emil.

»Ich liebe Käsekuchen«, erklärte er. Seine Krawatte hatte sich im Laufe des Abends gelockert, nun saß sie schief. Julie hatte größte Lust, sie zu richten, aber so etwas tat man nicht.

»Nur ein kleines Stück bitte, Mama.« Caroline machte eine ihrer zahllosen Schlankheitskuren, obwohl niemand außer ihr auch nur ein einziges überflüssiges Gramm an ihr finden konnte.

Julie musste Axel nicht fragen, ob er Kuchen wollte. Er hielt ihr bereits seinen Teller hin, und sie kannte ihren Mann gut genug, um ihm ein ordentliches Dreieck abzuschneiden.

Doch auch zum Nachtisch blieb das Abendessen unerträglich. Emil kam immer wieder auf den Fund von Peters Leiche zurück. Er hatte alle möglichen Theorien und Meinungen und fragte seine Gastgeber schamlos aus. Axel antwortete so höflich er konnte, aber Julie sah, wie sehr er sich zusammennehmen musste, um dem sensationslüsternen jungen Mann nicht die Zähne einzuschlagen.

Caroline schien nichts zu bemerken. Sie sah Emil an, als sei er das achte Weltwunder und seine nicht sonderlich durchdachten Bemerkungen Ausdruck eines ungemein überlegenen Intellekts.

Nach dem Abendessen gingen die beiden Jugendlichen in den Billardkeller. Sie luden das Gastgeberehepaar höflich ein mitzukommen, konnten ihre Erleichterung aber nur schwer verbergen, als weder Axel noch Julie Lust hatten, Poolbillard zu spielen.

»Vielen Dank für das Abendessen«, sagte Axel und erhob sich.

»Nichts zu danken«, erwiderte Julie und sah ihm nach, als er durch die Tür verschwand. »Gern geschehen ... Liebster«, fügte sie so leise hinzu, dass nur sie selbst es hörte.

9 Pia Waage hängte das letzte Foto neben die anderen, trat einen Schritt zurück und gähnte laut. Es war bald einundzwanzig Uhr, und sie war seit sieben auf den Beinen. Wenn ich nicht bald engen Kontakt zu meiner Bettdecke bekomme, werde ich ohnmächtig, dachte sie und ließ sich auf einen Stuhl fallen.

Ihr Kollege, der Polizeiassistent Svend Gerner, gähnte ebenfalls. Zusammen mit seinem neuen Partner Thor Bentzen und ein paar anderen Beamten hatte er die langwierige und zähe Arbeit übernommen, mit allen Mitarbeitern von Petax Entreprise zu sprechen. Jetzt zog er sich seinen Mantel an und band sich den Schal um.

»Wann sehen wir uns morgen?«

»Um acht«, antwortete Frank Janssen, der ihm den Rücken zuwandte. Er hatte sich vor die Tafel gestellt, um sich die makabren Fotos anzusehen.

»Ist es okay, wenn ich jetzt gehe?«

»Ist euer Bericht fertig?«

»Hier ist die Zusammenfassung.« Gerner zeigte auf eine Klarsichthülle.

Frank riss sich von den Fotos los und griff nach der Hülle. »Irgendetwas Interessantes?«

»Steht alles da drin.«

»Seid ihr zum Beispiel auf eine Mitarbeiterin mit dem Vornamen Sara gestoßen?«

»Nope.« Gerner zog Handschuhe an. »Ich habe auch den Bericht des Hundeführers beigelegt. Sie haben nichts gefunden.«

»Nichts in dem Container?«

»Er hat ihn selbst überprüft, weil er sich nicht traute, den Hund hineinzusetzen. Es lagen Glas und rostige Nägel darin. Aber er hat den Hund die Umgebung absuchen lassen, und der Hund hat zu keinem Zeitpunkt angeschlagen.« Wieder gähnte Gerner. »Entschuldigung. Ich muss wirklich ins Bett.«

»Dann bis morgen.«

In den nächsten Minuten war es still in dem großen Gemeinschaftsbüro, das als Besprechungsraum des Teams diente. Frank überflog den Bericht, während Pia mehr in einem Sessel lag als saß. Ihr Blick hing an den Farbfotos der Anschlagtafel. Bilder des Tores zur Kingos Allé, des Hofplatzes mit dem Halbdach für Fahrräder, dem rostigen Container und der Tür zum Hinterhaus. Fotos des Treppenhauses und der Tür zur zweiten Etage.

Ein Bild zeigte die Überwachungskamera, die am Tor des Gebäudes angebracht war. Unglücklicherweise waren weder sie noch die anderen Kameras an diesem Abend eingeschaltet, das Sicherheitssystem war wegen der Umbauten nicht in Betrieb. Mist, dachte Pia. Nur eine einzige Aufnahme in einigermaßen brauchbarer Qualität hätte möglicherweise sofort zur Lösung des Falls geführt, doch so viel Glück hatten sie leider nicht.

Mehrere Fotos zeigten die Leiche, wie sie an der Wand des größten Raumes lag, dessen Fenster zur Straße zeigten. Die braunen Augen von Peter Münster Smith standen halb offen, ebenso der Mund. Sein Gesichtsausdruck ließ sich mit »milde verblüfft« beschreiben. Es gab Nahaufnahmen der sichtbaren Verletzungen. Auf den Rest mussten sie warten, bis der Rechtsmediziner seine Arbeit beendet hatte. Er hatte versprochen, die Leiche am frühen Morgen zu obduzieren, sie würden also im Laufe des kommenden Tages mehr erfahren. Den endgültigen Obduktionsbefund hatte er für Montag versprochen. Seine vorläufige Einschätzung nach der Untersuchung am Fundort der Leiche ging davon aus, dass Münster-Smith am Donnerstag irgendwann zwischen sechzehn und zwanzig Uhr getötet worden war. Die Abwehrverletzungen an beiden Händen und Unterarmen zeigten, dass er sich gewehrt hatte, so gut es ging, dennoch hatten ihn mehrere Messerstiche in die Brust, die Oberarme und den Hals getroffen. Die Todesursache war vermutlich eine durchtrennte Halsschlagader. Dunkelrote, fächerförmige Flecken an der Wand und auf dem Boden zeigten, wie das Blut herausgespritzt war. Die Spuren, so der hinzugezogene Spezialist, deuteten darauf hin, dass das Opfer gekniet haben musste, als die Pulsader durchschnitten wurde. Einige Nahaufnahmen des Fußbodens zeigten Schuhabdrücke mit einem charakteristischen Muster. Dieselben Abdrücke waren auch auf dem obersten Treppenabsatz gefunden worden – und sie stimmten verblüffend genau mit Christinas Skizze überein.

Weder den Overall noch die Schuhe oder die Mordwaffe hatten sie gefunden, außerdem fehlten die Brieftasche und das Smartphone von Münster-Smith. Die GPS-Suche, die umgehend eingeleitet worden war, hatte zu keinerlei Ergebnissen geführt. Das Telefon war vermutlich zerstört worden. Dafür gab es Fotos von dem Schlüsselbund, das sie in seiner Manteltasche gefunden hatten, und von den blauen Gummistiefeln. Im Auto von Peter Münster-Smith, das laut Aussage einiger Zeugen seit dem vorhergehenden Morgen auf dem Parkplatz stand, hatten die Techniker ein paar gepflegte Lederschuhe gefunden. Die hatte er offensichtlich nicht dem staubigen zweiten Stock aussetzen wollen, wo er sich aus unbekanntem Grund mit seinem Mörder getroffen hatte. Die Gummistiefel gehörten seit vielen Jahren zum festen Inventar des Kofferraums von Peter Münster-Smith, hatte seine Haushälterin erklärt. Man wusste nie, wann man sie benötigte, und Peter wäre ein Mann gewesen, der auf seine Schuhe achtete. Außerdem war er ja offenbar auf dem Weg zu einer Verabredung gewesen.

»Unser Opfer war sehr kommunikativ«, sagte Frank und legte den Bericht beiseite.

»Was heißt das?«

»Fast alle Mitarbeiter von Petax haben ihn im Laufe des Donnerstags gesehen oder mit ihm geredet.«

»Hm?«

»Wenn man das hier liest«, er klopfte mit einem Finger auf die Klarsichthülle, »und mit den Fakten zusammenführt, die wir selbst herausgefunden haben, dann können wir seinen gesamten Tagesablauf Schritt für Schritt rekonstruieren, glaube ich. Hat sie 8:30 Uhr gesagt?«

»Vera Kjeldsen? Ja. Er ist um halb neun aus dem Haus gegangen.«

»Also von 8:30 bis 15:50 Uhr haben wir den vollen Überblick, denke ich. Und wir werden noch mehr wissen, sobald der Antrag genehmigt ist und wir das Anrufprotokoll seines Mobiltelefons bekommen.«

»Was ist mit dem Telefon an seinem Arbeitsplatz?«

»Das hat er so gut wie nie benutzt. Er konnte nicht allzu lange still sitzen, sagt seine Sekretärin, deshalb hat er fast nur mit dem Handy telefoniert.«

»Und nach siebzehn Uhr?«

»Nichts. Das passt sehr gut zu der Aussage der kleinen Christina, sie hat gegen achtzehn Uhr jemanden im Hof gesehen, oder? Wenn es der Täter war, der zu diesem Zeitpunkt den Tatort verlassen hat, muss der Mord unmittelbar davor passiert sein. Und vorher mussten sie sich ja auch noch getroffen haben.« Frank starrte vor sich hin. »Ärgerlich, dass das Mädchen die Kopfhörer aufhatte und so laut Musik hörte.«

»Vielleicht hat es ihr das Leben gerettet.«

»Was meinst du?«

»Ich möchte nicht wissen, was passiert wäre, wenn Christina die Geräusche des Kampfes über ihr gehört hätte und nach oben gegangen wäre, um nachzusehen, was da los ist. Oder wenn sie sich umgedreht und den Täter gesehen hätte, als er den Overall gestohlen hat.«

»Nun ja.« Frank faltete die Hände im Nacken. »Wir müssen einen Zeitplan erstellen und mit allen reden, die Peter Münster-Smith gestern gesprochen haben.«

»Du glaubst, er hat jemandem erzählt, mit wem er sich nach der Arbeitszeit treffen würde? Erhoffst du dir da nicht zu viel?«

»Es könnte jedenfalls sein, dass er eine Bemerkung fallen gelassen hat?«

Pia gähnte erneut. »Können wir damit bis morgen warten? Ich kann kaum noch einen klaren Gedanken fassen.«

Frank sah sie an. »Aber sicher.«

Er stand auf und sammelte seine Unterlagen zusammen. Gutenachtlektüre, dachte Pia. Franks legendärer Arbeitseifer hatte neue Höhen erreicht, nachdem ihm die Position des Ermittlungsleiters in der Abteilung Gewaltverbrechen der Polizei von Christianssund übertragen worden war. Gut, dass er weder Frau noch Kinder hatte. Sie würden ihn nie zu Gesicht bekommen.

Schon in den Mänteln schalteten Frank und Pia ihre Computer und die Lampen im Büro aus.

»Da ist noch eine Sache«, sagte Pia, als sie die Treppe erreicht hatten.

»Ja?«

»Ich weiß nicht, ob es nur mir so geht, aber ich habe das Gefühl, dass diese Kommunikationschefin lügt.«

»Benedicte Johnstrup? Die mit dem verschwundenen Mann?«

»Ja.«

»Was sollte sie uns verschweigen?«

Pia zuckte mit den Schultern. »Das ist etwas kompliziert.«

Sie wünschten dem wachhabenden Beamten am Empfang in der Vorhalle eine Gute Nacht und gingen durch die Glastüren. Der Rathausplatz war schneebedeckt, in der Mitte des Platzes blinkte munter der städtische Weihnachtsbaum.

»Ich lade dich zum Abendessen ein.« Frank nickte in Richtung Hotel Marina. »Wenn du dich so lange wach halten kannst und mir erklärst, was du meinst.«

Das war eine gute Idee. Der Wind war eiskalt, und Pias Magen knurrte tatsächlich schon seit Stunden vor Hunger. »Okay«, willigte sie ein. »Hauptsache, du erwartest jetzt nichts ganz besonders Tiefsinniges.«

Sie bestellten den Klassiker des Hauses, Hacksteak, und ein großes Bier vom Fass. Nachdem sie den ersten Schluck getrunken hatten, forderte Frank sie auf: »Komm schon.«

»Na ja, wie gesagt, es ist nur ein Gefühl.«

»Benedicte Johnstrup hatte gestern Nachmittag eine Sitzung mit Peter Münster-Smith, oder?«

»Ja. Und ein paar Leuten aus ihrer Werbeabteilung. Mit denen müssen wir am Montag reden.«

»Besser etwas eher.«

»Ich bin sicher, dass die absolut nichts mit der Sache zu tun haben, Frank. Die Sitzung war um fünfzehn Uhr zu Ende, und Münster-Smith wurde hinterher noch mehrfach gesehen.«

»Trotzdem.«

»Ja, schon gut. Aber mich hat etwas anderes irritiert.«

Frank nickte, so gut es ging, als er von seinem Bier trank. »Was denn?«, wollte er wissen, als er sich den Mund abwischte.

»Na ja, Benedicte hat erklärt, dass sie bis kurz vor sechs gearbeitet hat. Dafür gibt es auch einige Zeugen. In dieser Firma geht man offensichtlich nicht früh nach Hause. Danach hat sie sich auf der Damentoilette umgezogen und ist direkt zu einem Abendessen mit spanischen Geschäftsleuten gefahren, potenziellen Investoren.«

»In einem Restaurant?«

»Nein, und genau das stört mich. Sie haben in der Suite der Spanier zu Abend gegessen, im neuen Radisson-Hotel.«

»Das klingt doch ziemlich unverdächtig? Vielleicht wollten sie ihre Ruhe haben?«

»Das Hotel kann lediglich bestätigen, dass die Spanier dort wohnten – von einem Treffen gestern wussten sie nichts. Die Spanier selbst sind heute Nachmittag abgereist, die habe ich noch nicht sprechen können.«

»Und wo kam das Abendessen her?«

»Benedicte Johnstrup behauptet, Axel Holkenfeldt hätte für jeden eine Pizza mitgebracht. Die Spanier wären das Hotelessen angeblich leid gewesen und hätten keine Lust zu einem richtigen Abendessen gehabt.«

»Holkenfeldt? Der Kompagnon von Peter Münster-Smith?«

»Ja.« Pia nippte nur an ihrem Bier. Sie hatte Angst einzuschlafen, wenn sie zu schnell trank. »Das klingt doch eigenartig, oder?«

»Das muss ich zugeben.« Frank sah, dass der Kellner mit den Hacksteaks kam, und breitete seine Serviette über dem Schoß aus. Als der Kellner wieder verschwunden war, fügte er hinzu: »Ich kann mir nur schwer vorstellen, dass jemand wie Axel Holkenfeldt in einer Pizzeria in der Schlange steht. Was hat er denn dazu gesagt?«

»Er erzählt dieselbe Geschichte. Nahezu wörtlich. Bis zu dem Detail, dass die Spanier das Restaurantessen leid gewesen wären. Und der Information, was jeder auf seiner Pizza hatte. Daran erinnern sie sich beide verblüffend genau.«

»Du meinst, es klingt wie eine abgesprochene Geschichte?«

»Na klar.« Pia steckte sich ein Stück Hacksteak mit Pickles und Meerrettich in den Mund. »Hm, lecker.«

»Absolut. Skål, Waage!«

Eine Weile aßen sie schweigend. Dann ergriff Frank Janssen wieder das Wort. »Aber das lässt sich ja überprüfen. Wir müssen mit den Spaniern reden. Und es dürfte ziemlich leicht sein, den Pizza-Mann zu finden. Axel Holkenfeldt müsste auch eine Rechnung vorweisen können, wenn wir ihm glauben sollen … Sollte es sich um eine Lügengeschichte handeln, ist sie jedenfalls ungewöhnlich dämlich.«

»So sehe ich das auch. Vermutlich nehmen sie an, dass wir ihnen einfach glauben und es nicht weiter überprüfen, wenn sie beide dasselbe erzählen.« Pia Waage trank einen Schluck Bier. »Ich kann mich natürlich auch irren. Vielleicht stimmt die Geschichte sogar und alles ist gut.«

»Gehen wir besser mal davon aus, dass sie das alles erfunden haben.«

»Das können wir vermutlich getrost tun.«

»Damit haben wir zwei Menschen, die dem Toten sehr nahestanden.«

»Ja.«

»Und die sich gegenseitig ein erfundenes Alibi geben.«

»Ja.«

»Und warum?«

Pia sah ihn an und wischte sich den Mund ab. »Dafür gibt es nur zwei Gründe. Entweder haben sie den Mord gemeinsam begangen und wollen sich gegenseitig schützen ...«

»Nicht sonderlich wahrscheinlich, aber gut, es ist eine Möglichkeit. Und der andere Grund?«

»Der ganz banale.«

Frank nickte. »Sie *waren* vorgestern Abend zusammen, allerdings ohne spanische Investoren. Und der Anlass war nicht unbedingt professionell.«

»Genau.«

»Die Leute sind totale Idioten. Wieso verstricken sie sich in derart schwachsinnige Erklärungen? Es geht nur um Sex, zum Teufel, nicht um den Weltuntergang.«

Pia zuckte mit den Schultern. »Nicht alle teilen deinen nachsichtigen Blick auf Untreue, Janssen. Ich jedenfalls nicht. Und Holkenfeldt, Johnstrup und ihre Ehepartner offenbar auch nicht.«

Frank Janssen lächelte ein wenig abwesend. Er grübelte noch immer. »War Axel Holkenfeldt ebenfalls bei der Sitzung am Nachmittag?«

»Nein, nur Münster-Smith, die Kommunikationschefin und die beiden Vertreter von Shout.«

»Shout?«

»Der Werbeagentur.«

Frank wurde plötzlich blass. »Shout? Hast du deren Namen?«

»Nein. Holkenfeldts Sekretärin und ich sind in groben Zügen seinen Terminplan an diesem Tag durchgegangen. Ich wollte bei den einzelnen Punkten am Montag noch einmal nachhaken, wenn es sich als notwendig erweisen sollte.«

»Ich hoffe wirklich, ich irre mich«, sagte Frank und zog sein Smartphone aus der Tasche. Er googelte »Shout + Christianssund«. Als das Ergebnis auftauchte, ging er auf die Homepage der Agentur, fand die ultrakurze Liste der Kontaktpersonen – im Grunde gab es nur eine – und stöhnte laut auf. »Leider nicht«, sagte er dann und schob Pia Waage sein Mobiltelefon zu. »Sieh dir das an.«

»Was?«

»Schau mal, wem die Agentur gehört. Ich habe eine sehr starke Vermutung, wer einer der beiden anderen Sitzungsteilnehmer war ...«

»Das gibt's doch nicht.«

»Ja, das hat uns noch gefehlt.«

10

Benedicte Johnstrup hatte ihren Sohn endlich zum Einschlafen gebracht. Es war nicht einfach gewesen und hatte nahezu eine Stunde Vorlesen von Harry Potter gedauert. Anton verstand nicht, warum sein Vater noch immer nicht zu Hause war; er hatte sich in den Kopf gesetzt, dass es seine Schuld wäre. Bestimmt hatte er in dem kurzen Gespräch, in dem er und Martin verabredet hatten, abends Burger zu essen, irgendetwas Falsches gesagt. Anton war, so erklärte er es, mit seinem Computerspiel beschäftigt gewesen, als sein Vater anrief. Es könnte gut sein, dass er ein wenig kurz angebunden gewesen war. Vielleicht war Martin sauer über die mangelnde Begeisterung seines Sohnes für eine unerwartete Lieblingsmahlzeit.

Benedicte hatte ihren Sohn beruhigt, so gut es ging. Sie könne sich nicht vorstellen, hatte sie erwidert, dass Martin wegen solch einer Kleinigkeit beleidigt sei.

»Aber warum kommt er dann nicht nach Hause?«, hatte Anton zum fünften Mal gefragt. »Glaubst du, es ist ihm etwas passiert?«

»Ich weiß es nicht, Schatz. Wenn er einen Autounfall hatte oder plötzlich krank geworden wäre oder so ... Dann würden wir es schon wissen.«

»Wie?«

»Dann hätten Polizisten oder Ärzte im Krankenhaus sein Portemonnaie mit unserer Adresse gefunden und uns längst angerufen, Anton.«

Sie wollte ihrem Sohn nicht erzählen, wie oft sie im Krankenhaus von Christianssund und in den Krankenhäusern Kopenhagens angerufen hatte. Oder wie beharrlich sie den Wachhabenden auf dem Polizeirevier gequält hatte, den Fall ernst zu nehmen.

»Und wenn ihn jemand gekidnappt hat?«

»Du siehst zu viele Horrorfilme, Schatz.« Benedicte hoffte, dass ihr Lachen entspannt klang. »Meinst du nicht, die Kidnapper hätten in diesem Fall angerufen und Lösegeld gefordert?«

»Vielleicht hat er sich so sehr gewehrt, dass sie ihn umgebracht haben. Dann brauchen sie ja nicht anzurufen.«

»Aber Anton! Jetzt geht die Fantasie wirklich mit dir durch.«

»Was glaubst du denn, was passiert ist?« Als ob sich in den zehn Minuten, seit er die Frage zuletzt gestellt hatte, irgendetwas geändert hätte.

»Vielleicht braucht Papa ein bisschen Zeit für sich selbst«, sagte sie wie beim letzten Mal. »Er wirkte in der letzten Zeit so müde.«

Anton überlegte eine Weile. Dann sah er sie an. »Habt ihr euch gestritten?«

»Nein, nein, mein Schatz«, beeilte Benedicte sich zu sagen, während sie spürte, wie eine Woge des schlechten Gewissens ihren Körper durchspülte. »Natürlich nicht. Ich glaube nur, dass er ein bisschen gestresst ist.«

Tatsächlich war das nicht einmal gelogen, tröstete sie sich. Martin wirkte seit Längerem merkwürdig resigniert. Wer weiß, ob er nicht doch einen Verdacht über ihr Verhältnis mit Axel hatte. Es war nicht unwahrscheinlich. Benedicte konnte ihre Gefühle noch nie gut verbergen, und es wäre merkwürdig, wenn er ihr verändertes Verhalten in der letzten Zeit nicht bemerkt hätte. Sie hatte plötzlich ungewöhnlich viele Abendtermine, saß häufig einfach nur da und starrte in die Luft, bekam ungewöhnlich viele Kurznachrichten, die sie hastig löschte, sobald sie sie gelesen hatte, und wies ihren Mann unter der Bettdecke immer öfter ab. Ja, er ahnte mit ziemlich großer Wahrscheinlichkeit, was vorging, und selbstverständlich hatte ihm das zugesetzt. Alles andere wäre auch eigenartig gewesen.

Am Nachmittag hatte sie Martins Praxishelferin Lieselotte angerufen, um sie zu bitten, alle Termine für die nächsten Tage abzusagen. Nach einem Moment des Zögerns fragte Benedicte sie, ob Martin in den letzten Wochen verändert gewirkt hätte. Hatte er Stress? War er reizbar? Unaufmerksam? Liselotte, so direkt befragt, räumte ein, dass das schon zutraf. »Aber sonst ist er ja der beste Chef, den man sich nur denken kann«, fügte sie hinzu. »Ich bin sicher, er ist bald wieder er selbst.«

Benedicte spürte plötzlich, wie sich ihr Hals zusammenzog. »Ich verstehe nicht, was passiert ist. Ich bin so …«

»Ja, einfach so zu verschwinden, sieht ihm überhaupt nicht ähnlich«, sagte Liselotte, die seit Jahren für Martin arbeitete und mit der Zeit eine enge Freundin der Familie geworden war.

Benedicte räusperte sich. »Ich habe solche Angst, dass er irgendetwas Dummes getan hat.«

»Meinst du, er könnte auf so eine Idee gekommen sein?«

»Vielleicht, ich weiß es wirklich nicht.« Benedicte weinte. Zum ersten Mal seit Martins Verschwinden.

»Ja, er war tatsächlich nicht so ganz der Alte«, sagte Liselotte noch einmal. »Vielleicht hat er eine Depression?«

Benedicte weinte so sehr, dass sie nicht antworten konnte.

Nach einer Pause ergriff Liselotte wieder das Wort. »Unterbrich mich, wenn ich zu persönlich werde …«

»Sag schon!«

»Hat Martin einen Abschiedsbrief hinterlassen?«

Benedicte zuckte zusammen. »Aber nein.«

»Bist du dir sicher?«

Ihr Ja kam nur zögernd.

»Hast du danach gesucht?«

»Nein, nicht so direkt.« Es war ihr überhaupt nicht in den Sinn gekommen. »Einen Abschiedsbrief? Ist das nicht sehr melodramatisch?«

»Hinterlassen Selbstmörder nicht in der Regel einen Abschiedsbrief?«, fragte Liselotte. »Ich habe mal eine Radiosendung darüber gehört. Wenn jemand tot aufgefunden wird, und es sieht aus wie Selbstmord, wird die Polizei misstrauisch, wenn kein Abschiedsbrief hinterlassen wurde.«

»Aber Martin wurde nicht tot aufgefunden, Liselotte! Er ist nur … weg.« Benedicte kamen erneut die Tränen.

»Ja, natürlich. Entschuldige. Ich wollte dich nicht beunruhigen.«

Schon möglich, dass es keine Absicht war, dachte Benedicte jetzt, ein paar Stunden später, als sie vorsichtig die Tür zu Antons Zimmer hinter sich zuzog und die Treppe hinunterging. Doch es war passiert. Liselottes Gerede über Selbstmord und Abschiedsbriefe hatte sie tief erschüttert, es war ihr schwergefallen, Anton die Aufmerksamkeit zukommen zu lassen, die er brauchte. Das Risiko, dass Liselotte mit ihrem Verdacht recht hatte, bestand. Allerdings sprach vieles dagegen. Zu allererst Anton. Würde Martin seinen Sohn auf diese Weise im Stich lassen? Nicht der Martin, den Benedicte kannte. Er würde alles tun, was in seiner Macht stand, damit Anton nicht allein zu Haus war. Und er hätte ihm jedenfalls nie ein Burger-Fest auf dem Sofa versprochen, wenn er vorhatte, nicht zu erscheinen. Außerdem gab es noch die Praxis. Martin hatte noch nie Termine versäumt – und das einzige Mal, wo es tatsächlich vorgekommen war, hatte er eine Lungenentzündung mit beinahe vierzig Grad Fieber. Wenn Benedictes verantwortungsvoller Mann beschlossen hätte, sich das Leben zu nehmen, hätte er es besser vorbereitet. Er hätte seinen Patienten unter irgendeinem Vorwand rechtzeitig abgesagt, für Anton gesorgt und seine Papiere in Ordnung gebracht.

Papiere, überlegte Benedicte. Vielleicht sollte sie sich Martins Arbeitszimmer ansehen. Es könnte ja doch sein, dass er irgendeine Nachricht für sie hinterlassen hatte.

Das kleine Büro lag im ersten Stock, zwischen ihrem Schlafzimmer und Antons Zimmer. Ursprünglich hatten sie geplant, dass es das Zimmer für ihr zweites Kind werden sollte, doch es war bei dem Gedanken geblieben. Ein Kind reichte offensichtlich, um ihre Brutpflegeinstinkte zufriedenzustellen. Oder etwa nicht?, dachte Benedicte, als sie an der Tür ihres Sohnes vorbeiging. Vielleicht hätten sie nicht so viele Probleme gehabt, wenn die Familie sich etwas ausbalancierter entwickelt hätte. Zwei Erwachsene und zwei Kinder. Es wäre jedenfalls besser für Anton, ging ihr durch den Kopf, als sie die Tür des Arbeitszimmers aufschob. Er wirkte oft so einsam, auf eine etwas zu erwachsene Art und Weise. Sein Leben wäre mit einem Bruder oder einer Schwester ganz anders verlaufen, aber nun war es zu spät, um es zu bereuen. Egal, ob Martin zurückkehrte oder nicht. Mit einem Altersunterschied von gut zwölf Jahren würden es zwei Einzelkinder statt nur einem werden, und wem half das?

Benedicte schaltete die Deckenbeleuchtung an und blieb in der Tür stehen, während sie den Blick schweifen ließ. Sie kam so selten in dieses Zimmer, dass sie sich zuerst orientieren musste, so als wäre sie in einem fremden Haus. Sonst dominierte im Haus ihr Geschmack. Designermöbel aus hellem Holz, Originallithografien in strahlenden Farben, teure Teppiche. Benedicte liebte es, sich mit schönen Dingen zu umgeben und benutzte den halbjährlichen Bonus der Firma gern, um in Möbel, Lampen oder Kunst zu investieren. Diese acht Quadratmeter gehörten Martin, hier bestimmte nur er. Und seine Prioritäten waren wahrlich anders als ihre, dachte sie, als sie sein schlichtes Leiterregal betrachtete. Er war ihm seit seinem ersten Zimmer im Studentenwohnheim treu geblieben, das unbehandelte Kiefernholz war inzwischen dunkelbraun. Die meisten Regalbretter standen voller Fachliteratur, ausgefranster Aktenordner und Stapel von Zeitschriften, nur im obersten befand sich eine Reihe verstaubter Pokale aus Martins Jugend. Fußball, Leichtathletik, Tennis. Damals war er Sportler gewesen, jetzt begnügte er sich damit, hin und wieder joggen zu gehen, aber er war noch immer rank und schlank. Über dem Schreibtisch hingen ein Foto von ihr und Anton sowie das Konzertplakat einer AC/DC-Tournee aus den Neunzigern. Ansonsten waren die Wände kahl und weiß gestrichen. Auf dem Parkett lag kein Teppich, und vor dem Fenster hing keine Gardine, nur eine Aluminiumjalousie.

Sie setzte sich an den Schreibtisch und schaltete die Schreibtischlampe ein. Einen Augenblick später bemerkte sie, dass man für den Computer ein Passwort benötigte. Martin war ein geradezu neurotischer Sicherheitsfreak, der den Code für die Alarmanlage der Zahnarztpraxis jeden Monat wechselte. Benedicte hätte wetten können, dass dies auch für seinen heimischen Computer galt, es nützte also nichts, es mit den plausibelsten Möglichkeiten zu versuchen. Garantiert hatte er die nicht verwendet. Sie schaltete den Computer wieder aus.

Auf der Schreibtischplatte lag ein Stapel Überweisungsformulare und ein Haufen Papiere, die keine weitere Bedeutung hatten. Benedicte blätterte sie durch und war erleichtert, als sie keinen Abschiedsbrief zwischen den Mitteilungen vom Finanzamt, der Müllabfuhr oder seiner Autowerkstatt fand. Sie überprüfte Martins Tischkalender, auch darin sprang ihr nichts in die Augen. Er hatte in den nächsten Wochen einige Termine, unter anderem eine Konferenz in Florida, von der sie wusste, dass er sich darauf freute. Wenn er selbst entschieden hatte zu verschwinden, dann konnte es jedenfalls nicht sehr lange geplant gewesen sein.

Als Benedicte die Papiere auf dem Schreibtisch durchgesehen hatte, durchsuchte sie die Schubladen. Sie begann mit der untersten. Einige Ausgaben des *Playboy* und von *Penthouse* lagen sorgfältig versteckt unter anderen Papieren. Eigentlich doch recht unschuldig, fand sie und blätterte ein bisschen in dem obenauf liegenden Magazin. Ein paar junge Mädchen mit künstlichen Brüsten und rasierten Geschlechtsteilen. Wenn ihren Mann so etwas außerhalb des Ehebettes erregte, war es ja geradezu rührend. Sonst hatte sie den Eindruck, dass männliche Wesen immer eigenartigere Sexualinspirationen brauchten, damit er ihnen stand. Sie legte die Blätter zurück und durchsuchte die nächste Schublade. Nichts

Auffälliges, konstatierte sie, nachdem sie in einer Mappe mit Weinetiketten geblättert hatte, die aus einer Zeit stammten, in der Martin zum Kenner werden wollte.

Erst in der obersten Schublade fand sie etwas, das ihre schlimmsten Ahnungen bestätigte. Ganz hinten, unter einem Ordner mit Quittungen für den Steuerberater, lag ein zusammengefaltetes weißes A4-Blatt. Gewöhnliches Druckerpapier, etwas abgegriffen und zerknittert, als ob es schon häufiger aufgefaltet worden war oder viele lange Minuten in einer schweißfeuchten Hand zugebracht hätte.

Benedicte hatte sich immer vorgestellt, dass ein anonymer Brief aus Buchstaben bestand, die aus Zeitungen und Magazinen herausgeschnitten wurden. Sie hatte es so oft in Fernsehserien gesehen und in Krimis gelesen. Die Realität indes war anders. Die Buchstaben dieses Briefes waren völlig neutral, so als würde es sich um einen Aushang auf der Toilette der Marketingabteilung handeln: »Bitte Klobürste benutzen!!! Deine Mutter arbeitet nicht hier!!!« Nur bestand dieser Brief nicht aus witzigen Klischees mit übertrieben oft gesetzten Ausrufezeichen. Er bestand aus drei Sätzen, ausgedruckt in der fantasielosen Computerschrift Arial:

> Was glaubst du, warum deine dämliche Frau bei Petax Karriere macht? Es hilft, den Chef zu ficken. Grüße von einem Freund.

Benedicte lehnte sich zurück. Martin wusste also von ihr und Axel. Der Zettel war ebenso sprechend wie ein Abschiedsbrief. Jetzt wusste sie, was passiert war. Er hatte sich das Leben genommen, und es war ihre Schuld. Sie schämte sich wie nie zuvor. Sie schämte sich so sehr, dass die Scham beinahe sogar die Trauer überwog.

Sie würde sich das niemals vergeben können. Und Anton durfte es niemals erfahren. Langsam und sorgfältig zerriss Benedicte den anonymen Brief in schmale Streifen.

SAMSTAG, 18. DEZEMBER 2010

11 Dan Sommerdahl hatte die Weihnachtsgeschenke ausnahmsweise rechtzeitig gekauft. Eigentlich fehlte nur noch eines. Allerdings ist das auch am schwierigsten, dachte er und sah sich ein wenig verloren im vorweihnachtlichen Trubel um. Das Einkaufszentrum von Christianssund war voller schweißdampfender Menschen, die viel zu warm bekleidet waren. Man konnte die Luft in Scheiben schneiden.

Dan schlenderte durch das Einkaufszentrum und starrte ohne jede Idee in die Schaufenster. Was schenkte man seiner Exfrau, die gleichzeitig eine Hin-und-wieder-Geliebte war und hoffentlich bald wieder mehr sein wollte als das? Kochgeschirr? Erinnerte zu sehr an eine Ehe. Parfüm? Sie benutzte immer dasselbe, da gab es keine Überraschungsmöglichkeiten. Kleider? Ein bisschen gefährlich, wenn man nicht sicher war, hundertprozentig den Stil und die Größe zu treffen. Unterwäsche? Ein etwas zu dick aufgetragenes Klischee. Bücher? Vielleicht, dachte er.

Er wollte nur zu gern etwas absolut Einzigartiges finden. Etwas, worüber sie sich lange freute, das sie an ihn erinnerte – und durchaus auch daran, wie schön es sein könnte, wieder zusammenzuleben. Vielleicht war das etwas zu viel verlangt von einem einzigen Weihnachtsgeschenk.

Dan schnitt eine Grimasse und arbeitete sich in Richtung

Ausgang vor. Er hatte das unbedingte Gefühl, dass er in diesem Einkaufszentrum nicht das wirklich geniale Geschenk finden würde. Kälte schlug ihm entgegen, als er auf die Straße trat. Hastig verstaute er seine Einkaufstüten auf dem Gepäckträger, zog sich die dicken Lederhandschuhe an und die Mütze tief über die Ohren. Zum Teufel noch mal, ist das kalt, dachte er, als er aufs Rad stieg. Und bis zum Frühjahr dauerte es noch Monate.

Er trat in die Pedale und fuhr relativ schnell durch die Stadt. Als er zur Hafenpromenade einbog, waren nur knapp zehn Minuten vergangen. Nicht schlecht, sagte er sich und schob das Fahrrad durch das Hoftor. Seit man ihm vor anderthalb Jahren sein nagelneues Mountainbike gestohlen hatte, ging er kein Risiko mehr ein und stellte das Rad immer im Hof ab.

Er hatte gerade die Handschuhe ausgezogen und den Hausschlüssel aus der Jackentasche geholt, als zwei Männer auf ihn zukamen.

»Gerner?«, freute sich Dan. Er stellte die Tüten ab und streckte eine Hand aus. Dan hatte bei mehreren Kriminalfällen geholfen, an denen auch Svend Gerner beteiligt gewesen war, und er mochte den ernsten, etwas umständlichen Mann, obwohl er nicht sicher war, ob die Sympathie erwidert wurde.

Der Polizeiassistent Svend Gerner stellte ihm seinen neuen Partner vor, Thor Bentzen, der im Gegensatz zu dem großen und hageren Gerner eher vierschrötig wirkte. Jeans, dunkler Wintermantel, gefütterte Lederstiefel.

»Hast du eine halbe Stunde?«, erkundigte sich Gerner.

»Geht es um den Mord an Peter Münster-Smith?«

»Ja.«

»Ich habe mich schon gefragt, wann ihr auftaucht. Ich schließe nur schnell mein Fahrrad ab.«

Kurz darauf saßen alle drei in Dans Wohnzimmer, auf dem Tisch stand eine Kanne Kaffee.

»Genau das habe ich jetzt gebraucht«, sagte Svend Gerner und pustete in den brühend heißen Kaffee. Er hatte auf dem Finn-Juhl-Sofa Platz genommen, während Dan auf seinem Arbeitsstuhl saß, den er in den Erker gerollt hatte.

»Du hattest am Donnerstag eine Sitzung mit Peter Münster-Smith von Petax Entreprise«, begann Gerner, und Thor Bentzen zog sein Notizbuch heraus. Er setzte sich ans andere Ende des Sofas.

»Ja«, bestätigte Dan. »Wir haben um dreizehn Uhr eine Kleinigkeit miteinander gegessen und waren bis kurz vor drei zusammen.«

»Wer hat noch an der Sitzung teilgenommen?«

»Die Kommunikationschefin von Petax, Benedicte Johnstrup, war die ganze Zeit dabei, außerdem meine Kollegin und ich. Peter ist ab und zu rausgegangen. Aber das waren wir so von ihm gewohnt. Sein Handy klingelte ein paar Mal, außerdem fiel ihm irgendwann ein, dass er selbst jemanden anrufen musste, doch die meiste Zeit hat er sich an der Sitzung beteiligt.«

»Wie heißt deine Kollegin?«

»Katrine Danstrup. Sie ist mein AD.«

»Entschuldige, dass ich so dumm frage«, warf Thor Bentzen ein. »Was ist das?«

»AD? Das ist die Abkürzung für Art Director. Bei einer Werbekampagne ist ein Art Director für das Visuelle verantwortlich. Ich bin ja Texter.«

»Ist sie bei dir angestellt?«

»Ich arbeite für bestimmte Projekte mit ihr zusammen. Meine Firma besteht eigentlich nur aus mir. Den Rest überlasse ich Freelancern – von der Buchhaltung bis zur Medienplanung und der grafischen Produktion. Das klappt sehr gut, und ich bin nicht so in der Pflicht wie mit fest angestellten Mitarbeitern.«

»Wo habt ihr eure Büros?«

»Wir haben jeder eine Ecke in einer Bürogemeinschaft in der Garverstræde.«

Svend Gerner übernahm: »Worum ging es bei der Sitzung?«

»Um ein neues Erschließungsprojekt in Südfrankreich, zu dem wir einen Entwurf präsentiert haben. Die Aufgabe bestand in einer zweiphasigen Kommunikationsstrategie: Der erste Teil richtet sich an neue potenzielle Investoren und die französischen Behörden, in der zweiten Phase sollen Privatpersonen und Firmen angesprochen werden, sowohl dänische wie ausländische, um die fertigen Wohnungen zu kaufen oder zu leasen. Und das Ganze soll von einer großen Imagekampagne begleitet werden, die das Projekt zur möglichst hippsten Sache in Europa macht. Website, ein Kurzfilm, mehrere YouTube-Videos und Printmaterial.«

»Und sind eure Vorschläge gut angekommen?«

»Auch wenn es unbescheiden klingt – ja, sie waren ganz verrückt danach, beide. Peter wollte sogar noch ein paar avancierte Features auf die Internetkampagne draufsatteln, und wir sollten noch eine App für Smartphones und Tablets entwickeln. Er hat uns angeboten, das Budget zu verdoppeln, damit wir das alles umsetzen können.«

»Und was hat Benedicte Johnstrup dazu gesagt? Sie ist doch vermutlich verantwortlich für das Marketingbudget?«

»Sie hat versucht, ein bisschen dagegenzuhalten, ohne es zu einer direkten Konfrontation mit Peter kommen zu lassen. Das macht man schließlich nicht in einer Sitzung mit externen Teilnehmern.«

»Und dann?«

»Sie hat mich am späten Nachmittag angerufen, um ein weiteres Treffen zu vereinbaren – nur sie und ich.«

»Hinter dem Rücken ihres Arbeitgebers?«

»Sie wollte es ihm hinterher natürlich erzählen, geheimnisvoller war das Ganze nicht. Manchmal braucht man ein wenig Flurfunk, damit die Dinge funktionieren. Hätten wir einfach an Peters Plänen festgehalten, wären die Konsequenzen für das Budget des gesamten Projekts unüberschaubar geworden. Also habe ich mich am nächsten Morgen mit Benedicte getroffen.«

»Gestern Morgen?«

»Ja. Wir haben gemeinsam gefrühstückt und ein realistischeres Budget mit Elementen des ursprünglichen Vorschlags und Peters neuen Ideen erarbeitet. Sie wollte ihm den neuen Vorschlag im Laufe des Tages präsentieren.«

»Aber Peter tauchte an seinem Arbeitsplatz nicht auf.«

»Nein.« Dan räusperte sich und schaute auf seine Hände.

Nach einer kurzen Pause fuhr Gerner fort: »Wie lange arbeitest du schon für Petax Entreprise?«

Dan blickte auf. »Seit vielen Jahren. Peter und ich kennen uns schon seit Anfang der Achtziger, und ich habe eine ganze Reihe von Aufträgen von ihm bekommen. In den verschiedensten Firmen. Wenn ich die Agentur gewechselt habe, ist Peter in den meisten Fällen mitgegangen.«

»Und Axel Holkenfeldt?«

»Ich kenne ihn natürlich, allerdings ist das überhaupt nicht vergleichbar mit meinem Verhältnis zu Peter Münster-Smith. Axel war im Laufe der Jahre bei ein paar Präsentationen dabei, doch wenn es um das öffentliche Image der Firma ging, hat Peter entschieden. Es war es, der im Fernsehen auftrat oder sich für Zeitungen interviewen ließ. Er hatte ein Händchen für Kommunikation, also war er mein primärer Kontakt. Axels Stärken liegen auf anderen Gebieten. Er ist ein sehr tüchtiger Unternehmer, und er weiß, wie man das Geld der Firma vernünftig investiert. Die beiden haben sich perfekt ergänzt.«

»Was, glaubst du, wird jetzt passieren?«

»In der Firma?« Dan hob die Schultern und trank einen Schluck Kaffee. »Petax Entreprise ist ein großes und solides Unternehmen, und soweit ich es beurteilen kann, haben sie kompetente Mitarbeiter in allen Schlüsselpositionen. Zunächst wird sich nicht viel ändern. Aber das hängt natürlich auch davon ab, was Peters Erben vorhaben.«

»Wer ist das?«

»Ich weiß, dass seine Eltern schon lange tot sind, aber es gibt Geschwister. Sein Bruder heißt Ulrik, die Schwester kenne ich nicht.« Dan stellte die Tasse ab. »So gute Freunde waren wir nicht, Gerner. Peter und ich hatten privat nie viel miteinander zu tun.«

»Ich habe ja bloß gefragt.«

»Und ich geantwortet.«

Sie sahen sich einen Moment an. Dann räusperte sich Svend Gerner. »Was ist mit Benedicte Johnstrup? Kennst du sie gut?«

»Rein professionell? Ja.«

»Hübsche Frau«, warf Thor ein.

»Keine Frage.« Dan lächelte. »Und sehr tüchtig. Benedicte war eine der wenigen, die es wagten, Peter zu widersprechen. Das mochte er.«

»Was meinst du damit?«

»Peter Münster-Smith hatte ein etwas, na ja, sagen wir unvorhersehbares Temperament. Mein Eindruck war, dass es die meisten seiner Mitarbeiter vorzogen, ihm nach dem Mund zu reden, um nicht mit ihm diskutieren zu müssen und zu riskieren, gefeuert zu werden. Mit Ausnahme von Benedicte. Sie ist sehr selbstsicher.«

»Glaubst du, es war schwierig, mit Peter Münster-Smith zusammenzuarbeiten?«

»Das solltest du seine Mitarbeiter fragen. Ich weiß nur, was ich dir gerade erzählt habe. Ich kenne ihn nur aus unseren Sitzungen. Ich weiß nicht, wie er sich an seinem Arbeitsplatz sonst benommen hat.«

»Was ist mit dir. Hast du gern mit ihm zusammengearbeitet?«

Dan zuckte mit den Schultern. »Den größten Teil der Zeit schon. Er war manchmal schwer zufriedenzustellen, dann wieder so begeistert, dass es die andere Seite aufwog.«

»Hat er pünktlich bezahlt?«, erkundigte sich Thor Bentzen.

»Soweit ich weiß, ja. Seit ich als Freelancer für ihn arbeite, gibt es keine Probleme, jedenfalls nicht damit.«

»Was meinst du damit?«

»Ach, du weißt schon ...« Dan strich mit einer Hand über seine glatt rasierte Glatze. »Kennst du diese Sorte Menschen nicht, die dich mitten in der Nacht anrufen, nur um dir irgendeine wüste Idee mitzuteilen, die ihnen gerade gekommen ist?«

»Glücklicherweise nicht.«

»Na ja, so war er halt. Er erwartete, dass man alles stehen und liegen ließ und mit ihm in eine Bar ging, wenn er Lust dazu hatte.« Dan lächelte. »Wenn man sich damit einverstanden erklärte, für Peter Münster-Smith eine Aufgabe zu übernehmen, wusste man, dass das zu den Rahmenbedingungen gehörte. Er bezahlte gut und war im Gegenzug der Ansicht, dass man ihm vierundzwanzig Stunden am Tag zur Verfügung zu stehen hatte. In gewisser Weise war das sogar charmant, aber manchmal konnte es zu viel werden.«

»Benahm er sich so auch gegenüber seinem Partner?«

»Axel? Keine Ahnung. Wenn es so war, hatte Axel jedenfalls einige Jahre Zeit, sich daran zu gewöhnen. Sie arbeiten seit Anfang der achtziger Jahre zusammen.«

Als die beiden Polizisten sich kurz darauf anzogen, um die Wohnung zu verlassen, fragte Dan: »Wie läuft's denn so bei euch? Schafft ihr es ohne Flemming Torp?«

»Ja«, antwortete Svend Gerner und zog den Reißverschluss seiner winddichten Jacke zu. »Es geht schon. Aber natürlich vermissen wir ihn.«

»Dann ist es ja gut, dass er nicht zu allzu weit weg ist, was?« Dan öffnete die Wohnungstür und trat einen Schritt zur Seite, damit seine Gäste vorbeikamen. »Er sitzt im ersten Stock, oder?«

»Ja. Ich glaube, er findet es dort ganz gut.«

Dans alter Freund, Polizeikommissar Flemming Torp, hatte wegen einer langwierigen Krankheit im vergangenen Jahr um seine Versetzung aus dem Dezernat für Gewaltkriminalität gebeten, dessen Leiter er lange Zeit war. Jetzt arbeitete er in einer anderen Abteilung des Polizeipräsidiums.

»Ach, noch etwas«, sagte Svend Gerner und drehte sich in bester Columbo-Manier auf dem Treppenabsatz um. »Ich soll dich vom Chef grüßen.«

»Frank Janssen?«

»Ja.« Svend Gerner trat von einem Bein aufs andere. »Ich soll dir ausrichten, dass du die Pfoten von der Sache lassen sollst.«

Dan konnte ein Lachen nicht unterdrücken. »Hat er das wirklich gesagt? So? Die Pfoten?«

»Äh, na ja, vielleicht war das auch meine Formulierung.« Gerner wand sich. »Der Sinn war jedenfalls derselbe.«

»Richte Frank aus, dass er ganz beruhigt sein kann. Ich habe momentan genug mit meiner eigentlichen Arbeit zu tun.«

12

»Augenblick mal«, sagte Nick. »Ein paar Kilo mehr wirst du schon schaffen.«

»Oh, Nick«, stöhnte Christina. »Das meinst du jetzt nicht im Ernst, oder?«

»Wolltest du nicht ein bisschen stärker werden?« Nick stellte die Nackenzugmaschine so ein, dass sich der Widerstand um zweieinhalb Kilo erhöhte. »Du musst dich selbst herausfordern. Sonst kommst du nicht weit.«

»Nnnng«, grummelte Christina, als sie die Handgriffe an sich zog.

Nick lächelte.

Eine Stunde dauerte der Durchgang an den Geräten, die Nick für sie ausgewählt hatte. Rücken, Schultern, Arme, Nacken. Aufwärmen: fünfzehn Minuten am Crosstrainer. »Außerdem machst du jedes Mal dreimal dreißig Sit-ups. Du musst nicht ganz hoch in die sitzende Position kommen. Hauptsache, die Schulterblätter kommen vom Boden ... so, ja. Das stärkt die Bauchmuskeln viel besser als die Geräte.«

»Die Bauchmuskeln? Ich habe doch Rückenschmerzen. Und die Schultern tun mir weh.«

»Wenn deine Bauchmuskulatur schlaff ist, kannst du das Rückentraining gleich vergessen. Bauch und Rücken arbeiten zusammen. Schau her.« Nick zog sein T-Shirt bis in die Achselhöhlen und zeigte ihr die Konturen der großen Muskeln an Rücken und Bauch, während er erklärte, wie sich beide bedingten. »Wenn du Rückenschmerzen vermeiden willst, kommst du um Sit-ups nicht herum«, schloss er und ließ sein T-Shirt fallen.

Christina war froh, dass sie schon vom Training glühte. Der Anblick von Nicks nacktem, klar definiertem Bauch war gerade so an der Grenze dessen, was sie ertragen konnte.

Eigentlich ist das doch merkwürdig, dachte sie, als sie kurz darauf unter der Dusche des Damenumkleideraums stand. Nick war überhaupt nicht ihr Typ. Die wenigen Männer, die sie bisher kennengelernt hatte, waren vollkommen anders gewesen. Sie hatte sich vorher nie für einen ihrer Handwerkerkollegen interessiert. Tatsächlich hielt sie die meisten für langweilig, sobald die Gesprächsthemen ein wenig über das alltägliche Geplauder während der Mittagspause hinausgingen.

Aber wer weiß?, dachte Christina und spülte sich das Shampoo aus dem Haar. Vielleicht änderte sich ja ihr Geschmack. Oder ging es nur um Sex? Sie hatte Lust, die Hände über Nicks trainierten Oberkörper mit der glatten, hellbraunen Haut gleiten zu lassen, die er bestimmt regelmäßig mit Wachs enthaaren ließ. Sie mochte seine weißen, regelmäßigen Zähne mit dem kleinen Zwischenraum zwischen den Vorderzähnen, und sie hatte eine geradezu unbändige Lust, mit ihren Händen durch seine kurzen, hellen Stoppeln auf dem Kopf zu fahren. Seine tiefblauen Augen hatten einen so herzlichen Ausdruck, wenn er sie ansah. Wieso hatte sie das nicht schon früher bemerkt?

Christina stellte das Wasser ab und trocknete sich sorgfältig ab, wobei sie versuchte, nicht die anderen Frauen in dem engen Raum anzustarren. Die wenigen Mädchen, die dieses kleine Studio nutzten, waren ganz anders als diejenigen, die sie aus dem Umkleideraum ihrer Schule kannte. Beinahe alle Frauen hier hatten verdächtig langes und dichtes Haar, als ob sie es künstlich verlängert hätten. Die meisten hatten mindestens eine Tätowierung, und es war offenbar vollkommen normal, an den Brustwarzen oder den Schamlippen gepierct zu sein. Dazu kam, dass zumindest eine von ihnen künstliche Brüste hatte. So etwas hatte Christina noch nie gesehen. Jedenfalls nicht bewusst.

Sie drehte ihnen den Rücken zu, als sie ihren BH anzog. So sahen die Frauen also aus, die Nick normalerweise kannte. War eine Exfreundin von ihm darunter? Oder vielleicht sogar mehrere? Christina hoffte es wirklich nicht. Wenn er auf diese Frauen stand, waren ihre Chancen bei ihm gleich null. Andererseits wäre es doch durchaus möglich, dachte sie, dass auch er an ihr Gefallen fand, so wie sie von dem von ihr bisher bevorzugten Typ des Studenten der Geisteswissenschaften zu einem solarienbraunen Bodybuilder wechseln konnte. Christina schaltete den Föhn ein.

Nick wartete im Windfang an der Eingangstür auf sie. Seine schwarze Nylontasche stand auf dem Boden. Er selbst lehnte an der Wand und schrieb eine SMS.

»Hej«, sagte er und blickte auf.

»Danke für deine Tipps.«

»Ist schon okay.«

»Nein, echt. Darf ich dir einen Kaffee ausgeben?«

»Ich muss nach Hause und mit Stalin Gassi gehen. Das habe ich heute Morgen nicht mehr geschafft.«

»Na ja, dann ...« Christina versuchte, ihre Enttäuschung zu verbergen.

»Du kannst ja mitkommen, wenn du magst.« Nick drückte auf »Senden« und steckte das Handy in die Jackentasche. »Du bist doch auch mit dem Rad hier, oder?«

Sie nickte. »Wo wohnst du denn?«

»Draußen in Violparken. Ist ein ziemliches Stück.«

»Okay.«

Es fing an zu schneien, und sie beeilten sich. Sie fuhren hintereinander, sie vorn. Große, schwere Flocken fielen und schmolzen, sowie sie auf den Asphalt, die Haut oder die Kleidung trafen.

Ausnahmsweise war Christina froh über ihren Fahrradhelm. Mal sehen, wie Nicks Hund so ist, dachte sie und hielt den Kopf ein wenig gesenkt, damit der Helm ihr Gesicht vor den Schneeflocken abschirmte. Sie wusste, dass Stalin eine Mischung aus einer amerikanischen Bulldogge und einem Pitbull war – beides Hunderassen, die man in Dänemark erst kürzlich verboten hatte. Bestimmt war er potenziell gefährlich. Auf der anderen Seite hatte Nick ihn unglaublich gern.

Christina hatte in der Schule einige Mitschüler gehabt, die in Violparken wohnten, daher kannte sie die Betonbauten. Trotzdem war sie einigermaßen entsetzt, als sie ihre Räder in einen Keller stellten, der nach Urin und noch Schlimmerem stank. Der Aufgang war mit Graffitis übersät und der Gestank fast noch schlimmer als im Keller.

»Fuck«, sagte Nick und verzog das Gesicht. »Ich glaube, irgendjemand hat hier reingekotzt. Was für eine Sauerei.«

Der Hund wackelte mit seinem ganzen kompakten Hinterteil, als sie die Wohnung betraten.

»Ich gehe gleich mit ihm runter«, erklärte Nick.

»Soll ich nicht mitkommen?«

»Doch nicht bei diesem Wetter. Er soll nur schnell kacken, wir nehmen ihn später auf einen richtigen Spaziergang mit, wenn es aufgehört hat zu schneien. Nimm dir was zu trinken, wenn du magst.«

Christina zog ihre nasse Jacke aus und legte sie auf einen Stuhl in der Küche. Sie sah sich um. In den Schränken sah sie nichts Essbares, abgesehen von einem Zweikilobehälter mit Proteinpulver, einigen Gläsern mit Vitaminpillen und Nahrungszusätzen. Es gab weder Kaffee noch Tee. Christina schaute in den Kühlschrank in der Hoffnung, eine Cola zu finden. Aber nein. Ein paar Dosen

Thunfisch, zwei Blumenkohlköpfe, drei Behälter mit fertig gemixtem Proteindrink und ein Päckchen Putenbrust war alles, mehr gab es nicht. Sie ließ sich ein Glas Wasser ein und steckte den Kopf ins Schlafzimmer. Die Gardinen waren zugezogen, das Bett war nicht gemacht, die Luft stickig und verbraucht. Hastig zog sie die Tür zu und ging wieder ins Wohnzimmer.

Sie trat ans Fenster. Es gab einen Balkon, der, abgesehen von ein paar Zentimetern Schnee, leer war. Vielleicht bleibt er ja diesmal liegen, dachte Christina und stellte sich auf die Zehen, um zu sehen, ob sie Nick und Stalin unten auf dem Parkplatz ausmachen konnte. Sie hätte jetzt wahnsinnig gern eine Zigarette geraucht und überlegte, ob sie sich auf den Balkon stellen sollte. Sie ließ es sein. Nick hasste den Geruch von Rauch, und sie hatte keine Lust auf Ärger, wenn er gleich zurückkam. Langsam begann sie, ihre Bluse aufzuknöpfen.

13

»Ich finde, wir sollten gleichzeitig mit ihnen reden.« Frank Janssen hängte seinen Mantel an den stummen Diener. »Ich habe zwei Streifenwagen gebeten, sie aufs Präsidium zu bringen, um sie ein bisschen aus der Ruhe zu bringen. Wir verhören sie in getrennten Räumen. Du übernimmst Holkenfeldt, ich die Johnstrup.«

»Gut.« Pia Waage legte den Telefonhörer auf. »Ich habe noch einmal mit dem Hotel gesprochen. Sie sind sicher, dass die Spanier aus Suite 867 am Donnerstagabend im Restaurant gegessen haben. Die Mahlzeit wurde auf die Zimmerrechnung geschrieben, sie haben sogar eine Unterschrift, die wir ihnen zeigen können, falls es notwendig sein sollte.«

»Persönlich hast du die Spanier noch nicht erreicht?«

»Nein.«

»Dann warte noch. Wenn die beiden Turteltauben zugeben, dass das Treffen in der Suite eine reine Erfindung war, gibt es keinen Grund, die spanische Polizei zu behelligen, um eine Bestätigung zu bekommen.«

»Okay.« Pia sah ihren Chef an, während sie sich eine Tasse Kaffee einschenkte. »Torp hat gerade angerufen.«

Frank sah sie an. »Am Samstagmorgen? Was wollte er denn?«

»Nur hören, wie es läuft.«

»Und was hast du gesagt?«

Pia zuckte mit den Schultern. »Was sollte ich schon groß sagen? Dass wir gut ohne ihn zurechtkommen?«

»Er wäre sicher gern dabei.«

»Ganz bestimmt. Aber da können wir nicht viel machen.«

Frank setzte sich an einen freien Computer und loggte sich ein.

»Wie ist die Obduktion denn gelaufen?«, erkundigte sich Pia nach einigen Minuten.

»Gut.« Frank blickte auf. »Sehr gut sogar.«

»Ist er gut, der neue Rechtsmediziner?«

»Kim Larsen-Jensen heißt er. Macht einen sehr kompetenten Eindruck und hat nicht so viel zu meckern wie Giersing. Aber das kann natürlich noch kommen.«

»Du siehst blass aus.« Pia lächelte.

»Ich werde mich nie an Obduktionen gewöhnen. Leider.«

»Ist denn etwas Neues herausgekommen?«

Frank nickte. »Sechs Stichwunden im Brustkasten, eine im Oberarm, zwei am Hals, sieben kleinere und etwas größere Schnitte an den Händen und Unterarmen. Die Todesursache war Verbluten durch eine der Wunden am Hals. Sie ist tief und hat die Halsschlagader durchtrennt, während die Stiche in der Brust vergleichsweise oberflächlich sind. Die haben ihn nicht getötet.«

»Also ist unser Mörder nicht sonderlich stark. Und verfügt über kein sonderlich großes handwerkliches Können.«

»Nein, eine Erklärung könnte jedoch auch sein, dass Peter Münster-Smith einen Mantel anhatte und darunter sein Sakko trug. Das Messer musste durch einige Lagen Stoff, um die Haut zu erreichen.«

»Natürlich.«

»Die Stichwinkel variieren etwas, sodass man nicht wirklich sagen kann, wie groß unser Täter ist. Kim Larsen-Jensen wird am Wochenende ein paar Berechnungen anstellen, am Montag bekommen wir seine Einschätzung über den Handlungsablauf und die mögliche Größe des Täters.«

»Sehr gut.«

»Die letzte Mahlzeit von Peter Münster-Smith bestand offenbar aus Plundergebäck und Kaffee. Wir wissen, dass es bei der Sitzung, an der er zwischen 16:00 und 16:30 Uhr teilnahm, Schokoladencroissants gab, das passt also. Die endgültige Analyse bekommen wir erst später.«

»Drogen? Alkohol?«

»Es ist zu früh. Die toxikologische Untersuchung erhalten wir erst in ein paar Tagen.« Frank blieb vor den Fotos des Toten stehen. »Ich wünschte, wir wüssten mehr über Münster-Smith. Also über sein Privatleben. Bisher hatten alle, die wir gesprochen haben, eine berufliche Verbindung zu ihm.«

»Was ist mit Vera Kjeldsen?«

»Ja, natürlich. Aber ich hatte nicht den Eindruck, dass sie viel über ihn weiß.«

»Oder sie wollte es uns nicht erzählen. Sie hat dreizehn Jahre für den Mann gearbeitet, Janssen, und sie hat ihn offensichtlich gemocht. Sie muss ihn ziemlich gut gekannt haben.«

»Vielleicht sollten wir auch sie einbestellen und ihr noch ein bisschen auf den Zahn fühlen.«

»Vielleicht.« Pia schaute auf die Reinschrift ihrer Notizen aus dem Gespräch mit Vera. »Meinem Gefühl nach wird sie sich nur noch mehr verschließen. Ich glaube, sie ist ungewöhnlich loyal ihrem Arbeitgeber gegenüber – lebendig oder nicht.«

»Du kannst es ja nachher noch einmal versuchen.«

»Außerdem würde ich sehr gern diese Sara finden.«

»Das Date von Münster-Smith? Glaubst du nicht, dass sie sich melden wird?«

»Um ihre fünfzehn Minuten Berühmtheit in den Boulevardblättern zu bekommen? Hoffen wir's.«

»Auch Axel Holkenfeldt muss etwas über das Privatleben seines Partners wissen. Sie standen sich viele Jahre sehr nahe.« Frank drehte sich um. »Die Techniker müssten doch allmählich mit der Untersuchung der Sachen aus der Kommode von Münster-Smith fertig sein?«

»Es ist Samstag.«

»Ruf trotzdem an.«

Ein uniformierter Beamter steckte den Kopf zur Tür herein. »Axel Holkenfeldt sitzt in der Eins, und Benedicte Johnstrup habe ich in Raum 3 gebracht.«

»Danke«, sagte Frank. »Wir sind unterwegs.«

»Sind Sie sicher, dass Sie sich nicht mehr an den Namen der Pizzeria erinnern können?« Pia Waage beugte sich vor und stützte die Ellenbogen auf den Tisch. Das kleine Aufzeichnungsgerät summte leise unter der Tischplatte.

»Es tut mir leid, nein.«

»Aber Sie würden sie wiedererkennen, wenn wir daran vorbeifahren?«

Holkenfeldt zuckte mit den Schultern. »Vielleicht.«

»Wir haben mit sämtlichen Pizzerien auf dem Weg zwischen der Kingos Allé und dem neuen Hotel Radisson gesprochen. Niemand kann sich an Ihre Bestellung erinnern.«

»Es war ziemlich viel los, als ich da war.«

»Und dann haben Sie unglücklicherweise auch noch die Quittung weggeworfen?«

»Ja, in der Tat. Normalerweise bin ich bei so etwas immer sehr sorgfältig.«

»Was sagt denn die Buchhaltung dazu? Ist das eine ›Ausgabe ohne Beleg‹ oder wie?«

»Na ja, es geht ja nicht um ein Vermögen. Die Runde habe ich gern ausgegeben.«

»Was ist mit Getränken? Haben Sie den Roomservice genutzt?«

»Ich habe ein paar Flaschen aus dem Büro mitgenommen. Rotwein, den mir Kunden geschenkt hatten.«

»Und wie haben Sie die Flaschen transportiert?«

»In einer roten Plastiktüte. Sagen Sie mal, sind wir hier bei der Inquisition?«

»Wir müssen nur ein paar Details klären«, erwiderte Pia. »Es dauert nicht mehr lange.«

*

»Ich habe Axel im Foyer getroffen. Er hatte die Pizzen dabei. Und eine Tüte mit ein paar Flaschen gutem Rotwein«, erklärte Benedicte.

»Was war das für eine Tüte?«

»Das weiß ich wirklich nicht mehr. Eine Tüte vom Magasin, glaube ich. Ist das wichtig?«

»Wann ist er angekommen?«

»Um achtzehn Uhr.«

»Abgesehen davon, dass er in der Pizzeria gewesen ist, kam er direkt von der Arbeit?«

»Wir sind beide direkt von der Arbeit gekommen.«

»Aber Sie sind nicht gemeinsam gefahren?« Frank Janssen sah sie an. Sie sah erschöpft aus. Ihre Haut war beinahe wachsgelb, in ihrem Augenwinkel zitterte ein Muskel.

»Nein«, antwortete sie und versuchte mit einer Fingerspitze, ihren irritierenden Tick zu stoppen. »Wir sind getrennt gefahren. Wir mussten ja nach dem Treffen wieder nach Hause.«

»Eigenartig, aber wir haben einen Zeugen, der schwören würde, dass Axel Holkenfeldts BMW am Donnerstagabend zwischen 20:00 und 21:00 Uhr auf dem Parkplatz der Firma stand.«

»Das kann nicht stimmen. Axels Auto stand den ganzen Abend über gegenüber vom Hoteleingang. Ich habe es doch selbst gesehen, als wir nach Hause gingen.«

»Warum hat er denn nicht im Parkhaus des Hotels geparkt?«

»Ich weiß es nicht. Fragen Sie ihn selbst.«

»Haben Sie im Parkhaus geparkt?«

»Nein.«

»Und warum nicht?«

»Ich ...« Benedicte räusperte sich. »Es war gerade ein Platz frei, als ich kam, und ich dachte, das ist besser. Die Tiefgarage ist teuer.«

*

»Wo hatten Sie Ihren Wagen geparkt, Axel?«, erkundigte sich Pia.

»Vor dem Hotel.«

»Auf welcher Straßenseite?«

»Was meinen Sie?«

»Auf der gleichen Seite, auf der das Hotel liegt, oder auf der gegenüberliegenden?«

»Öh, auf der gleichen Seite.«

»Und dann haben Sie sich mit Benedicte Johnstrup getroffen?«

»Ja, wir hatten verabredet, gemeinsam hinaufzugehen.«

»Können Sie sich noch an die Zimmernummer erinnern?«

»Äh …«, er fuhr sich mit der Hand durch das spärliche Haar. »Ich bin sicher, Benedicte wird sich erinnern. Ich bin ihr einfach nur nachgelaufen.«

»Können Sie die Möbel des Zimmers beschreiben?«

»Sagen Sie mal, was soll das eigentlich? Stehe ich unter Verdacht?«

»Weshalb sollten Sie?«

»An meinem Alibi ist doch nichts auszusetzen.«

»Das sage ich auch gar nicht. Es gibt nur ein paar Dinge, die meine zarten Ohren stören.«

»Wie bitte?«

Pia Waage richtete sich auf. »Soll ich ganz ehrlich sein?«

»Das wäre sehr freundlich«, erwiderte Holkenfeldt. Er schlug die frisch gebügelten Hosenbeine übereinander. »Zur Abwechslung.«

»Ich glaube, Sie erzählen mir eine Lüge nach der anderen, Axel. Sie und Ihre Kommunikationschefin haben diese sterbenslangweilige Geschichte mit den Spaniern, dem Hotel und der Pizza nur erfunden, um zu vertuschen, was Sie am Donnerstag tatsächlich gemacht haben.«

Jetzt richtete sich Axel Holkenfeldt auf. »Was bilden Sie sich ein. Wollen Sie behaupten, dass ich lüge?«

»Genau das habe ich gesagt, ja.«

»Das ist ungeheuerlich.«

»Sie sollten mir besser erzählen, was in Wahrheit passiert ist, ich bin sonst gezwungen, Ihre potenziellen Investoren aus Madrid zu kontaktieren.« Pia sah ihn ruhig an. »Wer weiß, was sie davon halten, in einen Mordfall hineingezogen zu werden? Wenn man sie auffordert, dem Inhaber der Firma ein Alibi zu geben – mit dem sie an diesem Abend gar nicht zusammen waren? Ob sie dann wirklich noch Lust haben, sich an diesem Geschäft zu beteiligen?«

*

»Selbstverständlich lüge ich nicht«, sagte Benedicte Johnstrup. Ihr Tick war schlimmer geworden, sie hielt einen Finger auf den bebenden Muskel gepresst. »Warum sollte ich?«

Frank zuckte mit den Schultern. »Ich habe eine ziemlich konkrete Vermutung. Aber es wäre mir lieber, wenn Sie es mir erzählen würden.«

Benedicte sank im Stuhl zusammen. »Es hat überhaupt keine Bedeutung für Ihren Fall. Keiner von uns hat mit Peters Tod etwas zu tun. Wir waren den ganzen Abend zusammen.«

»Erzählen Sie bitte einfach, was passiert ist.«

Jetzt war es leicht, ihr die wahre Geschichte zu entlocken. Wie sie in ihrem Peugeot um 18:30 Uhr ins Ferienhaus fuhren – das Ferienhaus der Familie Johnstrup – und am späteren Abend gemeinsam wieder zurückkehrten.

»Können Sie sich erinnern, wann Sie dort losgefahren sind?«, fragte Frank nach.

»Kurz vor halb zehn habe ich mit meinem Sohn telefoniert, und …« Plötzlich liefen ihr Tränen über die Wangen. »Er war ganz allein, weil sein Vater …« Sie griff nach der Schachtel Kleenex, die Frank ihr zuschob, »… noch nicht nach Hause gekommen war, obwohl er es versprochen hatte. Das habe ich Ihnen ja schon alles erzählt«, sagte sie und putzte sich die Nase. »Dass Martin verschwunden ist, meine ich.«

»Und wann waren Sie zu Hause?«

»Um 22:30 Uhr. Vielleicht auch um 22:20 Uhr.«

»Und Alex haben Sie an der Kingos Allé abgesetzt?«

»Sein Wagen stand dort auf dem Parkplatz.«

»Dann hatte unser Zeuge also recht.«

Sie nickte und putzte sich noch einmal die Nase.

*

»Sie können also bestätigen, dass Sie von 18:30 Uhr bis 22:15 Uhr zusammen waren?«

»Ja.«

»Gibt es keine weiteren Zeugen?«

»Das will ich jedenfalls nicht hoffen«, sagte Axel mit einem schrägen Grinsen.

»Wie lange geht das schon mit Ihnen und Benedicte?«

Axel hob die Schultern. »Ein Jahr. Anderthalb vielleicht.«

»Ist das allgemein bekannt? Wusste Peter Münster-Smith davon?«

»Was hat das denn damit zu tun? Wenn Sie in dieser Form fortfahren, will ich meinen Anwalt sprechen.«

»Wir sind gleich fertig.«

*

»Kann das unter uns bleiben?«, fragte Benedicte, als Frank das Aufnahmegerät ausgeschaltet hatte. Sie hatte sich lange und gründlich die Nase geputzt, und der zitternde Muskel war ein wenig zur Ruhe gekommen.

»Ihre Beziehung zu Axel Holkenfeldt? Solange es keine Bedeutung für den Fall hat, wüsste ich nicht, warum es öffentlich werden sollte.«

»Danke.«

»Aber meinen Sie nicht, dass Ihre Ehepartner eine Ahnung hatten? Nach über einem Jahr?«

»Ich bin sicher, dass Julie ... Alex' Frau ... nichts weiß. Sie ist ziemlich altmodisch, und wenn sie es herausfinden würde, dann ...« Benedicte führte die Hand horizontal über ihre Kehle.

»Und Ihr Mann?«

»Er ...« Plötzlich strömten wieder die Tränen. »Ich dachte, er wüsste nichts, aber ...«

»Aber was?«

Sie schüttelte nur den Kopf und war wegen ihres Schluchzens nicht in der Lage zu antworten.

»Sie glauben, sein Verschwinden hat vielleicht etwas damit zu tun? Vielleicht hatte er das Gefühl, irgendetwas sei nicht in Ordnung?«

Benedicte nickte.

»Aber Sie wissen es nicht?«

Sie sah ihn an und schüttelte dann noch einmal den Kopf.

»Sie haben keinen Abschiedsbrief gefunden oder ...«

»Ich sage doch, nein!«, schrie sie. Dann stand sie auf. »Finden Sie ihn einfach. Sind Sie nicht dazu da?«

14

Ein etwas älterer Kriminaltechniker, mit dem Frank schon mehrfach zusammengearbeitet hatte, an dessen Namen er sich dennoch nicht erinnern konnte, steckte den Kopf zur Tür herein. »Du willst ein paar Teilergebnisse?«, fragte er.

»Sehr gern«, erwiderte Frank und winkte ihn herein. »Wo ist Traneby?«

Kurt Traneby, der Leiter der Kriminaltechnischen Abteilung in Christianssund, war berüchtigt für seine mangelnde Fähigkeit zu delegieren, es kam folglich selten vor, dass die Ermittler mit jemand anderem von der Kriminaltechnik sprachen.

»Er ist mit seiner Frau zur silbernen Hochzeit verreist, nach Mexiko. Kommt am siebenundzwanzigsten erst zurück.«

»Der hat ein Glück. Was hast du für uns?«

»Ich habe das hier überprüft«, antwortete der Techniker und reichte Frank ein weißes Kuvert mit einer CD-ROM. »Es ist eine Kopie des USB-Sticks, den ihr im Schlafzimmer des Opfers gefunden habt. Eine Menge Fotos und eine Handvoll Videos. Du wirst dich freuen.« Er gab ein nervöses Gackern von sich, das wohl ein Lachen sein sollte.

»Lachst du so hysterisch, weil es Pornos sind?«, fuhr Pia den Techniker an.

»Die Richtung stimmt schon.« Noch einmal gackerte der Techniker nervös. »Seht es euch einfach selber an.«

»Was ist mit dem Computer von Peter Münster-Smith?«

»Wir warten auf die Antwort der Experten.« Der Techniker sah Frank an. »Ihr habt gesagt, es eilt, deshalb bin ich damit sofort gekommen.«

»Das war auch gut so. Vielen Dank.« Frank reichte die CD an Pia weiter, die sie in ihren Computer steckte. »Gibt's noch etwas?«

»Nein, nicht viel«, sagte der Techniker. »Wir haben die partiellen Schuhabdrücke am Tatort gemessen. Es sind Herrenschuhe der Größe 43, und das Sohlenmuster stimmt nahezu einhundert Prozent mit dem überein, das eure Zeugin gestern rekonstruiert hat.«

Pia blickte vom Computer hoch. »Das heißt ...«

»Das heißt, dass wir den Zeitpunkt, an dem der Täter das Hinterhaus verließ, einigermaßen sicher bestimmen können. Ich habe gestern Abend mit einer Meteorologin gesprochen, die mir heute Morgen ihre Ansicht mitteilte – auf der Basis der Beobachtungen der Augenzeugin über das Aussehen der Fußabdrücke, als sie um zwanzig Uhr nach Hause ging.«

»Ja, und?« Der Mann hatte jetzt die volle Aufmerksamkeit der beiden Polizisten.

»Genau in diesem Teil der Stadt kam es laut Berechnungen der Meteorologin gegen 17:30 Uhr zu einem Wechsel von Tau- zu Frostwetter, aber weil der Hinterhof zwischen zwei dreistöckigen Häusern geschützt liegt, hat sich die Temperatur im Boden höchstwahrscheinlich etwas länger gehalten. Wenn die Abdrücke sich so randscharf abzeichneten, wie die Zeugin es beschrieben hat, müssen sie unmittelbar, nachdem es gegen 17:30 Uhr aufgehört hatte zu schneien, entstanden sein. Die Temperatur lag zu diesem Zeitpunkt noch um den Gefrierpunkt. Sonst hätten sich die Schuhspuren nicht so dunkel in dem weißen Schnee abzeichnen können. Die Spuren, die vom Haus wegführten, zeichneten sich laut Zeugin schon etwas heller im Schnee ab. Sie wurden also verursacht, als der Boden schon etwas kühler war. Die Meteorologin sagt, der Unterschied beträgt etwa eine halbe Stunde, vielleicht etwas länger. Aber das ist wirklich nur eine Vermutung, sagt sie. Vor allem, weil sie keine Fotos hat, auf die sie ihre Theorie stützen kann, sondern nur die Erinnerung einer Zeugin und ein paar Daten über die Temperatur- und Niederschlagsverhältnisse in Christianssund. Könnt ihr mir folgen?«

»Allerdings«, erwiderte Frank. »Du sagst also, dass Opfer und Täter kurz nach 17:30 Uhr ins Haus gegangen sind, und der Täter gegen 18:00 Uhr oder ein bisschen später wieder herauskam.«

»Ich habe nicht gesagt, dass sie gemeinsam ins Haus gegangen sind. Sie können durchaus jeder für sich gekommen sein, um einige Minuten versetzt. Aber sonst, ja.«

»Das passt exakt zu Christinas Aussage«, sagte Pia. »Den Schatten, den sie im Hof sah … War das nicht kurz nach achtzehn Uhr?«

»Ja«, bestätigte Frank. Er sah den Techniker an. »Gut gemacht, äh … Entschuldige, aber ich muss dich noch mal nach deinem Namen fragen.«

»Bjarne.« Das nervöse Lachen kam noch einmal. »Bjarne Olsen.«

»Bjarne, natürlich. Sorry. Gibt es sonst noch etwas? Weißt du, welche Schuhe er getragen hat?«

»Irgendwelche Wanderstiefel. Mit rutschfester Sohle. Wir können es auf vier, fünf Fabrikate einkreisen, mehr wissen wir erst, wenn wir mit den Herstellern der Schuhe gesprochen haben. Wir haben eine Kopie des Abdrucks an die Firmen gemailt, die infrage kommen.«

»Gut. Was ist mit Fingerabdrücken?«

»Es gibt jede Menge, sie sind nur nicht zu gebrauchen, solange wir sie nicht mit den Fingerabdrücken der Handwerker abgeglichen haben. Und mit denen der Architekten und Ingenieure und was weiß ich, eben von allen, die im zweiten Stock zu tun hatten. Das sind nicht wenige. Wir erledigen das Montag, wenn die Leute wieder zur Arbeit kommen, aber es wird eine Weile dauern, bis wir alle analysiert haben.«

»Das ist völlig okay. Ich bezweifle, dass ihr etwas Interessantes findet. Ein Täter, der vorausschauend genug ist, auf dem Weg nach oben einen Overall zu stehlen, denkt sicher auch daran, Handschuhe anzuziehen.«

»Vermutlich.« Bjarne blieb noch einen Moment stehen. Dann sagte er: »Wieso fragt mich eigentlich keiner nach der Uhr?«

Frank sah ihm ins Gesicht. »Der Uhr? Der Uhr des Opfers? Ich weiß, dass sie teuer war.«

»Weißt du auch wie teuer?«

»Nein. Nur, dass er sie vor ein paar Monaten in Paris gekauft hat.«

»Es ist eine Patek Philippe Ref. 5102 Celestial. Weißgold, drei metallisierte Scheiben aus Saphirglas, Krokodillederarmband, jede Menge technischer Finessen wie Mondphasen und die Bewegungen der Sterne und der Sonne.«

»Ein Sammlerstück?«

»Kann man wohl sagen. Ich habe die Uhr im Netz gefunden, für zweihundertvierzigtausend ... Dollar, wohlgemerkt.«

»Was?« Jetzt beteiligte sich auch Pia Waage an dem Gespräch. »Das ist ja über eine Million dänischer Kronen.«

»Tatsächlich über eins Komma zwei Millionen.«

»Und mit dieser Uhr ist der ins Büro gegangen?«

»Ja, man muss schon sagen, das ist ein wenig extravagant. Meistens werden so teure Stücke in einem Banksafe aufbewahrt. Aber es gibt natürlich auch Frauen, die jeden Tag kostbaren Schmuck tragen.«

»Trotzdem.«

»Tja«, sagte Bjarne und öffnete die Tür. »Ich dachte, ihr solltet das wissen. Kann ich jetzt nach Hause gehen?«

»Das kannst du selbst entscheiden. Wir haben jedenfalls nichts mehr, das nicht bis Montag warten könnte.«

»Eine Uhr für über eine Million Kronen«, wiederholte Pia, als der Kriminaltechniker das Büro verlassen hatte. »Das ist doch Wahnsinn.«

»Und der Täter hat sie nicht mitgenommen«, griff Frank den Gedanken auf. »Dann haben wir es sicher nicht mit einem Raubmord zu tun. Es sei denn, der Täter hat überhaupt keine Ahnung von Uhren.«

»Irgendetwas sagt mir, dass man von einer Uhr in dieser Preisklasse nicht nur eine hat. Möglicherweise hat Münster-Smith teure Uhren gesammelt? Vielleicht hat er irgendwo noch weitere deponiert?«

»Dafür gibt es keinerlei Hinweise. Aber vielleicht finden wir ja noch was.«

Pia streckte sich. »Ich habe Hunger, Chef«, erklärte sie. »Soll ich nicht runterlaufen und irgendetwas Essbares holen?«

»Sehen wir uns zuerst noch schnell an, was sich auf der CD verbirgt.« Frank nickte in Richtung Bildschirm. »Hinterher machen wir eine Pause.«

Pia rückte ein Stück zur Seite, damit Frank sich neben sie setzen konnte. Sie klickte das entsprechende Laufwerk an, und ein Fenster mit einer langen Reihe von Dateien öffnete sich. Überwiegend handelte es sich um Bilddateien, einige sahen allerdings auch aus, als wären es Videos.

»Sieh mal, die Dateinamen sehen alle gleich aus«, sagte Pia und scrollte sich durch die Liste. »Ein Name und eine Nummer.«

»Mach mal ein paar auf.«

Der Inhalt bestand aus Frauenfotos. Bei einigen handelte es sich um unschuldige Porträts, andere waren fast schon pornografisch. Und zwischen diesen beiden Eckpunkten gab es sämtliche Varianten. Blonde Frauen, schwarzhaarige Frauen, Frauen mit großem

Busen, dünne Frauen. Es mussten weit über hundert Fotos sein, dachte Frank und blickte fasziniert auf den Bildschirm, während Pia wortlos eine Datei nach der anderen öffnete. Keine der Frauen war mit zwei oder drei Fotos vertreten, es gab immer nur ein Foto von einer Frau. Bei einigen Dateien handelte es sich um kleine Videofilme in verschiedenen pornografischen Abstufungen. Frank vermutete, dass das männliche Glied, das auf einzelnen Videos zu sehen war, Peter Münster-Smith gehörte.

»Diese Dateinamen«, begann er, als er genug gesehen hatte, »bestehen alle aus einem Vornamen und sechs Ziffern. Es könnte sich um ein Datum handeln.«

»Vermutlich hast du recht«, erwiderte Pia. »Ich überprüfe es mal kurz.« Sie ging bei ein paar Dateien auf das Info-Feld und fand das Speicherdatum. »Es passt«, sagte sie nach kurzer Zeit. »Sie wurden alle am gleichen Tag oder am Tag nach der Datierung im Dateinamen gespeichert.«

»Eigentlich ganz logisch.«

Peter Münster-Smith hat seine Eroberungen gesammelt, dachte Frank. Er war bestimmt nicht der erste Mann der Weltgeschichte, der so etwas tat, aber es war gewiss auch nicht sehr verbreitet, ein regelrechtes digitales Archiv über seine Sammelobjekte anzulegen.

»Du fährst doch zu der Haushälterin, wenn wir etwas gegessen haben, oder?«

»Ja. Es sei denn, du hast andere Aufgaben für mich.«

»Nein, ich halte es immer noch für eine gute Idee. Nimm ein paar der Fotos mit. Vielleicht erkennt sie ja das eine oder andere Mädchen wieder. Es wäre schön, wenn wir mehr hätten als nur die Vornamen.«

»Ich drucke mir die neuesten aus.« Pia ließ den Computer die Dateien nach Speicherdatum sortieren. »Aber ich glaube, ich verschone Vera Kjeldsen mit dem Anblick des Ständers ihres Arbeitgebers.«

»Waage!«

»Jetzt sei bloß nicht so kleinmädchenhaft.« Sie lachte und klickte noch ein paar Mal, bevor sie die Maus losließ. »Das dauert jetzt einen Moment, bis die Fotos ausgedruckt sind … Was willst du essen?«

Es endete damit, dass sie ein paar französische Hotdogs vom Pølserwagen unten auf dem Platz holte, wo einige Stammgäste in dem eisigen Wind bibberten, der vom Fjord kam.

»Und jetzt?«, fragte Frank nach dem Essen. »Hast du Gerners Bericht schon gelesen?«

»Hm.« Pia wischte ein paar Krümel vom Schreibtisch und warf das Würstchenpapier in den Papierkorb. »Er war gründlich. Aber das ist ja nichts Neues.«

»Wo steckt er eigentlich?«

»Soweit ich weiß, koordiniert er noch immer die Vernehmungen mit den Nachbarn. Und dann will er noch mal mit der Hundestaffel losziehen.«

»Was sind deine Erkenntnisse aus dem Bericht?«

»Dass sämtliche Mitarbeiter einen Schlüssel zum Tor haben, aber nur eine kleine Gruppe die Tür zum Hinterhaus aufschließen kann. Dazu gehören die Architekten im Erdgeschoss und die Handwerker. Sonst kommen nur Personen ins Hinterhaus, die einen Generalschlüssel haben. Die Direktion, die Empfangsdame und die Sekretärinnen der Inhaber. Und natürlich die Wachfirma, von der das Gebäude überwacht wird.«

»Die Wachfirma? Das ist mir entgangen.« Frank blätterte in dem Bericht, bis er die richtige Stelle fand. »Ja, verflucht. Wieso haben die eigentlich die Leiche nicht sofort entdeckt?«

»Der Wächter geht offenbar nicht durch alle Räume. Er hat im Laufe der Nacht eine feste Runde und überprüft Türen, Fenster und so weiter von außen. Das Gebäude wird nur betreten, wenn etwas ungewöhnlich aussieht. Die Alarmanlage ist selbstverständlich aktiviert. Ich habe die Empfangsdame gestern selbst gefragt.«

»Okay.«

»So wie ich das sehe«, fuhr Pia fort, »ist es eigentlich egal, wer Schlüssel hat und wer nicht.«

»Das denke ich auch. Wenn der Täter mit Münster-Smith hereinkam, brauchte er den Generalschlüssel nicht. Den hatte schließlich Peter.«

»Genau.« Pia kratzte sich am Kopf. »Umgekehrt spricht die ganze Sache mit dem Overall dafür, dass wir jemanden suchen, der sich dort auskennt.«

»Wenn dieser Overall wirklich verschwunden ist, ja. Es könnte allerdings sein, dass dieser Malergeselle ihn am Donnerstag zum Waschen mit nach Hause genommen hat. Und hinterher hat er es vergessen.«

»Hätte er dann nicht angerufen und Bescheid gesagt, als er gestern nach Hause kam und den Irrtum bemerkte?«

»Vielleicht hat er Angst, sich lächerlich zu machen.«

Pia nickte. »Klingt einleuchtend.«

»Ich glaube, wir statten ihm morgen einen unangemeldeten Besuch ab. Er hieß Jørn, oder?«

Pias Lockenkopf beugte sich über die Unterlagen. »Jørn Kallberg, ja.« Sie leierte die Adresse herunter, die Frank notierte. »Aber angenommen, der Overall wurde vorgestern gestohlen ...«, fuhr sie in ihrem Gedankenspiel fort.

»Dann deutet alles auf einen vorsätzlichen Mord und einen Täter hin, der sich gut auskennt«, stimmte Frank ihr zu.

»Es muss ein ziemlicher Schock für ihn gewesen sein, als er bemerkte, dass sich noch jemand im ersten Stock aufhielt, als er den Overall holte.«

»Es ist gar nicht so sicher, dass er das Mädchen überhaupt bemerkte.«

Pia Waage fuhr den Computer herunter und erhob sich. Plötzlich erstarrte sie. »Nein«, sagte sie und wandte sich Frank Janssen zu. »Da ist etwas faul, da passt etwas überhaupt nicht.«

»Was passt denn nicht?«

Sie setzte sich wieder. »Wenn sie gemeinsam hineingegangen sind, so wie wir es vorhin angenommen haben, und der Täter im ersten Stock seinen Arm ausstreckte, einen Overall stahl und sich anzog, während sie die Treppe hinaufstiegen ...«

»Ja?«

»Das hätte Peter Münster-Smith doch sehr seltsam finden müssen, oder?«

»Es kann ja sein, dass er es tatsächlich seltsam fand.«

»Würde er so jemandem den Rücken zuwenden? Der erste Stich kam doch von hinten.«

Frank sah sie an. »Vielleicht hast du recht«, sagte er nach einer Weile. »Aber wenn der Täter als Erster kam, hätte er sich den Overall anziehen können, bevor Münster-Smith das Haus betrat. Und wenn der Gedankengang korrekt ist, bedeutet das natürlich ...«

»... dass es überhaupt nicht egal ist, wer einen Schlüssel zum Hinterhaus hat und wer nicht.«

»Okay. Wir haben also einen theoretischen Handlungsablauf, der folgendermaßen aussieht: Um 17:30 Uhr schließt der Täter das Hinterhaus auf, stiehlt einen Overall, von dem er vorher wusste, und geht in den zweiten Stock. Kurz darauf kommt Peter Münster-Smith. Er trägt Gummistiefel, um sich seine guten Büroschuhe nicht zu versauen, seinen Mantel behält er an. Er betritt den großen Raum. Wird ermordet. Vielleicht reden sie vorher noch, vielleicht auch nicht. In jedem Fall vergeht eine gewisse Zeit, bevor der Täter den Tatort wieder verlässt. Er hat den Overall sicher ausgezogen. Vielleicht hat er ihn auch benutzt, um seine Schuhsohlen abzuwischen. Es ist jedenfalls erstaunlich wenig Blut auf der Treppe. Er nimmt das Mobiltelefon und die Brieftasche des Opfers mit.«

»Was ist mit seinen Händen? Und dem Gesicht? Das Blut muss gewaltig gespritzt haben.«

»Die Techniker haben Proben vom Abfluss dort oben genommen«, ergänzte Frank. »Vielleicht hat er sich gewaschen, bevor er ging.«

»Und dann spazierte er ganz gemächlich aus der Tür, ging über den Hof und zum Tor hinaus. Vielleicht hatte er sogar eine Tüte mit dem blutigen Overall dabei.«

»Aber wo ist der jetzt?«

»Ich an seiner Stelle hätte ihn in kleine Stücke geschnitten und im Ofen verbrannt.«

15

Vera Kjeldsen schloss das Auto mit einem Klicken der Fernbedienung ab und griff nach den Einkaufstüten. Sie blickte einen Moment auf den silbergrauen Nissan, bevor sie sich umdrehte und zum Fahrstuhl ging, der von der Tiefgarage zur Penthousewohnung führte. Ob die Erben ihr auch den Wagen wegnehmen würden? Streng genommen gehörte er zur Wohnung; Vera stand er lediglich als Teil ihres Gehalts zur Verfügung. Es würde schwer werden, ohne ihn auszukommen, dachte sie, als ihr durch die Fahrt in dem blitzschnellen Aufzug wie so oft etwas übel wurde.

Nachdem sie die Einkäufe eingeräumt hatte, schaltete sie ihr Notebook ein. Sie trug es aufgeklappt in die Küche, stellte es auf den Redwood-Tisch und holte sich eine Tasse Kaffee.

Während der PC hochfuhr, sah Vera sich in dem wohlproportionierten Raum um. Sie würde nicht nur das Auto vermissen, dachte sie. Früher hatte sie sich nicht vorstellen können, jemals so vornehm zu wohnen. Nicht, dass es an Peters ehemaliger Wohnung in dem alten, wohlhabenden Viertel der Stadt etwas auszusetzen gegeben hätte. Man konnte es einfach nicht vergleichen. Hätte sie die Wahl, würde sie jederzeit die moderne Wohnung am Sundværket mit dem durchdachten, maßgeschneiderten Grundriss vorziehen. Wie viele moderne Wohnungen hatten denn eine eingebaute Dienstbotenwohnung? Und wie viele Haushälterinnen konnten eine so wunderbare Aussicht aus ihrem eigenen Zimmer genießen? Vermutlich nicht sehr viele. Sie nippte an ihrem Kaffee.

Das Notebook, das durchaus bessere Tage gesehen hatte, war jetzt bereit. Vera verbrachte die nächste halbe Stunde damit, die Berichte der Onlinedienste über den »Millionärsmord in Christianssund« zu lesen. Unglaublich, wie viele Fehler man in einer so kurzen Biografie unterbringen konnte, dachte sie. Obwohl sie Peters Vergangenheit nicht hundertprozentig kannte, wusste sie doch, dass er in Holte aufgewachsen war und nicht in Helsingør – obwohl er dort als Achtzehnjähriger seine erste Wohnung gekauft hatte. Sie war absolut sicher, dass der Konkurs, von dem eine der Zeitungen fabulierte, ein paar Jahre später vom See- und Handelsgericht aufgehoben wurde, aber dieses Detail unterschlugen sie natürlich.

Ihr Blick fiel auf das Jugendfoto von Peter und Axel, die vor dem Restaurant Victor in Kopenhagen standen und sich mit Champagner zuprosteten. Das Foto war laut Bildunterschrift an dem Tag im Mai 1984 geschossen worden, an dem ihre Baufirma zu Dänemarks Newcomer des Jahres an der Kopenhagener Börse gewählt worden war. Vera betrachtete die Gesichter der beiden Männer. Axel war damals neunundzwanzig, Peter siebenundzwanzig. Doch sie wirkten nicht nur jung, sondern auch arrogant und sicher, dass ihnen die ganze Welt gehörte. Peter hatte damals noch sein fülliges braunschwarzes Haar. Eine lange Strähne fiel ihm in die Stirn, und seine Wangenknochen zeichneten sich scharf in dem sonnengebräunten Gesicht ab. Er war ein attraktiver Mann gewesen. Kein Wunder, dass Peter nie ein Problem mit Frauen hatte, obwohl er mit den Jahren schon ein bisschen verlebt wirkte. Axel hingegen sah aus wie immer – wenn man von den zehn, fünfzehn Kilo absah, die er an Gewicht zugelegt hatte. Sein ganzes Leben hatte er das mausgraue Haar kurz getragen, und bereits damals gab es diesen kräftigen Schnurrbart, den er nach allen Regeln der Kunst trimmte. Gut, dass er den Schnurrbart inzwischen deutlich kürzer schnitt. Zeitweilig hatte er geradezu künstlich ausgesehen. Kannte er Julie damals schon? Vera versuchte, sich zu erinnern, und kam zu dem Ergebnis, dass sie sich gerade kennengelernt haben mussten.

Na, es nützte nichts, hier zu sitzen und die Zeit totzuschlagen, sie tippte eine neue Webadresse ein. Sie musste rasch einen anderen Job finden, und Vollzeitanstellungen für Haushälterinnen wuchsen nicht gerade auf den Bäumen. Selbst, wenn sie die Suche auf das ganze Land ausdehnte, würde es sehr schwierig werden. Nach einer halben Stunde auf verschiedenen Seiten mit Jobangeboten gab sie auf. Wenn sie eine ähnliche Arbeit finden wollte, musste sie selbst eine Anzeige schalten. Sie öffnete ihr Textbearbeitungsprogramm und begann umständlich, einen Text zu formulieren. Dreißig Jahre Haushaltserfahrung in größeren Häusern, professionell in allen Bereichen der Raumpflege, Expertin in Waschen und Bügeln sowie der Pflege und Ausbesserung von Kleidungsstücken, verantwortungsbewusst und selbstständig.

Ein lauter Klingelton ließ sie zusammenzucken. Es war selten, dass das Festnetztelefon einen Ton von sich gab, und einen Moment war sie vollkommen konfus. Es war Charlotte, die Schwester von Peter Münster-Smith. Nach einer langen Vorrede, wie furchtbar das Ganze doch sei, kam sie zu ihrem eigentlichen Anliegen.

»Ich weiß, dass es noch keinen Termin für die Beerdigung gibt«, sagte Charlotte.

»Ja«, bestätigte Vera.

»Mein Bruder und ich müssen dennoch damit beginnen, die praktischen Dinge im Zusammenhang mit Peters Tod zu erledigen, uns mit Anwälten besprechen und um die Leitung der Firma kümmern, all diese Dinge. Es wird sicher viel zu tun sein, um den Nachlass zu regeln.«

»Ja.«

»Wir müssen also schon mal anfangen.«

»Ja.«

»Ich lande morgen Nachmittag und fahre direkt nach Christianssund. Mein Bruder und seine Frau kommen am Montag aus Südafrika.«

»Ja.«

»Wir können doch sicher in der Wohnung wohnen?«

»Öh, ja.«

»Sie wurde von der Polizei nicht versiegelt oder so?«

»Nein. Sie haben lediglich ein paar Dinge mitgenommen.«

»Gut. Wären Sie so nett und würden zwei Zimmer vorbereiten, Vera? Und Sie sorgen doch sicher auch für das Frühstück während unseres Aufenthalts?«

Darauf wird man also reduziert, dachte Vera, als sie die Frühstückswünsche der Erbin notiert und das Gespräch beendet hatte. Zu einer Art Bed & Breakfast der Luxusklasse. Dabei hatte sie diese Frau noch nie gesehen. Sie musste sich unbedingt etwas Neues suchen. Je eher, desto besser. Vielleicht sollte sie auch in ganz anderen Bahnen denken, sich irgendwo eine kleine Wohnung suchen und eine ganz gewöhnliche Arbeit annehmen. Vermutlich wäre das einfacher, überlegte sie und suchte eine Website mit Wohnungsangeboten.

In diesem Moment schnitt der Summton der Gegensprechanlage durch die Stille.

»Ja, bitte?«

»Pia Waage, Polizei von Christianssund.«

»Ja?«

»Darf ich Sie einen Moment stören?«

Ihr Leben bestand allmählich nur noch aus Störungen, ging ihr durch den Kopf, als sie ihr Notebook zusammenklappte und in ihr Zimmer zurücktrug. Niemand sollte ihr vorhalten können, dass sie ihren Platz nicht kannte – im wortwörtlichen Sinn.

»Ich habe gehofft, dass Sie uns helfen können, Peter Münster-Smith ein wenig besser zu verstehen«, sagte die freundliche Polizistin, als sie am Tisch Platz genommen hatte. »Was war er für ein Mann?«

»Ich habe doch gesagt, wir hatten über die Arbeit hinaus nicht viel miteinander zu tun.«

»Ja, natürlich. Trotzdem haben sie dreizehn Jahre unter einen Dach gelebt, etwas mehr müssten Sie über ihn schon wissen?«

Vera zuckte mit den Schultern.

»Traf sich Peter mit Axel Holkenfeldt und seiner Frau? Also, privat meine ich?«

»Sie kamen immer mal wieder zum Abendessen. Aber das waren meistens Geschäftsessen, eher repräsentativ.«

»Sie kamen nie allein?«

»Daran kann ich mich jedenfalls nicht erinnern.«

»Hat Peter die Holkenfeldts besucht?«

»Es gehörte nicht zu meinen Angewohnheiten, ihn zu fragen, wo er hinging. Er war abends selten zu Hause. Er hatte oft Sitzungen oder aß mit einem Kunden zusammen, vielleicht war er auch mit einer Freundin in der Stadt. Das habe ich nicht so verfolgt.«

»Also wissen Sie im Grunde nicht viel über das Verhältnis der beiden Männer?«

»Nein.«

»Abgesehen davon, dass sie sich nicht gerade gegenseitig auf dem Schoß saßen.«

»Sie haben jeden Tag zusammengearbeitet – und oft waren sie auch beide bei den Abendterminen. Vielleicht reichte ihnen das?«

Pia Waage legte die Arme auf die blanke Tischplatte. »Hatte Peter andere Freunde? Irgendwen, mit dem er hin und wieder zum Fußball ging?«

»Nicht, dass ich wüsste.«

»Er hat in dieser riesigen Wohnung mit drei großen Gästezimmern gelebt und bekam nie Besuch?«

»Ich habe Ihnen von seinen Abendessen erzählt. Er hat es geliebt, seine Wohnung vorzuführen.«

»Aber es hat nie jemand hier übernachtet?«

»Es kam schon vor, dass er ein Mädchen mit nach Hause brachte.«

»Hatte er viele Freundinnen?«

Vera sah sie an. »Im Lauf der Zeit waren es schon einige.«

»Haben Sie jemanden kennengelernt?«

»Nicht richtig. Na ja, ich habe sie doch erst beim Frühstück gesehen. Und da reden die wenigsten Menschen gern, oder?«

»Sie können sich also an nichts Besonderes erinnern?«

Vera schüttelte den Kopf.

Pia Waage griff nach ihrem grauen Rucksack, den sie unter den Stuhl gestellt hatte, zog den Reißverschluss auf und nahm einen grauen Aktendeckel heraus.

»Das hier«, sagte sie und legte die Hand auf den Aktendeckel, »sind Ausdrucke von ein paar Fotos, die wir auf einem USB-Stick in der Schlafzimmerkommode von Peter Münster-Smith gefunden haben.«

Vera sagte nichts.

»Auf allen Fotos sind Frauen zu sehen. Wir glauben, dass einige von ihnen Freundinnen von ihm waren, andere vielleicht nur zufällige Bekanntschaften. Wir wissen es aber nicht.«

»Aha.«

»Würden Sie mir helfen und sie sich ansehen?«

Wieder zuckte Vera die Achseln, ohne zu antworten.

»Ich fürchte, einige Fotos sind ziemlich ... gewagt.«

»Es wird schon gehen.«

Vera versuchte, distanziert zu bleiben, aber innerlich war sie erschüttert. Nicht über die Anzahl, denn das hatte sie vermutet, auch nicht aus Verärgerung über die mitunter sehr offenherzigen Fotos. Erschüttert war sie darüber, an wie viele der jungen Frauen sie sich erinnern konnte. Und wie viele Details sie im Kopf hatte. Diese da zum Beispiel, die mit den kurzen, roten Haaren und den kleinen knabenhaften Brüsten. Sie hatte so laut geschrien, dass Vera es kaum schaffte, sich die Hand ins Höschen zu stecken, bevor sie zum Orgasmus kam. Und die kleine mollige Dunkle ... Vera konnte sich genau erinnern, wie intensiv sie gestöhnt hatte. Und wie lange es dauerte. Sie war vielleicht die Beste von allen gewesen. Vera erinnerte sich daran, wie angenehm kühl sich die Schlafzimmertür an ihrem Ohr anfühlte, als sie draußen im Dunklen stand und sich wieder und wieder befriedigte – im Takt der Geräusche aus dem Schlafzimmer. Leider war Peter sie schnell leid gewesen. Mit der großen Blondine mit der Himmelfahrtsnase hingegen war er mehrere Monate zusammen, was Vera regelrecht irritierend fand. Das Mädchen machte nicht ein Geräusch beim Sex, in der ganzen Zeit hatte Vera sich mit ihrer Fantasie und dem kaum hörbaren Knarren eines der teuersten und leisesten Betten auf dem Markt begnügen müssen.

Von all dem erzählte sie der Ermittlerin natürlich nichts. Sie zeigte auf ein paar Gesichter, nannte ein paar Nachnamen, unter anderem von einer schlanken, eleganten Frau, die Vera aufgefallen war, weil sie sie einmal in einem Werbespot für einen neuen Schokoladenriegel gesehen hatte, der offenbar am besten schmeckte, wenn er mit einem verführerischen Blick verzehrt wurde.

»Und die hier.« Pia Waage zeigte auf das letzte Foto des Stapels. Ein schlankes, dunkelhaariges Mädchen mit einem ernsthaften Gesichtsausdruck. Das Foto war neutral, das Mädchen vollständig bekleidet. »Laut Dateinamen heißt sie Sara. Ist das die Frau, mit der Peter Münster-Smith am Donnerstag verabredet war?«

»Ich habe sie nur durch die Kamera der Gegensprechanlage gesehen.«

»Erkennen Sie sie wieder?«

Vera nickte. »Ich glaube schon. Aber ich weiß nicht mehr, als ich bereits erzählt habe. Ich glaube nicht, dass sie hier oben war.«

Als Pia Waage gegangen war, blieb Vera noch einen Moment am Küchentisch stehen. Es war Samstag, sie musste weder heute noch morgen putzen. Die Wäsche konnte auch warten, nach Peters Tod war es egal. Und das Herrichten der Gästezimmer für seine Erben eilte nicht. Sie hatte den ganzen Tag für sich.

Vera ging in ihre Wohnung, blätterte die DVDs durch, die ganz hinten im Regal standen, und wählte eine aus. Sie legte eine Decke über den Bildschirm, bevor sie »Play« drückte. Sie brauchte nur den Ton.

16

Das Geschenk für seine Tochter Laura einzupacken, war einigermaßen schwierig. Wie konnte man einen Tennisschläger so verpacken, dass man ihn nicht sofort erkannte? Andererseits würde sie vermutlich ohnehin nicht sonderlich überrascht sein, nachdem sie mehrfach betont hatte, dass sie sich zu Weihnachten unbedingt einen neuen Tennisschläger wünsche. Sie würde sowieso wissen, was in dem Päckchen war, egal, wie gut er den Schläger verpackte. Laura wollte in wenigen Monaten zu Hause ausziehen, und er hatte eigentlich vorgehabt, ihr etwas für die neu erworbene Genossenschaftswohnung in Kopenhagen zu schenken. Küchengeräte oder eine Garderobe. Aber Laura wünschte sich den Schläger, also sollte sie ihn auch bekommen. Papas Mädchen. Dan hatte einen Tausendkronenschein zwischen die Bespannung gesteckt. Dafür könne sie sich selbst etwas Vernünftiges kaufen, hatte er auf die Weihnachtskarte geschrieben.

Fast alle Geschenke waren jetzt eingepackt. Ein Schal aus Angorawolle für seine Mutter, das neue iPad für seinen Sohn Rasmus, der Tennisschläger für Laura. In dem grün-weißen Weihnachtspapier der Buchhandlung lag ein dickes Buch mit Luftaufnahmen von Dänemark für seinen alten Freund Flemming und die

Afrika-Trilogie von Jakob Ejersbo für dessen Frau Ursula. Und, Traditionen mussten gepflegt werden, eine Tüte mit getrockneten Schweinsohren für Mariannes Hund. Es fehlte nur noch ein Geschenk für seine Exfrau. Sie hatten vereinbart, sich nichts Teures zu schenken. Als Dan gefragt hatte, wo die magische Grenze verlaufe, hatte Marianne nur die Achseln gezuckt. Das sollte er offenbar selbst herausfinden. Er entschloss sich, die Reißleine zu ziehen, und rief seine Tochter an.

»Hast du eine gute Idee?«, wollte er von ihr wissen.

»Hm.« Laura schwieg ein paar Sekunden. »Hast du *Six Feet Under* gesehen?«

»Ja, sicher.« Die Fernsehserie über die Familie eines amerikanischen Bestattungsunternehmers gehörte zu Dans Lieblingsserien. »Die ist fantastisch.«

»Mama hat sie nicht gesehen. Und sie ist überzeugt, dass sie die Einzige auf der Welt ist, die sie noch nicht gesehen hat.«

»Danke, Laura. Sie wird sie lieben, das weiß ich.«

»Ich habe gesehen, dass im Center ein DVD-Set im Angebot ist.«

»Genial, danke!«

Er sah auf die Uhr. Es war erst sechzehn Uhr, und die Läden hatten vor den Feiertagen auch am Samstagnachmittag geöffnet. Also los.

So, dachte er, als er eine Dreiviertelstunde später den Wintermantel und die Skimütze an ihren Platz hängte. Erledigt. Alle Geschenke gekauft – und noch immer war Heiligabend erst in einer Woche. Persönlicher Rekord. In den nächsten Tagen konnte er Weihnachten guten Gewissens vergessen. Und das ist auch zwingend nötig, ging ihm durch den Kopf, als er sich an den Computer setzte. Wenn er sich einen Überblick über die anstehenden Aufgaben verschaffen wollte, musste er sich auch darauf konzentrieren können.

Dan öffnete seinen digitalen Kalender. Es gab bewusst nicht allzu viele Termine. Wer einmal die Folgen von Stress erlebt hat, hat seine Lektion gelernt, andernfalls ist man einfach zu doof, sagte er sich immer wieder – auch wenn ihm dadurch möglicherweise der eine oder andere Kunde durch die Lappen ging, nur weil er sich weigerte, den Produktionsplan über das Maß hinaus zu forcieren, das er selbst für verantwortbar hielt.

Die kommende Woche war ausschließlich für die große Imagekampagne von Petax blockiert. Er hatte von vornherein entschieden, sich darauf zu konzentrieren und einige kleinere Aufgaben auf die anderen Freelancer der Bürogemeinschaft übertragen. Allerdings war er nicht sicher, ob er einfach dem Plan folgen konnte, oder ob der Tod von Peter Münster-Smith eine Veränderung der ganzen Kampagne zur Folge haben würde. Aber warum eigentlich? Petax' Entwicklungsprojekt in Frankreich würde weitergeführt werden, und die Kampagne war ja mehr oder weniger angenommen. Dan entschloss sich weiterzuarbeiten, bis ihn jemand aufforderte aufzuhören.

Für Montag hatte er eine ganztägige Sitzung mit dem Regisseur und den Produzenten des Werbefilms geplant. Sie würde wie vorgesehen stattfinden. Und das Treffen war dringend notwendig, wenn sie das Projekt ordentlich durchführen wollten. Nicht zuletzt, um eine Alternative für den verstorbenen Hauptdarsteller zu finden.

Was sollten sie machen? Dan lehnte sich in seinem Stuhl zurück. Axel Holkenfeldt konnte Peter nicht ersetzen. Dazu hatte der Mann schlicht zu wenig Charisma. Würde er die Zuschauer durch die südfranzösische Landschaft führen, wo in ein paar Monaten der erste Spatenstich für das neue Projekt gesetzt werden sollte, sähe das vollkommen absurd aus. Axel war ein tüchtiger Unternehmer hinter den Kulissen, als Mann im Vordergrund allerdings ein hoffnungsloser Fall. Er wirkte ungelenk und steif. Einen Schauspieler, der Peters Rolle übernahm, konnten sie auch nicht engagieren. Das würde aufgesetzt und unglaubwürdig wirken. Es sei denn … Dan öffnete ein neues Dokument. Wenn der Schauspieler, der die Zuschauer herumführte, so ein David-Attenborough-Typ war … Vielleicht konnte man das Drehbuch so umschreiben, dass die Führung einen humoristischen Anstrich bekam? Würde das merkwürdig erscheinen? Vielleicht reichte es, diesen Teil als kurzen Clip zu bringen, als eine Art Rahmenhandlung, um dann die technischen Details und die ökonomischen Perspektiven in einem neutraleren, geschäftsmäßigeren Voice-over zu bringen.

Innerhalb einer Stunde skizzierte Dan konzentriert eine Beschreibung seiner neuen Idee. Er las den Text noch einmal und schickte das Dokument an Benedicte Johnstrup. Mit ein wenig Glück sah sie sich morgen ihre Mails an, obwohl es Sonntag war. Er würde gern ihre Meinung hören, bevor sie sich mit dem Filmteam am Montag trafen. Dann machte er sich ein Omelett mit Champignons und backte sich dazu ein paar Roggenbrötchen aus dem Gefrierfach auf. Zum Essen setzte er sich aufs Sofa und sah sich die Nachrichten an.

Kurz darauf klingelte sein Telefon. Benedicte Johnstrup.

»Störe ich?«

»Nein.« Dan schaltete das Fernsehgerät stumm. »Das ging aber schnell. Am Samstagabend.«

»Ich schaue ständig in meine Mails. Schlechte Angewohnheit.«

»Sie müssen entschuldigen, es sieht sicherlich ein wenig zynisch aus, einfach so weiterzuarbeiten, als ob nichts passiert wäre.«

»Dazu sind wir gezwungen. Sonst können wir die Pläne nicht einhalten.«

»Es wirkt nur etwas respektlos, oder?«

»Ja, vielleicht.« Sie machte eine Pause, und Dan hörte, dass im Hintergrund irgendeine überdrehte elektronische Musik spielte. Es klang wie ein Computerspiel. Hatte sie eigentlich Kinder? Dan fiel mit einem Mal auf, dass er nahezu nichts von ihr wusste. Benedicte räusperte sich. »Ja«, wiederholte sie. »Es sieht im Moment nicht gut aus. Aber ich habe die Angelegenheit mit der Firmenleitung besprochen, wir arbeiten weiter.«

»Axel ist also mit dem neuen Budget einverstanden?«

»Wir müssen irgendwann eine etwas gründlichere Präsentation für ihn vorbereiten, doch vorerst lässt er mich entscheiden.«

Als sie Dans Idee diskutiert und eine gemeinsame Haltung für die Sitzung am Montag gefunden hatten, entstand erneut eine Pause. Dan versuchte, sie mit allgemeinem Geplauder zu füllen, Benedicte antwortete einsilbig. Trotzdem hatte er das Gefühl, dass sie zögerte, das Gespräch zu beenden.

»Haben Sie noch etwas auf dem Herzen?«, fragte er schließlich.

Wieder eine Pause. Im Hintergrund fiepte die Computermusik.

»Benedicte?«, versuchte er es noch einmal.

»Ich ...« Sie hielt inne und setzte noch einmal an. »Mein Mann ist verschwunden«, sagte sie dann mit einer dünnen Stimme.

»Wann?«

»Ich habe ihn am Donnerstagmorgen zuletzt gesehen, und unser Sohn hat am Donnerstag um siebzehn Uhr mit ihm telefoniert. Seitdem ist er fort.«

»Haben Sie schon mit der Polizei gesprochen?«

»Natürlich.«

»Und was sagen sie?«

»Es ist wohl eine Suchmeldung an alle Reviere geschickt worden, aber noch nichts an die Presse gegangen. Sie sagen, er sei ein erwachsener Mann und sie könnten sich nicht einmischen, nur weil er sich entschlossen habe zu gehen.«

»Es sind bisher ja auch erst zwei Tage vergangen.«

»Jetzt klingen Sie schon wie die Polizei.« Dan hörte, dass ihr gleich die Tränen kommen würden. »Ihr versteht gar nichts.«

»Dann erklären Sie es mir. Was verstehen wir nicht?«

»Martin würde niemals einfach so weggehen. Das ist ausgeschlossen. Er ist so verantwortungsbewusst und …« Ihre Stimme brach ab. »… er ist ein sehr liebevoller Mann.«

Dan ließ ihr einige Augenblicke Zeit, die Kontrolle zurückzugewinnen. »Was glauben Sie? Was ist passiert?«, erkundigte er sich dann.

»Ich weiß es nicht.«

»Aber was kann ich …?« Dan wartete. Benedicte atmete tief durch. Er konnte geradezu hören, wie sie den Rücken durchdrückte und sich zusammenriss. »Kann ich Sie anheuern?«, fragte sie dann. »Also als Privatdetektiv?«

Oh, nein. Bitte nicht, dachte er. »Ich habe keine Zeit, Benedicte.«

»Ich brauche nur einen guten Rat.«

»Können wir das nicht am Tele…«

»Nein. Ich muss Ihnen etwas zeigen.«

Dan wog eine Weile das Für und Wider für sich ab. Er hatte wirklich keine Zeit, sich in einen neuen Fall verwickeln zu lassen. Doch wenn sie recht hatte und es nur um ein paar Stunden ging … Benedicte Johnstrup war ja ein guter Kunde, und gute Kunden musste man pflegen. »Okay«, sagte er dann. »Wann?«

»Mein Sohn geht morgen Vormittag mit ein paar Freunden ins Hallenbad. Ich könnte gegen zehn bei Ihnen sein?«

Dan gab ihr seine Privatadresse und beendete das Gespräch. Er lehnte sich auf dem Sofa zurück und faltete die Hände im Nacken.

Die Bilder flimmerten lautlos über den Bildschirm. In den Nachrichten wurden Ausschnitte eines Handballspiels gezeigt. Dan sah sie, ohne das Geschehen wirklich wahrzunehmen. In Gedanken war er weit weg.

Heute Vormittag war er der Polizei gegenüber nicht ehrlich gewesen. Vor einigen Jahren hatte er ein sehr viel engeres Verhältnis zu Peter gehabt, als ihm heute lieb war. Es war eine Zeit, auf die er nicht sonderlich stolz war. Damals arbeitete er noch als junger, aufstrebender Texter in der Kopenhagener Werbebranche und nahm regelmäßig Kokain. Er teilte dieses Laster mit vielen anderen, unter anderem mit Peter Münster-Smith. Ein Jahr lang war Dan fester Gast auf Peters Feten, bei denen ganze Berge von Koks geschnupft wurden. Als er Marianne kennenlernte, zog Dan sich zurück. Sie hatte ihm von Anfang an klargemacht, dass er den Drogenmissbrauch beenden müsse, wenn er eine feste Beziehung mit ihr wolle. Natürlich hatte Dan seitdem ein paar Mal sein Wort gebrochen, schließlich arbeitete er noch in derselben Branche und kannte dieselben Leute, Marianne hatte es – soweit er wusste – nie entdeckt. In den letzten Jahren war er dann ganz davon abgekommen und hatte auch die Lust daran verloren. Das Verhältnis zu Peter hatte sich zu einer rein professionellen Zusammenarbeit entwickelt, allerdings stand ihre gemeinsame Vergangenheit immer unausgesprochen zwischen ihnen. Vielleicht waren sie deshalb ein wenig offener miteinander umgegangen, als sie es sonst getan hätten.

Hatte er Peter gemocht? Geistesabwesend verfolgte er die Wiederholung eines Handballtors. Ja natürlich, stellte er nach einigen Sekunden fest. Peter Münster-Smith war ein amüsanter und inspirierender Kunde. Nicht wie viele andere Entscheidungsträger, mit denen Dan durch seine Arbeit als Werber in Kontakt kam.

Die meisten besaßen keinerlei Kreativität und hatten zudem Verantwortliche für das Marketing eingestellt, die ebenso träge und konservativ waren wie sie. Mit Peter verhielt es sich anders. Er entwickelte fast genauso viele gute Ideen wie Dan selbst, und er verstand Dans Überlegungen sofort, viele Erklärungen und Skizzen konnte man sich sparen. Abgesehen von der Unart, zu jeder Tages- und Nachtzeit anzurufen, wenn die Hyperaktivität – oder der hohe Kokainverbrauch – ihn nicht schlafen ließ, war Peter in vielerlei Hinsicht ein Traumkunde für Dan gewesen.

Die Nachrichten gingen zu Ende, die Werbung begann. Dan schaltete um. Auf DR2 kam eine Schlagersendung. Er schaltete das Fernsehgerät aus und starrte eine Weile an die Decke. Es war Samstag, er hatte keine Verabredung und musste nirgendwo hin. Nein, verdammt noch mal, dachte er und stand auf. Er würde doch nicht hier liegen und sich selbst bemitleiden. Morgen Vormittag bekam er Besuch, und das bedeutete, es gab etwas zu tun.

Dan ging in die Küche und öffnete den großen Schrank, in dem der Staubsauger stand.

SONNTAG, 19. DEZEMBER 2010

17 Um vier Uhr morgens gab Julie Holkenfeldt es auf. Nicht, weil sie ausgeschlafen war, ganz im Gegenteil. Aber nach einer langen Nacht, in der sie lediglich in kurzen Intervallen oberflächlich geschlafen hatte, war sie so erschöpft, dass es tatsächlich eine Erleichterung war, es gar nicht erst weiter zu versuchen. Sie drehte sich auf den Rücken und starrte ins Dunkle. Sie bereute bitter, nicht die doppelte Dosis Schlaftabletten genommen zu haben, jetzt war es zu spät dafür, wenn sie nicht den ganz Vormittag verschlafen wollte.

Axel schlief natürlich fest. Er lag auf der Seite, das Gesicht ihr zugewandt. Sie konnte ihn nicht sehen, hörte aber seinen schweren Atem und spürte die Wärme seines Körpers durch die beiden Bettdecken. Vielleicht bildete sie es sich auch nur ein. Julie rückte noch ein Stück weiter zur Bettkante und dachte einmal mehr, dass endlich jeder sein eigenes Schlafzimmer bekommen sollte. Sie hatten schon so oft darüber geredet, aber es war doch ein großer Schritt. Als ob man einfach aufgeben würde.

Es irritierte sie, dass Axel nicht erzählt hatte, warum er aufs Polizeipräsidium gebracht worden war. Natürlich informierte ihr Mann sie nicht detailliert über jeden seiner Schritte, aber ein Verhört auf dem Polizeipräsidium? Sollte man seinem Ehepartner davon nicht erzählen? Als er ein paar Stunden später zurückkam, hatte er sich nichts entlocken lassen. Es wäre um Kleinigkeiten gegangen, behauptete er, unbedeutende Details. Er war noch wortkarger als sonst. Höflich, natürlich, das fehlte auch noch, seine wohlerzogene Fassade bekam nicht einen einzigen Riss.

Julie drehte sich um und lag nun mit dem Rücken zu ihrem Mann. Im Schlaf spürte er, dass sie sich bewegt hatte, und legte einen Arm um sie. Sie blieb still liegen, bis seine Atmung wieder schwer und regelmäßig wurde. Sein Arm hing wie eine schwere Last auf ihren Rippen. Wenn sie doch bloß die Nachttischlampe anschalten und lesen könnte. Axel würde sicher nicht richtig aufwachen, aber allein bei dem Gedanken an sein irritiertes Stöhnen, wenn er sich umdrehte, um dem Licht zu entgehen, gab sie die Idee auf, wie so viele Male zuvor in dieser Nacht – und Tausenden von Nächten vorher. Sie befreite sich vorsichtig von seinem Arm, schwang die Beine auf den Boden und suchte mit den Füßen ihre Hausschuhe.

So lautlos wie möglich schlich sie zur Tür. Auf dem Flur brannte immer eine Lampe mit einer schwachen Birne, damit man nicht stolperte, wenn man nachts auf die Toilette musste. Einen Augenblick blieb sie stehen und gewöhnte ihre Augen an das schwache Licht, dann ging sie die wenigen Schritte bis zur Badezimmertür.

Nachdem Julie gepinkelt und sich die Zähne geputzt hatte, ging sie nach unten in die Küche und machte sich eine Tasse Tee, wobei sie es sorgfältig vermied, mit dem Porzellan zu klappern. Sie wollte das Au-pair-Mädchen nicht wecken, deren Zimmer direkt neben der Küche lag. Sie holte ein Stück Obst aus dem Kühlschrank, ging ins Wohnzimmer, nahm sich die neueste Nummer von *Mon Jardin & Ma Maison* und setzte sich aufs Sofa. Während sie darauf wartete, dass der Tee abkühlte, aß sie langsam und sorgfältig den Apfel, sie kaute jeden Bissen gründlich, bevor sie ihn hinunterschluckte. Auf diese Weise hatte sie beinahe das Gefühl einer Mahlzeit.

Sie ließ ihren Blick durch das halbdunkle Wohnzimmer schweifen. Sie liebte diesen Raum. Die weichen, gepolsterten Möbel mit den gestreiften Bezügen in einer sanften Kombination von Sand und Elfenbein, die brodierten Kissen und die schweren Gardinen aus dicker, erbsengrüner Seide. Die Vasen waren mit Sträußen in dazu passenden Farben gefüllt, und an den Wänden hingen ausgesuchte Landschafts- und Blumengemälde, einige von ihnen über hundert Jahre alt. Das ganze Haus war ausgesprochen feminin eingerichtet – abgesehen natürlich von Axels Arbeitszimmer und dem Billardkeller, bei dem sie sich für eher neutrale Farben entschieden hatte. Axel hatte zufrieden genickt, als sie ihm das Resultat präsentierte. Das musste man ihm lassen: Er hatte ihr bei ihrem Heim vollkommen freie Hand gelassen. Er mischte sich nicht ein und beschwerte sich auch nie. Vielleicht war es ihm im Grunde genommen egal, hatte Julie mehr als einmal gedacht. Sie hatte die englisch inspirierte Villa aus rotem Backstein am Ende einer Seitenstraße am Bøgebakken ausgesucht; er hatte für alle Handwerker gesorgt, die sie benötigte, und sie hatte den Umbau und die Einrichtung mit sicherer Hand geleitet. Vor nicht allzu langer Zeit gab es eine Reportage über ihr Haus in einer der großen Wohnzeitschriften, und Julie wurde nicht müde, die nahezu feierlichen Bildunterschriften wieder und wieder zu lesen.

Nach Carolines Auszug hatte Julie ihren sicheren Geschmack zur Vollzeitbeschäftigung gemacht und in Kopenhagen eine Boutique mit Kleidung und Möbeln für Kinder eröffnet, die mit mehr als nur einem gewöhnlichen Silberlöffel im Mund zur Welt gekommen waren. Für die Bedienung, die Buchführung und andere Dinge hatte sie natürlich Personal, aber sie war es, die auf Messen in der ganzen Welt die richtigen Marken und Kollektionen auswählte. Sie liebte diese Messen. Sie verschafften ihr die Gelegenheit, hin und wieder von zu Hause fortzukommen, allein in einem Hotelzimmer zu schlafen, sich frei und lebendig zu fühlen und … ja, jung, das war es wohl. Julie sah noch immer gut aus, und sie genoss es, wenn fremde Männer ihr bewundernde Blicke zuwarfen. Dann hatte sie das Gefühl, einen Nutzen aus all den Stunden zu ziehen, die sie im Fitnessraum im Keller zubrachte, und aus dem ganzen Geld, das sie jeden Monat bei ihrer Kosmetikerin und dem Friseur ließ. Hier zu Hause bemerkte niemand ihr Aussehen. Doch, ihre Tochter sah es. Und ihre Angestellten in der Boutique registrierten natürlich auch, wie ihre Chefin aussah. Aber Axel? Er lobte routinemäßig ihre Kleider, wenn sie auf ein Fest mussten, sonst sah er sie kaum an. Er ließ seinen Blick über ihr sorgfältiges Make-up und die teure Frisur gleiten, ohne ihr in die Augen zu sehen; seine Gedanken waren stets woanders.

Wie lange geht das eigentlich schon so?, dachte Julie und schlug die französische Illustrierte auf. Sie betrachtete die Fotos und überflog einen Artikel über die Tapetentrends der kommenden Saison, während ihr Gedanken durch den Kopf gingen, die sie normalerweise erfolgreich verdrängte. In den letzten Tagen wurden sie ausgebrütet wie Millionen Fliegeneier, und nun krochen diese Gedankenmaden durch ihren Kopf, blind und unersättlich in ihrem Appetit auf alte Erinnerungen und vergessene Gefühle.

Ob es wirklich nur die Schlaflosigkeit war, die dieses Chaos in ihrem Kopf auslöste? Oder spielte der Tod von Peter Münster-Smith eine Rolle? Ihre Ehe mit Axel war ja unlösbar mit Peter verbunden, und jetzt, wo er nicht mehr da war, war es vielleicht ganz natürlich, dass alles Verbliebene auf den Prüfstand kam? In den sechsundzwanzig Jahren ihrer Ehe war Peter ein wichtiger Bestandteil ihres Lebens gewesen. Vor allem von Axels Leben natürlich, schließlich waren die beiden Männer berufliche Partner und – zumindest zu Beginn – beste Freunde. Doch auch in ihrem Leben war Peter stets präsent. Klingelte das Telefon zu einem vollkommen unmöglichen Zeitpunkt, war es immer er, der eine phänomenale Idee hatte oder sich schlichtweg langweilte. Luden sie Peter ein, wussten sie von vornherein, dass die Aufmerksamkeit sämtlicher Gäste den ganzen Abend über ihm galt – im Guten wie im Schlechten. Gut, wenn er den ganzen Tisch mit Anekdoten über einige seiner neureichen Geschäftsverbindungen und ihren silikongespritzten Anhang unterhielt. Schlecht, wenn er wenige Minuten später einen Skandal provozierte und einen weiblichen Gast auf dem Flur küsste – ganz egal, ob der Ehemann der Frau es bemerkte oder nicht. Peter war stets ein so charmanter wie hochgefährlicher Gast gewesen, dennoch hatte Julie ihn immer wieder eingeladen. Zumindest garantierte seine Teilnahme, dass die Gäste sich an Feste der Holkenfeldts erinnerten. Andererseits waren Axel und sie nur selten auf seinen Partys gewesen. Auch nicht in dem Jahr, als er mehr oder weniger in der Nachbarschaft wohnte. Es ging ihnen zu wild und vulgär bei Peter zu. Und dann die ganzen Drogen. Nein, darauf hatten sie sich sehr schnell verständigt. Axel und Julie erschienen, wenn Peter zu einem eher formellen Abendessen in seinem Penthouse einlud, und hielten sonst diskret Abstand.

Julie legte das Magazin auf den Couchtisch, trank den letzten Schluck lauwarmen Tee, legte sich auf das weiche Sofa und zog das gemusterte Plaid bis unters Kinn. Eigentlich eigenartig, dachte sie, dass Axel nicht heftiger auf Peters Tod reagiert hatte. Er war vielleicht etwas verschlossener als normalerweise, allerdings längst nicht so, wie man es erwarten sollte, wenn ein Mann seinen Freund und Geschäftspartner verliert. Vielleicht kam es ja erst beim Begräbnis. Man hatte durchaus von starken, stillen Männern gehört, die plötzlich zusammenbrachen, wenn der Sarg in die Erde gesenkt wurde.

Die beiden waren immer schon ein besonderes Paar gewesen. Peter, der Junge aus der Oberklasse, mit altem Geld auf dem Konto, einem Kopf voller neuer Ideen, doch keiner weiteren Qualifikation. Und der frischgebackene Bauingenieur Axel – mit Spitzennoten im Examen und einer gähnend leeren Brieftasche. Gemeinsam war ihnen das Interesse an Architektur, genauer gesagt, sie waren sich im Museum Louisiana begegnet, als einer der damals angesagtesten Architekten der USA einen Vortrag hielt. Peter hatte Axel damals angeboten, ihn nach Kopenhagen mitzunehmen, sie aßen zusammen zu Abend, und der Rest war, wie man so sagt, Geschichte. Nach wenigen Monaten gründeten sie Petax Entreprise, eine Firma, die Gebäude aufkaufte, instand setzte und vermietete – oder wieder verkaufte, je nachdem, was den besten Ertrag lieferte.

Julie begegnete den beiden Männern ein Jahr, nachdem sie sich kennengelernt hatten. Sie hatte gerade die Hälfte der Familienfirma geerbt, einer Fabrik, die Betonrohre und Fliesen herstellte. Eine gesunde, etwas altmodische Firma, die sie und ihr Bruder, der Jura studiert hatte, gemeinsam im traditionellen Geist weiterführten. Bis sie Axel Holkenfeldt kennenlernte. Sie hatte sich auf der Stelle in ihn verliebt, als sie bei einem Abendessen des dänischen Industrieverbandes nebeneinandersaßen. Sein Ernst, sein Enthusiasmus, seine Zielgerichtetheit. Sie liebte alles an ihm, selbst seinen etwas komischen Schnurrbart, und als sie nach einer kurzen und intensiven Verlobungsphase heirateten, übertrug sie ihm mit größtem Vergnügen die Leitung der Betonfabrik.

Axel revolutionierte daraufhin die Firma, führte neue Arbeitsmethoden ein und nahm knallharte Rationalisierungen vor. Die Produktion wurde umgestellt, um den Kundenkreis zu vergrößern. Das große Geld sah Axel in Betonelementen für den Etagenhausbau, vorfabrizierte Badezimmer, Treppenhäuser, so etwas. Genau das, was Petax Entreprise brauchte, als die Investitionsfelder der Firma durch neue Bauprojekte erweitert wurden. Anfangs hatte Julie noch protestiert. Hatten sie nicht vereinbart, die Firma zu erhalten, die ihr Vater sein ganzes Leben lang aufgebaut hatte? Doch schließlich gab sie nach. Als Axels Methoden bereits kurze Zeit später Resultate zeigten, konzentrierte sich auch der Schwager auf seine Anwaltskanzlei und verbuchte zufrieden nur noch den stetig wachsenden Gewinn aus den Anteilen an der Betonfabrik.

Was würde jetzt mit Petax Entreprise geschehen? Konnte die Firma ohne das Energiebündel Peter überleben? War der Konzern so konsolidiert und solide, dass neue Initiativen ohne Weiteres vernachlässigt werden konnten? Nein, korrigierte sie sich sofort. Träge durfte keine Firma sein. Ohne innovative Gedanken gab es kein Wachstum. Und ohne Wachstum wurde man zum Dinosaurier, und jeder wusste, was mit ihnen geschehen war. Aber wer konnte schon sagen, was passieren würde, wenn Peters Erben einstiegen? Vielleicht hatten sie vollkommen andere Ideen. Möglicherweise würden sie versuchen, Axel auszumanövrieren? Sie musste mit ihm darüber sprechen. Es mochte ja sein, dass sie nicht über ihre Ehe reden konnten, aber die Firma war immer ihr gemeinsames Projekt gewesen. Wieder gähnte sie. Vielleicht könnte es ein neuer Start für sie beide werden, dachte sie und drückte ihre Wange in das weiche Kissen.

Als das Au-pair-Mädchen eine Stunde später aufstand, bemerkte sie, dass im Wohnzimmer Licht brannte. Sie steckte den Kopf hinein. Julie lag auf dem Sofa und schlief tief unter der geblümten Steppdecke. Mai zog vorsichtig die Tür zu, ohne die Hausherrin zu wecken.

18

»Sie müssen damit zur Polizei gehen«, sagte Dan und betrachtete die Papierfetzen, die Benedicte mit Klebestreifen wieder zusammengesetzt hatte:

> Was glaubst du, warum deine dämliche Frau bei Petax Karriere macht? Es hilft, den Chef zu ficken. Grüße von einem Freund.

»Wieso?« Benedicte richtete ihre verheulten Augen hinter den starken Brillengläsern auf ihn. Er hatte sie noch nie mit Brille gesehen.

Dadurch wirkte sie merkwürdig verletzlich. »Die wollen doch sowieso nicht nach ihm suchen.«

»Stimmt es?« Er tippte mit dem Zeigefinger auf die anonyme Mitteilung. »Haben Sie mit einem der Inhaber geschlafen?«

Sie nickte und blickte dabei auf ihre Hände.

»Und Sie haben Angst, dass Martin deshalb verschwunden ist?«

»Vielleicht«, murmelte sie.

»Was glauben Sie wirklich? Dass er Sie verlassen hat? Oder sogar Selbstmord begangen hat?«

Noch immer saß sie mit gesenktem Kopf da. »Ich weiß es nicht.«

»Mit wem hatten Sie eine Affäre? Mit Peter?«

Der Kopf flog nach oben. »Aber nein.«

»Entschuldigen Sie, ich dachte, vielleicht sind Sie deshalb so ...« Dan machte eine fahrige Bewegung, die ihre gesamte Erscheinung mit einbezog: die ungepflegte Haut, die rotgesprenkelten Augen hinter den stark verkleinernden Brillengläsern, die ungekämmten Haare. Normalerweise sah die ansprechende Benedicte nicht so aus. »Ich dachte, Sie wären verzweifelt.«

»Ich bin verzweifelt. Mein Mann ist verschwunden.«

»Natürlich. Entschuldigung.«

Benedicte zog eine Packung Papiertaschentücher aus ihrer Tasche, die allerdings leer war. Sofort stand Dan auf und holte die Küchenrolle. Als sie sich die Nase geputzt hatte, richtete sie sich auf dem Sofa auf, atmete tief durch und sah ihn direkt an.

»Axel Holkenfeldt und ich haben seit über einem Jahr ein Verhältnis«, erklärte sie dann. Es gelang ihr, ganz ruhig und entspannt zu sprechen. »Es begann ganz banal auf einer Leitungskonferenz in Rom, und dann ...« Sie hob die Schultern. »Wir sind immer noch zusammen.«

»Wie oft?«

»Einmal in der Woche. Manchmal auch zweimal.«

»In oder außerhalb der Arbeitszeit?«

»Glauben Sie, wir vögeln im Kopierraum? Oder im Lager?«

»Nein. Aber vielleicht stehlen Sie sich in der Arbeitszeit ja manchmal davon, in ein Hotel oder so.«

»Natürlich nicht.«

»Hat jemals irgendjemand gesehen, wie Sie die Firma nach der Arbeitszeit gemeinsam verlassen haben?«

»Warum?«

»Weil ich einzukreisen versuche, wer von Ihrer Affäre gewusst haben könnte. Das Logischste ist doch, dass der Briefschreiber aus der Firma stammt, oder?«

»Ja.« Sie sank ein wenig zusammen. »Natürlich.«

»Wenn in der Arbeitszeit nichts passiert sein kann, muss Sie jemand irgendwo anders gesehen haben.«

Benedicte schob die Brille auf der Nase hoch. »Ich glaube, ich weiß, wer das geschrieben hat. Und ja, es ist jemand aus der Firma. Aber das ist im Moment nicht das Wichtigste, oder? Sollten wir uns nicht darauf konzentrieren, Martin zu finden?«

»Wer ist es, was glauben Sie?«

»Ist das nicht egal?«

»Nichts ist egal, Benedicte. Wenn ich nicht weiß, wer der Autor dieser anonymen Zeilen ist, kann ich mir auch sein Motiv nicht vorstellen, Ihrem Mann zu schreiben. Vielleicht kennt er oder sie Martin, vielleicht ist zwischen ihnen etwas vorgefallen, wovon Sie nichts wissen. Es könnte sich um genau die Information handeln, die uns eine Ahnung davon vermittelt, wo er sich aufhält.«

Benedicte sah ihn eine Weile an. »Ich bin mir nicht hundertprozentig sicher«, sagte sie dann.

»Jetzt sagen Sie schon. Wir müssen irgendwo anfangen.«

»Axels Sekretärin, Inge Sejer. Wenn jemand etwas wissen konnte, dann sie, außerdem ist es so, dass ...«

»Ja?«, fragte Dan nach, als sie den halben Satz in der Luft hängen ließ.

»Inge ist eine von Martins Patientinnen. Das erzählt sie mir ständig. Sie hält ihn für ein Geschenk Gottes an die Menschheit.« Benedicte schüttelte den Kopf. »Falls sie herausgefunden haben sollte, dass zwischen Axel und mir etwas läuft, würde sie sich als Martins Racheengel sehen.«

Dan nickte und notierte sich den Namen der Sekretärin auf einem Zettel. »Das klingt nicht unplausibel. Der Name deutet darauf hin, dass es sich um eine etwas reifere Dame handelt, oder?«

»Ende fünfzig, würde ich meinen.«

»Ist es denkbar, dass sie den Ausdruck ›ficken‹ verwendet?«

Wieder schaute Benedicte auf die Papierfetzen. »Vielleicht um zu verschleiern, wer es war. Dumm ist sie nicht.«

»Das wäre eine Möglichkeit.« Dan sah sie an. »Wo treffen Sie sich gewöhnlich mit Axel?«

»Manchmal in einem Hotel in Kopenhagen, um dem Gerede zu entgehen. Hin und wieder auch in meinem Ferienhaus. Zu Hause haben wir gesagt, wir müssten zu abendlichen Sitzungen oder Geschäftsessen, wenn wir uns getroffen haben.«

»Hat Martin Ihnen geglaubt?«

»Ich denke schon. Das heißt ...«

»Hatte er vielleicht längst einen Verdacht?«

Benedicte nickte. »Das habe ich mich auch gefragt, jedenfalls jetzt, hinterher.«

»Wann waren Sie das letzte Mal mit Axel zusammen?«

»Am Donnerstagabend.«

»Wo?«

»Im Ferienhaus.«

»Hat jeder sein eigenes Auto benutzt?«

»Wir sind in meinem Wagen gefahren.« Benedicte verschränkte die Arme. »Worauf wollen Sie mit Ihren Fragen hinaus?«

»Wäre es Ihnen aufgefallen, wenn jemand die Firma beobachtet hätte, als Sie das Gebäude verließen?«

»Vielleicht. Es war so kalt, dass ich vor allem daran dachte, zu meinem Auto zu kommen.«

Dan trat ans Erkerfenster. Es schneite so dicht, dass er den Fjord kaum sehen konnte. Große Schneeflocken segelten in einem dichten Teppich herunter, die Autos an der Hafenpromenade fuhren ausnahmsweise in einem vernünftigen Tempo. Er drehte sich um und sah Benedicte wieder an. »Wissen Sie, was Martin am Donnerstag gemacht hat?«

»Er war wie gewöhnlich in seiner Praxis. Der letzte Patient ging um Viertel vor fünf, dann hat er noch ein wenig mit seiner Assistentin geplaudert und ist gegangen.«

»Wie war seine Stimmung? Wissen Sie das?«

»Seine Assistentin sagt, er hätte sich ganz gewöhnlich benommen, was nichts heißen muss. Martin ist nicht gerade als Stimmungskanone bekannt.«

»Was meinen Sie damit? Hatte er Depressionen?«

»Nicht direkt, er ist nur ein ernster Mann. Sehr sorgfältig und fleißig.«

»Mit anderen Worten, langweilig?«

Benedicte sah ihn an. »Ein bisschen vielleicht, dafür ist er ein sehr liebevoller Vater«, fügte sie hastig hinzu. »Und er war immer fair mir gegenüber.«

Dan nickte. »Was geschah, nachdem er die Praxis verlassen hatte? Wissen Sie etwas darüber?«

»Um Viertel nach fünf hat er unseren Sohn angerufen. Ich habe es auf Antons Handy überprüft, deshalb weiß ich die Uhrzeit so genau.«

»Von welchem Telefon aus hat er angerufen? Aus der Praxis?«

»Nein, er hat mit seinem Handy telefoniert. Das Gespräch dauerte eine Minute und fünfundvierzig Sekunden. Sagen Sie nicht, dass ich nicht sorgfältig war.« Sie verzog ihr Gesicht zu einem schiefen Lächeln. »Er hat angerufen, um Anton zu sagen, dass er noch etwas erledigen müsse und erst um sieben nach Hause käme. Das ist an sich schon ziemlich ungewöhnlich. Denn Martin hatte versprochen, direkt nach Hause zu kommen und sich um Anton zu kümmern.«

»Hat er häufiger Verabredungen nicht eingehalten?«

»Nein, natürlich nicht. Egal, um was es ging, es muss etwas sehr Wichtiges gewesen sein.«

»Dann sieht es ihm vermutlich auch nicht ähnlich, einfach so zu verschwinden?«

»Überhaupt nicht. Genau das lässt mich ja so ...« Sie kniff die Lippen zusammen. »Martin hatte versprochen, auf dem Heimweg etwas von McDonald's mitzubringen. Burger sind Antons Leibgericht. Martin würde den Jungen nie so enttäuschen, Dan.«

»Er hat auch keine SMS geschickt?«

»Nein. Nach 17:15 Uhr kam kein Lebenszeichen mehr von ihm.«

Wieder drehte Dan sich um. Er starrte in das Schneetreiben, ohne etwas wahrzunehmen, und stellte den Blick auf unendlich, bis die Schneeflocken zu einem konturlosen Flimmern zusammenflossen. »Das ist schon ein merkwürdiges Zusammentreffen«, sagte er nach einer Weile.

»Was meinen Sie?«

»Dass gleichzeitig Ihr Chef ermordet wird und Ihr Mann verschwindet. Finden Sie nicht?«

»Die beiden Dinge haben überhaupt nichts miteinander zu tun.«

»Vielleicht nicht.« Dan blieb noch einen Moment stehen, dann riss er sich los. Er ging zurück zum Sofa und setzte sich ihr gegenüber. »Aber hören Sie: Martin erhält ein anonymes Schreiben, dass seine Frau ihn mit einem der Inhaber der Firma betrügt, in der sie arbeitet. Donnerstagabend hat seine Frau wieder einmal eine ihrer mysteriösen abendlichen Sitzungen. Um fünf sagt er zu seinem Sohn, dass er noch etwas zu erledigen hätte. Peter Münster-Smith wird zwischen fünf und sieben Uhr ermordet. Und seither ist Martin verschwunden.«

Benedicte saß auf der Sofakante. »Was wollen Sie damit andeuten? Glauben Sie, Martin hat Peter umgebracht? Das ist doch völlig verrückt.«

Dan lehnte sich zurück. »Als Sie mir eben erzählten, dass Sie ein Verhältnis mit einem der Inhaber hätten ...«

»Ja?«

»Habe ich sofort gedacht, es wäre Peter.«

»Mit ihm hätte ich niemals etwas angefangen.«

»Und wie konnte Martin das wissen?« Dan sah sie an. »Es ist naheliegend, Benedicte. Peter war als Frauenheld bekannt, das müssen Sie zugeben.«

Sie zuckte mit den Schultern.

»Ja, das war er. Ich habe erlebt, wie viele Frauen auf ihn reagierten. Und ich kenne auch Axel.«

»Axel ist in Ordnung.«

»Das glaube ich gern. Aber er ist kein Draufgänger.«

»Nein, glücklicherweise.«

Dan betrachtete sie einen Moment. »Sie verstehen wirklich nicht, was ich zu sagen versuche?«

Ihre hellgrünen Augen begegneten seinem Blick. »Nicht wirklich.«

Er beugte sich vor und stützte die Ellenbogen auf die Knie. »Was ist, wenn Martin dachte, in dem anonymen Schreiben sei Peter gemeint gewesen? Die Annahme ist nicht weit hergeholt. Vor allem nicht, wenn man bedenkt, wie eng Sie mit Peter zusammengearbeitet haben.«

Sie zog die Augenbrauen zusammen, erwiderte aber nichts.

»Wäre es denkbar«, fuhr er fort, »dass Martin herausfinden wollte, ob an der Geschichte etwas dran ist? Er wusste doch von der Sitzung am Abend und hat vielleicht den Eingang der Firma beobachtet. Vielleicht hat er Peter entdeckt, ihn angesprochen und um eine Aussprache gebeten? Vielleicht hat Peter ihn ins Hinterhaus mitgenommen ...«

»... und vielleicht zog mein netter, ruhiger Mann plötzlich einen Krummsäbel und lief Amok, als Peter alles abstritt?« Benedicte war aufgestanden. »Das ist doch absurd, Dan. Ich hätte niemals damit zu Ihnen kommen dürfen.«

Auch Dan erhob sich. »Sie müssen das der Polizei zeigen.« Er nickte in Richtung des anonymen Schreibens, das noch immer auseinandergefaltet auf dem Couchtisch lag. »Und erzählen, was Sie mir gerade erklärt haben.«

Sie bückte sich und griff wortlos nach dem Schreiben. Dann ging sie in Dans kleinen Flur und zog sich einen braunen Pelzmantel an, der noch immer feucht vom geschmolzenen Schnee war.

»Auf Wiedersehen, Dan«, sagte Benedicte und streckte eine Hand aus, die bereits in einem Handschuh steckte.

19 Nach der morgendlichen Besprechung, die wegen des sonntäglichen Termins auf zehn Uhr verschoben worden war, fuhren Frank Janssen und Pia Waage in einem Dienstwagen in die Oststadt, auf die andere Seite des Brønderslevs Plads, wo Jørn Kallberg in einer der Seitenstraßen wohnte.

Pia sah sich das Haus an, als sie aus dem Auto stieg. Ein trostloser Backsteinbau, vermutlich aus den Zwanzigern, der irgendwann in den siebziger oder achtziger Jahren renoviert worden war. Die Namensschilder an der Gegensprechanlage waren so verblichen, dass sie schon genau hinsehen mussten, bis sie die richtige Klingel fanden.

»Ja?« Eine Frauenstimme. »Wer ist da?«

»Polizei. Frank Janssen und Pia Waage. Dürfen wir einen Augenblick reinkommen?«

Ein undeutliches Brummen war die einzige Antwort.

Als sie den dritten Stock erreichten, empfing sie der Malergeselle an der Tür. »Na, so was«, sagte er lächelnd. Er schielte so sehr, dass Pia sich entschied, ihm nur ins linke Auge zu sehen, um nicht vollkommen verwirrt zu werden. »Hattet ihr am Freitag noch nicht genug von mir?« Er trug ein verwaschenes blaues Sweatshirt und eine schwarze Trainingshose; seine Haare waren nass, als käme er gerade aus der Dusche. Neben seinem Bein lugte ein kleines Gesicht hervor, ein Junge, vielleicht ein oder zwei Jahre alt. »Kommen Sie rein«, sagte Jørn und nahm den Jungen auf den Arm, damit sie vorbeikamen.

Die Wohnung wirkte düster, ein leicht säuerlicher Geruch hing in der Luft.

Als sie an der Küchentür vorbeikamen, sah Pia eine große, übergewichtige Frau, die mit einem resignierten Gesichtsausdruck Wäsche zusammenlegte. Eine Cola light stand in Reichweite. Sie nickte, ohne ihre Arbeit zu unterbrechen, als sich ihre Blicke trafen.

Im Wohnzimmer befanden sich vier weitere Kinder. Eines schlief in einer Babytragetasche unter dem Fenster, die drei anderen spielten mit einer Eisenbahn aus Plastik. Der Älteste war sicher nicht älter als fünf, sechs Jahre, dachte Pia. Da hatte es offenbar jemand ziemlich eilig gehabt, Kinder zu bekommen.

»Das sind nicht alles unsere«, brummte Jørn, als hätte er ihre Gedanken gelesen. »Simon hier«, er nickte dem kleinen Jungen zu, den er jetzt zu den anderen auf den Boden gesetzt hatte, »ist unser Sohn. Und Emma«, ein Mädchen mit zierlichen blonden Löckchen schaute auf, als sie ihren Namen hörte, »ist auch hausgemacht. Die anderen sind von meiner Schwester.«

»Dann spielen Sie den Babysitter?«, fragte Frank.

»So könnte man's nennen«, erwiderte Jørn. »Meine Schwester ist im Krankenhaus. Und der Vater der Kinder, oder besser die Väter, wenn wir ganz genau sind, haben keine Lust, behilflich zu sein. Deshalb waren wir dran.«

»Es ist hoffentlich nichts Ernstes?«, erkundigte sich Pia. »Also mit Ihrer Schwester.«

Jørn warf den Kindern einen Blick zu. »Das kann schon dauern.«

»Wie bringen Sie denn die ganzen Kinder unter?«

»Wollen Sie's sehen?« Jørn ging den kurzen Flur hinunter und öffnete die Türen zu zwei gegenüberliegenden Zimmern. »Der Kleine schläft hier bei meiner Frau und mir.« Er nickte in ein schmales Schlafzimmer, in dem ein Doppelbett fast den gesamten Platz einnahm. »Und der Rest schläft hier.«

Pia betrat das Kinderzimmer. Es war eindeutig mit Umsicht eingerichtet, mit klaren Markierungen der individuellen Territorien für die beiden eigenen Kinder. Ein doppelstöckiges Bett, dessen obere Hälfte in Barbie-Pink und die untere Hälfte silberfarben lackiert war. Die Farben wiederholten sich bei den Schubläden, den Regalmodulen und den zwei kleinen Spieltischen, der Fußboden war allerdings übersät von einem Durcheinander aus Matratzen, Bettdecken und geöffneten Koffern.

»Ist nicht so einfach, Ordnung zu halten, wenn zwei Kinder zusätzlich untergebracht werden müssen.« Jørn hob schmutzige Wäsche vom Boden auf. »Deshalb spielen sie auch lieber im Wohnzimmer. Glücklicherweise verstehen sich die vier Großen gut miteinander.« Er zog die Tür wieder zu. »Nicht auszudenken, wenn es auch noch ständig Streit gäbe.«

»Haben Sie einen Moment Zeit, Jørn?«

»Ja ... Nur, wo gehen wir hin?« Er steckte den Kopf in die Küche. »Ist es okay, wenn wir uns hierher setzen, Sus?«

»Könnt ihr nicht im Wohnzimmer bleiben?«

»Da sind doch die Kinder.«

Die Frau zuckte mit den Schultern. »Okay.« Sie drückte ihren ausladenden Körper an den Küchentisch, damit sie an ihr vorbei in die Essecke kamen. »Lass mich das machen«, sagte sie, als ihr Mann mit einer Hand Krümel zusammenfegen wollte. Sie wich den Blicken der Polizisten aus, als sie ein paar Schalen mit Resten von Cornflakes abräumte und den Esstisch abwischte.

»Möchten Sie ein Bier?«, erkundigte sich Jørn, als Sus ins Wohnzimmer gegangen war.

»Nein danke«, lehnte Pia ab.

»Tja, ich hol mir eins«, erklärte er und erkundigte sich nach dem ersten Schluck: »Was gibt's denn?«

»Wir möchten gern mehr über diesen verschwundenen Overall wissen.«

»Was soll damit sein?«

»Erzählen Sie es uns noch einmal, Jørn. Wann haben Sie den Overall zuletzt gesehen?«

»Das habe ich Ihnen schon am Freitag gesagt.«

»Na ja, es gibt da ein paar Dinge, die nicht richtig zusammenpassen«, sagte Frank. »Wann sind Sie am Donnerstag gegangen?«

»Das habe ich doch auch …« Ein tiefes Seufzen. »Halb vier.«

»Versuchen Sie sich zu erinnern, was genau passiert ist.«

»Okay.«

»Können Sie sich erinnern, dass Sie sich den Overall ausgezogen haben?«

»Natürlich.«

»Was haben Sie getan? Als Sie ihn in den Händen hielten?«

»Ich verstehe nicht, was Sie meinen?«

»Können Sie sich erinnern, ob Sie beispielsweise daran gerochen haben?«

»Gerochen?«

»Ja, oder ihn angesehen haben. Haben Sie vielleicht gedacht, der muss auch bald mal wieder in die Wäsche?«

»Ich nehme meinen Overall jedes Wochenende mit nach Hause. Dann ist er am Montag sauber.«

»Sie sind also sicher, dass Sie ihn am Donnerstag nicht mit nach Hause genommen haben?«

»Natürlich habe ich ihn nicht mitgenommen. Ich habe ihn auf den Boden gelegt, wie ich es gesagt habe, und dann bin ich gegangen.«

»Wo haben Sie den Overall auf den Boden gelegt?«

Ein erneuter Seufzer. »Ich habe ihn neben die Tür auf den Boden geschmissen.«

»Wieso ausgerechnet dort?«

Jørn zuckte mit den Schultern. »So mach ich das immer.«

»Gibt es viele, die das wissen? Also, dass Sie ihren Overall immer an die Tür legen, wenn Sie gehen?«

»Weiß ich nicht. Ja, alle, mit denen ich zusammengearbeitet habe, wissen das natürlich. Wenn sie es überhaupt bemerkt haben.«

»Niemand sonst?«

»Keine Ahnung. Kann's Ihnen nicht egal sein, wo ich meine Arbeitsklamotten hinlege? Das ist ein freies Land, oder?« Er stellte die Flasche mit einem Knall ab.

Frank und Pia wechselten einen Blick.

»Es mag sein, dass unsere Fragen etwas eigenartig klingen, Jørn«, sagte Pia dann. »Tatsächlich ist es sehr wichtig für uns zu wissen, was mit dem Overall passiert ist.« Sie machte eine Pause, und als Jørn nichts erwiderte, fügte sie hinzu: »Es ist möglich, dass er bei dem Mord benutzt wurde. Das verstehen Sie doch?«

»Ja.«

»Wir können Ihnen nicht alle Details der Ermittlungen erzählen, aber wir hoffen auf Ihre Kooperation.«

Jørns Blick wanderte von einem zum anderen. Dann zuckte er erneut mit den Schultern. »Okay.«

Babygeschrei drang aus dem Wohnzimmer. Das Baby in der Tragetasche war offenbar aufgewacht.

»Gut«, sagte Frank und stand auf. »Darf ich mich ein bisschen umsehen?«

Jørn erhob sich ebenfalls. »Wollen Sie meine Wohnung durchsuchen?«

»Nein, nein. Immer mit der Ruhe. Ich würde mir nur gern Ihre Garderobe ansehen? Und den Wäschekorb. Es könnte ja sein.«

»Ich habe doch gesagt, dass …«

»Reine Routine. Ich möchte nur hundertprozentig sichergehen, dass Sie sich nicht irren.«

»Meine Güte, seid ihr misstrauisch.«

»Es ist unser Job, misstrauisch zu sein.« Frank lächelte. »Darf ich?«

»Machen Sie doch, was Sie wollen.« Jørn setzte sich wieder auf den Stuhl.

Pia betrachtete ihn, wie er in seinem abgetragenen Sweatshirt über dem Tisch hing und an der Goldmanschette seiner Bierflasche pulte. Er sah müde aus.

Sus erschien mit einem rotwangigen Säugling auf dem Arm. Pia hatte keine Ahnung von Babys, sie schätzte das Alter auf etwa ein halbes Jahr. Ein hellblauer Schnuller steckte im Mund des Kleinen.

»Ich muss Max hier die Windel wechseln«, wandte sie sich an ihren Mann. »Ein fremder Mann steht in unserem Schlafzimmer, das Kinderzimmer ist ein einziges Chaos und das Wohnzimmer voller Blagen.«

»Natürlich«, sagte Pia und stand sofort auf. Sie hatte kein Bedürfnis, sich am Windelwechseln zu beteiligen. »Ich helfe meinem Kollegen.«

Wieder musste sie sich an der Frau vorbeidrücken. Pia warf einen Blick in das enge Schlafzimmer, wo Frank auf dem letzten freien Platz auf dem Fußboden die Schmutzwäsche durchsah. Sie ging ins Wohnzimmer. Die vier Kinder saßen in einer Reihe und sahen sich auf Disney Channel einen Zeichentrickfilm an. Emma hatte einen Arm um ihren kleinen Bruder gelegt. Sie blickte auf, als Pia hereinkam, wandte ihren Blick aber sofort wieder dem Bildschirm zu.

Als Frank und Pia einige Minuten später wieder auf dem Bürgersteig standen, atmete Pia erleichtert auf. »Verdammt eng da oben, oder?«

»Das kann man wohl sagen. Ich beneide sie nicht.«

»Wenn die Schwester länger krank ist, sollte man vielleicht mal jemanden von der Kinder- und Familienberatung vorbeischicken?«

Frank schlug den Mantelkragen hoch. »Weshalb? Die Kinder sehen nicht aus, als würden sie vernachlässigt.«

»Nein, aber trotzdem. Ich glaube, ich lasse da mal ein Wort fallen.«

Frank startete den Wagen, schweigend fuhren sie durch die trostlose Oststadt, ein Discountsupermarkt, ein paar Kioske und ein Bäcker waren die einzigen Läden für den täglichen Bedarf, an denen sie vorbeikamen. Weder ein Gemüsehändler noch ein Metzger waren zu sehen.

Am Hafen hielt Frank an der Bordsteinkante. Auf der anderen Seite der Brücke lag Sundværket. Es schneite so stark, dass sie nur mit Mühe die obersten Etagen des Hochhauses ahnen konnten, in dem Peter Münster-Smith gewohnt hatte.

»Stell dir vor, du wärst Milliardär«, sagte Frank und zog die Handbremse.

»Ich habe gerade das Gleiche gedacht. War er das? Also Milliardär?«

»Wenn man seine Aktien, die Häuser, die Kunst und alles Übrige zusammenlegt, kommt das sicher irgendwie hin.«

In diesem Moment klingelte Franks Telefon. Er schaute aufs Display. »Es ist Gerner.« Pia hörte nicht, worum es ging, vermutlich um einen Bericht. Franks Anteil am Gespräch beschränkte sich auf Ja oder Nein. Nach ein paar Minuten legte er auf. »Da oben gibt's keinen Tresor.« Er nickte in Richtung Hochhaus.

»Ist Gerner im Augenblick im Penthouse?«

»Nein, er ist wieder im Präsidium. Aber er hat mit Vera Kjeldsen die gesamte Wohnung durchsucht. Es gibt keinen Tresor.«

»Und?«

»Dann muss es in der Firma einen geben, Oder er hat ein Schließfach bei der Bank.«

»Wieso bist du dir so sicher?«

»Weil ich heute Vormittag mit Dan Sommerdahl gesprochen habe. Er könnte schwören, dass Peter Münster-Smith diese Patek-Philippe-Uhr bei der Besprechung am Donnerstagnachmittag nicht getragen hat.«

»Was trug er dann?«

»Eine Rolex. Ebenfalls eine teure Uhr, jedenfalls so teuer, dass es Dan aufgefallen ist.«

»Du meinst, er hat irgendwann am Nachmittag die Uhr gewechselt?«

»Das ist die einzig logische Erklärung. Vielleicht wollte er bei seinem Date Eindruck schinden. Der Kontakt war ja ziemlich frisch, oder?«

»Ja.« Pia runzelte die Stirn. »Wie viele Menschen kennen den Unterschied zwischen einer Uhr für fünfzigtausend und einer für eins Komma zwei Millionen Kronen? Das klingt nach einem schwachsinnigen Aufreißertrick … Es sei denn, er hatte sich vorgenommen, selbst darauf aufmerksam zu machen, wie teuer sie war.«

»Bestimmt gibt es Frauen, die so etwas beeindruckt.« Frank ließ den Wagen wieder an. »Wie auch immer, jedenfalls hat er nachmittags die Uhr gewechselt.«

»Aber Vera sagt, er war nicht zu Hause.«

»Sie ist sich sogar absolut sicher.«

»Dann wirst du recht haben … Wollen wir sein Büro gleich durchsuchen?«

»Das soll Gerner übernehmen. Er klingt, als sei er fest entschlossen, den Tresor zu finden.«

»Entschuldige, vielleicht ist es eine dumme Frage, aber warum seid ihr so scharf darauf? Sollte Peter Münster-Smith wegen einer Uhrensammlung ermordet worden sein, hätte der Täter die Patek Philippe dann nicht mitgenommen?«

»Falls Peter Münster-Smith einen Tresor für seine Uhren hatte, wird er ihn wahrscheinlich auch für andere Dinge benutzt haben.«

»Möglicherweise.«

»Vielleicht finden wir etwas Interessantes darin.« Frank fuhr in die Tiefgarage unter dem Polizeipräsidium.

»Ich finde es übrigens noch immer eigenartig«, sagte Pia. »Der Täter nimmt die Brieftasche von Peter Münster-Smith und sein Handy mit, lässt aber eine derartig teure Uhr an seinem Handgelenk.«

»Was ist daran eigenartig? Das Handy hätte möglicherweise auf irgendeine Spur zu dem Täter führen können, und die fehlende Brieftasche verzögerte die Identifikation.«

»Münster-Smith lag tot in seiner eigenen Firma. Man hätte in jedem Fall sehr schnell herausgefunden, um wen es sich handelt. Außerdem trägt schließlich nicht jeder eine Uhr in dieser Preisklasse.«

MONTAG, 20. DEZEMBER 2010

20 Konnte sie in diesem Zustand zur Arbeit gehen? Benedicte Johnstrup studierte ihr Gesicht im Badezimmerspiegel. Seit Martins Verschwinden am Donnerstagabend hatte sie nur wenige Stunden geschlafen, sie erlebte die Welt wie durch eine Glasglocke aus Müdigkeit. Sie musste sich eingestehen, dass man ihr das allmählich ansah. Ihre Haut war gelblich blass, die Ringe unter den Augen näherten sich einem staubigen Violett. Sie würde gewaltig in die Schminktöpfe greifen müssen, dachte sie, während sie mit ungeduldigen Bewegungen Knoten aus ihren nassen Haaren zupfte.

»Mama, ich gehe jetzt!«, rief Anton unten im Flur.

Benedicte öffnete die Badezimmertür. »Willst du mich nicht umarmen?«

Anton trottete gehorsam die Treppe hinauf in den ersten Stock. Seine Jacke hatte er bereits an. Ihr großer Junge, dachte sie und sog seinen morgendlichen Geruch ein, eine Mischung aus Haferflocken, Milch, Zahnpasta und einem Anflug dieses etwas scharfen Jungengeruchs, der bereits in den Jahren vor der Pubertät Männlein und Weiblein unterscheidet.

»Ich wünsche dir einen schönen Tag, mein Schatz«, sagte sie und ließ ihn los. »Hast du auch deine Handschuhe?«

»Ja, ja.«

»Sei vorsichtig und pass an der Kreuzung auf. Die Autos können bei diesem Wetter nicht ordentlich bremsen.«

»Ja, ja.« Anton zögerte beinahe unmerklich. Dann hob er die Hand, drehte sich um und verschwand an der Treppe. Benedicte trat ans Geländer und sah ihm nach, als er zu seinem Ranzen griff und die Mütze über die Ohren zog. Und weg war er. Sie wusste genau, was dieses kleine Zögern bedeutet hatte. Anton machte sich Sorgen wegen seines Vaters und brachte es nicht fertig, ihr weitere Fragen zu stellen.

Anton hatte zu seinem Vater schon immer ein engeres Verhältnis als zu ihr. Jedenfalls, seit er aus dem Säuglingsalter heraus war. Martin war immer derjenige gewesen, der den Jungen am besten verstand, vielleicht weil sie sich so ähnlich waren. Doch das war nur ein Teil der Erklärung. Benedicte fielen emotionale Bindungen schon immer schwer, sogar zu ihrem Sohn. Sie genoss es durchaus, mit ihm zusammen zu sein, aber wenn sie ganz ehrlich sein sollte, fühlte sie sich am wohlsten in ihrem Arbeitsalltag. Das war nichts, was sie mit Stolz erfüllte, es war einfach so. Normalerweise spielte es auch keine große Rolle, denn Martin befriedigte die Bedürfnisse ihres Sohnes, aber mit seinem plötzlichen Verschwinden wurden ihr ihre eigenen Grenzen allzu deutlich aufgezeigt. Sie wünschte sich, irgendetwas tun zu können, das sie Anton näherbrachte; sie wünschte, die einfühlsame Mutter sein zu können, die er jetzt brauchte. Sie wusste nur nicht, wie sie das anstellen sollte.

Eine halbe Stunde später setzte sie ihre Brille auf und begutachtete das Resultat ihrer Anstrengungen. Das Haar saß, wie es sollte. Das Make-up überdeckte die schlimmsten Anzeichen der Müdigkeit, und durch die starken Augentropfen, die sie in den USA gekauft hatte, waren die roten Sprengsel in den Augen verschwunden. Alles in allem sah sie tatsächlich passabel aus. Mit der Brille musste sie sich abfinden, denn die Kontaktlinsen hatte sie bis auf Weiteres aufgegeben. Sie funktionierten einfach nicht, wenn ihr ständig die Tränen kamen. Sie entfernte ein Haar vom Revers ihrer hellblauen Wolljacke und bewunderte ihre neuen nougatbraunen Wildleder-Stilettos.

Als sie die Haustür öffnete, stellte sie fest, dass der Weg durch den Garten unpassierbar war. Nur die Spuren von Antons Stiefeln führten durch den kniehohen Schnee. Die Einfahrt der Garage sah ebenso aus, es war unmöglich, mit dem Wagen durch die dichten Schneewehen zu fahren. Sie musste Schaufel und Schneeschieber holen. Typisch, dachte sie und spürte, wie Wut in ihr aufstieg. Warum musste sie sich um alles kümmern? Was bildete Martin sich eigentlich ein, einfach abzuhauen?

Benedicte zog die Gummistiefel an und watete durch den Schnee zur Garage, um die Schneeschaufel zu holen. Die Arbeit war hart und nass. Bereits nach wenigen Minuten war sie außer Atem und kurz davor, vor Zorn zu weinen. Sie fluchte innerlich, während sie sich den Weg durch den schweren Schnee bahnte. Trotz der Kälte spürte sie, wie der Schweiß ihre frisch gebügelte Bluse durchnässte und das sorgfältig aufgelegte Make-up auflöste.

Als sie fertig war, stützte sie sich einen Moment auf die Schneeschaufel und rang um Atem. Am liebsten wäre sie direkt ins Badezimmer gegangen und hätte sich umgezogen, aber sie kam ohnehin bereits zu spät. Sie würde sich auf der Damentoilette der Firma ein wenig zurechtmachen.

Malene Nissen war natürlich noch nicht da, registrierte Benedicte, als sie kurz darauf am Schreibtisch der Kingos Allé ihre Stilettos anzog. Ihre Assistentin hatte nicht einmal angerufen, um mitzuteilen, dass sie sich verspätete, teilte die Empfangsdame Linda mit einer bemüht eifrigen Stimme mit. Für sie wäre es auch nicht leicht gewesen, bei diesem Wetter pünktlich zu erscheinen, aber man musste schließlich tun, was man konnte, und zumindest könnte man doch Bescheid sagen, nicht wahr? Benedicte gab eine einigermaßen neutrale Antwort und legte auf. Sie wollte mit den Intrigen der Mitarbeiter nichts zu tun haben.

Sie holte sich in der Buchhaltung eine Tasse Tee, wo zumindest eine Angestellte pünktlich erschienen war, und begann, die imposante Menge an Mails in ihrem Eingangsordner zu beantworten. In den Wirtschaftsteilen der Zeitungen gab es eine Menge Spekulationen über die Konsequenzen, die der Tod von Peter Münster-Smith für den Petax-Konzern haben würde. Als PR-Verantwortliche der Firma musste Benedicte versuchen, die schlimmsten Gerüchte zu verhindern und die Presse zur Besonnenheit aufzufordern. Die Erben von Peter Münster-Smith wären noch nicht einmal im Land, daher gäbe es absolut nichts Neues zu berichten, schrieb sie. Den beharrlichsten Journalisten rief sie an. Nach einem längeren Gespräch versprach sie ihm ein Exklusivinterview mit Axel Holkenfeldt Ende der Woche. Im Gegenzug sollte er bis dahin seine Spekulationen unterlassen.

Benedicte verfasste den Entwurf einer Pressemitteilung. Eigentlich hätten wir bereits am Freitag eine Pressemitteilung verschicken sollen, ging ihr durch den Kopf. In der nächsten Stunde konzentrierte sie sich völlig auf die Arbeit daran und verschwendete weder an Anton noch an Martin oder sonst irgendjemanden einen Gedanken. Es war sehr angenehm.

Dann tauchte Malene auf. Sie hatte beinahe zwei Stunden in einem Regionalzug festgesessen. Die dänische Staatsbahn war wie immer vom Schnee überrascht worden, und sämtliche Fahrgäste hätten getobt, berichtete Malene, während sie ihre Finger an einer Tasse Kaffee wärmte. »Man fühlt sich wie ein Idiot«, schimpfte sie und pustete in ihren Kaffee. »Wenn sie wenigstens Bescheid sagen würden. Die halten das wohl für völlig normal.«

»Das gilt übrigens auch für dich.« Benedicte sah von dem Stapel Post auf, der ihr gerade gebracht worden war. »Wieso hast du nicht angerufen?«

»Ich dachte, du würdest dir denken können, dass ich …«

»Du hast den Empfang anzurufen, wenn du dich verspätest. Du wirst hier gebraucht, und wenn du verhindert bist, will ich zumindest wissen, wann du vorhast, hier aufzutauchen.«

»Aber das war es doch gerade, wir wussten ja nicht …«

»Keine Diskussion.« Benedicte sah sie an. »Wir haben viel zu erledigen. Fang an zu arbeiten. Du kannst zuerst die Post öffnen und sortieren.« Sie reichte ihr den Stapel ungeöffneter Briefe.

Malene sah aus, als wollte sie etwas erwidern, klappte den Mund aber mit einem deutlich hörbaren Geräusch zu, drehte sich auf dem Absatz um und ging zu ihrem Schreibtisch.

Benedicte klickte Dan Sommerdahls Mail an und druckte den revidierten Kampagnenvorschlag aus. Sie las ihn noch einmal gründlich durch, schrieb ein paar Anmerkungen dazu und rief dann Axel Holkenfeldts Sekretärin an. Ja, er war im Haus. Und ja, er hatte Zeit, mit ihr zu sprechen, sofern es weniger als eine Stunde dauern würde.

»Ich habe mein Telefon auf dich umgestellt«, sagte sie zu Malene, als sie am Schreibtisch ihrer Assistentin vorbeiging. »Ich bin bis halb elf in einer Sitzung.«

»Okay«, antwortete Malene, ohne aufzublicken. Beleidigt wie ein kleines Mädchen, dachte Benedicte. Aber darum konnte sie sich jetzt nicht kümmern. Vielleicht sollte sie darüber nachdenken, das Mädel gegen eine ordentliche Sekretärin und Marketingkoordinatorin auszutauschen? Die Gefahr, dass Peter Münster-Smith sie abwarb, bestand schließlich nicht mehr. Benedicte machte sich eine innere Notiz, Malenes Vertrag in der Personalabteilung prüfen zu lassen. Mit ein bisschen Glück hatte man ihr lediglich eine projektbezogene Stelle gegeben. Oder war sie noch in der Probezeit? Sie versuchte sich zu erinnern, wann diese hoffnungslose Mitarbeiterin angefangen hatte, aber ihr nach Schlaf hungerndes Gehirn weigerte sich, seine knappen Ressourcen für etwas derart Triviales zu nutzen.

»Geh einfach rein«, forderte Inge Sejer sie auf und nickte in Richtung von Axels halb geschlossener Bürotür. »Möchtest du eine Tasse Tee?«

»Eigentlich brauche ich einen Kaffee.«

»Kommt sofort.« Sie stand auf. »Was fehlt Martin denn?«

»Wie bitte?«

»Ich hatte einen Termin für heute Nachmittag, aber dann hat die Praxis angerufen und ihn auf nächste Woche verlegt. Ist er krank?«

»Es ist nichts Ernstes«, entgegnete Benedicte. »Er ist bald wieder an Deck.«

»Na, dann ist es ja gut.«

Benedicte betrachtete sie einen Moment, während sie das Lächeln der Sekretärin erwiderte. Konnte es tatsächlich Inge gewesen sein, die diesen Brief an Martin geschrieben hatte? War diese nette, mütterliche Frau dazu fähig, etwas so Boshaftes zu tun? Oder sah sie es möglicherweise als einen Gefallen für ihren geliebten Zahnarzt an? Es war schwer, sich das auch nur vorzustellen. Andererseits, wer sollte sonst von ihrer Affäre wissen?

Axel stand hinter seinem Schreibtisch auf, als Inge den Kaffee auf den Tisch in der Besprechungsecke gestellt und die Tür hinter sich geschlossen hatte. Er umarmte Benedicte, die sich befreite, als sie spürte, wie ihr bei seiner Fürsorge die Tränen kamen.

»Ist er nach Hause gekommen?«, erkundigte sich Axel und setzte sich an den Besprechungstisch, ohne sich die Zurückweisung anmerken zu lassen.

Benedicte schüttelte den Kopf. Sie war noch immer nicht ganz sicher, dass sie ihre Stimme unter Kontrolle hatte. Erst als sie vom Kaffee genippt hatte, räusperte sie sich. »Seit Donnerstagnachmittag hat niemand etwas von ihm gehört.«

»Merkwürdig.«

»Milde ausgedrückt. Aber ich habe keine Lust, darüber zu reden.« Sie wollte nicht schon wieder weinen. »Entschuldige, Axel, ich habe nicht mehr als ein paar Stunden geschlafen.«

»Das sieht man dir nicht an.« Er legte seine Hand auf ihre. »Du bist so hübsch wie immer. Die Brille steht dir.«

»Danke.« Sie lächelte ihn an. Axel war in Ordnung. All das war ja nicht seine Schuld. Sie drückte seine Hand. »Ich habe ein paar Dinge, die ich mit dir besprechen möchte. Es eilt.«

Sie begann mit der Pressemitteilung. Es dauerte nur wenige Minuten, bis sie eine passende Formulierung gefunden hatten, die einerseits die Trauer darüber ausdrückte, dass einer der Firmengründer ermordet worden war, und andererseits versicherte, dass Petax A/S völlig normal weitergeführt würde. Gleichzeitig baten sie um Verständnis, dass Direktion und Pressechefin bei den Ermittlungen und Untersuchungen eines so ernsten Ereignisses unter besonderem Druck standen. Die Pressemitteilung endete mit Benedictes Durchwahl und ihrer Mailadresse.

»Gut«, sagte sie und legte die Mitteilung in ihre Aktenmappe. »Ich verschicke sie, sobald ich in meinem Büro bin.«

»Kannst du nicht deine Assistentin bitten, das zu erledigen, damit wir unsere Besprechung in Ruhe beenden können?«

»Das ist keine besonders gute Idee.« Sie sah, wie er die Augenbraue hob. »*Don't ask.* Darum musst du dich nicht kümmern. Ich sehe zu, dass ich sie so schnell wie möglich verschicke.«

»Es ist dein Bereich.« Axel biss in einen Schokoladenkeks.

»Nächster Punkt«, erklärte Benedicte. »Ich habe einem Journalisten von *Berlingske Business* ein Exklusivinterview versprochen. Mir dir.«

»Wann?« Axel zupfte sich ein paar Krümel aus dem Schnurrbart.

»Ende der Woche. Er ruft an und verabredet mit Inge einen Termin.«

»Worüber?«

»Der Zustand der Nation, die Zukunft der Firma. Du weißt schon.«

»Ist das nicht ein bisschen früh?«

»Er hat bereits für Donnerstag ein Interview mit Peters Erben vereinbart.«

»Ich treffe mich mit ihnen am Mittwoch«, sagte Axel. »Sie sind sehr nett. Ich kenne Charlotte und Ulrik ein bisschen von früher.«

»Gut.«

»Wir werden schon irgendwie klarkommen.«

»Was sagt der Aktienkurs? Ich konnte es mir noch nicht ansehen.«

»Ist natürlich ein bisschen gefallen, das ist normal. Aber nicht so schlimm wie befürchtet. Es sieht so aus, als würde sich der Markt vorerst abwartend verhalten.«

»Ich drücke dir die Daumen.«

»Noch etwas?« Axel schaute auf die Uhr über der Tür. »Ich muss um eins zum Mittagessen in Kopenhagen sein.«

»Das hier.« Benedicte legte ihm Dan Sommerdahls Vorschlag vor. »Ich weiß, dass du dich ins Marketing nicht einmischt, aber jetzt, wo Peter nicht mehr da ist ...«

»Kann das nicht warten?«

»Wenn wir den Zeitplan unseres französischen Entwicklungsprojekts einhalten wollen, nicht.« Als er sie ansah, ohne etwas zu erwidern, fügte sie hinzu: »Shout hat einen Vorschlag ...« Sie sah die Fragezeichen in seinem Blick. »Das ist die Werbeagentur. Also, Shout hat einen Vorschlag ausgearbeitet, wie man den Film verändern kann, jetzt, wo der geplante Darsteller der Hauptrolle tot ist.«

Axel beugte sich über den Plan und las einige Augenblicke konzentriert. Dann schob er die Blätter beiseite. »Ich finde, das ist zu früh«, sagte er dann. »Auf mich wirkt das geschmacklos. Der Mann ist gerade erst gestorben. Können wir damit nicht warten – wenigstens bis nach der Beerdigung?«

Benedicte zuckte mit den Schultern. »Selbstverständlich. Es ist nur nicht sicher, dass wir den Zeitplan dann einhalten können.«

»Damit müssen wir leben. Gib mir zumindest die Gelegenheit, Peters Erben davon zu überzeugen, dass dieses Projekt eine fantastische Idee ist.«

»Okay.«

Sie standen auf, er legte die Arme um sie. Diesmal beantwortete sie seinen Kuss. Sie blieben eine Weile so stehen.

»Wann sehen wir uns wieder?«, wollte Axel wissen.

»Wir laufen uns sicher in der Kantine über den Weg.«

»So habe ich das nicht gemeint.«

»Ich weiß.« Sie küsste ihn auf die Wange und legte ihre Unterlagen zusammen. »Ich weiß es einfach nicht, Axel.«

»Donnerstagabend? Wir könnten ins D'Angleterre gehen?«

»Wenn Martin dann noch immer nicht nach Hause gekomen ist, bin ich mit Anton allein.«

»Und wenn er nach Hause gekomen ist?«

»Donnerstag ist der Tag vor Heiligabend. Bitte setz mich nicht unter Druck.«

»Entschuldige.« Axel ging zur Tür, um sie ihr zu öffnen. »Ich vermisse dich nur sehr.«

»Und ich dich.«

Ihre Arme berührten sich, als sie hinausging.

Benedicte machte einen Umweg über die Kantine und nahm eine Schale Salat und eine Scheibe Graubrot mit an ihren Schreibtisch. So konnte sie die Pressemitteilung verschicken, während sie aß.

Auf ihrem Schreibtisch lag die übliche Menge gelber Zettel mit Nachrichten über eingegangene Telefonate, allerdings hatte Malene diesmal versucht, irgendeine Form von Gewichtung vorzunehmen. Oder besser: Zwei Zettel lagen separat. Auf dem einen stand: »Nachricht von deiner Schwester: Das kannst du doch nicht machen.« Einen Moment war Benedicte verwirrt. Dann fiel ihr der Geburtstag ihres Vaters ein. Gestern. Ihre Schwester hatte sie daran erinnert, und trotzdem hatte sie es vergessen. Mist. Sie knüllte den Zettel zusammen und warf ihn in den Papierkorb. Der zweite Zettel hatte einen sehr kurzen Text und eine Menge Ausrufezeichen. Sie reagierte umgehend.

»Dan Sommerdahl.«

»Benedicte Johnstrup. Sie haben angerufen?«

»Haben Sie der Polizei von dem anonymen Hinweis erzählt?«

»Oh, Dan.« Benedicte lehnte sich auf ihrem Stuhl zurück. »Ich hatte einfach noch keine Zeit. Wenn Sie wüssten, wie viel ...«

»Sie müssen das tun.«

Benedicte machte eine kurze Pause. »Sie glauben also wirklich, es ist wichtig?«

»Umso länger ich darüber nachdenke, umso wichtiger erscheint es mir.«

»Aber Sie glauben nicht ...« Einer aus der Verkaufsabteilung ging an ihrem Schreibtisch vorbei. Sie drehte den Stuhl so, dass sie mit dem Rücken zum Flur saß. »Was ist, wenn sie glauben, Martin sei der Mörder?«

»Dann bringen wir sie davon ab. Sie können diesen Hinweis jedenfalls nicht zurückhalten.«

»Aber gibt es nicht die Regel, dass Eheleute sich nicht gegenseitig belasten müssen?«

»Sie sehen zu viele Filme. Außerdem verwechseln Sie die Begriffe. Dieser Brief kann ein wichtiges Indiz in einem ungeklärten Mordfall sein. Selbstverständlich müssen Sie ihn abliefern.«

»Ich habe so viel zu tun.« Benedicte warf einen Blick auf ihren Bildschirm, wo achtundzwanzig ungelesene Mails im Eingangsordner warteten.

»Wenn Sie bis sechzehn Uhr keinen Kontakt mit der Polizei aufgenommen haben, mache ich das eben.«

»Dan, bitte.« Sie hatte ihre Stimme nicht unter Kontrolle.

»Was ist?« Plötzlich klang er nicht mehr so hart.

»Es ist nur …« Benedicte nahm die Brille ab und drückte Daumen und Zeigefinger in die Augenwinkel, um die Tränen zurückzuhalten. »Wer passt denn auf Anton auf, wenn ich plötzlich zu einem Verhör muss?«

»Falls es keinen Schulfreund gibt, zu dem er gehen könnte, kümmere ich mich um ihn.« Als sie nicht antwortete, fügte er hinzu: »Benedicte, es nützt nichts. Sie müssen der Polizei von diesem Hinweis erzählen. Noch heute.«

21

»Bingo!« Pia Waage legte den Hörer auf. »In der Danske Bank am Domkirkeplads. Eines der größeren Bankschließfächer.«

»Gut.« Frank Janssen stand auf. »Das ist nur zwei Minuten vom Hauptsitz der Petax entfernt. Auf geht's.«

»Sollten wir nicht die Kriminaltechniker anfordern?«

»Ruf Bjarne Olsen an. Dann erledige ich so lange den Papierkram.« Zugang zu einem Bankschließfach zu bekommen – egal, ob der Inhaber tot oder lebendig war – erforderte ein wenig mehr Unterstützung der Justiz, als in ein privates Heim einzudringen. Bei einem natürlichen Todesfall hätten sie nur mit der Genehmigung des Nachlassverwalters das Schließfach öffnen dürfen. In diesem

Fall konnten sie darauf nicht warten, und Frank wusste, dass die richterliche Genehmigung nur eine Formsache war.

Kurz darauf standen die drei Polizisten vor dem Schließfach in der Danske Bank, zusammen mit einer gepflegten Dame mittleren Alters, die sich als Abteilungsleiterin der Bank vorstellte und einem Schlosser, der das Schloss des Schließfaches aufbohren sollte, das bei der Nachricht über den Tod von Peter Münster-Smith sofort gesperrt worden war.

»So«, sagte der Schlosser nur, als er die Stahlklappe geöffnet und einen hohen Kasten mit einem kunstlederähnlichen Bezug auf den Tisch des Nebenraums gestellt hatte. Er hatte seine Arbeit getan, und die Bankangestellte blieb diskret in dem Raum mit den Schließfächern, während die Ermittler den Inhalt des Behälters untersuchten.

Bjarne Olsen reichte seinen beiden Kollegen Latexhandschuhe und zog selbst ein Paar an. »Ich soll das alles mitnehmen, oder?«

»Ja danke. Aber wir sehen es uns erst einmal an.«

»Völlig okay. Hauptsache, ihr fasst die Sachen nicht so oft an.«

Er begann, den Inhalt des Kastens auszupacken, einen Gegenstand nach dem anderen. Frank hatte vollkommen recht gehabt, als er vermutete, dass Peter Münster-Smith Uhren sammelte. Als sämtliche Uhren – natürlich in den Originalschachteln und jeweils mit einem Zertifikat in einem Briefumschlag – auf dem Tisch lagen, zählte er sechzehn Liebhaberuhren. Ausschließlich berühmte Fabrikate, einige von ihnen in Varianten, die laut Zertifikat nur in limitierter Anzahl produziert worden waren.

»Es gibt allein drei Rolex«, stellte Frank fest. »Was liegt hier? Millionen?«

»Wahrscheinlich«, meinte Bjarne. »Ich verstehe nichts davon, aber ich kenne jemanden, der euch das sagen kann. Er hat mir auch die Informationen zu der Patek Philippe gegeben. Wir fragen ihn oft, wenn wir eine Expertenmeinung brauchen.«

»Kannst du ihn bitten, sich das anzusehen?«

»Klar. Ich rufe ihn an, sobald wir hier fertig sind.«

Er holte weitere Gegenstände aus dem Stahlkasten. Drei Paar schwere Goldmanschettenknöpfe und eine Krawattennadel mit einem großen, geschliffenen Stein.

»Ein Diamant«, sagte Pia Waage. »Mit ziemlich viel Karat.«

»Woran erkennt man das?«

Sie zuckte die Schultern. »Er ist groß. Und weshalb sollte er sonst in einem Bankschließfach liegen?«

»Wir brauchen also auch noch einen Juwelier.«

»Was haben wir hier?« Bjarne zog einen dicken, braunen Umschlag aus dem Kasten. Er öffnete ihn. »Bargeld. Und zwar ziemlich viel.«

»Wie viel?«, wollte Pia wissen und trat einen Schritt näher an den Tisch heran.

Bjarne nahm ein dickes Geldbündel aus dem Umschlag. Lauter Tausendkronenscheine sowie ein fettes Bündel mit Fünfhunderteuroscheinen. »Viel«, sagte er noch einmal. »Vielleicht eine Million dänischer Kronen. Wir zählen es im Labor und testen es auf Drogenspuren.«

»Ja, das könnte Drogengeld sein«, meinte Frank. »Der Mann hatte auch Koks zu Hause in seiner Schublade.«

»Vielleicht war er ja Erpresser«, beteiligte sich Pia Waage an den Mutmaßungen. »Oder nur ungewöhnlich geschickt darin, irgendwelche Sachen bei Ebay zu verkaufen.«

»Es gibt unendlich viele Möglichkeiten.« Bjarne steckte das Geld zurück in den Umschlag. »Ich gebe euch so schnell wie möglich Bescheid.«

Schließlich gab es nur noch einen Stapel Papier. Bjarne blätterte ihn langsam durch. Einige Wertpapiere und Kaufverträge. Eine dicke Kladde, die aussah, als hätte darin jemand Abrechnungen festgehalten. Und die Kopie eines Testaments.

Frank nahm dem Techniker das Blatt aus der Hand. »Sehen wir uns das mal an«, sagte er und überflog den Text. »Ha!«, stieß er kurz darauf aus. »Das wird Axel Holkenfeldt freuen.«

»Was denn?«, wollte Pia wissen.

»Peter hat Vera Kjeldsen eine Million in bar vererbt, sein gesamtes Vermögen – die Wohnung am Sundværket, das Haus in Frankreich, sämtliche Möbel, Kunst, Bargeld und Wertpapiere – seinen Geschwistern Ulrik und Charlotte Münster-Smith hinterlassen. Mit der kleinen, nicht unwesentlichen Ergänzung, dass zwanzig Prozent seines Aktienanteils an Petax Entreprise A/S und den Tochtergesellschaften Julie Holkenfeldt zufallen sollen.«

Pia sah ihn an. »Also behält Holkenfeldt die Kontrolle, egal, wie sich Peters Geschwister verhalten.«

»So sieht es aus.«

»Bedeutet das nicht auch, dass Axel Holkenfeldt riskiert, in die Minderheit zu geraten, wenn er in irgendeiner Frage nicht mit seiner Frau übereinstimmt?«, erkundigte sich Bjarne, der dabei war, den Inhalt des Tresors in kleine Plastiktütchen zu verpacken.

»Vielleicht nicht gerade in die Minderheit«, antwortete Pia. »Ich vermute, dass die Firmenanteile bisher fifty-fifty verteilt waren, Axel hält also immer noch fünfzig Prozent. Zusammen mit seiner Frau hätte er sechzig Prozent der Stimmen. Wenn er und seine Frau sich nicht einig sind, ist die Firma nicht manövrierfähig, es sei denn, er kann einen von Peters Geschwistern auf seine Seite ziehen.«

»Ich glaube nicht, dass es so einfach ist«, widersprach Frank. »Die

Firma ist an der Börse notiert, da muss auch auf andere Aktionäre Rücksicht genommen werden. Außerdem wissen wir ja noch gar nicht, ob die Geschwister von Peter Münster-Smith sich überhaupt an der Firmenleitung beteiligen wollen.«

»Stimmt.«

»Die Geste ist jedenfalls interessant. Ich glaube, wir werden uns bald einmal mit Julie Holkenfeldt unterhalten müssen. Sie und Peter hatten möglicherweise ein engeres Verhältnis, als es auf den ersten Blick scheint.«

»Oder es ist seine Art, sich für eine lebenslange Freundschaft mit ihr und ihrem Mann zu bedanken.«

»Vielleicht.«

Als sie die Durchsicht der Schachtel beendet hatten, holten sie die Bankangestellte. Sie überzeugte sich, dass der Kasten leer war und erhielt die Zugangskarte und die Schlüssel. »Ich brauche noch eine Unterschrift«, sagte sie und schob Frank ein Blatt Papier zu.

»Können Sie überprüfen, wann das Schließfach zuletzt geöffnet worden ist?«, erkundigte sich Frank, als die Formalitäten erledigt waren.

»Ja«, sagte sie und strich eine silbergraue Strähne hinter ihr wohlgeformtes Ohr. »Das System registriert, wann jemand seine Karte benutzt, um sich Zugang zu verschaffen.«

»Wer hat diese Informationen?«

»Unsere Sicherheitsabteilung.«

»Können Sie sie für uns beschaffen?« Frank reichte ihr seine Visitenkarte.

»Selbstverständlich, ich rufe Sie an, sobald ich etwas in Erfahrung gebracht habe.«

»Wie sieht eigentlich Julie Holkenfeldts Alibi aus?«, überlegte

Pia, als sie die Bank verlassen hatten und vorsichtig auf dem glatten Bürgersteig zurück zum Präsidium gingen.

»Nicht sehr beeindruckend. Sie ist um siebzehn Uhr aus ihrer Boutique im Zentrum von Kopenhagen losgefahren und war knapp eine Stunde später zu Hause. Sie hat allein gegessen und den Abend vor dem Fernseher verbracht.«

»Zeugen?«

»Das Au-pair-Mädchen war von 17:30 bis 18:30 Uhr mit ein paar anderen philippinischen Mädchen im Aerobic-Kurs«, berichtete Frank. »Hinterher haben sie ein Glas Wein getrunken, sie kam um einundzwanzig Uhr nach Hause. Sie hat Julie Holkenfeldt kurz begrüßt und ist dann in ihr eigenes Zimmer gegangen, um fernzusehen.«

»Die haben jeder in ihrem Zimmer gesessen und ferngesehen? Ich dachte, Au-pair-Mädchen sollen ein Teil der Familie sein.«

»Dieses feine Ideal ist vermutlich schon vor vielen Jahren verramscht worden.«

»Mit anderen Worten: Frau Holkenfeldt hat kein Alibi.«

»Stimmt. Und ihrem Mann fehlt eins für exakt die anderthalb Stunden des kritischen Zeitpunkts – und für den Rest des Abends haben wir, was seinen Aufenthaltsort anbelangt, nur das Wort seiner Geliebten.«

»Du meinst im Ernst, dass Benedicte Johnstrup und er es gemeinsam getan haben?«

»Ich will jedenfalls nichts ausschließen.«

Ihr Gespräch wurde unterbrochen, als sie auf dem Gehweg an eine Stelle kamen, auf dem nur ein schmaler Pfad geräumt war, sodass sie hintereinandergehen mussten. Den Rest des Weges liefen sie mehr oder weniger schweigend nebeneinander her und sahen Schneepflügen zu, die das Zentrum von Christianssund vom

Schnee befreiten. Erstaunlicherweise sah es aus, als würden die Bürger der Stadt in dem Chaos, das die gewaltige Schneemenge verursachte, geradezu aufleben. Leute, die unter normalen Umständen aneinander vorbeilaufen würden, ohne sich auch nur eines Blickes zu würdigen, nickten sich nun zu oder grüßten sich mit munteren Zurufen, was für ein entsetzliches Wetter das sei. Frank und Pia gingen an einem Auto vorbei, das in einer Schneewehe festsaß, aber noch bevor die beiden Polizisten helfen konnten, hatte ein Mann in einem Wagen mit Allradantrieb angehalten und angeboten, das Auto herauszuziehen. So etwas erlebt man auch nicht alle Tage, dachte Frank.

22

Am Nachmittag rief der Rechtsmediziner an und erklärte, er könne ihnen seine Ergebnisse jetzt mitteilen. Sie nahmen einen der Dienstwagen und waren kurz darauf im Krankenhaus von Christianssund.

Kim Larsen-Jensen trug einen grünen Kittel und weiße Clogs. »Kommt mit«, forderte er sie ohne Umschweife auf und ging voraus in den Obduktionssaal, wo die Leiche von Peter Münster-Smith auf einem Stahltisch lag. »Wie du beim letzten Mal gesehen hast, Janssen, ist das Opfer von diversen Messerstichen getroffen worden. Sechs im Brustkasten, einer am Oberarm, zwei auf der linken Seite des Halses. Auf den Händen und Unterarmen finden sich einige Abwehrläsionen.« Er zeigte auf die jeweiligen Wunden, während er sie aufzählte.

»Ja.« Frank versuchte, so kühl wie möglich auf den nackten, weißen Körper mit der groben, Y-förmigen Naht auf dem Oberkörper zu blicken.

»Eine der Wunden am Hals ist so tief, dass die Halsschlagader durchtrennt wurde, der Rest der Stiche ist verhältnismäßig oberflächlich.«

»Das hast du mir schon am Samstag erklärt.«

»Ich wiederhole es aus Höflichkeit, Janssen. Vielleicht möchte deine Kollegin es ja auch erfahren.«

»Danke, Larsen-Jensen«, sagte Pia.

»*Please*«, erwiderte der Arzt lächelnd. »Nenn mich Kim. Ich muss nicht ständig an meinen umständlichen Nachnamen erinnert werden.« Er wandte sich wieder der Leiche zu. »Als wir uns das letzte Mal unterhielten, Janssen, vermutete ich, dass alle Stiche von vorn gekommen wären. Außerdem hielt ich den Täter für einen Rechtshänder.«

»Ist das nicht so?«

»Nicht ganz. Ja, wir haben es mit einem rechtshändigen Täter zu tun. Aber das hier«, er zeigte auf eine leichte Stichverletzung am Hals, »wurde von hinten zugefügt.«

»Würde der Stich dann nicht auf der rechten Seite des Halses sein?«, warf Pia ein.

»Ja, so ist es jedoch nicht. Gleichzeitig unterscheidet sich dieser Stich deutlich von den anderen. Es ist tatsächlich eher ein Schnitt als ein Stich. Das Messer ist seitwärts in die Haut geglitten, als würde man einen Braten von Fetthäutchen befreien.«

»Igitt. Was für ein Bild.«

»So sah das doch auch schon am Samstag aus«, sagte Frank. »Weshalb mussten wir herkommen und uns das noch einmal anhören?«

»Das Wesentliche kommt schon noch.«

»Was bedeutet das?«, fragte Pia nach. »Also diese Wunde?«

»Ich glaube, dass der Täter versucht hat, sein Opfer von hinten niederzustechen, vielleicht mit einem Stich in den Nacken, da der ganze Oberkörper ja mit dicker Kleidung bedeckt war.« Kim hieb mit einem imaginären Messer durch die Luft. »Das Opfer bewegte sich, und der Stich glitt an der Seite des Halses ab. Dann drehte das Opfer sich um, vielleicht mit der Hand auf der Wunde – das stimmt mit diesen Läsionen überein«, er zeigte auf die rechte Hand von Peter Münster-Smith, »und der Täter fing an, wild auf seinen Oberkörper einzustechen. Irgendwann sank das Opfer auf die Knie – das zeigen meine Berechnungen des Stichwinkels –, und dann hatte der Täter Glück. Er traf sein Opfer in den Hals und durchtrennte die Schlagader.«

»Glück?«

»Würde ich sagen, ja. Wie ich Janssen neulich schon erklärt habe, sieht das alles ziemlich dilettantisch aus. Der Mörder war ein reiner Amateur. Er hat einfach drauflosgestochen, ohne jeden Plan.«

»Du sagst immer er. Könnte es auch eine Frau gewesen sein?«

»Ja, wenn sie verhältnismäßig groß ist. Die Stiche wurden dem Opfer in einer Abwärtsbewegung beigebracht, tatsächlich benutzen Frauen ein Messer sehr häufig auf diese Weise.«

»Du glaubst mit anderen Worten also, dass es eine Frau war?«, wollte Frank wissen, der ein paar Schritte von dem toten Körper zurückgetreten war und sich auf den Rand des Schreibtisches gesetzt hatte.

»Es könnte auch ein Mann gewesen sein.« Kim zuckte mit den Schultern. »Ich will mich da nicht festnageln lassen.«

»Die Größe?«

»Zwischen 1,80 und 1,90, vielleicht sogar etwas größer, wenn wir annehmen, dass dies der erste Stich war und das Opfer zu diesem Zeitpunkt noch stand.«

»Das ist nicht besonders genau.«

»Nee, aber ...« Kims Blick glitt über die Leiche. »Das Opfer hat sich viel bewegt. Es ist schwer zu sagen, wann er auf die Knie fiel.«

»Warum hast du deine Meinung über den ersten Stich geändert?«, erkundigte sich Pia. »Du hast gesagt, du wolltest uns etwas zeigen?«

»Ja. Kommt mit in mein Büro.« Erleichtert folgte Frank dem Rechtsmediziner aus dem Obduktionsraum. »Setz dich«, forderte Kim ihn auf und nickte in Richtung eines Gästestuhls. »Du kannst meinen Stuhl nehmen«, fügte er rasch hinzu, als Pia an der Tür auftauchte.

»Ich stehe gern«, erwiderte sie.

Kim nickte und setzte sich. Er schob Frank ein Blatt Papier zu. »Das hier ist meine Skizze des Messers, nach dem ihr suchen müsst.«

»Ein Brotmesser?«

»Oder ein bisschen kleiner. Das Blatt hat eine Schneide und einen Rücken, es schneidet also nur auf einer Seite. Wenn du dir das Blatt im Profil ansiehst ...« Kim tippte mit dem Finger auf die Zeichnung. »Verstehst du, was ich meine?«

»Ja.«

»Und weil nur eine Seite des Messers scharf ist, kann man sehen, aus welcher Richtung zugestochen wurde. In diesem Fall kam ein Stich von hinten, die anderen Stiche von vorn.«

»Und die Schneide hat Zacken?«

»Ganz eindeutig. Kleine, scharfe Zacken. Das Blatt ist zwölf Zentimeter lang und siebzehn Millimeter breit. An der breitesten Stelle.«

»Wie ein Steakmesser«, meinte Frank, der mit den Fingern Maß nahm.

»Genau.«

»Das wäre nicht gerade meine bevorzugte Waffe, wenn ich jemanden umbringen wollte.«

»Wie ich schon sagte, ein Amateur«, erwiderte Kim. »Ich bezweifle, dass der Mord geplant war.«

Frank sah ihn an. »Andere Indizien deuten allerdings darauf hin.«

»Zum Beispiel?«

Frank berichtete vom Diebstahl des Overalls. »Warum sollte sich jemand die Mühe machen, seine Kleidung zu schützen, wenn er nicht weiß, dass er sich schmutzig machen wird – zum Beispiel bei einem Mord.«

»Mir fallen gleich mehrere Gründe ein. Vielleicht ist es jemand, der wusste, wie staubig es dort oben im zweiten Stock ist, und der Angst um seine Kleidung hatte.«

Frank zuckte mit den Schultern. »Vielleicht«, entgegnete er und stand auf. »Erst einmal danke schön.« Er streckte die Hand aus. »Dürfen wir die Skizze mitnehmen?«

»Sie gehört dir. Wir haben übrigens auch die Resultate des toxikologischen Screenings.«

»Ja?«

»Er hatte Kokain im Blut. Nicht viel, doch nachweisbar.«

»Wir haben auch den starken Verdacht, dass er Drogen nahm. Hast du eine Vermutung, wie häufig er schnupfte?«

»Vielleicht nicht täglich, aber regelmäßig. Seinen Nasenschleimhäuten hat das gar nicht gefallen.«

»Dachte ich mir.«

Als sie kurz darauf im Auto auf dem Weg zum Präsidium waren, meinte Pia Waage: »Wir werden immer klüger.«

»Hm.«

»Kannst du dir eine Frau als Mörder vorstellen.«

»In diesem Fall? Ich finde nicht, dass es wahrscheinlich klingt. Hätte Peter Münster-Smith sie nicht überwältigt?«

»Jedenfalls müsste sie ebenfalls einige Verletzungen haben.«

»Ich habe an den Frauen, mit denen wir bisher geredet haben, keine Verletzungen wahrgenommen.« Er sah sie an und verzog das Gesicht zu einem schiefen Lächeln. »Vielleicht sollte sich die ganze Bande ausziehen.«

»Ja, das würde dir gefallen.« Pia lächelte, als sie in Richtung Tiefgarage abbog. »Altes Ferkel.«

Sie gingen die Hintertreppe hinauf und hatten gerade ihr Büro betreten, als der Wachhabende auf Pias Telefon anrief. »Hier sitzt eine Benedicte Johnstrup. Sie sagt, sie will euch etwas Wichtiges zeigen.«

»Ich komme sofort.«

23

»Hat sie gesagt, warum sie den Zettel zerrissen hat?« Bjarne Olsen sah missmutig auf die sonderbare Collage aus Tesafilm und Papier.

»Benedicte war panisch«, sagte Pia Waage. »Einen Tag später hat sie es bereut und den Brief wieder zusammengeklebt.«

»Immerhin hat sie ihn nicht verbrannt«, fügte Frank Janssen hinzu. »Sonst hätten wir gar nichts in der Hand.«

»Und du meinst, das haben wir jetzt?« Bjarne steckte das anonyme Schreiben in eine Klarsichthülle. »Das Papier ist Standard, die Druckerfarbe ebenso gewöhnlich, und garantiert sind nur ihre eigenen Fingerabdrücke darauf zu finden – und vielleicht noch die von Dan Sommerdahl.«

»Dan weiß genau, wie man mit Beweismaterial umgeht«, erwiderte Pia ein wenig gereizt. »Er macht das nicht zum ersten Mal.«

»Hm.« Der Kriminaltechniker war alles andere als zufrieden. »Wenn sie wenigstens den Kleber weggelassen hätte. Dämliche Tussi.«

»Sie war in Panik«, wiederholte Pia. »Ich finde, wir sollten froh sein, dass Dan sie überreden konnte, es abzugeben. Zumindest kennen wir jetzt den genauen Wortlaut.«

Mit einem unzufriedenen Brummen ging Bjarne zur Tür. Dann drehte er sich um. »Übrigens gab es auf einigen der Geldscheine aus dem Schließfach schwache Spuren von Kokain. Nicht so viel, dass ihr es irgendwie verwenden könntet. Ihr wärt verblüfft, wenn ihr wüsstet, wie gewöhnlich das ist.«

»Wie viel Geld war es?«, wollte Frank wissen.

»Gut zweihunderttausend Kronen und neunzigtausend Euro.«

»Das sind …« Pia runzelte die Stirn. »Neunzig mal siebeneinhalb … sechshundertfünfundsiebzigtausend dänische Kronen?«

»So ungefähr.«

»Plus die zweihundert… achthundertfünfundsiebzigtausend. Wow!«

»Ja. Wow. Ihr bekommt die exakten Zahlen und Testresultate im Laufe des Tages.«

Bjarne ging zurück ins Labor, und Pia, Frank und Gerner waren wieder allein in ihrem Gemeinschaftsbüro. Thor Bentzen holte Pizza von ihrer üblichen Pizzeria, die neuerliche Wendung in den Ermittlungen hatte die Folge, dass sie schon wieder Überstunden machen mussten.

»Meine Frau fängt an, sich zu beschweren«, sagte Svend Gerner. »Seit Donnerstagabend hat sie mich so gut wie nicht mehr gesehen, und in ein paar Tagen kommt die Familie meines Schwagers aus Bornholm zu Besuch. Kann ich noch davon ausgehen, dass ich am Tag vor Heiligabend freihabe?«

»Ich würde nicht mein ganzes Erspartes darauf setzen, wenn ich du wäre, Gerner«, sagte Frank, der sich an die Tafel gestellt hatte und einmal mehr die Fotos vom Tatort studierte. »Aber ich glaube nicht, dass du der Einzige bist, der von ein paar freien Tagen zu Weihnachten träumt.«

»Ein paar? Die Absprache lautete, dass ich von Donnerstag bis Neujahr Urlaub machen kann.«

»In Anbetracht der Situation ...«

»Ich weiß, ich weiß ... Jeder Urlaub und das Abbummeln von Überstunden sind gestrichen.«

»Wenn das nötig ist, ja.« Frank drehte sich um. »Es sei denn, wir schnappen Martin Johnstrup bis dahin.«

»Du hast dich auf ihn als Täter festgelegt?«, fragte Pia. »Sollten wir uns nicht verschiedene Möglichkeiten offenhalten?«

»Selbstverständlich. Doch es weist alles auf ihn hin, das musst du zugeben. Es ist absolut möglich, dass Dan recht hat. Martin Johnstrup glaubte höchstwahrscheinlich, dass seine Frau eine Affäre mit Peter Münster-Smith hatte. Er hat also ein Motiv, und der Mann ist seit dem Mord wie vom Erdboden verschluckt ...« Frank zuckte mit den Schultern.

»Glaubst du, er ist außer Landes geflohen?«

»Das ist eine Möglichkeit.«

Thor Bentzen kam mit einem Stapel Pizzakartons in den Händen durch die Tür. An einer Hand baumelte eine Tüte mit Getränken. Ihm folgte Helle Gundersen, die Pressesprecherin der Polizei von Christianssund.

»Es geht um eine Suchmeldung?«, wandte sie sich an Frank.

»Ja, hör zu.« Er zog sie an seinen Schreibtisch und holte einen

Stuhl für sie, sodass sie nebeneinander vor dem Bildschirm sitzen und einen Text verfassen konnten. Von Martin Johnstrups Homepage in der Praxis hatten sie ein aktuelles Foto heruntergeladen. Sie wiederholten Benedictes Beschreibung seiner durchgehend unauffälligen Kleidung, abgesehen von seinem Mantel, dessen Kapuze einen Besatz aus Seehundfell hatte. Außerdem lieferten sie eine Beschreibung von Johnstrups weißem Ford Mondeo sowie das Kennzeichen des Wagens. Die Polizei bat die Bevölkerung um Hinweise auf den möglichen Aufenthaltsort des verschwundenen Zahnarztes. Dafür gab es eine Kontaktnummer.

»Instruierst du die Wache?«, bat Frank.

»Selbstverständlich.« Helle Gundersen las den Text ein letztes Mal. »Wenn die Zeitungen diese Meldung bekommen, werden die Telefone hier nicht mehr stillstehen. Sie werden mehr Informationen haben wollen. Was sollen wir antworten? Ist er verdächtig, oder wird er als Zeuge gesucht?«

»Als Zeuge.«

»Damit werden sie sich nicht zufriedengeben.«

»Stell sie zu mir durch, wenn sie zu aufdringlich werden.«

»Okay.«

Nachdem die Pressemitteilung verschickt war, setzte sich Frank an den Tisch und griff sich ein Stück Pizza.

»Ich meine es ernst, Janssen«, wiederholte Pia. »Ich halte es nicht für klug, sich auf einen einzigen Verdächtigen festzulegen.«

»Einverstanden.« Frank schluckte. »Wer kommt infrage?«

Pia breitete die Arme aus. »Sowohl Vera Kjeldsen als auch die Holkenfeldts profitieren von Peter Münster-Smith' Tod.«

»Wussten sie das schon vorher?«, warf Gerner ein.

»Danach könnte man sie fragen.« Pia nahm sich ein weiteres Stück Pizza. »Und was ist mit den Geschwistern?«

»Du verdächtigst sie doch wohl nicht? Sie waren zum Zeitpunkt des Mordes in London beziehungsweise Kapstadt.«

»Ob das wirklich so war, müssen wir überprüfen«, entgegnete sie und biss in die Pizza. »Und dann gibt's noch all diese Frauen in der sogenannten Sammlung dieses Mannes.«

»Ja, um die müssen wir uns ganz sicher kümmern«, gab Frank ihr recht. »Wie hieß dieses blonde Mädchen, das mehrere Monate seine Freundin gewesen ist?«

»Mille Højsbro«, antwortete Gerner. »Soll ich sie anrufen und einen Termin vereinbaren?«

»Ja, bitte. Und auch mit dem Model aus der Werbung für Eiscreme.«

Pia hob eine Augenbraue. »Die würdest du wohl gern unter vier Augen vernehmen?«

Frank grinste. »Ich hätte jedenfalls nichts dagegen. Aber ich denke, wir überlassen das Gerner.«

»Thor und ich gehen die Liste noch einmal durch«, erklärte Gerner. »Es muss möglich sein, noch mehr Nachnamen herauszubekommen. Ich rede mal mit den Holkenfeldts und Münster-Smith' Sekretärin, vielleicht auch mit einigen von seinen reichen Freunden. Vielleicht wissen die etwas über die große Summe an Bargeld.«

»Da nimmst du dir ziemlich viel vor«, bremste Frank. »Besser, wir verteilen die Aufgaben. Am liebsten würde ich mit dieser Sara reden, mit der er am Mordabend eine Verabredung hatte. Wenn sie nicht bald von selbst auftaucht, müssen wir nach ihr fahnden.«

»Ist das nicht ein bisschen übertrieben? Sie war ja an diesem Abend gerade nicht mit ihm zusammen«, gab Pia zu bedenken.

»Na ja, das hat sie behauptet.«

»Wie meinst du das?«

»Vielleicht war das mit dem Klingeln bloß ein Trick. Also, dass sie am späteren Abend an seiner Wohnung auftauchte.«

»Ja, vielleicht ...«

»Siehst du das nicht? Wenn sie sicher sein wollte, dass unsere Überlegungen in die Richtung gehen, so wie jetzt bei dir, dann war es clever zu klingeln. Tatsache ist aber, dass sie zum ersten Mal um 19:30 Uhr geklingelt hat, jedenfalls laut Vera – und da war der Mord längst geschehen. Sie hätte also jede Menge Zeit gehabt.«

»Hat sie nicht erzählt, sie hätte in irgendeinem Restaurant auf ihn gewartet?«, fragte Gerner. »Das muss doch herauszubekommen sein.«

»Ja, wenn Peter Münster-Smith den Namen des Restaurants notiert hat und die Techniker seinen digitalen Kalender endlich freigeben.«

»Vielleicht taucht die mysteriöse Sara ja bald selbst auf und erzählt es uns.«

»Ich habe ein Idee«, sagte Pia und schob den leeren Pizzakarton mit den übrig gebliebenen Teigrändern zur Seite. »Gebt mir eine Viertelstunde.« Sie holte sich eine Tasse Kaffee und setzte sich mit Saras Foto an den Computer.

»Ich habe übrigens heute noch ein anderes Detail geklärt«, teilte Frank mit. »Das Sicherheitssystem der Bank bestätigt, dass Peter Münster-Smith den Raum mit den Schließfächern am Donnerstag um 16:55 Uhr betreten hat.«

»Super«, kommentierte Pia und tippte irgendetwas ein.

»Apropos Kalender, hast du mit NITEC geredet, Bentzen?«, erkundigte sich Frank.

Thor nickte. »Sämtliche Computer von Münster-Smith werden überprüft, sie arbeiten daran.« Er trank einen Schluck seines

Energydrinks. »Die Experten sind optimistisch, noch vor Weihnachten fertig zu werden.«

»Vor Weihnachten? Das sind doch noch ein paar Tage? Was um alles in der Welt treiben die denn da? So lange können wir nicht warten.«

»*Dont shoot the messenger.* Ich gebe nur weiter, was sie mir gesagt haben.«

»Das reicht nicht, Bentzen. Du musst den Verantwortlichen unter Druck setzen.«

»Ich glaube, das wird nichts nützen.«

»Dann mache ich das selbst. Vielleicht hat er ja größeren Respekt vor jemandem mit ein paar Sternen mehr auf der Schulter.«

»Ich rufe ihn morgen früh an.«

»Nein, Bentzen. Du rufst jetzt an.«

»Aber es ist nach sieben, und …«

»Jetzt. Und wenn du ihn beim Abendessen vom Tisch zerrst. Tust du es, oder soll ich das machen?«

Thor Bentzen stopfte sich das letzte Stück Pizza in den Mund und ging an seinen Platz, ohne ein weiteres Wort zu sagen.

Svend Gerner sah ihm nach. »Gehst du nicht ein bisschen zu hart mit ihm um?«, murmelte er gedämpft. »Er ist doch erst ein paar Wochen hier. Gib ihm Zeit, sich einzugewöhnen.«

Frank antwortete mit einem Stöhnen.

Sie hörten, wie Bentzen telefonierte, konnten die einzelnen Worte aber nicht unterscheiden. Kurz darauf drehte er sich auf seinem Bürostuhl um und hielt die Hand vor das Mundstück des Telefons: »Er sagt, er hat einige Teilergebnisse bis morgen.«

»Teilergebnisse?«

»Die meisten Dateien haben mit der Arbeit von Münster-Smith zu tun. Budgets, Investitionsplanungen, Kursberechnungen, so etwas. Manche sind verschlüsselt. Es dauert länger, sie zu untersuchen. Wenn du dich vorerst mit dem Ordner ›Privat‹ und mit dem Inhalt seiner Mailbox zufriedengibst, kannst du es bis morgen Nachmittag haben. Und dazu natürlich den Kalender.«

»Morgen zum Mittagessen. Und ich will auch die gelöschten Mails sehen. Also die aus dem Papierkorb.«

Thor konferierte mit dem Mann am anderen Ende der Leitung. Dann legte er auf. »Er hat ein bisschen gequengelt, aber du hast alles bis dreizehn Uhr.«

»Okay.« Frank blieb einen Moment stehen. »Danke«, sagte er dann.

»Bingo!«, rief Pia.

»Was ist?« Frank drehte sich um.

»Ich habe sie gefunden. Sara Simone Bang, geboren 1988. Wohnt in Fredensborg.«

»Wie hast du das denn gemacht?« Frank zog einen Stuhl heran, um sich vor ihren Bildschirm zu setzen. Die beiden anderen stellten sich hinter ihn.

»Reine Magie!« Pia lachte. »Ej, ich habe sie auf Facebook gefunden.«

Sara Simone Bangs Facebook-Profil füllte den Bildschirm. Sie hatte ein teilweise verborgenes Profil, sodass sie nicht lesen konnten, was auf ihrer Pinnwand stand, aber das Foto der hübschen dunkelhaarigen Frau mit den ernsten Augen war identisch mit dem aus der Sammlung von Peter Münster-Smith. Kein Zweifel.

»Wie hast du das gemacht?«, fragte Frank noch einmal.

»Ich bin auf das Profil von Peter Münster-Smith gegangen und habe die Liste seiner Freunde überprüft. Darunter war sie nicht. Dann habe ich bei den Freunden nacheinander deren Freunde gecheckt. Und beim vierundzwanzigsten oder so gab's den Treffer.

Sie ist ihre gemeinsame Bekannte.« Pia schrieb einen Namen ins Suchfeld, klickte und ein junges, etwas unreif wirkendes Gesicht tauchte auf. »Malene Nissen. Erkennt ihr sie wieder?«

»Die Assistentin von Benedicte Johnstrup«, sagte Thor Bentzen. »Ich habe am Freitag mit ihr gesprochen.«

»Wir müssen sie noch einmal befragen«, erklärte Frank. »Vielleicht kannte sie Peter Münster-Smith doch besser, als wir glauben.«

»Man müsste die ganze Liste seiner Freunde mit der Liste der Frauen abgleichen, mit denen er zusammen war«, schlug Thor vor. »Vielleicht gibt es noch mehr Übereinstimmungen.«

»Gute Idee, Bentzen«, stimmte Frank zu. »Das kannst du heute Abend erledigen.«

»Okay.«

Pia hatte in der Zwischenzeit Saras Adresse und Telefonnummer herausgefunden. »Soll ich anrufen und etwas vereinbaren, oder überraschen wir sie zu Hause?«

Frank kratzte sich am Kopf. »Wir erwischen sie bestimmt, bevor sie morgen früh zur Arbeit geht, wenn wir gegen halb acht bei ihr sind.«

»Halb acht? Dann müssen wir um sechs hier aufbrechen!«

»Ja, ist das nicht herrlich?« Frank, der das beeindruckende Schlafbedürfnis seiner Kollegin kannte, versetzte ihr einen Stoß und lachte. »Nur die Ruhe. Wir schicken einen Streifenwagen.«

24

»Ist schon okay, Frank«, sagte Dan am Telefon. »Ich fand, das war das einzig Richtige. Ja … Ja. Und wie läuft's mit den Ermittlungen? … Na gut … Ja … Also dann, auf Wiedersehen.«

Dan beendete das Telefonat und kehrte zum Abendessen zurück an den Tisch. Sie waren beim Dessert angelangt. Er entschuldigte und setzte sich. »Ich soll von Frank Janssen grüßen. Ich habe ihm heute eine Zeugin mit einem anonymen Schreiben geschickt, das sie gefunden hat, und er sagte, dass diese neuen Informationen dem Fall endlich zum Durchbruch verholfen hätten.«

»Das ist doch großartig«, erwiderte Polizeikommissar Flemming Torp und platzierte einen Klecks Crème fraîche auf seine Blaubeertarte. Er reichte die Schale an seine Frau weiter und fügte hinzu: »Es muss ihn ziemliche Überwindung gekostet haben, dich anzurufen.«

»Wieso? Frank und ich hatten doch immer ein gutes Verhältnis.«

Flemming sah ihn an. »Er hat eine Heidenangst, dass du dich in den ersten großen Mordfall einmischt, bei dem er der leitende Ermittler ist.«

»Eine Heidenangst? Sagt er das?«

»Das merkt man.« Flemming aß von dem Kuchen. »Mmmm. Der ist ja lecker!«

Dan lächelte. »Der Beste aus dem Supermarkt ...« Seine Gedanken waren noch immer bei Frank Janssen. »Okay. Eigentlich verstehe ich ihn sogar. Aber er muss gar keine Angst haben. Diesmal halte ich mich zurück.«

Flemming sah ihn an. »Abgesehen davon, dass du mit einer wichtigen Zeugin geredet hast, bevor du sie zu uns geschickt hast.«

»Benedicte ist zu mir gekommen. Sie wollte überhaupt nicht mit euch reden. Was sollte ich denn machen?«

»Nichts für ungut.«

»Okay.«

Für einen Moment herrschte Schweigen. Dann sagte Flemming: »Wie viel weißt du eigentlich über den Fall?«

Dan hob die Schultern. »Was ich in den Zeitungen gelesen habe. Außerdem kannte ich das Opfer und ein paar von seinen Mitarbeitern. Das ist alles.«

Flemming nickte, während er kaute.

»Hast du etwas damit zu tun?«, wollte Dan jetzt wissen.

»Flemming ist doch gar nicht mehr in der Abteilung. Das weißt du doch, Dan«, warf Ursula ein. »Wieso sollte er etwas mit einem Mordfall zu tun haben?«

Dan hielt den Blick auf Flemming gerichtet. »Du hast trotzdem damit zu tun, oder?«

»Ein bisschen«, gab Flemming zu und warf seiner Frau einen raschen Blick zu. »Ich muss die Dokumente aus dem privaten Computer von Peter Münster-Smith, den Computern im Petax-Hauptsitz und die Abrechnungen aus dem Bankschließfach, die sich auf seine Arbeit beziehen, sortieren und auflisten.«

»Solltest du nicht mit Mordsachen eigentlich überhaupt nichts mehr zu tun haben?«, fragte Ursula. »Deine Ärztin sagt, du musst Stress vermeiden, und jetzt fängst du wieder an …«

»Beruhige dich«, unterbrach Flemming sie. »Es geht nur darum, ob sich ein Verdacht auf Wirtschaftskriminalität findet. Ich muss entscheiden, ob die Dokumente an andere Abteilungen weitergereicht werden müssen. Sollte in den Unterlagen von Münster-Smith irgendetwas auf wirtschaftliche Unregelmäßigkeiten hindeuten, die dazu geführt haben könnten, dass er ermordet worden ist, übergebe ich das Ganze an Frank Janssen und die anderen Ermittler.«

»Das will ich sehen, bevor ich es glaube«, erklärte Ursula, ohne ihn anzusehen.

Flemming streckte den Arm über den Tisch und versuchte, die Hand seiner Frau zu ergreifen, aber sie zog sie zurück, bevor er sie zu fassen bekam.

Ihre Beziehung hat sich verändert, ging Dan durch den Kopf, während er so tat, als sei er mit seinem Nachtisch beschäftigt. Ein paar Sekunden vergingen, die Dan eher peinlich waren. Über drei Jahre war es inzwischen her, dass Ursula und Flemming sich durch einen verwickelten Mord- und Betrugsfall kennengelernt hatten, und ein Jahr später hatte Ursula ihren Job als Lehrerin in einem Internat aufgegeben und war in Flemmings gelbes Backsteinhaus im westlichen Teil von Christianssund eingezogen. Damals, zu Beginn ihrer Beziehung, waren sie immer sehr freundlich und liebevoll miteinander umgegangen. Es war beinahe schon zu idyllisch, hatte Dan oft gedacht, aber vielleicht war er auch einfach nur eifersüchtig gewesen. Denn die ganze Sache mit Flemming und seiner neuen Liebe hatte sich genau zu dem Zeitpunkt abgespielt, als Dans eigene Ehe in die Brüche ging. Doch auch das das war inzwischen schon wieder eine andere Geschichte.

Ursula und Flemming wirkten inzwischen jedenfalls nicht mehr annähernd so glücklich. Manche Beziehungen wurden durch ein Unglück stärker, andere bröckelten. Und einiges deutete darauf hin, dass es in ihrem Fall bröckelte. Flemming war nach seiner ernsten Krebserkrankung, einer aggressiven Form von Leukämie, als geheilt entlassen worden, er war jedoch von den zahlreichen Chemotherapien noch sehr geschwächt. Außerdem wusste er genau, dass die Krankheit jederzeit zurückkehren und ihn umbringen konnte. Durch die Krankheit war er deutlich gealtert, und als seine durch die Chemotherapie ausgefallenen Haare wieder anfingen zu wachsen, hatten sie sich verändert. Sie waren immer dünn und beinahe mausfarben gewesen, nun waren sie grauweiß, ein kraftloser Flaum, der sich um seine Glatze legte. Dan verstand nicht, warum er sie nicht abrasierte, aber davon wollte Flemming nichts wissen.

Flemming war eindeutig ein gezeichneter Mann. Der Tod, dem er von der Schippe gesprungen war, hing wie ein Schatten über ihm. Alle, die ihn kannten, sahen es, obwohl niemand darüber redete. Abgesehen von Ursula, natürlich. Die Aussicht, allein zurückzubleiben, hatte bei ihr eine Metamorphose ausgelöst – von einer selbstständigen, fröhlichen Frau zu einer besorgten, zimperlichen Glucke, die ihre gesamte Zeit damit verbrachte, ihren Mann im Auge zu behalten. Hatte er seine Medikamente genommen? Ging er regelmäßig zur Kontrolle ins Krankenhaus? Wirkte er heute nicht besonders blass? Dachte er daran, sich gesund zu ernähren und ausreichend zu schlafen?

Flemmings Reaktion darauf war zunächst positiv gewesen. Er war regelrecht gerührt, dass seine Frau sich so um ihn kümmerte, und als er noch krank war, fand er durchaus Gefallen daran, rund um die Uhr verwöhnt zu werden. Aber je mehr er wieder zu Kräften kam, wurde Ursulas Fürsorglichkeit ihm lästiger. Als er vor fünf Monaten wieder anfing zu arbeiten, hatten Ursula und seine Ärztin – Dans Exfrau Marianne – ihn gebeten, sich sehr genau zu überlegen, ob er seinen verantwortungsvollen und oft sehr anstrengenden Job als Leiter der Abteilung für Gewaltkriminalität wirklich wieder antreten wolle. Am liebsten hätten sie ihn vermutlich hinter dem Schalter des Passamtes gesehen, wo es die größte Herausforderung gewesen wäre, ungeduldige, nach Urlaub dürstende Dänen zur Ordnung zu rufen. Der Hauptkommissar bot ihm schließlich die Stelle eines Koordinators von Beweismaterial bei Betrug und anderen Formen von Wirtschaftskriminalität an, und Flemming willigte sofort ein. Nur ungern hätte er auf die Ermittlungsarbeit verzichtet, und die neu geschaffene Stelle war ein guter Kompromiss, wie er fand. Keine Einsätze auf der Straße und feste Arbeitszeiten. Ursula war allerdings anderer Meinung. Jedes Mal, wenn etwas nach einer Ermittlung aussah, protestierte sie, und als er einmal ein paar Stunden länger gearbeitet hatte, weil ihn ein Unterschlagungsfall nicht losließ, machte sie ihm sogar eine größere Szene.

Auch jetzt war sie offensichtlich wütend. Sie sträubte sich gegen die Möglichkeit, dass Flemming an der Aufklärung eines Mordes beteiligt war – egal, wie peripher sein Mitwirken auch sein mochte. Dan ahnte, dass seinen alten Freund ein langer, tränenfeuchter Tadel erwartete, wenn er mit Ursula nach Hause kam. Armer Kerl.

»Und?«, fragte er, um das Thema zu wechseln. »Wo feiert ihr dieses Jahr Weihnachten?«

»Zu Hause«, antwortete Flemming. »Louise und ihr Freund kommen. Und Anemone natürlich.« Louise war Flemmings Tochter, Anemone die Tochter von Ursula.

»Und der Sohnemann?«

»Ulrik und seine Freundin sind bei Karin«, sagte Ursula. »Es tat ihm leid, sie allein zu Hause sitzen zu lassen, jetzt, wo Karl ...« Sie stürzte sich in einen längeren Bericht über das etwas verwickelte Liebesleben von Flemmings Exfrau. Dan nickte und unterbrach den Redestrom in regelmäßigen Abständen mit einer Frage.

Der Rest des Abends verlief friedlich, und als die Gäste sich verabschiedeten, herrschte wieder rundum gute Stimmung. Beim Kaffee hatten sie Weihnachtsgeschenke ausgetauscht. Flemming vertiefte sich sofort in das Buch mit den Luftaufnahmen der dänischen Städte und Landschaften, und Ursula freute sich über die Romane von Jakob Ejersbo. Dan bekam eine gusseiserne französische Pfanne. Sie war enorm schwer und genau das, was er sich gewünscht hatte.

Er hatte sich beim Abwasch viel Zeit gelassen, und als er sich mit dem Rest des Rotweins an den Computer setzte, war es bereits nach Mitternacht. Zwischen einer Reihe mehr oder weniger unwichtiger Mails fand er einen längeren Bericht von Benedicte Johnstrup, die ihm mitteilte, sie habe getan, was Dan von ihr verlangt hatte. Und die Polizei habe nun – wie befürchtet – Martin zum Hauptverdächtigen erklärt. Nicht, dass sie es so direkt ausgedrückt hätten, dennoch gebe es keinen Zweifel daran. Nebenbei ergänzte sie am Ende, dass sie und Axel Holkenfeldt entschieden hätten, die Kampagne auszusetzen, um den Erben von Peter Münster-Smith Zeit zu geben, Einblick in die Firma zu nehmen, und bis man sich über den weiteren Weg einig geworden wäre. Vor dem neuen Jahr würde sicherlich nichts mehr passieren, höchstwahrscheinlich sogar nicht vor Mitte Januar. Das war nicht zu ändern. Dan informierte die übrigen Beteiligten und berichtete über die jüngsten Entwicklungen, während ein Teil seines Gehirns sich mit seiner eigenen Situation beschäftigte. Im Augenblick ist das natürlich in Ordnung, dachte er. Es kam ihm sogar entgegen, etwas früher in den Weihnachtsurlaub gehen zu können. Andererseits gefiel es ihm überhaupt nicht, nach neuen Projekten suchen zu müssen. Vielleicht sollte er die Gelegenheit nutzen und verreisen? Er konnte es sich leisten, stellte er fest, als er sein Konto bei der Netbank überprüfte. Er hätte sogar Marianne einladen können. Allerdings würde sie sich nicht so lange freinehmen können. Eine kürzere Tour für zwei Wochen würde sich aber einrichten lassen, wenn sie am zweiten Weihnachtstag aufbrachen. Er surfte ein bisschen auf den Seiten diverser Reisebüros. Mexiko? Kuba? Philippinen? Die Seychellen? Allein der Gedanke an Sonne und Meer begeisterte ihn.

Als Dan auf die Uhr sah, war es drei geworden. Eindeutig zu spät, um seine Exfrau anzurufen und ihr vorzuschlagen, ihn auf die andere Seite des Erdballs zu begleiten. Morgen, dachte er. Morgen, wenn sie aus der Praxis nach Hause kommt. Dann würde er anrufen und fragen. Oder ... Er hielt inne. Vielleicht sollte er doch bis Heiligabend warten? Vielleicht sollte er ihr einen Gutschein geben und sie das Ziel bestimmen lassen?

Er blieb einen Moment am Erkerfenster stehen und blickte hinaus in die Nacht. Die Straßenlaternen an der Hafenpromenade beleuchteten die hohen Schneewälle auf beiden Seiten der Straße. So wie es aussah, wurde seinen romantischer veranlagten Landsleuten der ewige Traum von einer weißen Weihnacht erfüllt.

Wie eine Antwort auf seinen unausgesprochenen Gedanken begann es wieder zu schneien.

DIENSTAG, 21. DEZEMBER 2010

25 Der kürzeste Tag des Jahres, dachte Pia Waage, als sie um acht Uhr durch den Schnee auf dem Rathausplatz zum Präsidium stapfte. Ihr kleines Auto hatte ausgerechnet an diesem feuchten und dunklen Tag beschlossen, sie im Stich zu lassen, und weil es zu gefährlich war, mit dem Rad zu fahren, war sie mit dem Bus gekommen. Sie musste die Werkstatt anrufen, sobald sie an ihrem Schreibtisch saß.

»Hast du das schon gesehen?« Frank Janssen reichte ihr ein paar Zeitungen, sobald sie das Büro betrat. Die *Christianssund Tidende* lag obenauf. »Die blasen das so richtig groß auf.«

»Das kann man wohl sagen«, erwiderte Pia und studierte den Artikel mit einem Foto von Martin Johnstrup auf der Vorderseite der lokalen Tageszeitung, während sie ihren Mantel auszog. Sie schlug die Zeitung auf und las auf der Innenseite weiter. Die Redaktion hatte sich die Mühe gemacht, ein Foto des richtigen Modells eines weißen Ford Mondeo zu finden, und sie hatten den Artikel um einen Kasten mit Fakten über den populären Zahnarzt und seine Verdienste für die Stadt ergänzt – unter anderem als Trainer für die jüngsten Teilnehmer von Orientierungsläufen. Im Artikel wurde ausdrücklich darauf hingewiesen, dass Martin Johnstrup als Zeuge gesucht wurde, nicht als Verdächtiger.

Ganz so rücksichtsvoll waren sie beim *Ekstra Bladet* nicht gewesen. Dort stand Martins lächelndes Gesicht neben der Überschrift »Von der Polizei gesucht: Ist er der Millionärsmörder?« Auch hier hatte man das Foto eines hellen Ford Mondeo abgedruckt, allerdings handelte es sich bei Martins Wagen um einen Kombi. Bei der *B. T.* hatte sich die Redaktion ein Privatfoto besorgt, auf dem Martin und Benedicte festlich gekleidet zu sehen waren. Ihr Gesicht war verpixelt und unkenntlich, doch nachdem die Bildunterschrift sehr genau darüber informierte, dass die Ehefrau des Verschwundenen eine führende Stellung bei Petax Entreprise bekleidete, würden Neugierige sie im Netz leicht finden können. Es gab kein Foto des Autos, sondern ein Bild ihres Hauses, warum auch immer. Pia sah sich das Foto näher an, es war gegen Abend gemacht worden. Die funktionalistische Villa war umgeben von hohen Schneewehen, in beiden Etagen brannte Licht. An der Form der Schneewehen sah man, dass irgendjemand den Gartenweg und den Bürgersteig geräumt hatte, der Boden war bereits wieder von Schnee bedeckt.

»Das muss gestern am späten Abend aufgenommen worden sein«, meinte Frank und nahm am Sitzungstisch Platz. »Das nenne ich fleißig.«

»In den Redaktionen wird das wohl eher gute Recherche genannt«, erwiderte Pia und reichte den Zeitungsstapel weiter an

Svend Gerner und Thor Bentzen, die inzwischen ebenfalls eingetroffen waren. »Gibt's was Neues von Sara Bang?«

»Sie ist auf dem Weg. Die Kollegen haben gesagt, sie sei ohne zu protestieren mitgekommen.«

»Gut.«

»Wir reden mit ihr, sobald sie hier ist.« Frank sah Thor Bentzen an. »Hast du die Liste der Facebook-Freunde von Peter Münster-Smith gestern noch abarbeiten können?«

»Ja. Ich habe zwei weitere Frauen aus seiner Sammlung gefunden.«

»Nicht viele.«

»Vielleicht war er vorsichtig, damit nicht allzu viele seiner Verflossenen in der Lage waren, sein Leben auf Facebook zu verfolgen.«

»Klingt plausibel.«

»Wenn du einverstanden bist, würde ich gern noch das erledigen, was Waage gestern getan hat: die Freunde seiner Freunde überprüfen. Mit etwas Glück finde ich noch mehr Namen.«

»Sehr gut. Aber warte damit bis heute Nachmittag.«

»Wieso?«

»Weil wir um dreizehn Uhr Zugang zu all seinen Mails bekommen. So war das doch mit dem IT-Typen vereinbart?«

»Ach ja. In den Mails könnten natürlich noch ein paar Namen stehen. Ich warte damit.«

Svend Gerner hatte die Zeitungen durchgeblättert. »Hast du eigentlich jemanden losgeschickt, der das Ferienhaus der Johnstrups überprüft?«, erkundigte er sich. »Könnte ja sein, dass er dorthin gefahren ist, um nach seiner Frau zu suchen – nachdem sie bereits nach Hause gefahren war. Vielleicht ist er gestürzt und hat sich etwas gebrochen.«

»Gut, dass du mich daran erinnerst«, sagte Frank. »Ruf Benedicte Johnstrup an und frag, ob sie eventuell selbst schon im Ferienhaus war, um nach ihm zu suchen. Wenn nicht, schicken wir einen Streifenwagen.«

»Ich werde mit allen reden, über die wir gestern gesprochen haben.« Gerner stand auf. »Gibt's noch was?«

»Im Moment nicht. Aber wir halten Kontakt. Ich hoffe, Waage und ich schaffen es, ein paar Zeugen von deiner Liste zu übernehmen.«

»Hast du irgendwen besonders im Blick?«

»Die Holkenfeldts.«

»Dann hebe ich sie bis zuletzt auf.«

Ein rasches Klopfen an der Tür und Flemming Torp steckte seinen seltsam flaumigen Kopf herein. »Na«, sagte er, »wie sieht's aus?«

»Gut«, antwortete Frank und lehnte sich auf seinem Stuhl zurück. »Es geht voran.«

»Kein großer Durchbruch?«

»Nicht wirklich. Du siehst die Unterlagen aus dem Schließfach durch?«

»Ja. Ist nicht ganz einfach.«

»Kann ich mir vorstellen.«

»Der Wirtschaftsprüfer sagt, dass …«

Pia Waage betrachtete ihren alten Chef, während er Frank über seine erste Durchsicht der Dokumente informierte. Flemming war blass, dachte sie. Und dünn geworden ist er auch. Ob das normal war, mehrere Monate nach Ende der Chemo so auszusehen, oder musste man sich Sorgen machen?

»Bist du okay, Torp?«, erkundigte sie sich, als die beiden Männer ihr Gespräch beendeten. »Du siehst müde aus.«

Flemming schnitt eine Grimasse. »Jetzt klingst du wie meine Frau.«

»Ist das als Kompliment gemeint?«

»Das kannst du halten, wie du willst, Waage. Und zu deiner Orientierung: Mir fehlt nichts. Ich bin gestern nur zu spät ins Bett gekommen.« Er nickte seinen alten Mitarbeitern zu und verschwand.

Frank und Pia wechselten einen Blick.

Pias Telefon klingelte. »Ja?«

»Ich habe hier eine Dame, die Martin Johnstrup am Donnerstagabend gesehen hat«, sagte der Wachhabende. »Soll ich umstellen, oder willst du sie später zurückrufen?«

»Nein, gib sie mir sofort.« Nach ein paar Sekunden Stille stand die Verbindung. »Pia Waage.«

Pia hörte zu, notierte sich etwas und bat die Frau schließlich, sich so bald wie möglich persönlich auf dem Präsidium einzufinden. Dann legte sie auf und sah Frank an. »Wir haben eine Zeugin«, erklärte sie. »Herdis Jensen. Sie ist nach ihren Weihnachtseinkäufen am Donnerstagabend um 17:50 Uhr mit dem Fahrrad die Kingos Allé hinuntergefahren.«

»Wieso weiß sie die Uhrzeit so genau?«

»Frau Jensen ist ein paar Hundert Meter weiter mit ihrem Fahrrad gestürzt. Es war glatt an dem Abend.«

»Ja, ich erinnere mich.«

»Sie hat sich kaum wehgetan, nur das Vorderrad war verbogen, also hat sie ihren Mann angerufen, um sich abholen zu lassen. Doch er wollte nicht kommen, weil er die Regionalnachrichten um 18:10 Uhr nicht verpassen wollte. Er war wegen irgendeiner Sache interviewt worden ...«

»Also wusste sie, dass es ungefähr 18:00 Uhr war?«, unterbrach Frank.

»Nein, noch besser. Frau Jensen schimpfte mit ihrem Mann, weil es erst 17:52 Uhr war. Er konnte es also durchaus schaffen, er sollte nicht maulen, sondern sofort losfahren. Tatsächlich hat er sie und das Fahrrad abgeholt – und konnte noch seinen vierzehn Sekunden langen Fernsehauftritt sehen. Seine Frau war regelrecht stolz darauf, dass sie recht behalten hatte.«

»Der arme Herr Jensen.«

»Dachte ich auch.« Pia grinste. »Auf jeden Fall ist sich Herdis Jensen ganz sicher, dass es exakt 17:50 Uhr war, als sie Martin Johnstrup vor dem Hauptquartier von Petax Entreprise gesehen hat.«

»Und was hat er dort gemacht?«

»Nichts. Er stand mit den Händen in den Taschen auf dem gegenüberliegenden Fußweg und schaute auf das Haus.«

»Wir haben mehrere Tage nach Leuten gesucht, die zu diesem Zeitpunkt irgendetwas in der Nähe des Gebäudes gesehen haben. Wieso hat sie sich nicht schon längst gemeldet?«

»Sie hätte nicht darüber nachgedacht, hat sie gesagt. Als sie die Beschreibung von Martin Johnstrups Robbenpelzbesatz las, fiel es ihr wieder ein.«

»Hm.« Frank verzog das Gesicht, Pia kannte diesen Gesichtsausdruck, diese Warum-zum-Teufel-sind-die-Leute-bloß-so-träge-Miene, schon ziemlich gut. »Na«, fügte er schließlich hinzu. »Es sieht jedenfalls so aus, als würde sich unser Verdacht bestätigen, oder?«

»Abgesehen davon, dass Christina erst um achtzehn Uhr oder kurz danach gesehen hat, wie der Mörder das Hinterhaus verließ. Und selbst, wenn sie sich um zehn Minuten oder eine Viertelstunde irren sollte, warum stand der Mann dort und starrte *nach* dem Mord auf die Tür?«

»Du weißt doch gar nicht, ob er nicht kurz *vor* dem Mord dort stand. Vielleicht ging alles sehr viel schneller, als wir es uns vorstellen. Sie können kurz vor sechs hineingegangen sein, der Mord dauerte nicht länger als ein paar Minuten, und kurz nach sechs rannte der Mörder wieder hinaus.«

»Vielleicht. Das passt nur nicht zu der Theorie, dass der Mörder einen Schlüssel hatte und auf dem Weg nach oben den Overall mitnehmen konnte.«

»Hoffen wir, dass ihn noch weitere Zeugen gesehen haben. Wenn wir Glück haben, hat vielleicht sogar jemand gesehen, wie er hineinging oder herauskam.«

Ein uniformierter Beamter betrat das Büro. »Sara Bang sitzt jetzt im Verhörzimmer«, teilte er mit.

Frank erhob sich. »Wir sind auf dem Weg.«

26

Sara Simone Bang war noch hübscher, als das Foto im Archiv von Peter Münster-Smith ahnen ließ. Ein feines ovales Gesicht mit vollen Lippen und dunklen Augen; das glatte rotbraune Haar hatte sie locker im Nacken festgesteckt. Kein Make-up, kein Nagellack, aber eine Haut, glatt und hell wie Porzellan. Ihr Hals war beinahe unnatürlich lang und schlank und wurde von einer zierlichen Goldkette betont.

Pia warf dem notorischen Frauenheld Frank einen Seitenblick zu, er wirkte einigermaßen gefasst.

»Worum geht's eigentlich?«, erkundigte sich Sara.

»Ich dachte, das wüssten Sie schon?«, erwiderte Frank.

»Nein.«

»Hatten Sie am Donnerstagabend nicht eine Verabredung mit Peter Münster-Smith?«

Sie sah ihn einen Moment an, ohne etwas zu sagen. »Woher wissen Sie das?«

»Hatten Sie oder hatten Sie nicht?«

Diesmal war die Pause nicht so lang. »Ja.«

»Weshalb haben Sie sich nicht von allein an uns gewandt? Wir haben mehrfach dazu aufgerufen, dass sich Zeugen für diesen Abend melden sollen.«

»Aber ich war ja gar nicht mit ihm zusammen.«

»Trotzdem müssen wir mit Ihnen reden, das ist doch völlig klar.«

Sara berührte das Goldkettchen, als wollte sie sich versichern, dass es noch da war, und ließ die Hand dann fallen. »Ich wollte in nichts hineingezogen werden.«

»Was hatten Sie und Peter verabredet?«

»Wir wollten uns um sieben in einem Restaurant in Kopenhagen treffen.«

»In welchem?«

»Im MASH.«

»In der Bredgade?«

»Ja.«

»Aber er ist nicht gekommen?«

Sie schüttelte den Kopf. »Ich habe lange auf ihn gewartet. Es war so ...« Sie sah Frank an. »Er hat mich versetzt.«

Stück für Stück zog Frank Sara die Geschichte aus der Nase. Wie sie Peter angerufen und ihm eine SMS nach der anderen auf sein Handy geschickt hatte, ohne eine Antwort zu erhalten. Wie sie versucht hatte, ihn auf dem Festnetztelefon zu erreichen, und mit der Haushälterin gesprochen hatte und wie sie schließlich um acht Uhr das Restaurant verlassen hatte, ohne etwas gegessen zu haben.

»Ich war total wütend, habe noch einmal angerufen und bekam wieder nur diese muffige Haushälterin an den Apparat, die behauptete, nicht zu wissen, wo er war. Dann bin ich nach Hause gefahren.«

»Zu Ihnen? Nicht zu seiner Wohnung?«

Die Hand flog an die Goldkette. »Doch, ich ... Oder nein, nicht gleich. Ich war eigentlich schon in Fredensborg, als ich umgedreht bin, um nach Christianssund zu fahren.«

»Wussten Sie, wo er wohnte? Sind Sie schon einmal dort gewesen?«

»Nein, er hatte mir das Haus nur mal gezeigt. Und bei dem Gebäude kann man sich ja nicht irren.« Sara erzählte, wie sie klingelte und abgewiesen wurde. Und wie sie hinterher im Auto saß und vor Wut heulte.

»Sie sind es nicht gewohnt, versetzt zu werden, kann ich mir vorstellen?«

Sara verstand das Kompliment und lächelte flüchtig.

Pia räusperte sich. »Verstehen Sie etwas von Uhren, Sara?«

»Was?«

»Von Uhren«, wiederholte Pia. »Armbanduhren. Haben Sie mit Peter Münster-Smith über Uhren gesprochen?«

Sara sah sie verblüfft an. »Woher wissen Sie das?«

»Antworten Sie mir einfach.«

»Mein Vater ist Uhrmacher.«

»Haben Sie mit Peter darüber gesprochen?«

»Ja. Als wir uns das erste Mal getroffen haben, redeten wir eigentlich über nichts anderes. Er trug eine supergeile Rolex, und ich habe ihn darauf angesprochen. Er hat gesagt, ich würde beim nächsten Mal ein blaues Wunder erleben. Er hätte eine Uhr, über die ich staunen würde.«

Pia und Frank wechselten einen Blick. Damit hatten sie die Erklärung, warum der Mann vor seiner Verabredung diese extrem teure Uhr trug.

»Wie lange kannten Sie Peter Münster-Smith?«, fuhr Pia mit der Vernehmung fort.

»Ich kannte ihn schon seit Monaten, allerdings nicht richtig, eher so peripher. Er ist zu Vernissagen gekommen, zu denen ich auch eingeladen war.«

»Was machen Sie beruflich?«

»Ich bin Agentin bei Copenhagen Models.«

Pia notierte es. »Wann haben Sie sich näher kennengelernt?«

»So etwa vor zwei Wochen. Er hat mich zum Abendessen eingeladen.«

»Nur zu zweit?«

»Ja.«

»Und?«

»Und was?«

»Haben Sie lediglich mit ihm zu Abend gegessen?«

Die Augenbrauen flogen in die Luft. »Entschuldigung, aber was geht Sie das an?«

»Beantworten Sie einfach meine Frage.«

Sara sah Frank an, der ausdruckslos zurückblickte, dann antwortete sie: »Er ist mit zu mir nach Hause gekommen. Und ja, wir hatten Sex. Zwei Mal. Möchten Sie auch wissen, in welchen Stellungen?«

»Wie viele Verabredungen hatten Sie mit ihm?«, fuhr Pia ungerührt fort.

»Nur diese eine. Am Donnerstag waren wir zum zweiten Mal verabredet.«

»Wann haben Sie ihm ein Foto von sich gegeben?«

»Welches Foto?«

»Er hatte ein Foto von Ihnen auf seinem Computer.«

»Das verstehe ich nicht.«

»Dieses.« Pia schob ihr den Ausdruck des Fotos vom USB-Stick von Peter Münster-Smith zu. »Und dies hier«, sie zeigte auf den Dateinamen, »ist vermutlich das Datum Ihres ersten Dates?«

Sara konzentrierte sich auf die kleine Reihe von Zahlen und Buchstaben. »SARA071210 … Ja, das stimmt, es war der Siebte. Augenblick.« Sie zog ein Mobiltelefon aus ihrer Handtasche und überprüfte ihren Kalender. »Genau«, sagte sie und steckte das Smartphone wieder ein. »Das Foto muss er von meinem Facebook-Profil kopiert haben. Ich habe es ihm jedenfalls nicht gegeben.«

»Das haben wir auch vermutet.«

»Und was ist das hier?« Sara zeigte auf den Ausdruck. »Wieso hatte er mein Foto und das Datum unserer ersten Verabredung in seinem Computer? Ich finde das ziemlich *creepy*.«

Pia sah hinüber zu Frank. Er zuckte beinahe unmerklich mit den Achseln.

»Sie sind nicht die einzige Frau in seinem Computer«, sagte Pia dann und erklärte ihr den Inhalt seines USB-Sticks, die umfassende Sammlung von Frauenfotos samt der äußerst systematischen Namensgebung der Dateien.

»Das gibt's doch nicht.« Sara presste die Hand flach auf die Goldkette. »Ich war also nur ein Sammlerobjekt. Was für ein Schwein.«

»Niemand behauptet, dass er nicht in einige Frauen ehrlich verliebt gewesen ist, Sara. Vielleicht hat er …«

»Ersparen Sie mir das«, unterbrach sie. »Darf ich die anderen Fotos sehen? Vielleicht kenne ich einige der Mädchen.«

Die Ermittler wechselten noch einen Blick.

»Das halte ich für keine gute Idee«, sagte Frank.

»Wollen Sie sie nicht identifizieren?«

»Schon, aber …« Er kratzte sich im Nacken. »Wir möchten nicht der Anlass für Konflikte sein, wenn Sie auf diese Weise herausfinden, dass eine Ihrer Freundinnen auf der Liste steht.«

»Entspannen Sie sich, Mann. Ich weiß, dass einige dabei sein müssen. Peters Libido war nicht gerade ein Geheimnis.« Sie ließ das Goldkettchen los und setze sich in ihrem Stuhl auf. Zum ersten Mal seit Beginn der Vernehmung schien sie sich unter Kontrolle zu haben.

»Mindestens zwei unserer Models sind mit ihm im Bett gewesen. Gemeinsam. Sie waren damals nicht älter als siebzehn und achtzehn.«

»Das ist ein wenig unorthodox, aber ...« Frank nickte Pia zu, die aufstand und in ihr Gemeinschaftsbüro ging, um den Stapel mit Ausdrucken zu holen. Sie überlegte einen Moment. Dann legte sie den Haufen wieder auf den Schreibtisch und nahm stattdessen die DVD mit der kompletten Sammlung mit.

Auf dem Rückweg zum Vernehmungsraum blieb sie an Thor Bentzens Schreibtisch stehen, der mit großen und kleinen Zetteln übersät war.

»Weißt du eigentlich, dass wir in Anrufen ersticken?«, sagte er. »Bisher haben elf Personen das Auto von Martin Johnstrup Auto gesehen. An neun verschiedenen Orten im Land.«

»Nur an neun?«

»Drei Hinweise beziehen sich auf die gleiche Adresse. Und zwei der Zeugen waren sich auch bei der Autonummer sicher. Der Wagen steht da nämlich noch.«

»Wo?«

»Hier in Christianssund, unten am Jachthafen.«

»Interessant.«

»Wir haben ein paar Kriminaltechniker und einen Abschleppwagen hingeschickt.«

»Ruf die drei Zeugen an und finde heraus, ob jemand von ihnen weiß, wie lange das Auto schon dort steht.«

Als Pia den Verhörraum wieder betrat, war Frank gerade dabei, Sara über Peters Konsum von Kokain zu verhören. Sie stritt nicht ab, dass der Mann einen gewissen Verbrauch gehabt hatte, aber »nicht mehr als normal«, wie sie es ausdrückte. Als sie aufgefordert wurde, etwas genauer zu werden, schüttelte sie nur den Kopf.

»Wissen Sie, ob er anderen etwas verkauft hat?«

»Das kann ich mir nicht vorstellen.«

»Sie haben es also nicht gesehen?«

»Nie.«

»Hat er Koks verschenkt?«

Sara schaute eine Weile auf ihre Hände. »Man konnte …« Der Rest des Satzes ging in einem Murmeln unter.

»Entschuldigung. Was konnte man?«

Sie blickte auf. »Man konnte immer eine oder zwei Lines von ihm bekommen«, sagte sie schließlich. »Peter war sehr großzügig.«

»Dann hatte er also immer Kokain dabei? Wollen Sie das damit sagen?«

Sara zuckte mit den Schultern.

»Wissen Sie, wo er es gekauft hat?«

Sie schüttelte den Kopf.

Frank sah ihr ins Gesicht. »Wie oft nehmen Sie selbst Drogen?«

»Nicht so oft. Hin und wieder am Wochenende.«

»Das ist nicht ungefährlich.«

Neuerliches Schulterzucken.

»Janssen?«, sagte Pia, nachdem die Pause einige Sekunden gedauert hatte. »Hast du mal einen Moment Zeit?«

Sie gingen auf den Korridor.

»Wir haben Johnstrups Wagen gefunden. An der Marina.«

»Er war es, Waage«, erklärte Frank und versuchte nicht einmal, seine Begeisterung zu verbergen. »Es ist nur noch eine Frage der Zeit, bis wir ihn finden.« Er ging den Gang hinunter.

»Wo willst du hin?«

»Ich will mir den Wagen ansehen, bevor sie ihn abschleppen. Willst du nicht mitkommen?«

»Und was ist damit?« Pia wedelte mit der DVD. »Wollten wir uns nicht zusammen mit Sara die Liste ansehen?«

Er blieb stehen. »Wir vergeuden unsere Zeit. Das ist eine Sackgasse.«

»Das wissen wir nicht, Janssen.«

»Dann geh du die Liste mit ihr durch. Ich will mir dieses Auto ansehen. Wir sehen uns später.« Frank drehte sich um und verließ das Büro.

Pia betrat den Verhörraum und entschuldigte sich für die Unterbrechung.

»Wir schauen uns das jetzt einmal an«, sagte sie und schob die DVD ins Laufwerk. »Und Sie geben mir so viele Informationen über die Frauen wie möglich, okay? Wenn wir fertig sind, sorge ich dafür, dass Sie heimgefahren werden.«

»Ich möchte lieber nach Kopenhagen. Ich hätte schon vor über einer Stunde bei der Arbeit sein sollen.«

»Natürlich.«

Pia klickte zweimal auf das DVD-Icon und rief die lange Liste von Fotos auf. »Wir fangen hinten an«, sagte sie, als sie das jüngste Foto aufrief. »Und das sind Sie.«

»Dann war ich seine letzte? Wow. Ich bin geehrt.« Saras Stimme klang hart.

Sie gingen die Fotos nacheinander durch. Sara hatte recht gehabt. Es waren erstaunlich viele Frauen aus den letzten Jahren, die sie wiedererkannte. Models, Stylistinnen, eine Modejournalistin. Pia notierte eifrig die Namen.

»Wieso kannte er so viele Frauen aus der Modebranche? Das hat doch überhaupt nichts mit einem Bauunternehmen zu tun?«

Sara hob die Schultern. »Keine Ahnung. Wahrscheinlich war er einfach in der Szene unterwegs, in der es die hübschesten Mädchen gibt.«

Nachdem sie die Damenbekanntschaften einiger Jahre durchgearbeitet hatten, wurden die Gesichter, die Sara kannte, seltener, und als sie im Jahr 2005 angelangt waren, gab es kaum noch Treffer. Schließlich gaben sie auf.

Pia bedankte sich und streckte die Hand aus. »Sie waren eine große Hilfe.«

»Gut. Ich fand auch, dass es ... sehr lehrreich war.«

»Wie meinen Sie das?«

»Wenn man jemals geglaubt hat, etwas Besonderes zu sein, muss man sich nur einmal in so einer ... Fotzenkartei finden.« Zum ersten Mal während des Verhörs wurde sie rot, als ihr dieser – so vermutete Pia – für sie doch ungewohnte Ausdruck über die Lippen kam. »Es ist wirklich ein sehr effektives Mittel gegen Größenwahn.«

27

Als Benedicte Johnstrup vor zweieinhalb Jahren die Stellung als Kommunikationschefin bei Petax Entreprise antrat, hatte sie ganz selbstverständlich ein Büro für sich allein bekommen – wie bei allen vorangegangenen Jobs auch. Doch als die Firma vor knapp einem Jahr in ihren neuen Hauptsitz umzog, wurden die Angestellten mit wenigen Ausnahmen in modernen Großraumbüros untergebracht. Die vier Mitarbeiter der Kommunikationsabteilung saßen mit den elf Verkäufern der Firma zusammen in einem Büro. Die einzelnen Arbeitsplätze waren nur durch frei stehende Regale und bewegliche Raumteiler getrennt, und der Lärmpegel war hin und wieder ziemlich hoch.

Anfangs bekam Benedicte in dem Großraumbüro jeden Tag Kopfschmerzen, mit der Zeit hatte sie jedoch gelernt, mit dem Lärm und der Hektik zu leben. Ihr Schreibtisch stand ein wenig von den anderen abgerückt und angewinkelt, sodass vorbeigehende Kollegen nicht auf ihren Bildschirm sehen konnten. Gefallen hatte ihr das Großraumbüro nie, inzwischen schnürte es ihr wenigstens nicht mehr die Luft ab.

Abgesehen von heute, wo das Verschwinden ihres Mannes die Titelseiten der Zeitungen zierte. Es war unerträglich, dass es keine Tür gab, die sie vor all den Menschen schützte, die unter dem Vorwand vorbeikamen, ihr etwas Tröstendes sagen zu wollen, in Wahrheit aber versuchten, ihr weitere Informationen zu entlocken. Als gäbe Martins Verschwinden ihr grenzenlose Einsicht in den Mordfall, mit dem er in Verbindung gebracht wurde. In dem großen Büroraum war Benedicte leichte Beute. Ein Kollege nach dem anderen kam ganz zufällig an ihrem Schreibtisch vorbei und blieb stehen, um mit ihr zu plaudern. Nicht nur Mitarbeiter aus ihrem eigenen Stockwerk, sondern auch Leute aus dem Architekten- und dem Ingenieurbüro und aus der Buchhaltung. Sogar der Finanzchef tauchte am frühen Morgen auf und erkundigte sich, ob alles in Ordnung sei. Benedicte hatte vorher noch nie ein privates Wort mit dem Mann gewechselt.

Ständig klingelte das Telefon, und da sie nicht wissen konnte, ob es sich um geschäftliche Anrufe handelte, musste sie den Hörer abnehmen. Martins Mutter beschwerte sich, dass Benedicte sie nicht über Martins Verschwinden informiert hatte. Martins Praxishelferin teilte mit, die Patienten würden anfangen, sich andere Zahnärzte zu suchen.

Und dann gab es noch die Anfragen der Presse. Die Journalisten waren gerissen. Obwohl einige Anrufe aus den Wirtschaftsredaktionen kamen und sie mit irgendeiner Frage zu Petax begannen, zeigte sich sehr rasch, wofür der Anrufer sich eigentlich interessierte. Benedicte konnte nicht einfach den Hörer auflegen und sich abweisend verhalten. Es waren schließlich Menschen, von denen der Erfolg ihrer täglichen Arbeit abhing. Sie konnte es sich als Kommunikationschefin nicht mit den Wirtschaftsredaktionen des Landes verscherzen, also antwortete sie zurückhaltend und überlegte sich jedes Wort.

Irgendwann war sie schließlich so verspannt, dass sie sich kaum noch bewegen konnte. Sie hatte das Gefühl, in Tränen ausbrechen zu müssen, wenn jemand sie auch nur ansah.

Um 11:05 Uhr tauchte Malene Nissen auf. Benedicte sah sie an der Kaffeemaschine und rief sie in scharfem Ton zu sich. Es ist unerhört, dass diese Göre über zwei Stunden zu spät kommt, dachte sie und begann bereits, im Geist eine Standpauke zu formulieren, als sie den Gesichtsausdruck ihrer jungen Assistentin bemerkte. Das schmale, blasse Gesicht war tränenüberströmt. Jede Spur von Mascara war aus den hellen Wimpern gewaschen.

»Malene? Was ist denn passiert?«

Wieder füllten sich die blauen Augen mit Tränen. Malene ließ sich auf den Stuhl vor dem Schreibtisch ihrer Chefin fallen. »Sie haben mich verhört«, schluchzte sie. »Den ganzen Vormittag lang.«

»Und weshalb?«

»Weil …« Malene schluckte. »Weil ich eine Facebook-Freundin von Peter Münster-Smith bin.«

Benedicte zog die Augenbrauen zusammen. »Das warst du?«
»Ja.«
»Weshalb?«
Malene zuckte mit den Schultern. »Ich kannte ihn doch.«
»Woher?«
»Na, von hier, aus der Firma.«
So viel zur Theorie, dass man seine Assistentin für sich hätte, wenn man jemanden einstellte, der auf Peter unmöglich anziehend wirken konnte. »Seltsam«, sagte Benedicte. »Ich habe nie gesehen, dass ihr euch unterhalten hättet?«

»Na ja, wir kannten uns ja auch nicht so richtig. Aber ...«
»Aber was?«
Malene putzte sich die Nase und richtete sich auf. »Ich habe ihm eine Freundschaftsanfrage geschickt, und er hat zugestimmt.«
»Habt ihr euch geschrieben?«
»Nicht wirklich. Er war mal mit einer meiner Freundinnen zusammen, und ich habe ihn auf seiner Pinnwand ein wenig damit aufgezogen. Aber er hat meinen Eintrag einfach gelöscht, ohne zu antworten.«
»Also habt ihr euch in Wahrheit gar nicht gekannt?«
»Nee, nicht richtig.«
»Und wieso hat die Polizei ein paar Stunden gebraucht, um das festzustellen?«
Malene stand auf. »Du glaubst mir nicht.«
»Das habe ich nicht gesagt.«
»Ich musste warten, und ... und ... aber ich war da!«
»Jetzt beruhige dich erst mal, Malene.«
Die junge Assistentin brach in Tränen aus und verschwand in Richtung Toilette. Benedicte sah ihr nach. Sie konnte sie heute nicht feuern. Nicht, solange sie so durcheinander war. Aber sie

hätte es sehr gern getan. Plötzlich bemerkte Benedicte, wie die Hälfte der Mitarbeiter sie unverhohlen anstarrte. Sie setzte eine neutrale Miene auf und richtete ihre gesamte Aufmerksamkeit auf ihren Bildschirm.

Erneut klingelte das Telefon. Axels Sekretärin.

»Er bittet dich, bei ihm hereinzuschauen, wenn du Zeit hast«, sagte Inge Sejer.

»Jetzt?«

»Er hat gerade eine halbe Stunde Zeit bis zum Mittagessen.«

»Okay.«

»Und ich darf dir in meinem Namen sagen, dass es mir für dich und Martin sehr leidtut. Damit hat doch niemand …«

In Axels Vorzimmer musste Benedicte sich einige Minuten anhören, was für ein hervorragender Mensch der verschwundene Zahnarzt doch gewesen war. *Gewesen war.* Als ob Inge fest davon ausging, dass der Mann tot ist. Benedicte antwortete zurückhaltend und höflich, bevor sie die Tür zu Axels Büro hinter sich zuschob.

»Benedicte!« Axel erhob sich. Er breitete die Arme aus und ging ihr entgegen. »Ach je, du Arme. Komm her.«

Sie blieb stehen und ließ sich umarmen. Dann trat sie etwas zurück. »Sei nicht zu nett zu mir, Axel«, sagte sie. »Sonst fange ich nur wieder an zu flennen.«

»Du darfst gern weinen.«

»Sobald ich einmal damit anfange, kann ich nicht wieder aufhören. Es ist furchtbar.« Sie setzte sich auf einen der Gästestühle. »Und gerade heute muss ich meine Fassade aufrechterhalten. Draußen lungert ein Mob neugieriger Kollegen um meinen Schreibtisch herum und beobachtet, wie ich damit fertigwerde.«

Axel sah sie an. Dann ging er, ohne ein Wort zu sagen, zu einem

Wandschrank und holte eine halb volle Flasche Cognac und zwei Gläser heraus. Ohne sie zu fragen, schenkte er großzügig ein und reichte ihr ein Glas.

»Wenn ich das austrinke, falle ich um«, meinte Benedicte. »Ich habe ein absolut wahnsinniges Schlafdefizit.«

»Runter damit«, kommandierte Axel, der bereits die Hälfte seines Glases getrunken hatte. »Du brauchst das jetzt.«

»Und was ist mit meiner Arbeit?« Sie nippte vorsichtig an dem Cognac und stellte das Glas auf seinen Schreibtisch.

»Was soll damit sein? Sie läuft dir schon nicht davon.«

»Nein, nur ...«

»Was machst du heute überhaupt hier?«

»Wenn du wüsstest, wie viel auf meinem Schreibtisch liegt, und ...«

»Soweit ich weiß, gibt es mehr als einen Mitarbeiter in deiner Abteilung. Delegieren, Benedicte. Geh nach Hause und entspann dich.«

»Soll ich mutterseelenallein zu Hause sitzen und darauf warten, dass irgendjemand meinen Mann findet?« Gegen ihren Willen traten ihr Tränen in die Augen. »Dann bin ich doch lieber hier im Büro.«

»Bist du dir wirklich sicher?« Axel zog den anderen Gästestuhl heran, sodass sie sich direkt gegenübersaßen. Ihre Knie berührten sich. »Meiner Ansicht nach sieht es eher so aus, als würde dich die Arbeit heute überfordern. Geh besser nach Hause.«

Sie schüttelte den Kopf, ohne zu antworten. Dann tupfte sie sich vorsichtig mit dem Zeigefinger unter den Augen, ohne ihr Make-up zu verwischen.

Axel nahm ihre freie Hand. »Wie wird Anton damit fertig? Dass sein Vater gesucht wird, meine ich?«

»Er …« Benedicte griff nach dem Glas und trank einen etwas größeren Schluck. Einen Moment lange meinte sie, sich übergeben zu müssen. »Ich habe ihm erklärt, dass ich mit der Polizei vereinbart habe, Martin über die Zeitungen suchen zu lassen, und damit war er einverstanden. So wird er gefunden, hat er gesagt. Ich weiß nicht einmal, ob ihm klar ist, warum sein Vater uns vielleicht tatsächlich verlassen hat. Er stellt sich vermutlich vor, er habe sich verlaufen oder so etwas.«

»Ach, Benedicte, meinst du wirklich? Wie alt ist er denn?«

»Elf.«

»Eben. In dem Alter kann man schon zwei und zwei zusammenzählen. Er weiß sicher genau, wie ernst diese Sache ist – auf die eine oder andere Art und Weise.«

»Vielleicht hast du recht.« Sie leerte das Glas mit einer schnellen Bewegung. »Es sähe ihm ähnlich, so zu tun, als wäre nichts, nur um mir eine Freude zu machen.«

»Wo ist er jetzt?«

»In der Schule.«

»Wäre es nicht besser, ihn zu Hause zu behalten, bis die Wogen sich geglättet haben?«

»Ich habe ihm gesagt, er dürfe gern zu Hause bleiben, weil die anderen ihm bestimmt eine Menge Fragen stellen würden und es vielleicht unangenehm werden könnte. Ich habe ihm sogar angeboten, zu Hause zu arbeiten, sodass wir zusammen wären. Aber er wollte in die Schule. Es ist der letzte Schultag vor den Weihnachtsferien.«

»Hast du ihn seit heute Morgen gesprochen?«

»Nein … wieso?«

»Ich meine, du warst doch selbst überrumpelt davon, wie die Medien diese Suchmeldung aufgeblasen haben, oder? Dazu die

Gerüchte, dass Martin für Peters Tod verantwortlich sein soll. Wird Anton nicht auch völlig überrascht davon sein? Vielleicht hat er es sich anders überlegt und will den Tag doch nicht mehr in der Schule verbringen?«

Benedicte spürte, wie ihr Magen sich plötzlich zusammenzog. Natürlich. Sie zog ihr Handy aus der Jackentasche und tippte eine SMS: *Wollen wir am Nachmittag zusammen schwänzen? Ich kann dich in einer halben Stunde abholen.*

Es verging weniger als eine halbe Minute, bis die Antwort eintraf. *Okay.*

Sie stand auf. »Du hattest recht«, sagte sie. »Er will nach Hause.«

»Ich bin manchmal klüger, als ich aussehe.« Axel schob seinen Stuhl zurück. »Willst du nicht einfach in den nächsten Tagen zu Hause bleiben?«

»Dann sehen wir uns erst nach Neujahr?«

»Wir können jeden Tag telefonieren, wenn du möchtest.«

Sie legte die Arme um ihn. »Ich vermisse dich jetzt schon.«

Verblüffenderweise war das sogar die Wahrheit, dachte sie, als sie sich küssten. Im Augenblick hatte sie tatsächlich das Gefühl, als sei Axel der einzige Halt in diesem Wirbelsturm, der momentan ihr Leben bestimmte.

Als sie sich losließen, sagte er: »Ich muss dir etwas sagen.«

»Ja?«

»Ich habe es Julie erzählt. Von uns.«

Ihr stockte der Atem. »Warum?«

»Die Polizei hat mich darum gebeten. Sie wollten heute mit uns reden, also mit Julie und mir. Gleichzeitig. Sie meinten, es sei das Beste, von vornherein reinen Tisch zu machen.«

»Und wie hat sie es aufgenommen?«

Axels Gesicht verzog sich zu einer kleinen Grimasse. »Gefreut hat sie sich jedenfalls nicht. Aber sie wirkte auch nicht sonderlich überrascht. Ich glaube, sie hatte bereits einen Verdacht.«

»Und jetzt?«

»Nichts. Bis auf Weiteres. Es sieht nicht so aus, als wollte sie es mit mir diskutieren.«

»Weiß sie, dass ich es bin?«

»Natürlich. Sonst wäre es ja nicht nötig gewesen, oder?«

Benedicte schüttelte den Kopf.

Sie ging auf die Tür zu, aber er legte ihr eine Hand auf den Arm. »Ich habe dich nie gefragt … Warum verdächtigt die Polizei eigentlich Martin, den Mord begangen zu haben?«

Benedicte hatte die Frage schon befürchtet. »Was meinst du?«

»Ich meine … Es ist ein sonderbarer Zufall, dass dein Mann an dem Abend verschwunden ist, an dem Peter ermordet wurde. Aber eine andere Verbindung gibt es doch nicht, oder? Die beiden kannten sich doch kaum.«

»Nein, sie haben sich nur ein paar Mal Guten Tag gesagt.« Sie drehte sich um, um zur Tür zu gehen.

»Da ist doch noch etwas, oder?« Axel hielt ihren Arm fest. »Was weißt du noch?«

»Was meinst du?«, fragte sie erneut.

»Es muss einen Grund geben, dass die Polizei ihn nicht einfach nur sucht, sondern ihn mit dem Mord in Verbindung bringt.«

Benedicte schüttelte den Kopf, ohne ihm in die Augen zu sehen. Die Polizei hatte sie ausdrücklich gebeten, die Details über das anonyme Schreiben für sich zu behalten. Andererseits … Axel hatte ein gewisses Recht, zumindest einen Teil der Geschichte zu erfahren.

Sie sah ihn an. »Er hatte auch einen Verdacht. Über uns.«

Axel runzelte die Stirn. »Aber was hat das …«

»Oder … nein, das war falsch. Nicht über uns. Er hatte gehört, dass ich eine Affäre mit einem der Inhaber habe.«

Jetzt stand er still. Er sah ihr in die Augen, und sie konnte geradezu sehen, wie die Gedanken durch seinen inneren Computer jagten. »Also hat er gedacht, du und Peter …«

»Ja. Das ist schließlich keine ganz abwegige Annahme. Mit Peter habe ich eng zusammengearbeitet, mit ihm bin ich oft ins Ausland gereist. Außerdem gab es ja noch …«

»… seinen Ruf, ja.« Axel nickte. »Man kann ja viel über mich sagen, aber noch nie hat jemand behauptet, ich sei ein Verführer.«

»Das liegt daran, dass sie dich nicht kennen.« Sie versuchte sich an einem Lächeln.

Es sah nicht so aus, als hätte er sie gehört. Er war noch immer in Gedanken versunken. Dann hob er den Kopf. »Heißt das, eigentlich hätte ich ermordet werden sollen?«

»Axel, niemand sagt …«

»Doch, genau das sagst du. Wenn sich herausstellt, dass Martin der Täter war, dann wäre ich eigentlich das Opfer gewesen.«

28

Der weiße Ford Mondeo Kombi stand auf dem Parkplatz neben dem Eingang zum Jachthafen von Christianssund. Der Parkwächter – einer von drei Zeugen, denen der Wagen aufgefallen war – hatte im Laufe des Wochenendes den Schnee in der Einfahrt und auf dem Parkplatz geräumt. Der Gartentraktor mit der rotierenden Schneebürste hatte jedoch nicht die Schneewehen um das zurückgelassene Auto beseitigt. Als Frank Janssen erschien, gruben die Techniker das Fahrzeug gerade erst aus, mit der größtmöglichen Vorsicht, um eventuelle Spuren auf dem Asphalt rund um den Wagen nicht zu vernichten. Als die oberste Schneeschicht abgetragen war, setzten sie ein Heißluftgebläse ein, um die darunterliegende Schneeschicht zu entfernen.

»Und wenn der Täter etwas auf den Schnee geworfen hat?«, fragte er Bjarne Olsen, der die größte Kabeltrommel des Labors heranschleppte. »Das ist doch dann weg?«

»Es hat erst am Samstagvormittag begonnen, so häufig zu schneien, und wir haben einen Zeugen, der den Wagen am Freitagvormittag hier gesehen hat. Die Wahrscheinlichkeit ist also gering.«

»Ah ja.« Bjarne ließ kurz sein merkwürdig gutturales Lachen hören und fuhr dann mit der mühseligen Arbeit fort. Frank stand zähneklappernd daneben und sah zu.

Nach einer Weile erschien Pia Waage. »Weiter seid ihr noch nicht?«, fragte sie, als ihr klar wurde, dass bisher niemand das Auto untersuchen konnte. Die Fenster waren vereist, man konnte noch nicht einmal hineinsehen.

Frank verkniff sich eine säuerliche Antwort und begnügte sich stattdessen mit einem Achselzucken.

»Ganz ehrlich«, sagte Bjarne. »Ihr fahrt besser zurück ins Präsidium. Hier können wir den Wagen sowieso nicht untersuchen.«

»Wieso nicht?«

»Wir müssen ihn auftauen. Er muss trocken sein, bevor wir ihn auf Fingerabdrücke und Spuren an den Außenseiten der Türen überprüfen können. Und wir werden ihn vorher nicht öffnen.«

»Tja«, erwiderte Frank, der seine Nasenspitze kaum noch spürte. »Hättet ihr das nicht früher sagen können?«

»Tut mir leid. Normalerweise machen wir uns direkt vor Ort ein erstes Bild, aber bei diesem Wetter geht das nicht.«

»Können wir nicht ein Fenster frei kratzen und einen Blick hineinwerfen?«

»Was glaubst du, was mit Fingerabdrücken passiert, die möglicherweise auf der Scheibe sind, wenn wir das tun?«

»Wann können wir uns den Wagen ansehen?«

»In zwei, vielleicht erst in drei Stunden.« Bjarne nickte in Richtung Vestre Havnevej, wo ein Abschleppwagen auftauchte. »Da kommt der Transporter.« Er drehte sich um. »Bis zum späten Nachmittag.«

»Wie bist du hergekommen?«, wollte Frank von Pia Waage wissen, als sie zu ihrem Dienstwagen gingen.

»Ein Streifenwagen hat mich mitgenommen.« Sie stieg ein. »Und jetzt?«

»Wenn die IT-Leute Wort gehalten haben, können wir uns in einer Stunde den Mailordner und Kalender von Peter Münster-Smith ansehen. Und wir müssen mit den Holkenfeldts reden. Ich habe vereinbart, dass wir um fünfzehn Uhr bei ihnen sind.«

»Ich bin hungrig.«

Er wandte ihr den Kopf zu. »Bist du das nicht ständig?«

Pia runzelte die Stirn, als müsste sie wirklich darüber nachdenken. »Nur beinahe«, erwiderte sie lächelnd.

Frank schüttelte den Kopf. Sie arbeiteten inzwischen seit Jahren zusammen, und es verblüffte ihn noch immer, wie viel seine Kollegin essen konnte, ohne dass man es ihr ansah. Essen war Pia Waages wesentliche Schubkraft, trotzdem war ihr Bauch flach, die Beine perfekt und der Hals unter der lockigen Mähne schlank. Er selbst musste ständig wahnsinnig aufpassen, wenn er nicht wie sein Vater mit Doppelkinn und Schmerbauch enden wollte. »Gehst du noch immer so oft ins Studio?«, sagte er.

»So oft?« Wieder lächelte Pia. »Ein paar Mal in der Woche. Und ich laufe, wenn es das Wetter erlaubt und wir nicht in Arbeit ertrinken.«

»Das erklärt natürlich einiges«, murmelte er und hielt vor dem neuen McDonald's. »Ich warte hier draußen«, sagte er. »Beeil dich.«

»Willst du nichts?«

»Nein danke. Ich glaube, ich mache ein paar Sit-ups zum Mittagessen.«

Als sie eine halbe Stunde später wieder im Büro waren, klingelte Franks Telefon. »Die Wachhabende«, meldete sich eine Frauenstimme. »Hier steht ein junger Mann. Er hat mir erzählt, was er gesehen hat, und ich dachte, das ist vielleicht wichtig für den Fall. Also den Millionärsmord.«

»Oje, benutzen wir diesen schwachsinnigen Begriff jetzt auch schon bei der Polizei?« Frank warf einen Blick auf die Uhr. Dreizehn Uhr war es erst in einer halben Stunde. »Ich hole ihn ab.« Er legte auf. »Bentzen«, sagte er auf dem Weg zur Tür. »Erinnere die IT-Jungs an ihr Versprechen. In einer halben Stunde ist Deadline.«

Thor Bentzen griff zum Telefon.

Der junge Mann saß auf einer der gepolsterten Bänke am Empfang. Er stand auf, als er Frank sah. Er war jünger, als Frank es erwartet hatte. Etwa zwanzig. Helle Haare, rote Wangen, ein großer Adamsapfel ragte zwischen dem offen stehenden Hemdkragen heraus.

»Hej«, grüßte Frank und streckte die Hand aus. »Frank Janssen.«

»Hjalte Frederiksen.«

Sie gingen in einen der kleineren Vernehmungsräume.

»Sie wollten uns etwas erzählen?«, begann Frank, als sie sich an dem kleinen Tisch gegenübersaßen.

»Na ja, ich weiß nicht, ob es etwas zu bedeuten hat. Meine Mutter meinte nur, dass die Polizei … man weiß ja nie, und es könnte sein …«

»Atmen Sie tief durch, Hjalte, lassen Sie mich entscheiden, ob es wichtig ist oder nicht, und erzählen Sie einfach mal der Reihe nach.«

»Okay.« Der junge Mann nahm die Aufforderung so wörtlich, dass Frank seinen sauren Atem riechen konnte. »Es war am letzten Freitag. Freitagmorgen. So gegen halb neun. Es war gerade hell geworden.«

»Ja?«

»Ich bin oben im Wald gelaufen. Es war schon ziemlich kalt, aber ich hatte im Wetterbericht gehört, dass auch noch eine Menge Schnee kommen würde, der auch liegen bleiben sollte, und da dachte ich, besser ich laufe jetzt. Wir haben ja Weihnachtsferien …«

»Weihnachtsferien, wovon?«

»An der Uni. Ich studiere Biologie.« Er räusperte sich, und der Adamsapfel sprang einmal auf und ab. »Also, ich war joggen.«

»Wo?« Frank stöhnte innerlich. Das würde eine lange und schwere Geburt werden.

»Oben bei den Dolmen.«

»Und was haben Sie dort gesehen?«

»Da stand ein Typ, der ein Feuer gemacht hat. Mitten im Wald.«

»Und?«

»Es roch so komisch. Nach … ich weiß auch nicht. Aber es roch jedenfalls nicht nach Gartenabfällen oder Holz.«

»Roch es nach verbranntem Gummi?«

»Ich weiß nicht, wie verbranntes Gummi riecht.« Hjalte sah Frank an. »Ist das nicht eigenartig? An einem Wintermorgen mitten im Wald ein Feuer anzuzünden? Ganz allein? Also, ich finde das komisch.«

»Sie haben völlig recht, das ist es.«

»Meine Mutter hat gesagt, die Polizei würde irgendwelche Sachen suchen, Schuhe und ... Ich dachte, vielleicht hat er die Sachen verbrannt.«

»Konnten Sie sein Gesicht sehen?«

»Nein, ich war zu weit weg und stand zwischen den Bäumen. Er trug einen dunklen Mantel und wahrscheinlich eine Mütze.«

»Wie weit waren Sie weg? Hundert Meter? Fünfzig?«

»Ich kann so etwas nur schwer schätzen, aber ich würde sagen, es waren eher hundert Meter.«

»Hat der Mann Sie gesehen?«

»Glaube ich nicht. Er hat sich jedenfalls nicht umgedreht.«

»Sind Sie sicher, dass es ein Mann war?«

Hjalte sah einen Moment aus dem Fenster. Dann schüttelte er langsam den Kopf und richtete den Blick wieder auf Frank. »Nicht hundertprozentig, nein, aber ich glaube es schon.«

»Haben Sie im Wald sonst noch etwas gesehen? Ein Auto zum Beispiel?«

»Nee, nicht bewusst. Aber es gibt am Waldrand mehrere Parkplätze.«

»Könnten Sie mir die Stelle zeigen, wenn ich eine Karte besorge?«

»Das weiß ich nicht, ich finde die Stelle, wenn wir dorthin fahren.«

»Sicher? Bedenken Sie, wie oft es in der Zwischenzeit geschneit hat.«

»Ganz sicher. Ich habe überlegt, ob ich den Mann beim Förster anzeigen soll. Ist doch total illegal, mitten im Wald ein Feuer anzuzünden. Deshalb habe ich mir gemerkt, dass er am Ende einer ziemlich großen Lichtung stand. Aber es war ja überall nass, also dachte ich mir, es besteht keine allzu große Brandgefahr, und habe ihn doch nicht angezeigt.«

»Und diese Lichtung würden Sie wiederfinden?«
»Ganz bestimmt.«
»Wissen Sie was?«, sagte Frank und stand auf. »Ich rufe ein paar Beamte, die mit Ihnen dorthinfahren. Außerdem informieren wir den Revierförster. Warten Sie hier so lange. Möchten Sie einen Kaffee?«

Ein Streifenwagen wurde mit dem jungen Zeugen auf dem Rücksitz losgeschickt. Frank rief das Labor an und erklärte ihnen die Arbeit, die vermutlich auf sie zukam. Bjarne Olsen fluchte. Als ob sie mit dem Auto nicht genug zu tun hätten. Sollten sie jetzt auch noch in einem ganzen Wald Schnee räumen?

In der folgenden Stunde sortierte Frank grob die Papierstapel und Telefonnachrichten, die sich auf seinem Schreibtisch angesammelt hatten. Als er auf den Plan für den Weihnachtsurlaub blickte, überlegte er, einen oder zwei Tage für Büroarbeiten zu nutzen. Er könnte Pia Waage die Ermittlungen überlassen. Aber das schaffte er sowieso nicht. Als jüngster Leiter einer dänischen Mordkommission musste er auf seinen Ruf achten. Man sollte ihm nichts vorwerfen können. Frank hatte viele Jahre unter Flemming Torp gearbeitet, er wusste genau, wie schwer dieses Erbe sein würde. Und der Hauptkommissar hatte sehr deutlich gesagt, wie wichtig dieser Fall für seine weitere Karriere war. Er musste den Fall lösen, und zwar so schnell wie möglich.

Den Papierkram zu vernachlässigen, war jedoch auch keine Lösung, egal, wie beschäftigt er war. Er würde sein Wochenende opfern müssen, obwohl es sich um den ersten und zweiten Weihnachtstag handelte, immer vorausgesetzt, der Fall war bis dahin so gut wie geklärt. Frank war eigentlich ziemlich optimistisch. Alle Spuren zeigten inzwischen in eine Richtung, und wenn die Untersuchung des Wagens bestätigte … Er nahm einen Block und erstellte eine Liste über die wichtigsten Aufgaben. Sie mussten sich darauf konzentrieren, Beweise gegen Martin Johnstrup zu finden. Das Auto, das Feuer im Wald, sollte es sich nicht um eine falsche Fährte handeln. Außerdem musste er eine Hausdurchsuchung im Haus des verschwundenen Zahnarztes erwirken. Das Gelände rund um den Jachthafen sollte ebenfalls so bald wie möglich überprüft werden. Es erforderte eine Menge Leute, aber es ließen sich sehr viele Überstunden sparen, wenn sie zunächst die Sammlung von Peter Münster-Smith' Eroberungen, das Bargeld in seinem Bankschließfach und den Verdacht, dass das Opfer eine Nebenbeschäftigung als Drogendealer hatte, vergessen würden. Hauptsache, sie fanden ein paar solide, handfeste Beweise noch vor Weihnachten, dann würde die Abteilung sogar wie geplant in den Weihnachtsurlaub gehen können. Und sollten sie Martin Johnstrup selbst aufspüren, wäre der Fall beinahe geklärt.

Ja, Konzentration ist der richtige Weg. Frank Janssen überflog den Stapel eingegangener Post, hielt aber mit einem Mal inne und blickte auf einen langen Computerausdruck in seiner Hand. Er hatte das letzte Teilchen des Puzzles gefunden.

29

Als er mit dem Ausdruck in der Hand das große Büro betrat, saßen Pia Waage und Thor Bentzen vor ihren Bildschirmen. Es war ganz still im Raum.

»Und?«, fragte Frank. »Hat die IT-Abteilung geliefert?«

»Ja.« Pia blickte auf. »Bentzen überprüft den Kalender und ich die Mail-Ordner. Danach teilen wir die Dokumente des ›Privat‹-Ordners auf. Wir arbeiten daran, bis wir fertig sind.«

»Und Gerner? Ist er noch bei den Befragungen?«

Pia nickte. »Wir fahren um drei zusammen zu Axel Holkenfeldt, oder?«

»Wärst du so nett, den Termin auf siebzehn Uhr zu verlegen und Gerner so schnell wie möglich hierher zu beordern?«

»Wieso das denn?«

»Wir müssen eine Strategiesitzung abhalten. Außerdem will ich einen Blick auf das Auto werfen, bevor wir aufbrechen. Bjarne Olsen sagt, wir können es uns um drei ansehen.«

Kurz darauf war die gesamte Abteilung im Gemeinschaftsbüro versammelt. Die Gruppe bestand inzwischen aus einer erklecklichen Anzahl von Leuten. Außer den festen Mitarbeitern waren vier Männer aus anderen Abteilungen zur Unterstützung der Ermittlungen abgestellt, vorläufig bis Weihnachten. Die Angst, das Budget für Überstunden während der Weihnachtstage zu überziehen, hatte die Verhandlungen mit dem Hauptkommissar sehr erleichtert.

Frank begann mit einem kurzen Briefing, damit die Neuen wussten, worum es genau ging, dann präsentierte er seine Überlegungen zu einer neuen Gewichtung der Aufgaben.

»Was ist mit der Durchsicht des Kalenders und der Mails von Peter Münster-Smith?«, wollte Thor Bentzen wissen. »Ist das inzwischen egal?«

»Nein. Wir benötigen sämtliche Informationen, die wir bekommen können. Aber wir müssen nicht allem sofort nachgehen. Konzentrieren wir uns zunächst auf alles, was mit Martin Johnstrup zu tun hat.«

»Das ist rasch erledigt.« Thors kompakter Körper lehnte am Türrahmen. »Ich habe den Kalender von Münster-Smith nach den Begriffen ›Martin‹ und ›Johnstrup‹ durchsucht, sie tauchen nicht ein einziges Mal auf, weder einzeln noch als Kombination. Benedicte Johnstrup wird lediglich ›Benedicte‹ genannt.«

»Und die Mails, Waage?«

»Sind überprüft«, antwortete Pia. »Die einzige Johnstrup, die mit Münster-Smith kommuniziert hat, ist Benedicte. Ich bin dabei, sämtliche Mails durchzusehen, die sie ihm geschrieben hat. Bisher deutet nichts darauf hin, dass ihr Verhältnis mehr als rein professionell gewesen sein könnte.«

»Ist das nicht eigenartig?«, überlegte Frank. »Der Mann besprang doch offenbar alles, was nicht bei drei auf den Bäumen war, und Benedicte ist doch ausgesprochen gut aussehend. Ist es wahrscheinlich, dass er nie den Versuch gemacht hat, etwas mit ihr anzufangen?«

»Wir können sie ja fragen«, erwiderte Pia. »Vielleicht hat er es ja tatsächlich mal versucht und ist so gründlich abgewiesen worden, dass es dabei geblieben ist.«

»Vielleicht. Oder er wusste von Axel Holkenfeldts Affäre mit ihr.«

Es wurde still im Raum. Frank spürte die Unruhe der Gruppe, ohne dass er den Grund benennen konnte. »Was ist?«, fragte er nach einigen Sekunden.

Svend Gerner räusperte sich. »Wir sollten auch weiter für andere Theorien offen sein«, meinte er.

Frank sah die beiden anderen an und traf auf Pias Blick. »Was sagst du, Waage?«

»Du kennst meine Meinung. Ich sehe es wie Gerner. Meiner Ansicht nach weist nicht alles so eindeutig auf Martin Johnstrup hin. Ich finde auch«, fügte sie rasch hinzu, als sie sah, wie Frank den Mund öffnete, um ihr zu antworten, »dass sein Verschwinden zum Zeitpunkt des Mordes sonderbar ist, dennoch ...«

»Es gab ja auch dieses anonyme Schreiben«, warf Thor ein.

Frank unterbrach ihn. »Die Genehmigung kam heute Morgen, und ich habe hier den Ausdruck der Telefongesellschaften.« Er hielt einige Blätter in die Luft. »Wir haben Anruflisten von Telia, der Telefongesellschaft von Münster-Smith, und von TDC, wo Martin Johnstrup Kunde war.«

»Und?«

»Nun ja, ich hatte noch keine Zeit, mir die Liste ganz genau anzusehen. Aber eine Sache springt ins Auge.« Er blätterte in einer der Listen. »Am Donnerstag, den 16. Dezember hat Martin Johnstrup drei Mal auf dem Mobiltelefon von Peter Münster-Smith angerufen.«

»Was?«

»Um 14:10, 15:35 und 17:04 Uhr«, fuhr Frank fort, ohne den Gesichtsausdruck seiner Mitarbeiter zu beachten. Er zeigte auf die andere Liste. »Keiner der Anrufe wurde angenommen, Peter Münster-Smith hat um 17:08 Uhr zurückgerufen. Das Gespräch dauerte etwas über vier Minuten.«

»Alter Schwede!«, rief Svend Gerner. »Dann haben sie eine Stunde vor dem Mord miteinander telefoniert?«

»Vermutlich haben sie ein Treffen vereinbart«, erklärte Frank und legte die Listen auf Pias Schreibtisch. »Ich habe keinerlei Zweifel, dass Martin Johnstrup unser Täter ist.«

»Ja, ja«, erwiderte Pia nach einer kurzen Pause. »Vermutlich hast du recht, Frank. Das ist zweifellos ein gutes Indiz. Es gibt trotzdem viele andere Fragen in diesem Fall, die grundsätzlich untersucht werden sollten. Das Bargeld aus dem Bankschließfach, der Drogenverdacht, mögliche Rachemotive der Frauen aus seinem Archiv, ein Motiv der Erben ...«

»Seine Haupterben waren Tausende Kilometer weit weg.«

»Ja, aber nicht Julie Holkenfeldt. Oder Vera Kjeldsen.«

»Richtig.«

»Beide haben kein Alibi.«

»Nein, aber …« Frank lehnte sich auf dem Stuhl zurück. »Soweit ich es beurteilen kann, gibt es mehrere Menschen mit einem Motiv, Peter Münster-Smith zu ermorden. Wir müssen Schwerpunkte setzen. Wenn man die Wahrscheinlichkeiten gegeneinander abwägt, ist und bleibt es Martin Johnstrup, der ins Auge springt. Sind wir darin einer Meinung?«

Vereinzelte Zustimmung war zu hören.

»Ich habe jedenfalls beschlossen, dass wir bis auf Weiteres dieser Spur folgen. Ich sage nicht, wir sollten alles andere ignorieren, wir versuchen nur, diese Theorie primär zu verfolgen. Okay?«

»Okay«, lenkte Pia ein, und auch vom Rest der Gruppe kam bestätigendes Murmeln.

»Die vordringlichste Aufgabe ist es, ihn zu finden.«

»Ja.«

»Gerner, mit wem hast du heute gesprochen?«, fuhr Frank fort.

»Die junge Andersen und ich haben mit …«, er zählte die Personen an den Fingern auf, »… der Marketingassistentin Malene Nissen, Axel Holkenfeldts Sekretärin Inge Sejer, der Empfangsdame Linda Christensen und Münster-Smith' Sekretärin Kit Klassen gesprochen.«

»Eine reines Damenkränzchen«, kommentierte Frank lächelnd.

»Kann man wohl sagen.«

»Ist irgendetwas Interessantes dabei herausgekommen?«

»Na ja, Malene Nissen … Das war die, über deren Facebook-Profil Waage Sara Bang gefunden hat.« Gerner sah in die Runde, um sich zu versichern, dass alle zuhörten. Die junge Andersen, eine etwa dreißigjährige Beamtin mit dem Vornamen Lotte, saß aufrecht in ihrem Stuhl und hielt ihren Notizblock im Schoß. »Malene kannte Peter Münster-Smith nur sehr oberflächlich und hatte offensichtlich vor, ihm eins auszuwischen. Jedenfalls wollte sie deshalb seine Facebook-Freundin werden.« Er räusperte sich. »Genützt hat es ihr nichts. Ansonsten klang es nicht so, als hätte sie irgendetwas Neues beizutragen, und ich wollte die Vernehmung schon beenden, als sie plötzlich eine Bemerkung machte, die Andersen die Ohren spitzen ließ.« Er nickte der Kollegin kurz zu, die errötete, als sie die Blicke der Kollegen spürte. »Zwei Minuten später hat das Mädel uns alles erzählt, was sie über die Gepflogenheit von Peter Münster-Smith wusste, seine Damenbekanntschaften mit Drogen zu versorgen.«

»Hat er gedealt?« Pia warf die Frage in den Raum.

»Nein, er hat nichts verkauft. Sie sagt, er habe es verschenkt.« Gerner zuckte mit den Schultern. »Also das Kokain. Er konnte es sich schließlich leisten. Und er hatte offenbar immer reichlich von dem Zeug dabei.«

»Hat Malene auch etwas bekommen?«

»Einmal. Alles andere wusste sie von Freundinnen.«

»Hat sie noch mehr ausgeplaudert?«

»Eigentlich nicht. Die meiste Zeit hat sie geheult. Ich glaube, sie hatte Angst davor, wir würden sie einsperren.«

»Und die anderen?«, fragte Frank nach.

»Ich fürchte, da ist nichts von Interesse. Inge Sejer streitet jede Kenntnis des anonymen Hinweises ab.«

»Kann sein, dass ich selbst noch einmal mit ihr rede. Benedicte Johnstrup war sich ihrer Sache ziemlich sicher.«

»Herzlich willkommen. Auch sie hat viel geheult.«

»Ihr habt also für heute euren Teil an weiblichen Tränen gehabt«, konstatierte Frank.

»Ja danke. Allerdings gilt das nicht für die Empfangsdame. Sie bestätigte in aller Ruhe, dass Peter Münster-Smith das Gebäude ein paar Minuten vor fünf verließ und kurz nach fünf zurückkehrte.

Das stimmt mit der Aufzeichnung der Bank überein, sodass wir sicher sein können, dass er die Patek-Philippe-Uhr am Donnerstag um siebzehn Uhr selbst abgeholt hat.«

»Gut«, sagte Frank. »Noch ein Detail geklärt.«

»Dasselbe erklärt Kit Klassen, die Sekretärin von Münster-Smith. Er ist kurz vor siebzehn Uhr gegangen und war kurz nach siebzehn Uhr zurück. Bei seiner Rückkehr hat er wohl telefoniert und ihr nur kurz zugenickt, als er in sein Büro ging. Sonst hatte sie ihrer ersten Aussage nichts Neues hinzuzufügen.«

Frank nickte vor sich hin. »Gut«, sagte er noch einmal. »Die Sitzung ist beendet.« Er erhob sich. »Wir kommen noch einmal zusammen, wenn wir heute Abend von den Holkenfeldts zurück sind.«

»Aber ...« Lotte Andersen öffnete zum ersten Mal in der Nähe ihres Chefs den Mund.

»Ja?« Frank sah sie an.

»Heute Abend ist doch die Weihnachtsfeier. Unten in der Kantine. Sie beginnt ...« Lottes Gesichtsausdruck wurde unsicher, als sie Franks Blicks sah. »... um sieben. Und wenn wir zuerst noch ...«

»Wir treffen uns hier, sobald wir zurück sind«, wiederholte Frank so ruhig wie möglich. »Und gehen danach zur Weihnachtsfeier, falls sich nicht irgendetwas Neues ergeben hat.«

Auf dem Weg in die Werkstatt sah Pia ihn an. »Weißt du noch, wie du vor ein paar Jahren gewesen bist, Janssen?«

»Wie bitte?«

»Was die Weihnachtsfeiern anging, meine ich.«

»Ich habe nicht das Geringste gegen Weihnachtsfeiern«, erwiderte er irritiert. »Aber doch nicht mitten in den Ermittlungen über einen Mordfall.«

»Ja, ja, beiß mir nur den Kopf ab.«

Er antwortete nicht.

Martin Johnstrups Ford Mondeo stand in der Werkstatt, sämtliche Türen und die Kofferraumklappe waren weit geöffnet. Ein junger Kriminaltechniker in Schutzanzug, Plastikmütze, Atemschutzmaske und Latexhandschuhen, der eher aussah wie ein Karnevalsastronaut, beugte sich in einer unbequemen Haltung über den Vordersitz, während er die Inneinrichtung des Wagens mit einer Taschenlampe untersuchte.

»Das hier haben wir gefunden«, sagte Bjarne Olsen und hielt ein Mobiltelefon hoch. »Es hat keinen Saft mehr, aber sobald wir ein Ladekabel beschafft haben, überprüfen wir den Inhalt.«

»Und wenn ihr eine PIN braucht?« Frank nahm das Telefon in die Hand.

»Dann wird uns der Importeur oder die Telefongesellschaft helfen. Das ist kein Problem. Morgen früh können wir dir etwas liefern.«

»Wir haben seine Anrufliste.«

»Ja, nur stehen sicher keine Kurznachrichten drauf.«

»Nein.« Frank gab ihm das Handy zurück. »Was lag sonst noch im Wagen?«

»Landkarten, ein Taschenschirm, ein paar Benzinquittungen, Eispapier und ein paar Micky-Maus-Hefte. Das Übliche. Und das hier.« Er hielt eine Plastiktüte mit einer Packung Prince Light hoch. »Die lag im Handschuhfach.«

»Laut seiner Frau hat er längst aufgehört«, sagte Pia.

»Vielleicht hat er heimlich geraucht?«, meinte Frank. »Sind Fingerabdrücke darauf?«

»Jede Menge. Ihr bekommt so schnell wie möglich Antworten, ich persönlich glaube, dass Frank recht hat. Kippen im Handschuhfach kenne ich gut.« Bjarne stieß sein kehliges Lachen aus. Pia gewöhnte sich allmählich daran. »Und warum sollte auch ein Fremder seine Zigaretten in sein Handschuhfach gelegt haben?«

Frank zuckte mit den Schultern. »Es könnte jemand sein, der sie vor vielen Monaten in Martins Auto vergessen hat. Er hat sie dann ins Handschuhfach gelegt, damit sie nicht herumfliegen. Keine Ahnung.«

»Hol dir einen Kaffee, Elmer«, forderte Bjarne den jungen Techniker auf, der ohne zu antworten rückwärts aus dem Auto kroch und es den Kripo-Beamten überließ. Pia zeigte auf einige unregelmäßige Flecken auf dem Beifahrersitz. »Was ist das?«

»Blut«, erwiderte Bjarne.

»Wieso hast du das nicht gleich gesagt?« Frank ging zur rechten Vordertür des Wagens. »Menschliches Blut?«

»Es wird gerade analysiert.« Bjarne stellte sich neben ihn. »Es ist Blut am Boden, hier vor dem und auf dem Beifahrersitz. Außerdem gibt es sehr kleine Blutspritzer an der rechten Seite der Rückenlehne des Fahrersitzes, ob sie von derselben Person stammen, wissen wir noch nicht.« Er richtete sich auf. »Wie gesagt, es wird gerade untersucht.«

»Dort ist ein schwacher Schuhabdruck.« Pia zeigte auf den Boden vor dem Beifahrersitz.

»Haben wir bemerkt, danke. Er ähnelt den Abdrücken am Tatort. Wir vergleichen das so schnell wie möglich.«

»Fantastisch«, sagte Frank. »So wie es aussieht, sind wir auf dem richtigen Weg.«

»Zweifellos«, räumte Pia Waage ein. »Aber warum sind die meisten Blutspuren auf dem Beifahrersitz?«

»Ich vermute«, erläuterte Bjarne Olsen, »dass er sich ins Auto gesetzt hat, um sich umzuziehen. Draußen war es saukalt, und er wollte vielleicht nicht unnötig auf der Straße auffallen.«

»Aber warum auf dem Beifahrersitz.«

»Da ist mehr Platz. Hier ist doch das Lenkrad im Weg, und schau mal«, er zeigte auf den Handgriff, »der Sitz ist ganz zurückgeschoben.«

»Das verstehe ich trotzdem nicht«, wandte Pia ein. »Glaubst du, er hat sich mit dem blutigen Overall ins Auto gesetzt und dort umgezogen? Warum hat er den Overall denn nicht ausgezogen, bevor er aus dem Haus gegangen ist? Ich meine, warum sollte er das Risiko eingehen, in einem blutbespritzten Overall gesehen zu werden?«

»Schwer zu sagen, Waage«, mischte Frank sich ein. »Vielleicht ist er in Panik geraten. Darauf deutet ohnehin vieles hin. Denk nur daran, wie der Mord ausgeführt wurde. Dilettantisch.«

»Oder umgekehrt«, entwickelte Bjarne eine weitere Theorie. »Vielleicht ist er total ausgefuchst. Wenn er den Overall am Tatort ausgezogen hätte, wäre das Risiko, eine Spur zu hinterlassen, weitaus größer gewesen – Haare, Hautpartikel, Textilfasern. Vielleicht war er so abgebrüht, dass er die wenigen Meter vom Tor zum Parkplatz gerannt ist.«

Pia nickte geistesabwesend. »Ich bin gespannt, was wir auf dem Telefon finden werden.«

»Und last, but not least.« Bjarne hielt eine Hand vor Franks Gesicht. Zwischen Daumen und Zeigefinger baumelte ein Ford-Zündschlüssel mit einem goldenen Metallanhänger in Form eines großen M. »Der steckte im Zündschloss.«

»Mysteriös.« Frank schaute auf die Außenseite der Vordertür, ohne sie anzufassen. Deutliche Spuren von violettem Fingerabdruckpulver auf dem weißen Lack. »Habt ihr da etwas gefunden?«

»Blutspuren am Handgriff und auf der Beifahrerseite. Jede Menge Fingerabdrücke auf beiden Türen.«

»Die gerade analysiert werden«, vollendete Frank den Satz. »Danke, Olsen. Wir bleiben in Verbindung.«

30

Der Meister hatte sich zum Frühstück ein Sandwich mit Schweinebraten mitgebracht. Christina lief das Wasser im Mund zusammen, aber bei ihrem Lohn konnte sie sich derartigen Luxus nicht leisten. Sie riss die Alufolie um ihr Pausenbrot auf und versuchte, an etwas anderes zu denken. Nick hatte sich auch etwas zu essen von zu Hause mitgebracht, eine Plastikdose mit Salat, kalter Pasta und Hühnchen. Überwiegend Hühnchen. Ohne Dressing. Sieht nicht besonders interessant aus, dachte sie und biss in ihre Stulle mit Käse.

»Gut, dass Sie uns helfen, Meister«, sagte Nick zwischen zwei Bissen. »Sonst hätten wir es nicht rechtzeitig geschafft.«

Finn Frandsen nickte und schluckte. »Es ist manchmal ganz schön, mal wieder was Richtiges zu arbeiten«, sagte er dann. »Sonst gerät man völlig aus dem Tritt.«

»Tja, das wäre nicht so gut«, entgegnete Nick. »In Ihrem Alter.«

Die beiden Männer lachten.

»Was hat Jørn eigentlich?«, erkundigte sich Christina.

»Er ist die ganze Nacht auf dem Topf gesessen«, antwortete Finn. »Vielleicht hat er irgendwas gegessen, das ihm nicht bekommen ist.« Er biss von seinem Sandwich ab. Ein Stückchen Rotkohl fiel heraus und landete in seinem Vollbart.

»Er war schon gestern nicht so richtig fit«, meinte Nick. »Vielleicht steckte ihm da schon etwas in den Knochen.«

»Äh, wie unangenehm«, sagte Christina. »Und das direkt vor Weihnachten.«

»Ist 'ne ziemliche Scheiße«, grinste Nick. »Buchstäblich.«

Der Rotkohl wippte im Takt, als Finn in das Lachen einstimmte. Christina wandte den Blick ab.

Nach der Mittagspause strich sie ein letztes Mal die Wände »ihres« Büros. In zwei Tagen hatte sie es geschafft, die Glasfasermatten anzubringen, die Kanten und Ecken zu verfugen, die Wand zu grundieren und zwei Mal zu streichen. Nicht schlecht. Jetzt fehlt nur noch das Holz, dachte sie, als sie kurz darauf die Malerrolle beiseitelegte und die Ränder strich. Dann räumte sie das Stockwerk auf. Im Radio war *P3* eingestellt, eine klare Verbesserung gegenüber *Voice*. Es hatte durchaus seine Vorteile, dass der Meister für Jørn aushalf. Ansonsten war das Vergnügen begrenzt – zumindest aus Christinas Sicht. Mit Nick war überhaupt nicht zu reden. Er verhielt sich merkwürdig kriecherisch, wenn Finn in der Nähe war, und der Meister selbst war auch ziemlich ermüdend, wenn man ihn allzu lange ertragen musste, dachte sie und fegte Glasfasern in den langen Flur. Er musste permanent darauf hinweisen, wie unglaublich großherzig es war, dass er einen ganzen Tag mitarbeitete, und wie progressiv und vorausschauend es gewesen war, einen weiblichen Lehrling einzustellen. Glücklicherweise konnte Christina in ihrem kleinen Raum selbstständig arbeiten, während die beiden Männer die Arbeiten im Korridor und im Sitzungszimmer zu Ende führten.

Als sie den Müll in den Container geworfen hatte, reinigte sie die Pinsel und Rollen, die nicht mehr benötigt wurden – auch das gehörte zu ihrer Arbeitsbeschreibung als Lehrling.

Finn steckte den Kopf zu ihr herein. »Sehr gut, Christina, wir schaffen es.«

»Klasse.« Christina sah ihn an. »Kommen Sie eigentlich morgen auch, Meister?«

»Wenn Jørn noch krank ist, ja. Schließlich trage ich die Verantwortung dafür, dass alles fertig wird«, erklärte er und drückte den Rücken durch. »Wenn es darauf ankommt, stehe ich meinen Mann.«

Christina murmelte irgendetwas und wandte sich wieder ihrer Arbeit zu. Sie hasste es, die Malerrollen zu reinigen. Pinsel waren okay, aber die Rollen waren wirklich ermüdend. Egal, wie oft man sie schrubbte und spülte, es kamen immer noch Farbreste heraus. Warum war der Meister nur so geizig? In anderen Firmen warfen sie die gebrauchten Rollen einfach weg, wenn ihre Aufgabe erfüllt war. Christina drückte die Rolle erneut aus, bis milchig weißes Wasser zwischen ihren feuerroten Fingern hervorquoll.

»Na«, sagte Finn kurz darauf, als sie sich alle drei anzogen, um nach Hause zu gehen. »Sag deinem Vater mal einen Gruß von mir, Christina.«

»Danke.« Sie hing ihren Overall über eine Leiter. »Werd ich machen.«

»Wie geht's ihm denn?«, erkundigte sich Finn.

»Ach, es geht so. Die Stimmung schwankt, aber so ist das nun mal.«

Finn bat sie noch einmal, ihn zu grüßen, und verschwand im Treppenhaus.

Nick hatte sich in einen der weißen Plastikgartenstühle gesetzt und schnürte seine Stiefel. Christina blieb stehen und knöpfte ihre Mantelknöpfe unablässig auf und zu, um es so aussehen zu lassen, als würde sie sich den Mantel anziehen, sollte Nick aufblicken. Aber er tat es nicht. Er blieb so lange sitzen und fummelte an seinen Schnürbändern, dass Christina den Verdacht hatte, er würde den gleichen Trick versuchen wie sie. Keiner der beiden sagte ein Wort. Es war so still, dass man auf der Kingos Allé einen Lastwagen bremsen hörte.

Dann stand er auf und zog die schwarze Mütze über die Ohren.

»Kommst du mit zum Training?«

»Wann?«

»Ich muss nur kurz mit Stalin Gassi gehen. Wir könnten uns um fünf im Studio treffen.«

Christina sah ihn an. Fragen schwirrten ihr durch den Kopf. Was willst du eigentlich von mir? Warum hast du mich neulich zurückgewiesen? Bin ich dir zu hässlich? Bin ich nicht solariumgebräunt genug? Nicht genügend tätowiert? Zu wenig pornomäßig? Laut sagte sie nur: »Okay.«

Die Straßen waren inzwischen einigermaßen geräumt, nur an den Straßenrändern lagen noch hohe Schneewälle, und die Radwege waren nicht ungefährlich. Christina hatte ihr Fahrrad an diesem Morgen stehen gelassen. Nun musste sie den Bus nach Hause nehmen, ihr Trainingszeug einpacken, rasch eine Schale Müsli essen und mit dem Bus zum Studio fahren. Dass ich dazu noch Lust habe, dachte sie, als sie endlich einen freien Sitzplatz im Bus gefunden hatte. Es gab ein ausgezeichnetes Fitnesscenter ganz in der Nähe ihrer Wohnung, und vermutlich waren deren Umkleideeinrichtungen erheblich besser als in Nicks Club. Wenn sie ganz ehrlich sein sollte, gab es nur einen einzigen Grund für diese Expedition: Sie wollte mit Nick zusammen sein. Aber wie lächerlich war das eigentlich, wenn man es recht bedachte? Er hatte ihr ziemlich deutlich zu erkennen gegeben, dass sie gewaltig danebenlag, als sie neulich versucht hatte, ihn zu verführen. Sie hatte sich noch dazu einigermaßen ungeschickt angestellt und schämte sich, wenn sie daran dachte.

Als sie das Studio betrat, war sie so mutlos, dass sie beinahe wieder umgedreht und den nächsten Bus nach Hause genommen hätte.

Nach dem Training hatte der Endorphin-Rausch die schlechte Laune einigermaßen vertrieben. Irgendwie würde sich schon alles klären, meinte sie, als sie den Umkleideraum verließ und Nick sah, der am Eingang mit einem anderen Typen redete.

»Gehen wir noch irgendwo hin?«, fragte er, als sie auf der Straße standen.

»Wohin denn?«

»In ein Café oder so. Vielleicht auch ein Restaurant. Hast du Hunger?«

»Total. Aber ich bin absolut pleite. Ich habe alles für Weihnachtsgeschenke ausgegeben.«

»Ich lade dich ein«, sagte Nick, und kurz darauf saßen sie in einem Bistro an der Hafenpromenade. Er bestellte ein großes Steak, sie den Entenbraten mit Beilagen.

»Wer weiß ...«, begann sie, nachdem sie sich eine Weile gegenübergesessen hatten, ohne ein passenderes Thema gefunden zu haben. »Vielleicht sollte man Jørn mal anrufen.«

»Weshalb?«

»Um zu hören, wie es ihm geht, natürlich. Wenn er krank ist und ganz allein im Bett liegt, also ...«

»Jørn?« Nick sah sie an. »Er ist doch nicht allein. Wer hat dir das denn erzählt?«

»Das dachte ich mir so.« Christina unterbrach sich und merkte, wie sie rot wurde. Sie war der festen Überzeugung, dass ein Mann mit einem so unglücklichen Aussehen nur Junggeselle sein konnte. Er sah ja wirklich nicht aus wie ein Traumprinz.

»Jørn ist verheiratet und hat zwei kleine Kinder«, erzählte Nick und goss Mineralwasser in sein Glas. »Ich dachte, du wüsstest das. Deshalb achtet er immer so darauf, pünktlich Feierabend zu machen.«

»Arbeitet seine Frau?«

»Sus? Zurzeit ist sie zu Hause.«

»Kennst du sie?«

Er nickte. »Sogar richtig gut. Sie bräuchte ganz dringend ein paar Stunden im Fitnesscenter, das kannst du mir glauben, sie ist eine ziemliche Matrone. Aber unheimlich nett, und Jørn ist verrückt nach ihr.«

»Das ist doch gut.«

»Eigentlich ...« Nick hielt inne.

»Eigentlich was?«

»Wenn es die beiden nicht gäbe, wüsste ich nicht, wo ich heute wäre.«

»Was soll das denn heißen?«

»Na ja, als ich mit der Lehre angefangen habe, war ich ernsthaft am Arsch.« Er sah sie an. »Ich habe jeden Tag Joints durchgezogen und gesoffen und so. Ständig gab es Prügeleien, zu Hause war die Hölle los.«

»Wie hast du das denn hingekriegt? Der Meister ist ja nicht gerade tolerant.«

Nick breitete die Arme aus. »Jørn hat mich gedeckt, wenn ich zu spät kam, und als meine Mutter mich rauswarf, durfte ich ein paar Monate auf Jørns und Sus' Sofa schlafen, bis ich eine Wohnung gefunden habe. Damals erwarteten sie gerade Emma.«

»Das war aber nett von ihnen.«

»Nett? Das war meine Rettung. Die Monate, in denen ich bei ihnen wohnen durfte ... Sie haben mir klargemacht, dass ich mir nur selbst schade. Ich habe aufgehört zu rauchen und mit all den anderen Sachen auch. Seitdem rühre ich keinen Alkohol mehr an.«

»Bist du deshalb so ...« Christina zeigte auf sein Mineralwasser. »Ich meine, du ernährst dich ja total vernünftig und so.«

»Kann schon sein, dass es ein bisschen übertrieben wirkt, für mich gilt halt entweder oder. Und ehrlich gesagt, kann ich mich so, wie ich heute bin, besser leiden.«

Das Essen kam, und eine Weile unterhielten sie sich nur darüber, was sie auf dem Teller hatten.

Als Nick sein Steak gegessen hatte, legte er Messer und Gabel beiseite und sah Christina an. »Du«, sagte er nach ein paar Sekunden, »die Sache am letzten Samstag ...«

»Oh. Das ist mir total peinlich.«

»Ich wollte dich wirklich nicht verletzen, Chris.«

»Müssen wir darüber reden?« Christina hatte erst die Hälfte ihrer Portion aufgegessen, aber mit einem Mal keinen Appetit mehr. Sie schob den Teller weg. »Können wir das nicht einfach vergessen, Nick?«

»Ich war nur so überrascht.«

»Nick, bitte.«

»Willst du wirklich nicht darüber reden?«

»Nein.«

Die Situation war mehr als unangenehm. Sie versuchten sich an den verschiedensten Themen – Fernsehserien, die sie beide mochten (ein Thema, das schnell überstanden war), beruflicher Klatsch (ebenfalls), Training (ein engagierter Nick-Monolog), aber Christinas Kopf war nur halb bei der Sache. Sie überlegte die ganze Zeit, was am Samstag eigentlich passiert war. Warum hatte sie sich eingebildet, dass Nick attraktiv war? Plötzlich verstand sie es nicht. Sie betrachtete ihn, als er über ein Trainingsprogramm redete, das die amerikanischen Navy Seals anwendeten, und wie wichtig es war, direkt nach dem Training leicht verdauliches Protein einzunehmen. Er war nett, aber war er nicht auch ein bisschen langweilig? Und dann all dieser Muskel- und Solarium-Mist. Zum Gähnen. Eigentlich war das nicht besonders männlich mit diesem strikten Ernährungsplan, oder? Es war ja eine Sache, wenn Frauen die eine oder andere Diät auf sich nahmen, aber wenn ein Mann sein Leben darauf ausrichtete, sich stets richtig zu ernähren, war das nicht gerade sexy. Viel zu spät bemerkte sie, dass sein Redestrom versiegt war, so sehr war sie in ihre Gedanken vertieft. Nick betrachtete sie. Wie lange wohl schon? Hatte er sie etwas gefragt? Oh, Mist, dachte sie und tat so, als würde sie etwas in ihrer Tasche suchen.

Als der Kellner kam und fragte, ob sie noch einen Nachtisch oder vielleicht eine Tasse Kaffee wollten, lehnten beide dankend ab.

Erst als sie vor der Tür standen und in verschiedene Richtungen gehen wollten, sahen sie sich wieder an.

»Freunde?«, sagte er.

»Aber natürlich«, antwortete sie und zündete sich eine Zigarette an. Sie inhalierte tief und stieß den Rauch wieder aus. »Umarm Stalin von mir.«

»Mach ich. Er ist viel zu oft allein.«

»Kannst du ihn nicht zwischendurch mal zur Arbeit mitnehmen?«

Nick lächelte. »Was glaubst du, was der Meister dazu sagen würde? Und Jørn? Er hat regelrecht Angst vor dem Hund.«

»Stalin ist in Ordnung.«

»'ne Menge Leute sind da anderer Meinung. Wenn man einen Kampfhund hat, muss man sich damit abfinden, dass die Menschen die Straßenseite wechseln.« Nick zog die Mütze über die Ohren. »Dabei ist Stalin sanft wie ein Lamm.«

31

Als Christina im Bus zum Training fuhr, stand Axel Holkenfeldt am anderen Ende der Stadt vor seinem Barschrank. Er füllte sein Whiskyglas halb und leerte es in einem Zug. Dann füllte er es erneut, schraubte den Verschluss auf die Flasche und ging zu der Sofagruppe, auf der seine Frau saß und ihn beobachtete.

»Ich würde es begrüßen, wenn du nicht so viel trinken würdest«, sagte sie.

»Es wird schon nichts passieren, nur weil ich mir ein Gläschen gönne«, erwiderte er und nahm ihr gegenüber Platz.

»Wir sollten besser im Vollbesitz unserer geistigen Kräfte sein, wenn sie uns verhören.« Julie zog ihren Rock über die Knie. »Ich sage es nur.«

»Bist du wütend auf mich?«

»Vor weniger als vierundzwanzig Stunden hast du mir erzählt, dass du mit einem der Mädchen aus der Firma schläfst. Was glaubst du wohl?«

»Benedicte ist nicht ›eines der Mädchen‹, sie ist unsere Kommunikationschefin, und sie ist nicht wesentlich jünger als du.« Als er den Gesichtsausdruck seiner Frau sah, hätte er sich die Zunge abbeißen können. »Nicht, dass es eine Rolle spielen würde«, fügte er hastig hinzu.

Julie ließ seine Replik eine Weile im Raum hängen. Dann: »Liebst du sie?«

»Müssen wir ausgerechnet jetzt darüber reden?«, wich er aus und trank einen ordentlichen Schluck Whisky. »Die Polizei wird gleich hier sein.«

»Es ist eine ganz simple Frage. Ja oder nein?«

»Nein, das ist nicht simpel. Die Antwort lautet, dass ich es nicht weiß.«

»So einfach kommst du mir nicht davon.«

Er sah sie an. »Willst du die Scheidung?«

»Wer verlangt jetzt nach einer simplen Antwort auf eine schwere Frage?« Sie blickte auf ihre perfekt lackierten Nägel. »Du hast recht, Axel. Lass uns später darüber reden.«

Sie blieben einige Minuten in der unangenehmen Stille sitzen, bis das Geräusch der Klingel sie aufschreckte. Axel erhob sich, blieb aber neben dem Sessel stehen, während er die Geräusche aus dem Flur verfolgte. Er hörte Mais klare Stimme, verstand die einzelnen Worte jedoch nicht. Dann hörte man Schritte auf dem harten Mahagoniboden des Flurs, und die Tür ging auf.

Kommissar Janssen und seine Partnerin grüßten. Jede Spur von Bitterkeit war aus Julies Gesicht verschwunden, als sie die Gäste bat, Platz zu nehmen und ihnen eine Tasse Tee anbot – was sie ebenso höflich ablehnten. Axel kannte seine Gattin gut genug, um sich noch über ihre Selbstkontrolle zu wundern.

Alle vier saßen um den Couchtisch. Frank Janssen räusperte sich. »Sind Sie über das Testament von Peter Münster-Smith informiert?«, begann er.

Julie nickte. »Ich erbe zwanzig Prozent seines Aktienanteils.«

»Hat Sie das überrascht?«

»Das kann man wohl sagen.«

»Wir haben auch gehört, dass er seiner Haushälterin eine Million vererbt hat«, sagte Axel. »Man kann viel über Peter sagen, aber er war immer großzügig.«

»Was kann man über Peter Münster-Smith denn sonst sagen?«, hakte Frank nach.

»Was meinen Sie?«

»Sie haben gerade gesagt ›Man kann viel über Peter sagen‹ – deshalb frage ich. Was kann man denn über ihn sagen?«

»Oh.« Axel nippte an seinem Drink. »Das ist doch nur so eine Redensart.«

»Redensarten bilden die Wahrheit häufig recht genau ab.« Frank sah ihn an, und als er keine Antwort bekam, fuhr er fort: »Sie kannten Peter Münster-Smith am besten, nicht wahr? In jedem Fall am längsten.«

»Wir haben seit Anfang der achtziger Jahre zusammengearbeitet.«

»Und Sie waren auch privat befreundet, oder?«

»Ja.« Axel sah hinüber zu Julie, die ruhig seinen Blick beantwortete. »Damals weit mehr als heute.«

»Was heißt das? Haben Sie sich zerstritten?«

»Nein, überhaupt nicht«, erwiderte Axel Holkenfeldt. »Wir haben uns nur nicht mehr so oft gesehen wie früher, das ist alles.« Er räusperte sich. »Passiert nicht genau das, wenn man erwachsen wird und sich für verschiedenen Lebensmodelle entscheidet?«

»Ich weiß es nicht. Erzählen Sie es mir.«

Axel warf der Ermittlerin einen Blick zu, die ihn mit ihren klaren braunen Augen betrachtete. »Nun ja, es stimmt, wir waren sehr verschieden, Peter und ich. Ich habe geheiratet, wir haben ein Kind bekommen, mein Leben ist insgesamt etwas bürgerlicher verlaufen als Peters. Er hat immer noch so gelebt, als wäre er zwanzig. Feten, Partys, eine Menge Damenbekanntschaften. Das war nicht meine Sache.« Er hielt inne, spürte den Blick seiner Frau auf sich. Wieder räusperte er sich. »Dennoch hatten wir ein großes gemeinsames Interesse, und das war die Firma. Wir waren immer gute Partner. Und was bedeutete es schon, dass wir außerhalb der Arbeitszeit getrennte Wege gingen. Im Grunde war das egal.«

»Wie funktionierte diese professionelle Partnerschaft? Waren Sie immer einer Meinung bei den zu fassenden Beschlüssen?«

»Ein paar Dinge sollten Sie wissen.« Axel schaltete den Autopiloten ein, als er die Aufteilung der Verantwortungsbereiche zwischen den Inhabern von Petax Entreprise erläuterte, so wie er es unzählige Male vor Wirtschaftsjournalisten oder bei Geschäftspartnern getan hatte. Er sei für alles Interne und das rein Fachliche verantwortlich, während Peter sich überwiegend um neue Kontakte, Imagepflege und Kommunikation gekümmert hatte. Dass ihr Finanzdirektor sich immer mit beiden beraten hätte, bevor er größere Veränderungen vornahm, und wie sie die Zusammenarbeit mit dem Aufsichtsrat und den Minderheitsaktionären organisiert hatten.

»Okay, Sie hatten zusammen die absolute Mehrheit, aber wenn einer von Ihnen sich mit den Minderheitsaktionären verbündet hätte ...«

»... wenn sie denn untereinander einig wären«, warf Axel ein. »Ja, dann hätte einer von uns in die Minderheit kommen können. Nur, das ist wirklich rein hypothetisch.«

»Sie waren sich immer einig?« Pia Waage hatte bisher nur dagesessen und sich Notizen gemacht.

»Selbstverständlich konnten wir unterschiedlicher Ansicht sein. Wie gesagt, wir waren sehr verschieden, und Peters Herangehensweise an neue Projekte war vorsichtig ausgedrückt anders als meine. Dennoch kann ich Ihnen ruhigen Gewissens sagen, dass wir auch nicht ein einziges Mal eine Diskussion beendet haben, ohne uns geeinigt zu haben.«

»Und wer hat gewonnen?«

»Es war nie eine Frage des Gewinnens. Wir haben uns geeinigt«, wiederholte Axel und stellte sein leeres Glas auf den Couchtisch. »Petax ist schließlich kein Kindergarten.«

»Ich höre, was Sie sagen, Axel, aber ich muss die Frage dennoch wiederholen: Wer gewann? Es gibt immer einen, der seinen Willen besser durchzusetzen kann, und ich würde wetten, dass Sie ganz genau wissen, wer das gewesen ist.«

»Also ...«, setzte Axel an.

»Es war Axel«, unterbrach ihn seine Frau. »Peter konnte eine Menge Lärm machen, mit den Armen rudern und sich auf die Brust trommeln wie ein Gorilla. Wenn es zur Sache kam, hat Alex auf seine ruhige Art stets seinen Willen durchgesetzt.«

»Das dachte ich mir«, sagte Pia.

»Man nennt das natürliche Autorität«, fügte Julie hinzu und korrigierte den Sitz ihres Rockes.

Axel zuckte mit den Schultern, gleichzeitig geschmeichelt und irritiert. Was ging das diese Polizisten an? Streng genommen war es eine Art Geschäftsgeheimnis.

»Das klingt, als würden Sie sich mit diesen Dingen gut auskennen, Julie«, nahm Frank den Faden auf und beugte sich ein wenig vor, die Ellenbogen auf die Knie gestützt. »Sie sind nicht direkt in die Firma involviert, oder?«

»Es könnte durchaus sein, dass ich mich wieder etwas mehr für die Belange der Firma interessiere, jetzt, da ich Miteigentümerin werde. In den ersten Jahren war ich sehr eingebunden, dann kam Caroline und ...« Sie verzog das Gesicht. »Heute habe ich meine eigene Firma. Aber das habe ich Ihnen ja bereits erzählt.«

»Diskutieren Sie hier zu Hause über Petax?«

Julie drehte sich zu Axel um. »Das kommt schon vor«, sagte sie nach einer kleinen Pause. »Alles andere wäre doch merkwürdig.«

Frank nickte. »Was glauben Sie, Julie, warum hat Peter Münster-Smith Ihnen ein so großes Aktienpaket hinterlassen?«

Julie schüttelte den Kopf. »Das habe ich mich auch schon gefragt.«

»Könnte es etwas mit der Untreue Ihres Mannes zu tun haben?«

Axel zuckte zusammen. »Was bilden Sie sich ein?«

»Immer mit der Ruhe«, erwiderte Frank. »Ich denke nur laut nach. Wenn Peter von Axels Affäre wusste und sicherstellen wollte, dass er bei Ihnen bleibt?«

»Nein, das ist wirklich ...«

»Warte, Axel, lass ihn bitte ausreden«, sagte Julie.

»Indem er dafür sorgte, dass Sie bei einem eventuellen Streit zwischen Ihrem Mann auf der einen und seinen Erben auf der anderen Seite das Zünglein an der Waage sind. Dann wäre es absolut im Interesse Ihres Gatten, dass er sich mit Ihnen verbündet.«

Axel wollte etwas sagen, aber Julie hob eine Hand, um ihn zu aufzuhalten.

»Als hätte ich diese Art von Schutz nötig. Warum in aller Welt sollte sich Peter dafür interessieren, ob Axel und ich zusammenbleiben oder nicht?«

»Ja, das frage ich mich auch.« Frank sah sie an. »Haben Sie eine Idee?«

Axel erhob sich mit dem leeren Glas in der Hand. »Wollen Sie etwa unterstellen, meine Frau hätte eine Affäre mit Peter gehabt?«, fragte er mit erzwungener Ruhe. »Meinen Sie nicht, dass Sie ein wenig zu weit gehen?«

Frank sah weiterhin unverwandt Julie an. »Haben Sie eine Idee, Julie?«, wiederholte er.

»Nein, weiß Gott nicht«, erwiderte sie. »Nicht, wenn es um den Gedanken geht, den Sie meinem Mann gerade eingepflanzt haben.«

»Da war doch etwas, oder? Eine Verbindung, die über eine normale Bekanntschaft hinausging?«

»Peter und ich kannten uns ein Leben lang.«

Die beiden Kriminalpolizisten warteten stumm auf eine Fortsetzung, doch es kam nichts mehr. Julie hatte die Knie zusammengelegt und ihren Rock fest darübergezogen.

Axel ging zum Barschrank und goss sich ein weiteres Glas ein. Nachdem er sich wieder gesetzt hatte, zog Pia Waage eine Fotokopie aus ihrer Mappe.

»Haben Sie das schon einmal gesehen?«, fragte sie, als sie Julie das Blatt zuschob.

Als Axel die beiden kurzen Zeilen unter dem merkwürdig gestreiften Ausdruck sah, wusste er, worum es sich handelte. Benedicte hatte nichts von einem anonymen Schreiben erzählt. So etwas muss es wohl sein, dachte er.

»Nein.« Julie legte das Blatt Papier zurück auf den Tisch. »Sollte ich?«

»Es wurde Martin Johnstrup zugespielt, irgendwann, bevor er verschwand.«

»Sie glauben, das war der Grund, dass er ...« Julie sah zum ersten Mal für einen Augenblick lang so aus, als könnte sie die Fassung verlieren. Dann schüttelte sie wieder den Kopf. »Das hat nichts mit mir zu tun.«

»Sie müssen zugeben, dass es durchaus naheliegend wäre. Wenn Sie die Beziehung Ihres Mannes zu Benedicte Johnstrup unterbinden wollten, ohne ihn selbst damit zu konfrontieren, meine ich.«

»Ich wusste nichts von dieser Affäre, bevor mir Axel davon erzählte.«

»Gut. Dann haben Sie sicher nichts dagegen, morgen auf dem Präsidium vorbeizuschauen, damit wir Ihre Fingerabdrücke nehmen können.«

»Morgen? Ich habe keine Zeit. Kann das bis halb acht erledigt sein?«

»Sie können jetzt mit uns kommen.«

»Viel besser.« Sie stand auf. »War das alles?«

»Nicht ganz«, sagte Frank. »Es gibt noch eine Kleinigkeit, die uns stört.« Er wandte sich an Axel. »Wissen Sie, ob Peter Münster-Smith andere Einnahmequellen hatte?«

»Worauf wollen Sie hinaus?«

»Verdiente er noch mit anderen Dingen Geld als mit Petax Entreprise?«

»Ganz bestimmt sogar«, antwortete Axel und sah seiner Frau hinterher, die in den Flur ging. »Er war ein sehr geschickter *Player* auf dem Aktienmarkt, und mit seinem privaten Geld handelte er mit Immobilien. Ich mache übrigens das Gleiche.«

»Wissen Sie, ob er gerade ein Geschäft mit Bargeld abgewickelt hat?«

»Ich verstehe die Frage nicht.«

»Wir haben eine hohe Summe Bargeld in seinem Bankschließfach gefunden. Dänische Kronen und ausländische Valuta.«

»Na und?« Axel zuckte mit den Schultern. »Peter war ein steinreicher Mann, wenn das Ihrer Aufmerksamkeit entgangen sein sollte. Ob er sein Geld in Immobilien und Aktien investiert oder sich Bargeld in sein Schließfach gelegt hat, ging mich nichts an.«

»Also hatten Sie nie den Verdacht einer kriminellen Aktivität?«

»Was soll das denn? Erst verdächtigen Sie meine Frau, mit Peter geschlafen zu haben, dann wird sie beschuldigt, einen anonymen Brief geschrieben zu haben, und jetzt wollen Sie Peter zum Drogenhändler stempeln?«

»Ich habe kein Wort von Drogen gesagt. Wie kommen Sie darauf?«

»Ach«, knurrte Axel und stand auf. »Das Ganze ist doch lächerlich, völlig aus der Luft gegriffen.«

Endlich standen auch die beiden Ermittler auf.

Axel gab ihnen nicht die Hand, als sie das Haus verließen, aber als sie mit seiner Frau den Gartenweg hinuntergingen, sah er ihnen hinter einer Gardine verborgen nach. Nachdem sie gefahren waren – die Polizisten in einem blauen Mondeo, Julie in ihrem eigenen Wagen –, blickte er in sein Glas. Ein paar Tropfen waren noch übrig. Er setzte das Glas an die Lippen und legte den Kopf in den Nacken.

32

Vera Kjeldsen hatte ihren eigenen privaten Teil der Wohnung immer hoch geschätzt. Aber noch nie war sie so dankbar dafür wie jetzt. Sie schloss die Tür, vollkommen erschöpft nach zwei Tagen in Gesellschaft von Peters Erben.

Die aristokratisch aussehende Charlotte Münster-Smith war mit ihren Designerkoffern am Sonntagabend aufgetaucht und erwartete eine Bedienung wie in einem Luxushotel – sie war unzufrieden mit der Größe der Handtücher, die Vera herausgelegt hatte; sie wollte Tee einer ganz besonderen Mischung, die sie aus London mitgebracht hatte, und sie hatte eine Reihe von ergänzenden Wünschen für das Frühstück. Vera musste zuerst einmal einkaufen gehen. Charlotte beschwerte sich über die Temperatur in der Wohnung, egal wie Vera die Klimaanlage auch einstellte. Nur zwei Stunden in Charlottes Gesellschaft hatten Vera in einen Zustand versetzt, in dem sie sicher war, dass ein tüchtiger Strafverteidiger auf mildernde Umstände plädieren würde, wenn sie das Weibsstück umgebracht hätte.

Einen Tag später trafen Bruder Ulrik und seine Familie ein. Ja, Familie. Es kamen nicht nur der Mann und seine Frau, wie von

Charlotte angekündigt, sondern auch ein neun Jahre altes Zwillingspaar, das Vera gegenüber von Anfang an eine feindselige Haltung einnahm, weil sie nur Zimmer für die Erwachsenen vorbereitet hatte. Während sie ein weiteres Gästezimmer herrichtete, saßen die beiden Mädchen nebeneinander auf der Sofakante und sahen ihr mit einem vollkommen identischen, hochmütigen Gesichtsausdruck zu. Sie konnte nicht einmal mit ihnen reden. Wie ihre Mutter, eine modeldürre, schwarze Schönheit mit dem Namen Sophia, sprachen sie nur Englisch. Vera verstand einzelne Worte, selbst brachte sie nur ein »Yes« oder »No« heraus.

Keiner von Peters Geschwistern sah aus, als wäre er in Trauer. Sie redeten ausschließlich über praktische Dinge. Die Beerdigung, den Einsatz der Polizei, die Firma, das Testament. Über das Testament wunderten sie sich. Sie hatten nichts gesagt, als der Anwalt Peters letzten Willen mit ihnen durchging, doch Vera hatte ihnen ihre Verblüffung darüber angemerkt, dass diese kleine, vertrocknete Frau eine ganze Million erben sollte. Tatsächlich reagierten sie nicht annähernd so verwundert über den viel wertvolleren Aktienposten, den Axel Holkenfeldts bekommen würde. Aber Julie gehörte natürlich in gewisser Weise zu ihnen, dachte Vera und öffnete ihren Kühlschrank, um den Rest der Lasagne herauszunehmen, aus der heute ihr Abendessen bestand.

Ulrik Münster-Smith war ein einigermaßen umgänglicher Mann, wie Vera rasch feststellte. Jedenfalls im Vergleich zu seiner Schwester, nur waren er und seine Familie zu Hause in Kapstadt Dienstboten gewöhnt, das merkte man. Niemand räumte hinter sich auf. Wenn den Kinder irgendetwas auf den Boden fiel, ließen sie es einfach liegen. Brauchten sie es sofort wieder, richteten sie ihre mandelförmigen Augen auf Vera und zeigten mit einer selbstverständlichen Handbewegung auf den Gegenstand, damit sie ihn aufhob. Als es zum ersten Mal passierte, war Vera so verblüfft, dass sie sich kaum rühren konnte. Ihr Blick suchte die Gesichter der Eltern, doch Ulrik war in eine Wirtschaftszeitung vertieft, und die Mutter der Mädchen kommentierte den fragenden Blick der Haushälterin nur mit erhobenen Augenbrauen und einem kaum sichtbaren Nicken. Selten hatte sie sich so gedemütigt gefühlt wie in dem Moment, als sie sich bückte und die Gabel des jungen Fräuleins aufsammelte. Sie legte sie auf den Tisch und verschwand sofort in ihr Zimmer.

Als Sophia Münster-Smith klar wurde, dass Vera nicht daran dachte, die Koffer der Familie auszupacken, tauschte sie einen vielsagenden Blick mit ihrer Schwägerin aus, bevor sie mit einem Seufzen im Schlafzimmer selbst damit begann. Ulrik schien von dem, was vor sich ging, weder etwas zu hören noch zu sehen.

Am nächsten Morgen setzte sich das munter so fort. Die fünf Gäste erwarteten ein Serviceniveau, das weit über die Vereinbarungen hinausging, zu denen Vera eingestellt worden war. Selbstverständlich wollte sie sich der Gäste des Hauses annehmen, das verstand sich von selbst, zu Peters Zeiten hatte sie sich jedoch niemals so missbraucht gefühlt. Noch am Vormittag nahm sie Ulrik zur Seite und erklärte ihm, was in ihrer Arbeitsbeschreibung stand. Putzen, Einkauf, Waschen und Bügeln. Mehr nicht. Sie bot an, ihm den Vertrag zu zeigen, woraufhin er nur den Kopf schüttelte und das Missverständnis entschuldigte. Er wollte mit den beiden Frauen sprechen. Daraufhin wurde sie von der Familie so behandelt, als sei sie giftig. Niemand sah sie direkt an, und niemand sagte mehr als das absolut Notwendige, wenn sie in der Nähe war.

Vera legte die Lasagne auf einen Teller und stellte ihn in die Mikrowelle. Während sie wartete, bügelte sie die Bluse, die sie am kommenden Tag anziehen wollte. Bügeln beruhigte sie jedes Mal.

Sie hörte sie durch die Tür. Sie aßen in der großen Küche – eine Mahlzeit, die der lokale Thai-Imbiss geliefert hatte, dazu tranken sie ein paar Flaschen guten Rotwein. Vera hatte Ulrik den dunklen, temperierten Raum gezeigt, in dem der Wein aufbewahrt wurde. Allerdings schienen die kostbaren Tropfen die Stimmung rund um den polierten Redwood-Tisch nicht sonderlich zu heben. Eine fröhliche Familie ist das nicht, dachte sie. Sie sprachen leise und verhalten miteinander; sogar die beiden Mädchen sprachen gedämpft und antworteten höflich, wenn sich die Erwachsenen an sie wandten. Nicht ein einziges Mal wurde gelacht oder erhob jemand auch nur die Stimme. Natürlich konnte das am Tod ihres Bruders liegen, doch Vera bezweifelte das. Sie vermutete, dass diese Leute einfach so waren.

Es war kaum zu glauben, dass es sich um leibliche Verwandte von Peter handelte, die da draußen sitzen, ging ihr durch den Kopf, während sie die Bluse fertig bügelte und den Kragen dämpfte, bis er perfekt saß. Peter war immer so munter und guter Laune gewesen. Jedenfalls fast immer. Natürlich hatte es auch Tage gegeben, an denen er müde und gestresst war, Zeit für eine freundliche Bemerkung fand er normalerweise trotzdem. Manchmal hatte er sie geradezu aufgezogen. Eigentlich gehörte Vera nicht zu den Personen, die man einfach so verulkte. Peter hatte es trotzdem getan. Er hatte sie zum Lachen gebracht, wenn sie sich über einen Fleck auf dem Jackett oder ein allzu spätes Gelage vor einer Auslandsreise beschwerte. Ein paar Mal hatte er sich sogar angeschlichen und sie gekitzelt. Wer weiß, ob sie jemals wieder so auf den Arm genommen werden würde. Sie bemerkte einen feuchten Fleck auf der Bluse, über die sie sich beugte. Und noch einen.

Vera schaltete das Bügeleisen ab, wobei sie sich irritiert die Tränen aus den Augen wischte. In diesem Moment teilte die Mikrowelle mit, dass ihr Abendessen fertig war. Sie aß langsam und sorgfältig, während ihre Gedanken weiter um Peter kreisten. War sie in ihn verliebt gewesen? Vielleicht ein bisschen. Jedenfalls mochte sie ihn, und das war mehr, als man von den meisten Menschen sagen konnte, mit denen er sich umgab. Wenn sie an die dreizehn Jahre zurückdachte, die sie für ihn gearbeitet hatte, wusste sie nicht, wie viele Gäste er bewirtet hatte. Immer war er der Mittelpunkt der Feste gewesen; derjenige, mit dem alle befreundet sein wollen. Trauerte jetzt auch nur ein einziger dieser Menschen um ihn? Oder waren sie ebenso unbeeindruckt wie seine Familie dort draußen?

Als ihr Teller geleert war, hatte auch die Gesellschaft in der Küche aufgegessen und den Raum verlassen. Vera öffnete die Tür einen Spalt weit und versicherte sich, dass sie fort waren. Aus dem Wohnzimmer hörte sie den Fernseher. Hastig räumte sie die Reste der Mahlzeit auf, stellte die Spülmaschine an und wischte über den Tisch und den Boden, bevor sie ihren Arbeitstag beendete.

Sie zog ihren weichen Hausanzug an und setzte sich mit einem Glas Portwein an den Computer. Auf ihre Anzeige war noch keine einzige Antwort gekommen. Sie musste sich eingestehen, dass die Nachfrage nach Vollzeithaushälterinnen ausgesprochen gering war. Okay, dann musste Plan B greifen: eine eigene Wohnung, ein anderer Job und beides gerne ungefähr gleichzeitig. Vera leerte ihr Glas und füllte es erneut, bevor sie mit der Suche nach einer Wohnung begann. Am Nachmittag hatte Peters Anwalt sie über ihr Erbe informiert. Selbst nach Abzug der Erbschaftssteuer blieb noch eine ordentliche Summe übrig, mit der sie eine Genossenschaftswohnung anzahlen könnte. Sie studierte die Liste der mehr oder weniger infrage kommenden Objekte auf dem gemeinsamen Portal der Wohnungsmakler. Einige Wohnungen fand sie interessant und schickte den betreffenden Maklern eine Nachricht, mit der Bitte um einen Besichtigungstermin. Die Übernahme einer der Wohnungen war auf den 1. Februar festgesetzt, die andere, mit der sie besonders liebäugelte, wurde am 1. März frei. Na, es wird doch, dachte sie und nippte an dem Portwein. Mit etwas Glück konnte sie bis dahin in Peters Wohnung bleiben.

Vera atmete tief durch und begann mit der Arbeitssuche. Putzen war das Naheliegendste, also schickte sie Bewerbungen an sämtliche lokalen Firmen, die sie im Netz finden konnte. Sie konnte es sich nicht leisten, anspruchsvoll zu sein. Die Arbeitgeber liefen nicht gerade auf der Straße zusammen, um eine Frau ihres Alters einzustellen.

In den anderthalb Stunden, die sie vor dem Bildschirm saß, wurden es einige Gläschen Portwein, und Vera spürte, dass sie sich allmählich besser fühlte. Sie, die eigentlich jede Form der Veränderung hasste, lebte regelrecht auf bei dem Gedanken an ihr neues Leben. Es war viele Jahre her, dass sie eine eigene Wohnung hatte, und möglicherweise war ja auch ein ganz normaler Job eine gute Abwechslung. Als sie gegen Mitternacht den Computer beiseiteschob, hatte die Kombination von Portwein und Zukunftsträumen ihren Kopf befreit und ihren Körper erhitzt. Sie spürte, wie die Hitze sich in ihrem Unterleib sammelte. Ja, warum nicht? Das wäre ein guter Abschluss eines anstrengenden Tages, dachte sie und ging zu dem Regal mit den versteckten DVDs. Vera betrachtete eine Weile die bunten Hüllen. Sie hatte sich wieder und wieder durch diese Filme gehört, und um die Wahrheit zu sagen, hatte sie keine rechte Lust, einen davon einzulegen.

Plötzlich kam sie auf eine Idee. Sie öffnete die Tür zur Küche, blieb einen Moment in der Dunkelheit stehen und horchte. Es war ganz so, wie sie es sich gedacht hatte. In der Wohnung war es vollkommen still. Die Gäste waren zu Bett gegangen.

Vera ließ ihre Slipper fallen und ging ins Wohnzimmer. Sie hatten Tassen und Gläser stehen lassen, die Stehlampe an einer der Sofagruppen brannte noch. Sie schlich durch den Flur zum Schlafzimmer, das heiße Gefühl in ihrem Unterleib brannte bei jedem Schritt. Hin und wieder blieb sie stehen und horchte, sie hörte keinen Laut, weder hier noch vom Flur mit den Gästezimmern.

Sie wusste sehr gut, dass es heute Abend nur eine schwache Chance gab. Ulrik und Sophia Münster-Smith waren seit vielen Jahren verheiratet, ein Doppelbett war für sie nicht notwendigerweise gleichbedeutend mit Sex, aber vielleicht habe ich ja Glück, dachte Vera, die nun das Schlafzimmer erreicht hatte. Sie legte das Ohr an die Tür und richtete ihre ganze Aufmerksamkeit auf das Geschehen dort drinnen. Sie schliefen nicht, so viel war sicher. Sie hörte Ulriks Stimme, Sophia antwortete irgendetwas. Dann wurde es still. Und es blieb still. Vielleicht las ja jeder in einem Buch? Vielleicht schliefen sie. Immerhin bestand die Möglichkeit für etwas anderes, und mit dieser Möglichkeit arbeitete Veras Fantasie. Die Stille konnte beinahe ebenso erregend sein wie Geräusche, sie stellte sich Ulriks Kopf zwischen Sophias langen, kaffeebraunen Beinen vor. Ihr Hals, der sich kapitulierend nach hinten bog. Seine Hand an ihrer Brust. Die zurückgehaltenen Atemzüge, die langsamen, genussvollen Bewegungen. Vera steckte die Hand in ihre Velourshose, hinunter zwischen die warmen, pulsierenden Schamlippen. Mit dem Ohr an der stillen Tür ließ sie ihre Finger kreisen.

»Was um alles in der Welt machen Sie denn da?«

Die Deckenlampe wurde eingeschaltet. Vera zog die Hand aus der Hose, wirbelte herum und blinzelte ins Licht. Am Ende des Flurs stand Charlotte mit einem Glas Wasser in der Hand. Sie trug einen langen, perlgrauen Seidenkimono, ihr Gesicht war verzerrt vor Entsetzen.

»Masturbieren Sie etwa?«

»Aber nein«, erwiderte Vera verwirrt. »Ich ... ich wollte das Wohnzimmer aufräumen, und dann dachte ich, dass jemand von Ihnen vielleicht noch ...«

»Das ist eine Lüge«, fauchte Charlotte, die nun direkt vor Vera stand. Ihre Augen, die sie abgeschminkt hatte, sahen nackt und bedrohlich aus. »Sie haben da gestanden und gelauscht. Was für eine Ferkelei!«

»Sie irren sich.« Vera versuchte sich loszureißen, aber Charlotte hatte ihren Arm fest im Griff. »Ich käme doch nie auf die Idee ...«

Charlotte hob Veras Hand und schnüffelte daran. Dann verzog ihr Gesicht sich endgültig zu einer Grimasse. »Und was ist das für ein Gestank? Was? Pfui Teufel!«

Vera riss sich los. »So war das nicht!« Sie fing an zu weinen und begrub das Gesicht in den Händen. Sowohl in der sauberen Hand wie auch in der, die tatsächlich Duftspuren der abgebrochenen Séance aufwies.

»Was geht hier vor?« Ulrik war jetzt dazugekommen. Er stand mit einem gestreiften Schlafanzug und zerwühlten Haaren in der Schlafzimmertür. »Charlotte?«

»Dieses ekelhafte alte Weib hat an eurer Tür gestanden und gelauscht, während sie ...« Charlotte unterbrach sich beim Anblick ihrer Schwägerin, die jetzt auch an die Tür gekommen war. »Na ja, das könnt ihr euch ja denken.«

»Sie hat masturbiert?«

»Ja.«

»Aber weshalb?«, wandte sich Ulrik an Vera. »Es gab doch gar nichts zu hören?«

Plötzlich lief Vera um Charlotte herum, die versuchte, ihr den Fluchtweg abzuschneiden, und rannte quer durch die Wohnung in ihre eigenen Zimmer. Sie drehte den Schlüssel um, schlug die Hände vors Gesicht und weinte vor Verzweiflung.

Es verging vielleicht eine Viertelstunde. Dann klopfte es an der Tür.

»Vera?« Es war Ulriks Stimme.

Sie antwortete nicht.

»Vera, ich muss mit Ihnen reden. Schließen Sie bitte auf.«

»Gehen Sie!«, schrie sie. Tief in ihrem Inneren wusste sie, dass sie nichts mehr zu verlieren hatte.

»Wollen Sie wirklich nicht öffnen?«, fragte er noch einmal.

»Nein!«

»Tja, dann muss ich es durch die Tür sagen.«

Sie schniefte.

»Wir haben darüber gesprochen ...« Er räusperte sich. »Wir fühlen uns nicht sicher, solange Sie im Haus sind, Vera. Nicht nachdem das geschehen ist. Ich muss Sie bitten, einen Koffer zu packen und sich einen anderen Ort zum Schlafen zu suchen.«

»Jetzt?«

»Vielleicht nehmen Sie sich einfach ein Hotelzimmer.« Und als keine Antwort kam, fügte er hinzu: »In zehn Minuten rufe ich ein Taxi.«

MITTWOCH, 22. DEZEMBER 2010

33 »Und wo soll ich inzwischen hin? Und mein Sohn?« Benedicte sah von einem ernsten Polizisten-Gesicht ins andere. »Er schläft noch, aber er bekommt doch einen Schock, wenn er aufwacht und sieht, wie Sie das Haus durchwühlen.«

»Vielleicht können Sie ihn für ein paar Stunden irgendwo anders hinbringen? Wir werden vorsichtig mit Ihren Sachen umgehen und hinterher ordentlich aufräumen«, versprach Pia Waage und faltete den Durchsuchungsbeschluss zusammen. Sie steckte das Blatt Papier in ihre Schultertasche und sah Benedicte an. »Wir haben keine andere Wahl.«

Frank Janssen hatte Benedicte Johnstrup gerade erklärt, dass Martin Johnstrup inzwischen als Hauptverdächtiger in dem Mordfall galt. Seinen Argumenten war schwer zu widersprechen, und Benedicte gab es auch sehr schnell auf, obwohl sie nicht glaubte, dass die Schlussfolgerungen der Polizei richtig waren. Es musste eine andere Erklärung geben. Martin, der in all den Jahren ihrer Ehe niemals zur Gewalt neigte, konnte kein Mörder sein, dachte sie, als sie die Treppe zu Antons Zimmer hinaufging.

Ihr Sohn hatte die Bettdecke über den Kopf gezogen, nur die Füße ragten unten heraus. Benedicte wurde von ihren Gefühlen überwältigt, sie musste ihn irgendwie aus dem Haus bringen, ohne dass ihn die Anwesenheit der Polizei noch mehr durcheinanderbrachte.

Sie setzte sich auf die Bettkante und stieß ihren schlafenden Sohn sanft an. »Anton.«

Nach ein paar Versuchen zog er die Bettdecke herunter und öffnete die Augen einen Spalt weit.

»Komm, Schatz, aufstehen.«

»Wie spät ist es denn?«

»Gleich neun.«

Er blinzelte ins Licht. »Wieso muss ich dann schon aufstehen? Ich habe Weihnachtsferien?«

»Wir fahren in die Stadt und kaufen vielleicht irgendeine Kleinigkeit.«

Anton sah sofort ein wenig wacher aus. »Was?«

»Du kannst dir eins deiner Weihnachtsgeschenke aussuchen.«

Er setzte sich halb auf. »Wie?«

»Ich würde dir gern ein neues Xbox-Spiel schenken, aber ich kenne mich da nicht so aus. Vielleicht ist es besser, wenn du es dir selbst aussuchst.«

Das war ein billiger Trick, der ganz offensichtlich funktionierte. Anton war bereits aus dem Bett gestiegen und suchte seine Hose. Er hielt inne. »Darf ich's dann erst Heiligabend spielen?«

Benedicte hatte ein sauberes Sweatshirt aus dem Schrank genommen. »Nein, ich glaube, in diesem Fall machen wir eine Ausnahme.« Sie reichte ihm den Pullover. »An Heiligabend habe ich andere Geschenke für dich.«

»Super!«

Anton war angezogen. Das dürfte sein persönlicher Rekord gewesen sein, dachte seine Mutter. In diesem Moment hörten sie die Haustür zufallen.

»Papa!«, schrie Anton und riss sich los. Bevor Benedicte ihn aufhalten konnte, war er aus dem Zimmer gerannt und stand auf dem Treppenabsatz, von wo aus er den Eingangsbereich überblicken konnte. Als sie zu ihm kam, schaute er auf einen Polizeibeamten.

Frank Janssen war an der Tür stehen geblieben und stapfte sich den Schnee von den Schuhen. Er lächelte dem Jungen zu.

»Wer sind Sie?«, wollte Anton wissen.

»Das ist ein Polizist, Schatz«, erklärte Benedicte. »Sie müssen ein paar Dinge überprüfen. Sie wollen uns helfen, Papa zu finden.«

Er sah sie an. Die Haut um seine Augen und an den Nasenflügeln wurde hellrot. Er kämpfte mit den Tränen.

»Komm, Schatz.« Benedicte legte die Arme um ihren Sohn. Anton wand sich aus der Umarmung seiner Mutter. »Komm schon, Anton, du musst dir noch die Zähne putzen, bevor wir gehen.«

Er wischte sich die Augen mit dem Handrücken aus und ging widerstrebend mit.

»Was ist mit Frühstück?«, fragte er, als er sich die Zähne geputzt hatte und seine Mutter ihm mit einem Waschlappen durchs Gesicht gefahren war. »Wollen wir nicht etwas essen, bevor wir fahren?«

»Im Hotel Marina gibt es zu Weihnachten ein Brunch-Büfett. Ich lade dich ein.« Sie versuchte, ihn an die Hand zu nehmen, als sie die Treppe hinuntergingen, aber er ließ es nicht zu.

»Er ist bestimmt tot«, sagte Anton, als sie kurz darauf im Auto saßen und die Heizung auf der höchsten Stufe laufen ließen. »Papa. Er ist tot, nicht wahr?«

»Niemand weiß es, Schatz. Ich hoffe es jedenfalls nicht.«

»Stimmt es, dass er einen Mann aus deiner Firma umgebracht hat?«

Benedicte musste sich einen Augenblick sammeln, bevor sie antwortete. »Weshalb glaubst du das?«

»Das haben ein paar aus der Schule gesagt. Und wenn jetzt die Polizei bei uns zu Hause ist ... Suchen sie nach der Mordwaffe?«

»Anton! Das ist ja ein grässlicher Gedanke.«

»Das habe ich im Fernsehen gesehen. Wenn sie ein Haus durchsuchen, dann immer, weil sie die Mordwaffe finden wollen.« Er sah sie an. »Oder Drogen?«

»Das sind Geschichten, die sich jemand ausgedacht hat«, erwiderte Benedicte und fügte nach einer kleinen Pause hinzu: »Ich weiß nicht, wonach sie suchen, Schatz. Ganz ehrlich, ich weiß es wirklich nicht. Vielleicht versuchen sie, einen Hinweis zu finden, wo er sein könnte. Quittungen für irgendwelche Fahrkarten oder ... ich habe keine Ahnung. Aber ich bin mir sicher, dass die Polizei weiß, wonach sie suchen müssen.«

»Ich glaube nicht, dass er irgendwo hingefahren ist«, sagte Anton leise. »Ich glaube, er ...« Anton schwieg.

Benedicte wandte ihm den Kopf zu und sah ihn an. Er weinte lautlos, die Augen waren geschlossen, auf seinen Wangen zeichneten sich zwei feuchte Spuren ab. Alles in ihr schrie danach, ihren Sohn in die Arme zu nehmen und zu trösten, doch sie konnte nicht einfach an den Straßenrand fahren und anhalten, weil dort überall noch große Schneehaufen lagen. Sie tat das Nächstbeste und griff nach seiner Hand. Diesmal ließ er es zu.

Sie ließ ihn erst los, als sie den Gästeparkplatz des Hotels erreichten und sie ihre rechte Hand zum Schalten brauchte. Antons Redestrom war versiegt. Benedicte wusste, dass er sie als Mutter brauchte; sie musste ihn dazu bringen, sich zu öffnen, sie musste mit ihm über die Angst reden, die sie beide empfanden. Aber sie wusste nicht, womit sie anfangen sollte. Stattdessen blieben sie schweigend sitzen, bis er sich die Nase geputzt hatte und bereit war, wieder der Welt entgegenzutreten.

Im Restaurant ließen sie sich viel Zeit bei Rührei, Würstchen, Bacon, Pfannkuchen, Obstsalat und all den anderen Köstlichkeiten, die zu einem richtigen Brunch gehörten. Es gibt einen Grund, warum eine Kohlenhydrat- und Fettbombe wie diese Mahlzeit auf Englisch *comfort food* heißt, ging Benedicte durch den Kopf, als sie sich mit der Hand auf ihrem Bauch zurücklehnte. Sowohl Antons als auch ihre Laune war spürbar gestiegen, als sie zu seinem bevorzugten Spieleladen in der Algade aufbrachen.

»Lass dir so viel Zeit, wie du willst«, sagte Benedicte und setzte sich in eine Ecke. Sie beobachtete ihren Sohn, wie er durch das Geschäft ging und sich die Angebote ansah. Mehrmals kam er ins

Gespräch mit anderen Jungen, die sich ebenfalls umsahen. Lange unterhielt er sich mit einem jungen Verkäufer, der sich ein Spinnennetz auf den Hals hatte tätowieren lassen. Zwanzig Minuten lang probierte er ein Racer-Spiel aus. Sein blondes Haar war strubbelig, und seine Wangen glühten vor Begeisterung. Wer es nicht besser wusste, würde ihn für einen Elfjährigen ohne Probleme und Sorgen halten, aber Benedicte wusste, dass die souveräne Fassade nur eine Maske war. Sie gönnte ihm jede Sekunde, in der er seine Angst verdrängen konnte.

Ihr Telefon klingelte. Eine Nummer, die sie nicht kannte. Sie signalisierte Anton, dass sie einen Augenblick nach draußen gehen würde. Er warf ihr einen geistesabwesenden Blick zu.

Benedicte nahm den Anruf entgegen. »Ja?«

»Pia Waage, Polizei von Christianssund. Wir sind hier fertig, Sie können gern wieder nach Hause kommen.«

»Haben Sie etwas gefunden?«

»Wir haben den Computer Ihres Mannes und einige Papiere mitgenommen. Sie bekommen alles zurück, sobald wir es untersucht haben.«

»Okay.«

»Außerdem haben wir den Pass Ihres Mannes gefunden.«

Benedicte wartete auf eine Fortsetzung. »Und was heißt das?«, fragte sie, als Pia nichts weiter erklärte.

»Es ist zu früh, um etwas zu sagen.«

»Na ja, dann ist er jedenfalls nicht geflohen, oder? Zumindest nicht ins Ausland.«

»Er könnte trotzdem im Ausland sein, Benedicte. Man braucht keinen Pass mehr, um über die Grenze zu kommen.«

»Nein, nicht mit dem Auto, aber ... Könnte er mit jemand anderem gefahren sein? Vielleicht hat er ...«

»Ich möchte unsere Theorien jetzt nicht mit Ihnen diskutieren, Wir wenden uns an Sie, sobald wir mehr wissen.«

»Danke.« Sie wollte noch etwas sagen, spürte aber einen Kloß im Hals und schwieg.

Die Kripobeamtin schien bemerkt zu haben, dass irgendetwas nicht in Ordnung war: »Sind Sie okay, Benedicte?«

»Ja, ja. Hej.« Hastig beendete sie das Gespräch.

Benedicte stand mitten im Weihnachtstrubel auf der Algade und starrte in die Gesichter, die an ihr vorbeizogen. Es schien, als wären alle in Begleitung. Mutter und Tochter, Ehepaare, ein paar ältere Damen Arm in Arm. Sie überlegte, ob sie Axel anrufen sollte, fand es dann aber unpassend, ihren Liebhaber um Unterstützung bei Problemen zu bitten, die sie mit ihrem Mann hatte. Mit ihrer Schwester wollte sie unter gar keinen Umständen reden, und ihr Vater würde einfach nur verwirrt reagieren. Es gab weder Freundinnen noch Kollegen, mit denen sie hätte Kontakt aufnehmen wollen. Sie hatte Angst, dass sie unter ihren neugierigen Blicken und ihrer übertriebenen Fürsorge zusammenbrechen würde. Aber sie war es sich und Anton schuldig, dass sie Haltung bewahrte. Wenn sie doch nur ihre Gedanken mit ihm teilen könnte. Das ging natürlich auch nicht.

Benedicte fühlte sich einfach sehr allein.

34

»Es ist höchst wahrscheinlich, dass er sich noch im Land aufhält.« Frank Janssen legte Martin Johnstrups Pass auf den Tisch. »Er ist nicht mit dem Wagen unterwegs, er hat keinen Pass …«

»Können wir den Jachthafen wirklich nicht durchsuchen?«,

fragte Pia Waage. »Das wäre doch der vernünftigste Ort, um anzufangen.«

»Die Hundestaffeln sind dabei, doch es ist keine leichte Aufgabe bei dem ganzen Schnee.« Frank wandte sich an Svend Gerner. »Hast du mit Martin Johnstrups Bank gesprochen?«

»Ja«, antwortete der große, schlaksige Ermittler. »Johnstrup hat am Mittwochnachmittag zweitausend Kronen abgehoben, danach gab es keinen Zahlungsverkehr mehr, weder auf dem Konto seiner Praxis noch auf dem Privatkonto, abgesehen von Donnerstag, da hat er um 17:00 Uhr mit seiner Scheckkarte eine Packung Prince Light und ein Feuerzeug am Kiosk auf dem Brønderslev Plads bezahlt.«

»Die Zigaretten aus dem Handschuhfach«, erklärte Frank. »Achtzehn waren noch in der Packung, das passt.«

»Warum kauft sich ein Exraucher plötzlich ein Päckchen Zigaretten?«, überlegte Pia. »Ist das ein Zeichen dafür, dass er aus dem Gleichgewicht war?«

»Oder er musste sich beruhigen, weil er einen Mord begehen wollte«, warf Gerner ein.

»Das wissen wir doch gar nicht, vielleicht hat der Mann jahrelang heimlich geraucht«, meinte Frank. »Aber sonst bin ich eurer Ansicht.« Er sah auf seinen Block, auf dem er einige Zahlen notiert hatte. »Die Zeitachse sieht so aus: Martin Johnstrup ruft Peter Münster-Smith im Laufe des Nachmittags zwei Mal auf dem Handy an, erreicht ihn aber nicht. Um 16:45 Uhr geht sein letzter Patient, um 16:50 Uhr verlässt er seine Praxis, um 17:00 Uhr kauft er eine Packung Zigaretten am Brønderslev Plads, mit dem Wagen zwei Minuten von der Praxis entfernt. Er setzt sich ins Auto, raucht eine Zigarette und ruft Münster-Smith noch einmal an. Um 17:08 Uhr ruft Münster-Smith zurück. Peter und er verabreden, sich um 18:00 Uhr zu treffen – vermuten wir. Johnstrup ruft seinen Sohn an und teilt ihm mit, dass er sich verspätet. Um 17:50 Uhr steht er auf dem Bürgersteig gegenüber von Petax und wartet. Kurz darauf lässt er das Opfer auf das Firmengelände. Sie gehen ins Hinterhaus …«

»Warum eigentlich?«, unterbrach ihn Pia. »Warum sind sie nicht in Peters Büro im Vorderhaus gegangen?«

»Vielleicht wollte er mit Johnstrup nicht gesehen werden.« Frank räusperte sich. »Wie auch immer, im Hinterhaus kommt es zum Streit, Johnstrup tötet sein Opfer und läuft die Treppe hinunter zu seinem Auto, das höchstwahrscheinlich auf dem Parkplatz des Nachbargrundstücks stand, und …«

»Was ist mit dem Overall?« Diesmal unterbrach ihn Gerner. »Wann hat er sich den Overall besorgt? Und wo hatte er plötzlich das Steakmesser her?«

»Das weiß ich nicht«, gab Frank zu. »Darüber müssen wir nachdenken. Die große Linie stimmt jedenfalls, seht ihr das nicht?«

»Was hat er nach dem Mord gemacht?« Wieder war es Pia.

»Er ist zu seinem Auto gegangen, hat sich auf den Beifahrersitz gesetzt und die Tür abgeschlossen. Daraufhin hat er den Sitz zurückgeschoben, die Schuhe ausgezogen und sich aus dem Overall geschält. Das blutige Zeug hat er vermutlich im Auto in eine Tüte gestopft.«

»Wie hat er es vermieden, seine eigene Kleidung mit Blut zu beschmieren, wenn er auf dem Beifahrersitz saß, als er sich den Overall auszog? Du hast doch gesehen, wie viel Blut auf dem Vordersitz war. Die Blutspritzer waren zu diesem Zeitpunkt noch feucht. Hätte er dort ohne den Overall gesessen, wäre seine Kleidung auch voller Blut.«

»Das ist gut möglich, Waage«, sagte Frank in einem pädagogischen Tonfall. »Es könnte durchaus sein, dass auch an seine Kleidung Blut gekommen ist. Das wird sich zeigen, sobald wir sie finden. Oder?«

»Warum ist er zum Jachthafen gefahren?«, warf Thor Bentzen jetzt ein, der bisher nur zugehört hatte. Sein blasses Gesicht und die trüben Augen verrieten, dass der junge Beamte nicht auf den guten Rat seines Chefs gehört hatte, es bei der Weihnachtsfeier am vorhergehenden Abend ein bisschen ruhiger angehen zu lassen.

»Ich glaube, er ist nicht direkt nach dem Mord dorthin gefahren«, erwiderte Frank. »Wenn die Beobachtung unseres jungen Zeugen von gestern stimmt und ich mit meiner Vermutung recht habe, dann hat Martin Johnstrup die Beweise am Freitag oben im Wald verbrannt. Erst danach ist er zur Marina gefahren und hat den Wagen abgestellt.«

»Das wirft zwei riesengroße Fragen auf«, sagte Pia und stand auf, um sich einen Kaffee zu holen. »Wo war er in der Zwischenzeit? Also von Donnerstagabend bis Freitagnachmittag. Wir wissen, dass er nicht im Ferienhaus der Familie gewesen ist. Dort waren ja seine Frau und ihr Liebhaber – jedenfalls zu Beginn des Abends. Und was hat Johnstrup gemacht, nachdem er seinen Ford Mondeo am Jachthafen abgestellt hat?«

»Hat er dort ein Boot?«, wollte Gerner wissen.

»Benedicte sagt nein, und sie sollte es wissen«, antwortete Pia. »Aber sie sagte etwas, als ich sie anrief, um ihr mitzuteilen, dass wir mit der Hausdurchsuchung fertig sind. Ihrer Meinung nach könnte er mit jemandem mitgefahren sein. Also, möglicherweise hat ihn jemand von dem Parkplatz abgeholt, wo wir den Wagen gefunden haben.«

»Du meinst ein Mitschuldiger?«

»So etwas in der Richtung. Vielleicht geht er ja auch fremd?«

»Hm. Das ist eine Überlegung wert«, meinte Janssen. »Sehen wir uns das Privatleben von Martin Johnstrup noch mal ein bisschen genauer an.«

Er fing an, die Aufgaben zu verteilen. Thor Bentzen war nicht der Einzige in der Gruppe, der bei der Weihnachtsfeier des Präsidiums gewesen war. Auch andere sahen ziemlich mitgenommen aus, doch Frank ließ sich nicht beeindrucken. Er überhäufte sie mit Namen, Orten und Fakten, die überprüft werden mussten.

Pia notierte sich Stichworte auf ihrem Block. Auch sie fühlte sich nicht unbedingt in Topform, zum Glück war sie klug genug gewesen, das Fest bereits vor Mitternacht zu verlassen – außerdem hatte sie nur ein paar Gläser Bier getrunken.

Ihr Handy klingelte.

»Pia Waage.« Sie drehte sich auf ihrem Bürostuhl herum und kehrte den Kollegen den Rücken zu.

»Susanne Kallberg.«

»Entschuldigung?«

»Sus. Jørn Kallbergs Frau. Sie haben mir Ihre Visitenkarte gegeben.«

»Ah ja, Sus. Hej.« Das Bild der übergewichtigen Frau, die in der Küche die Windel eines Säuglings wechselte, erschien auf Pias innerem Monitor. »Wie geht's?«

»Ich möchte nur *vielen Dank* sagen.« Ihr Tonfall stand in scharfem Kontrast zu ihrer Wortwahl.

»Wofür?«

»Sie haben uns die Behörden auf den Hals gehetzt.«

»Ach, Sie meinen die Kinder- und Familienberatung. Waren die bei Ihnen?«

»Was sollte das denn? Als hätten wir nicht schon genug Ärger.«

»Nun ja, wir …« Pia spürte, wie ihr der Schweiß ausbrach. »Es sah so aus, als bräuchten Sie Hilfe mit all den Kindern.«

»Hilfe? Sagen Sie mal, sind Sie verrückt?«

»Äh, was …«

»Wann hat diese Behörde denn das letzte Mal jemandem geholfen? Den Kindern geht es glänzend. Das konnte man sehen, auch Sie, wenn Sie Ihre Augen aufgemacht hätten, statt uns von vornherein zu verurteilen.«

»Aber, Sus, ich …«

»Niemand schlägt sie, niemand ist böse zu ihnen. Sie bekommen regelmäßig zu essen, sie schlafen und bekommen jede Menge Zuwendung von einer Familie, die sie ihr ganzes Leben lang kennt und bei der sie sich wohlfühlen.«

»Ich wollte doch nicht …«

»Außerdem sorge ich in Absprache mit dem Krankenhaus, in dem meine Schwägerin liegt, für sie.«

»Aber ich wollte doch nur …«

»Was zum Teufel ist Ihr Problem, Sie blödes Weibsstück?« Sus brüllte so laut, dass Pia den Hörer ein paar Zentimeter vom Ohr halten musste. »Es ist natürlich wie immer dasselbe. Immer müsst ihr über solche wie uns stolpern. Ihr solltet eure Zeit besser damit verbringen, ein paar richtige Verbrecher zu jagen!«

»Ich dachte, die Behörden würden Ihnen vielleicht helfen können, wenn Jørns Schwester länger im Krankenhaus bleiben muss. Vielleicht könnten sie Ihnen eine größere Wohnung besorgen oder etwas mehr Kindergeld.«

»Wieso haben Sie mich nicht gefragt, ob wir Hilfe brauchen?«, wurde Pia von Sus unterbrochen. »Weshalb mussten sich diese Idioten einmischen? Jetzt drohen sie damit, Monas Kinder in eine Tageseinrichtung zu stecken, es sei denn, wir finden eine passendere Wohnung, wie sie sagen. Das ist eine schöne Hilfe!«

»Also, Sus, Sie müssen mir glauben, wenn ich sage, dass …«

»Verflucht, weshalb sollte ich glauben, was Sie sagen?«, schrie Sus. »Sie können mich mal!«

Die Verbindung wurde unterbrochen.

Pia atmete tief durch und rief zurück, aber der Anruf wurde nicht angenommen. Sie nippte an ihrem lauwarmen Kaffee und fluchte über sich selbst. Sus Kallberg hatte ja recht. Warum hatte sie Sus und ihren Mann nicht ganz direkt angesprochen, statt gleich mit den Behörden zu reden? Wenn es damit endete, dass drei kleine Kinder kurz vor Weihnachten zwangsweise aus der Familie genommen wurden, würde sie sich das nie verzeihen.

Sie schlug die interne Telefonliste auf und fand die richtige Nummer. Das Telefon klingelte vier Mal, bevor abgehoben wurde.

»Grethe Ulfbjerg.« Die Stimme klang außer Atem.

»Pia Waage, Polizei von Christianssund. Passt es gerade nicht?«

»Ich war auf dem Weg zum Mittagessen. Aber jetzt sitze ich wieder. Was kann ich für Sie tun?«

»Die Familie, wegen der ich vor einigen Tagen angerufen habe …«

»Bei denen bin ich gewesen.« Grethe Ulfbjerg klang verteidigungsbereit.

»Ja, ich weiß. Ich habe gerade mit Frau Kallberg gesprochen. Sie war nicht besonders glücklich darüber.«

»Nicht glücklich? Die Sache wurde beschleunigt behandelt, wir haben ihr angeboten, die drei Kinder ihrer Schwägerin unterbringen zu lassen.« Es klang, als hätte sie den Hörer unters Kinn geklemmt. »Warten Sie, ich habe die Akte hier irgendwo liegen … Ja, hier ist sie.«

»Frau Kallberg hat das so verstanden, dass Sie ihr die Kinder wegnehmen wollen.«

»Keineswegs. Aber es könnte lange dauern, bis die Mutter der

Kinder sie wieder übernehmen kann. Laut Vorschriften können Kinder bis zu drei Monaten von Familienmitgliedern in einer Netzwerkunterbringung versorgt werden, wenn die Mutter im Krankenhaus ist. Danach werden Sus Kallberg und ihr Mann überprüft, bevor es zu einer permanenten Lösung werden kann. Es ist absolut die gleiche Prozedur wie bei jeder anderen Pflegefamilie.«

»Wie lange haben die Kinder dort gewohnt?«

»Bisher nur sechs Wochen. Es deutet alles darauf hin, dass Monate vergehen können, bis die Mutter wieder in der Lage ist, sich um sie zu kümmern. Wir müssen uns also um die Familie kümmern.«

»Aber wieso hatte Sus Kallberg den Eindruck, dass Sie ihr die Kinder entziehen wollen?«

»Wir haben ihr empfohlen, sie zu entlasten.«

»Was verstehen Sie unter Entlastung?«

»Zwischenzeitliche Unterbringung in einer unserer Tageseinrichtungen. Ich konnte ihr sogar anbieten, die beiden größeren Kinder zusammen unterzubringen.«

»Und das Baby?«

»Na ja, es käme in eine Pflegefamilie, wo man die Zeit und die Mittel dafür hat, sich um ein Baby zu kümmern.«

»Wohin?«

»Tja, die beiden Großen in … Hier ist es, Næstved. Und das Kleine in Vordingborg.«

»Grethe, sehen Sie denn nicht, dass die Familie damit in alle Winde verstreut würde? Ich kann gut verstehen, dass Sus protestiert.«

»Aber die wohnen wie die Heringe in der Tonne, die Windeln werden auf derselben Tischplatte gewechselt, auf der sie das Essen zubereitet, und die Kinder schlafen auf dem Fußboden.«

»Ja, ja, Sie müssen nicht ins Detail gehen. Ich habe es gesehen. Deshalb habe ich ja Kontakt mit Ihnen aufgenommen. Ich hatte nur auf eine andere Lösung gehofft.«

»Und auf welche?«

»Dass Sie mit einer größeren Wohnung helfen oder ...«

»Ich habe alle Kontakte bemüht, die ich habe. So wie es aussieht, können sie zu Beginn des neuen Jahres eine Vierzimmerwohnung in Violparken bekommen. Und bis dahin kann ich nur empfehlen, die Angebote anzunehmen, die wir haben.«

Pia hörte mit einem Mal die Resignation in der Stimme von Grethe Ulfbjerg und bereute ihre unwirsche Reaktion. Die Frau tat sicher ihr Bestes.

»Haben Sie Sus Kallberg von der Wohnung erzählt?«

»Noch nicht. Ich habe die Bestätigung erst heute Vormittag erhalten.«

»Wären Sie so nett und rufen sie an? Sie kann jede Aufmunterung gebrauchen.«

»Ich werde jetzt erst einmal zu Mittag essen. Mein Magen schreit. Hören Sie das nicht?« Die Sachbearbeiterin ließ der munteren Bemerkung ein unsicheres Lachen folgen.

»Was passiert, wenn die Kallbergs die zwangsweise Unterbringung nicht akzeptieren?«

»Gar nichts. Es ist ihre Entscheidung. Den Kindern geht's ja nicht schlecht. Trotzdem muss ich ein Auge auf sie haben, das ist klar.« Grethe Ulfbjerg seufzte. »Also, wenn nichts weiter ist ...«

»Nur noch eine Frage.«

»Ja?«

»Die Mutter der Kinder. Sie sagen, es kann mehrere Monate dauern. Was fehlt ihr denn?«

»Weshalb fragen Sie?«

»Ganz gewöhnliche Neugier.«

»Sie heißt ... ich glaube, hier steht es ... ja, Mona Kallberg. Sie ist in der psychiatrischen Abteilung.«

»Und was hat sie?«

»Schwere Depressionen mit psychotischen Zügen. Sie leidet seit Jahren an Depressionen und hat versucht, mit Schnaps und Tabletten darüber hinwegzukommen. Vermutlich rächt sich das jetzt.«

»Haben Sie mit dem Krankenhaus gesprochen?«

»Nur ganz kurz. Es geht ihr nicht gut.«

»Arme Frau. Und arme Kinder.«

»Genau. Deshalb habe ich mich für sie extra ins Zeug gelegt – obwohl das offenbar nicht so angekommen ist.«

»Waage?« Frank tippte ihr auf die Schulter.

Pia beendete hastig das Gespräch und wandte sich ihrem Chef zu.

»Die Reste des Feuers im Wald wurden gestern eingesammelt. Dieser Hjalte hat die Stelle sofort gefunden, jetzt haben die Techniker den Schnee in einem weiten Umfeld entfernt, und wir sollten uns die Sache mal ansehen.«

35

»Ja, nanu? Ist das nicht Dan Sommerdahl?« Ein Mann in einem cognacbraunen Lammfellmantel blieb mitten in der Fußgängerzone stehen.

Dan runzelte die Stirn. Es vergingen ein paar Sekunden, bevor er den Mann wiedererkannte. »Ulrik?« Er streckte die Hand aus. »Das ist ja wirklich lange her.«

»Kann man wohl sagen.« Ulrik Münster-Smith lächelte. »Du hast dich nicht verändert.«

»Gleichfalls.« Das war allerdings nicht die ganze Wahrheit. Peters Bruder war zwar schlank geblieben und der Strähne nach zu urteilen, die unter seiner Skimütze hervorlugte, hatte er auch seine kräftige Haarpracht behalten, doch die sonnengebräunte Gesichtshaut wirkte ledrig, und um die Augen und an den Mundwinkeln hatten sich tiefe Falten eingegraben.

»Das ist meine Frau Sophia«, sagte Ulrik und trat einen Schritt zur Seite, damit Dan einer großen bildhübschen Frau die Hand geben konnte, die ein wenig im Hintergrund stand, während sich die beiden Männer begrüßten. »*Honey, this is an old friend of mine, Dan Sommerdahl.*«

Sophia war so schwarz, dass ihre Haut einen bläulichen Ton hatte. Das krause Haar war zu einer komplizierten Frisur aufgesteckt, und in ihrem langen, sahnefarbenen Nerz und den kaffeebraunen Stiefeln mit spitzen Absätzen glich sie dem Titelmodel eines anspruchsvollen Modemagazins. Die Passanten starrten sie unverhohlen an, und auch Dan musste zugeben, dass er auf der Algade noch nie etwas so Exotisches gesehen hatte. Er gab den beiden Zwillingsmädchen die Hand, auch sie trugen weiße Pelzmäntel und zeigten den gleichen aristokratischen Gesichtsausdruck wie ihre Mutter.

Nach ein paar Minuten angestrengtem Smalltalk teilte Frau Münster-Smith mit, sie würde frieren und wolle weiter. Und nach einigen weiteren Minuten trennte sich die Familie. Sophia und die Kinder nahmen ein Taxi in die Wohnung am Sundværket, während Ulrik und Dan ins Hotel Marina gingen.

»Übrigens mein Beileid. Wegen Peter.« Dan hielt die Glastür auf und ließ Ulrik zuerst eintreten.

»Danke.« Ulriks Tonfall war neutral.

»Wenn wir schnell sind, können wir uns noch am Brunch-Büfett bedienen«, sagte Dan nach einem Blick auf die handgeschriebene Tafel am Eingang des Restaurants. »Hast du Hunger?«

»Ich muss auf meine Linie achten.« Ulrik klopfte sich auf den Bauch, der sich irgendwo unter dem Lammfellmantel befinden musste. »Belassen wir's bei einem kleinen Bier.«

»Wie du willst.«

Als sie kurz darauf einen Tisch am Fenster zugewiesen bekommen hatten, in deutlichem Abstand zum Büfett, zogen sie Mäntel, Mützen und Handschuhe aus.

Ulrik lächelte. »Als ich dich das letzte Mal gesehen habe, hattest du noch Haare auf dem Kopf.«

»Tja.« Dan strich sich mit der Hand über die Glatze. »Es begann als Experiment, inzwischen habe ich mich daran gewöhnt. Bequemer geht's nicht, obwohl es um diese Jahreszeit ein bisschen kalt ist.«

»Immerhin sparst du dir den Friseur.«

»Und muss mich nicht darüber ärgern, dass der Haaransatz sich immer weiter nach hinten verschiebt.«

»Klug.« Ulrik fuhr sich durch seine kräftige Mähne und legte sein Handy auf den Tisch. »Entschuldigung«, sagte er. »Ich muss das anlassen. Das Geschäft läuft leider nicht von allein.«

»Wo wohnst du noch gleich? In Südafrika, oder?«

»In Cape Town. Ich bin ein paar Jahre durch die Welt gezogen, hatte verschiedene Jobs in der Logistik. Dann habe ich 1994 meine erste Frau kennengelernt und in Cape Town ein Transportunternehmen eröffnet. Die Frau hat gewechselt, die Firma habe ich immer noch. Nichts Riesiges, nicht wie Peters Imperium, aber groß genug, dass wir genügend Butter auf dem Brot haben.«

Und für den Aufschnitt reicht's sicher auch noch, dachte Dan und sah noch einmal das imponierende Pelzaufgebot vor sich. Ulriks Familie sah bestimmt nicht aus, als würde es ihnen an irgendetwas fehlen. Laut sagte er: »Sind Mischehen dort unten normal? Ich dachte, das würde noch immer ungern gesehen?«

»Es ist besser geworden, aber es war am Anfang nicht leicht. Wir mussten Vorsichtsmaßnahmen treffen.«

Dan dachte an Baseballschläger, Stacheldraht und Bodyguards, doch Ulrik wollte das Thema offenbar nicht vertiefen.

Ein Kellner brachte ihnen zwei Bier vom Fass und eine schwarze Glasschale mit Cashewnüssen.

»Und was ist bei dir los?«, erkundigte sich Ulrik. »Bist du noch in der Werbebranche?«

»Ja, ja«, erwiderte Dan und wischte sich Bierschaum von der Oberlippe. »Ich habe mich inzwischen selbstständig gemacht. Tatsächlich hatte ich gerade eine große Kampagne für Petax vorbereitet, als dein Bruder starb.«

»Ach, ihr habt noch immer zusammengearbeitet?«

»Hin und wieder, ja. Wir haben uns beruflich nie aus den Augen verloren, obwohl ich nicht mehr zum Inner Circle gehörte, seit ich geheiratet und Kinder bekommen habe.«

»Tja, es war nicht leicht, seinem Tempo zu folgen. Du bist also ein anständiger Mensch und guter Staatsbürger geworden?«

»So ungefähr.« Dan lachte.

»Ich kann mich entsinnen, dass du immer gern ein Näschen genommen hast. Und auch bei den Damen hast du dich nicht zurückgehalten.«

»Das ist Vergangenheit.« Dan hatte nicht das Bedürfnis, die einzelnen Schritte dieser Entwicklung aufzuzählen. »Ich bin inzwischen erwachsen.«

»Bei Peter hatte ich nicht den Eindruck, dass er das Teenagerstadium irgendwann einmal hinter sich lassen würde.«

»Ach, er ist in den letzten Jahren schon ruhiger geworden.«
»Das freut mich.« Ulrik trank einen Schluck von seinem Bier.
»Obwohl er nie ganz aufgehört hat, ein Don Juan zu sein.«
»Das glaube ich dir sofort.«
»Ihr habt euch oft gesehen?«
»Nein, das war nicht so einfach bei der Entfernung.«

Ein paar Sekunden blieb es still. Dan fing an, seinen Entschluss zu bereuen, mit Ulrik ein Bier zu trinken. Eigentlich hatte er keine Zeit, hier zu sitzen und einen entfernten Bekannten anzustarren, der sich eine Cashewnuss nach der anderen in den Mund stopfte.

Ulrik räusperte sich. »Es deutet einiges darauf hin, dass Peters Ruf als Frauenheld schuld an seinem Tod ist.«

»Was meinst du?«

»Als in den Zeitungen stand, dass dieser Vermisste inzwischen der Hauptverdächtige ist, habe ich den Ermittlungsleiter angerufen und ihn gebeten, mich auf den Stand der Dinge zu bringen.«

»Frank Janssen?«

»Genau. Er sagte, Martin Johnstrup hätte gute Gründe gehabt zu glauben, dass seine Frau eine Affäre mit Peter hatte.«

»Hatte sie nicht.«

»Ja, das hat der Kommissar auch gesagt. Es klingt, als sei das Ganze ein tragisches Missverständnis gewesen.« Ulrik sah Dan an. »Aber wieso weißt du davon?«

Dan zuckte mit den Schultern. »Wie gesagt, ich habe eine Kampagne für Petax vorbereitet, und Johnstrups Frau ist meine Kontaktperson. Sie ist die Kommunikationschefin der Firma, wir unterhalten uns regelmäßig.«

»Über den Fall?«

»Auch darüber, ja. Ich unterstütze sie, so gut ich kann. Sie ist in einer schwierigen Situation.«

»Natürlich.«

Ulrik konzentrierte sich wieder auf den Inhalt der schwarzen Glasschale. Dan sah ihn an. Wusste er von Axels und Benedictes Beziehung?

»Siehst du Axel Holkenfeldt manchmal?«, fragte Ulrik im gleichen Augenblick, als hätten sich ihre Gedanken auf einer Schiene bewegt.

»Nein, überhaupt nicht. Vor ein paar Jahren habe ich ihn ein paar Mal getroffen, aber ich habe ihn nie richtig kennengelernt.«

»Mir geht's genauso. Obwohl ich ihn sicher häufiger getroffen habe als du. Irgendwie sind wir uns nie nähergekommen.« Ulrik wühlte ein bisschen in der schwarzen Glasschale und wählte eine weitere Nuss aus. »Aber jetzt ist es wohl so weit.«

»Weil du jetzt Mitinhaber der Firma geworden bist?«

»Genau. Meine Schwester und ich treffen uns heute Nachmittag mit ihm, um uns gegenseitig ein bisschen auf den Zahn zu fühlen.«

»Das gibt's sicher viel zu besprechen.«

»Was denkst du denn? Ich brauche hier noch mindestens einen Monat. Sophia und die Mädchen fliegen nach Neujahr zurück, ich bleibe noch.«

»Und deine Schwester?«

»Muss zurück nach London und arbeiten. Ich habe eine Vollmacht von ihr, sodass ich auch in ihrem Namen agieren kann.«

»Wohnt ihr in Peters Penthouse?«

»Wahrscheinlich ziehe ich in ein Hotel, wenn die Damen abgereist sind.«

»Ich dachte, die Wohnung ist so toll?«

»Sicher. Und riesig ist sie auch. Aber ich habe keine Lust, mich um alles selbst zu kümmern. Essen, Putzen und so weiter.«

Dan zog die Augenbrauen zusammen. »Hatte Peter nicht eine Haushälterin?«

»Vera Kjeldsen, ja.« Ulrik nickte. »Ich habe sie gestern gefeuert.«

»Um Himmels willen, weshalb denn? Hättest du damit nicht warten können? Soweit ich weiß, war sie ein Menschenalter bei ihm. Wäre es nicht besser für alle Beteiligten, wenn ...«

»Ich habe sie nicht einfach so rausgeschmissen. Ich habe sie der Wohnung verwiesen. Sie ist sofort gegangen. Die Schlüssel zu Wohnung und Firmenwagen sind abgeliefert, und sobald sie eine Wohnung gefunden hat, kann sie ihre Sachen unter Aufsicht des Nachlassverwalters abholen.«

»Was hat sie denn getan? In die Kasse gegriffen?«

Wieder eine Pause, in der sich Ulrik dem Schaleninhalt widmete. Dan war froh, dass er auf keine der inzwischen gründlich befummelten Cashewnüsse scharf war. Endlich stopfte sich Ulrik die ausgewählte Nuss in den Mund und lehnte sich zurück.

»Das ist etwas peinlich«, begann er. »Und möglicherweise hat meine Schwester die Situation auch missverstanden, doch ...« Er breitete die Arme aus. »Ich hatte keine Wahl.«

»Jetzt sag's schon«, drängelte Dan.

»Vera hat an unserer Schlafzimmertür gelauscht, nachdem Sophia und ich ins Bett gegangen sind. Und Charlotte kam vorbei und hat es entdeckt.«

»Vielleicht wollte sie euch nur eine Nachricht zukommen lassen oder hat ...«

»Sie lehnte mit geschlossenen Augen und der Hand im Schritt an der Tür.«

»Oh!«

»Es war keineswegs so, dass wir irgendetwas gemacht hätten, was besonders erregend geklungen hätte. Wir haben bloß gelesen.«

»Klingt eigenartig.«

»Finde ich auch. Und ein wenig unheimlich.« Ulrik schüttelte den Kopf. »Charlotte und Sophia haben sich jedenfalls geweigert, schlafen zu gehen, bevor ich Vera nicht rausgeschmissen habe. Und so kam es.«

»Arme Frau.«

»Ich habe ihr Geld fürs Taxi gegeben«, entgegnete Ulrik etwas gekränkt. Sein Telefon klingelte. Es schaute aufs Display und zog die Augenbrauen zusammen. »Dänische Nummer, die ich nicht kenne … Ich gehe besser mal ran.« Er verzog entschuldigend das Gesicht und stand auf. »Entschuldige mich einen Moment.«

Während Ulrik in eine ruhige Ecke ging und telefonierte, überprüfte Dan sein eigenes Handy. Zwei SMS von Marianne – in beiden ging es um den Weihnachtsbaum. Er hatte versprochen, ihn zu kaufen und noch am Abend zu liefern. Und eine SMS von seinem Sohn Rasmus, der noch immer kein Geschenk für seinen Großvater hatte. Außerdem vier Anrufe von Benedicte Johnstrup. Mist. Natürlich musste er sie anrufen, obwohl er dazu wirklich überhaupt keine Lust hatte. Er ahnte schon, dass sie ihn noch einmal bedrängen würde, bei der Aufklärung des Verschwindens ihres Mannes zu helfen – obwohl er schon einmal abgelehnt hatte.

Eine Weile schaute er in die Luft. Ohne sonderlich viel über den Mordfall zu wissen, hatte Dan das Gefühl, dass Frank Janssen auf eine schnelle Klärung aus war und sich auf Martin Johnstrup als Täter festgelegt hatte. Gleichzeitig schien Benedicte vollkommen von der Unschuld ihres Mannes überzeugt zu sein. Was, wenn sie recht hätte? Frank und seine Leute konnten in ihrem Eifer, den Fall bis Weihnachten abzuschließen, durchaus wichtige Details übersehen. Dan war unschlüssig. Auf der einen Seite hatte er sich selbst und der Polizei versprochen, sich nicht einzumischen. Andererseits reizte es ihn, die wahren Zusammenhänge herauszufinden. Sein wesentliches Argument gegen eine Einmischung war Zeitmangel gewesen. Und das hatte sich inzwischen ja erledigt. Natürlich war es ärgerlich, den Winterurlaub zu streichen, über den er gerade nachgedacht hatte, aber sollte er diese Entscheidung wirklich von einer Urlaubsreise abhängig machen? Dan war gespalten. Hoffentlich konnte er das Ganze am Abend noch mit Marianne diskutieren. Normalerweise half ihm das, wenn er gar nicht mehr weiterwusste. Er teilte ihr per SMS mit, wann er den Baum bringen würde, und fügte hinzu, dass er gern etwas mit ihr besprechen würde, falls sie Zeit dafür hätte. Die Antwort kam innerhalb von Sekunden. *Aber bitte nicht schon wieder, dass du gern hier einziehen möchtest, oder? ... Diesmal nicht. Es geht um die Arbeit. ... Deine oder meine? ... Meine. ... Okay, bis dann.* Das war geklärt.

Dan sah, dass Ulrik sein Telefonat beendete und das Handy in die Tasche steckte. Er würde Benedicte anrufen, sobald er das Restaurant verließ.

»Das war so ziemlich das eigenartigste Gespräch, das ich je geführt habe«, sagte Ulrik, als er wieder an den Tisch kam. Er trank sein Glas im Stehen aus. »Ein verwirrtes Frauenzimmer namens Kirsten Isaksen. Sie wohnt hier. Kennst du sie?«

Dan lachte. »So klein ist Christianssund nun auch wieder nicht.« Er legte einen Hundertkronenschein auf den Tisch, bevor er aufstand. »Wir sind zweiunddreißigtausend Einwohner, Ulrik. Und wir kennen uns nicht alle gegenseitig.«

»Nein, natürlich nicht.«

»Aber wieso war das Gespräch merkwürdig? Was wollte sie denn ... Wie hieß sie?«

»Kirsten Isakson.« Ulrik legte sich den Schal um. »Ich sollte ihr versprechen, dass das Geld auch weiter käme, obwohl Peter tot ist.«

»Welches Geld denn?«

»Das habe ich sie auch gefragt. Sie hat etwas wirr von einem Arbeitsunfall in Spanien erzählt und einer privaten Entschädigungsregelung. Ehrlich gesagt habe ich nicht viel verstanden.« Ulrik zog die Mütze fest über die leicht grau melierten Locken. »Wenn ihr Mann auf einem der Bauplätze von Petax einen Unfall hatte, ist das ja wohl ein Fall für die Versicherung. Ist hierzulande doch wohl auch so?«

»Frag mich nicht«, erwiderte Dan. »Ich habe keine Ahnung, wie so etwas funktioniert. Aber ich habe noch nie von einer direkten Entschädigung durch den Inhaber der Firma gehört.«

»Eben.« Ulrik räusperte sich. »Na ja, ich frage heute Nachmittag Axel Holkenfeldt, ich habe der Dame versprochen, sie zurückzurufen, sobald ich mehr weiß.«

Er streckte die Hand aus. »Danke für die Unterhaltung, Dan. Und fröhliche Weihnachten.«

36

»Igitt«, teilte Pia mit. »Ich habe nasse Strümpfe.«

»Ich auch«, erwiderte Frank und stützte sich an einen Baum, während er über einen weiteren Schneehaufen stieg. »Wir hätten Wattstiefel anziehen sollen. Normale Gummistiefel sind einfach nicht hoch genug für diese Schneemassen.«

Sie hatte ihren Dienstwagen auf einer Lichtung neben dem weißen Kleinlaster der Kriminaltechniker geparkt. Ein dunkelgrüner Geländewagen mit Allradantrieb und dem Logo der Forstverwaltung versperrte den schmalen Pfad zu der Stelle, an der Hjalte Frederiksen am Freitagmorgen das Feuer beobachtet hatte. Bei dem Versuch, den Geländewagen zu umgehen, durchquerten Frank und Pia die meterhohen Schneewehen, die sich am Wegrand auftürmten.

Frank fluchte leise, während er an dem Wagen vorbeiging und wieder zurück auf den ausgetretenen Pfad fand. Er blieb einen Moment stehen und wartete, bis Pia nachgekommen war.

Von dem Wagen aus sahen sie ein weißes Pavillonzelt zwischen den Bäumen. Ein gedrungener Mann mit dunklen Bartstoppeln lehnte am Stamm einer Buche, nur wenige Meter von der Absperrung entfernt. Er nickte ihnen zu und stellte sich als Forstmeister Clausen vor.

»Ich wollte nur sichergehen, dass die Bäume nicht beschädigt werden«, erklärte er.

»Wir passen schon auf«, erwiderte Frank und gab ihm die Hand.

»Vielleicht kann ich ja behilflich sein.«

»Ich glaube kaum.«

»Es ist natürlich absolut verboten, im Wald ein Feuer zu machen.«

»Ich glaube, das Feuer ist noch das geringste Vergehen, das unser Täter auf dem Gewissen hat«, sagte Frank. »Haben Sie hier irgendetwas Ungewöhnliches bemerkt?«

»Was meinen Sie mit ungewöhnlich?«

»Zum Beispiel Autos, die normalerweise nicht hierherkommen.«

»Das passiert täglich.«

»Und am letzten Freitag?«

»Ich war am anderen Ende des Waldes, am Balleslev Hegn, falls Ihnen das etwas sagt. Ich musste ein Wildgatter reparieren, bevor es richtig anfing zu schneien.« Der Forstmeister schaute zum Zelt auf der Lichtung. »Wenn ich gesehen hätte, dass hier jemand ein Feuer anzündet, wäre ich ziemlich böse geworden.«

»Haben Sie Ihre Kontaktdaten einem der Beamten gegeben?«

»Ja.«

»Dann können Sie gehen, denke ich. Sie haben zurzeit doch bestimmt viel zu tun? Verkaufen Sie nicht auch Weihnachtsbäume?«

»Dafür habe ich meine Leute.« Er warf noch einem Blick auf das Zelt. »Ich ziehe es vor, euch im Auge zu behalten.«

»Wir werden schon aufpassen«, wiederholte Frank. »Aber machen Sie, was Sie wollen. Hauptsache, Sie bleiben außerhalb des abgesperrten Bereichs.«

»Natürlich.«

Pia hob das Absperrband an, bückte sich kurz und ging darunter durch. Dann wandte sie sich an den Förster. »Es gibt da noch etwas, mit dem Sie uns helfen würden.«

»Ja?«

»Entfernen Sie Ihren Wagen von dem Pfad. Er steht im Weg.« Dann folgte sie Frank, ohne eine Antwort abzuwarten.

Bjarne Olsen erwartete sie vor dem Zelt. Die Gesichtsfarbe des Kriminaltechnikers passte geradezu unheimlich zu seinem weißen Overall. Sein Körper hatte die Form eines Mumin-Trolls, was vor allem an den dicken Schichten aus Fleece, Wolle und Thermounterwäsche lag, die er unter dem dünnen Schutzanzug trug. »Mein Gott, ich friere vielleicht«, stöhnte er.

»Das ist verständlich«, antwortete Frank. »Es sind neun Grad minus.«

»Erzähl mir was, das ich noch nicht weiß. Ich sehe mir stündlich den Wetterbericht an.« Er schlug mit den Armen, um sich aufzuwärmen. »Und gleich soll es auch wieder anfangen zu schneien.«

»Ihr habt hoffentlich viele Fotos gemacht?«

»Wofür hältst du uns?«

Sie gingen ins Zelt.

Der Schnee war auf etwas über zwei Quadratmetern Waldboden

geräumt, in dem Morast aus Asche, Matsch und verwelktem Laub war nicht viel zu sehen.

»Wenn es stimmt, dass euer Zeuge das Feuer am Freitagmorgen gegen halb neun gesehen hat, dann war es schwierig, es am Brennen zu halten. Der Boden war nass, und es schneite seit den Morgenstunden fast ununterbrochen. Das bedeutet, dass das Feuer ausging, bevor die Sachen völlig verbrannt waren.«

»Super.«

»Ich habe die Dinge eingesammelt, die wir bisher gefunden haben.« Bjarne trat an einen Campingtisch. Er reichte ihnen eine durchsichtige Plastiktüte mit ein paar runden, verrußten Metallteilen. »Das sind eindeutig Messingknöpfe von Arbeitsbekleidung der Marke Kansas.«

»Jørn Kallbergs Overall«, stellte Pia fest.

»Zumindest ist das sehr wahrscheinlich.« Bjarne griff nach einer etwas größeren Tüte mit einem verkohlten Gegenstand. »Das hier sind Reste eines Schuhs.«

Frank griff nach der Tüte und drehte sie um. »Man kann noch immer etwas von der Sohle erkennen.«

»Ist noch ein hübsches Stück vorhanden, ja. Und wahrscheinlich hat sie das entsprechende Profil. Ich hoffe, wir können es mit den Abdrücken am Tatort vergleichen.« Bjarne reichte ihm noch eine Tüte. »Das war mal eine Brieftasche. Leder.«

»Viel ist nicht mehr davon übrig«, meinte Pia und betrachtete den schwarzen Klumpen.

»Wart's ab. Es ist zu früh, um pessimistisch zu sein«, entgegnete der Kriminaltechniker. »Ich hatte schon oft Glück und habe Fragmente von einer Kreditkarte oder so etwas gefunden, durch die sich die Identität des Eigentümers feststellen ließ. Auch in Portemonnaies, die wesentlich verbrannter waren als dieses hier.«

Er zeigte ihnen einen weiteren verkohlten Haufen. »Das hier war ein Mobiltelefon, es ist so wenig davon übrig, dass wir nichts mehr damit anfangen können. Wir werden versuchen, wenigstens das Fabrikat zu identifizieren.«

»Tja, das sieht man«, sagte Frank. »Noch etwas?« Er war nicht warm genug angezogen, um es lange in der beißenden Kälte auszuhalten.

»Das kann man sagen.« Bjarne Olsen reichte ihm die letzte Tüte. »Ich glaube, das ist etwas, wonach ihr gesucht habt.«

»Das sieht tatsächlich aus wie unsere Mordwaffe.« Frank betrachtete die verrußte Schneide des Messers. Die Klinge war sägeartig gezackt und nur auf einer Seite geschliffen – genau wie der Rechtsmediziner es beschrieben hatte. Dort, wo einmal der Schaft war, sah man jetzt nur noch einen langen Eisenstab. »Lässt sich klären, ob der Griff aus Holz oder aus Plastik war?«

»Ich denke schon. Wir finden sicher noch Reste des Materials. Auch das Fabrikat können wir bestimmen, sobald wir den Ruß entfernt haben. Dann sind wir schon mal einen Schritt weiter.«

»Könnten sich noch andere Spuren darauf befinden?«

»DNA oder Fingerabdrücke? Vergiss es. Wie gesagt, wenn wir sehr viel Glück haben, finden wir vielleicht eine Kreditkarte, die geschützt in der Brieftasche steckt. Die Chancen sind eher gering.«

Bjarne legte das Beweismaterial wieder auf den Tisch. »So viel dazu.«

»Seid ihr fertig?«

»Schön wär's.« Bjarne Olsen ließ sein gutturales Lachen hören. »Im Augenblick überprüfen wir die Erde rund um das Feuer. Vielleicht finden wir ein paar brauchbare Schuhabdrücke. Die Temperatur lag am Freitagvormittag um den Gefrierpunkt, und mein

Meteorologe meint, die Chancen stünden sehr gut, wenn der Täter auf Boden ohne Laub getreten ist.«

Frank schaute auf den undefinierbaren Morast. Es sah aus, als läge rund um den verrußten Flecken alles voller Blätter.

»Ach ja«, fuhr Bjarne fort. »Ich habe die Ergebnisse der Blutproben aus dem Auto.«

»Und?«

»Es ist Blut von zwei Personen. Das meiste stammt vom Opfer, ein paar Tropfen sind von jemand anderem.«

»Martin Johnstrup.«

»Möglicherweise. Wenn ich etwas DNA von ihm hätte, könnte ich es überprüfen.«

Der Forstmeister hatte seinen Geländewagen zu der Lichtung gefahren, auf der auch die Fahrzeuge der Polizei parkten. Er stand neben seinem Wagen und zündete sich eine Pfeife an.

»Ich dachte, man darf im Wald nicht rauchen?«, sagte Pia.

»Bei diesem Wetter kann hier nichts passieren«, erwiderte er und paffte ein paar Mal, um die Glut anzufachen. »Haben Sie etwas Brauchbares gefunden?« Er nickte in Richtung der Rodung, wo das weiße Zelt jetzt zwischen den Bäumen nur zu ahnen war.

»Sieht so aus«, antwortete Frank.

»Unglaublich, dass er bei dieser Kälte so lange hier herumsteht«, meinte Pia, als sie in ihrem Wagen saßen und langsam den gewundenen Waldweg hinunterrollten. »Wie kann man nur so neugierig sein?«

In diesem Moment klingelte Franks Handy. Es war der Wachhabende. Er stoppte den Wagen und nahm den Anruf an. »Ja?«

»Wir haben gerade die Meldung erhalten, dass in der Weststadt ein Geldtransporter überfallen wurde, mehrere Streifenwagen und Krankenwagen sind unterwegs.«

»Gibt es Verletzte?«

»Ein Wachmann wurde bewusstlos geschlagen. Der andere hat ein paar leichtere Schläge erhalten, er ist sonst angeblich unverletzt.«

»Gib mir die Adresse, wir fahren sofort hin.«

Frank fuhr im Schneckentempo, bis sie wieder auf der asphaltierten Straße waren. Dann gab er Gas.

»Was ist mit dem Mordfall?«, wollte Pia wissen.

»Das besprechen wir noch, bevor wir eine Entscheidung treffen«, erwiderte Frank verbissen und überholte einen Kleinlaster. »Vermutlich müssen wir die letzten Details des Münster-Smith-Falls Gerner überlassen. Die Sache ist ja ohnehin so gut wie aufgeklärt.«

37

»Ich habe mir nie etwas aus Mandelmilchreis gemacht«, erklärte Marianne.

»Und das sagst du jetzt?« Dan sah sie an. »*Nach all den Jahren* … hätte Yvonne von der Olsenbande noch angemerkt.«

»Wir brauchen zumindest ein bisschen Mandelmilchreis an Heiligabend.«

»Na gut, dann koch ihn, und heb ihn bis dahin auf. Niemand sagt, dass wir ihn essen müssen. Der große Fan bin ich auch nicht.«

»Aber es gab immer Mandelmilchreis am Abend vor Heiligabend.«

»Ein Grund mehr, darauf zu verzichten, wenn wir nur zu zweit sind.« Ihre Tochter Laura hatte gerade mitgeteilt, dass sie den 23. Dezember mit ihren Freundinnen verbringen wollte, und ihren Sohn Rasmus hatte die Familie seiner Freundin eingeladen. Damit würde das gemeinsame Schmücken des Weihnachtsbaums ausfallen. Es war Familientradition, seit Dan sich erinnern konnte, und ein Gefühl von Wehmut stieg in ihm auf, aber es gab durchaus auch Vorteile. »Dann lass uns ausnahmsweise etwas Vernünftiges essen. Ich könnte meine Luxusburger mit Mozzarella machen. Und hinterher schmücken wir den Baum. Das könnte supergemütlich werden.«

»Na ja ...« Marianne schüttete Trockenfutter in eine Schale für den Hund und richtete sich auf. »Wir sind nicht ganz allein, Dan.«

»Wieso?«

»Ich habe einen Logisgast. Sie zieht morgen ein.«

»Einen Tag vor Weihnachten? Hatte das nicht Zeit bis nach den Feiertagen?«

»Es ist eine schwierige Situation.« Marianne setzte sich ihm gegenüber an den Küchentisch. Dan hatte den Baum ins Wohnzimmer geschleppt, dort stand er nun auf einer dicken Lage Zeitungspapier und trocknete, damit sie ihn am nächsten Tag schmücken konnten. Währenddessen hatte Marianne eine Flasche Rotwein aufgezogen und den letzten Rest einer Adventskerze angezündet. Alles lief nach Plan – mit Ausnahme dieser unerwarteten Neuigkeit.

»Erzähl«, forderte Dan sie auf und schenkte ihnen ein.

»Sie ist seit Jahren meine Patientin, nett und freundlich.«

»Bereits seit Jahren? Also ist sie keine junge, arme Studentin?«

»Nein, das kann man nun wirklich nicht sagen. Sie ist fast sechzig und war ihr Leben lang Haushälterin, bis sie gestern plötzlich gefeuert wurde. Heute Morgen kam sie vollkommen aufgelöst zu mir in die Praxis. Sie hat mir leidgetan.«

»Haushälterin?«

»So etwas gibt es tatsächlich noch.«

»Sie heißt nicht zufällig Vera Kjeldsen?«

Marianne zog die Augenbrauen zusammen. »Woher weißt du das?«

»Ich habe meine Quellen.«

»Dann weißt du vermutlich auch, dass Vera die Haushälterin von Peter Münster-Smith war. Vera ist von seinen Erben mitten in der Nacht auf die Straße gesetzt worden und musste sich ein Zimmer im Hotel Marina nehmen. Sie hatte ihre eigene Wohnung und einen Dienstwagen in all der Zeit, in der sie bei Peter war – jetzt hat sie nur noch einen Koffer voll Wäsche. Sie erbt Geld von Peter, aber es dauert, bis man es ihr auszahlt. Das Geld will sie als Anzahlung für eine Wohnung verwenden – nicht um im Hotel zu wohnen. Es ist ja unklar, wann sie wieder einen Job bekommt.«

»Und so lange soll sie hier wohnen?«

Marianne zuckte mit den Schultern. »Rasmus' Zimmer steht sowieso leer. Und es dauert ja nur ein paar Monate, bis Vera ihre Genossenschaftswohnung beziehen kann. Ich bereite das Zimmer morgen früh vor, am frühen Nachmittag wird sie einziehen. Wir haben vereinbart, dass sie keine Miete bezahlen muss und dafür putzt, einkauft und die Wäsche erledigt. Auf diese Weise haben wir beide etwas davon.«

»Und sie wird am Vorweihnachtsabend hier sein?«

»Jedenfalls zum Abendessen.«

»Und Heiligabend?«

»Ich kann sie doch nicht einfach rauswerfen, oder?«

Dan schaute eine Weile in sein Glas und schwenkte den Rotwein.

»Was ist?«, fragte Marianne.

»Ach.« Dan sah sie an. »Hat sie gesagt, warum sie rausgeschmissen worden ist?«

»Sie hatten Streit.«

»Hm.«

»Dan?«

»Ich weiß nicht, ob ich es sagen soll.«

»Wenn du etwas darüber weißt, dann sag es.«

Er erzählte ihr, was ihm Ulrik berichtet hatte. Hinterher saß Marianne kopfschüttelnd da, sprachlos.

»Glaubst du es nicht?«, wollte Dan wissen.

»Es fällt mir jedenfalls schwer, es mir vorzustellen.« Sie fuhr sich durch ihren abstehenden rotblonden Pony. »Wenn du recht hast ...«

»Ich habe nur erzählt, was ich gehört habe.«

»Ja, ja. Du übernachtest jedenfalls nicht hier, während sie hier wohnt. Ich würde ständig daran denken müssen, ob sie vielleicht vor der Tür steht und lauscht.«

»Wir können auch bei mir schlafen.«

Marianne nickte geistesabwesend. Die kleine braungelockte Promenadenmischung hatte sein Futter aufgefressen und war Marianne jetzt auf den Schoß gesprungen. Dan hatte hin und wieder den Eindruck, als könnte er ein triumphierendes Glitzern in Rumpels schwarzen Augen sehen, wenn der Hund dort thronte und Mariannes Schoß als seinen angestammten Platz ansah.

»Gehen wir morgen zusammen einkaufen?«, erkundigte er sich nach einer Weile.

»Ich habe so gut wie alles im Haus«, antwortete Marianne. »Aber wenn du dich um die Getränke kümmern würdest? Und noch etwas Gemüse.«

»Schreib mir einen Zettel, dann erledige ich das morgen früh.«

»Gut.« Marianne sah ihn an. »Was wolltest du mit mir besprechen? Etwas Berufliches, hast du gesagt.«

Dan räusperte sich. »Es ist tatsächlich der Fall, über den wir gerade gesprochen haben.«

»Der Millionärsmord?«

Dan konnte ein Lächeln nicht unterdrücken.

»Was ist?«

»Ach nichts.« Er lehnte sich zurück. »Die Polizei hasst diesen Ausdruck. Er ist ihr zu boulevardmäßig.«

»Aber er war doch Millionär?«

»Tatsächlich war er Milliardär, um genau zu sein.«

»Und warum wird es dann nicht Milliardärsmord genannt? Klingt doch viel besser.«

»Die Zeitungen lieben den Begriff Millionär. Ist dir das nie aufgefallen? Wenn etwas wirklich luxuriös klingen soll, benutzen sie Million als Begriff. Eine Millionenvilla, zum Beispiel. Vollkommen lächerlich. Im größten Teil von Dänemark ist es eine Sensation, ein Haus *unter* einer Million Kronen zu finden.« Dan schüttelte den Kopf. »Im Grunde sind die Boulevardblätter ein sehr kleinbürgerliches Universum. Neid fördert den Verkauf, und der Begriff ›Million‹ ist immer eine sichere Bank. Wenn die Aussicht besteht, dass die Leser sich über den Reichtum und den Status anderer Leute ärgern, wird es getan.«

»Aber eine Milliarde sind doch noch immer tausend mal mehr als eine Million.«

»Solche Klischees lassen sich nur schwer ändern. Ich bezweifele, dass in den Redaktionen überhaupt darüber nachgedacht wird.«

Marianne hob die Schultern. »Gut, aber der Millionärsmord steht doch kurz vor der Aufklärung? Hat es nicht dieser Zahnarzt getan?«

»Das glaubt die Polizei, aber ...«

»Oh, Dan. Musst du dich schon wieder einmischen?«

»Es war bestimmt nicht meine Absicht, und eigentlich hatte ich auch bereits abgelehnt, nur ...« Er goss Wein nach und trank einen

Schluck. »Die Frau von Martin Johnstrup, dem Zahnarzt, also Benedicte ...«

»Sie arbeitet bei Petax, oder?«

»Sie ist Leiterin der Kommunikationsabteilung, ja. Und damit mein täglicher Kontakt. Wir hatten gerade viel miteinander zu tun.«

»Ah, deshalb.«

Etwas in Mariannes Stimme ließ Dan stutzen. »Was meinst du?«

»Ist sie hübsch?«

»Marianne, bitte.« Dan griff nach ihrer Hand, aber sie zog sie zurück. »Nicht schon wieder diese Nummer.«

»Ist sie?«, wiederholte seine Exfrau.

»Benedicte ist überhaupt nicht mein Typ.«

»Das habe ich schon mal gehört.«

»Hör zu.« Dan griff erneut nach ihrer Hand. Diesmal ließ sie es geschehen. »Es gibt überhaupt keinen Grund zur Eifersucht. Du musst wirklich nicht jedes Mal so reagieren, wenn ich einen weiblichen Geschäftspartner erwähne.«

Sie sah ihn einen Moment an. Dann seufzte sie. »Entschuldige. Gebranntes Kind und so.«

Dan beugte sich vor und küsste sie auf die Stirn. »Ich muss mich entschuldigen. Für all meine Taten.« Er küsste sie auf die Nase und schließlich auf die Lippen. »Bitte, bitte.«

Sie lächelte. »Okay«, sagte sie und schob ihn weg. »Wir fangen von vorn an. Benedicte Johnstrup glaubt nicht, dass ihr Mann es getan hat?«

Dan lehnte sich wieder zurück, erleichtert, dass der Anfall von Eifersucht überstanden war. »Sie ist sich absolut sicher. Und ich muss sagen, einige ihrer Argumente klingen durchaus vernünftig. Vor allem sagt sie, dass Martin überhaupt nicht der Typ für so etwas ist. Er ist ein ruhiger, gelassener Mann, der niemals irgendeine Tendenz zu Gewalt gezeigt hat.«

»Würden das nicht die meisten Frauen sagen?«

»Vielleicht. Und dennoch. Ich halte sie für eine ziemlich gute Menschenkennerin. Außerdem hat sie sich gewundert, seit die Mordwaffe gesucht wird. Peter wurde mit einem ganz gewöhnlichen Steakmesser niedergestochen, die Stichwunden waren beinahe zufällig. Die Polizei meint, das hätte absolut amateurartig ausgesehen.«

»Und?«

»Martin Johnstrup ist kein Amateur. Wenn er jemanden niederstechen wollte, stünden ihm als Zahnarzt doch weit effektivere Waffen zur Verfügung. Denk nur an die Auswahl von Skalpellen, die er mit Sicherheit in seiner Praxis hat. Außerdem würde er wissen, wo und wie er zustechen muss.«

Marianne nickte langsam. »Da ist was dran.«

»Ein Zeuge hat ihn kurz vor dem Mord vor dem Petax-Hauptgebäude gesehen, aber niemand weiß, wo er dann geblieben ist.«

»Die Polizei hat seinen Wagen gefunden, oder?«

»Unten am Jachthafen. Und es waren Blutspuren drin.«

»Woher weißt du das?«

Dan lächelte. »Von einem kleinen Vögelchen.«

»Also hast du schon angefangen, in dem Fall herumzuschnüffeln?«

»Bis heute Abend habe ich lediglich ein paar Dinge überprüft.«

»Warum?«

»Weil Benedicte Johnstrup nicht aufhört, mich um Hilfe zu bitten. Ich hatte gehofft, dass ein Anruf von Pia Waage mir das entscheidende Argument liefern würde, um Benedicte abzusagen, er hatte leider genau die gegenteilige Wirkung. Pia ist nämlich ebenfalls überhaupt nicht überzeugt, dass der Fall so klar und eindeutig ist, wie Frank Janssen es sich wünscht. Nach dem Überfall auf den Geldtransporter heute Nachmittag ist er noch mehr darauf bedacht, den Mordfall so schnell wie möglich abzuschließen.«

»Klingt logisch. Die Polizei hat nur begrenzte Ressourcen. Sie können schließlich nicht zaubern.« Marianne biss sich auf die Lippe. »Aber wenn es in Johnstrups Auto eine Blutspur gab und sich herausstellt, dass sie von Peter stammt?«

»Pia hat gesagt, dass diese Spur sich an einer merkwürdigen Stelle befindet, sofern man davon ausgeht, dass sich nur eine Person im Auto aufgehalten hat. Sie meint, die Spuren würden eher darauf hindeuten, dass der Mörder in seinen blutigen Klamotten auf dem Beifahrersitz saß und ein anderer – vielleicht Martin Johnstrup – den Wagen fuhr. Vielleicht hat der Mörder ihn bedroht, und er musste fahren.« Dan trank einen Schluck Wein. »Außerdem ist da noch die Sache mit den Zigaretten.«

»Welchen Zigaretten?«

»Im Handschuhfach des Wagens lag eine Packung Prince. Zwei wurden geraucht, das Päckchen war am Nachmittag gekauft worden. Merkwürdig ist, dass es keinerlei Blutspuren auf der Packung gibt – nicht der kleinste Partikel.«

»Und?«

»Hätte der Mörder die Zigaretten nach dem Mord angerührt, wären ganz eindeutig Spuren nachweisbar. Stell dir vor, du seist Raucher und hättest gerade einen Mann umgebracht, was würdest du tun, während du dir die nächsten Schritte überlegst?« Dan sah, wie seine Exfrau nickte. »Nicht wahr? Es muss irgendeinen Grund geben, warum er nicht geraucht hat. Vielleicht wurde er daran gehindert. Für mich ist das jedenfalls ein weiterer Grund, anzunehmen, dass Johnstrup nicht allein im Auto saß.«

»Und du meinst, der Mörder hat ihn dazu gezwungen?«

»Es könnte eine Erklärung sein.«

»Vielleicht.«

»Und das dritte und überzeugendste Argument gegen Martin Johnstrups Täterschaft ist sein Verschwinden.«

»Wieso? Ist es nicht vollkommen natürlich zu verduften, wenn man gerade einen Mord begangen hat?«

»Ohne Geld? Ohne Pass? Ohne Auto?«

»Vielleicht hat er Selbstmord begangen?«

»Das ist möglich. Doch wer hat dann das Zeug verbrannt, das der Täter während des Mordes trug? Und Peters Brieftasche und sein Handy? Wäre es nicht eigenartig, sich derartige Mühe zu geben, Beweismaterial zu vernichten, wenn man ohnehin vorhat, gleich danach Selbstmord zu begehen? Wo war er in der Nacht von Donnerstag auf Freitag? Laut Pia in keinem der hiesigen Hotels, er hat auch bei keinem seiner Freunde und Bekannten übernachtet. Um im Auto zu schlafen, war es zu kalt. Warum hätte er diese Nacht im Auto überstehen sollen, ohne auch nur eine Zigarette zu rauchen? Ist es wirklich glaubhaft, dass er die Sachen im Wald verbrannte, danach zum Jachthafen gefahren ist, das Auto abstellte und sich dann irgendwo das Leben nahm? Das passt doch einfach nicht zusammen.«

»Du glaubst, dass er tot ist, oder?«

»Es ist das Wahrscheinlichste. Ich glaube nur nicht, dass er es selbst getan hat.«

Marianne strich ihr Stirnhaar zur Seite und sah ihn an. »Das klingt, als hättest du dich bereits entschieden.«

»Ach, es bleibt ein Dilemma. Erstens habe ich Frank versprochen, mich rauszuhalten.«

»Das hast du bisher jedes Mal versprochen, Dan.«

»Ja, aber diesmal war ich so überzeugt davon. Ich hätte ja eigentlich dermaßen viel mit dieser Petax-Kampagne zu tun gehabt, dass überhaupt keine Zeit dafür geblieben wäre, Detektiv zu spielen. Jetzt haben sie die Kampagne bis auf Weiteres gestoppt, und ich hätte einen Moment Luft im Kalender.«

»Warum nur für einen Moment?«

Er sah sie an und verzog sein Gesicht zu einem Grinsen. »Eigentlich hatte ich beschlossen, dich zu einem gemeinsamen Urlaub einzuladen. Nur du und ich und eine Menge Sonne. Es sollte mein zusätzliches Weihnachtsgeschenk sein.«

Marianne erwiderte seinen Blick und fing an zu lachen.

»Was ist denn so komisch daran?«

»Nein, nein«, sagte sie und griff über den Tisch nach seiner Hand. »Gar nichts. Mein Weihnachtsgeschenk für dich ist ein Winterurlaub, bei dem du dir das Ziel aussuchen darfst. Ich habe sogar eine hübsche Geschenkkarte für den Gutschein gebastelt.«

»Zwei Seelen, ein Gedanke.« Dan streichelte Mariannes Finger. Sie waren stark und ein wenig breit, mit hübschen, ovalen Nägeln, die stets so aussahen, als wären sie gerade sauber geschrubbt worden. »Das ist doch ein Zeichen. Dann müssen wir fahren.«

»Nicht im Januar, Dan. Das ist absolut ausgeschlossen. Bis zum 15. sind nur zwei Ärzte im Haus. Es geht frühestens im Februar, vielleicht auch erst Anfang März.« Sie ließ Rumpel los, um Dans Hand in ihre beiden Hände zu nehmen. »Wenn du mir eine Reise schenkst und ich dir – dann können wir uns einen ganz besonderen Ort leisten, oder?«

»Oder sowohl in den Winter- wie in den Sommerurlaub fahren.« Er lächelte. »Aber meine Entschuldigung hat sich erledigt.«

»In der Tat. Du hast jede Menge Zeit. Und es klingt, als ob die entzückende Benedicte Johnstrup dich wirklich braucht.«

»Ach, jetzt hör schon auf. Ich rufe sie morgen an.«

»Tu dir bitte selbst einen Gefallen, Dan.«

»Ja.«

»Du solltest Frank Janssen informieren, dass du dich mit dem Fall beschäftigst. Er könnte dir ziemliche Schwierigkeiten machen, wenn du hinter seinem Rücken anfängst.«

»Natürlich. Und ich sage Flemming Bescheid. Er hat mit der wirtschaftlichen Seite des Mordes zu tun, ist also sowieso involviert.« Dan leerte sein Glas. »Ich glaube, ich habe tatsächlich einen interessanten Tipp für ihn. Das müsste ihn milde stimmen.«

»Grüß ihn von mir, und wünsch ihm fröhliche Weihnachten.«

»Mach ich.« Dan erhob sich. »Ich gehe jetzt eine Runde mit Rumpel«, erklärte er.

»Danke. Ich habe gerade überlegt, ob ich dich fragen darf ...«

»Und wenn ich zurückkomme ...« Er ließ seine Hand eine Weile in ihrem Nacken ruhen.

»Ja?«

»Ich bin dafür, dass wir nach oben gehen und den letzten Abend feiern, den wir in der Gørtlergade 8 für uns haben – ohne geile alte Jungfern auf der anderen Seite der Schlafzimmertür.«

DONNERSTAG, 23. DEZEMBER 2010

38 »So, jetzt ist mein Alibi in Ordnung«, erklärte Flemming und hielt eine Tüte in die Luft, darin ein Geschenk für Ursula, ein mit Spitzen besetztes Nachthemd einer teuren Marke.

»Brauchst du wirklich ein Alibi?«, fragte Dan, der sich im Hintergrund gehalten hatte, während sein alter Freund einkaufte. »Du bist ein erwachsener Mann. Warum musst du dich rechtfertigen, wenn du ein paar Stunden allein in der Stadt verbringen willst?«

»Ursula passt viel zu gut auf mich auf«, sagte Flemming. »Wenn sie wüsste, dass ich am Vorweihnachtsabend die familiäre Gemütlichkeit schwänze, um mit dir einen Fall zu diskutieren, wäre sie stocksauer.«

Dan öffnete den Mund, um zu erklären, was er von Ursulas Hang hielt, auch noch die kleinste Umtriebigkeit ihres Mannes zu kontrollieren, und schloss ihn gleich wieder. Er wusste, dass Ursula es gut meinte, und er wusste, dass Flemming seiner Frau einiges schuldete. Man konnte ihr die etwas übertriebene Fürsorge kaum vorwerfen. Flemming war noch immer von seiner Krebserkrankung gezeichnet, obwohl er nicht mehr krankgeschrieben war und es keinen Zweifel gab, dass es zumindest seiner Konstitution guttat, wenn er seinen gesunden und stressfreien Lebensstil beibehielt. Wog man die Vor- und Nachteile seiner Ehe mit Ursula gegeneinander ab, gab es unter dem Strich immer noch ein positives Ergebnis, gestand Dan sich ein, als sie sich ihren Weg durch das vorweihnachtliche Gedränge auf dem Bürgersteig bahnten. Er war nur froh, dass er nicht mir ihr zusammenleben musste.

»Gehen wir noch ins Marina?«, fragte Flemming.

»Eigentlich würde ich dir lieber einen Kaffee bei mir ausgeben.«

»Gut. Da haben wir auch mehr Ruhe.«

Kurz darauf saßen sie sich in Dans Erker gegenüber – Flemming in dem blauen Finn-Juhl-Sofa, Dan in einem Sessel.

»Was für eine Kälte«, seufzte Flemming und putzte seine Brille, die beschlug, sobald er von draußen ins Warme kam.

»Du sagst es.«

»Na, lass mich hören. Zuallererst: Wie hat Janssen reagiert, als du ihm gesagt hast, dass du dich mit dem Fall befassen wirst?«

»Er hat es erstaunlich ruhig hingenommen. Oder besser: Er klang beinahe so, als sei es ihm egal. Ich hatte den Eindruck, die ganze Abteilung hat inzwischen mehr mit dem Überfall zu tun.«

»Dem Überfall auf den Geldtransport gestern? Ja, eine üble Sache. Einer der Begleiter liegt noch im Koma.« Flemming pustete in seinen Kaffee. »Hat er den Hauptkommissar informiert?«

»Dass ich an dem Fall dran bin? Ich bin sicher, er wird es tun. Du weißt, wie korrekt er ist.«

»Und ehrgeizig, nicht zu vergessen. Er will auf keinen Fall mit der Leitung in Konflikt geraten.«

»Genau.«

Flemming stellte die Tasse ab. »Jetzt erzähl schon.«

Dan ließ sich Zeit mit der Erklärung, wie der Fall sich aus Benedictes – und inzwischen auch aus seiner – Sicht darstellte. Die Blutspuren, die Zigaretten, der Pass. Flemming hörte zu, ohne Dans Ausführungen zu kommentieren, er nickte und brummte bloß in regelmäßigen Abständen.

»Klingt, als wärst du auf der richtigen Spur«, sagte er, als Dan fertig war. »Es gibt jede Menge lose Fäden. Eigentlich merkwürdig, dass Janssen sich auf eine einzige Theorie versteift hat. Das sieht ihm gar nicht ähnlich.«

»Laut Pia wollte er den Fall unbedingt bis Weihnachten abschließen.«

»Dann handelt er wider besseres Wissen. Es kommt nie etwas Gutes dabei heraus, wenn man die Ermittlungen auf diese Weise vorantreibt.«

»Kennst du andere Aspekte des Falls als die finanziellen?«

»Ja, so in groben Zügen.« Flemming berichtete diverse Fakten über das Auto, die Feuerstelle im Wald, Peters Archiv mit seinen Eroberungen und das Testament.

»Er hat Buch geführt über all seine Damenbekanntschaften? Interessant. Das Archiv würde ich mir gerne mal ansehen.«

»Hast du deine Hormone immer noch im Griff?«

»Doch nicht deshalb, Mann! Vielleicht ergibt sich daraus eine ganz neue Spur.«

»Glaub mir, sie haben es versucht. Soweit ich weiß, haben sie mehrere Frauen gefunden und vernommen. Es klang so, als wäre es eine Sackgasse.«

»Hm. Was ist mit den Erklärungen des Rechtsmediziners und der Techniker? Und mit den bisher vorliegenden Zeugenaussagen? Glaubst du, ich könnte eine Kopie erhalten?«

»Ich kann mir die Akte für den Eigengebrauch ausdrucken, die dir dann zufällig unter die Augen kommt.«

Dan grinste. »Wann hast du Zeit dafür? Bist du nicht schon im Weihnachtsurlaub?«

»Das erledige ich sofort«, versprach Flemming. »Ich schaue nachher noch mal kurz im Büro vorbei, bevor ich nach Hause gehe.«

»Gut.«

»Du hast gesagt, du hättest einen Tipp für mich?«

»Ja.« Dan beugte sich vor und stützte die Ellenbogen auf die Knie. »Du prüfst doch die gesamte Buchhaltung, nicht wahr?«

»Ich sehe mir alles an, was auf dem Computer von Peter Münster-Smith zu finden ist, ja. Außerdem einige Unterlagen aus dem Bankschließfach.«

»Bist du dabei auf den Namen Kirsten Isakson gestoßen?«

Flemming dachte einen Moment nach. Dann schüttelte er den Kopf. »Ich glaube nicht. In welchem Zusammenhang?«

»Ich habe gestern Peters Bruder getroffen. Wir kennen uns entfernt aus alten Zeiten, aber ich habe ihn jahrelang nicht gesehen, also sind wir zusammen ein Bier trinken gegangen. Mitten im Gespräch wurde er von einer Frau namens Kirsten Isakson angerufen, sie verwirrte ihn mit ihrem Gerede über monatliche Beträge, die sie von Peter bekommen hätte und die sie nun von Ulrik verlangte. Es ging um Schadenersatz nach irgendeinem Arbeitsunfall.«

»Das muss doch herauszubekommen sein, wenn man in der Firma anruft.«

»Na ja, eigenartig war, dass sie behauptete, es handele sich um eine direkte Vereinbarung zwischen Peter und ihrem Mann – also an den offiziellen Kanälen vorbei. Klingt doch komisch, oder?«

»Was hat der Bruder dazu gesagt?«

»Er wollte die Angelegenheit mit Axel Holkenfeldt besprechen und Kirsten Isakson anrufen, sobald er mehr weiß.« Dan trank seinen Kaffee. »Ich rufe ihn morgen mal an, um mich zu erkundigen, wie Axel reagiert hat.«

Flemming biss sich einen Moment auf die Unterlippe. Dann richtete er sich auf und sah Dan an. »Okay, das passt ausgezeichnet zu einer anderen seltsamen Geschichte.«

»Ach ja?«

»Zwischen den Unterlagen aus dem Schließfach der Bank lag eine alte Kladde mit Abrechnungen. An und für sich sieht es ganz normal aus, Geld kommt herein, Geld wird ausgegeben. Alles festgehalten in Peters Handschrift. Es sieht aus wie das Rechnungsbuch eines kleinen Vereins, in dem irgendeinem Hobby nachgegangen wird, nicht wie die professionelle Excel-Tabelle eines Geschäftsmannes. Ich wurde stutzig.«

»Und was glaubst du?«

»Ich weiß es noch nicht. Bei jedem einzelnen Eintrag, egal, ob es sich um Einnahmen oder Ausgaben handelt, hat Peter in der rechten Spalte eine Zwischensumme notiert, sodass er immer wusste, wie hoch der Kassenbetrag war. Zuletzt waren es achthundertdreiundsiebzigtausend Kronen.« Flemming machte eine Kunstpause. »Der Betrag entspricht genau der Summe an Bargeld, die wir im Schließfach gefunden haben.«

»Das ist ja ein Ding.«

»Die Texte zu den einzelnen Einträgen bestehen lediglich aus ein paar Buchstaben oder Zahlen. Vielleicht eine Art Code. Auf jeden Fall sollen Unbefugte es nicht ohne Weiteres verstehen.«

»Du meinst, dass …«

»Sowohl der Wirtschaftsprüfer als auch ich sind uns sicher, dass Peter irgendein Nebengeschäft betrieb. Etwas nicht ganz Legales, um es vorsichtig auszudrücken.«

»Drogen?«

»Das wäre naheliegend. Der Mann war offenbar bekannt dafür, dass er mit Stoff stets gut versorgt war. Wir haben uns inzwischen einige Gedanken gemacht, sind aber nicht weitergekommen.«

»Hast du Frank davon erzählt?«

»Natürlich. Er hat auch keine Erklärung. Es schien nicht so, als ob er jemanden dafür abstellen wollte.«

»Und du?«

»Eigentlich hätte ich schon Lust, nur …« Flemming zuckte mit den Schultern. »Ich bin ja im Weihnachtsurlaub. Und bisher habe ich absolut nichts herausgefunden.«

»Dann lass mich diese Abrechnungen ansehen.«

»Du? Ich wusste nicht, dass du etwas von Buchführung verstehst?«

»Tue ich auch nicht. Aber manchmal hilft es, die Dinge mit eigenen Augen zu sehen, oder? Ich bin normalerweise ziemlich gut, Muster und Systeme zu entdecken. Und wenn es sich wirklich um einen Code handelt … Lass es mich versuchen.«

Flemming überlegte einen Moment. »Ich mache dir eine Kopie. Wenn du mit aufs Präsidium kommst, kannst du sie sofort haben.«

»Und dieses Frauenarchiv?«

»Ist auf einem USB-Stick. Ich weiß nicht, wie lange es dauert, eine Kopie davon zu ziehen, immer vorausgesetzt, ich komme überhaupt ran.«

»Wirst du es versuchen?«

»Na klar.« Flemming stand auf. Er griff nach seinem Mantel, den er über eine Stuhllehne geworfen hatte. »Ich finde, wir beide sollten eine Vereinbarung treffen.«

»Sag schon.« Auch Dan zog sich an.

»Lass uns bei diesem Fall zusammenarbeiten. Es klingt schon sehr plausibel, was Benedicte Johnstrup sagt. Und es gibt einige Spuren, die weiterverfolgt werden sollten. Außerdem muss ich einräumen, dass es mich reizt, mich ein bisschen mehr einzumischen, als ich es offiziell darf.«

Und etwas mehr, als dein Kontrollfreak von Frau akzeptieren würde, dachte Dan. Laut sagte er: »Okay.«

»Ich werde eine Menge Regeln brechen, und ich riskiere es, entlassen zu werden, wenn wir auffliegen, aber dennoch ...« Er hob die Schultern. »Eigentlich ist es mir fast ein bisschen egal, wenn du verstehst, was ich meine.«

Dan nickte. Er wusste, dass Flemming mehr oder weniger mit einem Rückfall rechnete. Irgendwann. Außerdem verlief seine Karriere inzwischen ohnehin auf einem Nebengleis, und vermutlich hatte er das Gefühl, nicht gerade wahnsinnig viel verlieren zu können.

»Ich muss mich darauf verlassen, dass du mir gegenüber ehrlich bist«, fuhr Flemming fort. »Wenn wir das zusammen durchziehen, dann auch wirklich zusammen. Ich erzähle dir, was ich weiß, und du erzählst mir, was du herausfindest. Ausnahmslos.«

39

Vera Kjeldsen saß auf der Bettkante und sah sich um. Sie wusste, dass das helle Zimmer zum Garten das Zimmer von Rasmus gewesen war, und sie wusste auch, dass es mehr oder weniger unbewohnt war, seit Rasmus vor einigen Jahren zu Hause ausgezogen war. Das war eine Erklärung für die Wollmäuse, die sich hinter den Regalen und unter dem Bauernschrank gesammelt hatten. Trotzdem. Marianne Sommerdahls Hans hatte eine Generalreinigung wirklich nötig.

Über dem breiten Bett hingen Plakate von Filmen, die Vera noch nie gesehen hatte. Und von denen sie auch noch nie gehört hatte. Auf den Regalbrettern standen eine Menge Taschenbücher. Einige von ihnen kannte Vera. Keine Bücher, die ein Teenager lesen würde, dachte sie, während sie nach einem Åsa-Larsson-Krimi griff. Offenbar benutzte Marianne die Regale von Rasmus als Aufbewahrungsort für Bücher, die in den vollen Bücherregalen im Wohnzimmer keinen Platz mehr fanden.

Sie las den Klappentext des Buches und beschloss, es am Abend zu lesen. Es gab keinen Fernseher im Zimmer, also musste sie sich auf andere Weise unterhalten. Vera legte das Buch auf den Nachttisch und stand auf. Sie packte ihren Koffer aus und legte die Wäsche auf ein freies Regalbrett. Das Reisenecessaire stellte sie auf den Schreibtisch. Es sollte im Badezimmer der Frau Doktor nicht im Weg stehen. Den Koffer stellte sie an die Tür. Sie würde ihn unters Bett schieben, sobald sie darunter gesaugt hatte.

Es klopfte an der Tür.

»Ja?«

Marianne steckte den Kopf herein. »Ich wollte nur hören, ob Sie zurechtkommen, Vera. Fehlt irgendetwas?«

»Nein, es ist alles gut«, erklärte sie. »Ich bin froh, dass ich hier sein darf.«

»So soll es sein«, sagte Marianne. »Möchten Sie eine Tasse Kaffee? Ich habe gerade eine Kanne gekocht.«

Kurz darauf standen sie in der Küche. Hier war es warm und gemütlich, wenn auch ein wenig unaufgeräumt. Alle waagerechten Flächen standen voller Einkäufe für die bevorstehenden Feiertage: Mandeln, Milchreis, Marzipan, Johannisbeergelee, Gemüse. Ein Backblech mit frisch gebackenen Lebkuchen kühlte auf dem Herd ab, und Einmachgläser mit Pfeffernüssen, Lebkuchen und Vanillekringeln standen auf der Fensterbank. Vera lief das Wasser im Munde zusammen, als sie zufrieden bemerkte, dass Marianne einen Dessertteller mit einer Auswahl ihrer weihnachtlichen Backergebnisse vorbereitet hatte. Das Einzige, was diese Idylle störte, war der Hund, der jedes Mal knurrte, wenn Vera sich bewegte. Wirklich unangenehm.

»Entschuldige bitte«, sagte Marianne. »Normalerweise benimmt Rumpel sich nicht so. Wahrscheinlich ist er im Weihnachtsstress.«

Vera erwiderte nichts.

»Ich dachte …«, fuhr Marianne fort, als sie sich mit einer Tasse Kaffee am Esstisch gegenübersaßen und eine rote Stumpenkerze angezündet hatten, »… vielleicht wäre es eine gute Idee, wenn wir besprechen, was in den nächsten Tagen passieren wird.«

»Ich schaffe es schon noch, hier zu putzen«, sagte Vera.

»Ach, daran habe ich jetzt nicht gedacht. Ich wollte Ihnen erklären, wer hier wann sein wird. Dann können Sie selbst entscheiden, woran Sie teilnehmen möchten.«

»Ja?«

»Heute Abend kommt mein Exmann. Na ja, er ist etwas mehr als mein Exmann. Eigentlich sind wir wieder zusammen, obwohl wir getrennte Wohnungen haben.«

»Ah ja.«

»Wir werden zu Abend essen, und Sie sind herzlich eingeladen, daran teilzunehmen. Hinterher ...« Marianne erklärte detailliert, wann ihr Sohn und ihre Schwiegermutter kämen, und dass Rasmus in ihrem Bett schlafen würde, weil sie bei ihrem Exmann übernachten würde und so weiter und so fort. Vera nickte, lächelte und aß frisch gebackene Kekse, wobei sie diskret den Blick durch die Küche schweifen ließ. Die Küche schrie ebenfalls nach Seifenlauge, dachte sie, während Marianne weiterplauderte und den kleinen Pfostenpisser mit Pfeffernüssen fütterte.

Sie war schon nett, die Frau Doktor. Sie hatte ganz offensichtlich ein gutes Herz. Aber sie war offenbar auch ein wenig unordentlich – in ihrem Heim wie in ihrem Privatleben. Ein Exmann, der noch immer ihr Liebhaber war? Eine Küche, in der Fett einen gelblichen Schatten auf der Glaskuppel über dem Herd bildete? Und wie sahen nur diese Gewürzgläser aus? Damit hatte Vera nicht gerechnet. Im Ärztehaus war alles immer so sauber, dass man vom Fußboden essen konnte. Dort kam natürlich auch täglich eine Putzfrau. Sie musste sich erkundigen, ob sie diesen Job möglicherweise bekommen könnte.

»Ich könnte heute anfangen und schauen, wie weit ich komme«, sagte sie, als Marianne ihren Redestrom für einen Moment unterbrach. »Den Rest erledige ich dann morgen.«

»Sprechen Sie noch immer vom Putzen?« Marianne lachte. »Wollen Sie sich in den ersten paar Tagen nicht ein wenig entspannen? Wenn wir das Haus voll haben, wird es ohnehin wieder schmutzig.«

»Dann mache ich es halt wieder sauber. Ich kann mich nicht wirklich entspannen, solange es so aussieht.«

Mariannes Gesichtsausdruck war so verblüfft, dass Vera fürchtete, zu weit gegangen zu sein. Doch dann lachte Marianne. »Oh, Sie sind eine Perle, Vera. Dann fangen Sie mal an.«

Vera stand auf, und der Hund begann wieder zu bellen. Es sah beinahe komisch aus, wie dieses kleine, gekräuselte Wesen mit gefletschten Zähnen dastand und sie anknurrte. Als wäre sie ein Dobermann oder so etwas.

»Pfui, Rumpel! Aus!« Marianne griff nach dem Halsband des Hundes und zog ihn zu sich. »Bitte entschuldigen Sie, Vera. Ich werde mit ihr Gassi gehen, dann haben Sie Ihre Ruhe.«

»Das macht doch nichts«, log Vera.

»Können wir heute Abend mit Ihnen rechnen? Dan würde gern wissen, wie viel er einkaufen muss.«

»Danke, das wäre sehr schön«, sagte Vera, während sie das knurrende Biest im Auge behielt. »Und ich würde auch morgen sehr gern mit Ihnen essen, wenn ich darf. Aber Sie müssen mich nicht den ganzen Abend ertragen. Ich mache mir nicht viel aus Weihnachten.«

»Das dürfen Sie ganz allein entscheiden.«

Vera suchte sich einen Lappen, einen Eimer, Wasser und Putzmittel und begann mit den Fensterbrettern im Wohnzimmer. Sie arbeitete sich langsam und systematisch durch die untere Etage. Wohnzimmer, Flur, Gästetoilette und das Zimmer der Tochter, das zu Veras Überraschung sauberer war als der Rest des Hauses. Sie saugte Staub und wischte sämtliche Böden, dann nahm sie sich der Küche an.

Marianne kam mit dem Hund zurück. Nach einer angemessenen Anzahl lobender Ausrufe zog sie sich mit dem Tier in das blitzsaubere Wohnzimmer zurück und schloss die Tür. Vera arbeitete unbeirrt weiter und spürte, wie ihre Laune sich mit jedem Quadratmeter verbesserte, den sie von leicht verdreckt in glänzend und sauber verwandelte. Sie lächelte sogar noch freundlich, als die Tochter des Hauses, ein zartes, blondes Mädchen, das Laura hieß, nach Hause kam und grüßte, bevor auch sie im Wohnzimmer verschwand.

Als Vera mit dem unteren Stockwerk fertig war, putzte sie im ersten Stock weiter. Ein langer Flur, ein kleines Büro, das Schlafzimmer, Veras Zimmer und ein großes Badezimmer. Eigentlich war das Haus gar nicht so groß, dachte sie und schrubbte die Badewanne, die nicht direkt schmutzig war, nur eben auch nicht wirklich sauber. Sie hatte sich vorgestellt, dass eine Ärztin großzügiger wohnen würde. Es gab noch einen ordentlichen Garten, nur so eine Art größeres Quadrat mit einigen Bäumen und ein paar mit Schnee bedeckten Gartenmöbeln hinter dem Haus. Dennoch hatte so ein altes Haus sicher auch seinen Charme.

Schließlich stellte sie die Putzmittel und den Staubsauger an ihren Platz in der Küche und klopfte an die Wohnzimmertür. Ein lautes Bellen und Lauras »Halt die Klappe, Rumpel!« drang durch die Tür, bevor Marianne »Ja?« rief.

Vera öffnete die Tür. »Ich wollte nur sagen, dass ich fertig bin. In alle Ecken bin ich nicht gekommen, aber ich kann ja morgen noch einmal...«

Marianne stand auf. »Ich bin mir sicher, dass es jetzt sehr ordentlich ist, Vera. Vielen Dank.«

»Ich dachte...«

»Ja?«

»Können Sie mir die Zugangsdaten zum Internet geben?«

»Natürlich, ja. *Ausrufezeichen-Ausrufezeichen-Dan1964-Fragezeichen*. Das Netzwerk heißt Sommerdahl. Raten Sie mal, wer es installiert hat. Können Sie sich das Passwort merken, oder soll ich es Ihnen aufschreiben?«

Als Vera in ihr jetzt sauberes Zimmer kam, schob sie den Koffer unters Bett und setzte sich mit ihrem Computer an den Schreibtisch. Sie loggte sich ein und öffnete ihren Posteingang. Einer der Wohnungsmakler hatte geantwortet. Er hatte die Verkaufsbedingungen, Fotos und einen Grundriss als PDF angeheftet. Vera öffnete die Dokumente und vertiefte sich darin. Sie konnte es kaum abwarten, ihre eigene Wohnung zu bekommen.

40

»Wie die meisten von euch wissen«, sagte Frank Janssen und ließ seinen Blick durch die kleine Gruppe schweifen, die sich im Gemeinschaftsbüro versammelt hatte, »sind die Ermittlungen bei dem Überfall auf den Geldtransport von der Landeskriminalpolizei übernommen worden. Zum einen wäre es eine ziemlich schwierige Aufgabe für uns gewesen, den Fall alleine zu stemmen, zum anderen deutet sehr viel darauf hin, dass zumindest einer der Täter mit der Beute ins Ausland geflüchtet ist, sodass ein Großteil der Arbeit mit Interpol koordiniert werden muss. Das Fluchtauto wurde auf einem Parkplatz am Fährhafen von Rødby gefunden, eine Überwachungskamera in Puttgarden hat ein Foto geliefert, auf das die Beschreibung eines der Täter passt. Der andere ist vermutlich in Kopenhagen untergetaucht.«

»Und die Beute?«, fragte Svend Gerner, der als Einziger nicht an den Ermittlungen beteiligt gewesen war.

»Es gibt keine Spur.«

»Liegt der Wachmann noch im Koma?«

»Leider ja. Es sieht nicht sonderlich gut aus.« Frank schaute in seine Unterlagen. »Aber wie gesagt: Der Ball ist jetzt bei der Landeskriminalpolizei. Unsere Aufgabe beschränkt sich auf die Klärung einiger Fragen hier vor Ort.«

»Dann kann ich jetzt ja in den Weihnachtsurlaub gehen?«

Frank sah ihn an. »Ja, Gerner, das kannst du.«

»Danke. Meine Frau ist sowieso schon sauer, dass ich heute kommen musste.«

»Bekommen wir noch eine Zusammenfassung der Ergebnisse, die du im Laufe des Tages zusammengetragen hast?«

»Natürlich.« Gerner trat ans Whiteboard, wo der bisherigen Sammlung ein paar neue Farbfotos hinzugefügt worden waren. »Dies hier sind die mehr oder weniger verkohlten Gegenstände, die wir im Wald gefunden haben. Ich weiß, es ist schwer, irgendetwas zu erkennen, Bjarne Olsen kommt gleich aus dem Labor und erzählt ein bisschen mehr darüber. Er hat sich unter anderem den Inhalt der Brieftasche genauer angesehen.«

»Gut«, sagte Frank, der sich auf die Kante eines Schreibtischs gesetzt hatte.

»Die Fahndung nach Martin Johnstrup ist noch immer in vollem Gang, bisher haben sich jedoch alle Hinweise als ergebnislos erwiesen. Wir haben Fluggesellschaften, Züge, Fähren und die Grenzübergänge überprüft, ohne Resultat. Der Mann ist wie vom Erdboden verschluckt. Seit er seinen Wagen am Jachthafen abgestellt hat, gibt es keine Spur mehr von ihm. Die Hundestaffeln haben aufgegeben. Der Schnee liegt dort draußen einfach zu hoch.«

»Ist die Frage weiterverfolgt worden, ob er einen Komplizen hatte?«

Svend Gerner schüttelte den Kopf. »Es ist eine der Möglichkeiten. Ich bin noch nicht dazu gekommen, alle Kontakte anzurufen, die in seinem Handy gespeichert sind, aber bisher hat ihn niemand gesehen oder etwas von ihm gehört.«

»Glaubst du, sie würden es dir erzählen, wenn sie seine Komplizen wären?«, fragte Pia Waage grinsend.

»Allein habe ich jedenfalls nicht die Zeit, sie alle ins Kreuzverhör zu nehmen«, entgegnete Gerner beleidigt.

»Sorry. Tut mir leid.«

»Seine Frau ist absolut sicher, dass er keinen Komplizen hatte. Und soweit ich es mitbekommen habe, hat Benedicte Johnstrup unseren Lieblingsdetektiv angeheuert, um zu beweisen, dass ihr Mann nicht der Täter ist.«

»Dan Sommerdahl hat mich darüber informiert, ja«, bestätigte Frank. »Und ich habe auch schon den Hauptkommissar davon unterrichtet.«

»Der Mann hat mir erst vor einer Woche ins Gesicht gesagt, dass er sich nicht einmischen würde.«

»Ich weiß. Es gibt offenbar ein paar Dinge, die sich seither geändert haben.« Frank fuhr sich mit der Hand durchs Haar. »Meiner Meinung nach sollten wir uns darüber keine Gedanken machen. Dan hat schließlich schon ein paar Mal mitgeholfen, und bisher hat es der Aufklärungsrate ja nicht gerade geschadet, oder?«

»Ich sehe die Notwendigkeit nicht«, widersprach Gerner. »Die Ermittlungen laufen wie am Schnürchen. Wir tun alles Menschenmögliche. Was sollte er denn noch dazu beitragen können?«

»Also bitte, nicht ich habe ihn gebeten, sich einzumischen.«

Pia richtete sich auf. »Soweit ich es verstanden habe, hat Benedicte Johnstrup nicht das Gefühl, wir würden uns alle Optionen offenhalten. Sie meint, es sei zu früh, ihren Mann als Mörder hinzustellen.«

»Klingt, als wärst du auch ihrer Meinung, Waage?«

Ein kurzes Achselzucken. »Vielleicht ein bisschen. Darüber haben wir ja geredet, Janssen. Wir sollten den anderen Möglichkeiten nachgehen, wenn sich herausstellt, dass Johnstrup doch nichts mit der Sache zu tun hat. Natürlich geht das nicht sofort, schließlich stehen uns keine unbegrenzten Ressourcen zur Verfügung.«

»Nein, das kann man nicht gerade behaupten«, bestätigte Frank. »Nun ja, jedenfalls beschäftigt sich Dan Sommerdahl mit dem Fall, und damit werden wir leben müssen.«

Svend Gerner räusperte sich. »Ich habe Flemming Torps vorläufigen Bericht überflogen.«

»Gibt es etwas entscheidend Neues?«

»Nichts, was die Alarmglocken schrillen lässt. An- und Verkauf von Aktien und Gebäuden. Münster-Smith war Torps Meinung nach ungewöhnlich risikobereit in seinen privaten Transaktionen, doch es sieht alles völlig legal aus. Das einzig Unerklärliche sind nach wie vor diese Kladde und das Bargeld im Schließfach, Torp meint, es sei nur eine Frage der Zeit, bevor das Geheimnis gelüftet ist.«

»Wie kommt er darauf? Hat er mit Spezialisten aus Kopenhagen gesprochen?«

»Das geht aus dem Bericht nicht hervor. Nur, dass er und der Wirtschaftsprüfer weiter an der Spur arbeiten.«

»Spur? Das klingt wie mein Stichwort!«, rief Bjarne Olsen, der eingetreten war, ohne dass ihn jemand gehört hatte. Er lachte sein kehliges Lachen und trat an das Whiteboard. »Ich wollte euch über die Funde informieren, bevor ich den Laden schließe und meinen Weihnachtsurlaub genieße.«

»Das trifft sich gut, ich war sowieso fertig«, sagte Gerner und setzte sich.

»Wir haben die Reste des Handys überprüft«, begann Olsen und zeigte auf das Foto des verkohlten Klumpens. »Es ist ein iPhone, das neueste Modell. An den Inhalt kommen wir nicht mehr ran, der ist leider komplett weg. Das Fabrikat stimmt mit dem Mobiltelefon von Peter Münster-Smith überein.«

»Die Wahrscheinlichkeit, dass es sein Handy war, ist also sehr groß«, bemerkte Frank.

»Absolut. Aber es kommt noch besser.« Bjarne Olsen zog eine Farbfotografie aus seiner Mappe und befestigte sie mit einem Magneten an der Tafel. »Das ist der Inhalt der Brieftasche, deren Reste wir an der Feuerstelle fanden.« Er zeigte auf das Foto, das fünf unregelmäßig geformte Gegenstände zeigte. »Diese drei Teile hier sind Kreditkarten. Eine American Express, eine Mastercard und eine Visa Card. Die Visa Card ist am geringsten beschädigt, und es ist uns gelungen, den Namen zu rekonstruieren.« Er machte eine Kunstpause. »Peter Münster-Smith.«

»*Yes!*«, stieß Frank aus. »Das war das letzte Steinchen.«

»Die letzten beiden Gegenstände der Brieftasche bestanden fast nur noch aus Rußpartikeln. Zum einen handelt es sich um die Ecke eines gewöhnlichen, zusammengefalteten Blatt Papiers, das andere könnte eine Visitenkarte gewesen sein, beide Teile sind so verbrannt, dass wir nicht mehr herausfinden konnten. Ich habe beides an das Kriminaltechnische Labor in Linköping geschickt. Die haben avanciertere Geräte als wir. Mit etwas Glück finden sie heraus, was darauf stand.«

FREITAG, 24. DEZEMBER 2010

41

»Natürlich, Dan. Wir können uns in einer Stunde vor dem Tor treffen.«

»Und Sie sind sicher, dass Sie nicht zu viel zu erledigen haben?«

»Kein Problem. Bei uns fällt Weihnachten dieses Jahr sowieso aus. Ich schaffe es einfach nicht«, sagte Benedicte.

»Können Sie irgendwohin?«

»Wir fahren zu meiner Schwester, leider Gottes. Dann kann sie mich den ganzen Abend lang bedauern und gleichzeitig den Kopf über mich schütteln.«

»Na ja, ihr seid auch bei uns willkommen. Ich bin sicher, dass Marianne …«

»Danke, machen Sie sich keine Gedanken. Ich werde es überleben. Und Anton freut sich schon auf seine Vettern.«

»Okay. Wir sehen uns gleich.«

Dan trank den letzten Schluck seines morgendlichen Kaffees und räumte ab. Es würde ein dicht gedrängter Tag werden, und er hatte keine Lust, abends in eine unaufgeräumte Wohnung zu kommen. Und schon gar nicht mit Marianne. Er bezog das Bett neu, stopfte die schmutzigen Bezüge in die Waschmaschine und stellte sie an.

Solange Flemming ihm nicht die Akten des Falls gegeben hatte, konnte er nicht viel anderes tun, als sich mit den realen Gegebenheiten rund um den Mordfall vertraut zu machen. Benedicte hatte versprochen, ihm einen Generalschlüssel für das Petax-Gebäude zu beschaffen, damit sie in das Büro von Peter Münster-Smith und ins Hinterhaus gelangen konnten. Der eigentliche Tatort im zweiten Stock war wieder zugänglich, nachdem die Polizei die Absperrungen entfernt hatte. Danach wollte er in Peters Wohnung am Sundværket. Ulrik hatte sich überreden lassen, dass Dan sie gegen vierzehn Uhr besichtigen durfte.

Der Audi parkte im Hinterhof des Gebäudes. Als Dan durch das Tor gefahren und es hinter sich geschlossen hatte, wartete er darauf, sich in den laufenden Verkehr einzufädeln. Er hatte noch viel Zeit, bemerkte er und blinkte links, nachdem er einen Moment überlegt hatte. Er konnte ebenso gut noch einen Blick auf die Stelle werfen, an der Martins Auto gefunden worden war.

Die Marina lag unter einem dicken Schneeteppich. Nur der Parkplatz am Eingang und der breiteste Weg am Kai waren geräumt. Zwischen den Schuppen lag der Schnee meterhoch, und soweit Dan sehen konnte, waren nur Spuren von Vögeln und einer umherstreifenden Katze zu erkennen. Am Ende des Weges befand sich eine ganze Reihe von großen, unförmigen Gebilden: An Land gebrachte Segeljachten standen auf soliden Stativen und waren mit Persenningen abgedeckt, die meisten von Schnee bedeckt. Ob man wohl in eines dieser Boote hineinkam?, überlegte Dan. Wenn man die Persenning an einer Seite löste und hinaufkletterte? Vielleicht. Bei der Vorstellung, wie kalt es jetzt in solch einem Boot sein musste, verwarf er den Gedanken rasch wieder. Die Wahrscheinlichkeit, dass sich jemand in einer solchen Tiefkühltruhe versteckte, war minimal.

Er setzte sich ins Auto und wählte eine Nummer auf seinem Mobiltelefon.

»Waage.«

»Dan hier. Bist du im Präsidium?«

»Eigentlich sollte ich nicht hier sein. Aber wir haben noch ein bisschen Papierkram zu erledigen, wenn wir nach Weihnachten nicht darin ersticken wollen.«

»Nur eine rasche Frage, dann bist du mich auch schon wieder los.«

»Schieß los.«

»Ich stehe hier am Jachthafen. Wie gründlich habt ihr das Gelände durchsucht?«

»Wir haben ein paar Hundestaffeln hingeschickt, als wir den Wagen fanden.«

»Und?«

»Nichts. Es ist zu viel Schnee gefallen, um das Gelände vernünftig absuchen zu können. Einer der Hunde hat ein einziges Mal angeschlagen, aber als die Techniker sich durch den Schneeberg gegraben hatten, fanden sie nur einen toten Schwan. Danach haben sie die Suche abgebrochen. Wir müssen warten, bis es taut.«

»Spricht nicht eine gewisse Wahrscheinlichkeit dafür, dass Martin Johnstrups Leiche hier irgendwo zu finden ist?«

»Das wäre naheliegend, ja. Aber wir sind unterbesetzt, und bei diesem Wetter müssten wir eine ziemlich große Mannschaft für die Suche einsetzen. Du bist herzlich willkommen, dir eine Schaufel zu nehmen und schon mal damit anzufangen, Dan.«

»Ich werd's mir überlegen. Fröhliche Weihnachten.«

»Gleichfalls.«

Dan warf einen letzten Blick auf die schneebedeckte Marina und verließ das Gelände. Als er zehn Minuten später gegenüber dem Hauptsitz von Petax an der Kingos Allé parkte, war es genau elf Uhr, und Benedicte wartete in ihrem hellbraunen Pelzmantel vor dem Tor auf ihn. Neben ihr stand Axel Holkenfeldt.

»Ich wollte dir nur schnell Guten Tag sagen.« Axel streckte eine Hand im Handschuh aus. »Ich meine, ich musste ja sowieso den Generalschlüssel bringen.«

»Ja. Guten Tag. Und danke.«

»Axel hat leider keine Zeit mitzukommen«, sagte Benedicte. Heute trug sie ihre starke Brille nicht, ihre hellgrünen Augen leuchteten unter der breiten Pelzkapuze.

»Ich werde die Gelegenheit nutzen, um noch ein paar Dinge in meinem Büro zu erledigen.« Axel lächelte steif. »Wenn ich irgendwie helfen kann, sagt Bescheid.« Er zog den Handschuh von der rechten Hand und holte eine silberne Schachtel aus der Innentasche seines Mantels. »Meine Handynummer steht drauf«, sagte er und reichte Dan eine Visitenkarte.

Dan bedankte sich und steckte die Karte in die Gesäßtasche. »Wir rufen an, wenn es nötig ist.«

Axel verschwand im Vorderhaus.

»Er hat angeboten, Ihr Honorar zu übernehmen«, sagte Benedicte, als sie das Tor aufschloss.

»Und was haben Sie dazu gesagt?«

»Dass ich darüber nachdenken werde. Bisher kann ich es mir selbst leisten, wenn sich die Sache hinziehen sollte ... Vielleicht kann ich einen Kredit aufnehmen.« Benedicte zog das Tor hinter sich zu. Sie standen in dem halbdunklen Durchgang zum Hinterhof. »Ich würde das lieber selbst regeln, wenn ich ganz ehrlich sein soll.«

»Weil Sie nicht in Axels Schuld stehen möchten?«

»Auch deshalb. Außerdem fände ich es ein bisschen ... unmoralisch. In dieser Situation, meine ich. Im Augenblick möchte ich gern meinen Mann finden. Dann sehen wir weiter.«

»Ich schicke Ihnen jede Woche eine Stundenabrechnung. Auf diese Weise behalten Sie den Überblick über die Kosten.«

»Gut.«

Sie überquerten den Hof, vorbei an den großen Containern, von denen Dan wusste, dass sie gleich nach dem Fund der Leiche von Peter Münster-Smith überprüft worden waren.

Sie zeigte auf die Tür im Erdgeschoss. »Das ist das Büro der Architekten. Wollen Sie es sehen?«

»Ich will alles sehen.«

Sie gingen einmal durch den großen kühlen Raum. Schreibtische mit einem Computerbildschirm neben dem anderen. Eine Teeküche. Zwei Toiletten. Ein kleines Sitzungszimmer.

»Hier war an dem Abend niemand«, sagte Dan. »Jedenfalls nicht, wenn die Informationen der Polizei stimmen.«

Sie gingen weiter in den ersten Stock, wo die Maler gerade fertig geworden waren. Diese Etage war eingerichtet wie das Großraumbüro der Architekten. Nur war das Areal, das man unten zu einem großen Raum zusammengelegt hatte, hier in drei Büros unterteilt, ein großes und zwei kleinere.

»Wer wird hier einziehen?«, erkundigte sich Dan und strich mit der Hand vorsichtig über die frisch gestrichene Wand.

»Die Ingenieure bekommen den ersten und zweiten Stock. Sie sind im Moment in gemieteten Räumen am Hafen untergebracht.« Benedicte betrachtete einen Stapel weißer Plastikstühle, die neben Malergerät, einem Elektrokessel und einer halb leeren Dose Nescafé an der Eingangstür standen. »Es ist gut, wenn die Firma endlich an einem Ort versammelt ist.«

»Wo war Petax untergebracht, bevor dieses Gebäude gekauft wurde?«

»In einem sterbenslangweiligen Industrieviertel westlich der Stadt. Das hier ist um Klassen besser.« Sie sagte es mit dem Enthusiasmus, den man normalerweise von der Kommunikationschefin einer erfolgreichen Baufirma erwarten durfte. »Wenn es endlich fertig ist.«

»Hier muss der Overall gelegen haben.« Dan sah sich die Gegenstände an der Tür ebenfalls an, bevor er sich losriss.

Ein wenig zögernd gingen sie die Treppe hinauf in den zweiten Stock. Keiner von ihnen hatte es eilig, sich den Tatort anzusehen, allerdings war es nicht sonderlich schlimm. Sicher, die fächerförmigen Blutspritzer an der Wand waren noch immer zu erkennen, und auch die Reste einer großen Blutlache zeichneten sich auf dem abgetretenen Holzboden deutlich ab. Das war aber auch alles.

»Hier oben wechseln die Zimmerleute nächste Woche den Boden aus«, berichtete Benedicte. »Und wenn alles nach Plan läuft, wird der Rest Ende Januar fertig.«

Dan nickte. Er sah sich um, abgesehen von den Blutspuren in dem größten Raum gab es nichts Interessantes zu sehen.

»Die Eingangstür ist unverschlossen«, bemerkte er und steckte einen Zeigefinger durch das Loch für das Schloss.

»Das hier ist noch im Bau.« Sie sah ihn an. »Hier gibt's nichts zu holen. Und die Tür zum Treppenhaus ist sowieso immer abgeschlossen.«

Danach brauchten sie eine halbe Stunde für das Vorderhaus. Dan besichtigte die Kantine, die Kommunikations- und Verkaufsabteilung, die Buchhaltung und alle anderen Räume. In einigen Büros war er durch seine Tätigkeit für Petax schon einmal gewesen, andere waren völlig neu für ihn. Dazu gehörte auch das Büro von Peter Münster-Smith, die letzte Station auf ihrem Rundgang. Der Computer fehlte, die Schubladen des schwarz lackierten Schreibtischs waren leer geräumt. Der Raum war inzwischen gründlich gereinigt worden.

»Dieses Büro steht Peters Bruder im kommenden Monat zur Verfügung«, erklärte Benedict. »Er kommt am Montag.«

»Ulrik? Na ja, eigentlich logisch. Irgendwo muss er ja sitzen.« Dan schaute in den Papierkorb. Leer. Er ging zu dem roten Ledersofa und den passenden Sesseln am Fenster und fuhr mit der Hand in den Zwischenraum zwischen Sitz und Rückenlehne. Nichts. Er schaute sogar in die Blumentöpfe – ohne Resultat. Die Kriminaltechniker waren gründlich gewesen.

Als er genug gesehen hatte, gingen sie zum zweiten Direktionsbüro. Axel Holkenfeldt saß tief konzentriert vor seinem Computer, als Dan und Benedicte eintraten, stand er jedoch auf und wies mit der Hand auf eine Sitzgruppe. Benedicte zauberte drei Tassen

Kaffee und eine Schale Pfeffernüsse herbei und setzte sich zu den beiden Männern.

»Hast du dir einen Eindruck verschaffen können?«, erkundigte sich Axel.

»Es ist immer gut, den Tatort gesehen zu haben.«

»Selbstverständlich.«

»Aber konkret ist nicht mehr viel zu finden.«

»Tut mir leid.« Axel steckte sich einen Keks in den Mund.

»Axel, ich weiß, dass die Polizei mit dir über das Bargeld geredet hat, das Peter in seinem Bankschließfach hatte.«

»Na, ich hatte keine Ahnung davon.«

»Ja, das weiß ich. Aber hattest du Gelegenheit, dir diese Buchführung über das Geld mal anzusehen?«

»Nein.«

Dan faltete die Fotokopien auseinander und reichte sie Axel. Der Direktor überflog mit gerunzelter Stirn die einzelnen Einträge. Nach einer Weile hob er den Kopf. »Das sagt mir überhaupt nichts«, erklärte er und gab Dan die Blätter zurück. »Was ist das?«

»Keine Ahnung«, erwiderte Dan. »Ich zerbreche mir selbst den Kopf darüber.«

»Ich weiß, dass die Polizei den Verdacht auf Drogenhandel hat, aber das glaube ich nicht.«

»Ich auch nicht«, antwortete Dan. »Als ich diese Zahlen gesehen habe, kam mir das zuerst natürlich auch in den Sinn. Es wäre doch logisch, oder? Alle wussten, dass Peter einen gewissen Verbrauch hatte, und er war bekannt dafür, andere zu versorgen – obwohl ich nie gehört habe, dass er dafür Geld genommen hätte. Dann habe ich mir die Zahlen noch einmal angesehen und wusste, das konnte gar nicht sein. Wenn es um Drogenhandel gehen würde, hätte er doch einen Überschuss erwirtschaftet, oder? Sonst hätte es ja wenig

Sinn gehabt. Nun gut, es gibt einen gewissen Kassenbestand, aber die Einnahmen und Ausgaben sehen aus, als ob sie sich einigermaßen die Waage halten, wenn man sie eine Weile verfolgt.«

»So genau habe ich mir die Zahlen gar nicht angesehen. Aber es klingt, als hättest du recht.« Axel leerte seine Tasse. »Gibt's noch etwas, oder kann das bis Montag warten? Ich möchte hier noch fertig werden, damit ich nach Hause komme. Weihnachten und Familie, nicht wahr? Es ist die Hölle.«

Ulrik Münster-Smith stand direkt neben der Fahrstuhltür, die sich mit einem metallischen Seufzen öffnete.

»Danke, dass ich kommen durfte«, sagte Dan und folgte Peters älterem Bruder in die Penthousewohnung. Er begrüßte Sophia, die in einem schneeweißen Hosenanzug auf dem Sofa saß. In ihrem Schoß lag ein Buch, die Zwillinge saßen neben ihr – unwillig über die Unterbrechung beim Vorlesen.

Charlotte war nirgendwo zu sehen.

»Meine Schwester schläft«, sagte Ulrik. Wieder schien er Dans Gedanken gelesen zu haben. Vielleicht hatten sie ja auch nur ähnliche Assoziationen. »Du musst die Gästezimmer ja auch nicht unbedingt sehen, oder?«

»Nein, das ist egal. Ich wollte mir einfach nur ein Bild machen, wie Peter wohnte.«

Ulrik führte ihn durch die Wohnung. Dan hatte schon einigen Luxus gesehen, doch der Standard, der für Peter Alltag gewesen war, beeindruckte auch ihn. Die Aussicht, die exklusiven Möbel, die teuren Bilder. Sämtliche Räume waren durchdacht eingerichtet. Vor allem die Küche war unglaublich. Der exklusive Esstisch, dazu die sorgfältig ausgewählten Gemälde.

»Verkaufst du es?«, wollte er von Ulrik wissen.

»Das ist beabsichtigt, ja. Willst du die Wohnung haben?« Ulriks Lächeln verriet, dass er Dan Sommerdahls Kreditwürdigkeit im Geist längst abgeschätzt hatte – und ohne Schwierigkeiten zu der Erkenntnis gekommen war, wie weit außerhalb der finanziellen Reichweite eines Werbefachmanns diese Penthousewohnung lag.

»Was ist dort?« Dan zeigte auf eine Tür.

»Die Wohnung der Haushälterin.«

»Darf ich sie sehen?«

»Wenn du glaubst, dass du dadurch klüger wirst ...«

»Ich bin nur neugierig.«

Die bescheidenen Räume waren nett, aber etwas unpersönlich eingerichtet. Auf dem Kühlschrank klebten ein paar Souvenirmagneten, einige Ausschnitte aus einem Anzeigenblatt und eine Liste der zusätzlichen Aufgaben in der nächsten Zeit: eine Wartung des Whirlpools, Winterreifen für ihr eigenes und Peters Auto (der Punkt war abgehakt), außerdem sollten die Gardinen in die Reinigung. An den Wänden hingen gerahmte Reproduktionen von verschiedenen Skagen-Malern. Dan blieb stehen und sah sich Veras Bücherregal an, den meisten Platz nahmen skandinavische Krimis und historische Romane ein. Auf dem untersten Brett stand eine Handvoll DVDs, allerdings machte Dan sich nicht die Mühe, sich zu bücken, um sich die Titel anzusehen.

Neben dem Bett stand eine niedrige, weiß lackierte Kommode, die offensichtlich als Nachttisch genutzt wurde. Ein Wecker, ein sorgfältig zusammengelegtes Mikrofasertuch für die Lesebrille und ein kleiner Notizblock in einer Hülle aus rotem Kunstleder fanden sich sorgfältig aufgereiht neben einer Lampe mit einem gestreiften Schirm. Dan überprüfte den Notizblock, es standen lediglich ein paar Telefonnummern darauf. Wahrscheinlich hat das nichts zu bedeuten, dachte er, steckte ihn aber trotzdem in die

Tasche, nachdem er einen Blick in Veras Küche geworfen hatte, wo Ulrik stehen geblieben war. Dan kontrollierte die Schubladen des Nachttischs, er fand nichts von Interesse. Kopfschmerztabletten, Nasenspray und so etwas. Nichts von Belang.

»Gut«, sagte er und ging zu Ulrik. »Das war's.«

»Ich begleite dich hinaus.«

»Ach, da fällt mir ein ... Hast du mit Axel über diese Frau gesprochen, die dich gestern angerufen hat. Wegen der Entschädigung?«

»Kirsten Isakson? Ja, ich habe es erwähnt. Er hat weder von ihr noch von einer Schadenersatzzahlung je gehört, er wollte seinen Personalchef nach Weihnachten fragen.«

»Und was hat Frau Isakson dazu gesagt?«

Ulrik zuckte mit den Schultern. »Was sollte sie schon sagen? Sie wartet den Gang der Ereignisse ab.«

»Hättest du etwas dagegen, wenn ich mich mal mir ihr unterhalte?«

»Ich dachte, du kennst sie nicht?«

»Überhaupt nicht. Aber das ist ein loser Faden, und davon gibt es in diesem Fall zu viele. Es wäre schön, wenn man wenigsten ein paar zu einer Schleife binden könnte.«

»Ihre Nummer habe ich in meinem Handy.« Ulrik starrte auf das Display seines Smartphones, während er suchte. »Hier ist sie. Ich schicke dir die Nummer per SMS.«

42 Christina ließ etwas mehr Mandelessenz in den Mandelmilchreis tropfen, rührte um und schmeckte ihn ab. Perfekt. Oder? Sie nahm noch einen Löffel. Musste doch noch etwas mehr Zucker dazu?

»Mutter?«

Kirsten Isakson kam in die Küche. »Ich hänge gerade Lametta an den Baum. Was ist?«

»Probier mal.« Christina hielt ihr einen Löffel Mandelmilchreis hin. »Muss da mehr Zucker dran?«

Ihre Mutter kaute, schluckte. Und lächelte. »Der ist genau richtig, Schatz. Den darfst du gern irgendwann noch mal machen.«

*

Axel Holkenfeldt parkte den BMW in der Garage und schloss das Garagentor mit der Fernbedienung. Dann griff er nach den beiden schweren Tüten und ging den sorgfältig gefegten Gartenweg hinauf. Das Au-pair-Mädchen konnte inzwischen richtig gut Schnee räumen.

»Ich bin zu Hause!«, rief er, als er sich mit den Tüten durch die Haustür geschoben hatte. »Seid ihr bereit, in die Kirche zu gehen?«

»Hej, Papa.« Caroline kam aus dem Wohnzimmer und umarmte ihn. »Mama kommt jeden Moment herunter, dann können wir los. Sind das meine Geschenke?« Sie schaute in eine der Tüten.

»Nein, das ist alles für mich«, antwortete ihr Vater und stellte die Tüten in sein Büro. »Schnaps und Wein von unseren Lieferanten und Partnern. Irgendwann muss ich es ja mal mit nach Hause nehmen.«

*

»Ich esse kein Fleisch«, teilte Anemone mit und warf einen mürrischen Blick in den Ofen, wo eine Ente und ein Schweinebraten nebeneinanderlagen und langsam Farbe annahmen.

»Das weiß ich doch«, erwiderte Ursula und sah ihre Tochter an. »Ich habe jede Menge leckere Sachen für dich.«

»Hm.« Anemone ging zu Flemmings Kindern ins Wohnzimmer.

»Sie könnte schon ein bisschen dankbarer sein«, meinte Flemming, der ein paar Glasschüsseln für den Mandelmilchreis abwusch. »Der Bulgursalat hat dich doch mindestens ebenso viel Zeit gekostet wie die anderen Sachen.«

»Es ist nicht leicht, so ... anders zu sein.« Ursula stand am Herd und rührte in ihrer berühmten Weihnachtssoße – mit selbst gemachtem Entenfond, Portwein und Schlagsahne.

Flemming sah sie an, sagte aber nichts mehr. Jedes Mal, wenn sie sich über Anemone und ihr sogenanntes künstlerisches Temperament unterhielten, gab es zwischen ihm und Ursula Streit, das musste Heiligabend nicht sein. Seine Kinder waren vielleicht nicht so kreativ, aber sie wussten sich zu benehmen. Er trocknete die Schüsseln mit einem Geschirrtuch mit Herzchenmuster ab.

*

Der Kleinste schrie, dass niemand mehr sein eigenes Wort verstand.

»Was ist denn bloß los?«, fragte Jørn Kallberg und sah seine Frau an, die das Kind im Arm hatte. »Hat er irgendetwas gegessen, das ihm nicht bekommen ist?«

»Was glaubst du denn?«, fauchte Sus. »Die ganze Wohnung ist voller Süßigkeiten, und in seiner Kotze ist Schokolade. Wahrscheinlich hat ihn einer der Großen damit gefüttert.«

»Was machen wir jetzt?«

»Wenn er nicht aufhört, müssen wir den Notarzt rufen.«

»Und was ist mit uns? Der Schweinebraten ist bald fertig.«

»Jetzt hör aber auf!«, fauchte sie. »Ich kann doch nichts dafür, oder?«

»Gib mir den kleinen Schreihals mal«, sagte Nick. »Ich fahr mit ihm 'ne Runde im Kinderwagen.«

»Meinst du, das hilft?« Sus zog dem noch immer schreienden Kind einen Winteranzug an. »Na, vielleicht wird ihm ein bisschen Schlaf guttun.«

»Bestimmt.« Nick hob eine kleine Bettdecke und eine dicke Wolldecke vom Boden auf. »So kann ich mich wenigstens auch nützlich machen.«

*

»Fröhliche Weihnachten, Franne!«

»Fröhliche Weihnachten, Mutter!« Frank Janssen umarmte die rundliche Frau. »Hast du ein neues Kleid?«

»Typisch, dass dir das auffällt.« Ihr Lächeln ließ sie um Jahre jünger erscheinen. »Dein Bruder hat nichts bemerkt. Vielleicht war es doch gut, dass du Polizist geworden bist und nicht er.«

Frank ging ins Wohnzimmer, wo der Rest der Familie sich versammelt hatte. Die Großmutter wurde ebenfalls umarmt, sein Vater und sein jüngerer Bruder bekamen einen soliden Handschlag. Seine Schwägerin saß auf dem Fußboden, eine ganze Reihe von Geschenken im Schoß, die sie unter den Weihnachtsbaum legen wollte. Frank reichte ihr eine Tüte mit Geschenken, die er am Vortag kurz vor Ladenschluss gekauft hatte. Er konnte sich nur vage daran erinnern, was die Kartons enthielten.

Er ließ sich in einen Sessel fallen und griff nach dem Glas Sekt, das sein Vater ihm eingeschenkt hatte. Frank hatte sich entschieden, die Arbeit in den kommenden Stunden zu vergessen. Er hatte wirklich das Bedürfnis nach einer Auszeit.

»Na«, sagte sein Vater und setzte sich aufs Sofa. »Lass hören. Hast du den Millionärsmord aufgeklärt?«

*

Sie war Familienweihnachten nicht gewohnt. Peter hatte immer im Restaurant gegessen, und sie selbst hatte es sich für gewöhnlich mit einer Portion Mandelmilchreis vor dem Fernseher gemütlich gemacht. Jetzt überwältigte es Vera ein wenig, mit all diesen Menschen zusammen zu sein, obwohl sie alle an und für sich reizend waren.

Dan Sommerdahls Mutter zum Beispiel war die Zuvorkommenheit in Person. Sie schüttelte eine Einladung nach der anderen für sie aus dem Ärmel. Zum Seniorenchor, zum Nähkränzchen der Gemeinde und zu einer Gymnastikgruppe, an der sie teilnahm. Dass sämtliche Aktivitäten bei ihr auf dem Dorf stattfanden, das vierzehn Kilometer von Christianssund entfernt lag, focht sie nicht an. Und ebenso wenig ließ sie sich von der Tatsache stören, dass Vera nicht über ein Auto verfügte. Sie schlug ganz ernsthaft vor, dass Vera am besten nach Yderup ziehen sollte, wo ohnehin alles besser sei als hier in der Stadt.

Die Kinder des Hauses, Rasmus und Laura, waren nicht ganz so einnehmend. Wie ihre Eltern redeten sie ununterbrochen, untereinander und mit ihr. Und dann gab es noch diesen widerlichen Köter, der jedes Mal zu knurren begann, wenn er sie sah.

Vera hatte das Gefühl, als würde ihr der Schädel explodieren.

*

»Gibt's noch mehr Wan Tans?«, wollte Bea wissen.

»Da ist noch eins, Sweetie. Wie viele hattest du?«

Die Zwillinge sahen sich an. »Drei«, sagte Dez. »Und ich hatte vier.«

»Dann ist es deins.« Die Mutter der Mädchen legte die letzte Teigtasche auf Beas Teller.

Es war das zweite Mal während ihres Aufenthalts, dass die Erben von Peter Müller-Smith sich eine Mahlzeit aus dem Thai-Imbiss hatten kommen lassen. Die Auswahl an Bringdiensten war in Christianssund nicht imponierend groß, und an diesem Abend hatte nur dieser Imbiss geöffnet.

Aber es ist okay, dachte Charlotte. Sie hatte so viele Jahre in London gewohnt, dass ihre Weihnachtsuhr sich längst umgestellt hatte. Für sie war Heiligabend nichts Besonderes. Der erste Feiertag hingegen war der eigentliche Weihnachtstag. Glücklicherweise ging es Ulrik und seiner südafrikanischen Familie genauso. Sie hatten Geschenke gekauft, Charlotte hatte aus England Mince Pies und Knallbonbons zum Mittagessen mitgebracht, und sie hatten einen Tisch in einem Kopenhagener Restaurant reserviert, das mit einem klassischen englischen Weihnachtsabendessen warb.

Aber all das kam erst morgen.

*

»Ist deine Mutter noch sauer, weil du Weihnachten mit mir feierst?«, erkundigte sich Pia Waage und griff nach der Soße.

Dorthe sah sie an. »Wieso interessiert dich das denn?«

Pia zuckte mit den Schultern. »Vielleicht stellt sie sich vor, wie es ist, meine Schwiegermutter zu sein.«

»Vergiss es. Sie wird unsere Beziehung niemals akzeptieren.«

»Und wenn wir heiraten?«

»Ich glaube kaum, dass sie zur Hochzeit erscheinen wird. Sie vergibt mir nie, dass ich William verlassen habe.« Dorthe nahm ihre Hand. »Das hat überhaupt nichts mit dir zu tun.«

»Das weiß ich doch. Es ist nur …« Pia streichelte den Arm ihrer Freundin. »Es tut mir nur deinetwegen Leid.«

»Ich komme schon klar.« Dorthe lehnte sich über den Tisch, bis ihre Nasen sich berührten. »Wollen wir nicht ins Bett gehen?«

»Jetzt?« Pia blickte auf ihren vollen Teller. »Sollten wir nicht gerade noch …«

»Entschuldige.« Dorthe sank zurück auf ihren Stuhl und lachte. »Da habe ich deinen wunden Punkt getroffen. Iss zuerst mal auf, Süße.«

Pia lächelte dankbar und verputzte eine gewaltige Portion Ente mit Rotkohl.

*

»Hier!« Anton fischte die ganze unzerkleinerte Mandel aus dem Mund. »Ich hab sie!« Seine Augen strahlten.

Benedicte Johnstrup beobachtete ihren Sohn, als er das Mandelgeschenk auspackte, das es für den Fund der einzigen ganzen Mandel im Mandelmilchreis gab. Ihr Vater saß neben Anton, und Benedicte wechselte einen Blick mit ihm. Er blinzelte ihr zu. Also hatte er die Mandel auf Antons Teller geschmuggelt, um sein ältestes Enkelkind gewinnen zu lassen.

Sie hoffte nur, dass ihre Schwester nichts bemerkt hatte. Sollte Amalie auch nur die geringste Vermutung haben, ihre Jungs könnten betrogen worden sein, würde sie die freundliche Weihnachtsmaske nicht mehr sehr lange aufrechterhalten. Bisher hatte sie ganz gut durchgehalten, wahrscheinlich, weil sie bei ihrem selbst erfundenen Wettbewerb führte, welche der beiden Schwestern in diesem Jahr am besten klargekommen war. Amalie blieb zwar eine alleinerziehende Mutter mit bescheidenen Mitteln und einem Sohn mit Aufmerksamkeitsdefizitsyndrom, auf der Rangliste der Familie stand sie momentan jedoch besser da als Benedicte, die allgemein für die Ehefrau eines Mörders gehalten wurde.

*

Dan hatte zu viel gegessen. Er saß auf dem Sofa und betrachtete seine beiden erwachsenen Kinder, die nebeneinander auf dem Fußboden lagen und Apps für Rasmus' neues iPad suchten.

Marianne stand an der Küchentür und wirkte ein wenig verloren. Das Geräusch von fließendem Wasser und klirrendem Porzellan verriet, dass Vera den Abwasch erledigte. Sie hatten versucht, ihr zu erklären, dass sie normalerweise erst am nächsten Morgen aufräumen würden, aber sie hatte darauf bestanden, sich sofort an die Arbeit zu machen.

Vera hatte sich artig bedankt, als sie ihr Geschenk auspackte, sie schien jedoch eher verlegen als dankbar zu sein, fand Dan. Vielleicht hatte sie nicht mit Geschenken gerechnet. Zumindest hatte sie keine Geschenke für die Familie, fiel Dan auf. Das erklärte ziemlich gut, warum es ihr so schwergefallen war, die teure Flasche Jahrgangsportwein und eine Schachtel Schokolade zu akzeptieren.

Marianne hob die Schultern und verzog das Gesicht zu einer kleinen Grimasse, bevor sie sich neben ihren Exmann setzte und die Beine anzog. Sie kuschelte sich an seine Schulter und lächelte mit geschlossenen Augen. Er liebte diese Frau.

SONNTAG, 26. DEZEMBER 2010

43 »Das ist vertraulich, verstehen Sie?« Kirsten Isakson sah Dan an. »Wenn etwas davon herauskommt, ist die ganze Vereinbarung hinfällig.«

»Selbstverständlich. Ich bin nur neugierig«, erwiderte Dan. »Ich versuche, so viele winzige Teilchen wie möglich zu sammeln. Manches ist wichtig, anderes nicht. Ich werde alles tun, damit das hier unter uns bleibt. Jedenfalls, wenn es nichts Illegales ist.«

»Nein, illegal ist es sicher nicht.« Kirsten tauschte einen Blick mit ihrem Mann aus. Er saß mit einem braun gestreiften Plaid über den Beinen im Rollstuhl. Die Lesebrille hatte er in das dünne, graue Haar geschoben, seine Augen leuchteten intelligent.

»Ich sehe nicht, dass es uns schaden könnte«, sagte er jetzt. »Eigentlich habe ich längst das Gefühl, dass diese Vereinbarung ebenso tot ist wie Peter Münster-Smith.«

»Das kannst du doch gar nicht wissen«, widersprach seine Frau. »Es gibt durchaus eine Chance, dass Holkenfeldt und Peters Bruder weiterzahlen. Ich will nur nicht riskieren, dass etwas schiefgeht. Außerdem gibt es das Finanzamt ...«

»Wie gesagt, es bleibt zwischen uns«, sagte Dan noch einmal und beugte sich vor. »Erzählen Sie es mir einfach.«

Ein weiterer Blick wurde zwischen den Eheleuten gewechselt. Dann zuckte Kirsten Isakson die Achseln, und ihr Mann ergriff das Wort.

»Ich war viele Jahre bei der Petax-Gruppe beschäftigt, vielleicht wissen Sie das schon. Bei einer Reihe großer Projekte war ich als federführender Architekt involviert, unter anderem beim Bau eines Hotel- und Konferenzcenters in Spanien. Es waren Bauvorhaben in Milliardenhöhe, und Petax wollte nicht riskieren, dass bei der

Koordination der lokalen Handwerksfirmen irgendeine Panne passierte. Daher war ich längere Zeit beinahe ständig dort unten.« Villy Isakson fuhr den Rollstuhl näher an den Tisch und schenkte sich noch einen Kaffee ein. »Es war eine anstrengende Arbeit, die aber auch Spaß gemacht hat. Es waren gute Leute dabei.« Er nippte an der Tasse und verzog das Gesicht, der Kaffee war zu heiß. Er stellte die Tasse wieder ab. »Abgesehen, leider, von dem Bauunternehmer, den Peter Münster-Smith beauftragt hatte, ohne sich mit mir abzusprechen. Ich weiß nicht, warum er den Vertrag mit der Firma gekündigt hatte, mit der wir dort normalerweise arbeiteten, er rief plötzlich eines Tages an und erklärte mir, er hätte ein neues Unternehmen gefunden, das sich unter anderem um die Gerüste und Absperrungen kümmern würde. Ich habe sofort gesehen, dass die Qualität ihrer Arbeit nicht unserem Standard entsprach, doch Peter wollte nichts davon wissen. Sie bekamen den Auftrag. Basta.«

»Und wie hat er das begründet?«

»Gar nicht. Es sollte einfach so gemacht werden. Er würde die volle Verantwortung übernehmen, erklärte er. Ich protestierte noch eine Weile, er blieb unbeirrbar. Und durch die Blume erklärte er mir, dass ich gehen könne, wenn ich nicht zufrieden sei. Architekten wären nicht schwer zu finden.«

»Sie hätten nie jemanden mit deinen Kompetenzen gefunden«, warf seine Frau ein.

Villy zuckte mit den Schultern. »Selbstverständlich hätte ich standhaft bleiben sollen, dann könnte ich heute noch laufen. Aber hinterher ist man ja immer schlauer.«

Dan antwortete nicht. Er hielt den Blick fest auf Villy Isaksons Gesicht gerichtet. Wie alt war der Mann? Fünfundfünfzig? Sechzig vielleicht? Jedenfalls nicht älter. Viel zu früh für ein Leben im Rollstuhl, dachte Dan.

»Das Unglück passierte am frühen Morgen. Der neue Bauunternehmer hatte ein Gerüst aufgebaut, und ich wollte es abnehmen, bevor es für die Handwerker freigegeben würde. Ich kletterte zusammen mit dem Sicherheitsverantwortlichen des Bauunternehmens hinauf, und uns fielen einige Unregelmäßigkeiten auf. Es war nicht so schlimm, dass wir uns auf dem Gerüst unsicher fühlten – bis es plötzlich unter uns einstürzte. Es war vier Stockwerke hoch, wir waren zum Glück in der ersten Etage. Sonst hätte es noch übler ausgehen können. Der Sicherheitsverantwortliche wurde von einer Eisenstange getroffen und kam mit blauen Flecken und einer Gehirnerschütterung davon. Wie Sie sehen, hatte ich nicht so viel Glück. Ich fiel fünf Meter tief, schlug auf einer Betonmischmaschine auf und brach mir das Rückgrat.«

Dan nickte.

»Ich lag einige Wochen in einem Krankenhaus in Alicante und durfte nicht verlegt werden. Sie haben getan, was sie konnten, aber ...« Wieder zuckte er die Achseln. »Schließlich wurde ich ins Rigshospital transportiert, und ich kam hier in Dänemark in die Reha.«

»Reha? Waren Sie nicht querschnittsgelähmt?«

»Ja, sicher, aber ich musste doch lernen, mit einem Rollstuhl zu fahren. Die Muskeln im Oberkörper und in den Armen mussten trainiert werden. Das ist nicht so einfach, wie man denkt.«

»Ich habe Urlaub genommen und bin zu ihm gefahren, wir waren während des ganzen Krankenhausaufenthaltes in Alicante zusammen«, ergänzte Kirsten Isakson den Bericht ihres Mannes. »Christina hat bei einer Freundin gewohnt und ist weiter zur Schule gegangen. Sie war damals dreizehn ... nein, vierzehn Jahre alt.«

»Aber es gab noch jemanden, der sofort nach Spanien kam«,

fuhr Villy fort. »Peter Münster-Smith stand am Tag nach dem Unfall im Krankenzimmer, voller Gewissensbisse. Er fühlte sich für den Vorfall verantwortlich.«

»Das war er ja auch«, murmelte Kirsten.

»Im Flugzeug hatte er einige Berechnungen angestellt, und er kam mit einem Angebot. Er zeigte mir den Betrag, den ich seinen Berechnungen nach maximal als Schadenersatz von der spanischen Firma bekommen würde, und dann eine alternative Summe, die er selbst eingesetzt hatte.« Villy fummelte an einem Päckchen Zigaretten, aber nach einem Blick von seiner Frau steckte er sie zurück in die Brusttasche. »Ich erspare Ihnen die Details, es lief darauf hinaus, dass wir sein Angebot annahmen.«

»Und worauf lief es hinaus?«

»Dass wir versprachen, uns weder an die Behörden noch an die Presse zu wenden, und ich auf jeden Schadenersatzanspruch an die spanische Baufirma verzichtete. Das wollte Peter selbst klären. Im Gegenzug wollte er eine runde Summe für den Umbau des Hauses und alle Hilfsmittel zahlen und die Behindertenrente, auf die ich Anspruch habe, mit einem festen monatlichen Betrag ergänzen, damit wir zurechtkämen, selbst wenn Kirsten mich eine Zeit lang zu Hause pflegen würde.«

»Das klingt nach einer teuren Vereinbarung. Was hat die Versicherung der Firma denn dazu gesagt?«

»Sie war nie mit der Sache befasst. Peter hatte Angst vor negativer Presse, also stellte er sicher, dass nur sehr wenige Personen von dem Vorfall erfuhren. Wenn bekannt geworden wäre, dass er die Zusammenarbeit mit einer neuen Baufirma gegen meine professionelle Einschätzung durchgesetzt hatte, wäre das auf ihn und Petax zurückfallen.« Villys Finger waren wieder zur Brusttasche gewandert. »Gleichzeitig hatte er Angst, dass die spanischen Behörden es Petax erschweren würden, mit weiteren Projekten zu beginnen, sollten sie von der Geschichte erfahren. Dem Sicherheitsrepräsentanten der angeheuerten Baufirma hatte er bereits eine nette Summe bezahlt, damit er den Mund hielt. Dieser Teil der Sache war also geklärt. Jetzt fehlte nur noch ich.« Er fummelte an dem Zigarettenpäckchen.

»Jetzt rauch doch endlich!«, rief Kirsten mit einem Mal. »Das kann man sich ja nicht mit ansehen.« Sie stand auf und holte einen Aschenbecher.

Villy verbarg seine Erleichterung nicht, als er sich endlich eine Zigarette ansteckte und die erste Rauchwolke ausstieß. »Wie gesagt: Es endete damit, dass wir zustimmten. Das Geld kam seither pünktlich an jedem Ersten. Wir hatten keinen Grund, unsere Entscheidung zu bereuen. Kirsten kann hier zu Hause bei mir bleiben. Wir können uns natürlich nicht so viel leisten wie damals, als ich noch meinen Job hatte, aber wir kommen zurecht.«

»Und was jetzt?«

»Ja, nun ist Peter tot, der arme Kerl«, sagte Kirsten. »Ich weiß nicht, was passieren soll. Deshalb habe ich seinen Bruder angerufen, aber er wusste von nichts und wollte das zuerst mit dem anderen Inhaber besprechen. Holkenfeldt. Ihn kenne ich gar nicht.«

»Aber ich«, sagte Villy. »Ein anständiger Mann. Wir werden sicher eine Lösung finden.«

»Ist es nicht ein wenig seltsam, dass einer der beiden Inhaber von Petax noch nie von dieser Vereinbarung gehört hat?«

»Ja, trotzdem müssen wir abwarten, was geschieht.«

»Danke.« Dan erhob sich. »Jetzt will ich Sie nicht länger stören. Es war nett von Ihnen, dass Sie mich empfangen haben.«

»Ich hoffe, es hilft Ihnen weiter«, sagte Villy.

»Das weiß man nie.« Dan sah Kirsten an. »Über diese Vereinbarung gibt es nichts Schriftliches, oder? Einen Vertrag oder so etwas?«

Kirsten schüttelte den Kopf. »Das war ein Teil der Abmachung. Keine Unterlagen, alles wird direkt gezahlt.«

»Deshalb weiß auch das Finanzamt nichts davon?«

»Genau.«

Sie begleitete ihn in den Flur. Als Dan seinen Mantel zuknöpfte, hörte er jemanden eine Treppe hochpoltern. Eine Sekunde später flog die Tür auf und ein junges, kompakt gebautes Mädchen mir roten Wangen stand vor ihm.

»Hej«, grüßte Dan.

»Hej?« Das Mädchen sah überrascht aus. »Christina.« Sie streckte eine Hand aus.

»Aha. Die Tochter des Hauses. Guten Tag, ich heiße Dan.«

»Christina arbeitet auch bei Petax«, erklärte Kirsten. »Sie hat tatsächlich nur ein Stockwerk tiefer gearbeitet, als Peter ermordet wurde.«

»Mami!« Die Wangen wurden noch roter.

»Christina Isakson. Natürlich. Ich bin auf Ihren Namen gestoßen, der Groschen ist trotzdem nicht gefallen. Was für ein Zufall, Sie hier zu treffen. Sie sind in der Malerlehre, nicht wahr?«

Christina nickte.

»Peter Münster-Smith hat ein gutes Wort für sie eingelegt, als er hörte, dass sie eine Lehrstelle sucht«, erzählte Kirsten. »Christinas Meister und er arbeiten seit vielen Jahren zusammen.«

»Woher wissen Sie das?«, wandte Christina sich an Dan. »Also, dass ich eine Malerlehre mache. Wo haben Sie denn meinen Namen schon mal gesehen? Er stand doch nicht in der Zeitung?«

»Nein, nein, regen Sie sich nicht auf.« Dan verstand ihre Nervosität, wenn ihr Name als Zeugin bekannt wurde und der Mörder noch immer frei herumlief. »Ich arbeite mit der Polizei zusammen.« Dan erklärte kurz, was ihn an dem Fall interessierte und warum er mit ihren Eltern hatte reden wollen.

»Ach, deshalb.« Christinas Lächeln war noch immer etwas unsicher, als sie zu ihrem Vater ins Wohnzimmer ging.

»Fröhliche Weihnachten nachträglich«, wünschte Dan und gab Kirsten die Hand. »Und nochmals vielen Dank.«

Die Kälte traf ihn wie eine Ohrfeige. Er wusste nicht, wie kalt es war, aber es musste einige Grad unter null sein. Der Wind hatte aufgefrischt. Er schlug den Mantelkragen hoch und zog die Mütze über die Ohren, bevor er den Gartenweg hinunterging und sein Auto aufschloss. Er ließ den Motor an und blieb einen Moment sitzen, bis die Wirkung der Heizung zu spüren war.

Hatte er Christinas Nervosität falsch interpretiert? Vielleicht wusste das Mädchen mehr, als sie der Polizei erzählt hatte? Könnte sie möglicherweise sogar den Mord begangen haben? Christina war zum richtigen Zeitpunkt am Tatort gewesen, und sie hatten nur ihr Wort, wann es zu den ominösen Stiefelabdrücken auf dem Hof gekommen war. Hatte Christina Peter überfallen – aus Rache an ihrem Vater? Oder gab es noch ganz andere Motive? Vielleicht hatte Peter versucht, sie seiner Sammlung einzuverleiben? Nein, Dan unterbrach seine Gedankenkette und legte den ersten Gang ein. Sie war nicht Peters Typ. Überhaupt fügte sich Christina insgesamt nur schlecht in das Puzzle ein. Vielleicht hielt sie dennoch irgendetwas zurück. Er entschloss sich, Christinas Alibi für den Freitagmorgen zu überprüfen, an dem im Wald das Feuer entfacht worden war.

Als Dan in seine Wohnung zurückkam, drehte er sämtliche Heizkörper auf und setzte sich an seinen Arbeitstisch. Er fuhr den Computer hoch, um die beiden Telefonnummern zu überprüfen, die er auf Veras Notizblock gefunden hatte, bevor er Marianne abholte, um zu seiner Mutter zum Mittagessen zu fahren. Die beiden achtstelligen Nummern waren ohne weitere Erklärungen notiert, als ob Vera sie während eines Telefonats aufgeschrieben und gleich danach angerufen hätte. Beide Nummern erwiesen sich als vollkommen unschuldig. Eine gehörte zur Löwenapotheke in der Algade, die andere zu einer Reinigung in der Oststadt. Bei ihr ist nichts zu holen, dachte Dan und fummelte an dem Block, während er überlegte, wie er ihn Vera zurückgeben sollte, ohne zu verraten, woher er ihn hatte. Es war ihm ein wenig peinlich, etwas so Unbedeutendes aus der Wohnung der entlassenen Haushälterin mitgenommen zu haben. Nur die Hälfte des Blocks war benutzt. Die Reste der bereits abgerissenen Blätter hingen unregelmäßig am oberen Ende. Geistesabwesend blätterte er die verbliebenen Seiten durch und entdeckte mit einem Mal zwischen zwei Seiten ein Stück Papier. Er zog ein Farbfoto heraus. Es zeigte ein blondes Mädchen im Kindergartenalter. Es trug eine Wichtelmütze und lachte von einem Ohr zum anderen. Auf der Rückseite stand in sorgfältiger Schönschrift: »Sooo groß bin ich schon! Wir wünschen Dir fröhliche Weihnachten!« Dan konnte sich bei Vera vieles vorstellen, nur keine Kinder oder Enkel. Könnte das Mädchen aus einer Familie stammen, bei der sie Haushälterin war, bevor Peter Münster-Smith sie eingestellt hatte?

Dan betrachtete das lächelnde Wichtelmädchen noch einen Augenblick. Dann steckte er das Foto zurück in den Block. Er musste Vera den Block zurückgeben, bevor es peinlich wurde.

44 »Meine Güte?« Frank Janssen legte die Mappe auf seinen leeren Schreibtisch. »Ich dachte, du bleibst heute zu Hause?«

»Das hatte ich vor«, sagte Pia und streckte sich. »Ich wollte auch nur mal vorbeischauen und bin dann hängen geblieben. Hattest du schöne Weihnachtstage?«

»Die meiste Zeit habe ich hier verbracht.« Frank schnitt eine Grimasse. »Aber Heiligabend war okay. Und du?«

»Ja, danke. Still und ruhig.« Pia hatte nie das Bedürfnis verspürt, die Kollegen in ihr Privatleben einzuweihen. »Ich habe mich entspannt und an etwas anderes gedacht. Und jetzt habe ich das Gefühl, wieder anfangen zu müssen.«

»Ich schaue mal, ob irgendetwas im Posteingang liegt. Wir reden später.« Frank griff nach seiner Mappe und verschwand.

Abgesehen von Frank arbeiteten nur vier Kripobeamte, sodass es im großen Gemeinschaftsbüro deutlich ruhiger war als normalerweise. Nur die junge Lotte Andersen telefonierte mit irgendjemandem. Der Rest saß still an den Schreibtischen und erledigte irgendetwas. Pia wandte sich wieder ihrem Bericht zu. Es gelang ihr, sich vollkommen darauf zu konzentrieren, als plötzlich mit einem Knall die Tür aufflog.

Sie zuckte zusammen. »Traneby, also …«, sagte sie erschrocken. »Willst du mich umbringen?«

»Wo ist Janssen?« Kurt Traneby bellte seine Worte geradezu.

»In seinem Büro. Hattest du einen schönen Urlaub?«

Keine Antwort. Wieder knallte die Tür. Pia wechselte einen Blick mit Thor Bentzen und schüttelte den Kopf. Der Leiter der Kriminaltechnischen Abteilung von Christianssund war berüchtigt für sein cholerisches Temperament. Es war so schön friedlich gewesen, während er und seine Frau zu ihrer silbernen Hochzeit verreist waren, dachte Pia und konzentrierte sich wieder auf ihren Bericht.

Eine Viertelstunde später stand Traneby wieder in der Tür, diesmal in Gesellschaft eines einigermaßen angespannten Frank Janssen.

»Wir müssen uns gerade mal auf den neuesten Stand bringen«, rief Janssen die Gruppe zusammen und ging zu dem langen Whiteboard, an dem die Fotos der Ermittlungen hingen, flankiert von Filzschreiber-Kommentaren in verschiedenen Farben. »Andersen, kommst du bitte?«

Die Kripobeamtin beendete ihr Telefonat und stellte sich zu den anderen, die sich in einem Halbkreis um Frank und Traneby versammelt hatten.

»Traneby hat etwas entdeckt«, begann Frank und nickte dem Techniker zu.

»Ja, das ist hier alles Pfusch.« Traneby wippte auf seinen Fußsohlen, er zitterte vor Wut. »Ich bin gestern aus dem Urlaub gekommen und wollte nur mal vorbeischauen, um zu sehen, was während meiner Abwesenheit so passiert ist. Aber nach so einem Pfusch muss man wirklich lange suchen.«

Niemand wagte es, Tranebys Ausbruch zu kommentieren.

»Ich verstehe ja, dass ihr viel zu tun hattet. Dieser Millionärsmord ...« Traneby ignorierte Franks Grimasse bei dem verhassten Wort. »... hat euch natürlich eine Menge abgefordert. Ich verstehe auch, wie kompliziert es gewesen sein muss. Jedenfalls, wenn man die exorbitanten Überstunden meiner Abteilung betrachtet. Ich weiß überhaupt nicht, wie wir das in der nächsten Zeit hinbekommen sollen.«

Noch immer kein Kommentar.

»Aber irgendjemand …«, er sah Frank an, der seine Schuhe betrachtete, »… irgendjemand hat unterwegs völlig den Überblick verloren.«

»Was willst du damit sagen?«, erdreistete Pia sich zu fragen.

»Ich meine, ihr habt die Ressourcen meiner Abteilung benutzt, ohne nachzudenken.« Traneby wedelte mit einem Blatt Papier. »Laut dieser Aufstellung hier wurden vierzehn Arbeitsstunden aufgewendet, um eine Feuerstelle im Wald auszubuddeln und zu untersuchen. Obwohl das, soweit ich es beurteilen kann, hätte warten können, bis der Schnee von selbst geschmolzen wäre. Über sechzig Stunden hat die Untersuchung des Wagens des mutmaßlichen Täters sowie der unmittelbaren Umgebung und die Analyse der Ergebnisse gedauert.« Er machte eine Kunstpause. »Andererseits habt ihr die ordentliche Untersuchung des Jachthafens völlig aus den Augen verloren.«

»Zwei Hundestaffeln waren vor Ort, und sie haben nichts gefunden. Wir haben gedacht, wir warten, bis das Wetter ein wenig …«

»Ihr habt keine Prioritäten gesetzt!«, wurde sie von Traneby unterbrochen. »Warum habt ihr euch nicht darauf konzentriert, die Leiche des verschwundenen Mannes zu finden?«

»Leiche?« Thor Bentzen hatte den Mut zur Nachfrage gefunden.

»Jetzt hört mir mal zu«, sagte Traneby in einem sehr pädagogischen Tonfall. »In dem Auto wurden Blutspuren von zwei Personen gefunden. Die eine Spur stammt von Peter Münster-Smith, die andere könnte von Martin Johnstrup stammen. Das wird sich zeigen, wenn wir seine Leiche finden.« Traneby räusperte sich. »Die Platzierung der Blutflecken deuten darauf hin, dass der Mörder von Münster-Smith auf dem Beifahrersitz saß, während Johnstrup den Wagen fuhr.«

»Wie kommst du zu diesem Ergebnis?«, erkundigte sich Pia.

»Das Blut, das nicht Münster-Smith zuzuordnen ist, sitzt in unregelmäßigen Flecken ganz oben an der rechten Seite der Rückenlehne des Fahrersitzes. Das passt exakt zu dem Muster, das zustande kommt, wenn jemand ein Messer an den Hals des Fahrers hält und ihn zwingt zu fahren. Das ist bisher nur keinem aufgefallen.«

»Du meinst ...«

»Gleichzeitig«, fuhr Traneby mit erhobener Stimme fort, »muss ich feststellen, dass es niemand im Laufe dieser sagenhaften sechzigstündigen Untersuchung des Fahrzeugs für nötig befand, einmal den Wagen anzulassen.« Wieder schaute er Frank an, der jetzt das Foto des weißen Ford Mondeo betrachtete. »Es gehört zur Routine bei derartigen Untersuchungen, dass man sich die Mühe macht, das Auto zu starten, meine Mitarbeiter haben das ganz offensichtlich vergessen. Noch idiotischer ist es, wenn man bedenkt, dass der Wagen mit dem Schlüssel im Zündschloss gefunden wurde. Man hätte nur einmal umdrehen müssen, aber nein. Ich habe mit Bjarne Olsen gesprochen, und er bedauert es sehr.«

»Hast du versucht, den Wagen anzulassen?« Wieder war es Pia, die allmählich Tranebys herablassende Art leid war.

»Oh ja, das habe ich getan. Und wisst ihr was? Der Wagen ließ sich nicht starten.« Triumphierend sah er sich im Kreis der Ermittler um. »Der Motor ist ganz einfach kaputt.«

»Er hat ja auch tagelang draußen gestanden. Kann nicht einfach die Batterie leer sein?«

»Ein Mechaniker überprüft das gerade. Es ist Benzin im Tank, es könnte die Batterie sein, ja. Oder eine ganz andere Ursache. Wenn der Mörder versucht hat, den Wagen anzulassen, wurde er jedenfalls böse enttäuscht.«

»Erzähl uns, was deiner Meinung nach passiert ist«, forderte

Frank den Leiter der Kriminaltechnischen Abteilung auf. »Dann vermeiden wir Zeitverschwendung und Rätselraten.« Seine Irritation war nicht zu überhören, und Pia verstand ihn gut. Traneby benahm sich gern so, als sei er der Chef der Ermittlungsgruppe und Frank noch immer ein junger, unsicherer Beamter. Früher oder später würde Frank ihm zeigen müssen, wer der Koch und wer der Kellner war, dachte Pia. Aber heute war nicht unbedingt der richtige Zeitpunkt dafür.

Traneby drückte den Rücken durch. »Ich glaube, der Mörder hat Johnstrup gezwungen, zur Marina zu fahren. Und dort hat er ihn ermordet.«

»Warum in aller Welt hätte er das tun sollen?«, fragte Frank. »Das klingt doch total schwachsinnig.«

»Da bin ich mir nicht so sicher«, mischte Pia sich ein. »Wir wissen von den Anruflisten der Telefongesellschaften, dass Münster-Smith und Johnstrup kurz vorher miteinander gesprochen haben; es könnte durchaus sein, dass sie sich bei dieser Gelegenheit verabredet haben. Wir haben auch einen Zeugen, der Johnstrup kurz vor achtzehn Uhr vor dem Eingang von Petax gesehen hat. Die Wahrscheinlichkeit spricht dafür, dass er dort stand und das Gebäude beobachtete, als der Mörder mit Blut an der Kleidung herauskam. Vielleicht hat er den Betreffenden sogar erkannt. Der Täter hat selbstverständlich sofort begriffen, dass es einen gefährlichen Zeugen gibt, sodass er oder sie gezwungen war, Johnstrup mitzunehmen. Außerdem war ja von Vorteil, dass sie in dem Mondeo fahren konnten und der Mörder nicht sein eigenes Auto mit dem Blut von Münster-Smith versauen musste. Wenn der Betreffende überhaupt mit einem Auto gekommen war.«

»Exakt«, stimmte Traneby ihr zu. »Sie fuhren zusammen zum Jachthafen – ein Gelände, das um diese Jahreszeit mit Sicherheit verwaist war. Johnstrup wurde aus dem Weg geschafft, der Mörder wechselte die Kleidung und wollte dann mit dem Auto zu seinem eigenen Wagen fahren. Er stellte fest, dass der Mondeo nicht ansprang. Deshalb musste er zu Fuß gehen. Die Entfernung von der Marina bis Petax beträgt laut Karte 3,4 Kilometer. Das ist durchaus in einer halben Stunde zu schaffen.«

»Vielleicht hat er ein Taxi genommen?«, warf Thor Bentzen ein.

»Das haben wir überprüft«, erwiderte Frank. »Kein Taxi hat zu diesem Zeitpunkt einen Kunden in der Nähe des Jachthafens aufgenommen. Natürlich könnte ihn ein Komplize abgeholt haben.« Er sah Pia an. »Oder eine Komplizin.«

»Vielleicht hatte der Täter von vornherein seinen eigenen Wagen dort abgestellt«, vermutete Pia. »Es könnte sein, dass sie deshalb zur Marina gefahren sind.«

»Möglich, aber wenig wahrscheinlich. Warum sollte der Täter seinen Wagen 3,4 Kilometer vom Tatort entfernt parken? Lasst uns deinen Gedanken einen Moment verfolgen ... Ich halte es für einen beinahe zu unglaublichen Zufall, sollte der Wagen des Mörders neben Johnstrups Auto gestanden haben, das nicht anspringen wollte. Ich bin überzeugt, es war eine unerwartete und nicht sonderlich willkommene Drehung, dass der Wagen nicht funktionierte.«

»Ich stimme den meisten deiner Schlussfolgerungen zu«, sagte Frank. »Aber ich erlaube mir, an meiner Theorie von Martin Johnstrup als Mörder festzuhalten. Die Blutspur stammt möglicherweise nicht von ihm. Und wenn, dann könnte sie auch schon älter sein. Vielleicht hat er sich irgendwann einmal geschnitten.«

»Du glaubst nicht, dass seine Leiche irgendwo dort unten liegt?«

»Das weiß ich nicht. Alle Spuren am Jachthafen enden in einer Sackgasse, zugegeben. Jetzt und mit deiner Information, dass der

Automotor nicht funktionierte ... Vielleicht hat er Selbstmord begangen, als er feststellte, nicht entkommen zu können.«

»Wie auch immer, der Mann muss gefunden werden.«

»Was schlägst du vor?«, wollte Frank von Traneby wissen.

»Wir müssen so schnell wie möglich den Jachthafen durchsuchen.« Traneby blickte auf seine Papiere. »Wir müssen mit Schaufeln, Heißluftgeräten, Hunden und was wir sonst noch haben ausrücken.«

»Okay«, stimmte Frank zu. »Ich bitte um die Genehmigung für weitere Überstunden und um Verstärkung.«

DIENSTAG, 28. DEZEMBER 2010

45 Schlimm genug, dass es bitterkalt war. Noch schlimmer aber war, dass er nicht joggen konnte. An den Rändern der spiegelglatten Bürgersteige lagen Schneeberge und nahmen so viel Platz weg, dass nur noch ein schmaler Pfad blieb. Dan wusste, dass es zu gefährlich war, bei diesem Wetter joggen zu gehen, und seine Stimmung wurde mit jedem Tag schlechter. Er war abhängig von seinem Jogging-Flash, mit dem er sich alle zwei Tage aufbaute. Inzwischen war es über eine Woche her, dass er diesen Kick zum letzten Mal gespürt hatte. Hätte er Fitnessstudios und deren Laufbänder nicht so inbrünstig gehasst, wäre das Problem nicht so groß gewesen, doch so war es nun einmal.

Bis vor anderthalb Jahren, als Flemming Torp krank geworden war, hatten die beiden Freunde mindestens einmal in der Woche Badminton gespielt. Seitdem hatten sie nicht wieder zu der alten Routine zurückgefunden, aber vielleicht war dieses Wetter ja ein guter Anlass dafür, mal wieder richtig zu schwitzen, dachte Dan. Ein rascher Anruf bei Flemming, und ein paar Minuten später war ein Spielfeld für den Nachmittag gebucht.

Flemming berichtete zudem, dass er inzwischen alle Akten des Mordfalls ausgedruckt oder fotokopiert hatte: die technischen Untersuchungen, den Obduktionsbericht, die Berichte der Vernehmungen und die Fotos. Sowie eine DVD mit einer Kopie des berüchtigten Frauenarchivs. Er versprach, alles am Nachmittag mitzubringen.

Dan besaß bis dahin nur die Kopie der Kladde, mit der er sich beschäftigen konnte. Eine Weile starrte er auf die Buchstaben- und Zahlenkolonnen und wartete vergeblich auf ein Aha-Erlebnis. Es handelte sich überwiegend um große Beträge. Achttausend Euro an einem Tag, sechstausend Kronen am nächsten. Neben den meisten Beträgen standen zwei oder drei große Buchstaben, vermutlich Initialen. Aber wer war I.L.? Oder M.S.P.? Oder V.I.? Dan schüttelte den Kopf. Er hatte nicht das Gefühl, klüger zu werden. Er war geradezu erleichtert, als das Telefon seine Spekulationen unterbrach.

»Axel Holkenfeldt.«

»Hej, Axel. Wie geht's?«

»Ja, es geht schon. Ich weiß nicht ...« Axel hielt inne.

»Ja?«

»Du hast gesagt, ich soll anrufen, wenn mir irgendetwas einfällt.«

»Ja.«

»Vielleicht gibt es keinen Zusammenhang, doch heute Vormittag ist etwas Merkwürdiges passiert, vielleicht ist es sogar eine neue Spur, die Benedictes Mann entlasten könnte.«

»Worum geht's?« Als Axel schwieg, fügte Dan hinzu: »Ist es vertraulich? Ich werde es so weit möglich für mich behalten.«

»Dafür wäre ich dir dankbar. Sonst hätte ich gleich die Polizei anrufen können, nicht wahr?«

»Ich bin gezwungen, die Information weiterzugeben, wenn es für die Aufklärung des Falls relevant ist. Das verstehst du doch, oder?«

»Ich hoffe, das wird nicht nötig sein. Es könnte ein hässlicher Skandal für die Boulevardpresse werden, wenn ich recht habe.«

»Soll ich vorbeikommen?«

»Wir können das am Telefon besprechen«, meinte Axel. »Heute Vormittag haben sich zwei verschiedene Personen an mich gewandt. Ihre Anliegen waren eigenartig ... verwandt, fand ich, obwohl es um zwei ganz verschiedene Dinge ging.«

»Ja?« Dan zog einen linierten Block heran und probierte den Kugelschreiber mit einem raschen Gekrakel aus.

»Zuerst rief Finn Frandsen an. Weißt du, wer das ist?«

»Zufällig ja, der Malermeister. Ich hatte gerade das Vergnügen, eine seiner Auszubildenden kennenzulernen.«

»Seine Firma ist ziemlich groß. Er hat dreißig, vierzig Leute auf verschiedenen Baustellen, die meisten wurden von uns beauftragt. Er hat zum Beispiel die gesamten Malerarbeiten am Sundværket ausgeführt, als es umgebaut wurde, und für die Instandhaltung ist er auch zuständig. Die Petax-Gruppe arbeitet seit Jahren mit ihm. Frandsen ist sicher nicht der billigste Malermeister der Gegend, aber man kann sich auf ihn verlassen.«

»Okay.« Dan notierte sich ein paar Stichworte.

»Also, wie gesagt, Finn hat mich am Vormittag angerufen. Er wollte hören, ob alles klar sei, das übliche Blabla. Ehrlich gesagt habe ich nicht richtig verstanden, was er von mir wollte. Peter hatte immer mehr mit ihm zu tun als ich. Frandsen quasselte eine Weile. Er hoffe doch, dass sich unsere Zusammenarbeit fortsetzen würde.

Ich sagte, ja, ich wüsste nicht, weshalb das nicht so sein sollte. Ob ich zufrieden sei mit der Art, wie er seine Aufträge erledige? Ja, sicher, antwortete ich. Aber er war noch immer nicht fertig, hörte ich. Schließlich fragte ich ihn, ob er etwas Besonderes auf dem Herzen hätte? Und dann hat er mich gefragt, ob unsere Vereinbarung weiterhin in Kraft bliebe?«

»Welche Vereinbarung?«

»Tja, das habe ich ihn auch gefragt. Und dann kam er auf etwas zu sprechen, das ich nicht verstehe. Er behauptete, er und Peter hätten jahrelang die Vereinbarung gehabt, dass Finn sämtliche Ausschreibungen gewinnt und er dafür bei jedem Projekt ein Prozent des Preises direkt an Peter bezahlt.«

»Schmiergeld?«

»So kann man es auch nennen. Jedenfalls hat Finn das Geld bei jedem neuen Auftrag von Petax in bar an Peter ausgezahlt.«

»Und dieses Geld hat die Firma nie gesehen, vermute ich?«

»Ich habe die Leiterin unseres Rechnungswesens gebeten, die Zahlen vom Sundværket zu überprüfen, nur um ein Beispiel zu haben. Ich vermute, sie wird nichts finden.«

»Du glaubst, Peter hat das Geld einfach beiseitegeschafft?«

»Es scheint so.«

»Und der zweite Anruf?«

»Ich hatte kaum aufgelegt, als mich ein französischer Beamter angerufen hat, der glücklicherweise ausgezeichnet Englisch sprach.« Axel räusperte sich. »Der Beamte hat uns gerade die Baugenehmigung für ein größeres Projekt in der Nähe von Marseille beschafft. Es gab Probleme mit besonderen Naturschutzbestimmungen in dem Gebiet, er hat das für uns geregelt, und alles war gut. Jetzt wollte er daran erinnern, dass Peter ihm vor Weihnachten nicht den versprochenen Betrag für die gute Zusammenarbeit überwiesen hätte. Als ich ihm erklärte, dass Peter tot sei und ich nicht wüsste, wovon er rede, fragte auch er ganz direkt, ob die Absprachen noch gültig sind, obwohl Peter nicht mehr da ist.«

»Bestechung?«

»Genau so klingt es, oder?«

»Was hast du geantwortet?«

»Wir haben ein Treffen vereinbart. Ich fliege morgen runter.«

»Und was ist mit dem Begräbnis?«

»Das findet erst am Donnerstag statt, das schaffe ich locker.«

»Aber wenn es sich um Bestechung handelt, was dann? Wirst du bezahlen?«

»Kommt auf den Betrag an. Er wollte damit am Telefon nicht herausrücken. Und dann hängt es natürlich auch davon ab, was passieren könnte, wenn ich nicht bezahle. Vielleicht hat es die Konsequenz, dass das ganze Projekt noch einmal komplett neu aufgerollt werden muss.«

»Willst du es Peters Erben sagen?«

»Dazu habe ich keine Veranlassung. Jedenfalls nicht im Moment.«

»Weißt du von anderen Fällen, in denen Peter Beamte oder Personen in Behörden bestochen hat?«

»Bestimmt nicht.«

»Was hättest du getan, wenn du davon erfahren hättest?«

»Prinzipiell bin ich gegen Korruption. Das ist eine Schraube ohne Ende. Andererseits kann man durchaus in Situationen geraten, wo ein bisschen Geld unter dem Tisch alles etwas geschmeidiger werden lässt. Wie ich bereits sagte: Es kommt auf den Betrag an – und wie viel dadurch gewonnen wird.«

»Wusste Peter von deiner Flexibilität in diesen Dingen?«

»Wahrscheinlich nicht. Wir haben nie darüber gesprochen. Er

wusste, dass ich generell dafür eintrete, die geltenden Gesetze und Regeln zu respektieren.« Eine kurze Pause. »Tja, gut möglich, dass er mir solche Sachen nicht erzählt hat, um mich nicht in Verlegenheit zu bringen.«

Dan überlegte einen Moment, dann sagte er: »Ulrik Münster-Smith erwähnte, er hätte mit dir über Kirsten Isakson gesprochen.«

»Die Frau des Architekten, der den Unfall hatte? Ja, das hat er tatsächlich.«

»Wusstest du von der Geschichte?«

»Ich wusste von Villy Isaksons Unfall und davon, dass Peter einige Fäden zog, damit die Presse sich nicht auf den armen Mann stürzte, das war alles. Es gab keinen Grund für mich, die Sache weiterzuverfolgen, zumal Peter sagte, er hätte die Sache im Griff. Tatsächlich habe ich nicht sonderlich viele Gedanken an den Unfall verschwendet, bis Ulrik den Fall ansprach. Mein Personalchef hat versucht, etwas mehr herauszufinden, aber es gibt keinerlei Unterlagen darüber, wie nach dem Unfall verfahren wurde, und wir wissen auch nichts von der Regelung, die Kirsten Isakson Ulrik gegenüber erwähnte. Ich habe mir gedacht, sie nach Neujahr einmal anzurufen, um mehr zu erfahren. Weshalb fragst du?«

»Ich habe am Sonntag mit ihnen geredet, also mit ihr und ihrem Mann. Und es gibt ein paar Details in ihrer Geschichte, die an die beiden Anfragen erinnern, von denen du gerade berichtet hast.« Dan referierte den Bericht des Ehepaars Isakson über den steuerfreien monatlichen Betrag.

»Das ist doch unglaublich!«, reagierte Axel, als Dan geendet hatte. »Was hat sich Peter nur dabei gedacht? Kannst du dir ausrechnen, was diese Vereinbarung die Firma in all den Jahren gekostet hat? Und was es sie noch kosten wird, wenn ich sie verlängere?«

»Vielleicht ist es tatsächlich nur Kleingeld in der großen Rechnung, Axel. Weder du noch ich wissen, was es gekostet hätte, wenn das Geld nicht an die Isaksons gezahlt worden wäre.«

»Was willst du damit sagen?«

»Ich glaube, dass Peter es als seine wichtigste Aufgabe ansah, das Image der Firma sauber zu halten. Mach dir die Sache doch mal klar, der Bauunternehmer, der in Spanien das Gerüst lieferte, hat den Auftrag bekommen, weil er Peter einen Betrag in bar zurückzahlte, genau wie Finn Frandsen. Das würde wunderbar dazu passen, dass Peter unbedingt den Lieferanten wechseln wollte, nicht wahr? Wenn Villy also in einem Interview, sagen wir mit *Ekstra Bladet*, erzählt hätte, dass er gezwungen wurde, mit einer neuen Firma zu arbeiten, die eindeutig schlechter war als die, mit der er sonst arbeitete ... Siehst du den Skandal? Wenn ein cleverer Journalist die ganze Geschichte ausgegraben hätte – wer weiß, welche Skelette da aus dem Schrank gepurzelt und auf den Titelseiten gelandet wären? Vielleicht war nicht nur die Beziehung des spanischen Bauunternehmers zu Peter ein wenig undurchsichtig. Vielleicht muss man auch in diesem Fall von Korruption in Verbindung mit der Baugenehmigung reden?«

»Tja.« Axel schwieg.

Dan hielt den Hörer am Ohr und fummelte gedankenlos an der Fotokopie der Kladde. Sein Blick fiel auf einen der Einträge. Eine Einnahme von dreizehntausendvierhundert Kronen, gekennzeichnet mit ›F.F.‹. Könnte es sein ...? Seine Augen liefen die Kolonne hinunter. »Wie heißt der französische Beamte, der dich angerufen hat?«

»Maurice Saint-Pierre. Wieso?«

»Ach, nur so ein Gedanke.« Dan spürte, wie sein Puls sich beschleunigte. »Würdest du mir einen Gefallen tun, Axel?«

»Ja …« Es kam ein wenig zögernd. »Kommt drauf an, worum es geht.«

»Beschaff mir eine Liste aller eurer Partner, sowohl hier als auch im Ausland. Egal, ob es sich um Subunternehmer handelt oder um diejenigen, mit denen ihr bei den Behörden und Ämtern verhandelt.«

Axel stieß ein Stöhnen aus. »Bist du dir darüber im Klaren, wie viele das sind? Handwerker, Betonfabriken, Landschaftsarchitekten, technische Verwaltungen, Beamte, Politiker … Das dauert ewig.«

»Ich weiß, dass es sich um eine große Bitte handelt. Aber natürlich könntest du auch einfach der Polizei Zugang zu euren Archiven gewähren und sie ihre Arbeit machen lassen.«

»Hm.« Axel schwieg so lange, dass Dan schon glaubte, die Verbindung sei unterbrochen. Dann räusperte er sich wieder. »Okay. Ich werde meine Sekretärin darum bitten. Sie wird nicht sehr erfreut sein.«

»Danke.«

»Nur die Namen?«

»Nein, ich brauche die Position dazu, und ich muss wissen, wann ihr Kontakt hattet.«

»Jetzt wirst du unverfroren, Dan.«

»Tut mir leid.«

Ein tiefer Seufzer. »Das wird ein paar Tage dauern.«

Als Dan den Hörer aufgelegt hatte, blätterte er noch eine Weile in den Kopien der Kladde. »F.F.« tauchte regelmäßig auf. Immer im Zusammenhang mit Einnahmen in dänischen Kronen. Die Beträge schwankten zwischen siebentausend und knapp hunderttausend. Wenn es sich um Finn Frandsen handelte, passte es perfekt, dass die Aufträge, für die er Schmiergeld bezahlte, stark schwankten. Den Eintrag »M.S.P.« fand er nur einmal, vor einem halben Jahr. Eine Ausgabe von zehntausend Euro. Eine hübsche runde Summe für eine hübsche runde Bestechung, dachte Dan und blätterte weiter. Plötzlich fiel ihm auf, dass der Eintrag mit den Initialen »V. I.« sich Monat für Monat durchzog. Neuntausendfünfhundert Kronen aus der Kasse an jedem Ersten. Villy Isakson, vermutete er.

Er konnte nicht länger still sitzen, ging zum Erker und blickte über den Fjord. Das Wasser war ein paar Hundert Meter vom Land aus vereist. Dan sah es, ohne es wirklich wahrzunehmen. Seine Gedanken wirbelten durcheinander. Er wusste, dass er den Schlüssel zur Bargeldbuchhaltung von Peter Münster-Smith gefunden hatte. Es war eine Parallelbuchhaltung – mit Einnahmen und Ausgaben für illegale Erstattungen, Bestechungsgelder und so weiter ... Hatte er aus dieser Kasse auch seinen Kokain-Verbrauch finanziert?

Dan setzte sich wieder an den Schreibtisch und begann umständlich, sämtliche Initialen in eine neue Liste zu übertragen. Vor drei Initialen schrieb er die Namen, die er bereits zuordnen konnte: Villy Isakson, Finn Frandsen und Maurice Saint-Pierre. Er schaute auf die verbliebenen Initialen. Sollte jede dieser Buchstabenkombinationen für einen Namen stehen, gab es viele Spuren, denen nachgegangen werden musste.

DONNERSTAG, 30. DEZEMBER 2010

46 Charlotte Münster-Smith hatte dafür gesorgt, dass neben dem Sarg ein großes Porträtfoto ihres Bruders stand. Das hübsch retuschierte Gesicht blickte professionell lächelnd über die Gemeinde, es war ein absurder Kontrast zu dem brutalen Tod des

Mannes. Dan Sommerdahl wusste, dass in vielen Ländern traditionell ein Porträt des Verstorbenen bei der Trauerfeier gezeigt wurde, in diesem Fall war er jedoch konservativ – er hielt es für einen obszönen Einfall. Unruhig saß er auf der harten Kirchenbank und versuchte, Peters Blick auszuweichen.

Marianne war nicht mit in die Domkirche gekommen. Sie hatte Peter nicht persönlich kennengelernt. Dan wurde von Vera Kjeldsen begleitet. Sie saß aufrecht neben ihm, den Blick fest auf das fotokopierte Blatt mit den Kirchenliedern gerichtet, das beim Betreten der Kirche verteilt worden war. Vielleicht fand sie dieses Foto auch geschmacklos, dachte Dan.

Er drehte sich um und ließ den Blick über die Bänke auf der anderen Seite des breiten Mittelganges schweifen. Die Domkirche war beinahe voll. Geschäftsfreunde, Mitarbeiter, einige Journalisten. In der vordersten Reihe saßen Peters Geschwister und die Schwägerin – ausnahmsweise einmal nicht in Weiß – und diese unheimlich braven Zwillinge. Hinter ihnen hatten Axel und Julie Holkenfeldt Platz genommen. Die junge Frau neben Julie musste ihre Tochter sein. Benedicte Johnstrup saß allein ganz hinten in der Kirche, so weit weg von Axel und Julie wie nur möglich.

Die Trauerfeier in der Kirche war rasch überstanden. Der Pastor sprach respektvoll, aber etwas unpersönlich über den erfolgreichen Geschäftsmann, der viel zu früh verstorben war. Ein Kirchenlied wurde gesungen, danach sprachen ganz kurz zuerst Axel, dann Ulrik. Peters Bruder beschloss die Feier mit einem Text, den Peter als Sechzehnjähriger geschrieben hatte – eine Liste über all das, was er sich für den Rest seines Lebens wünschte. Die Trauergemeinde lachte ein bisschen, als die naiven Träume aufgezählt wurden: große Autos, hübsche Frauen, eine Menge Geld. Kein Wort über eine Frau und Kinder oder den Frieden auf der Welt.

Der Junge hatte nur von materiellen Statussymbolen geträumt, und all seine Wünsche sind in Erfüllung gegangen. In gewisser Weise, ging Dan durch den Kopf, ist Peter nie älter als sechzehn geworden. Seine Wünsche und Bedürfnisse sind sein ganzes Leben lang unreif geblieben. So gesehen war es wahrscheinlich egal, dass der Mann schon mit fünfzig gestorben ist und nicht erst im Greisenalter.

Peter hatte nicht viele Männerfreunde gehabt, sodass Ulrik auch entferntere Bekannte fragen musste, als er die Gruppe der Sargträger zusammenstellte. Auch Dan half dabei, den Sarg aus der Kirche zu tragen.

Als der Leichenwagen abgefahren war, stand die Trauergemeinde ein wenig verstreut auf dem Platz vor der Domkirche. Dan sah sich nach Vera um, die sich gerade die Nase putzte.

»Ich werde ihn vermissen«, sagte sie und tupfte sich die geröteten Augen. »Wir hatten es gut.«

»Das glaube ich.« Dan legte ihr eine Hand auf die Schulter. Sie zuckte zusammen, und sofort zog er die Hand zurück. Er vergaß ständig, wie unangenehm ihr physischer Kontakt war. »Sie haben ja auch lange unter einem Dach mit ihm gewohnt.«

»Wie die mich anstarren«, sagte Vera und nickte in Richtung von Peters Erben, die in einer kleinen Gruppe mit dem Pastor zusammenstanden. Sie grüßten höflich, wenn jemand kam, um zu kondolieren. Paranoid ist das nicht, dachte Dan, die beiden Frauen warfen tatsächlich in regelmäßigen Abständen scharfe Blicke in Veras Richtung.

»Dort steht Pia Waage«, sagte er und zeigte zum anderen Ende des Platzes. »Lassen Sie uns zu ihr gehen.«

Pia war vertieft in ein Gespräch mit einer Frau, die so groß und breit war, dass die austrainierte Kripobeamtin neben ihr aussah wie eine Elfe. Sie unterbrachen ihr Gespräch, als Dan und seine Begleiterin sich näherten. Pia stellte sie einander vor. Die übergewichtige Frau hieß Susanne Kallberg und war, wie Pia erklärte, verheiratet mit einem der Maler aus dem Hinterhaus.

»Nennen Sie mich einfach Sus«, sagte die Frau lächelnd. Sie hat hübsche Augen, dachte Dan und drückte ihr die Hand, die in einem schwarzen Handschuh steckte. Und ein paar nette Sommersprossen auf der Nase, fügte er in Gedanken hinzu, während sie sich mehrfach dafür entschuldigte, dass sie schon gehen müsse. »Jørn ist allein mit den ganzen Kindern, und der Kleinste bekommt Zähne, es ist ein bisschen chaotisch.«

»Das klingt, als hätten Sie eine ganze Fußballmannschaft zu Hause.«

»Eigentlich haben wir nur zwei. Aber zurzeit sind noch drei Pflegekinder im Haus, das Nest ist rappelvoll.«

»Sus hat gerade erfahren, dass sie am 1. Februar in eine große Vierzimmerwohnung in Violparken einziehen können«, sagte Pia. »Sie ist ganz glücklich.«

»Sie wohnen im Moment etwas beengt?«, erkundigte sich Dan und sah Sus an.

»Das kann man wohl sagen. Sieben Personen in einer Zweieinhalbzimmerwohnung. Aber damit ist glücklicherweise bald Schluss.« Sie lächelte noch einmal und verschwand.

Julie Holkenfeldt kam auf sie zu, nickte Pia und Dan zu und wandte sich dann an Vera. »Haben Sie einen Moment Zeit?«, fragte sie.

»Selbstverständlich.«

Die beiden Frauen gingen ein paar Schritte, und Dan war allein mit Pia Waage. Die Kälte kroch durch seinen dicken Wintermantel und die gefütterten Stiefel. Er fror jämmerlich.

»Und?«, fragte er und stapfte auf der Stelle, um seine Zehen aufzuwärmen. »Etwas Neues?«

»Wir haben Martin Johnstrup noch nicht gefunden. Zwei Tage intensive Suche – und keine Spur.«

»Wart ihr in den Schuppen? Und auf den Booten, die an Land stehen?«

»Wir arbeiten uns langsam durch das ganze Gelände.«

»Seid ihr sicher, dass er dort ist?«

»Im Moment sind wir uns in nichts sicher.« Ihr Seufzen hinterließ eine kleine Wolke in der Luft. »Und morgen ist Silvester, da müssen wir die Suche unterbrechen.«

»Was sagt der Wetterbericht?«

Pia schüttelte den Kopf. »Kein Tauwetter in Sicht. Es soll vielleicht sogar noch mehr Schnee kommen.«

»Früher oder später werdet ihr ihn finden.«

»Hoffentlich.« Sie zog ihr Halstuch fester um den Hals und sah ihn an. »Und bei dir? Hast du etwas herausgefunden?«

»Nicht viel. Es hat eine Menge Zeit gekostet, sich in den Fall einzuarbeiten. Und bei den vielen Details kann man sich leicht verzetteln.«

»*Tell me all about it.* Manchmal habe ich das Gefühl durchzudrehen, wenn ich nur daran denke.«

»Immerhin habe ich den Code zu den Abrechnungen aus dem Bankschließfach geknackt, glaube ich jedenfalls. Du weißt schon, aus der Kladde.«

»Ach, die hast du auch?«

Dan erklärte ihr in groben Zügen, wie seine Theorie aussah. Eingehendes Geld von Handwerkern, ausgehendes Geld für Bestechungen. Die Schadenersatzregelung von Villy Isakson erwähnte er nicht.

Pia nickte langsam. »Interessant. Es könnte spannend werden, sich einen Überblick über diesen Teil des Rätsels zu verschaffen.«

»Den größten Teil der Einträge kann ich noch nicht zuordnen, aber Axel Holkenfeldt ist sehr hilfsbereit, ich gehe davon aus, dass ich bald alle geknackt habe.«

»Wie wahrscheinlich ist es denn, dass er nichts davon wusste?«

»Im ersten Moment klingt es komisch, ja, aber würde er mir dann dabei helfen, die Fäden zu entwirren?«

Vera kam wieder zu ihnen. »Ich friere«, teilte sie mit.

»Ja, wir müssen nach Hause«, sagte Dan. »Meine Zehen fallen gleich ab.« Er verabschiedete sich von Pia und wünschte ihr ein gutes neues Jahr.

Wenige Augenblicke später saßen Vera und Dan bei aufgedrehter Heizung im Auto.

»Was wollte Julie Holkenfeldt?«, erkundigte sich Dan.

Vera lächelte zum ersten Mal an diesem Tag. »Sie hat mir einen Job angeboten.«

»Ach? Glückwunsch.« Dan sah sie an. »Um was geht es?«

»Sie suchen eine Haushälterin. Ihr Au-pair-Mädchen hat gekündigt. Sie vermisst ihre Heimat in Manila, und die Holkenfeldts wollen offenbar nicht noch einmal jemanden anlernen. Frau Holkenfeldt hat gesagt, dass es bereits die fünfte Filipina gewesen ist. Es sei nicht zum Aushalten, dieses ständige Kommen und Gehen. Und sie müssen ja jedes Mal neu angelernt werden.«

»Andererseits haben die Holkenfeldts bisher eine Menge Geld gespart«, erwiderte Dan, der noch nie besonders großes Mitleid mit Menschen hatte, die es sich eigentlich leisten konnten, ihrer Haushaltshilfe einen regulären Lohn zu zahlen, und sich trotzdem entschieden, ein unterbezahltes Au-pair-Mädchen einzustellen. »Ich hoffe, sie bezahlen wenigstens ordentlich?«

»Ich habe Frau Holkenfeldt gesagt, was ich bei Peter verdient habe, und das war vollkommen in Ordnung für sie.« Vera sah ihn an. »Aber ich werde nicht bei ihnen wohnen. Es wird ein Acht-bis-sechzehn-Uhr-Job. Plus bezahlte Überstunden, wenn sie mich hin und wieder abends brauchen. Allerdings werde ich nicht kochen.«

»Und damit war sie einverstanden?«

»Sie ist mit dieser Regelung sehr zufrieden. Hauptsache, ich putze, kaufe ein und kümmere mich um die Wäsche. Wenn sie Gäste haben, engagieren sie einen Koch.«

»Heißt das, Sie kaufen die Genossenschaftswohnung, von der Sie gesprochen haben?« Dan tippte die Scheibenwischer einmal an und stellte fest, dass die Eisschicht auf der Frontscheibe geschmolzen war. Er legte den Gang ein und setzte zurück.

»Ja. Ich bin zu alt, um in einem Mädchenzimmer zu wohnen.« Wieder lächelte sie. »Und ich freue mich auf meine eigene Wohnung.«

»Das kann ich gut verstehen.«

Sie schwiegen einige Minuten, in denen Dan durch die schmalen Gassen der Altstadt in Richtung Gørtlergade fuhr.

Als sie vor dem Haus hielten, bemerkte Vera: »Ich weiß nicht, ob es etwas zu bedeuten hat ...« Sie hielt inne. »Diese Frau ... diese Fette.«

»Sus Kallberg?«

»Die habe ich schon mal gesehen.«

»Wo?«

»Es ist einige Jahre her. Ich habe ihre Stimme wiedererkannt. Und ihre Augen.«

»Ja?«

»Sie war mal Peters Freundin.«

Dan drehte sich zu ihr um. »Peter Münster-Smith war mit Sus zusammen?«

»Nicht besonders lange. Ein paar Monate vielleicht.«

»Mit Sus?«, wiederholte Dan. Er versuchte mit aller Macht, sich Peter und diese übergewichtige Frau auf dem Vorplatz der Domkirche in intimem Kontakt vorzustellen, gab es jedoch schnell wieder auf. Nach einem ungleicheren Paar musste man lange suchen.

»Sie hat sich sehr verändert«, sagte Vera. »Damals war sie schlank. Ich glaube, sie war Krankenschwester oder so etwas. Ein bisschen gescheiter als die Frauen, mit denen er sich normalerweise umgab, und genauso hübsch.«

Dan dachte einen Moment über diese neue Information nach. »Haben Sie Zeit, mir bei etwas zu helfen?«, fragte er dann.

»Womit denn?«

»Ich habe zu Hause ein paar Fotos ...«

»Peters Archiv seiner Eroberungen? Das kenne ich. Sus ist auch dabei.«

»Sind Sie ganz sicher?«

»Ich habe ihr Foto gesehen, als die Polizistin es mit mir durchging. An mehr als ihren Vornamen konnte ich mich nicht erinnern, deshalb haben wir nicht weiter über sie gesprochen.«

»Zeigen Sie es mir bitte?«

»Jetzt?«

»Wenn es geht.«

Sie fuhren zu Dans Wohnung, und es dauerte nur wenige Minuten, bis Vera das Jugendporträt von Sus Kallberg mit dem Dateinamen »Sus131104« gefunden hatte.

Dan betrachtete das Foto, nachdem Vera gegangen war. Eine intelligent aussehende Frau Mitte zwanzig. Das Gesicht ein wenig breit mit hohen Wangenknochen und einem Schwung Sommersprossen über der sanft abgerundeten Nase. Ihr glattes, helles Haar war hinter die Ohren gestrichen, sie lächelte in die Kamera. Er erkannte die dunklen ausdrucksvollen Augen und die Sommersprossen wieder. Sonst gab es nicht viel Ähnlichkeit zwischen dem jungen Mädchen auf dem Foto und der ausladenden Frau, mit der er vor weniger als einer Stunde gesprochen hatte. Sus war in den vergangenen sechs Jahren um mindestens fünfzehn Jahre gealtert. Manchmal ist das Leben einfach nicht gerecht, dachte Dan und druckte sich das Foto aus. Er musste mit Sus Kallberg reden, das stand fest. War es vielleicht besser, sich erst mit ihr zu treffen, wenn die Weihnachtsferien zu Ende waren und ihr Mann wieder arbeitete? Vielleicht hatte sie ihm diese Episode aus ihrer Vergangenheit ja verschwiegen.

MONTAG, 3. JANUAR 2011

47 »Entschuldigung, wer?«

»Dan Sommerdahl«, wiederholte er. »Wir haben uns bei der Trauerfeier getroffen.«

»Ach ja.« Sus Kallberg klang beschäftigt. »Hej.«

»Hätten Sie Zeit, sich heute im Laufe des Tages mit mir zu unterhalten?«

»Weshalb?«

»Das würde ich Ihnen gern persönlich erklären.«

»Wir fahren den Kleinsten gerade zur Tagesmutter. Ich kann frühestens heute Mittag mal für eine Stunde verschwinden, wenn unser Jüngster schläft.«

»Wo wohnt die Tagesmutter denn? Ich könnte Sie dort doch später einsammeln, wenn sie den Kleinen abholen.«

»Sagen Sie mir bitte noch, worum es eigentlich geht?«

»Nichts Dramatisches. Ich vermute nur, Sie könnten mir dabei helfen, ein paar offene Fragen zu klären, das ist alles.«

Schließlich willigte Sus ein und Dan legte auf. Es dauerte noch ein paar Stunden bis zu ihrem Treffen, und glücklicherweise hatte Axel Holkenfeldt gerade die Liste gemailt, die Dan von ihm erbeten hatte. Die Partner der Petax-Gruppe, ihre Kontaktpersonen bei den Behörden, die verschiedenen Subunternehmer und Zulieferer. Ein paar Hundert dänische und ausländische Namen mit Titel, Firma und Kontaktdatum in Klammern hinter jedem Namen; alles alphabetisch nach Vornamen sortiert, damit es leichter fiel, die Initialen der Buchführung zuzuordnen. Axels Sekretärin muss exzellent sein, dachte Dan und überflog die lange Liste.

Er holte seine eigenen Aufzeichnungen und begann. Langsam arbeitete Dan sich durch die beiden Listen. Es gab mehrere Übereinstimmungen, wie sich sehr bald herausstellte; Einträge, bei denen das Datum wie die Initialen passten. Er hakte jeden einzelnen Namen ab und spürte, wie das Adrenalin bei jedem Treffer stieg. Kein Zweifel, er hatte etwas gefunden. Eine komplette Parallelwirtschaft, die Peter sowohl vor der Öffentlichkeit wie vor dem Mitinhaber von Petax geheim gehalten hatte. Das Schwarzgeldkonto einer nach außen blütenweißen Firma. Wenn die Presse davon Wind bekam, würde es einer der ganz großen Wirtschaftsskandale des Landes werden. Könnte das ein Mordmotiv für Axel Holkenfeldt gewesen sein? Hatte er es entdeckt und war darüber mit Peter in Streit geraten? Sein Alibi für den Tatzeitpunkt war tatsächlich nicht wasserdicht. Auf der anderen Seite lautete die Frage noch immer, warum sollte der Mann ihm dann dabei behilflich sein, die Zahlen zu dechiffrieren? Auf diese Weise wurde es ja nur wahrscheinlicher, dass die Geschichte ans Tageslicht kam. Dan verdrängte seinen Verdacht und hakte einen weiteren Namen ab – ein hiesiger Elektriker erwies sich als ebenso regelmäßige Einnahmequelle wie Finn Frandsen.

Dan war nicht einmal zur Hälfte fertig, als es Zeit wurde, aufzubrechen, widerstrebend riss er sich los. Er faltete den Ausdruck von Sus Jugendfoto zusammen, steckte es in die Gesäßtasche, zog seinen dicksten Mantel an und fuhr los.

Die Tagesmutter wohnte in einem Reihenhaus im östlichen Teil der Stadt. Dan parkte am Straßenrand und ließ die Heizung des Wagens laufen, während er wartete. Zehn Minuten später als verabredet trat Sus Kallberg mit einem Säugling im Arm aus der Tür.

»Tut mir leid«, entschuldigte sie sich, als Dan mit einem fragenden Gesichtsausdruck ausstieg, »Er wollte nicht einschlafen.« Sie schaute den kleinen Jungen an, dem sie einen blauen Schnuller in den Mund gesteckt hatte.

»Tja«, sagte Dan. »Wie alt ist er denn?«

»Sechs Monate«, antwortete Sus und setzte den Jungen in den Kinderwagen. Er blieb sitzen und starrte Dan mit großen Augen an, während Sus ihn anschnallte. »Er heißt Max.«

»Wohin gehen Sie?«

»Nach Hause, habe ich mir gedacht. Wollen Sie mitkommen? Ist nur eine Viertelstunde zu Fuß.«

»Okay.« Dan warf einen Blick auf den Audi. »Ich kann den Wagen ja hinterher holen.«

Sus stopfte die Decke um Max, bevor sie das Verdeck anknöpfte. »So«, sagte sie und lächelte Dan zu. Ein bisschen erkannte er von der jungen Frau auf dem Foto wieder.

»Was wollten Sie eigentlich?«, fragte sie, nachdem Dan sein Auto abgeschlossen hatte.

»Sie wissen, dass ich Privatdetektiv bin, oder?«

»Ja. Pia Waage hat es mir erzählt. Sie arbeiten an dem Mordfall?«

»Genau.« Dan zog das Foto aus der Gesäßtasche und faltete das Blatt Papier auseinander. »Ihr Name ist plötzlich aufgetaucht.«

Sus hielt das Bild mit einer Hand und schob den Kinderwagen mit der anderen. »Das bin ja ich. Wo haben Sie das her?«

Dan beschrieb das sonderbare Archiv von Peter Münster-Smith.

»Wie unangenehm«, sagte sie und gab ihm das Foto zurück.

»Vielleicht. Der Zusammenhang ist mir erst neulich bei der Trauerfeier klar geworden, als sie wiedererkannt wurden.«

»Wiedererkannt? Ach, natürlich. Vera Kjeldsen. Ich hatte den Eindruck, dass sie nicht wusste, wer ich war.«

»Sie kann vermutlich sehr beherrscht sein«, meinte Dan.

»Sie ist ein eiskaltes Weib, wenn Sie mich fragen. Ich habe mich in ihrer Gegenwart nie wohlgefühlt.« Sus verzog ihr Gesicht. »Diesmal hat sie hundert Punkte verdient. Leute von damals erkennen mich sonst nie. Sind ja auch ein paar Kilo dazugekommen.«

»Sie waren also mit Peter befreundet?«, erkundigte sich Dan, der nie das Gewicht anderer Menschen kommentierte, es sei denn, er wurde dazu gezwungen. »Vor etwas über sechs Jahren?«

»Ja, stimmt. Ob Sie es glauben oder nicht.« Sie beugte sich über den Kinderwagen, um nachzusehen, ob Max eingeschlafen war. Dann richtete sie sich wieder auf. »Wir waren ein paar Monate zusammen, bis er mich leid war. Es war trotzdem schon beinahe so etwas wie ein persönlicher Rekord.«

»Er war nicht gerade der nachhaltige Typ.« Dan warf ihr einen Seitenblick zu. »Erzählen Sie mir davon?«

»Über unsere Beziehung? Da gibt es nicht viel zu erzählen. Ich habe damals als Laborantin im Privathospital gearbeitet. Kennengelernt haben wir uns, als ihm im Rahmen einer Untersuchung Blut abgenommen werden sollte. Es hat sofort gefunkt, er hat mich eingeladen, und der Rest ist Geschichte.« Sie sah Dan an. »Ich war ziemlich scharf auf ihn, das kann ich Ihnen sagen. Aber wenn Sie mich heute fragen, ob es an seiner Person lag oder an all dem, was er repräsentierte, dann wüsste ich keine Antwort.«

»Sie meinen, dass er reich war?«

»Reich, selbstsicher, charmant und mit einem vollkommen anderen Lebensstil als meinem, ja. Es war, als würde man einem Prinzen auf seinem weißen Pferd begegnen – und welche Prinzessin kann mit der Hand auf dem Herzen behaupten, dass sie sich ausschließlich in die Persönlichkeit des Prinzen verliebt hätte? Das Pferd, die Rüstung und das schöne Schloss zählen auch.«

»Haben Sie weitergearbeitet, als sie mit ihm zusammen waren?«

»Glücklicherweise war ich nicht so dumm zu kündigen. Nicht auszudenken, wenn ich den guten Job hingeschmissen hätte, um die Frau eines reichen Mannes zu werden – wie ich es mir damals sicher erträumt habe. Da hätte ich mich noch mehr geärgert, als er plötzlich abgehauen ist.«

»Was ist passiert?«

»Er hat eine andere kennengelernt. Ganz einfach.«

»Und Sie?«

»Ich war verletzt. Und natürlich auch wütend. Schlussendlich sind nur ein paar Wochen vergangen, bis ich Jørns Freundin wurde. Und das war's. An Peter habe ich seitdem nicht allzu viele Gedanken verschwendet.«

»War Jørn auch Patient im Privathospital?«

»Sind Sie verrückt? Das ist bestimmt nicht sein Stil.« Wieder lächelte Sus. »Jørn kannte ich schon ewig. Seine Schwester ist meine beste Freundin. Viele Jahre war er für mich einfach nur Monas Bruder, eines Tages haben wir uns mal richtig angesehen, und *peng* waren wir über beide Ohren ineinander verknallt.« Sie nickte in Richtung Kinderwagen. »Es sind Monas Kinder, die momentan bei uns wohnen.«

»Okay. Und warum kümmern Sie sich um sie?«

»Mona ist psychisch krank und nicht in der Lage, für die Kinder zu sorgen. Wir gehen davon aus, dass wir in ein paar Monaten eine permanente Pflegegenehmigung bekommen.« Sus blieb vor einem Hauseingang in einer Straße mit alten Wohnhäusern stehen. »Wir sind da«, erklärte sie. »Wenn Sie nicht allzu allergisch auf Unordnung reagieren, koche ich uns einen Kaffee.«

Sus entschuldigte sich noch einmal für die Unordnung, als sie kurz darauf die Wohnung betraten. Sie entfernte einen Haufen Stofftiere, um für Dan Platz auf dem Sofa zu machen. Während sie Kaffee kochte, ließ Dan den Blick durch das vollgestopfte Wohnzimmer schweifen. Ein Foto ihrer beiden Kinder hing über dem Fernseher. Aus irgendeinem Grund schaute er noch einmal hin, aber bevor er darüber nachdenken konnte, warum er sich das Foto noch einmal hatte ansehen wollen, stand Sus mit einer Thermoskanne und zwei Tassen vor ihm.

»Sie haben gesagt, dass Mona Ihre beste Freundin ist«, begann Dan, während Sus den Kaffee eingoss. »Kannte sie auch Peter?«

»Sie hat ihn ein paar Mal getroffen, ja.« Sus ließ ihren gewaltigen Körper mit einem Seufzen in einen Sessel sinken. »Warum?«

»Bekam sie von ihm Kokain?«

»Von Peter? Vielleicht einmal.« Sus sah ihn an. »Warum?«, fragte sie noch einmal.

»Ach, ich gehe nur allen Möglichkeiten nach. Und immer wieder taucht in diesem Fall Koks auf. Er war nicht Monas Dealer, oder?«

»Sie meinen, ob er ihren Missbrauch zu verantworten hat?« Sus schüttelte den Kopf. »Nein, das kann nicht sein. Mona hat Drogen genommen, seit sie ein Teenager war, damals kannte sie Peter noch gar nicht.«

Dan überlegte einen Moment. »Eine ganz andere Idee – bitte haben Sie Nachsicht mit mir: War Peter auch mit Mona zusammen?« Als er sah, wie Sus die Augenbrauen hob, fügte er hinzu: »Ich dachte ... war er zufällig Vater eines oder mehrerer ihrer Kinder?«

Sie lachte laut. »Mona? Nein, also wirklich!« Sie stand auf. »Ich werde Ihnen etwas zeigen.« Sus ging zu einem Regal und zog ein Fotoalbum heraus.

»Hier.« Sie gab ihm das aufgeschlagene Album und zeigte auf das Foto einer grobknochigen, stark schielenden Frau mit einem Säugling auf dem Arm. »Sie glauben doch nicht etwa, dass sie Peters Typ war? Der Mann hatte es nicht gerade auf innere Werte abgesehen.«

»Wohl wahr.« Dan betrachtete die Fotografie. »Sie sieht doch eigentlich sehr nett aus«, log er und klappte das Album zu.

»Sie sieht Jørn zum Verwechseln ähnlich. Aber aus irgendeinem Grund ist es etwas anderes, wenn ein Mann hässlich ist. Ich finde den Jørn ja hübsch. Mit seinen schielenden Augen und allem anderen.«

Dan blieb noch einen Moment sitzen, bevor er aufbrach. Sus genoss es offensichtlich, von ihrer Vergangenheit zu erzählen, und ihrem diskreten Flirten war anzumerken, dass sie sich wieder in die einnehmende junge Frau zurückversetzt fühlte, die einen der reichsten Männer Dänemarks erobert hatte – wenn auch nur für kurze Zeit.

Dan hatte sein Auto fast erreicht, als zwei Dinge gleichzeitig passierten: Es begann zu schneien, und sein Handy klingelte. Gegen das erste Ereignis konnte er beim besten Willen nichts tun, also schlug er den Kragen hoch und konzentrierte sich auf das zweite.

»Hier ist Christina.« Kurze Pause. »Christina Isakson.«

»Ja, hej.«

»Sie haben gesagt, ich soll anrufen, wenn mir noch etwas einfällt.«

»Ja?«

»Eigentlich müsste ich das wohl Pia Waage sagen, aber ich wollte nicht gleich zur Polizei gehen.«

»Sagen Sie es ruhig mir.«

»Es ist so, dass einer meiner Arbeitskollegen gelogen hat. Ich weiß, es ist nicht schön, ihn zu verpetzen, und vielleicht bedeutet es ja auch gar nichts, aber ich mag das einfach nicht.«

»Heraus damit, Christina.« Dan zog die Mütze mit der freien Hand tiefer in die Stirn. »Lassen Sie einfach mich entscheiden, ob es so wichtig ist, dass Sie damit besser zur Polizei gehen.«

»Es geht um Nick Olsen, einen der Gesellen.«

»Ja, ich erinnere mich an seinen Namen.«

»Nick hat gesagt, er hätte ein Alibi, das hat er aber nicht ... Und da ist noch etwas anderes. Seit dem Mord benimmt er sich mir gegenüber so eigenartig. Als ob er mich im Auge behalten wollte, als würde er versuchen herauszufinden, wie viel ich weiß. Ob ich an dem Tag mehr gehört oder gesehen hätte, als ich bereits gesagt habe.«

»Weshalb meinen Sie, er hätte kein Alibi?«

»Was er der Polizei erzählt hat, stimmt jedenfalls nicht.«

»Das müssen Sie mir erklären, Christina. Ich habe mir gerade die Akten angesehen. Es gibt verschiedene Zeugen, die Nick Olsen am Donnerstag zwischen 17:00 und 18:30 Uhr im Fitnessstudio gesehen haben.«

»Ja, aber was ist mit Freitagvormittag?«

»Was meinen Sie?« Dan wäre beinahe mit einem älteren Mann zusammengestoßen und sah ihn mit einer entschuldigenden Grimasse an.

»Einige Tage nach dem Mord hat uns diese Polizistin, Pia Waage, gefragt, wo wir am Freitagvormittag gewesen sind, und da haben wir alle drei gesagt, auf der Arbeit. Ich habe nicht weiter darüber nachgedacht, es ist ja auch schon eine Weile her.«

»Ja?« Dan drückte sich in ein Torportal. »Nick war nicht bei der Arbeit?«

»Er ist am Freitag erst gegen halb zehn gekommen. Ich kann mich erinnern, weil Jørn sauer auf ihn war. Aber es war nicht das erste Mal, deshalb ist es mir nicht aufgefallen, und erst jetzt ...«

»Sie müssen sich nicht entschuldigen«, unterbrach sie Dan. »Es ist gut, dass es Ihnen eingefallen ist.«

»Wieso hat er der Polizei nicht einfach erzählt, dass er verschlafen hatte oder beim Arzt war, als sie uns gefragt haben? Es ist doch eigenartig zu lügen, wenn man nichts zu verbergen hat, oder? Meinen Sie, ich sollte die Polizei anrufen?«

»Unbedingt. Machen Sie es gleich. Das sollten sie schon erfahren.«

Dan beendete das Gespräch, nachdem er Christina mit sanftem Druck überzeugt hatte, das Richtige zu tun – und er war sicher, dass ihr Name nicht bekannt würde, falls Nick einen legitimen Grund nennen konnte, an dem Morgen, als das Beweismaterial verbrannt wurde, später erschienen zu sein.

Nick Olsen?, dachte er, als er die letzten paar Hundert Meter zu seinem Auto ging. An ihn hatte er bisher überhaupt nicht gedacht. Wie hing er mit der Buchführung aus dem Bankschließfach zusammen? Oder mit dem Frauenarchiv? Hatten all diese

Dinge überhaupt etwas miteinander zu tun? Dieser Fall hatte sich zu einem regelrechten Labyrinth ausgewachsen. Jedes Mal, wenn Dan glaubte, einen Ansatz gefunden zu haben, vernebelte irgendetwas erneut das Bild.

48

Benedicte Johnstrup atmete tief durch. Bereits in den ersten vier Stunden ihres ersten Arbeitstages nach den Weihnachtsferien hatte ihre Assistentin drei ernsthafte Fehler gemacht. Kurz nach neun hatte Malene in bester Absicht das Telefonat für ihre Chefin angenommen. Der positive Eindruck dieser verblüffenden Eigeninitiative wurde jedoch umgehend ausradiert, als Malene dem Wirtschaftsjournalisten am anderen Ende der Leitung erklärte, in der Petax-Gruppe herrsche nach dem Tode von Peter Münster-Smith eine »chaotische Stimmung«. Benedicte nahm ihr sofort den Hörer aus der Hand und versuchte, den Schaden zu begrenzen, doch es war zu spät. Der Journalist hatte ganz offensichtlich den richtigen Ansatz für seinen Artikel für den Wirtschaftsteil des kommenden Tages gefunden.

Benedicte hatte den sich anschließenden Rüffel gerade beendet, als ihre unfähige Assistentin zum zweiten Mal ins Fettnäpfchen trat und an der Kaffeemaschine über Axel Holkenfeldt lästerte – in Anwesenheit seiner absolut loyalen Sekretärin. Vor zehn Minuten toppte Malene die vormittäglichen Zumutungen, indem sie ein Memo mit Verhaltensregeln bei Pressekontakten herumschickte, ohne Benedicte die Gelegenheit zu geben, den kurzen Text vorher durchzusehen und die vielen Rechtschreib- und Interpunktionsfehler zu korrigieren. Das Schlimmste war, dass Malene das Memo auch noch mit dem Namen ihrer Chefin unterzeichnet hatte – und die ganze Firma nun glauben musste, Benedicte sei plötzlich nicht mehr in der Lage, einen fehlerfreien Satz zu Papier zu bringen.

Benedicte spürte, wie ihr Tick wieder einsetzte. Sie legte ein paar Fingerspitzen beruhigend auf den zitternden Muskel unter dem rechten Auge und versuchte, ruhig zu atmen. Tief einatmen, dachte sie. Tief einatmen.

Immer wieder kam ihr ihre häusliche Situation in den Sinn. Anton versuchte weiter, die Fassade aufrechtzuerhalten, obwohl sie sich bemühte, ihm mit aller Kraft, die sie mobilisieren konnte, näherzukommen. Es war schwer, sich von seinen Zurückweisungen nicht verletzt zu fühlen, obwohl sie wusste, dass es nur seine Art war, sich aufrecht zu halten. Sie selbst war verzweifelt darüber, die Verantwortung für ihn plötzlich allein tragen zu müssen. Dazu kamen das Schneeräumen, die täglichen Haushaltsarbeiten und die immer lästiger werdenden Gespräche mit Martins Praxisassistentin. Regelmäßig ertappte sie sich dabei, wie sie eine riesige Wut auf ihren Mann entwickelte, der sie in diese Lage gebracht hatte. Andererseits war sie sich durchaus im Klaren, dass diese Wut nur ein Schild gegen das schlechte Gewissen war, das stets durch ihr Bewusstsein waberte. Allerdings war sie wahrscheinlich selbst schuld an dieser unglücklichen Situation, und sie war sich dessen auch bewusst. Jedenfalls, wenn die Polizei mit ihrer Theorie recht hatte. Wäre sie ihrem Mann treu geblieben, hätte sie ihn geliebt, so wie er sie liebte, wäre das alles nicht passiert. Nachts lag sie wach und wälzte sich von Gedankenfetzen gequält im Bett. Dazu kamen die Angstfantasien darüber, was wohl geschehen war. Kurz vor dem Einschlafen schlichen sich diese Gedanken an. War ihr Mann wirklich der Mörder? Hatte er Selbstmord begangen? Und wenn ja, wie? Oder wurde er irgendwo gefangen gehalten? Hat man ihn misshandelt? Sie war überzeugt, dass auch Anton nachts nicht schlafen konnte. Tag für Tag wurde er blasser. Wenn sie ihn fragte, stritt er es ab. Und wenn sie bei ihren nächtlichen Wanderungen durch das Haus in sein Zimmer schaute, lag er mit geschlossenen Augen im Bett, scheinbar tief schlafend. Er reagierte nie auf ihr Streicheln, obwohl sie an seinem Atmen deutlich hörte, dass er ebenso wach war wie sie. Es war eine harte Erkenntnis, wie einsam und allein sie mit ihrem Schmerz waren.

Durch den Schlafmangel machte auch Benedicte Fehler. Es kam zu falschen Kalkulationen in ihren Unterlagen, sie vergaß, was sie aus dem Lager holen wollte, vergaß zu essen. An diesem Morgen war sie sogar zum ehemaligen Firmensitz im Industriegebiet gefahren, erst dort wurde ihr bewusst, dass sie sich geirrt hatte. Alles musste sie häufiger als gewöhnlich überprüfen. Sie benötigte ihre gesamte Energie, nur um den Tag zu überstehen.

Das Letzte, was sie in dieser Situation brauchte, war eine Assistentin, die alles noch komplizierter machte, dachte Benedicte. Sie stand vom Schreibtisch auf, bürstete ein paar unsichtbare Krümel von ihrem Rock, ging in die Personalabteilung und verlangte Malenes Entlassung. Je eher, desto besser. Der Personalchef verstand das Problem und bedauerte dennoch. Es gab keinen Grund für eine Entlassung, es sei denn, Malene würde einen wirklich fatalen Fehler begehen. Dann könnte die Firma ihr eine schriftliche Abmahnung zukommen lassen. Anderenfalls würde der Vertrauensmann zur Gewerkschaft gehen und Krach schlagen.

Na toll, dachte Benedicte und ging in die IT-Abteilung. Wenn die Personalabteilung etwas Schlimmes benötigte, dann würde sie eben etwas ausgraben müssen. Malene musste verschwinden. Benedicte hatte einfach keine Lust, noch mehr Zeit mit dieser dämlichen Göre zu verschwenden. Sie war geradezu erleichtert, etwas Konkretes unternehmen zu können, um sich Luft zu verschaffen.

Glücklicherweise wusste sie, dass einer der IT-Leute, ein rothaariger Kerl, der Mitte zwanzig sein mochte, Malene ebenso leid war wie sie. Es dauerte nur wenige Minuten, um den Mann davon zu überzeugen, den Computer ihrer Marketingassistentin zu überprüfen. Er konnte es von seinem Arbeitsplatz aus erledigen, Malene würde es nicht merken.

»Und denk an die gelöschten Dokumente«, sagte Benedicte. »Und die Mails. Die müssen irgendwo auf dem Server liegen.«

»Mal sehen, wie weit ich von hier aus komme«, antwortete der IT-Mann. »Aber eigentlich brauche ich ihre Harddisk.«

Benedicte kehrte an ihren Schreibtisch zurück und vertiefte sich in den Entwurf der großen Werbekampagne, die sie Ulrik Münster-Smith und Axel Ende der Woche präsentieren wollte. Sie war eigentlich so gut wie fertig, fand jedoch noch Details, die sich verbessern ließen, Zahlen, die anders berechnet und Prioritäten, die anders bewertet werden konnten. Nicht unbedingt notwendig, aber gut, um den Geist zu beschäftigen. Benedicte wusste, dass sie ihre Arbeit als Puffer gegen all das nutzte, was sie ausblenden wollte. Plötzlich spürte sie Tränen aufsteigen, sie zwang sich zur Konzentration auf den Entwurf. Auf keinen Fall wollte sie hier im Großraumbüro, wo alle sie sehen konnten, anfangen zu weinen.

Das Telefon rettete sie.

»Könntest du mal kommen?«, forderte sie der rothaarige IT-Mann auf.

Benedicte räusperte sich, um den Kloß im Hals verschwinden zu lassen. »Hast du so schnell etwas gefunden?«

»Ich glaube schon. Möglicherweise ist es auch nur eine Art Scherz. Sieh es dir lieber selbst an.«

Benedicte war wenige Minuten später bei ihm. Sie erkannte die Botschaft sofort.

> Was glaubst du, warum deine dämliche Frau bei Petax Karriere macht? Es hilft, den Chef zu ficken. Grüße von einem Freund.

»Du hast das auf Malenes Computer gefunden?«

»In ihrem Ordner, ja, datiert vor etwas über einem Monat. Sie hatte es nicht einmal gelöscht. Deshalb dachte ich, es handelt sich um einen Scherz.« Der Rothaarige sah Benedicte an.

»Leider ist es kein Scherz.« Sie wich seinem Blick aus. »Und ich bin nicht einmal überrascht. Allenfalls über das Fehlen von Rechtschreibfehlern. Sie hat sich ausnahmsweise mal Mühe gegeben. Kannst du mir die Datei so schicken, dass die gesamte Historie des Dokuments zu sehen ist? Dann gehe ich damit sofort zum Personalchef.«

»Ich kann dir eine Kopie von Malenes sämtlichen Daten schicken. Vielleicht ist noch mehr von Interesse?«

»So ein intrigantes Weibsstück. Wenn ich mit ihr fertig bin, bekommt sie fünf Minuten, um ihren Schreibtisch zu räumen.«

Und so kam es. Sowohl der Personalchef als auch Benedicte behielten Malene im Auge, während sie schniefend ein paar neonfarbene Stofftiere, einige Fotos von Partys und eine halb verblühte Orchidee in einen Pappkarton packte. Das Firmenhandy musste sie abliefern, sie durfte auch keine Kopie ihrer persönlichen Dokumente aus dem Computer mitnehmen. Dann begleiteten sie beide bis zur Eingangstür.

Warum hat Malene das nur getan?, fragte sich Benedicte, als sie zurück in ihre Abteilung ging. Und woher um alles in der Welt wusste diese Göre von ihrer Affäre mit Axel Holkenfeldt? Sie musste etwas aufgeschnappt haben, einen Blick, einen Satzfetzen bei einem Telefonat. Verdammtes Großraumbüro, dachte Benedicte, während sie sich hinter ihren Schreibtisch setzte. Früher ließen sich Affären noch geheim halten. Benedicte wusste, dass sie Malene vom ersten Tag an getriezt hatte – vielleicht auch heftiger als nötig –, aber sich auf diese Weise zu rächen, überschritt sämtliche Grenzen. Benedicte zog das Telefon heran, suchte nach Pia Waages Visitenkarte und rief sie an. Das Telefon wurde umgehend abgehoben.

»Benedicte Johnstrup. Störe ich?«

Eine beinahe unmerkliche Pause. »Nein.«

»Ich wollte Ihnen nur erzählen, dass ich die Autorin der anonymen Nachricht gefunden habe.« Benedicte berichtete von den Ereignissen der letzten Stunde. Sie hörte selbst, wie exaltiert sie klang, berauscht vom Gefühl des Sieges, bebend vor gerechtem Zorn. Ihre eigenen Probleme waren für eine Weile in den Hintergrund gedrängt. Abgesehen von ein paar Zwischenbemerkungen enthielt sich Pia Waage jeglichen Kommentars.

»Sind Sie sicher, dass ich nicht störe?«, unterbrach sich Benedicte, als sie mit einem Mal merkte, wie auffällig der Kontrast zwischen der Wortkargheit der Kripobeamtin und ihrem eigenen adrenalingesteuerten Tonfall war.

»Sie stören nicht. Öh …« Pia machte erneut eine Pause. »Ich komme sofort zu Ihnen hoch.«

»Sind Sie hier? Bei Petax?«

»Ich stehe unten am Empfang.«

»Warum das denn?«

»Ich komme hoch.«

Benedicte hatte das Gefühl, die Luft angehalten zu haben, bis Pia Waage und eine junge Beamtin kurz darauf vor ihrem Schreibtisch standen.

Nahezu in Trance folgte sie den beiden Ermittlerinnen ins Sitzungszimmer und schob die Glastür hinter sich zu. Benedicte stellte keine Fragen, sagte nichts. Sie wusste, was kommen würde, und hatte keinerlei Bedürfnis, die Worte zu beschleunigen, die ihr Dasein endgültig zerrütten würden. Sie setzten sich an den weißen Konferenztisch. Noch war alles normal, konnte man so tun, als sei dies ein ganz alltägliches Treffen. Noch war die Welt in Ordnung.

»Es tut mir leid, Benedicte«, begann Pia. »Wir haben Ihren Mann gefunden. Er ist leider ...«

Der Rest des Satzes ertrank in der Explosion, die sich in diesem Moment in Benedictes Gehirn abspielte. Ihre Reaktion traf sie vollkommen unvorbereitet. Alle Verteidigungsbollwerke, die sie so mühsam aufrechterhalten hatte, fielen mit einem Schlag, die Tränen, die sie sorgfältig unter Kontrolle gehalten hatte, stürzten aus ihr heraus. Sie konnte nichts mehr hören, nichts mehr sehen, sich nicht mehr aufrecht halten. Ihr Körper wurde von einem fremden, rohen Schluchzen geschüttelt, begleitet von einer Flut aus Tränen, Rotz und Speichel.

Pia holte ein Glas Wasser und ein paar Papierservietten, während Lotte Andersen sich an die Tür stellte, um Benedictes Kollegen und Mitarbeiter fernzuhalten. Nach und nach kehrte Benedictes Wahrnehmung zurück, und sie ahnte die Menschen auf der anderen Seite der Glaswand. Es hatte sich nicht vermeiden lassen, dass sie ihr verzweifeltes Weinen gehört hatten, und wie ein Steppenbrand verbreiteten sich bereits die Gerüchte durch das Gebäude. Mit jeder Minute wurde die neugierige Schar auf der anderen Seite der Glaswand größer, die Leute starrten unverblümt ins Sitzungszimmer, bis die Beamtin sie verscheuchte.

»Sagen Sie schon«, forderte Benedicte Pia auf, als sie nach einigen Minuten wieder in der Lage war, zu sprechen. »Was ist passiert?«

»Wir haben ihn im Jachthafen gefunden.«

»Wieso erst jetzt?«

»Er lag unter einem Steg, ganz am Ende. Es war schwer, überhaupt bis an die Stelle zu kommen – vor allem auch durch den vielen Schnee.«

»Hat er … selbst …?« Benedicte konnte den Satz nicht beenden. Pia schüttelte den Kopf. »Es war kein Selbstmord, nein.«

»Was dann? Ein Unfall?«

»Ich fürchte, er ist ermordet worden.«

»Und wie?«

»Wir kennen die Todesursache noch nicht. Wir müssen die Obduktion morgen abwarten.«

Benedicte sah sie an. »Woher wissen Sie dann, dass es Mord war?«

»Er war gefesselt. Und geknebelt. Das kann er unmöglich selbst getan haben.«

Es dauerte einige Sekunden, bis das Bild eines hilflosen, ganz sicher Todesängste ausstehenden Martin mit einem Knebel im Mund und Seilen an den Händen und Füßen Benedicte vor Augen stand. Und als sie es sah, wollte es nicht wieder verschwinden.

Pia ließ sie einen Moment in Ruhe. Sie führte ein gedämpftes Telefonat und holte noch ein Glas Wasser, dann umarmte sie die Leiterin der Kommunikationsabteilung, deren Tränen sich nicht stoppen ließen.

Benedicte Johnstrup hatte nicht wirklich gewusst, wie es ist, einen Schock zu erleiden, wie es ist, wenn alle normalen Mechanismen, jedes logische Denken, alle Sinne außer Gefecht gesetzt werden. Sie war reduziert auf einen simplen Organismus, bei dem nur die lebensnotwendigen Funktionen wie Atmung, Herzschlag und Stoffwechsel funktionierten. Alles andere war ausgeblendet. War es so, wenn man verrückt wurde?, ging Benedicte in einem ihrer klaren Momente durch den Kopf. Der Gedanke verschwand ebenso schnell wieder, wie er gekommen war, als eine neue Welle des Schmerzes in ihr hochspülte. Sie registrierte, dass um sie herum Dinge geschahen, aber sie starrte nur vor sich hin, eingekapselt in ihre Verzweiflung. Die Tür ging ein paar Mal auf, ein Handy klingelte, doch zu ihr drang kaum noch etwas durch.

Plötzlich spürte sie, wie jemand sich neben ihren Stuhl hockte. Ein Arm legte sich um ihre Schulter und eine leise Stimme sagte: »Benedicte? Kommen Sie, ich fahre Sie nach Hause.« Sie blickte auf, und ausnahmsweise war es ihr vollkommen egal, wie sie aussah. Dan Sommerdahl sah ihr in die Augen. Er strich über ihr Haar. »Kommen Sie, Benedicte, sehen wir zu, dass wir hier wegkommen.« Im Hintergrund erahnte sie Pia und die junge Beamtin, die sie beobachteten.

»Was ist mit Anton?«

»Können Sie nicht jemanden bitten, ihn abzuholen?«

»Nein«, sagte sie und richtete sich mit einer erstaunlichen Kraftanstrengung auf. »Ich muss es ihm selbst sagen.«

»Sind Sie dazu in der Lage?«

»Ich bin seine Mutter.« Benedicte stand ein wenig unsicher auf.

»Soll ich jemanden anrufen? Ihre Eltern? Ihre Schwester?«

»Nein.« Sie putzte sich die Nase. »Ich kann jetzt nicht mit ihnen reden.«

Dan begleitete sie ins Großraumbüro, wo sie ihren Computer herunterfuhr und zu ihrer Tasche griff. Die Mitarbeiter hielten Abstand, sie wich ihren mitfühlenden Blicken aus, als sie hinausging.

»Ich muss mich ein bisschen zurechtmachen«, sagte sie und zeigte auf die Tür zur Damentoilette. »Sonst bekommt er einen Schock.«

»Lassen Sie sich Zeit.« Dan lehnte sich an die Wand.

Kurz darauf saßen sie in Dans Auto vor Antons Schule. Benedicte hatte die Kontaktlinsen herausgenommen und sich die letzten Mascarareste vom Gesicht gewaschen, bevor sie sich die verhasste Brille aufsetzte. Heute war es ihr egal.

»Was soll ich ihm sagen?«, fragte sie mit der Hand auf der Klinke. »Ich kann ihm doch nicht erzählen, dass sein Vater gefesselt und ...«

Dan schüttelte den Kopf. »Ich weiß es nicht. Soll ich ...?«

»Nein«, entschied sie und öffnete die Tür. »Das ist meine Aufgabe.«

Dan blieb den Rest des Tages als stille, standhafte Stütze bei Martin Johnstrups Witwe. Er tröstete sie, kochte Tee, sorgte fürs Abendessen. Und hielt den Mund, wenn es nötig war. Benedicte hatte Dan immer schon für einen klugen und sympathischen Menschen gehalten, doch erst jetzt, inmitten dieses Albtraums, wurde ihr klar, wie sehr sie ihn schätzte.

Anton durfte so lange aufbleiben, wie er wollte, bis er schließlich am späten Abend vor Erschöpfung beinahe zusammenbrach. Benedicte ließ ihn in ihrem Doppelbett schlafen.

»Gehen Sie jetzt auch ins Bett, Benedicte«, forderte Dan sie auf. »Sie sind ja schon durchsichtig vor Müdigkeit.«

»Aber ...« Sie sah ihn an, ohne den Satz zu Ende zu bringen. Wie sollte sie ihm erklären, dass sie es nicht wagte, allein zu sein, nicht schlafen wollte, aus Angst davor, dass der Albtraum sofort wieder begann, sobald sie die Augen schloss. Die Bilder eines vollkommen verängstigten, stundenlang in der eisigen Kälte gefesselten Martin flimmerten an ihrem inneren Auge vorbei, sobald sie auch nur einen Moment die Kontrolle über sich verlor. Sie hatte oben im Schlafzimmer einige Schlaftabletten, fürchtete jedoch, dass sie nicht helfen würden. Wie sollte sie nur diese Nacht überstehen?

»Ich bleibe und schlafe hier«, erklärte Dan und klopfte aufs Sofa. »Ich bin hier, wenn Sie wach werden und Gesellschaft brauchen.«

Benedicte kamen wieder die Tränen.

Dan sagte nichts, er blieb einfach neben ihr sitzen. Sie hörte seine ruhigen Atemzüge und spürte seine Hand auf ihrer. Als sie kurz darauf ins Bett ging, spürte sie noch immer ihre Wärme.

49

»Wie hat sie es aufgenommen?«, erkundigte sich Frank Janssen, als Pia Waage und Lotte Andersen nach ihrer unangenehmen Mission zur Marina zurückkehrten.

»Nicht gut«, antwortete Pia. »Überhaupt nicht gut.«

»Wärst du nicht besser bei ihr geblieben?«

»Ich habe Dan angerufen. Er ist bei ihr.«

Frank sah sie an. »Hast du einen Termin wegen der Identifikation der Leiche vereinbart?«

»Dazu ist sie im Moment nicht in der Lage, Janssen. Sie steht unter Schock.«

»Okay, der Mann läuft uns ja auch nicht weg.« Frank blickte hinüber zu dem Steg, unter dem die Leiche lag. Man konnte sich nur darunter bewegen, wenn man sich bückte, wobei im Moment sowieso der gesamte Platz von Rechtsmedizinern und Kriminaltechnikern besetzt war, die Spuren sammelten und den Fundort mit professionellen Fotos dokumentierten. Frank wusste bereits, dass die Identifikation reine Formsache sein würde. Die Techniker hatten Martin Johnstrups Brieftasche und das verschwundene Mobiltelefon in den Taschen seines charakteristischen, mit Seehundfell besetzten Mantels gefunden. Außerdem hatten sie den toten Zahnarzt mithilfe des Fahndungsfotos erkannt.

Frank hüpfte auf und ab, um sich aufzuwärmen. Die Kälte hier am Wasser war unerträglich. In den vergangenen Tagen war auf großen Teilen des Geländes der Schnee geräumt worden. Sie hatten alle Schuppen abgesucht, waren in alle Boote geklettert und hatten in unzähligen Schneehaufen gegraben. Die Arbeiten hatten offene Wunden in dem Hochglanzbild des verschneiten Jachthafens hinterlassen, doch es begann bereits wieder zu schneien. Große Flocken segelten von einem blaugrauen Himmel herab, in wenigen Stunden würden die mühsam freigelegten Wege zwischen den Booten und Schuppen schon wieder von Schnee bedeckt sein.

Eine der Gestalten unter dem Steg kroch rückwärts heraus und richtete sich auf. Der Rechtsmediziner Kim Larsen-Jensen schloss seinen Arztkoffer, stampfte ein paar Mal fest auf und kam dann auf die Polizisten zu.

»Und?«, fragte Frank. »Was sagst du?«

»Ich muss ihn obduzieren, bevor ich etwas Definitives sagen kann.«

»Natürlich. Gib mir nur das, was du hast.«

»Können wir nicht irgendwo reingehen, die Kälte ist doch gar nicht auszuhalten.«

Sie liefen zu dem weißen Bauwagen, den die Kriminaltechniker aufgestellt hatten, bevor sie mit der Durchsuchung der Marina begannen. Er stand auf dem Parkplatz und war mit einer Trockentoilette, elektrischer Heizung und einem kleinen Tisch ausgestattet. Mit einem Becher heißem Kaffee in der Hand setzten sie sich.

»Okay«, begann Kim, nachdem er den ersten Schluck getrunken hatte. »Ganz spontan glaube ich, dass unser Opfer erfroren ist. An einem Knöchel ist die Socke runtergerutscht, die Haut weist Erfrierungen auf, *congelatio*. Ich wette, wir werden dasselbe an seinen

Knien finden, wenn wir die Kleidung entfernt haben. Das ist normalerweise ein sicheres Zeichen für den Kältetod, doch vor der Obduktion will ich mich nicht festlegen.«

»Keine Läsionen?«

»Oberflächliche Stichwunden, beinahe nur Kratzer, an der rechten Seite des Halses. Sonst nichts, was ich sehen kann, bevor wir ihn nicht ausgezogen haben.«

»An der rechten Seite des Halses«, wiederholte Pia. »Das könnte Tranebys Theorie bestätigen, dass ihn jemand mit dem Messer bedroht hat, als er hierher fuhr.«

»Durchaus, ja.«

»Kannst du uns etwas zum Todeszeitpunkt sagen?«, wollte Frank wissen.

»Das wird sehr schwer. Der Mann ist tiefgefroren, es gibt keinerlei Anzeichen von Verwesung. Seit dem 16. Dezember hatten wir konstant Frost. Ich würde sagen, es ist unwahrscheinlich, dass der Tod vor diesem Datum eingetreten ist.«

»Das wäre auch eigenartig, denn wir haben einen Zeugen, der ihn am 16. Dezember um kurz vor sechs noch lebendig gesehen hat«, sagte Frank.

»Diesen Teil des Puzzlespiels überlasse ich euch. Ich beschränke mich auf die medizinische Seite des Falls.« Kim wärmte sich die Hände an seiner Tasse. »Es gibt eine leichte Vertrocknung an seiner Nasenspitze, die auf eine beginnende Mumifizierung hindeutet. Sollte das der Fall sein, ist er bereits ein oder zwei Wochen tot. Näher kommen wir der Sache im Moment nicht.«

»Okay.« Frank sah ihn an.

»Ich muss wohl nicht sagen, dass meiner Ansicht nach der Fundort auch der Tatort ist. Dem Opfer wurden die Hände auf dem Rücken gefesselt, es wurde geknebelt, die Füße waren verschnürt, man hat ihn an einem Pfosten festgebunden. Wenn er erfroren ist, dann dort unten. Er hatte keine Chance, sich zu bewegen.«

»Wie lange kann ein bekleideter, erwachsener Mann bei Frost überleben?«

»Das kommt auf die Temperatur, die Windstärke, die Luftfeuchtigkeit und all so etwas an. Wir überprüfen es mit dem Wetteramt, wenn ich sicher weiß, ob er daran gestorben ist.«

»Konnte er eine Nacht überleben?«

»Kaum. Gut, er saß vor dem Niederschlag geschützt, aber der Steg führt direkt ins Wasser. Ihr habt doch selbst bemerkt, wie viel kälter es in der Nähe des Wassers ist. Darüber hinaus war der Mann fixiert. Vielleicht hat er acht Stunden durchgehalten, vielleicht zwölf oder mehr. Ich will mich nur ungern festlegen.«

Pia und Frank leerten ihre Becher, zogen Mütze und Schal an und gingen zum Fundort.

»Können wir uns das mal ansehen?«, erkundigte sich Frank, als sie kurz darauf am Steg standen.

»Wir haben den Boden auf seiner rechten Seite bereits überprüft«, antwortete Kurt Traneby. »Wenn ihr euch dort hinstellt, könnt ihr keine Dummheiten machen. Ich will nur …« Er verschwand in Richtung Bauwagen.

Bjarne Olsen blickte auf, als Frank und Pia sich auf den ihnen zugewiesenen Platz stellten. Er bereitete den Toten zum Abtransport vor. Plastiktüten waren bereits um die noch immer gefesselten Hände der Leiche gebunden, der Kriminaltechniker schnitt jetzt in das türkisblaue Seil, das den Oberkörper der Leiche am Pfosten hielt.

»Ihr habt Fotos gemacht, oder? Von den Knoten des Seils und so?«

Bjarne sah Frank an. »Bekommst du nicht immer alle Fotos, die du brauchst?«

»Sorry.« Frank beugte sich über die Leiche. Das halb durchgeschnittene Seil hielt Martin Johnstrup in einer halbwegs sitzenden Stellung. Er würde auf die rechte Seite fallen, sobald man es entfernte.

Pia berührte den Rand der Mantelkapuze aus Robbenfell, der über der Schulter der Leiche lag. »Lag die so, als ihr ihn gefunden habt?«, fragte sie.

»Nein«, erwiderte Bjarne. »Er hatte sie aufgesetzt, sodass nur das Gesicht zu sehen war. Die Rechtsmediziner haben sie ihm während der Untersuchung heruntergezogen. Und ja, natürlich haben wir Fotos von der ursprünglichen Position.«

»Sieh mal, Janssen.« Pia zeigte auf die beiden breiten Streifen aus silbernem Tape, die über dem Mund des Opfers klebten. »Das Tape geht fast bis zu den Ohren. Und schau mal hier.« Sie nahm die Kapuze und zog sie der Leiche über den Kopf, bis nur noch Martin Johnstrups Gesicht zu sehen war. »Dieses Stück Tape kann nicht aufgeklebt worden sein, als er die Kapuze aufhatte. Das wäre unglaublich schwierig geworden. Vor allem, weil Johnstrup sich bestimmt gewehrt hat.«

»Wenn er zu diesem Zeitpunkt bei Bewusstsein war, ja.« Frank ging in die Hocke und blickte unter die Kapuze. »Du hast recht. Er wurde gefesselt, dann bekam er das Tape auf den Mund – und schließlich hat der Täter ihm ordentlich die Kapuze aufgesetzt.«

»Das wirkt beinahe fürsorglich.«

»Abgesehen davon, dass man es wohl kaum fürsorglich nennen kann, einen hilflosen Mann bei dieser Kälte im Freien zu lassen.« Frank schaute auf die in Plastik verpackten Hände der Leiche. »Hat er ihm auch Handschuhe angezogen?«

»Ja. Obwohl sie sich wegen des Seils nicht ganz bis zum Handgelenk ziehen ließen, die Finger waren bedeckt.«

»Könnt ihr schon etwas zu dem Klebeband sagen?«

»Es sind beides ganz gewöhnliche Fabrikate«, antwortete Traneby, der zurückkam. »Solche Klebebänder gibt es in jedem Baumarkt, und das Seil ist ein Nylonseil, das der Täter vermutlich hier im Jachthafen gefunden hat.«

»Wie kommst du darauf?«

»Das hat jemand im Wasser benutzt. Sieh mal, hier kleben kleine Tangfetzen.« Mit seinem Latexhandschuh hielt er ein Ende des Seils hoch. »Es gibt auch kleine Reste von Muschelschalen.«

»Deshalb muss es nicht von hier stammen.«

»Nein, die Wahrscheinlichkeit spricht allerdings sehr dafür, oder?« Traneby hob die Tütchen mit Beweismaterial auf.

»Man könnte sagen, wir haben Glück, dass der Mörder ausgerechnet diesen Ort gewählt hat«, meinte Frank und blickte auf das kleine, beinahe schneefreie Stück unter dem Steg. »Hätte die Leiche ganz im Freien gelegen, wäre es nicht so einfach gewesen.«

»Nenn das hier noch einmal einfach«, murmelte Bjarne Olsen, der wieder angefangen hatte, das gefrorene Nylonseil von dem Pfosten zu entfernen.

»Damit kippt unsere gesamte Theorie«, stellte Pia fest, als sie kurz darauf zurück zum Auto gingen. »Das ist ganz bestimmt kein Mann, der sich aus quälenden Gewissensbissen das Leben genommen hat.«

»Es ist sehr großmütig von dir, es *unsere* Theorie zu nennen.« Frank verzog sein Gesicht zu einem schiefen Lächeln.

»Wir müssen alles umschmeißen und noch einmal ganz von vorn beginnen. Immerhin wissen wir jetzt, dass Martin Johnstrup nicht der Mörder ist, und können ...«

»Das wissen wir nicht«, unterbrach Frank seine Überlegungen.

»Nicht?«

»Es gibt noch immer die Möglichkeit, dass Martin Johnstrup Peter Müller-Smith zusammen mit einem Komplizen ermordet hat. Und der hat dann hinterher Martin umgebracht.«

DIENSTAG, 4. JANUAR 2011

50 Dan stöhnte, als er sich auszog. Meinem Rücken ist die Nacht auf Benedictes Sofa nicht gut bekommen, dachte er und ließ seine geplagten Glieder in ein brühend heißes Schaumbad sinken – in der Hoffnung, die Hitze würde seine Rückenschmerzen lindern. In diesem Moment klingelte sein Handy, das er auf den Toilettendeckel gelegt hatte. Stöhnend setzte er sich auf, trocknete sich die Hände ab und nahm den Anruf entgegen, wobei er sich über den Rand der Badewanne beugte. Es fehlte noch, dass er jetzt auch noch sein Telefon versenkte.

»Hej, Frank Janssen am Apparat.«

»Hej.«

»Wie geht es Benedicte?«

»Einigermaßen.« Dan lieferte einen kurzen Bericht über den Stand der Dinge im Hause Johnstrup. »Heute Morgen wirkte sie schon gefasster, ich glaube, die Ungewissheit war das Schlimmste. Jetzt weiß sie, dass Martin nicht zurückkommt, und kann versuchen, sich darauf einzustellen.«

Eine kurze Pause.

»Wolltest du noch etwas von mir?« Dan fing an zu frieren, und die ungelenke Stellung tat seinem armen Rücken auch nicht gerade gut.

»Eigentlich rufe ich an, um dich zu fragen, ob du heute mal aufs Präsidium kommen könntest. Wir haben um dreizehn Uhr ein Briefing, und Torp meinte, es wäre keine schlechte Idee, dich dabeizuhaben.«

Dan sagte zu, legte das Telefon beiseite und glitt zurück in die Wanne. Er blieb liegen, bis das Wasser lauwarm wurde. Seinem Rücken ging es etwas besser. Er setzte sich an den Schreibtisch und ordnete seine Notizen und Listen, die er über die Buchführung aus dem Bankschließfach angelegt hatte. Er scannte ein paar Seiten ein und speicherte die Scans auf einem USB-Stick. Es sollte sein Beitrag zu dem heutigen Treffen sein.

Das Briefing fand im Sitzungszimmer im obersten Stock statt. Rund um den Tisch saßen acht Personen: vier Vertreter der Ermittlergruppe – Frank Janssen, Pia Waage, Thor Bentzen und Svend Gerner – sowie Flemming Torp, Kurt Traneby und Dan Sommerdahl. Außerdem die Verantwortliche für die Pressearbeit der Polizei von Christianssund, Helle Gundersen, die ein Notebook vor sich aufgeklappt hatte.

Am Ende des Tisches hatte jemand ein großes Whiteboard aufgestellt, davor standen ein Projektor und ein PC auf einem fahrbaren Tischchen. Frank begrüßte alle und erteilte dann dem Leiter der Kriminaltechnischen Abteilung das Wort. Kurt Traneby erläuterte den gestrigen Leichenfund und zeigte Lichtbilder des Toten und der Umgebung, in der man ihn gefunden hatte.

»Wie einige von euch bereits bemerkt haben«, erklärte er, »hat der Täter dem Mann noch seine Kapuze aufgesetzt und ihm sogar Handschuhe angezogen.« Nahaufnahmen, erst vom Kopf der Leiche, dann von den gefesselten Händen zeigten sich auf dem Whiteboard. »Beides geschah, nachdem das Opfer gefesselt und geknebelt worden ist. Vor allem das Anziehen der Handschuhe muss ausgesprochen mühsam gewesen sein. Es ist nicht leicht, jemandem Handschuhe anzuziehen, dessen Hände gefesselt sind.«

»Was hat er damit beabsichtigt?«, fragte Dan dazwischen.

»Vielleicht wollte der Mörder später zu seinem Opfer zurückzukehren, vielleicht wollte er Johnstrup am Leben lassen und nur verhindern, dass er irgendwo hingehen oder Hilfe rufen konnte. Allerdings habe ich keine Ahnung, welche Pläne der Täter mit ihm gehabt haben könnte.«

»Ich kann ergänzen«, fügte Frank hinzu, »dass ich heute Vormittag bei der Leichenschau war. Alles deutet darauf hin, dass Martin Johnstrup erfroren ist. Er hat einige charakteristische Merkmale, sogenannte Blutblasen, an den Gliedern, wo es zwischen Haut und Knochen kaum Platz gibt. An den Knien, den Knöcheln und den Handgelenken, um genau zu sein. Die Ellenbogen sind nicht betroffen, das liegt vermutlich an seinem dicken Mantel. Die endgültige Erklärung der Rechtsmediziner kommt erst in ein paar Tagen, aber Kim hat versprochen, mich anzurufen, sobald er heute Nachmittag die Obduktion beendet hat.«

»Olsen hat heute Morgen mit dem Wetteramt gesprochen«, fuhr Kurt Traneby fort. »Sie haben der Rechtsmedizin die Temperaturen in der betreffenden Nacht gemailt. Jetzt müssen wir abwarten.«

»Gut.«

»Außerdem haben wir Martin Johnstrups Mobiltelefon untersucht und können die Gespräche zwischen ihm und Münster-Smith bestätigen, die uns bereits durch die Anruflisten der Telefongesellschaften bekannt waren. Und dann haben wir noch etwas gefunden.« Ein neues Lichtbild zeigte das Display eines Smartphones. »Dies hier sind einige SMS, die um den Zeitpunkt des Mordes herum geschrieben wurden. Um 17:50 Uhr schreibt Johnstrup: *Stehe jetzt vor dem Tor.* Münster-Smith antwortet: *Bin gerade beschäf-*

tigt. Fünf Minuten. Um 18:00 Uhr schreibt Johnstrup: *Sind Sie unterwegs?* Es kommt keine Antwort, und fünf Minuten später schreibt er: *Kommen Sie?* Danach gibt es keine Kommunikation mehr.«

»Das bestätigt unsere Theorie.«

»Ganz eindeutig. Sie hatten eine Verabredung, aber Münster-Smith ist nie aufgetaucht.«

»Was darf ich an die Presse geben?«, erkundigte sich Helle Gundersen.

»Ich denke, wir sollten die Details mit den Handschuhen und der Kapuze für uns behalten«, antwortete Frank. »Jedenfalls vorerst.« Er delegierte einige Aufgaben, die mit dem jüngsten Mord zusammenhingen. »Was den Mord an Münster-Smith betrifft«, fügte er dann hinzu, »müssen wir ganz von vorn anfangen. Waage hat eine Liste der Spuren vorbereitet, denen wir aus Zeitgründen nicht ordentlich nachgegangen sind, weil wir uns etwas zu sehr auf Johnstrup als Hauptverdächtigen konzentriert haben.«

Pia hatte eine Power-Point-Präsentation mit den wichtigsten Fakten vorbereitet. Sie erinnerte die Sitzungsteilnehmer an die Kartei mit den Frauen, die Funde im Bankschließfach, den Drogenverdacht und die diversen Auseinandersetzungen, die einige Mitarbeiter von Petax im Laufe der Jahre mit Münster-Smith gehabt hatten. Zudem zeigte sie die Alibis und Erklärungen aller Beteiligten in Stichworten. »Gestern rief mich die Auszubildende des Malerbetriebes an, Christina Isakson. Sie ist überzeugt, dass einer der Gesellen, Nick Olsen ...«

»Dieser aufgepumpte Bodybuilder?«, unterbrach sie Thor Bentzen.

»Genau. Christina ist sicher, dass er am Freitag nach dem Mord nicht vor 09:30 Uhr zur Arbeit kam. Uns gegenüber hat er behauptet, pünktlich gewesen zu sein. Ich weiß nicht, ob es etwas zu bedeuten hat. Der Mann hat eine Reihe von Zeugen, die ihn zum Zeitpunkt des Mordes woanders gesehen haben. Ich kann mir nicht vorstellen, dass diese neue Information wichtig ist, doch untersuchen müssen wir sie in jedem Fall.« Pia blickte in die Runde. »Hat jemand noch etwas zu ergänzen?«

»Ja, Dan«, sagte Flemming, nachdem es einige Sekunden still am Tisch geblieben war. »Er hat etwas entdeckt, das zumindest ich hochinteressant finde.«

Dan zog den USB-Stick aus der Hosentasche und steckte ihn in den Computer. Einen Moment später tauchten die handschriftlichen Zahlenkolonnen aus der Kladde von Peter Münster-Smith auf. »Flemming und ich haben einige Zeit mit diesen Zahlen verbracht«, begann er. »Wie ihr seht, bestehen die Einträge aus Zahlen und Initialen. Einige der Zahlen sind Einnahmen, andere Ausgaben.« Er klickte weiter und die Liste erschien, die Axel Holkenfeldts Sekretärin erarbeitet hatte. »Durch einen Zufall habe ich entdeckt, dass einige der Initialen und die dazugehörenden Datumsangaben und Beträge exakt zu anderen Informationen passten, die ich bekommen habe.«

»Zu welchen Informationen?«, wollte Frank wissen.

Dan berichtete von seinem Besuch bei Villy Isakson und erzählte von den beiden Anrufen, die Axel Holkenfeldt von dem Malermeister und dem französischen Beamten bekommen hatte. Daraufhin ging er die einzelnen Einträge Punkt für Punkt durch, nannte Namen, wo es ihm möglich war, und erläuterte seine Schlussfolgerung: »Das hier ist eine schwarze Buchführung, bei den Einnahmen handelt es sich unter anderem um Schmiergelder, bei den Ausgaben zusätzlich um Schadenersatzzahlungen.«

»Ich verstehe das nicht ganz.« Frank betrachtete die Zahlen und Initialen. »Wenn du recht hast, übersteigen die Summen, die zum

Beispiel für Bestechungen ausgegeben wurden, doch bei Weitem die Beträge, die an Schmiergeldern hereinkamen.«

»Das liegt daran, dass wir die Tabelle in ihrer Gesamtheit noch nicht entschlüsselt haben. Schmiergeld von einem kleinen dänischen Handwerksmeister wie Finn Frandsen ist vielleicht nicht die Welt. Bei ausländischen Subunternehmern oder Großlieferanten von Baumaterial könnte es um erheblich mehr Geld gehen. Es gibt einige sehr, sehr hohe Beträge, die eingenommen wurden, bei denen wir noch nicht wissen, wer sich dahinter verbirgt.«

»Die Betonfirmen, zum Beispiel«, warf Gerner ein.

»Nein, genau diese Branche können wir vergessen«, entgegnete Dan, »Axel Holkenfeldts Ehefrau gehört die Firma, die alle Betonelemente, Zementrohre und so weiter für Petax' Baustellen liefert. Da gibt es keine Tricksereien. Petax bekommt die Bauelemente ohnehin beinahe zum Selbstkostenpreis, es wäre völlig schwachsinnig, irgendwelche Konkurrenten ins Spiel zu bringen.«

»Holkenfeldt und seine Frau sind also nicht darin verwickelt?«

»Nein, meinem Eindruck nach nicht.« Dan schaute auf das Whiteboard, auf dem noch immer die Buchführung in Peters Handschrift prangte. »Wenn das herauskommt, hat die Firma einen Riesenskandal am Hals.«

»Klingt nach einem todsicheren Motiv für Holkenfeldt«, sagte Frank.

»Dachte ich zunächst auch«, erwiderte Dan. »Trotzdem glaube ich nicht daran. Erstens war Axel mir extrem behilflich bei allen notwendigen Informationen. Ohne ihn hätte ich den Code nie geknackt. Zweitens ist Benedicte sein Alibi. Wäre er der Mörder, müsste sie seine Komplizin sein – auf die eine oder andere Art. Und glaubt ihr wirklich, sie ist in den Mord an ihrem Mann verwickelt?«

»Man hat schon Pferde kotzen sehen«, brummte Frank. »Die

meisten Gewaltverbrechen werden von den unmittelbaren Angehörigen der Opfer begangen. Da sie und Holkenfeldt eine Affäre haben, wäre es möglicherweise sogar logisch, ihren Mann aus dem Weg schaffen zu wollen – wenn sie schon einmal dabei sind.«

Dan schüttelte den Kopf. »Ich glaube nicht daran«, wiederholte er.

»Aber was dann, Dan?«, fragte Pia. »Was glaubst du?«

»Ich weiß es nicht«, gab er zu. »Ich denke, wir müssen weiter an dieser Buchführung arbeiten. Ich habe ja noch längst nicht alle Namen für die Initialen, und ich habe noch überhaupt nicht herausgefunden, was die Einträge, die mit Zahlen markiert sind, bedeuten. Dahinter kann sich alles Mögliche verstecken. Peters Kokainkonsum zum Beispiel könnte dadurch finanziert worden sein. Und wenn er hin und wieder auch mal Drogen verkaufte ...«

»Nichts deutet darauf hin.«

»Nein, aber dennoch.«

»Meinst du, wir sollten all diese Leute verhören?«

»Zumindest diejenigen, die sowohl auf Axels Liste als auch in Peters Buchführung auftauchen, ja. Wir müssen herausfinden, ob sie ein Alibi haben, und wir müssen ihre Verbindung zu Peter überprüfen – und dann das Ausschlussverfahren anwenden. Jede einzelne Person auf Peters handgeschriebener Liste hatte ein ausgezeichnetes Motiv, ihn zum Schweigen zu bringen.«

»Das ist enorm arbeitsaufwendig, Dan. Und wir riskieren eine Menge Ärger ohne jeden Grund.«

Dan sah Pia an. »Kann man das nicht einigermaßen diskret erledigen?«

»Nein«, sagte Flemming. »Kann man nicht. Es könnte sein, dass die Sache keine Bedeutung für die Ermittlungen in dem Mordfall hat, sofern diese Buchführung jedoch tatsächlich so funktionierte, wie du vermutest, handelt es sich um richtig schwere Wirtschaftskriminalität – und die Sache endet vor Gericht.« Als er sah, dass Dan den Mund öffnete, um zu protestieren, fügte er hinzu: »Das hier ist mein Job, Dan. Ich bin es, der sich die Dinge ansieht und entscheidet, wo wir weiterarbeiten. Und in diesem Fall gibt es überhaupt keinen Zweifel.«

»Ich vermute«, ließ Helle Gundersen von sich hören, die sich mit ihrem Notebook Notizen machte, »dass davon auch nichts nach draußen dringen darf?«

»Unter gar keinen Umständen«, erklärte Frank. »Das alles bleibt bis auf Weiteres unter uns.«

»Okay.«

»Sonst noch etwas?«, fragte Frank Janssen, der innerhalb der letzten Minuten mehrfach auf die Uhr gesehen hatte.

»Nur eine Kleinigkeit«, sagte Dan. »Sus Kallberg.«

»Jørn Kallbergs Frau?«, fragte Pia nach.

»Genau. Sie war vor einigen Jahren die Freundin von Peter Münster-Smith, also bevor sie geheiratet hat.«

»Was war sie? Diese dicke Matrone?« Frank war verblüfft.

»Damals war sie noch nicht so fett. Pia, hast du die DVD mit dem Archiv?«

Dan fand das Foto des blonden Mädchens mit den Sommersprossen schnell. »So sah sie vor über sechs Jahren aus.«

»Wie kann man nur so schnell so zunehmen?«, wunderte sich Gerner.

»Wahrscheinlich ist sie erblich vorbelastet. Und Schwangerschaften gab es auch. Ganz so ungewöhnlich ist das nicht«, antwortete Pia.

»Es hat vermutlich nichts zu bedeuten«, meinte Dan. »Ich dachte nur, ich sollte es erzählen.«

»Gut.« Frank sah sich in der Runde um. »Gibt's noch etwas, oder können wir anfangen, darüber zu reden, welche konkreten Schritte wir jetzt einleiten?«

»Ich habe noch ein paar Kleinigkeiten vom ersten Mord«, sagte Traneby. »Das kann ich dir auch mailen, wenn wir es eilig haben.«

Frank lehnte sich im Stuhl zurück. »Nein, schieß los.«

»Das Messer ist identifiziert.«

»Ja?«

»Es ist ein Steakmesser von Dybvad.«

Frank seufzte. »Eine große Marke. Deren Messer liegen zu Tausenden bei den Leuten herum.«

»Nein, nicht dieses Modell. Er wurde in limitierter Anzahl hergestellt.« Jetzt klickte sich Traneby durch eine Bilddatei. Ein hübsch gestyltes Foto, eindeutig aus einem Weihnachtskatalog, tauchte auf. Auf dem Foto sah man sechs Steakmesser mit verschiedenfarbigen Griffen. Lila, pink, türkis, blau, rot und orange. Sie lagen fächerförmig ausgebreitet und waren umgeben von Glaskugeln, Tannengrün und Schleifen. »Dieses Messer wurde nur als Geschenkset verkauft.« Traneby schaute auf das Foto. »Es wurde speziell fürs Weihnachtsgeschäft produziert und war seit Anfang November im Handel.« Er machte eine Kunstpause. »Und nur in einer bestimmten Haushaltswarenkette.«

»Welcher?« Frank hatte sich wieder aufgerichtet.

»Form & Stil.«

»In der Algade gibt's einen Laden«, sagte Pia. »Ist einen Versuch wert.«

»Dachte ich mir.« Traneby lächelte. »Ich würde sie ganz einfach um alle Kassenausdrucke der letzten Wochen vor dem Mord bitten. Mit etwas Glück wurde mit Kreditkarte bezahlt. Und wenn wir auf einen Namen stoßen, den wir aus dem Fall kennen ...«

»Ist notiert«, unterbrach ihn Frank.

»Noch etwas ganz zum Schluss«, fuhr Traneby ungerührt fort. »Wir haben eine Antwort aus dem Labor von Linköping.« Traneby klickte, und ein weiteres Foto erschien. »Das hier sind die Reste der Visitenkarte aus der Brieftasche von Peter Münster-Smith, die der Mörder im Wald verbrannt hat.«

»War noch etwas zu entziffern?« Missmutig blickte Frank auf das schwarze, zerfaserte Viereck.

»Nicht sehr viel.« Klick. Neues Foto, nahezu identisch mit dem vorhergehenden, aber mit etwas mehr Struktur in der verkohlten Oberfläche. »Wie ihr hier sehen könnt, gelang es, einige Zahlen zu rekonstruieren.« Er zeigte auf die untere rechte Ecke des Vierecks. »*...er Road, ...ds LS2 9JT, UK* steht da. Das ist die englische Postleitzahl der Stadt Leeds. Der Straßenname endet mit *...er Road*. Leider gibt es unheimlich viele Straßennamen in Leeds mit dieser Endung. Mehr ließ sich auf dieser Karte nicht rekonstruieren. Kein Logo oder so etwas.«

»Das könnte alles Mögliche sein.«

»Genau. Mehr haben wir leider nicht.« Traneby stellte den Projektor ab. »Schöne, vergeudete Kräfte.«

»Vielleicht«, meinte Frank. »Trotzdem danke.«

In der folgenden Stunde ging es in dem Raum sehr geschäftig zu. Es wurden Listen mit zu vernehmenden Personen erstellt, und Listen von Alibis, die noch einmal überprüft werden mussten.

Währenddessen grübelte Dan. Irgendetwas hatte er vergessen, es entglitt ihm fortwährend, weil seine Gedanken ständig von den Überlegungen der Polizisten unterbrochen wurden. Er freute sich darauf, nach Hause zu kommen und in Ruhe nachdenken zu können.

51

Am späten Nachmittag wurde Dan so müde, dass seine Augen brannten. Wieder und wieder hatte er die Textreste der Visitenkarte gegoogelt, ohne klüger zu werden. Danach hatte er noch einmal Peters Buchführung mit Axels Liste verglichen. Ebenfalls ohne Ergebnis. Noch immer gab es eine Reihe von Einträgen, die er nicht identifizieren konnte, und egal, wie intensiv er darauf starrte, er kam zu keiner Lösung.

Er schob das inzwischen schon ziemlich abgegriffene Blatt Papier beiseite, streckte sich und gähnte. Noch zwei Stunden, bis Marianne kommen würde. Sie wollten sich etwas zu essen besorgen, ein paar Folgen von *Six Feet Under* ansehen und früh zu Bett gehen. Dan wusste nicht, ob er sich am meisten auf das Essen, die Fernsehserie oder das Bett freute. Momentan läuft es wirklich gut mit uns, dachte er und fing ein wenig geistesabwesend an, die Stapel auf seinem Schreibtisch aufzuräumen. Er und seine Exfrau verstanden sich besser als in den ganzen letzten Jahren ihrer gescheiterten Ehe. Und obwohl sie nicht jede Nacht miteinander schliefen, hatten sie häufiger Sex als vor der Scheidung. Vielleicht hatte Marianne ja recht, dass es dumm wäre, wieder zusammenzuziehen. Möglicherweise war es ja wirklich eine gute Idee, dass jeder für sich lebte, obwohl er sie vermisste, wenn sie nicht zusammen waren.

Dan sortierte einen Stapel Zeitungsausschnitte. Dort, wo sie gelegen hatten, war die Schreibtischplatte staubig, er wischte mit der Hand darüber. Etwas fiel auf den Boden. Veras roter Notizblock. Ich muss ihn endlich abliefern, dachte Dan, als er sich bückte, um den Block aufzuheben. Das Foto des fröhlichen Mädchens mit der Wichtelmütze war herausgefallen. Dan richtete sich auf. Noch einmal las er den Text auf der Rückseite des Fotos: »Sooo groß bin ich schon! Wir wünschen Dir fröhliche Weihnachten!« Dann drehte er das Foto um und betrachtete das lächelnde Gesicht. Er hatte dieses Mädchen doch schon einmal gesehen, ging ihm plötzlich durch den Kopf, nur wo?

Dans visuelles Erinnerungsvermögen hatte ihn noch nie im Stich gelassen, und auch diesmal funktionierte es ausgezeichnet. Es war nicht länger als vierundzwanzig Stunden her, dass er sich ein Porträt dieses Mädchens angesehen hatte, die ihren Arm um ihren kleinen Bruder gelegt hatte. Das Foto hing hübsch eingerahmt auf dem Ehrenplatz des engen Wohnzimmers der Familie Kallberg. Das Mädchen mit der Wichtelmütze hieß Emma, soweit er sich erinnerte, und war die Tochter von Sus und Jørn. Warum um alles in der Welt besaß Vera Kjeldsen ein Foto von Emma Kallberg?

Er drehte den Bürostuhl, bis er mit dem Rücken zum Schreibtisch saß und sein Blick auf den Erker fiel. Er schaute hinaus in die Dunkelheit, wo im Licht der Straßenlaternen Schneeflocken herumwirbelten. Dans Gehirn arbeitete mit Hochdruck. Sus war bis vor sechs Jahren die Freundin von Peter Münster-Smith, Emma war jetzt ungefähr fünf, vielleicht auch sechs Jahre alt. Könnte sie seine Tochter sein? Dan wirbelte den Stuhl wieder zurück zum Schreibtisch und zog den Computer heran. Er googelte noch einmal die partielle Adresse von der Visitenkarte und ergänzte drei Buchstaben. *er Road + Leeds LS2 9JT + DNA* schrieb er ins Suchfeld. Er ließ den Blick über die Liste der Suchresultate gleiten. Und plötzlich hatte er es. Klick. Die einladend gestaltete Homepage eines Labors, das sich auf *Human Biology And Research* spezialisiert hatte. 812 Glossamer Road, Leeds. Nach ein paar weiteren Klicks hatte er eine exakte Anleitung gefunden, wie man DNA-Proben sammelte und einsandte, um eine Vaterschaft feststellen zu können. Genau danach hatte er gesucht.

War es vorstellbar, überlegte Dan, dass Peter herausgefunden hatte, wessen Kind Emma war? Hatte er verlangt, das Kind sehen zu dürfen? Wie würde eine Frau wie Sus Kallberg reagieren, wenn so etwas passierte? Dan stand auf und begann, auf und ab zu gehen; er konnte einfach nicht mehr still sitzen. Sus schien ihm nicht der Typ Frau zu sein, die sich damit abfand, wenn ihr Familienleben bedroht wurde. Und wer wusste, wie ihr Mann reagieren würde, sollte er herausfinden, nicht der Vater seines ältesten Kindes zu sein. Würde die Mutter nicht alles tun, um so etwas zu verhindern? Reichte das etwa nicht als Motiv für einen Mord? Andererseits ... Wenn Peter erst kürzlich von seiner Vaterschaft erfahren hatte, was bedeutete dann der Text auf der Rückseite der Fotografie? Hatte Sus es geheim halten können und dennoch Kontakt zum Vater des Kindes gehabt? Vielleicht hatte Peter Emma getroffen, ohne dass Jørn davon wusste.

Dan war sich unschlüssig, was er tun sollte. Eigentlich müsste er der Polizei von seiner Theorie erzählen. Aber wenn er sich irrte? Er benötigte Fakten, nicht nur eine vage Vermutung. Wieder sah er auf die Uhr. Halb sechs. In England war es eine Stunde früher. Er könnte es noch schaffen.

Die Empfangsdame des Labors stellte ihn zum Kundenservice durch, und eine Frau beantwortete den Anruf in klarem, verständlichem Englisch. Der Yorkshire-Accent war deutlich zu hören. Die Frau stellte sich als Kathleen Gills vor, und Dan erklärte, wer er war. Er hörte regelrecht, wie sie zusammenzuckte, als er *private detective* sagte. Und es erhöhte ihre Auskunftsbereitschaft auch nicht, als er betonte, dass er eng mit der Polizei zusammenarbeite.

»Leider, Sir. Ich kann Ihnen nicht helfen«, erklärte Mrs. Gills. »Wir geben die Namen unserer Klienten nicht heraus.«

»Auch nicht bei einer richterlichen Verfügung?«

»Einer dänischen?« Dan hörte, wie sie ein Lachen zurückhielt. »Das kann ich mir nicht vorstellen.«

»Und bei einer englischen?«

»Entschuldigung, aber … Wo wollen Sie die hernehmen, Mr. Sommerdahl?«

»Einen internationalen Beschluss? Über Interpol.«

»Jetzt sind wir gewiss im Bereich der Hypothesen.«

»Okay«, lenkte Dan ein. »Können Sie mir wenigstens sagen, ob Ihr Labor dänische Kunden hat?«

»Viele. Das ist kein Geheimnis.«

»Wenn Sie sagen, viele …«

»Dann meine ich mehrere in der Woche. Wir sind populär in Dänemark.«

»Und wie kommen Sie in Kontakt mit den Kunden?«

»Die meisten finden uns im Internet, Sir.«

»Sie haben keine Prospekte? Aus Papier?«

»Wenn man sich an das Labor wendet, senden wir Informationsmaterial zu. Ja, das ist bedrucktes Papier.«

»Woraus besteht dieses Material? Broschüren, Visitenkarten … so etwas?«

»Wir versenden eine Informationsmappe. Und die notwendigen Formulare und Hilfsmittel, die man für eine Probe benötigt.«

»Und eine Visitenkarte?«

»Der Mitarbeiter, der das Material versendet, legt auch seine Visitenkarte bei, ja.« Kathleen Gills räusperte sich.

»Dürfte ich Sie um einen Gefallen bitten, Mrs. Gills?«

»Ja?«

»Ich bräuchte ganz dringend eine Visitenkarte Ihres Labors. Könnten Sie mir eine schicken?«

»Natürlich. Wie ist denn Ihre Adresse?«

»Ich wäre froh, wenn ich sie postalisch und als Mail bekommen könnte. Würden Sie sie für mich einscannen?« Dan buchstabierte ihr die Mail- und die Postadresse.

Es vergingen keine fünf Minuten, und Mrs. Gills hatte die Visitenkarte gemailt. Hellblaue Hintergrundfarbe, dunkelblaues Logo. Schwarzer Text. Die beiden Adresszeilen in der unteren rechten Ecke sahen auf den ersten Blick so aus wie Kurt Tranebys Foto der chemisch behandelten verkohlten Karte. Dan war überzeugt, ins Schwarze getroffen zu haben. Sicher konnte er sich erst sein, wenn die Kriminaltechniker die Möglichkeit hatten, beide Karten physisch zu vergleichen. Die Stärke des Papiers zum Beispiel. Oder die Typografie.

Dan lehnte sich im Stuhl zurück. Er wusste, dass er eine Spur gefunden hatte, die entscheidend sein könnte, er wusste nur noch nicht genau, wie er vorgehen sollte. Angenommen, die Karte aus der Brieftasche von Peter Münster-Smith war identisch mit der des englischen Labors, so könnte es bedeuten, dass Peter Kontakt zu dem Labor aufgenommen hatte, um die Vaterschaft von Emma Kallberg festzustellen. Wenn es sich tatsächlich so verhielt, wo war dann die Informationsbroschüre? Man hatte sie weder in seinem Büro noch in seiner Wohnung oder dem Bankschließfach gefunden. Vielleicht hat er sie weggeworfen, überlegte Dan und blickte noch einmal auf das lächelnde Mädchen mit der Wichtelmütze. Sobald der Test ausgeführt war, hatte er keine Verwendung mehr für die Broschüre, und Peter war ja ein ungewöhnlich ordentlicher Mensch gewesen. Bei ihm flogen keine überflüssigen alten Papiere herum. Und was war mit den Testergebnissen? Auch sie hatte man nicht gefunden.

Plötzlich blitzte eine Idee in Dans Kopf auf. Er griff nach der Mappe mit den Akten des Falls und schlug die kriminaltechnischen Ergebnisse der Feuerstelle im Wald auf. Dort stand es. In der Brieftasche hatte man die Reste von zwei Papieren gefunden – der Visitenkarte und eines zusammengefalteten Blatts aus dünnerem Papier. Es war vollkommen verkohlt gewesen, den Text hatte man unmöglich rekonstruieren können. Könnte es das Testergebnis gewesen sein? Hatte Peter vor, Sus damit zu konfrontieren? Nein, das passte nicht zu dem Foto von Emma. Wenn er erst kürzlich herausgefunden hatte, dass er der Vater des Kindes war – warum hätte Sus ihm dann das Foto schicken sollen? Vielleicht hat sie es ja Vera geschickt, dachte Dan und legte das Foto auf den Schreibtisch. Auch das ergab keinen rechten Sinn.

In diesem Moment ging die Tür auf, und einen Augenblick später stand Marianne in seinem Wohnzimmer. Sie hielt eine Tüte mit dem Logo des Thai-Imbisses in der Hand und hatte Schnee in ihren wirren, rotblonden Haaren. Ihre Augen glänzten. Sie sieht aus wie aus einem Märchen, dachte Dan.

»Bin ich zu früh?«

»Nein. Du kommst genau rechtzeitig.« Er klappte den Computer zu und stand etwas zu hastig auf. »Au!«

»Der Rücken?«, erkundigte sich Marianne und knöpfte ihren Mantel auf. »Hast du eine falsche Bewegung gemacht?«

»Ich habe letzte Nacht beschissen gelegen«, erklärte Dan und stöhnte erneut.

»Wieso?«

»Ich habe auf einem Sofa geschlafen, das zu kurz war.« Er berichtete von den Ereignissen des Vortages und dem Schockzustand, in dem er Benedicte Johnstrup nicht hatte allein lassen können. »Deshalb bin ich geblieben«, endete er und zog die Schachteln mit dem Essen aus der Tüte.

Marianne sah ihn an. »Du hast bei ihr übernachtet?«

»Ja. Auf ihrem Sofa.«

»Konnte denn niemand sonst bei ihr bleiben? Eine Freundin oder ihre Mutter?«

Dan schüttelte den Kopf. »Sie hat nach mir gefragt.«

»Ich hoffe, du kommst nicht auf dumme Ideen, Dan.«

»Was?« Er richtete sich auf und erwiderte ihren Blick. »Was für Ideen?«

»Eine hübsche Frau in Not. Glaubst du, ich weiß nicht, wie leicht du zu verführen bist?«

»Hier verführt niemand irgendwen«, erklärte Dan. »Benedicte hatte gerade erfahren, dass ihr Mann erfroren ist, an Händen und Füßen gefesselt. Du glaubst doch nicht ernsthaft, sie hätte mich herumkriegen wollen, nachdem sie zusammengebrochen ist?«

»Das sage ich ja gar nicht. Ich weiß nur, dass ihr beide keine Kinder von Traurigkeit seid. Und ich weiß ganz genau, wie die Dame aussieht. Hohe Hacken, Pelz und teure Frisuren. Ladylike. Wie diese gewisse andere, an die ich mich noch gut entsinne.« Die Schneeflocken in Mariannes Haaren waren geschmolzen. Sie sah nicht mehr wie eine Märchenkönigin aus, sondern wie eine Frau in mittleren Jahren mit feuchten Haaren. »Benedicte ist genau dein Typ. Gib es ruhig zu.«

»Nein, jetzt hör aber auf.« Dan warf die letzte Schachtel auf den Tisch, ohne sie zu öffnen. »Willst du etwa behaupten, ich vögele eine Klientin, die gerade ihren Mann verloren hat? Bist du völlig verrückt geworden?«

»Du nennst mich nicht verrückt!«

»Nein, du bist paranoid!«

»Als hätte ich nie Grund gehabt, dir zu misstrauen, du treuloser Scheißkerl.« Marianne hatte Tränen in den Augen. Sie griff nach ihrem Mantel, der genau zwei Minuten auf dem Haken hatte hängen dürfen. »Du schuldest mir hundertachtzig Kronen für das Essen, Dan. Meine Kontonummer kennst du ja.«

Und weg war sie.

Dan hörte ihre vertrauten Schritte im Treppenhaus. Einen Moment überlegte er, ihr nachzulaufen. Dann ließ er es sein. Wenn sie so wütend war, musste schon einiges passieren, um die Harmonie wiederherzustellen. So viel zu einem romantischen Abend, dachte er und holte sich einen Teller und Besteck. Immerhin hatte er genügend zu essen hier.

MITTWOCH, 5. JANUAR 2011

52 »Hör zu, Dan«, meinte Frank Janssen. »Das klingt einfach zu fantastisch.«

»Aber der Text auf der Visitenkarte …«

»Es ist ja möglich, dass die Karte wirklich aus diesem Labor in Leeds stammt. Doch bei all den Frauen, mit denen Münster-Smith über die Jahre zusammen war, wäre es doch sehr eigenartig, wenn es ausgerechnet um dieses Kind ginge. Er könnte der Vater von einem ganzen Dutzend sein.«

Frank Janssen saß hinter seinem Schreibtisch, wo sich in den letzten Wochen einige Papierstapel angesammelt hatten. Statistiken, Ablaufpläne, Berichte und interne Untersuchungen in einem einzigen Durcheinander. Pia konnte gut verstehen, warum er etwas gestresst reagierte. Sie und Dan saßen auf den beiden Gästestühlen auf der anderen Seite des Schreibtisches, während Flemming Torp seinen Lieblingsplatz eingenommen hatte und mit beiden Gesäßbacken an der Heizung am Fenster lehnte. Es muss doch merkwürdig sein für Torp, dachte Pia und warf ihrem alten Chef einen Blick zu. Es war jahrelang sein Büro. Seine Mitarbeiter, seine Papierstapel.

»Und was ist mit dem Foto?« Dan ließ nicht locker.

»Es befand sich nicht zwischen Peters Habseligkeiten, Dan.« Frank betrachtete das kleine Porträtfoto. »Es lag auf Vera Kjeldsens Nachttisch, als du es mitgenommen hast, oder? Sie hat für Peter gearbeitet, als er mit Sus befreundet war. Vielleicht sind die beiden Frauen ganz einfach in Kontakt miteinander geblieben. Du kannst Vera ja danach fragen, wenn du ihr dieses Diebesgut zurückgibst. Wir erkennen deinen Einsatz an, Dan.« Frank warf das Foto auf den Schreibtisch. »Aber wir beschäftigen uns damit nicht weiter.«

»Aber ...«

»Dan«, unterbrach ihn Pia. »Sus Kallberg hat ein hieb- und stichfestes Alibi für die Tatzeit. Und das weißt du auch, wenn du die Berichte gelesen hast. Donnerstag, den 16. Dezember war Sus mit allen fünf Kindern bei der Weihnachtsfeier in Emmas Kindergarten. Sie war allein, weil Jørn Weihnachtseinkäufe erledigte, es gab jede Menge Zeugen.«

»Ist sie mit dem Wagen unterwegs gewesen?«, warf Flemming ein.

»Sie kann keine fünf Personen in ihrem Auto unterbringen. Es gibt gar nicht genügend Sicherheitsgurte. Sus hatte die beiden Kleinsten im Kinderwagen, das Mittlere in einem Kinderwagenaufsatz, und die drei Großen sind gelaufen. So weit war es nicht.« Pia sah Dan an. »Als die Veranstaltung um achtzehn Uhr zu Ende war, wurde sie von einer der anderen Mütter begleitet, die ihr half, die Kinder zurück in die Wohnung zu bringen, und mit ihnen zu Abend aß. Die andere Mutter ist gegen 19:30 Uhr gegangen, als ihr eigener Sohn ins Bett musste. Sus kann unmöglich etwas mit dem Mord an Peter Münster-Smith zu tun haben.«

»Hm,« Dan hob das Foto vom Schreibtisch auf und steckte es in seine Brieftasche. »Ich finde noch immer, dass die Geschichte gewaltig stinkt.«

»Nicht all deine Ideen sind genial«, erklärte Frank. »Du solltest das langsam mal einsehen.«

»Könnten wir sie zumindest um eine DNA-Probe bitten?«, versuchte es Dan noch einmal. »Wenn Peter wirklich Emmas Vater ist ...«

Frank wechselte einen Blick mit Flemming. »Ich weiß nicht ...«

»Ich halte das schon für eine gute Idee«, unterstützte Flemming seinen alten Freund. »Schaden kann es zumindest nicht.«

»Und womit sollen wir das begründen?«

»Wir wissen, dass Sus die Freundin von Peter war, zu einem Zeitpunkt, der mit ihrer Schwangerschaft übereinstimmt. Das müsste als Argument doch reichen«, schlug Dan vor.

»Wir haben keinerlei Mittel, sie zu zwingen, wenn sie nicht freiwillig einwilligt. Lasst uns Jørn und seine Tochter testen«, sagte Frank. »Dann könnten wir zumindest diese Sackgasse schließen, denke ich. Erledigst du das, Waage?«

Pia nickte und schrieb sich eine Notiz auf ihren Block. Sie war nicht sonderlich erfreut, die ohnehin schon belastete Familie um etwas so Sensibles zu bitten.

»Ich habe die Ergebnisse von Kim bekommen«, teilte Frank mit. »Nur mündlich bisher, im Obduktionsbericht wird dasselbe stehen. Martin Johnstrup starb tatsächlich an Unterkühlung. Außer den Frostbeulen fand Kim eine Reihe kleiner Wunden im Magen, Stressulkus nennt man das. Das ist so eine Art Magengeschwür, ausgelöst durch akuten Stress, zum Beispiel, wenn man längere Zeit extremer Kälte ausgesetzt ist.«

»Und das ist ein sicheres Zeichen?«

»Kim sagt, es ist ein charakteristisches Symptom, ja. Die Schrammen am Hals könnten von dem Steakmesser stammen, das bei dem Mord an Peter Münster-Smith verwendet wurde. Es ist unmöglich das zweifelsfrei festzustellen, weil die Wunden nur oberflächlich sind. Kim hat Proben von dem Blut genommen, das in der Nähe der Schrammen gefunden wurde. Wenn wir sehr viel Glück haben, stammt etwas davon von Münster-Smith. Dann können wir einen Zusammenhang zwischen den beiden Morden beweisen.«

Es klopfte an der Tür, und Svend Gerner steckte seinen Kopf herein. »Wir sind wieder da.«

»Habt ihr mit Nick Olsen gesprochen?«

Gerner nickte. Er drückte sich in das inzwischen leicht überfüllte Büro. »Seine Erklärung läuft darauf hinaus, dass er am Freitagmorgen schlicht verschlafen hat.«

»Das klingt ja sehr vertrauenerweckend. Warum hat er das nicht einfach gesagt, als wir ihn gefragt haben?«

»Zuerst hat er behauptet, er hätte es vergessen. Kurz darauf hat er dann erklärt, er hätte es nicht zugeben wollen. Jørn Kallberg war wohl ziemlich sauer, als Nick zu spät kam.«

»Ah ja.«

»Ich finde, es klingt nicht sonderlich überzeugend. Ich meine, entweder man hat es vergessen, oder man hat es nicht vergessen«, sagte Gerner. »Ich habe bei einigen Nachbarn geklingelt, um zu hören, ob jemand die Geschichte bestätigen kann.«

»Und was kam dabei raus?«

»Nick ist ziemlich bekannt in Violparken. Die Leute haben offenbar Angst vor seinem Kampfhund.«

»Kampfhund?«

»Ja, ein ziemlicher Brocken. Eigentlich macht er einen recht friedlichen Eindruck, und ihr erratet nie, wie er heißt.« Er sah sich in der Runde um. »Stalin! Was sagt ihr jetzt?«

Dan verzog sein Gesicht zu einem Grinsen. »Klingt, als hätte der Mann Humor.«

»Wie auch immer, jedenfalls können seine Nachbarn das Vieh nicht ausstehen. Eine Frau aus dem Parterre beobachtet immer, wann Nick mit Stalin Gassi geht, damit sie ihnen aus dem Weg gehen kann. Er lässt den Köter ohne Leine laufen, und sie hat selbst einen kleinen Hund, so einen kleinen Teppichpisser, deshalb ...«

»Komm zur Sache, Gerner.«

»Na ja, diese Dame ist jedenfalls bereit zu schwören, dass Nick an diesem Morgen zur gleichen Zeit wie immer mit Stalin Gassi gegangen ist. Also am Freitag, den 17. Dezember. Sie hat gewartet, bis er um halb sieben wieder nach Hause gekommen ist, bevor sie mit ihrem Hund rausgegangen ist.« Gerner sah Frank an. »Als sie das Haus gerade verlassen hatte, lief Nick an ihr vorbei in den Fahrradkeller. Kurz darauf ist er losgefahren.«

»Und sie ist sicher, dass das am 17. Dezember war? Das ist ja schon eine Weile her.«

»Absolut sicher. Es war nämlich wichtig, dass sie an diesem Tag sehr früh mit ihrem Hund Gassi gehen konnte, weil sie mit ihrem Rentnerklub eine Bustour unternehmen wollte. Weihnachtseinkäufe in Malmö.«

»Also hat Nick nicht verschlafen«, wiederholte Pia langsam.

»Der Mann hat eindeutig gelogen«, erklärte Gerner.

»Hast du ihn zur Rede gestellt?«, erkundigte sich Frank.

»Nein, ich dachte, es ist besser, wenn wir ihn zu einem richtigen Verhör ins Präsidium holen. Ich wollte zuerst mit dir reden.«

»Ganz klar, wir müssen uns noch einmal mit ihm unterhalten«, entschied Frank. »Vorher werden wir sein Alibi für Donnerstag noch einmal überprüfen. Übernimmst du das, Gerner? Nimm dir die Leute aus dem Fitnessstudio noch mal vor, die sicher waren, dass er dort gewesen ist.«

»Okay.«

»Und sprich mit seinen Nachbarn in Violparken. Wenn sie ihn wirklich so gut im Auge behalten, wie du sagst, haben sie vielleicht auch am Donnerstag, den 16. Dezember etwas bemerkt.«

Es war eine Weile still im Büro, nachdem Gerner gegangen war.

Dann räusperte sich Flemming. »Ist Nick Olsen eine Möglichkeit? Habt ihr ihn irgendwann als Verdächtigen im Auge gehabt?«

Frank schüttelte den Kopf. »Abgesehen von seinem sehr guten Alibi für den Tatzeitpunkt erscheint es unwahrscheinlich.«

»Warum?«

»Vor allem, weil ich überhaupt kein Motiv erkennen kann.«

»Vielleicht haben wir es nur noch nicht gefunden«, erwiderte Pia. »Viele andere Dinge hingegen passen perfekt. Er hatte Zugang zum Hinterhaus, er wusste, wo Jørn Kallbergs Overall lag. Wir wissen, dass er sich seit dem 16. Dezember unserer Hauptzeugin gegenüber eigenartig benimmt.«

»Aber er ist ein tüchtiger Handwerker. Und er scheint stark zu sein«, wandte Frank ein. »Laut den Rechtsmedizinern war der Mord amateurhafter Pfusch.«

»Vielleicht hat ihn mittendrin der Mut verlassen?«

»Jedenfalls müssen wir ihn noch einmal überprüfen.«

»Das habe ich ganz zu Beginn getan«, erklärte Pia. »Oder besser – ich habe untersucht, ob alle Beteiligten ein sauberes Strafregister haben.«

»Und, hat er?«

»Ein eingestelltes Verfahren mit siebzehn und eine Bewährungsstrafe ein Jahr später. Beide Male wegen Besitzes und Missbrauchs von euphorisierenden Stoffen.«

»Doch wohl nicht Kokain? Vielleicht ist da die Verbindung?«

»Tut mir leid, es war Hasch. Abgesehen davon taucht er nicht im System auf. Doch, er war mal Zeuge bei einem Fall, in dem es um eine Kneipenschlägerei ging, wenn ich mich recht entsinne. Sonst nichts.«

Pia begleitete Dan die Treppe hinunter.

»Hast du schon Feierabend?«, erkundigte er sich.

»Bist du verrückt? Es gibt keinen Feierabend, bevor dieser Fall nicht geklärt ist.« Sie sah ihm ins Gesicht. »Ich habe Hunger. Kommst du mit in die Kantine?«

»Eine Tasse Kaffee könnte ich gut vertragen.«

Die Kantine des Polizeipräsidiums lag in der Kelleretage mit Aussicht auf den Hof und bestand aus einigen Resopaltischen und Wänden mit diversen Automaten, an denen man Kaffee, Wasser, Süßigkeiten und eine Auswahl traurig aussehender Kuchen und Sandwiches bekam.

Pia entschied sich für ein Brötchen mit Käse und Schinken und biss gerade hinein, als Dans Handy klingelte.

»Ich muss leider rangehen.«

Pia wedelte nur mit der Hand, vollkommen mit ihrem Brot beschäftigt.

»Ja … ja, ich auch«, hörte sie ihn sagen. »Das ist absolut in Ordnung … Ja, wir waren beide müde, Marianne … nein, es ist vergessen … ja, das habe ich bereits überwiesen … ja … ja, dann lädst du mich beim nächsten Mal ein … heute Abend? … okay. Gleicher Ort, gleiche Zeit … ebenso, bis dann.« Er beendete das Gespräch.

»Probleme zu Hause?«, erkundigte sich Pia.

»Nur eine Meinungsverschiedenheit.« Dan lächelte. »Das kennst du sicher auch.«

»Na und ob!« Sie vertiefte das Thema nicht weiter. »Hast du etwas von Benedicte Johnstrup gehört?« Pia biss erneut ab und trank dazu einen Schluck Cola. »Seit gestern Morgen, meine ich.«

Dan sah sie an. »Wieso denkst du jetzt gerade an sie?«

»Die Frauen in deinem Leben.«

»Jetzt fang du nicht auch noch an.«

»Ach, darum ging's?«

Dan hielt ihrem Blick stand. »Sie sind manchmal ein bisschen voreilig, Fräulein Waage.«

Pia lächelte. »Du hast meine Frage nicht beantwortet.«

»Ich habe Benedicte Johnstrup heute Morgen angerufen, ja. Es geht ihr, na ja, nicht so gut. Ehrlich gesagt habe ich auch mit nichts anderem gerechnet.« Dan trank einen Schluck Kaffee. »Ich glaube, das Schlimmste für sie ist gerade, wie sie mit Antons Kummer umgehen soll. Der Junge ist vollkommen am Ende.«

»Weiß er, wie sein Vater gestorben ist?«

»Ja, in groben Zügen schon. Benedicte war gezwungen, zumindest einige seiner Fragen zu beantworten.«

»Sie können jede Krisenhilfe bekommen, die sie brauchen.«

»Sie hat bereits um ein Gespräch mit einem Psychologen gebeten. Mit Anton.«

»Das ist vernünftig.«

»Benedicte ist zäh. Sie wird das schon schaffen.«

»Glaubst du, dass sie und Axel zusammenziehen werden?«

»Das kann ich mir nur schwer vorstellen. Soweit ich weiß, haben sie sich seit mehreren Tagen nicht gesehen, und es hat nicht gerade den Anschein, dass ihre Sehnsucht besonders groß ist. Außerdem gibt es ganz bestimmt wichtigere Dinge, über die sie sich momentan Gedanken machen muss.«

DONNERSTAG, 6. JANUAR 2011

53 Christina schloss die Kellerwohnung auf, als ihr Handy klingelte. Es war Nick. Merkwürdig, dachte sie. Sie hatten sich gerade erst zum Feierabend verabschiedet, es war kaum zwanzig Minuten her.

»Ich bin mit dem Fahrrad gestürzt, Chris. Irgendein Idiot ist plötzlich auf den Fahrradweg gelaufen.«

»Ist etwas passiert?«

»Ihm nicht. Ich habe eine Hautabschürfung von der Größe Fünens.« Er stöhnte laut auf. »Und ich glaube, ich habe mir eine Rippe geprellt. Es tut jedenfalls beschissen weh, wenn ich Luft hole.«

»Du musst zum Notarzt.«

»Nein, ich will nicht stundenlang im Wartezimmer sitzen. Ich bin zu Hause, muss mich nur einen Moment ausruhen.«

»Das weißt du selber sicher am besten.« Als er nichts erwiderte, fügte Christina hinzu: »Weshalb rufst du mich an, Nick? Soll ich dem Meister Bescheid geben?«

»Chris ... du hast gesagt, du würdest auch mal mit Stalin Gassi gehen.«

»Ja.«

»Er ist es gewöhnt, um diese Zeit rauszukommen, aber ich kann jetzt nirgendwo hingehen. Ich kann mir nicht mal die Hose anziehen.«

»Okay.« Christina hoffte, dass ihr tiefes Seufzen nicht zu hören war. »Ich bin in einer halben Stunde bei dir.«

Nick empfing sie im Bademantel an der Tür. Der Hund wackelte mit dem ganzen Körper, ganz offensichtlich erkannte er Christina wieder.

Die Hautabschürfungen waren tatsächlich beeindruckend groß. Eine ganze Seite von Nicks Bein war betroffen, von der Hüfte bis zur Mitte des Unterschenkels.

»Was ist mit deiner Hose?«

»Die habe ich weggeschmissen. Sie war völlig zerrissen. Ich bin mehrere Meter über den Asphalt gerutscht.«

»Du musst ziemlich schnell gefahren sein«, vermutete Christina und nahm die Hundeleine entgegen.

»Leg ihm die auch an.« Nick reichte ihr eine kleine Fahrradlampe. »Steck sie einfach ans Halsband und schalte sie ein.«

»Weshalb?«

»Dann siehst du ihn da draußen. Es ist total dunkel.«

»Aber er ist doch an der Leine.«

»Ich lasse ihn normalerweise frei, wenn wir nicht in der Nähe von allzu befahrenen Straßen sind. Ist doch langweilig, wenn er in seiner Bewegungsfreiheit begrenzt ist.«

»Ich dachte, dass Kampf- ... also so muskulöse Hunde immer an der Leine gehalten werden müssen?«

»Ach, es gibt so viele Vorschriften.« Nick setzte sich auf sein Sofa. »Wenn du mit ihm in die Anlage am Ende von Violparken gehst, kannst du ihn ruhig frei laufen lassen.« Er legte sich mit einem leisen Jammern hin. »Die Schlüssel liegen in meiner Jackentasche. Nimm sie mit, dann muss ich nicht noch einmal aufstehen, um dir aufzumachen.«

Eigentlich ist es ja ganz nett, dachte Christina, als sie eine Weile unterwegs war, bei dem kalten Wetter spazieren zu gehen und den Schnee unter den Schuhen knirschen zu hören. Sie hatte überhaupt keine Angst, die verlassene Anlage zu betreten, obwohl es tatsächlich sehr dunkel war. Sie war sicher, Stalin würde auf sie aufpassen, wenn irgendjemand auf dumme Gedanken käme. Aber wer wäre schon so blöd, jemanden zu überfallen, der von einem vierzig Kilogramm schweren Kampfhund begleitet wird?

Offenbar hielt Nick sie nicht für die Informantin der Polizei über seine Unpünktlichkeit an jenem Freitagvormittag. Das schlechte Gewissen quälte sie trotzdem. Den ganzen Tag über hatte er sich bei der Arbeit darüber aufgeregt, dass am Vortag plötzlich zwei Polizisten bei ihm erschienen waren. Immer wieder erzählte er, wie sie ihn ins Kreuzverhör genommen hätten, bis Jørn ihn schließlich bat, die Klappe zu halten. Man hatte sie wegen des Millionärsmordes alle mehrfach vernommen, und er hatte keine Lust, sich Nicks Gejammer länger anzuhören. Christina hatte die ganze Zeit einen Kloß im Hals gehabt. Sie zweifelte immer noch daran, ob sie wirklich richtig gehandelt hatte. Nick hatte ihr schließlich nichts getan. Er war lediglich ein bisschen neugierig gewesen, und wer war das nicht, wenn man jemanden kannte, der als Hauptzeuge in einem Mordfall galt? Und, na ja, er hatte sie zurückgewiesen. Das schmerzte noch immer, doch es war kein Grund, ihn bei der Polizei anzuschwärzen.

Ihr Atem stand wie scharf sich abzeichnende Wölkchen in der Luft, als sie die letzte Straßenlaterne am Weg erreichte und sich umdrehte. Die rote Lampe an Stalins Halsband blinkte, und er begann, an der Leine zu zerren, als er bemerkte, dass sie auf dem Heimweg waren. Christine konnte den schweren, muskulösen Hund kaum halten. Ihre Schulter schmerzte, wenn er an der Leine zog, und mehrfach wäre sie auf dem glatten Weg fast ausgerutscht. Schließlich gab sie auf und ließ den Hund los.

»Stalin?«, rief sie vorsichtig, als er zehn, fünfzehn Meter vorausgerannt war.

Der Hund blieb sofort stehen und trottete mit einem erwartungsvollen Ausdruck in den schrägen Augen zu ihr zurück. Christina bückte sich und streichelte ihn, bevor sie ihn wieder laufen liess. Sie entspannte sich ein wenig. Es gab keinen Grund, sich zu beunruhigen, der Hund kam ja, wenn sie ihn rief. Sie verfolgte den blinkenden Lichtfleck. Stalin rannte in der Dunkelheit auf der schneebedeckten Grasfläche hin und her, begeistert über seine Freiheit.

Als Christina sich dem Ausgang der Anlage näherte, kam er ganz von allein und hielt sich an ihrer Seite, während sie einen Wohnblock entlanggingen. Es ist tatsächlich nicht nötig, ihn wieder anzuleinen, dachte Christina. Stalin war offensichtlich so erzogen, dass er auf dem Gehweg blieb, und hier gab es nicht einmal Verkehr.

Sie hatte den Gedanken kaum zu Ende gedacht, als sie um die Ecke bog und einen Streifenwagen sah, der direkt vor Nicks Hauseingang am Strassenrand hielt. In diesem Moment ging die Haustür auf, und Nick trat zwischen zwei Beamten aus der Tür, einer davon in Uniform. Er trug eine schlabbrige Trainingshose und hinkte gequält. Pia Waage stützte ihn. Als er sich bücken musste, um durch die offene Autotür zu kommen, schrie er plötzlich laut auf. Seine Rippe, schoss es Christina durch den Kopf. Sie müssen auf seine Rippe achten. Was ging da vor? Sie lief auf die kleine Gruppe zu.

Es musste zu Christinas Entschuldigung gesagt werden, dass sie sich mit Hunden nicht gut auskannte, und schon gar nicht mit Hunden dieses Kalibers. Es kam ihr gar nicht in den Sinn, darüber nachzudenken, wie Stalin es auffassen musste, dass ein Fremder den vor Schmerzen aufschreienden Nick festhielt. Und als es ihr endlich klar wurde, war es zu spät.

Stalin rannte über den Bürgersteig, taub für Christinas verzweifelte Rufe. Sekunden später hatte er seine Zähne in Pias Oberschenkel vergraben. Der friedliche Teddybär hatte sich schlagartig in eine lebensgefährliche Kampfmaschine verwandelt. Der Hund bewegte seinen breiten Kopf ruckartig von einer Seite zur anderen und zerrte an seinem Opfer. Pia schrie erschrocken auf und schlug nach dem rasenden Hund. Stalin ließ los, sprang aber sofort wie eine angespannte Feder erneut auf sie zu. Diesmal verbiss er sich in ihrem Oberarm. Er hing mit seinem ganzen Gewicht an Pias Arm, zerrte und knurrte, die Augen weiß vor Raserei. Pia schrie. Nick griff zum Halsband des Hundes und versuchte, ihn wegzuziehen, aber nicht einmal er bekam Kontakt zu dem tobenden Tier. Alle schrien durcheinander. Nick, der zweite Polizist, Christina.

»Zurück!«, brüllte der uniformierte Beamte.

Christina sah die Pistole und sprang zurück. Nick blieb stehen, mitten in der Bewegung erstarrt. Ein Schuss ertönte, und plötzlich lag Stalin auf dem Fußweg. Blut lief aus einer Wunde hinter seinem Ohr. Eine rote Blase wuchs aus einem der Nasenlöcher. Der Hund richtete seine cognacfarbenen Augen auf Nick. Dann zuckte er und lag still auf dem Fußweg.

»Du Schwein hast meinen Hund ermordet!«, brüllte Nick. Das verletzte Bein ausgestreckt, sank er auf den Bürgersteig und hielt Stalins Kopf zwischen seinen Händen. »Warum musstet du ihn denn gleich umbringen?«

»Ich hatte keine andere Wahl«, entgegnete der Beamte und ging auf Pia zu. Sie lag vor Schmerzen gekrümmt auf der Seite. Der Beamte rief einen Krankenwagen, zog Nick rücksichtslos auf die Beine, wehrte eine Faust ab und legte ihm Handschellen an. »Los, auf den Rücksitz mit dir!«, befahl er und ignorierte Nicks Aufschrei, als seine Rippe erneut gestaucht wurde.

Der Beamte warf die Wagentür zu und wandte sich wieder an Pia. »Schaffst du es, Waage?«

»Ich komme schon klar«, sagte sie mit schmerzverzerrtem Gesicht.

Der Beamte drehte sie vorsichtig auf den Rücken, und ein See aus Blut zeigte sich. Er breitete sich von der schweren Verletzung am Oberschenkel aus. Christina stand schockiert daneben und sah zu, wie der Polizist versuchte, die Finger auf die Wunde zu pressen. Noch immer pumpte Blut heraus.

»Ich habe einen Schlüssel«, sagte sie. »Soll ich etwas holen, um das Blut zu stoppen?«

»Beeilen Sie sich«, erwiderte der Beamte. »Und geben Sie mir Ihr Halstuch. Ich versuche, es abzubinden.«

Kurz darauf kam der Krankenwagen, und die Krankenpfleger übernahmen. Als sie Pia abtransportierten, blieben der Beamte und Christina mit einem Stapel Handtücher zurück, die vor Blut trofften. Stalins Kadaver lag zwischen ihnen, Zähne und Lefzen blutverschmiert. An seinem Halsband blinkte noch immer die kleine Lampe. Christina bückte sich und schaltete sie ab. Mit einem Mal begann sie zu zittern.

»Alles in Ordnung?«, erkundigte sich der Polizist.

Sie nickte, konnte das Klappern ihrer Zähne aber nicht unterdrücken. »Was machen wir mit … ihm?« Sie blickte auf den toten Hund. »Wir können ihn doch nicht einfach hier liegen lassen.«

»Wir nehmen ihn mit. Gibt es eventuell Müllsäcke in der Wohnung?«

Nick saß auf dem Rücksitz des Streifenwagens und beobachtete, wie Christina und der Polizeibeamte den Hundekadaver in eine schwarze Tüte schoben und das schwere Paket gemeinsam in den Kofferraum hievten. Er schien nicht mehr wütend zu sein, sondern sah eher aus wie jemand, der sich mit größter Kraftanstrengung bemüht, nicht in Tränen auszubrechen.

Die Handtücher nahmen sie mit. Beweismaterial, sagte der Polizist. Er wollte, dass Christina mit aufs Präsidium käme, um den Vorfall zu schildern. Sie nickte, musste aber zuerst pinkeln. Einen Moment stand sie in Nicks Badezimmer und starrte in den Spiegel. Sie hatte einen verschmierten Blutfleck an einer Wange. Christina wusch sich hastig, schloss die Wohnungstür ab und ging zum Streifenwagen.

Erst als sie auf dem Beifahrersitz saß, begann sie wieder zu zittern.

FREITAG, 7. JANUAR 2011

54

»Das Schwein hat meinen Hund erschossen.« Nick Olsen beugte sich über den Tisch, zuckte aber sofort zurück, wobei er das Gesicht zu einer Grimasse verzog. »Das wird euch teuer zu stehen kommen«, stöhnte er und griff sich an die schmerzende Stelle.

»Waren Sie deswegen schon beim Arzt?«, erkundigte sich Frank Janssen.

Sie saßen im Vernehmungsraum, Frank und Thor Bentzen auf der einen Seite des Tisches, Nick und seine Pflichtanwältin auf der anderen.

»Mein Klient wurde gestern Abend behandelt«, antwortete die Anwältin. Sie sah Nick an. »Die Verletzungen stammen von einem Verkehrsunfall und haben nichts mit der Festnahme zu tun. Darf ich Sie bitten, Rücksicht auf seinen Zustand zu nehmen. Sie haben keine Grundlage für eine Überführung in Untersuchungshaft.«

»Das kommt darauf an, wie kooperationsbereit Ihr Klient ist.«

»Ihr werdet mir für Stalin Schadenersatz zahlen müssen.«

»Das bezweifle ich sehr«, erwiderte Frank. »Vorläufig wird Ihnen Gewalt gegen einen Beamten im Dienst vorgeworfen.«

»Einen Scheiß habe ich getan. Ich bin doch mitgegangen, als ich dazu aufgefordert wurde.«

»Ihr Hund ist völlig außer Kontrolle geraten und hat eine meiner Kolleginnen angefallen. Sie wurde ernsthaft verletzt.« Frank sah ihn an. »Und danach wollten Sie einen Polizeibeamten schlagen.«

»Der hatte gerade meinen Hund ermordet!«

»Das spielt überhaupt keine Rolle.«

»Stalin hat geglaubt, die Frau würde mich schlagen. Er wollte mich lediglich verteidigen. Scheiße, das ist Machtmissbrauch.«

»Darüber reden wir ein andermal.« Frank sah die Anwältin an. »Im Augenblick interessiert uns mehr, wo Sie am Morgen des 17. Dezembers gewesen sind.«

Nick blickte ihn an. »Das habe ich doch bereits erklärt.«

»Sie haben uns eine Erklärung geliefert, ja, nur ist die nicht schlüssig.« Frank öffnete eine Mappe und zog ein Blatt Papier heraus. »Neulich sagten Sie meiner Kollegin Pia Waage, Sie hätten am Freitagmorgen verschlafen.«

»Ja.«

»Inzwischen haben wir mit Ihren Nachbarn gesprochen und wissen, dass Sie zwischen 06:00 und 06:30 Uhr mit Ihrem Hund Gassi gegangen sind.«

»Das ist eine Lüge.«

»Wir wissen auch, dass Sie danach in den Keller gegangen sind, Ihr Fahrrad geholt und Violparken verlassen haben.«

»Wer zum Henker erzählt all diese Lügengeschichten?«

»Das ist im Moment egal. Ich hätte lieber eine Erklärung von Ihnen.«

»Kein Kommentar.«

»Ihr Schweigen nützt nicht unbedingt Ihrer Sache, Nick.«

Der Bodybuilder sah seine Anwältin an. Sie nickte fast unmerklich.

»Okay.« Nick sackte ein wenig zusammen. »Ich bin an diesem Morgen wie gewöhnlich aufgestanden und von zu Hause losgefahren, so wie die Zeugen es sagen.«

»Wohin sind Sie gefahren?«

»Nirgendwohin. Mir ging es seit dem Aufwachen nicht gut, ich dachte, dass es sich von allein geben würde. Allerdings konnte ich nicht mehr als ein paar Hundert Meter fahren, bevor ich anhalten musste. Ich musste mich übergeben.«

»Aha.«

»Ja, und dann bin ich zurück nach Hause gefahren.« Nick zuckte mit den Schultern. »Ich wollte mich ein bisschen erholen. Und dabei bin ich noch einmal eingeschlafen.«

»Und um halb zehn sind Sie dann zur Arbeit erschienen?«

»Als ich aufwachte, ging es mir viel besser. Vielleicht hatte ich einfach etwas gegessen, das mir nicht bekommen ist.«

Frank sah ihn einen Moment lang schweigend an. »Dann erklären Sie also Folgendes«, begann Frank und wiederholte dann langsam, »Sie sind aufgewacht, mit dem Hund Gassi gegangen, von zu Hause losgefahren, unterwegs mussten Sie erbrechen, Sie sind daraufhin wieder nach Hause gefahren, dort sind Sie eingeschlafen und als Sie aufwachten, sind Sie zur Arbeit gefahren?«

»Ja.«

»Das klingt nach einem ereignisreichen Morgen. Warum haben Sie nicht daran gedacht, sich krank zu melden?«

»Es war wahnsinnig viel zu tun. Wir hatten versprochen, bis Weihnachten fertig zu werden.« Nick verschränkte seine muskelbepackten Arme. »Ist das jetzt schon kriminell, wenn man seiner Arbeit nachgeht?«

»Mich wundert nur, dass Sie als der verantwortungsbewusste Mitarbeiter vergessen haben, Ihre Kollegen zu informieren?«

»Es war überhaupt nicht beabsichtigt, dass ich noch einmal einschlafe, Mann!«

»Reden Sie nicht in diesem Tonfall mit mir!«

Die Anwältin ergriff das Wort: »Ich entschuldige mich für meinen Klienten. Er hat Schmerzen und ist erschöpft. Es war nicht gerade hilfreich, ihn die Nacht in einer Zelle einzusperren. Wenn Sie keine weiteren Fragen haben, muss ich Sie bitten, ihn jetzt gehen zu lassen. Er sollte zu Hause im Bett liegen.«

Thor beugte sich vor. »Eine Gruppe Kriminaltechniker durchsucht gerade Ihre Wohnung, Nick. Sie sind wahrscheinlich noch da, wenn Sie nach Hause kommen, es ist nicht sicher, dass Sie Ihre Wohnung überhaupt betreten dürfen.«

»Die werden einen Scheiß finden.«

»Na, das wollen wir aber nicht hoffen.« Thor sah ihm ins Gesicht. »Sie dürfen gern hierbleiben, bis sie fertig sind.«

»Ich verbringe nicht eine Sekunde länger als nötig in diesem Loch. Das ist doch reine Schikane.«

»Wir wollen nur die Wahrheit von Ihnen hören.«

Die Anwältin räusperte sich. »Wenn es keine weiteren ...«

Thor und Frank tauschten einen Blick aus. Frank zuckte mit den Schultern. Nick ging hinkend an ihnen vorbei, ohne ein Wort zu sagen. Die Anwältin gab ihnen die Hand und lief ihm nach.

»Der Mann lügt«, sagte Thor.

»Das tut er«, bestätigte Frank. »Festhalten können wir ihn trotzdem nicht. Wenn die Techniker etwas in seiner Wohnung finden, holen wir ihn uns wieder.«

»Die Überprüfung von Nicks Alibi für Donnerstag, den 16. Dezember – was ist dabei herausgekommen? Gibt es Löcher in seiner Geschichte?«

Frank schüttelte den Kopf und legte seine Unterlagen zusammen. »Absolut wasserdicht. Wir haben vier Zeugen, die bereit sind zu schwören, dass er von 17:00 bis 18:15 Uhr Gewichte gestemmt hat. Gestern haben wir einen Nachbarn gefunden, der gegen 19:00 Uhr gesehen hat, wie er mit dem Hund draußen war. Er kann den Mord nicht begangen haben.«

»Was verheimlicht er uns dann?«

»Er hat eine Vergangenheit mit Drogen. Vielleicht hat es damit zu tun.« Frank stand auf. »Ich habe übrigens vorhin mit Waage gesprochen.«

»Ja.«

»Es geht ihr ganz gut. Sie hat eine Menge Blut verloren, und man musste sie ziemlich zusammenflicken. Der Muskel im Oberarm ist verletzt, sie wird ihn gewaltig trainieren müssen. Abgesehen davon ist sie okay.«

»Wird sie heute entlassen?«

»Sie wollen sie noch einen Tag zur Beobachtung behalten. Ich habe mir vorgenommen, sie heute Nachmittag zu besuchen.«

Frank ging in sein Büro und schaute resigniert auf den Schreibtisch. Er konnte es nicht länger aufschieben. Mit einem Seufzen setzte er sich und rief seine Sekretärin. Gemeinsam begannen sie, die Papierstapel zu sortieren. Für einige Stunden war es relativ ruhig, und sie schafften es, die dringendsten Angelegenheiten zu erledigen. Dann klopfte es an der Tür, und der Wachhabende steckte den Kopf hinein.

»Ja?«, sagte Frank, ohne aufzublicken.

»Entschuldige, dass ich störe, aber …« Der Wachhabende, ein Polizist kurz vor der Pensionierung, mit grauen Haaren, die quer über der Glatze lagen, sah ihn an. »Ich bin auf eine Information gestoßen, die dich vielleicht interessiert. Nicht dass es etwas bedeuten muss …«

»Ja?«, wiederholte Frank ungeduldig.

»Dan Sommerdahl hat mich neulich gebeten, auf ein paar Namen zu achten.«

»Dan Sommerdahl?« Jetzt blickte Frank auf. »Seit wann nimmst du Befehle von ihm entgegen?«

»Es war doch kein Befehl, nur eine Bitte, weil ich doch sowieso …« Der Beamte hielt inne, deutlich verunsichert. »Er kommt ja oft hierher und ist immer freundlich. Ihr arbeitet doch gerade mit ihm zusammen, oder etwa nicht?«

»Was für Namen?«

Der Wachhabende schaute auf ein Stück Papier, das er in der Hand hielt. »Susanne und Jørn Kallberg. Es geht um eine Verbindung zu dem Millionärsmord.«

»Ja, ich weiß schon, welche Verbindung er meint.« Frank warf den Kugelschreiber auf den Schreibtisch und lehnte sich in seinem Bürostuhl zurück. »Was ist mit ihnen?«

»Ich habe gerade den Tagesbericht von gestern gelesen. Susanne Kallberg hat gestern Abend angerufen und ihr Auto als gestohlen gemeldet.«

»Na und?«

»Na, ja, das ist alles.«

»Hast du das Dan gesagt?«

Der Wachhabende wand sich. »War das jetzt falsch?«

Frank seufzte. »Nein, schon okay. Hast du die Anzeige?«

»Ist im Computer.«

Er schloss leise die Tür. Frank fluchte vor sich hin. Was war mit Dan bloß los? Wieso war er so hinter Sus Kallberg her? Frank hätte schwören können, dass die viel beschäftigte Mutter nichts mit der Sache zu tun hatte. Er fand die Anzeige im System. Ein roter Mitsubishi Colt, Baujahr 1994. Alte Kiste. Zuletzt am 27. Dezember in der Hjørringsgade gesehen, zwei Blocks von Kallbergs Wohnung entfernt. Wahrscheinlich ist es völlig überflüssig, dachte Frank, aber er machte sich trotzdem eine Notiz.

Nach einem wenig begeisternden Mittagessen in der Kantine traf er sich mit dem Hauptkommissar und der Pressesprecherin, bevor er im großen Gemeinschaftsbüro vorbeischaute, in dem Svend Gerner, Thor Bentzen und einige andere telefonierten. Wahrscheinlich telefonierten sie die Namen aus der Buchführung von Peter Münster-Smith ab. Viel Manpower wurde dadurch gebunden. Dafür konnte er sich einmal mehr bei Dan Sommerdahl bedanken. Frank stellte sich neben Gerner, der gerade ein Telefonat beendet hatte.

»Das hier ist interessant, Janssen«, sagte der lange, schlaksige Ermittler und zeigte auf den Schirm.

»Sag schon.« Frank setzte sich auf die Schreibtischkante. »Ich möchte jetzt bitte etwas Wichtiges hören.«

»Ich war gestern bei Form & Stil und habe mit dem Geschäftsleiter gesprochen.«

»Über die Steakmesser?«

»Genau. Sie haben mir für den infrage kommenden Zeitraum eine Liste sämtlicher Kassentransaktionen geschickt. Und ich habe alle Einträge, die mit dem Messer-Set zu tun haben, in eine eigene Liste übertragen.«

»Gut.«

»Es sieht so aus, als sei das Set ein ziemlich populäres Weihnachtsgeschenk gewesen. Allein in dieser Filiale wurden siebenundzwanzig Stück verkauft«, erklärte Gerner. »Die meisten Kunden haben mit Karte bezahlt. Ich habe alle Kartennummern durchs System gejagt. Und schau mal hier.« Er klopfte mit dem Zeigefinger auf den Bildschirm.

Frank beugte sich vor, um lesen zu können, was dort stand.

Jørn Kallberg.

»Das ist doch … Jørn Kallberg hat am Donnerstag, den 16. Dezember um 16:15 Uhr ein Set dieser Messer gekauft?«

»Na ja«, Gerner wiegelte ab. »Es gibt noch sechsundzwanzig andere Kunden, die das gleiche Set gekauft haben. Und er hat ja immer gesagt, dass er nach der Arbeit noch Weihnachtsgeschenke einkaufen war.«

»Trotzdem. Das ist ein etwas zu großer Zufall.« Frank rutschte vom Schreibtisch. »Komm, Gerner, reden wir mit ihm.«

Jørn war gerade von der Arbeit nach Hause gekommen, als die beiden Ermittler klingelten. Er war nicht sonderlich erfreut, sie zu sehen. Am Vortag hatte er zugestimmt, dass eine DNA-Probe von ihm und seiner Tochter genommen wurde. »Wenn ihr glaubt, dass ich nicht der Vater meines eigenen Kindes bin, dann habt ihr sie doch nicht alle«, hatte er lediglich gesagt. Jetzt stand die Polizei schon wieder vor der Tür. Irgendwann muss aber auch mal Schluss sein, sagte er und bat sie dennoch ins Wohnzimmer. Seine Frau würde die Kinder abholen, erklärte er.

»Also, was ist los?«, fragte Jørn, als sie im Wohnzimmer Platz genommen hatten. »Ich habe gehört, dass Sie hinter Nick her sind?«

»Wir haben ihn vor ein paar Stunden entlassen«, erwiderte Frank. »Im Augenblick sind Sie es, dem wir ein paar Fragen stellen müssen.«

»Okay.«

»Haben Sie«, begann Gerner, »am Donnerstag, den 16. Dezember einen Satz Steakmesser bei Form & Stil gekauft?«

Jørn zog die Augenbrauen zusammen. »Mmm … ja. Das kann schon sein, dass es an diesem Tag war«, sagte er nach kurzer Bedenkzeit. »Es war ein Weihnachtsgeschenk für Sus. Von meiner Schwester. Ich habe Monas Geschenke eingekauft. Warum die Frage?«

»Dürfen wir die Messer mal sehen?«

»Natürlich.« Er stand auf und ging in die Küche. »Hier.«

Er stellte eine Schachtel auf den Tisch. Durch den durchsichtigen Acryldeckel sahen sie die sechs Steakmesser mit ihren verschiedenfarbigen Schäften. »Meine Idee war das nicht. Sus hatte die Messer im Katalog angekreuzt.«

»Danke«, sagte Frank und versuchte, seine Enttäuschung darüber zu verbergen, dass alle sechs Messer noch in der Schachtel lagen. »Können Sie uns sagen, in welchen anderen Geschäften Sie an diesem Nachmittag noch waren?«

»Das habe ich alles schon mal erzählt.«

»Dann erzählen Sie es jetzt noch einmal. Ich bin nämlich ein bisschen begriffsstutzig.«

»Das ist inzwischen schon einige Zeit her.«

»Versuchen Sie es.«

Jørn zählte einige weitere Geschäfte auf. Direkt befragt holte er eine Quittung, die einen Einkauf in einem Spielwarengeschäft im Christianssund Center um 16:50 Uhr bestätigte. »Die anderen Quittungen habe ich weggeschmissen«, sagte er. »Nur bei dieser Lernspaß-Konsole für Max waren wir unsicher. Wir wussten nicht, ob andere nicht dieselbe Idee haben. Glücklicherweise war es nicht so.«

»Woran können Sie sich noch erinnern?«

»Gegen sechs habe ich im Center Pub ein Bier getrunken.«

»Davon haben Sie das letzte Mal nichts gesagt.«

Jørn zuckte mit den Schultern. »Ich habe erst jetzt wieder daran gedacht.«

»Haben Sie bar oder mit Karte gezahlt?«

»Das weiß ich nicht mehr ... Bar, schätze ich. Ich benutze die Karte selten für kleinere Beträge.«

»Würde der Kellner sich an Sie erinnern?«

»Vielleicht.«

»Haben Sie ein Foto von sich, das wir ihm zeigen könnten?«

Jørn lachte. »Von dieser Fresse? Die will doch keiner fotografieren.«

»Ich schon«, sagte Frank und holte sein Handy heraus. »Darf ich?«

Jørn zuckte mit den Schultern und saß dann still, damit Frank ein Foto machen konnte.

In diesem Moment hörten sie, wie die Haustür aufgeschlossen wurde, und einen Augenblick später wimmelte es von Kindern, die ihre Mäntel und Schuhe ausziehen wollten.

»Hilfst du mir mal, Jørn?« Sus kam zur Tür herein und blieb abrupt stehen. »Entschuldigung, ich habe nicht gesehen, dass wir Gäste haben.«

»Ist schon okay.« Frank erhob sich. »Wir sind ohnehin fertig.«

Als er und Gerner auf dem Bürgersteig standen, sahen sie sich an.

»Glaubst du ihm?«, fragte Gerner.

»Schwer zu sagen. Er klingt vertrauenswürdig.« Frank zog seinen Schal im Nacken etwas höher. »Es ist schwer zu entscheiden, wenn man nicht weiß, ob er einem gerade in die Augen sieht oder nicht.«

Gerner grinste. »Mir geht's genauso. Manchmal glaubt man, er sieht weg, und dann hat man doch Zweifel.«

Frank schloss den Dienstwagen auf. »Ich setze dich am Präsidium ab, Gerner.«

»Es ist bald fünf.«

»Hm.« Gerners Hang zu festen Arbeitszeiten irritierte ihn immer wieder, doch es gab keinen Grund, dem Mann heute Überstunden aufzudrücken. »Gut«, sagte er dann. »Aber du brauchst doch deinen Wagen? Ich setze dich auf dem Weg ab.«

»Wo willst du hin?«

»Ich wollte noch nach Waage sehen.«

»Ah ja.« Gerner faltete seinen langen Körper auf den Beifahrersitz. »Grüß sie von mir.«

55

Die Frau sah aus, als wäre sie Mitte dreißig. Das blonde Haar schulterlang und gelockt. Braune Augen. Weil sie saß, war ihre Größe schwer zu schätzen. Sie hatte einen Stuhl mit Armlehnen ans Kopfende des Krankenhausbettes gezogen und hielt Pia Waages Hand zwischen ihren Händen.

Die Art, wie sie sich losgelassen haben, verrät sie, dachte Dan, als er das Krankenzimmer betrat. Viele Frauen halten sich an den Händen, ohne dass es etwas anderes zu bedeuten hätte als ein Gefühl der Nähe. Mütter und Töchter, Freundinnen, Kolleginnen. Frauen haben öfter das Bedürfnis, sich zu berühren. Wären Pia und die blonde Frau einfach in der gleichen Stellung sitzen geblieben, hätte er überhaupt nicht weiter darüber nachgedacht. Aber in dem Augenblick, als er mit einem großen Strauß elfenbeinweißer Rosen ins Zimmer trat, hatte Pia die Hand zurückgezogen, als hätte sie sich verbrannt. Dan hatte schon immer das vage Gefühl, dass Pia Frauen bevorzugte, nun wusste er es. Na und? Warum um alles in der Welt wollte sie es nur verheimlichen?

»Hej, Dan.« Pia lächelte. »Das ist doch viel zu viel«, fügte sie mit einem Blick auf den in Cellophan eingepackten Strauß hinzu.

»Unsinn«, erwiderte Dan und legte die Blumen auf den Nachttisch. »Wie geht es dir?«

»Ich hole eine Vase«, sagte die blonde Frau und stand auf. »Nehmen Sie sich gerne den Stuhl. Ich muss sowieso gleich los.«

»Das ist meine gute Freundin Dorthe«, stellte Pia die Frau vor. »Dorthe, das ist Dan Sommerdahl.«

»Das sehe ich.« Sie lächelte. »Ich lese auch manchmal eine Zeitung.«

Sie gaben sich die Hand. Dorthe packte die Blumen aus und stellte sie in eine kegelförmige Metallvase. Sie war so breit, dass der Strauß Schlagseite bekam.

»Ich werde morgen entlassen«, erzählte Pia. »Dann bekommen sie eine ordentliche Vase.«

Dorthe zog sich den Mantel an. »Bis später«, verabschiedete sie sich und drückte Pias Fuß unter der Bettdecke. Dann ging sie.

Das Bett neben Pia war leer, Dan legte seinen Mantel darauf.

»Das ist ja eine üble Geschichte, oder?« Er nahm auf dem Gästestuhl Platz.

»Ja, ziemlicher Mist. Willst du es sehen?« Pia hob die Bettdecke an ihrer linken Seite, sodass Dan den beeindruckenden Verband an der oberen Hälfte ihres Schenkels sehen konnte. Ihr Arm war ebenfalls verbunden und lag in einer Schlinge. »Nur gut, dass es der linke Arm ist. So kann ich wenigstens noch Kurznachrichten schreiben und vernünftig essen, obwohl das mit einer Hand gar nicht so einfach ist.«

»Was ist eigentlich passiert? Es war Nick Olsens Hund, oder?« Dan hatte von dem Ablauf nur stichwortartig aus dritter Hand gehört, als er am Vorabend mit Frank telefonierte. »Ist der Amok gelaufen?«

»Ein völlig wahnsinniger Köter. Ein Riesenkampfhund, vollkommen außer Kontrolle.« Pia lieferte ihm eine umfassendere Version der dramatischen Ereignisse. »Ich hatte noch nie solche Angst«, endete sie. »Gib mir einen fiesen Rocker oder einen zugedröhnten Junkie. Bei denen weiß ich, wie ich mich zu verhalten habe. Aber doch nicht bei so etwas.«

»Und was passiert jetzt?«

»Mit mir? Ich muss in die Reha. Es wird ein paar Wochen dauern, bis ich wieder einsatzfähig bin. Aber sie sagen, dass der Arm vollkommen verheilen wird.«

»Bekommst du so etwas wie Schmerzensgeld?«

»Darüber habe ich noch überhaupt nicht nachgedacht.« Pia griff mit einiger Mühe nach einem Glas Wasser und trank einen Schluck. »Der Besitzer des Hundes wird in jedem Fall wegen Gewalt gegen einen Polizeibeamten im Dienst angeklagt. Danach werden wir sehen.«

Die Tür ging auf. »Hej!«, ertönte eine Stimme.

Pia drehte sich zur Seite. »Ah, noch ein netter Besucher«, sagte sie lächelnd.

»Störe ich?« Frank trat an das Bett. Er bückte sich und küsste Pia auf die Stirn. »Ich habe etwas Essbares mitgebracht«, sagte er und legte eine Plastiktüte auf ihre Bettdecke.

»Oh, du bist ja ein Schatz, Janssen!« Pia stellte das Glas ab, griff mit ihrer gesunden Hand in die Tüte und kippte sie schwungvoll aus. Tüten mit Kartoffelchips, Schokoladenriegel und ein paar Bananen fielen auf die Bettdecke. »Ich sterbe vor Hunger«, erklärte sie und öffnete eine Tüte Chips, indem sie die Zähne zuhilfe nahm.

»Das dachte ich mir.« Frank zog einen zweiten Stuhl ans Bett. »Wie geht's dir?«

Pia nickte, den Mund voller Chips. »Gut«, sagte sie. »Es gibt in diesem Loch hier fantastisches Dope.« Sie stopfte sich noch eine Handvoll Chips in den Mund. Die weiße Bettdecke war bereits mit Krümeln übersät.

»Willst du hören, wie es um den Fall steht, oder soll ich dich damit besser in Ruhe lassen?«

Sie nickte eifrig und gestikulierte, er solle fortfahren.

Frank berichtete von den beiden wichtigsten Verhören des Tages. Von Nick, der wegen der Geschichte vom Vortag angeklagt würde, dem sie aber die beiden Morde nicht nachweisen konnten. »Nicht, dass er unverdächtig wäre«, sagte Frank. »Er lügt das Blaue vom Himmel herunter, aber wir wissen noch nicht, warum und weshalb.« Dann erzählte er von der Vernehmung Jørn Kallbergs. Über das vollständige Messer-Set, die Quittung und das Foto, das Frank morgen im Center Pub zeigen lassen wollte. »Auf den ersten Blick scheint Jørns Alibi wasserdicht zu sein, aber ich will ganz sichergehen.«

»Darf ich das Foto auch haben?«, fragte Dan.

Frank sah ihn einen Moment an. »Du solltest das nicht zu einer fixen Idee werden lassen, Dan. Nichts spricht dafür, dass die Kallbergs in diese Sache verwickelt sind.«

»Du glaubst gar nicht, wie recht mir das wäre.«

Frank zuckte mit den Schultern. »Ich schicke es dir aufs Handy. Apropos Fotos ... Hast du das Foto abgeliefert, dass du aus Vera Kjeldsens Zimmer gestohlen hast?«

»Vielleicht schaff ich es heute Abend.«

»Mach das!«

»Vermutest du immer noch, es war Sus Kallberg, Dan?« Pia hatte die Unterhaltung der beiden Männer aufmerksam verfolgt. »Ernsthaft?«

»Nenn es einfach ein Gefühl.«

»Aber wenn du recht hast, und Peter Münster-Smith war der Vater von Emma, dann hätten doch weder Sus noch Jørn ein Interesse daran haben können, ihn zu ermorden? Verstehst du das nicht?«

»Worauf willst du hinaus?«

»Wenn sich herausgestellt hätte, dass Peter der Vater ist, dann hätte er doch Alimente zahlen müssen, oder? Sogar rückwirkend. Und wenn es jemanden gibt, der Geld braucht, dann ist es diese Familie.«

»Emma würde doch, sollte sich herausstellen, dass sie Peters Kind ist, so viel erben, dass sie die ganze Bande für den Rest ihres Lebens versorgen könnte.«

»Aber …« Pia schob die Chipstüte beiseite. »Genau das hätte doch unseren Verdacht direkt auf die Mutter gelenkt, oder? Außerdem haben sie, soweit ich weiß, keinerlei Ansprüche in diese Richtung erhoben.«

»Es ist ja nicht einmal sicher, ob sie überhaupt so weit gedacht hat. Vielleicht hat sie ihn im Affekt ermordet.«

»Dan«, mischte sich Frank ein. »Hör mir mal zu. Sus Kallberg war bei der Weihnachtsfeier im Kindergarten. Sie war es nicht.«

»Und der Mann? Sein Alibi ist nicht bestätigt.«

»Das wird es vermutlich, sobald wir mit dem Kellner im Pub geredet haben. Außerdem konnte es unmöglich Jørn gewesen sein, der am nächsten Tag die Beweismittel vernichtet hat. Er war an seinem Arbeitsplatz, das wissen wir. Sowohl Christina Isakson als auch die Zimmerleute waren mit ihm zusammen. Er hat es nicht getan, Dan.«

Dan starrte eine Weile an die nackte, perlgraue Krankenhauswand. Dann wandte er sich wieder Frank zu: »Falls diese DNA-Probe ergibt, dass Peter Emmas Vater war ...«

»Ja.«

»Warum haben sie es uns dann nicht einfach gesagt? Wenn sie ein reines Gewissen haben, was hätte sie davon abhalten sollen?«

»Vielleicht schämen sie sich«, vermutete Pia. »Vielleicht wollen sie nicht, dass es bekannt wird. Das ist doch eine sensible Sache, es würde vielen Leuten schwerfallen zuzugeben, nicht der Vater des eigenen Kindes zu sein.«

»Aber das Erbe? Wäre das kein guter Grund, das Feingefühl zu vergessen?«

»Lass uns die Testresultate abwarten, Dan«, mahnte Frank. »Ich wette ein Monatsgehalt darauf, dass Jørn und Emma Vater und Tochter sind. Und falls das stimmt, haben wir nichts, worauf sich ein Verdacht gründen ließe.«

Dan erhob sich. »Ich will dich nicht länger stören.« Er legte eine Hand auf Pias gesunden Arm. »Ich finde, du siehst müde aus.«

Er begleitete Frank zum Ausgang, aber da sich noch andere Menschen im Aufzug befanden, konnten sie ihre Diskussion über den Mordfall nicht fortsetzen. Vielleicht ist das auch gut so, dachte Dan, als sie sich am Haupteingang trennten. Frank schien mit jedem Tag gereizter zu werden. War Flemming als Leiter der Ermittlungsgruppe damals auch so gewesen?

Dan beschloss, sich ein Herz zu fassen und Vera Kjeldsen das Notizbuch zurückzugeben. Er fand einen Parkplatz wenige Hundert Meter von der Gørtlergade 8 entfernt und lief den Rest des Weges. In der Kälte verließ ihn beinahe der Mut. Hoffentlich können wir bald in den Urlaub fahren, dachte er, als er auf die Klingel drückte.

Vera öffnete ihm. Sie hätte gerade Feierabend, erklärte sie, Laura und Marianne wären noch nicht nach Hause gekommen.

»Ich komme eigentlich auch wegen Ihnen«, sagte Dan und schob die Tür zu. »Sind die Holkenfeldts freundlich zu Ihnen?«

»Aber sicher.« Sie ging in die Küche. »Möchten Sie eine Tasse Kaffee?«

»Ja danke. Wo ist Rumpel?« Dan hängte seinen Mantel an den Garderobenständer. In diesem Moment hörte er ein kratzendes Geräusch an der geschlossenen Wohnzimmertür. Er sah Vera an. »Haben Sie ihn eingesperrt?«

»Der Hund benimmt sich jedes Mal so komisch, wenn er mich sieht. Es ist nicht auszuhalten.«

Dan sagte besser nichts dazu, es war wichtig, die Frau bei Laune zu halten. Er öffnete die Wohnzimmertür, und der kleine Hund stürmte ihm entgegen, der Schwanz peitschte von einer auf die andere Seite. Rumpel freute sich dermaßen, ihn zu sehen, dass er den verhassten Logisgast völlig vergaß. Dan ließ den Hund in den Garten, und Vera setzte Wasser auf. Dann gab er Rumpel einen Hundeknochen, damit sie sich in Ruhe unterhalten konnten.

»Tja«, sagte er, als sie sich am Küchentisch gegenübersaßen. »Ich komme eigentlich, um mich zu entschuldigen.«

»Wofür?« Vera goss sich einen Schuss Milch in den Kaffee.

»Ich habe mir die Wohnung am Sundværket angesehen und dabei das hier gefunden.« Er legte den roten Notizblock vor sie.

»Den?« Sie fasste den Block nicht an. »Was wollten Sie denn damit?«

»Das weiß ich im Grunde auch nicht. Deshalb bringe ich ihn ja auch zurück.«

»Gut.« Vera sah ihn an, offensichtlich verwirrt.

»Aber ich habe ihn mir angesehen, und dabei fiel dieses Foto heraus.« Dan blätterte den Block auf und zog das Foto des Mädchens hervor. »Wer ist das, Vera?«

»Ach, das. Das ist nichts.«

»Und warum steckt es dann in Ihrem Block?«

»Ich wollte es eigentlich wegwerfen«, behauptete Vera und trank von ihrem Kaffee. Sie setzte die Tasse ab und sah Dan an. »Ich habe keine Ahnung, wer das ist.«

»Woher haben Sie denn das Foto?«

»Ich habe es im Supermarkt gefunden. Auf dem Boden, in der Gemüseabteilung. Ich habe es aufgehoben und in die Tasche gesteckt. Eigentlich wollte ich es beim Kundenservice abliefern, aber das habe ich vergessen.« Vera sah ihn an. »Als ich das Foto einige Tage später in meiner Tasche fand, habe ich es in den Block gesteckt. Den benutze ich für meine Einkaufszettel, ich dachte, auf diese Weise würde ich beim nächsten Einkauf daran denken.«

»Aber das haben Sie nicht getan?«

»Nein, ich habe es ganz einfach vergessen. So besonders ist es ja auch wieder nicht, oder? Nur ein Foto.«

Dan schaute sich Emma Kallbergs lächelndes Gesicht an. »Können Sie sich erinnern, wann Sie es gefunden haben?«, fragte er dann.

»Das ist lange her. Im Sommer, glaube ich, das Foto war in der Tasche meiner hellen Jacke. Die trage ich nur im Sommer.«

»Okay.« Dan wollte das Foto zurück in den Block stecken, doch Vera hielt ihn auf.

»Behalten Sie es. Ich brauche es nicht. Es ist nett, dass Sie mir den Block zurückbringen. Danke.«

56 Ausnahmsweise hatte Dan Sommerdahl sich das ganze Wochenende freigenommen, obwohl es jede Menge zu tun gab. Marianne hatte am frühen Samstagvormittag verkündet, dass sie es leid sei, ständig auf Dans kleine Wohnung angewiesen zu sein. In der Gørtlergade mochte sie sich nicht aufhalten, solange Vera Kjeldsen noch dort wohnte. Sie fühle sich in ihrem eigenen Heim nicht willkommen, erklärte sie. Jedes Mal, wenn sie eine Tasse abstellte, griff Vera danach und wusch sie ab. Ständig hob diese Frau die Wäsche vom Boden auf, fuhr mit einem Lappen über den Tisch und stellte Mariannes unentbehrliche Papierstapel um. Als würde man in sein Teenageralter zurückversetzt, wo die Erwachsenen einen permanent korrigierten. Marianne vermisste ihre Unordnung und ihre Privatsphäre. Abgesehen davon, dass sie sich unwohl fühlte, Laura allein zu Hause zu lassen. Und für sie war nun einmal kein Platz in Dans Junggesellenwohnung, also musste sie bei Vera bleiben. Das ist mir alles zu stressig, erklärte Marianne und schlug mit der Faust auf die Bettdecke ihres Exmannes.

Dan musste nicht lange überlegen, um zwei Zimmer in einem Hotel in Kopenhagen zu buchen und seine Exfrau und seine Tochter auf zwei Vera-freie Tage in der Hauptstadt einzuladen. Auf den Hund passte Dans Mutter auf. Sie aßen mit Rasmus und seiner Freundin im Restaurant und verbrachten den Tag damit, shoppen und in Cafés und Galerien zu gehen. Als sie am Sonntagabend zurück nach Christianssund kamen, war Mariannes Laune erheblich gestiegen. Das habe sie gebraucht, sagte sie. Jetzt war sie bereit, sich durch die letzten Wochen zu kämpfen, bis Vera in ihre neue Wohnung zog. Dann würde zu Hause wieder Ruhe herrschen. Laura hatte sie bloß ausgelacht. Sie verstand nicht, warum sich ihre

Mutter so von ihrem emsigen Logisgast gängeln ließ. »Ignorier sie einfach«, sagte Laura. »Ich beachte sie doch auch nicht, wenn es mir zu viel wird. So schwer kann das doch nicht sein.« Marianne schüttelte daraufhin nur den Kopf, immerhin wieder mit einem Lächeln.

Dan hatte die kleine Unterbrechung ebenfalls gutgetan, zumindest empfand er es so, als er sich am Montagmorgen an den Computer setzte, um sich einen Überblick über die anstehenden Arbeiten der nächsten Tage zu verschaffen. Zuallererst Benedicte, dachte er und spürte, wie sein schlechtes Gewissen sich meldete. Er hatte sie am Wochenende nicht anrufen wollen, aus Angst, Mariannes Eifersucht neue Nahrung zu liefern. Jetzt hatte er das Gefühl, seine Klientin im Stich gelassen zu haben.

Darüber müsse er sich keine Gedanken machen, beruhigte ihn Benedicte. Sie und Anton kämen einigermaßen zurecht. Natürlich waren sie noch immer von Martins Tod und noch mehr von den Umständen seines Todes erschüttert, inzwischen redeten sie jedoch zumindest miteinander über die Ereignisse. Gerade hatte sie von der Polizei erfahren, dass der Bestatter Martins Leiche abholen durfte. Nun konnten sie endlich ein Datum für die Beerdigung festsetzen. Sie versprach, Dan Bescheid zu geben.

Er hatte gerade aufgelegt, als das Telefon klingelte.

»Frank Janssen hier.«

»Hej!«

»Ich finde, du solltest wissen, dass ich das Resultat des DNA-Tests bekommen habe.« Dan spürte, wie sein Adrenalinspiegel stieg, bevor Frank mit unverhohlener Freude fortfuhr: »Jørn Kallberg ist mit 99,8 % Sicherheit der Vater von Emma.«

Dan brachte keinen Ton heraus.

»Bist du noch da, Dan?«

»Ja.«
»Hast du gehört, was ich gesagt habe?«
»Ja.«
»Deine Theorie ist mausetot.«
»Okay.«
Nach einer Pause fügte Frank hinzu: »Ich kann dir die Mail mit den Testresultaten weiterleiten, wenn du sie haben willst.«
»Danke.«
Frank sparte sich glücklicherweise jeden weiteren Kommentar und legte nach einem kurzen Smalltalk über Pias Zustand gleich wieder auf.

Dan fluchte innerlich, als er Franks Mail und das angehängte Dokument öffnete. Ganz recht. Es gab nichts zu diskutieren, Jørn Kallberg hatte die ganze Zeit recht gehabt. Emma war seine Tochter. Mist, dachte Dan und druckte das Testresultat aus. Er starrte resigniert auf das Papier, bevor er es beiseiteschob und sich die dritte Tasse Kaffee an diesem Tag holte. Sollte er ganz von vorn anfangen? Das wäre ja kaum auszuhalten.

Müde griff er nach der handschriftlichen Buchführung von Peter Münster-Smith. Die Fotokopien waren inzwischen voller Bleistiftnotizen, und einige Kaffeeflecken hatten sich in den vielen Stunden der Beschäftigung damit auch eingeschlichen. Zunächst war es interessant gewesen, die verschiedenen Zusammenhänge herauszufinden und Initialen und Namen in Übereinstimmung zu bringen. Er wusste, dass die Polizei mit einigen Personen gesprochen hatte, die in dieser Kladde auftauchten, und einige hatten bereits ihre bedenkliche Rolle in Peters schwarzer Buchführung gestanden, doch die Aha-Erlebnisse wurden allmählich seltener. Die restlichen Einträge würden sie möglicherweise nie entschlüsseln. Aufgeben wollte Dan trotzdem noch nicht. Er war sicher, dass sich in dieser Buchführung eine Spur verbarg. Er hatte sie nur noch nicht gefunden.

Vielleicht lag es daran, einige Tage nicht am Schreibtisch gesessen zu haben, dass ihm plötzlich eine neue Idee kam. Wenn man nun alle unregelmäßig auftauchenden Beträge ignorierte und eine neue Liste erstellte, in der nur die regelmäßigen Summen auftauchten, die jahraus, jahrein jeden Monat mit identischen Beträgen auftauchten ... Er begann mit Villy Isakson. So. Dann ließ er den Finger die Spalte hinunterlaufen und fand einen weiteren festen Eintrag. Eine Einnahme von tausend Kronen jeden Monat. Die Initialen sagten ihm nichts. Erpressung? Nein, der Betrag war zu gering für einen Mann mit Peters Mitteln. Es musste eine andere Erklärung geben. Er fand noch eine regelmäßige feste Summe. Das Projekt begeisterte ihn, und eine Zeit lang dachte er an nichts anderes als die neuen Muster, die sich aus den vielen eng beschriebenen Seiten ergaben.

Als Dan fertig war, druckte er die neue Liste aus. Es waren vierzehn Einträge, einige markiert durch Initialen, andere durch Zahlen. Er kannte nur eine der Auflösungen, Villy Isakson. Und der Rest? Sein Blick fiel auf drei verschiedene Ausgabeposten, die sich auffallend ähnelten. Keiner der Posten war mit Initialen gekennzeichnet, sondern nur mit sechs Ziffern. Alle drei beliefen sich auf den gleichen Betrag: fünftausend Kronen jeden Monat. Ein Eintrag erstreckte sich über gut fünf Jahre, die Summe wurde immer zur Monatsmitte ausgezahlt; ein anderer wurde seit knapp neun Jahren an jedem Ersten eines Monats beglichen. Der letzte lief seit anderthalb Jahren mit dem Zwanzigsten als Auszahlungsdatum. Worum ging es hier? Er sah sich die sechsstelligen Zahlen an: 201005, 060602 und 140909. Und mit einem Mal wusste er, worum es sich handelte. Es war jeweils ein Datum. 20. Oktober 2005,

6. Juni 2002, 14. September 2009. Und wofür standen diese Daten? Oder für wen? Langsam entwickelte Dan eine Vorstellung davon, um was es gehen könnte.

Er rief Ulrik Münster-Smith an. Ob er je etwas von anderen Erben gehört hätte? Hatte sich irgendjemand mit neuen Forderungen an den Testamentsvollstrecker gewandt?

Peters Bruder zögerte einen Moment, bevor er antwortete: »Woher weißt du das?«

»Nur so eine Idee.«

»Tatsächlich hat sich unser Anwalt letzte Woche gemeldet. Er ist von zwei verschiedenen Frauen angerufen worden, die behaupteten, Peter sei der Vater ihrer Kinder. Und sie könnten es beweisen, sagten sie. Bei beiden Kindern wurde bei der Geburt ein DNA-Test vorgenommen, sie hätten Anspruch auf den Pflichtteil, obwohl die Vaterschaft niemals offiziell eingetragen wurde. Der Anwalt trifft sich mit einer der Mütter morgen, mit der anderen am Donnerstag.«

»Du weißt nicht zufällig, wie diese Mütter heißen? Oder die Geburtsdaten der Kinder?«

»Nein, aber ich kann es herausbekommen. Ich rufe dich gleich zurück.«

Dan ging auf und ab, während er wartete. Es dauerte genau elf Minuten.

»Trine Helmand«, sagte Ulrik. »Ihre Tochter wurde am 14. September 2009 geboren. Die andere heißt Miriam Levi, ihr Sohn kam am 6. Juni …«

»… 2002 auf die Welt«, vollendete Dan den Satz für ihn.

»Genau. Woher weißt du das?«, fragte Ulrik noch einmal.

»Das erkläre ich dir später«, erwiderte Dan. »Sei darauf vorbereitet, dass noch ein Kind auftaucht.«

»Noch eins?« Ulrik klang, als ringe er um Atem.

»Ja, sieht nicht gut aus für deinen und Charlottes Erbanteil«, meinte Dan. »Gut, dass es einige Millionen zu verteilen gibt.«

»Und warum wussten wir nichts davon? Kann man denn wirklich gleich mehrere Kinder haben, ohne dass es irgendwo registriert wird?«

»Ja, das geht, wenn die Mutter den Vater für unbekannt erklärt und ein bisschen Geld schwarz dafür bekommt.«

»Aber wieso?«

»Einiges deutet darauf hin, dass Peter diese Dinge lieber selbst geklärt hat, völlig ohne die Behörden miteinzubeziehen. Er hat seit Jahren für drei Kinder bezahlt. Jeden Monat fünftausend Kronen pro Kind.«

»In seinem Testament steht kein Wort über Kinder.«

»Dann hätte der Anwalt ja auch Bescheid gewusst. Peter war offenbar sehr daran gelegen, diesen Teil seines Lebens geheim zu halten. Ich glaube, er war sehr viel komplizierter, als wir alle geglaubt haben. Er wollte offenbar unbedingt sein Image als freier, ungebundener Lebemann aufrechterhalten.«

»Ich hoffe wirklich, du irrst dich.«

»Vielen Dank für die Hilfe, Ulrik. Wir bleiben in Kontakt.«

Dan stellte sich ans Erkerfenster. Drei Frauen, deren Kinder plötzlich vielfache Millionäre waren. Drei Frauen mit einem soliden Motiv, Peter Münster-Smith umzubringen. Er musste diese Information an die Polizei weitergeben, obwohl er wusste, wie irritiert Frank über einen weiteren blendenden Einfall von Dan Sommerdahl sein würde.

Vielleicht sollte er zuerst einmal selbst einige Nachforschungen anstellen. Dan setzte sich wieder an den Schreibtisch und steckte den USB-Stick mit Peters Archiv in den Computer. Jetzt, wo er einigen konkreten Daten nachgehen konnte, dauerte es nicht lange, bis er Trine Helmand, eine kurzhaarige Frau mit Katzenaugen, und Miriam Levi gefunden hatte, eine dunkelhäutige Schönheit. Die Daten der Bilddatei lagen neun beziehungsweise zehn Monate vor den Geburtstagen der Kinder. Das passte.

Er druckte die beiden Fotos aus. Sollte er die beiden Frauen auf eigene Faust aufsuchen? Oder war es besser, dem Anwalt das erste Gespräch zu überlassen, wenn sie sich noch nicht im Scheinwerferlicht fühlten? Wer konnte die dritte sein? Dan überprüfte den letzten der drei Einträge auf seiner Liste. Das Kind war am 20. Oktober 2005 geboren. Dann musste man neun Monate zurückrechnen und vielleicht ein, zwei Monate dazuzählen … Es ist schließlich nicht sicher, dass sie schon beim ersten Date schwanger wurde, dachte er und ließ den Blick über die Dateinamen schweifen.

Und da war sie. Die dritte Mutter. Er wühlte in seinen Unterlagen auf dem Schreibtisch, bis er das Testresultat fand, das Frank ihm gerade geschickt hatte. Emma war am 20. Oktober 2005 geboren. Sie musste es sein. Aber konnte das stimmen? War nicht bewiesen worden, dass sie nicht Peters Kind war? Eines war völlig klar: Damit würde Dan nicht zu Frank gehen, bevor er seiner Sache nicht ganz sicher war.

Er stand auf, steckte sein Handy ein und zog sich im Flur seinen Mantel an. Die Treppenstufen sprang er mehr oder weniger hinunter. Er lief wie in Trance, die Hafenpromenade entlang, über den Rathausplatz und die Algade hinauf.

Erst als er vor der Filiale von Form & Stil stand, wachte er auf. Jetzt kam es darauf an. Okay, diese Steakmesser waren mit Jørns Kreditkarte gekauft worden, aber wer sagte denn, dass er die Karte selbst benutzt hatte? Hätte es nicht ebenso gut seine Frau sein können? Dan stieß die Glastür auf und betrat den Laden.

»Entschuldigung, ich würde gern mit dem Geschäftsführer sprechen«, sagte er der fülligen Frau hinter dem Tresen.

»Das bin ich.« Sie lächelte. »Und Sie sind der Kahlköpfige Detektiv, nicht wahr?«

»Dan Sommerdahl.« Er gab ihr die Hand.

»Wie kann ich Ihnen helfen?«

»Ich arbeite an dem Mord, der kurz vor Weihnachten geschah.«

»Dem Millionärsmord? Ich habe unsere gesamten Kassenabrechnungen der Polizei übergeben.« Flirtend legte sie den Kopf schief. »Darf ich Ihnen das überhaupt erzählen, Dan?«

»Ich habe die Abrechnungen schon gesehen, es ist also nicht so schlimm.«

»Haben sie geholfen?«

»Möglicherweise.« Dan hielt sein Handy hoch, sodass sie das Display sehen konnte. »Haben Sie diesen Mann hier schon einmal gesehen?«

»Augenblick.« Die Geschäftsführerin setzte ihre Lesebrille auf. »Ich glaube schon. Kurz vor Weihnachten. Ja, ich habe ihn selbst bedient. Ich kann mich erinnern, dass es nicht leicht war, Blickkontakt zu ihm zu bekommen, weil er so …« Sie schielte und lachte. »Aber zu dem Zeitpunkt waren hier sehr viele Kunden.«

Dan sah sie an. »Ich wollte nur überprüfen, ob er am Donnerstagnachmittag, den 16. Dezember hier etwas gekauft hat.«

»Am 16. Dezember? Das glaube ich nicht«, sagte die Frau und griff noch einmal nach Dans Handy. Sie betrachtete das Foto aus der Nähe. »Ich bin ganz sicher, dass er es war. Aber nicht am 16. Dezember, weil ich da in unserer Filiale in Roskilde ausgeholfen habe. Ich bin für beide Geschäfte verantwortlich, wissen Sie. Und dort war jemand krank geworden.«

»Seine Kreditkarte wurde hier bei einem Einkauf am 16. Dezember benutzt. Er hat ein Messer-Set gekauft. Dieses da.« Dan zeigte auf einen Stapel Geschenkkartons auf dem Tresen. Die Messer gab es jetzt mit vierzig Prozent Rabatt.

»Daran kann ich mich gut erinnern, jetzt, wo Sie es sagen«, sagte sie und gab ihm sein Handy zurück. »Er hat tatsächlich solch ein Set gekauft, doch das war nicht am 16. Dezember.«

»Können Sie herausfinden, wann es war?«

»Ich war Freitag und Samstag hier. Am Montag musste ich wieder nach Roskilde.«

»Dann war es entweder der 17. oder der 18. Dezember?«

Die Geschäftsführerin nickte. »So muss es gewesen sein. Und er hat bar bezahlt.«

»Da sind Sie sicher?«

»Ich kann mich erinnern, weil er ein paar Münzen auf den Boden fallen ließ und eine Ewigkeit brauchte, um sie wieder aufzusammeln. Er sagte, er hätte ein Problem, Abstände einzuschätzen wegen des …« Wieder schielte sie und lachte über ihren eigenen Witz.

»Abstände einzuschätzen?« Dan sah sie an.

»Ja, ich glaube, es ist so, dass Menschen, die stark schielen, genauso große Probleme haben, Abstände einzuschätzen, wie Leute, die auf einem Auge blind sind.«

Für einen Moment stand Dan ganz still.

»Danke«, sagte er dann. »Vielen Dank.«

Er wartete ihre Antwort gar nicht ab, sondern verschwand sofort durch die Glastür und bemerkte noch nicht einmal, wie verblüfft ihm die hilfsbereite Geschäftsführerin hinterhersah.

DIENSTAG, 11. JANUAR 2011

57 »Also wirklich.« Sus Kallberg stand in der Tür, als Dan am nächsten Vormittag die Treppe hinaufkam. »Seid ihr es nicht langsam leid, uns zu belästigen?«

»In diesem Fall sind es gar nicht ›wir‹, es bin nur ich, der noch eine Frage hat.«

»Das ist doch völlig egal, ob Sie es sind oder die Polizei. Ich habe keine Zeit. In ein paar Stunden muss Max abgeholt werden, und jetzt muss ich aufräumen. Hier sieht's aus, als hätte al-Qaida die Wohnung als Trainingslager benutzt.«

»Das tut mir leid«, sagte Dan. »Sie können jetzt mit mir reden, oder ich gebe meine Informationen der Polizei weiter. Es ist nicht sicher, ob die dann so rücksichtsvoll sind, ihren Besuch von ihren Betreuungsmöglichkeiten für die Kinder abhängig zu machen.«

Sus sah ihn einen Moment an. Dann trat sie einen Schritt zurück, sodass er sich an ihr vorbeidrücken konnte. Dan stolperte über einen Staubsauger, der im Flur lag, und ging ins Wohnzimmer. Er setzte sich auf einen Stuhl, nachdem er einen Haufen Wäsche auf den Fußboden transportiert hatte.

Seufzend nahm Sus auf der Sofakante Platz. »Dann machen Sie bitte schnell«, forderte sie ihn auf.

»Na klar.« Dan zeigte ihr die abgegriffenen Fotokopien der handschriftlichen Buchführung von Peter Münster-Smith. »Können Sie mir erklären, was das hier zu bedeuten hat?« Er zeigte auf mehrere Einträge. »Hier. Und hier. Fünftausend Kronen. Monat für Monat. Und daneben das Geburtsdatum Ihrer Tochter.«

»Davon weiß ich nichts. Keine Ahnung, worüber Sie reden.« Sus entfernte ein paar Stofftiere hinter ihrem Rücken, um sich zurücklehnen zu können.

»Wirklich nicht?«

»Nein, sag ich doch.« Sie sah ihn an. »Ich habe niemanden betrogen.«

»Soll ich Ihnen erzählen, wie es sich meiner Ansicht nach abgespielt hat?«

»Ja, tun Sie das.«

»Als Sie Emma erwarteten, hatten Sie eine volle Stelle als Laborantin, aber Sie wollten gern mit Ihrer Arbeit aufhören, um zu Hause für sie sorgen zu können.«

»Und was ist daran so falsch?«

»Nichts, man muss es sich nur auch leisten können. Jørn hatte den Job bei Finn Frandsen damals noch nicht – ja, das habe ich überprüft. Er war damals seit fast einem Jahr arbeitslos, die Wahrscheinlichkeit ist also groß, dass er Schulden hatte.«

Sus sagte nichts.

»Sie konnten es sich mit anderen Worten nicht leisten, plötzlich auf ein Einkommen zu verzichten. Dann hatte einer von Ihnen – vermutlich Sie – eine ausgezeichnete Idee. Kurz bevor Sie schwanger wurden, waren Sie immerhin die Freundin von einem der reichsten Männer Dänemarks. Warum ihm nicht weismachen, dass er der Vater des Kindes ist?«

Sus verschränkte die Arme. »Das sind doch alles nur Vermutungen.«

»Lassen Sie mich doch zu Ende erzählen.« Dan beugte sich vor. »Als Sie schwanger waren, haben Sie Peter erklärt, das Kind sei von ihm. Direkt nach der Geburt hat er einen DNA-Test verlangt; ich weiß, dass er es zumindest in anderen Fällen getan hat. Gut, haben Sie gesagt. Darauf waren Sie vorbereitet, ja, Sie hatten sogar einen Plan: Als Laborantin hätten Sie die besten Möglichkeiten, ihn diskret vorzunehmen, haben Sie Peter erklärt. Sie hätten im Labor einen Kollegen, der die Proben untersuchen könnte. So wäre der Test möglich, ohne irgendwelche Institutionen oder Behörden einzubeziehen – und obendrein umsonst. Sie waren lange genug mit Peter zusammen, um zu wissen, wie sehr der Mann sein Privatleben abzuschirmen pflegte. Und Sie wussten sicher auch, dass es einen Grund gibt, warum die Reichen reich sind.«

»Den gibt's, ja«, sagte Sus. Sie betrachtete ihre Hände, die jetzt in ihrem Schoß lagen. »Aber so geizig war Peter gar nicht.«

»Bei manchen Dingen nicht, nein. Er hat sich teure Uhren geleistet und eine teure Wohnung, Koks an seine Freunde verschenkt. Bei anderen Dingen nutzte er dagegen jede Möglichkeit, um ein paar Kronen zu sparen. Das weiß ich, weil ich ihn nämlich auch ein bisschen gekannt habe. Wenn er nicht so gewesen wäre, hätte er niemals so reich werden können.«

Dan sah sie an, aber sie schüttelte nur den Kopf, ohne aufzuschauen. »Als Emma da war«, fuhr er fort, »haben Sie den Test durchgeführt und die Papiere mit Ihren eigenen und Peters Daten ausgefüllt, während Peter zusah. Dann haben Sie die Umschläge mit den Proben für Ihren Kollegen vorbereitet. So weit, so gut. Es gab nur eine Kleinigkeit, die Sie Ihrem Kollegen und Peter nicht erzählt haben.« Er wartete, bis sie aufblickte. »Als Peter gegangen war, haben Sie den Umschlag geöffnet und Peters DNA-Probe durch eine von Jørn ersetzt. Ein paar Wochen später bekamen Sie die Bestätigung, dass Peter Emmas Vater ist. Er akzeptierte sofort, schließlich passierte ihm das nicht zum ersten Mal, und bot Ihnen fünftausend Kronen pro Monat, vorausgesetzt, Sie würden die Sache verschweigen. Jørn wurde automatisch als Vater eingetragen, weil Sie verheiratet waren. Und die fünftausend Kronen waren genau der notwendige Betrag, um sich mit einem Einkommen über Wasser zu halten, nicht wahr?«

Sie sagte noch immer nichts, saß nur da und betrachtete ihre rundlichen Finger.

»Nicht wahr?«, wiederholte Dan.

Sus blickte ihm ins Gesicht. »Haben Sie das der Polizei erzählt?«

»Noch nicht.«

»Müssen Sie es tun?«

»Wenn es einen Zusammenhang mit Peters Tod gibt, kann ich es nicht für mich behalten.«

»Aber den gibt es nicht.«

»Wie können Sie sich so sicher sein?«

»Ich bin es einfach.«

»Überzeugen Sie mich.«

Sie zog die Augenbrauen zusammen. »Wie denn?«

»Beantworten Sie mir die Fragen, die ich Ihnen stelle. Und zwar ehrlich.«

»Was?«

Dan lehnte sich wieder zurück. »Hätten Sie ein Glas Wasser für mich?«

Sus stand auf, erleichtert über die Unterbrechung. »Sie können auch ein Bier haben.«

»Wasser ist okay.«

Während sie in der Küche verschwand, dachte Dan nach. Als sie zurückkam, trank er einen Schluck des lauwarmen Wassers und stellte das Glas ab.

»Haben Sie jemals wieder mit Peter gesprochen?«

»Wir haben uns jeden Monat am 15. getroffen, er hat mir das Geld selbst gegeben. Also, es sei denn, er hatte etwas Wichtigeres vor. Sonst hatten wir nichts miteinander zu tun.«

»Dann haben sie sich am 15. Dezember zum letzten Mal getroffen?«

»Nein, das Dezember-Geld habe ich nie bekommen. Er hatte am 15. keine Zeit und wollte am 16. vorbeikommen.«

»Am Tage seines Todes?«

»Ja. Aber ich konnte an diesem Tag nicht. Max musste zur Vorsorgeuntersuchung, außerdem gab es ja die Weihnachtsfeier im Kindergarten. Ich habe ihn gefragt, ob er den Umschlag mit dem Geld nicht in den Briefkasten werfen könnte. Das hatte er früher schon getan, aber diesmal wollte er nicht. Wir haben dann vereinbart, uns am 17. zu treffen, am Freitag, und da war er bereits tot.«

»Warum wollte er das Geld nicht in den Briefkasten werfen?«

»Er sagte, er wolle mit mir reden.«

»Worüber?«

»Das hat er nicht gesagt.«

Dan betrachtete sie eine Weile. Sus war eindeutig nervös, ihre Gesichtsfarbe hatte sich von Rot in Bleich verändert, sie konnte die Hände nicht still halten. Dennoch hatte er keinerlei Zweifel daran, dass sie die Wahrheit sagte.

»Hat er vielleicht herausgefunden, betrogen worden zu sein?«

Sie schüttelte den Kopf. »Wie hätte er es herausfinden sollen?«

»Durch einen neuen DNA-Test.«

»Es wurde kein neuer Test gemacht.«

»Da wäre ich mir an Ihrer Stelle nicht so sicher.« Dan erzählte von der größtenteils verkohlten Visitenkarte aus der Brieftasche von Peter Münster-Smith und seinem Gespräch mit dem englischen Labor. »Einiges deutet darauf hin, dass er einen weiteren Vaterschaftstest machen ließ, Sus.«

»Es könnte sich doch um eine ganz andere Vaterschaftsangelegenheit gehandelt haben.«

»Klar. Und wenn es so weit kommt, bin ich sicher, dass es sich durch die Hilfe von Interpol klären wird.« Dan fuhr sich mit der

Hand über die Glatze. »Nehmen wir mal für einen Moment an, Peter wollte sich die Vaterschaft an Emma bestätigen lassen, ohne sie vorher zu fragen.«

»Warum sollte er Verdacht geschöpft haben?«

»Vielleicht wollte er es einfach nur noch einmal kontrollieren lassen. Vielleicht hat er das mit allen drei Kindern gemacht, für die er bezahlte.«

»Und wie sollte er an Emmas DNA kommen? Man bekommt nicht so einfach einen Abstrich von einem Kind, das man kaum kennt. Und Emma läuft ja auch nicht allein auf der Straße herum. Zum Teufel, sie ist fünf Jahre alt und immer mit einem von uns oder einem Erzieher zusammen, wir hätten doch gemerkt, wenn jemand versucht hätte, ein Haar oder etwas Spucke von ihr zu bekommen, das ist doch ...« Sie brach abrupt ab.

»Was ist?«

Sus schluckte. »Vor einiger Zeit ist Emma tatsächlich mit einer seltsamen Geschichte nach Hause gekommen. Ich habe am nächsten Tag sogar die Erzieher gefragt, weil ich es so merkwürdig fand.«

»Ja?«

»Sie hatten mit dem Kindergarten einen Ausflug gemacht. Nichts Besonderes, nur einen Spaziergang zum Rathausmarkt, um zuzusehen, wie die Beleuchtung des Weihnachtsbaums zum ersten Mal angeschaltet wurde.«

»Das war Ende November, oder?«

»Ja.« Sus runzelte die Stirn. »Als sie dort standen, kam eine Frau und fragte Emma, ob sie ihr helfen könne, eine Briefmarke anzulecken. Sie selbst hätte so einen trockenen Mund, hat sie gesagt. Und sie fand, Emma würde aussehen wie ein ganz besonders hilfreiches kleines Mädchen. Das hatte Emma sich gemerkt. Dass sie ein hilfreiches Mädchen mit Zauberspucke sei. Sie war so stolz, deshalb hat sie es mir erzählt. Die Erzieher fanden es nur nett. Sie sahen keine Veranlassung einzugreifen – ich hätte es vermutlich auch nicht getan. Was war schon falsch daran?«

»Emma hat also an dieser Briefmarke geleckt?« Dan saß jetzt auf der Stuhlkante. »Und lieferte damit einer Fremden eine DNA-Probe.« Dan konnte seine Aufregung kaum bändigen. »Hat sie gesagt, wie diese Frau aussah?«

»Nein, nur dass sie alt war. Aber das kann zwischen vierzig und neunzig alles bedeuten. Ein paar graue Haare reichen, damit sie die Leute für alt hält.«

»Vera Kjeldsen«, sagte Dan.

»Peters Haushälterin?« Sus zog die Augenbrauen zusammen. »Nein, das kann ich mir nicht vorstellen.«

»Hat Emma Vera je kennengelernt?«

Sus schüttelte langsam den Kopf. »Das glaube ich ganz sicher nicht. Vera macht sich nichts aus Kindern. Und was hätte ich auch in Peters Wohnung zu suchen gehabt?«

»Sie haben das Geld nie aus Peters Penthouse geholt?«

»Niemals. Auch nicht von seinem Arbeitsplatz. Er wollte keinen Klatsch.«

Dan sah sie an. »Erkennen Sie nicht den Zusammenhang, Sus? Peter wollte eine DNA-Probe von Emma, ohne dass Sie es erfahren, das war eine ganz clevere Methode. Niemand verdächtigt eine nette ältere Dame, die um Hilfe bittet, eine Briefmarke auf einen Umschlag zu kleben. Das haben Sie selbst gesagt.«

»Ich finde trotzdem, dass es eigenartig klingt.«

»Schauen Sie.« Dan zog aus seiner Brieftasche das kleine Foto von Emma mit der Wichtelmütze. »Kennen Sie das?«

»Emma.« Sus nahm das Foto und drehte es um. »Und ich habe das hinten draufgeschrieben. Ich habe es Peter voriges Jahr geschickt. Wir waren uns einig, dass er und Emma sich nie treffen sollten, aber ich habe ihm trotzdem jedes Jahr einen Weihnachtsgruß geschickt.«

»Um die Illusion besser aufrechtzuerhalten?«

»Genau.« Sie legte das Foto beiseite. »Wo haben Sie das Foto her?«

»Es lag in Vera Kjeldsens Notizblock, den sie für ihre Einkaufszettel benutzt.«

»Deshalb glauben Sie …«

»Ich glaube, sie hat das Foto von Peter bekommen, damit sie das richtige Mädchen ansprechen konnte, und wartete dann einen guten Zeitpunkt für die Speichelprobe ab.«

Sus saß eine Weile ganz still. »Was für ein ausgekochtes Weib.«

»Ich bin mir ziemlich sicher, dass Peter der Ausgekochte war. Vera hat nur seine Anordnungen ausgeführt.«

»Trotzdem.«

»Jetzt will ich Sie aber nicht länger stören.« Dan stand auf.

»Erzählen Sie es der Polizei?«

»Das werde ich tun müssen, Sus. Es gibt so viele Unklarheiten in diesem Fall, die sich durch diese Geschichte aufklären. Ein weiteres Verhör wird sich nicht vermeiden lassen, ich bin mir jedoch ziemlich sicher, dass man Sie wegen der Sache nicht anklagen kann. Es gibt ja keinerlei Beweismaterial – das meiste sind Spekulationen, wie Sie ja selbst gesagt haben.«

»Aber Sie haben ins Schwarze getroffen.«

»Hoffen wir, dass nicht noch mehr herauskommt. Wenn Ihr Betrug in irgendeinem Zusammenhang mit dem Mord steht, müssen Sie selbstverständlich alles erzählen.«

»Und lande vielleicht sogar im Gefängnis, oder?« Ihre Stimme bebte. »Was wird dann mit den Kindern?«

»Hoffen wir, es kommt nicht so weit.« Dan hob das Foto vom Sofa auf. »Das nehme ich wieder mit. Sie bekommen es natürlich zurück, wenn ich es nicht mehr brauche.«

Sus begleitete ihn zur Tür.

»Übrigens«, sagte Dan. »Wusste Jørn, dass Sie sich am 16. Dezember mit Peter zur Geldübergabe treffen wollten?«

»Ich glaube, ich habe es erwähnt.«

Sus sah ihn an. »Versuchen Sie nicht, Jørn den Mord anzuhängen. Er kann keiner Fliege etwas zuleide tun. Sie ahnen nicht, wie konfliktscheu dieser Mann ist.« Sie öffnete ihm die Tür. »Außerdem hat Jørn doch ein Alibi, nicht wahr? Er hat mir erzählt, die Polizei hätte sogar die Quittungen. Und er ist direkt nach den Einkäufen nach Hause gekommen.«

Vielleicht, dachte Dan, als er die Treppe hinunterging. Vor der Haustür blieb er einige Minuten stehen und dachte nach. Sollte er jetzt zu Frank gehen? Hatte er genug, oder würde der Ermittlungsleiter wieder der Meinung sein, er würde nur spekulieren? Er entschloss sich, noch eine weitere Sache zu untersuchen, bevor er nach Hause gehen und einen Bericht an die Polizei schicken würde.

Die Fahrt ins vornehme Wohnviertel Bøgebakken ging schnell. Die Straßen waren geräumt, und selbst der steile Anstieg der Straße ließ sich problemlos bewältigen. Dan parkte vor Axel und Julie Holkenfeldts Villa. Er blieb im Auto sitzen, bis er sich überlegt hatte, wie er das Gespräch angehen sollte. Dann ging er durch den Garten und klingelte.

Vera trug einen pfirsichfarbenen Arbeitsmantel und gelbe Gummihandschuhe, als sie öffnete.

»Sie sind nicht zu Hause«, sagte sie und wollte die Tür wieder schließen.

Dan hielt die Klinke fest, um Vera zu bremsen. »Ich wollte eigentlich mit Ihnen reden, Vera.«

»Kann das nicht warten?«

»Nein.«

Er wollte hineingehen, doch Vera hielt ihn auf. »Ich kann Sie nicht hereinbitten, wenn die Holkenfeldts nicht da sind. Das gehört sich nicht.«

»Dann setzen wir uns eben ins Auto. Es ist zu kalt, um hier draußen stehen zu bleiben.«

Vera streifte die Gummihandschuhe ab und zog einen Mantel an.

»Sie hätten alles für Peter getan, nicht wahr?«, begann Dan, als sie im Auto saßen und das Gebläse der Heizung warme Luft in den Wagen pustete.

»Innerhalb gewisser Grenzen des Zumutbaren, ja.« Vera blickte stur durch die Frontscheibe.

»Ein kleines Mädchen darum zu bitten, an einer Briefmarke zu lecken, war also noch zumutbar?«

Sie wandte sich ruckartig zu ihm um. »Was meinen Sie damit?«

»Das, was ich gesagt habe. Peter hat Sie gebeten, ein Mädchen namens Emma dazu zu bringen, an einer Briefmarke zu lecken, damit er Speichel für einen DNA-Test hatte.«

»Davon weiß ich nichts.«

»Dazu haben Sie die Fotografie gebraucht.«

»Ich habe erklärt, woher ich das Foto habe.« Vera schaute wieder starr geradeaus. »Und jetzt muss ich meine Arbeit erledigen.«

»Sie sind froh über diesen Job, oder?«

»Das habe ich bereits gesagt.«

»Was glauben Sie werden die Holkenfeldts dazu sagen, wenn sie erfahren, warum Ulrik Münster-Smith gezwungen war, Sie hinauszuwerfen?«

»Wovon reden Sie bloß?«

»Hören Sie schon auf, Vera. Ulrik ist ein alter Bekannter von mir. Ich habe vom ersten Tag an alles gewusst. Warum schlafen Marianne und ich wohl in meiner Wohnung und übernachten nicht in der Gørtlergade, was glauben Sie?«

Sie wandte den Kopf ab und schaute aus dem Seitenfenster.

»Wenn Sie mir nicht ganz genau erzählen, wie sich das mit Ihnen, Emma und der Briefmarke abgespielt hat«, sagte Dan langsam, »kann ich Ihnen garantieren, dass Julie Holkenfeldt und ihr Mann die ganze Geschichte Ihres Rausschmisses erfahren werden, bevor auch nur eine halbe Stunde vergangen ist. Und dann dürfen Sie drei Mal raten, ob Sie morgen noch angestellt sind. Soweit ich weiß, wachsen die Stellen als Haushälterin heutzutage nicht gerade auf den Bäumen.«

Noch immer schwieg sie. Dann flüsterte sie: »Das ist Erpressung.«

»Sie haben vollkommen recht. Warum haben Sie das getan?«

»Sie hatten ihn betrogen«, sagte sie leise, noch immer mit abgewandtem Gesicht.

»Hat Peter Sie gebeten, die Speichelprobe zu beschaffen?«

»Ja.«

»Er gab Ihnen das Foto?«

Sie drehte sich um, in ihren Augen standen die Tränen. »Das wissen Sie doch bereits!«

»Hat er erklärt, wozu er die Probe brauchte?«

»Das habe ich doch gesagt. Sie haben ihn betrogen.« Sie wischte sich mit dem Handrücken die Augen aus. »Alle haben ihn ausgenutzt, alle seine sogenannten Freunde. Sie wollten seinen Schnaps, seine Drogen und sein Geld. Wenn Sie wüssten, wie schwer es sein kann, zwischen richtigen Freunden und Schmarotzern zu unterscheiden ... Peter war einsam, Dan. Trotz all der Frauen, der Partys, der guten Geschäftspartner. Außer mir hat niemand wirklich zu ihm gehalten.«

Dan reichte ihr ein Papiertaschentuch aus dem Handschuhfach. »Sie haben also getan, was Sie konnten, um ihn gegen diejenigen zu beschützen, die ihn ausnutzen wollten?«

»Ja.« Vera putzte sich die Nase. »Wen hätte er sonst darum bitten sollen?«

Kurz darauf ging sie zurück ins Haus. Dan sah ihr nach – eine schmächtige Frau in einem unförmigen, kurzen Mantel, unter dem ein Arbeitsmantel heraushing. Plötzlich hatte er das Gefühl, dass dieser pfirsichfarbene Streifen das Traurigste war, was er je gesehen hatte.

MITTWOCH, 12. JANUAR 2011

58 »Das ist ja unglaublich!« Frank Janssen lehnte sich zurück. Er war der Erste der kleinen Runde, der Dans Bericht über Sus' Betrug und Veras Rolle bei ihrer Enttarnung zu Ende gelesen hatte. »Das stützt deine Theorie, Dan.«

»Sus Kallbergs Alibi ist hieb- und stichfest«, widersprach Svend Gerner, der jetzt auch die Lektüre beendet hatte. »Ich habe noch einmal mit den anderen Müttern und den Erziehern gesprochen, es besteht keinerlei Zweifel.«

»Nein.« Frank sah Dan an. »Aber ich habe das unbedingte Gefühl, dass Dan trotzdem eine Idee hat.«

Außer dem Ermittlungsleiter, Gerner und Dan saßen Thor Bentzen und Flemming Torp im Sitzungszimmer. Alle schauten den kahlköpfigen Privatdetektiv erwartungsvoll an, der kein Wort gesagt hatte, seit er vor wenigen Minuten die Fotokopien verteilt hatte.

Jetzt räusperte er sich und begann mit seiner Erklärung. »Ich habe mich in der letzten Zeit ausschließlich auf das Ehepaar Kallberg konzentriert. Du weißt das, Frank, und ich kann gut verstehen, dass es dich geärgert hat, weil es keinerlei Beweis für meinen Verdacht gab, abgesehen von meinem Bauchgefühl. Ich konnte noch nicht einmal ein mögliches Motiv nennen.« Er zog die Thermoskanne heran und goss sich eine Tasse Kaffee ein. »Jetzt haben wir ein Motiv. Wenn Peter entdeckt hatte, fünf Jahre lang systematisch betrogen worden zu sein – ich habe ausgerechnet, dass die Gesamtsumme bei über dreihunderttausend Kronen liegt –, dann ist klar, warum er darauf bestand, mit Sus Kallberg zu reden, statt ihr das Geld einfach in den Briefschlitz zu stecken. Er wollte sie mit seinem Wissen konfrontieren, die Zahlungen einstellen und höchstwahrscheinlich auch eine Rückzahlung des Geldes verlangen. Wir wissen alle, wie angespannt die finanzielle Lage der Familie Kallberg ist. Es wäre unmöglich gewesen, den Betrag zurückzuzahlen. Es ist durchaus verständlich, wenn man in einer solchen Situation verzweifelt reagiert. Vielleicht sogar so verzweifelt, um einen Mord zu begehen.«

»Aber sie hat das Treffen doch abgesagt, und ihr Alibi ...«, begann Gerner.

»Lass den Mann mal ausreden«, unterbrach ihn Flemming, ohne seinen Blick von Dans Gesicht abzuwenden.

»Du hast recht, Gerner«, bestätigte Dan. »Sus und Peter haben sich an diesem Donnerstag nicht getroffen. Nur, wer sagt denn, dass Peter sich nicht mit Jørn getroffen hat?«

»Na ja, sein Alibi ist tatsächlich nicht so wasserdicht«, räumte

Frank widerstrebend ein. »Wir wissen, dass er um 16:14 Uhr das Messer-Set gekauft hat, und um 16:50 Uhr war er in dem Spielwarengeschäft. Jørn hat uns eine Liste mit den übrigen Läden gegeben, in denen er gewesen ist, wir sind nur noch nicht dazu gekommen, die Kassenbelege zu kontrollieren. Mit anderen Worten, wir wissen nicht genau, wo er sich zur Tatzeit aufgehalten hat. Er sagt, er sei gegen achtzehn Uhr im Center Pub gewesen. Der Kellner kann sich gut an ihn erinnern, ist jedoch nicht bereit, sich auf eine genaue Uhrzeit festzulegen. Der Pub war an diesem Tag voll von durstigen Weihnachtseinkäufern.«

»Soweit ich weiß, fiel ihm dieser Besuch in der Kneipe erst bei eurer zweiten Vernehmung ein«, sagte Dan. »Und er hat genau den richtigen Zeitpunkt für ein gutes Alibi angegeben. Aber nehmen wir einmal an, er ist tatsächlich um 17:15 Uhr in den Pub gegangen, hat ein Bier getrunken und die Kneipe um 17:30 Uhr wieder verlassen. Dann hätte er genügend Zeit gehabt, zu Petax zurückzukehren, ins Hinterhaus zu schleichen und im zweiten Stock auf Peter zu warten, bevor Martin Johnstrup sich um 17:50 Uhr vors Tor stellte, wie aus der SMS an Peter hervorgeht.«

»Warum sollten sie sich ausgerechnet dort treffen? Auf einer Baustelle?«

»Peter Münster-Smith hat sein Privatleben abgeschirmt. Er hat es in all den Jahren abgelehnt, Sus Kallberg in seinem Büro oder seinem Penthouse zu treffen. Die Geldübergabe fand immer bei ihr oder an einem neutralen Ort statt. Wenn Jørn ihn an diesem Nachmittag angerufen und erklärt hat, er käme für Sus, wäre das Hinterhaus als Treffpunkt eine durchaus geeignete Wahl gewesen. Beide Männer hatten Zugang zum Hinterhaus, und wussten, sie würden dort ungestört sein.«

»Aber warum sollte Jørn um ein Treffen bitten?«

»Die Kallbergs brauchten das monatliche Bargeld. Es war kurz vor Weihnachten, und sie haben viele Mäuler zu stopfen.«

»Sie bekommen Pflegegeld für die drei Kinder seiner Schwester, also so mies kann's ihnen doch gar nicht gehen.«

»Es ist schon nicht so einfach, plötzlich mit sehr viel weniger auszukommen als dem, was man sonst zur Verfügung hat.« Dan trank einen Schluck von dem bitteren Kaffee aus der Maschine und verzog das Gesicht. »Das Treffen mit Peter verlief ganz und gar nicht so, wie Jørn es sich vorgestellt hatte. Statt des üblichen Umschlags mit dem Geld wurde er von Peter beschimpft. Peter wusste, dass er betrogen wurde, und wollte sein Geld zurück. Es kam zu einem Handgemenge, bei dem Jørn ihn mit einem der Messer erstach, die er gerade gekauft hatte.«

»Stopp, stopp, stopp«, unterbrach ihn Frank. »So kann es nicht gewesen sein, Dan.«

»Warum nicht?«

»Das Messer lag in einer Schachtel, die höchst wahrscheinlich in Geschenkpapier eingewickelt war und zusammen mit anderen Päckchen in einer Tüte lag. Kannst du dir einen Mann vorstellen, der eine Prügelei unterbricht und sich die Zeit nimmt, erst noch mit Weihnachtspapier und Schleifen zu hantieren, um an eine Waffe zu kommen? Wieso ist Peter in diesem Moment nicht einfach weggelaufen?«

»Du hast recht.« Dan zog die Augenbrauen zusammen. »Aber Jørn könnte das Messer bereits ausgepackt haben, als sie sich trafen. Vielleicht hielt er das Messer bereits in der Tasche bereit?«

Frank hob die Schultern. »Das passt nicht zu der Theorie, er hätte nur wie üblich den Umschlag abholen wollen.«

»Vielleicht hat er es schon befürchtet. Er wusste, dass Münster-Smith darauf bestand, etwas persönlich zu besprechen, und Jørn und Sus mussten ein unglaublich schlechtes Gewissen haben, weil sie Peter Monat für Monat übers Ohr hauten. Wäre es nicht normal, Angst davor zu haben, es könnte genau um diese Sache gehen?«

»Es passt noch immer nicht, Dan«, mischte sich Flemming ein. »Die Mordwaffe wurde gefunden. Sie liegt in einer Tüte bei den anderen Beweisstücken. Sus Kallberg besitzt jedoch immer noch alle sechs Messer des Sets.«

Dan konnte ein triumphierendes Lächeln nicht verbergen. »Jørn hat am Wochenende einen zweiten Satz Messer gekauft. Und in bar bezahlt.«

»Woher weißt du das?«, fragte Frank nach einer kleinen Pause.

Dan erzählte von seinem Gespräch mit der Geschäftsführerin der Filiale von Form & Stil. »Ist euch das nicht klar?«, fuhr er fort. »Jørn hat Peter mit einem Messer aus dem ersten Satz getötet, die übrigen Messer hat er weggeworfen und gleich darauf ein neues Set gekauft.«

»Tut mir leid, Dan, ich habe immer noch zwei wesentliche Einwände«, warf Flemming ein.

»Sag schon.«

»Zunächst der eigentliche Mord. Der Rechtsmediziner hat erklärt, dass die Messerstiche schludrig und amateurhaft ausgeführt wurden. Es war mehr oder weniger zufällig, wo das Messer getroffen hat, sagt er. Wie passt das zu Jørn, einem Handwerker, der für seine akkurate Arbeit und Sorgfalt bekannt ist? Er schneidet jeden Tag Glasgewebe und Tapeten mit einem Teppichmesser; sein Meister sagt, er sei ein ausgezeichneter Handwerker. Und er sollte nicht wissen, wie man mit einem Messer umgeht?«

»Du hast recht«, gab Dan zu. »Darüber habe ich mir auch den Kopf zerbrochen. Aber dann fiel mir ein, wie Jørn aussieht.«

»Er ist ganz normal, ein stattlicher Mann mit erheblichen Kräften.«

»Ich denke nicht an seinen Körperbau, sondern an sein Schielen.« Dan hielt einen Augenblick inne. »Ich habe das im Internet überprüft, es gibt keinen Zweifel. Ein Mensch, der so stark schielt wie Jørn, hat es oft schwer, Abstände richtig einzuschätzen. Ich vermute, dass Jørn dieses kleine Handicap im Alltag kompensiert, indem er besonders vorsichtig ist, zum Beispiel im Verkehr. Aber eine Situation, wie wir sie uns vorstellen, ist alles andere als normal. Er war erregt, verzweifelt, vielleicht hatte er sogar Angst. Und deshalb ging einiges schief. Der erste Stich, der von hinten kam, zielte, so wie es aussieht, auf Peters Hals, rutschte jedoch ab, sodass lediglich die Haut an der Schulter ein bisschen angekratzt wurde. Dann drehte Peter sich um. Er versuchte sich zu wehren, während die Angriffe weitergingen. Schließlich traf Jørn die Halsschlagader, auf die er es bereits beim ersten Mal abgesehen hatte.«

»Stimmt die Sache mit dem Abschätzen von Abständen wirklich?«, fragte Frank nach. »Das wusste ich gar nicht.«

»Ich habe meine persönliche Ärztin zu Hause befragt, und sie hat es bestätigt.« Dan blickte Flemming an. »Was war dein zweiter wesentlicher Einwand?«

»Freitagmorgen.« Flemming räusperte sich. »Gehen wir mal davon aus, Jørns Alibi für Donnerstag ist so löchrig, dass er den Mord begehen konnte, bleibt immer noch der Freitag, an dem er zweifellos bei der Arbeit war. Es gibt mehrere Zeugen, und alle bestätigen es.«

»Ja, durchaus.« Wieder konnte Dan ein Lächeln nicht unterdrücken. »Das ist knifflig, oder?«

»Na, los!« Frank wurde ungeduldig. »Was hast du im Ärmel, Dan?«

»Ich habe gestern Abend darüber nachgedacht, was für ein Chaos das Ganze ist. Die beiden Morde, das Verbrennen von Beweismaterial, die Alibis. Vor allem die Alibis. Und dann fiel mir eine seltsame Symmetrie auf. Nick Olsen hat ein sicheres Alibi für den Donnerstagnachmittag, und Jørn für den Freitagvormittag.«

»Jetzt willst du uns doch nicht weismachen, sie hätten es zusammen getan?« Frank schüttelte den Kopf. »Das ist wirklich zu weit hergeholt.«

»Ich habe diejenige angerufen, die mit beiden zu tun hat.« Dan ignorierte die Unterbrechung. »Christina Isakson ist jeden Tag mit diesen Männern zusammen. Wenn jemand ihr Verhältnis untereinander kennt, dann sie.«

»Jetzt sag schon«, forderte Flemming ihn auf, bevor er sich an seinen gewohnten Platz am Fenster stellte und gegen die Heizung lehnte. »Was hat sie gesagt?«

»Jørn und Nick hängen wie die Kletten zusammen. Wenn ein Kunde sich beschwert oder der Meister entdeckt, dass einer zu spät gekommen ist, decken sie sich gegenseitig. Ursprünglich dachte sie, die beiden hätten in ihrer Freizeit nichts miteinander zu tun. Die beiden Gesellen sind vollkommen verschieden, und Christina war überzeugt, dass sie nur während der Arbeitszeit so zusammenhielten.« Dan probierte noch einmal den Kantinenkaffee, bevor er es aufgab und die Tasse beiseiteschob. »Kurz vor Weihnachten hat sie dann erfahren … Dazu muss ich ein bisschen ausholen. Wie ihr wisst, hat Christina sich gewundert, warum Nick Olsen sich plötzlich für sie interessierte. Bisher hatte er sie nie weiter beachtet, doch nach dem Mord verhielt es sich plötzlich anders. Er hat sie mit ins Fitness-Studio genommen, sie zu sich nach Hause eingeladen, ihr bei der Arbeit geholfen.«

»Er wollte ihr einfach an die Wäsche«, schlug Gerner vor.

»Ich weiß mit Sicherheit, dass er das nicht wollte. Christina hat sich ernsthaft blamiert, als sie dem gleichen Irrtum aufgesessen und klipp und klar von ihm abgewiesen worden ist. Ich glaube, das hat sie ziemlich vor den Kopf gestoßen, weil sie wohl tatsächlich scharf auf ihn war.«

»Was wollte er dann?«

»Das hat sie sich auch gefragt. Und nach und nach hat sie kapiert, dass er Informationen von ihr wollte. Immer wieder hat er sie gefragt, ob sie an dem Mordabend etwas gesehen oder gehört hätte. Ich persönlich glaube sogar, dass er versucht hat, sie an sich zu binden, um sich ihrer Loyalität zu versichern.«

»Was hat sie herausgefunden, Dan?«, fragte Frank ungeduldig. »Komm jetzt endlich zur Sache.«

»Er hat sich ihr eines Tages anvertraut, als sie zusammen etwas gegessen haben. Nick ist offenbar nicht immer so enthaltsam gewesen. Noch vor wenigen Jahren war er ein Rowdy. Er kommt aus schwierigen Familienverhältnissen, hat früher viel getrunken, Haschisch geraucht und sich oft geprügelt.«

»Das stimmt mit den Informationen überein, die wir über ihn haben«, warf Thor Bentzen ein, der bisher keinen Ton gesagt hatte. »Eine Verfahrenseinstellung und eine Bewährungsstrafe für den Besitz einer kleineren Menge Hasch. Zeuge einer Wirtshausschlägerei.«

»Gut. Das bestätigt nur, was Christina mir erzählt hat«, fuhr Dan fort. »Nick hatte Probleme, als er die Lehrstelle bei Finn Frandsen bekam, und Jørn, der Mann mit dem großen väterlichen Herzen, hat den Jungen unter seine Fittiche genommen. Laut Christina hat Nick sogar eine Zeit lang bei den Kallbergs gewohnt, nachdem er zu Hause rausgeflogen ist. Sus und Jørn haben ihn wieder auf die richtige Spur gebracht. Nick achtet seither beinahe fanatisch auf seine Gesundheit, rührt keinen Tropfen Alkohol mehr an und hasst Zigarettenrauch. Er lebt ein ziemlich asketisches Leben, das glatte Gegenteil von dem, was er vorher getan hat, aber so was kann man ja häufiger beobachten.« Dan lehnte sich zurück. »Er sagt, er schuldet Sus und Jørn alles. Und weil Nick normalerweise keine großen Worte über seine Gefühle verliert, können wir ruhig davon ausgehen, dass er das auch buchstäblich so meint.« Dan sah Frank an. »Wenn Jørn jemanden mitten in der Nacht anrufen und um Hilfe bitten kann, dann jedenfalls Nick. Egal, ob der Mord geplant war oder nicht, hinterher war er in Panik. Vor allem auch, weil ein Mann das Tor beobachtet hatte. Martin Johnstrup war ein gefährlicher Zeuge. Jørn hat ihn gezwungen, in sein Auto einzusteigen, gemeinsam sind sie zur Marina gefahren. Ich glaube, er hatte sich vorgenommen, Martin dort zu ermorden, dann hat ihn der Mut verlassen.«

»Und stattdessen hat er den armen Kerl einfach erfrieren lassen?«, murmelte Gerner. »Als ob das besser gewesen wäre.«

»Vielleicht war es ein Unfall. Vielleicht brauchte er einfach eine gewisse Zeit, um das Ganze mit Nick durchzusprechen. Und dann entdeckte er in der Nacht oder am nächsten Morgen, dass der Mann tot war. Ich denke, wir sollten Jørn einfach danach fragen. Und Nick natürlich auch.«

»Hm.« Frank schob den Stuhl vom Tisch. »Klingt, als hätten wir zu tun.« Er erhob sich. »Bentzen, du beschaffst die Genehmigung, um die Anruflisten von Nicks und Jørns Handys zu bekommen. Überprüf am besten auch Sus? Und das Festnetz der Kallbergs. Gerner, du besorgst die Kassenabrechnungen der Geschäfte auf Jørns Liste und vergleichst die Zeiten, und wenn du damit fertig bist ...«

Weiter kam er nicht, denn es klopfte an der Tür und die Wachhabende steckte den Kopf herein, eine jüngere Beamtin. »Entschuldigung«, wandte sie sich an Frank. »Wir sollten dir Bescheid sagen, wenn wir Sus Kallbergs Mitsubishi gefunden haben.«

»Ja?«

»Er ist gerade aufgetaucht. Ein zehnjähriger Junge ist in einem kleinen Waldsee im Eis eingebrochen und ...«

»Wo im Wald?«, unterbrach Frank sie.

»Zweihundert Meter von der Lichtung entfernt, wo die Feuerstelle war. Das Dach ragte aus dem Wasser, aber der See ist noch vor Weihnachten zugefroren und eingeschneit, sodass niemandem etwas auffallen konnte. Der Junge hat überlebt, weil er sich am Autodach festgeklammert hat. Der Wagen wurde inzwischen geborgen, er gehört Sus Kallberg.«

»Bingo!«, rief Frank. Er wandte sich an Dan. »Kann sein, dass du einmal wieder Glück gehabt hast. Ich gebe einen aus, wenn du mit deiner Theorie recht hast.«

»Ach, lass mal«, erwiderte Dan. »Ich würde lieber mitfahren und mir den Wagen ansehen.«

59

»Wir transportieren ihn jetzt ab«, sagte Bjarne Olsen. »In der Werkstatt können wir ihn besser untersuchen.« Er setzte sich neben den Fahrer des Abschleppwagens, der den Gang einlegte und aus dem Wald fuhr. Auf der Ladefläche stand ein Mitsubishi Colt, der vom schwarzen Matsch des Waldsees bedeckt war. Vereinzelt war metallicroter Lack zu erkennen.

Frank Janssen drehte sich langsam einmal um sich selbst, um herauszufinden, wo genau er sich befand. Die Lichtung mit der Feuerstelle lag tatsächlich nicht weit entfernt, war jedoch zwischen den Bäumen nicht auszumachen.

»Warum haben wir den Wagen beim letzten Mal nicht gefunden?«

»Hätten wir etwa im ganzen Wald den Schnee räumen sollen?« Die Gegenfrage stellte Kurt Traneby, der das Ufer des Sees abging, in der vagen Hoffnung, trotz der dicken Schneeschicht eine Spur zu finden.

Frank wandte sich ihm zu. »Sorry. Ich habe eher mit mir selbst gesprochen.«

»Das ist mehr eine tiefe Pfütze als ein See«, sagte Traneby. »Als er zugefroren war, konnte man die Wasseroberfläche unmöglich vom Rest des Waldbodens unterscheiden.«

»Wie geht's dem Jungen?«, erkundigte sich Dan, der ein wenig abseits stand und das klaffende Loch im Eis betrachtete. »Wissen wir etwas?«

»Er ist ziemlich unterkühlt. Sie haben ihn in ein künstliches Koma versetzt«, antwortete Frank. »Hoffen wir das Beste.«

»Ja.« Dan stampfte ein paar Mal auf die Erde. Er war für eine Sitzung in einem warmen Büro angezogen, nicht für eine Expedition in den Wald. Frank bemerkte mit einer gewissen Schadenfreude, dass Dans teures, handgenähtes Schuhwerk kaum wieder zu gebrauchen sein würde.

»Dir ist es offensichtlich zu kalt hier draußen. Gehen wir?«

Sie fuhren direkt in die Werkstatt der Kriminaltechniker, wo Sus Kallbergs Auto gerade abgeladen wurde. Bjarne und ein junger Techniker schoben den Wagen in die Garage und schlossen das Tor hinter sich.

»Brr«, schnaubte Bjarne Olsen. »Diese Kälte bringt mich noch um.«

Der junge Techniker öffnete die Türen und den Kofferraum des Wagens.

»Und?«, fragte Frank.

»Wenn du wissen willst, ob es Fingerabdrücke und so etwas gibt, muss ich dich leider enttäuschen, die Chancen sind gleich null. Wir versuchen es natürlich trotzdem.«

»Was ist das hier?«, wollte Dan wissen, der auf die andere Seite des Autos gegangen war und auf den Boden vor dem Rücksitz blickte. Er fasste den Wagen nicht an. Etwas hat dieser Amateur inzwischen ja doch gelernt, dachte Frank und stellte sich neben ihn.

»Was?«

»Das Silberpapier da.«

»Das ist von irgendeiner Süßigkeit«, meinte Frank.

Der junge Techniker fischte das Papier heraus und hielt es in die Luft, damit sie es sich ansehen konnten. »Von einem Schokoladenriegel«, stellte er fest.

»Wisst ihr was?« Bjarne saß in der Hocke vor der offenen Fahrertür. »Ich glaube fast, wir haben Glück.«

»Na, ihr habt schon angefangen?«, ertönte Tranebys Stimme. Der Leiter der Kriminaltechnik stampfte sich den Schnee von den Schuhen. »Ohne mich?«

»Olsen hat gerade etwas gefunden«, teilte Frank mit.

»Seht mal.« Bjarne Olsen richtete sich auf. Zwischen Daumen und Zeigefingern beider Hände hielt er die Fußmatte des Autos vor sich. »Seht ihr den Fleck dort?« Er wies mit dem Kopf auf die Matte.

Frank kniff die Augen zusammen. »Schwach. Was ist das?«

»Ein Schuhabdruck. Und ich verwette meinen alten Hut darauf, dass er zu den Abdrücken am Tatort passt.«

»Wie kann ein Schuhabdruck sich denn mehrere Wochen im Wasser erhalten?«, erkundigte sich Dan.

»Das hängt tatsächlich davon ab, in welchem Material er sich abzeichnet«, erwiderte Bjarne und legte die Matte auf einen Stahltisch. »Wenn man zum Beispiel in Klebstoff getreten ist, oder in Asphalt.«

»Oder Farbe«, sagte Dan und trat an den Tisch. Er bückte sich und betrachtete den weißlichen Fleck genau, der sich in dem scharfen Licht über der Tischplatte deutlich von der koksgrauen Matte abhob. »Könnte das Farbe sein, Bjarne?«

Traneby sah es sich an. »Ich denke schon«, sagte er nach einigen Augenblicken. »Und ich muss Olsen recht geben. Er ähnelt auffallend dem Abdruck, nach dem wir gesucht haben. Die richtige Größe, das richtige Muster.«

»Aber was beweist das?«, fragte Dan, als er und Frank kurz darauf über den Hofplatz zum Hauptgebäude des Präsidiums gingen. »Der Abdruck kann ein paar Jahre alt sein, wenn es sich wirklich um Farbe handelt.«

»Ja, aber egal, wann er dorthin kam, die Wahrscheinlichkeit spricht ja sehr dafür, dass er von Jørn stammt – wenn er in seinem Wagen gefunden wird, oder? Und wenn wir den Abdruck mit ihm in Verbindung bringen können, haben wir auch die Verbindung zu den Abdrücken am Tatort und in Martin Johnstrups Auto.«

»Sie könnten sowohl von Nick als auch von Jørn stammen.«

»Jørn hat Größe 43, Nick nur Größe 41. Und die Spuren stammen von Schuhgröße 43.«

»Und wieso hat sich niemand gewundert, dass Jørn ein Paar Stiefel fehlen?«

»Du warst doch selbst in der Wohnung. Hat das dort so ausgesehen, als wüsste man über jeden einzelnen Bekleidungsgegenstand Bescheid?«

»Stimmt.«

Sie gingen hintereinander die Hintertreppe hinauf und betraten das große Gemeinschaftsbüro. Frank hatte damit gerechnet, seine Mitarbeiter vertieft in ihre Arbeit vorzufinden. Stattdessen standen die meisten um einen Schreibtisch ganz hinten im Raum herum.

»Was ist denn hier los?«, fragte er, als er auf sie zuging.

»Ich bin's nur«, antwortete Pia, die mit Armschlinge und Verbänden in der Mitte saß. »Ich habe es zu Hause nicht mehr ausgehalten und wollte mal sehen, wie ihr ohne mich zurechtkommt.«

»Waage«, sagte Frank und berührte kurz ihre gesunde Schulter. »Hej. Gut dich in einem Stück zu sehen.« Dann wandte er sich an den Rest seiner Mitarbeiter. »Aber was ihr hier treibt, ist nicht zu begreifen. Wir sind zwei Millimeter von der Aufklärung des Falles entfernt, und ihr steht hier herum wie ein Haufen alter Weiber am Sterbebett. Los an die Arbeit, Leute!«

Er hörte das widerwillige Murmeln, ignorierte es aber.

»Kann ich irgendwie helfen?«, erkundigte sich Pia, die von Dan umarmt wurde und aufstehen wollte. »Ich kann durchaus arbeiten. Vielleicht jemanden anrufen oder irgendeine Liste überprüfen.«

»Du bist krankgeschrieben.«

»Ach, jetzt hör auf.«

Frank sah sie an. »Du könntest Dan und mir Gesellschaft leisten. Wir gehen in der Kantine eine Kleinigkeit essen, sobald ich meine Mails gecheckt habe.«

Eine halbe Stunde später saßen sie an einem der Resopaltische und verzehrten jeder ein Sandwich, ohne allzu sehr an das Verfallsdatum zu denken. Frank informierte Pia über die Ergebnisse der letzten Tage. Die Kripobeamtin stellte sich ein wenig ungeschickt an bei dem Versuch, die Sandwichverpackung mit einer Hand zu öffnen. Ansonsten war sie wie immer, sogar hungrig wie ein Wolf und nicht weniger begierig auch darauf, die letzten Details des Falles zu erfahren.

Als sie ins Gemeinschaftsbüro zurückkamen, hatte Thor Bentzen die Liste der Telefongesellschaft ausgedruckt.

»Ist dir etwas aufgefallen?«, fragte Frank und ließ den Blick über die engbedruckten Zeilen wandern.

»Ja.« Thor sah stolz aus. »Ich habe angefangen, die Anrufe von Donnerstagnachmittag bis Freitagmittag zu überprüfen. Und schau mal«, er zeigte auf ein paar Zeilen, die mit einem neongrünen Marker hervorgehoben waren, »Jørn hat um 14:05 Uhr Peter Münster-Smith angerufen, um 20:10 Uhr gibt es einen Anruf auf Nicks Handy. Und einen weiteren um 21:30 Uhr. Nick hat um 03:00 Uhr nachts Jørn angerufen, danach haben sie immer wieder miteinander telefoniert. Es hört erst am Freitagvormittag um 09:15 Uhr auf.«

»Und eine Viertelstunde danach erschien Nick zur Arbeit.« Frank blickte Dan an, der aussah, als müsste er sich zusammenreißen, um nicht laut loszujubeln.

»Sieht aus, als hättest du recht, Sommerdahl«, meinte Pia.

»In der Tat«, räumte Frank ein und wandte sich wieder Thor zu. »Sonst noch etwas? Was ist mit Sus Kallbergs Handy?«

»Sie hat Jørn am Donnerstagabend kurz vor sieben angerufen.«

»Wahrscheinlich, um sich zu erkundigen, wo er bleibt«, vermutete Frank.

»Ansonsten wurde weder von ihrem Handy noch von der Festnetznummer aus telefoniert. Erst wieder am Freitagnachmittag.«

»Gerner?«, rief Frank durch den Raum.

»Ja?« Der große Kripo-Beamte stand auf und kam zu der kleinen Gruppe. »Gibt's was Neues?«

»Ja, ich glaube, die Puzzleteile fügen sich allmählich zusammen. Wie sieht es mit den Kassenabrechnungen aus?«

»Wir bekommen sie nicht vor morgen früh«, antwortete Gerner.

»Geht das nicht schneller? So schwer kann das doch nicht sein.«

»Ich kann sie gern noch mal unter Druck setzen.«

»Mach das.«

»Sollen wir warten, bis wir die Abrechnungen überprüft haben? Nur um sicherzugehen, dass Jørns Alibi nicht plötzlich doch standhält«, wollte Pia wissen.

Frank biss sich auf die Lippe, während er nachdachte. Er hätte am liebsten Flemming Torp um Rat gefragt, doch das wäre wohl ein zu großer Prestigeverlust gewesen. Er traf eine schnelle Entscheidung. »Nein. Wir holen uns Nick Olsen und Jørn Kallberg jetzt.«

»Es ist erst kurz nach drei«, sagte Pia. »Die sind noch bei der Arbeit.«

»Dann los. Ich will sie zusammen erwischen.«

»Darf ich mitkommen?«, bat Dan.

»Nein, tut mir leid. Verhaftungen müssen von Beamten vorgenommen werden.«

»Okay.« Dans Gesichtsausdruck blieb neutral, aber Frank konnte aus seinem Blick deutlich die Enttäuschung herauslesen. Eigentlich war es durchaus verständlich. Die Aufklärung des Falles wäre ohne Dans Besessenheit kaum möglich gewesen.

»Weißt du was?«, lenkte Frank ein. »Du kannst bleiben und den Verhören zuhören, wenn du magst. Hauptsache, du bleibst hinter der Scheibe.«

Dan nickte. »Selbstverständlich. Danke.«

»Wir sind in weniger als einer Stunde zurück.«

Zwei uniformierte Streifenpolizisten und zwei zivile Ermittler – Frank und Thor – erschienen im Hinterhaus an der Kingos Allé. Als sie in den zweiten Stock kamen, zogen sich alle drei Maler gerade ihre Mäntel an.

»Was ist denn los?«, fragte Nick, als er die Polizisten bemerkte.

»Nick Olsen, es ist jetzt genau 15:27 Uhr, und ich verhafte Sie wegen Mittäterschaft an den Morden an Peter Münster-Smith und Martin Johnstrup«, begann Frank. Gleichzeitig sagte Thor Bentzen bei Jørn einen ähnlichen Text auf. Die beiden Männer reagierten sehr unterschiedlich. Nick protestierte lautstark und leistete Widerstand, als man ihm Handschellen anlegte, während Jørn ganz still war. Er ließ den Kopf hängen und blickte nicht ein einziges Mal auf, als sie zu den wartenden Streifenwagen geführt wurden.

Frank ging zu Christina Isakson, die das Geschehen mit großen Augen und den Händen vor dem Mund beobachtet hatte. »Sind Sie okay?«, erkundigte er sich.

»Ja.« Sie ließ die Hände fallen. »Haben die beiden es getan?«

»Es wird ihnen jedenfalls vorgeworfen.«

»Das kann doch nicht sein.« Sie hatte ihren Mantel angezogen, aber noch nicht zugeknöpft. Ihr Blick wirkte desorientiert.

»Vorläufig müssen wir abwarten, was sie während der Verhöre sagen werden«, erwiderte Frank Janssen. »Sollen wir Sie nach Hause bringen?«

»Ich bin mit dem Rad da.«

»Sie sollten jetzt nicht fahren. Sie stehen ziemlich unter Schock. Das Fahrrad laden wir ein«, sagte er und sah Thor an. »Fährst du Christina bitte nach Hause, Bentzen? Ich sehe zu, dass ich in einem der Streifenwagen mitfahren kann.«

60

»Das war doch nicht beabsichtigt.« Jørn sprach so leise, dass Thor sich vorbeugen musste, um ihn zu verstehen. »Wirklich nicht. Es war nicht geplant.«

»Warum haben Sie dann das Messer vorher aus der Schachtel genommen? Und warum haben Sie Ihren Overall geholt, bevor Sie nach oben gingen?«

Jørn schüttelte den Kopf. »Den Overall habe ich erst hinterher geholt.«

»Wieso?«

»Um die Blutspritzer an meiner Hose und dem Mantel zu verstecken.«

»Und woher kam das Blut in Martin Johnstrups Auto?«

»Das ist durchgesickert. Ich hätte mir die Sachen ausziehen sollen, bevor ich den Overall anzog, aber so klar habe ich nicht gedacht.«

»Und das Messer? Warum hielten Sie das Messer in der Tasche bereit? Sie wollten sich doch mit Peter nur treffen und nicht prügeln, haben Sie gesagt.«

»Ich hatte schon so im Gefühl, worüber er mit uns reden wollte. Und ich kannte ihn nicht so gut, deshalb ...« Jørn zuckte mit den Schultern. »Es war überhaupt nicht beabsichtigt«, wiederholte er nach einem Blick auf seinen Nebenmann, einen älteren Herrn mit mehrjähriger Erfahrung als Pflichtanwalt.

Dan ging ins Nebenzimmer. Ein großes Einwegfenster ermöglichte es, das Verhör zu verfolgen, ohne gesehen zu werden. Neben ihm saß Pia in einem Sessel, ihre Krücken lagen am Boden. Ihr Gesicht war blass und schmerzverzerrt, aber sie hatte ein paar Tabletten geschluckt und sich geweigert, nach Hause zu gehen. Auch Flemming Torp war gekommen. Er stand direkt an der Scheibe und biss sich auf die Unterlippe. Ob er das Verhör gern selbst übernommen hätte, überlegte Dan und warf seinem alten Freund einen Blick zu.

In dem zweiten Verhörraum hatten Gerner und Andersen eine Zeit lang versucht, Nick zu bearbeiten, sehr erfolgreich waren sie dabei nicht. Der junge Bodybuilder blieb bei seiner Standardantwort »Kein Kommentar«, egal, wie viele Indizien ihm vorgehalten wurden. Nicht einmal die Mitteilung, dass Jørn gestanden hätte, beeindruckte ihn. Schließlich hatte seine Verteidigerin verlangt, mit ihrem Klienten unter vier Augen sprechen zu dürfen, und das Verhör wurde unterbrochen.

»Okay, Jørn«, sagte Frank jetzt hinter der Glasscheibe. »Erklären Sie uns mit Ihren eigenen Worten, was passiert ist.«

Stockend und stammelnd bestätigte Jørn Dan Sommerdahls Theorie. Der Betrug und die Nachricht, dass Peter ein Gespräch verlangte; das schlechte Gewissen seit so vielen Jahren. »Ich habe ihn angerufen und gesagt, er könne mit mir reden. Wir wollten uns da oben um Viertel vor sechs treffen. Das war der Termin, den er noch frei hatte.« Jørn hielt den Blick auf die Tischplatte gerichtet. »Er wollte, dass wir das Geld zurückzahlen, und egal, was ich sagte, er blieb dabei. Bis Ende Januar, hat er gesagt. Sonst würde er uns anzeigen. Aber das war doch vollkommen unmöglich.« Jørn sah Frank kurz an, bevor er wieder auf die Tischplatte blickte. »Wir haben kein Geld. Und schon gar nicht dreihundertfünftausend Kronen.«

»Was passierte dann?«

»Er ... er sagte ein paar hässliche Dinge über mich. Und über Sus. Über ihr Gewicht und so. Ich bin so wütend geworden.« Zum ersten Mal richtete Jørn sich auf. »Er sollte nicht so über meine Frau reden. Ja, sie kämpft mit ihrem Gewicht, deshalb hat so ein ... so einer wie er noch kein Recht, sie zu beleidigen. Sus ist die beste Frau auf der Welt, sie kümmert sich gut um mich und die Kinder.«

»Hatten Sie zu diesem Zeitpunkt das Messer schon aus der Tasche gezogen?«

»Erst, als er mir den Rücken zuwandte. Als wäre ich ihm egal.

Er stand da und hat auf seine lächerliche goldene Uhr geglotzt, als hätte er jetzt wirklich keine Zeit mehr für so einen wie mich übrig. Und dann ... Dann habe ich einfach mit dem Messer zugestochen.«

»Wo traf ihn der erste Stich?«

»Ich wollte ihn in den Hals stechen, In den Filmen sterben sie immer sofort, wenn die Halsschlagader getroffen wird. Ich habe ihn aber nicht richtig getroffen. Vielleicht weil ich es schon halb bereute.«

»Oder weil Ihr Beurteilungsvermögen von Entfernungen schlecht ist?«

Jørn sah ihn mit einem Auge an. Das andere blickte wie gewöhnlich in die andere Richtung. »Vielleicht auch deshalb. Ich weiß es nicht. Jedenfalls drehte er sich um, schrie irgendetwas und schlug nach mir. Ich bekam Angst. Und dann habe ich noch einmal zugestochen. Es war Notwehr.«

»Sie haben sechzehn Mal zugestochen, Jørn. Sechzehn Mal! Sie wollen uns doch nicht weismachen, dass Sie nicht den Wunsch hatten, Peter Münster-Smith umzubringen?«

»Es war nicht beabsichtigt.« Jørn begann zu weinen.

Der Anwalt sah Frank an. »Vielleicht eine kleine Pause?«

»Nein.« Jørn wischte sich mit dem Ärmel die Augen aus. »Bringen wir's hinter uns.«

»Wir haben Zeit genug«, sagte Frank.

»Hat Sus ... weiß meine Frau Bescheid?«

»Sie wurde informiert, dass Sie hier sind, um mit uns zu sprechen.«

»Sus ist unschuldig. Sie weiß nicht, was ich getan habe.«

»Wir müssen uns auch mit ihr unterhalten, Jørn. Das verstehen Sie doch?«

»Sie hat nichts damit zu tun.«

»Wenn wir Ihre Aussage bis heute Abend zu Protokoll bringen wollen, müssen Sie jetzt weitererzählen, Jørn.« Frank goss ihm ein Glas Wasser ein. »Was ist passiert, als Sie sicher waren, dass Peter tot ist?«

»Meine Hose und mein Mantel waren voller Blut, deshalb fiel mir der Overall ein. Ich bin nach unten gegangen und habe die Tür zum ersten Stock geöffnet. Es brannte noch Licht, und ich dachte zuerst, Christina hätte vergessen, es auszuschalten. Als ich im Vorraum stand, ist mir dann klar geworden, dass sie noch da war.« Er schniefte. »Ich habe sie kurz gesehen. Sie hat gearbeitet und dabei aus vollem Hals gesungen, mit dem Rücken zu mir. Ich habe mir den Overall geschnappt, bin ins Treppenhaus gegangen und habe ihn dort angezogen. Dann bin ich die Treppe hinunter und über den Hof gelaufen.«

»Erzählen Sie weiter«, forderte Frank ihn auf, als Jørn einige Sekunden schwieg. »Erzählen Sie uns von Martin Johnstrup.«

»Als ich aus dem Tor trat, stand da ein Mann auf der anderen Straßenseite. Er ist auf mich zugekommen und hat gefragt, ob ich Peter gesehen hätte. Er wolle sich um sechs mit ihm treffen, sagte er, aber Peter wäre noch nicht herausgekommen.«

»Sie kannten ihn nicht?«

»Ich hatte ihn noch nie gesehen. Erst als ich ein paar Tage später die Zeitungen …« Jørn sank wieder zusammen. »Er hatte mich gesehen, er hatte mein Gesicht gesehen, ich musste …« Er räusperte sich. »Ich musste doch etwas tun, nicht wahr?«

»Sie hatten Angst, dass Johnstrup sie identifizieren könnte, wenn der Mord entdeckt wurde?«

Jørn nickte. »Sein Wagen stand an der Straße. Ich habe ihn gezwungen, zum Jachthafen zu fahren.«

»Wie haben Sie ihn gezwungen?«

»Mit dem Messer. Ich habe es ihm an den Hals gehalten, während er gefahren ist.«

»Warum ausgerechnet die Marina?«

»Ich brauchte einen Ort, wo uns niemand sehen konnte. Ich dachte, dass es dort vielleicht einen Schuppen gibt, wo ich ihn verstecken könnte, bis ...« Er schwieg.

»Bis was?«

»Nur bis ich mir überlegt hatte, was ich machen sollte. Ich hatte Sus versprochen, um sieben zu Hause zu sein und ihr zu helfen, die Kinder ins Bett zu bringen, und ich wollte nicht, dass sie Verdacht schöpft.« Jørn schluckte. »Aber alle Schuppen waren abgeschlossen. Dann fand ich den Steg und dachte, dort könnte er im Trockenen sitzen. Es hatte gerade wieder angefangen zu schneien.«

»Weshalb haben Sie den Mann nicht einfach sofort umgebracht?«

Jørn sah ihn an. »Das konnte ich nicht. Ich bin doch kein Mörder.«

»Sie hatten gerade einen Mann ermordet.«

»Das war doch etwas anderes. Es war nicht mit Absicht. Ich konnte nicht einfach ... er hatte mir doch nichts getan, und er machte auch einen netten Eindruck.«

»Wo hatten Sie das Seil her?«

»Das lag dort herum, unter dem Steg, ein blaues Nylonseil. Ich hatte etwas Panzertape in meinem Rucksack, ich habe ihm ein Stück auf den Mund geklebt, damit er nicht schreien konnte. Nicht, dass ihn dort jemand hätte hören können, aber ...« Jørn schluckte noch einmal. »Ich habe ihm seine Kapuze aufgesetzt, ihm Handschuhe angezogen und gesagt, dass ich später wiederkäme. Die Temperatur lag nur ein paar Grad unter null, daher war ich sicher, er würde es schaffen. Ich dachte, ich könnte zurückkommen, wenn Sus eingeschlafen war.«

»Was wäre passiert, wenn Ihre Frau entdeckt hätte, dass Sie nicht da sind?«

»Sie weiß, dass ich oft in die Kneipe gehe, wenn ich nicht schlafen kann. Es wäre nicht das erste Mal gewesen.«

»Was wollten Sie tun, wenn Sie zurück zu Martin Johnstrup gekommen wären?«

»Ich weiß es nicht.« Jørn fuhr sich mit den Fingern durchs Haar. »Deshalb habe ich ...« Er unterbrach sich.

»Deshalb haben Sie was?«

»Ach, nichts.«

»Raus damit, kommen Sie.«

Der Pflichtanwalt räusperte sich. »Mein Klient hat das Recht, die Aussage zu verweigern.«

Frank sah Jørn an. »Was ist dann passiert?«

»Dann wollte das verdammte Auto von Martin Johnstrup nicht anspringen. Die Batterie war leer oder so etwas. Ich habe es nicht gewagt, ein Taxi zu rufen, denn dann hätte es ja noch einen Zeugen gegeben, der mich verraten konnte.«

Im Nebenraum wandte sich Flemming an Dan. »Die Verbrecher heutzutage«, sagte er leise, »sehen viel zu viele Krimis im Fernsehen.«

Dan nickte und behielt dabei die kleine Gruppe auf der anderen Seite des Spiegelglases im Blick. »Immerhin ist er kooperationsbereit«, sagte er.

»Im Auto lag eine Plastiktüte«, erklärte Jørn weiter. »Ich habe den Overall, Peters Sachen und das Messer in die Tüte gesteckt. Dann bin ich zu meinem eigenen Auto gegangen, nein, gerannt. Es war saukalt, und ich war inzwischen ziemlich spät dran.«

»Ihre Frau hat Sie kurz vor sieben angerufen. Wie weit waren Sie zu diesem Zeitpunkt?«

»Ich war fast zu Hause. Ich habe gesagt, ich hätte in dem Spielwarengeschäft so lange in der Schlange stehen müssen. Das hat sie geglaubt.«

»Und wo stand Ihr Auto?«

»Auf dem Parkplatz von Petax. An der Kingos Allé. Ich habe die Tüte mit dem Overall und den anderen Sachen im Kofferraum verstaut.«

»Sie haben den Overall ausgezogen, sagen Sie. Und was war mit Ihren eigenen blutbespritzten Sachen?«

»Die hatte ich an. Ich glaube nicht, dass irgendjemand etwas bemerkt hat. Meine Hose war schwarz, der Mantel auch, man hätte schon sehr nah herangehen müssen, um die eingetrockneten Blutflecken noch zu bemerken. Und Sus hat mich nicht gesehen, als ich nach Hause kam. Sie gab dem Kleinen gerade im Wohnzimmer die Flasche. Die anderen Kinder sahen sich einen Zeichentrickfilm an. Ich rief, dass ich ein Bad nehmen würde, weil ich so fror, und stopfte meine ganzen Sachen in die Waschmaschine.«

»Und Nick Olsen?«

Jørn sah Frank an. »Was ist mit ihm?«

Frank legte die Telefonlisten vor ihn und zeigte auf einen Eintrag nach dem anderen. »Da. Und da. Und da. Sie haben an diesem Abend und in der Nacht viel miteinander telefoniert, Jørn. Worüber haben Sie gesprochen?«

Jørn starrte eine Weile auf die Zahlenkolonnen. Dann hob er den Kopf.

»Was sagt Nick?«

»Es ist vollkommen egal, was Nick Olsen sagt. Im Augenblick interessiert mich nur, was Sie uns zu sagen haben.«

»Nick hat nichts mit der Sache zu tun.« Jørn lehnte sich zurück und verschränkte die Arme vor der Brust.

»Worüber haben Sie sich dann unterhalten, als Sie nachts miteinander telefonierten?«

»Über nichts. Nur Geplauder. Wir konnten beide nicht schlafen.«

Frank sah ihn einen Moment an. »Wann haben Sie das Beweismaterial verbrannt, Jørn?«

»Früh am nächsten Morgen.«

»Aber es gibt mehrere Zeugen, die sagen, dass Sie an Ihrem Arbeitsplatz waren.«

»Die irren sich.« Zum ersten Mal im Laufe des Verhörs machte er ein entschlossenes Gesicht. »Ich bin zu spät gekommen.«

»Und Martin Johnstrup?«

»Ich habe am nächsten Morgen nach ihm gesehen, bevor ich mit der Tüte in den Wald bin. Er war tot.«

»Warum sind Sie am Abend nicht noch einmal zu ihm gegangen? War das nicht eigentlich Ihre Absicht?«

»Ich ... ich war zu müde.«

»Eben haben Sie doch gesagt, Sie konnten nicht schlafen.«

»Na ja, so war es auch. Nick hat nichts mit der Sache zu tun.«

»Es nützt nichts, wenn Sie versuchen, Nick Olsen zu schützen, Jørn. Wir wissen, dass Sie zusammengearbeitet haben.«

»Nur ich habe etwas Falsches gemacht. Er nicht.«

Frank wandte den Kopf und blickte in Richtung Spiegelfenster. Natürlich sah er Pia, Dan und Flemming nicht, die ihm seine Frustration jedoch deutlich ansahen.

»Machen wir eine kleine Pause«, sagte er.

61 »Das wird nicht einfach«, meinte Frank. Die erweiterte Gruppe von Kriminalbeamten hielt eine informelle Strategiesitzung im Gemeinschaftsbüro ab, während die beiden Verdächtigen sich mit ihren Anwälten berieten. Thor Bentzen hatte aus einem Café in der Algade Donuts geholt, die mit großem Appetit verzehrt wurden. »Nick leugnet immer noch jede Beteiligung, und Jørn deckt ihn.«

»Man kann nur dranbleiben«, riet Flemming, Seine Augen waren rotunterlaufen vor Müdigkeit, bemerkte Dan. »Früher oder später wird einer von ihnen umkippen. Und dann ist der andere auch so weit.«

»Es könnte die ganze Nacht lang dauern«, gab Gerner zu bedenken und legte die Füße auf den nächsten Schreibtisch. »Wollen wir nicht morgen weitermachen?«

»Das geht nicht«, erklärte Frank. »Jørn Kallberg hat gestanden, ihn können wir problemlos in Untersuchungshaft nehmen lassen, doch wir haben ein Problem mit Nick Olsen, wir können ihn nicht ohne sein Geständnis festhalten.«

»Darf ich dieses Schokoladenpapier aus dem Auto noch einmal sehen?«, fragte Dan.

»Wieso?« Frank wischte sich ein paar Zuckerkrümel aus dem Mundwinkel.

»Mir ist da etwas eingefallen.«

Wenige Minuten später betrat Bjarne Olsen das Büro und reichte Dan einen durchsichtigen Plastikbeutel mit dem abgerissenen Stück Silberpapier darin. »Wir haben versucht, Fingerabdrücke drauf zu finden, aber die sind zu verwischt, um sie irgendwie verwenden zu können.« Er schnappte sich einen Donut und verschwand wieder.

»Was ist damit, Dan?«, fragte Flemming.

»Ich weiß, was in diesem Silberpapier verpackt war«, antwortete Dan. »Ich habe vor ein paar Jahren an einer Kampagne mitgearbeitet, als dieses Produkt in Dänemark eingeführt wurde.« Er hielt die Tüte hoch, sodass auch die anderen den Inhalt sehen konnten. »Es ist ein Proteinriegel.«

»Na und?«, sagte Frank. »So etwas isst doch heutzutage jeder. Sogar in Supermärkten und an Tankstellen kann man sie bekommen.«

»Nicht diesen«, erwiderte Dan. »Diese Marke liefert vierunddreißig Gramm Protein in einem Riegel. Zu eurer Orientierung, das ist viel, und diese Riegel sind teuer. Sie werden nur im Internet an Bodybuilder verkauft – und in den Fitness-Studios. Deshalb musste der dänische Importeur auch mit einem ziemlich knappen Budget auskommen, soweit ich mich erinnere.«

»Solche Riegel werden also nur von Leuten aus dem Milieu gekauft?« Frank betrachtete die Silberpapierverpackung jetzt mit größerem Interesse.

»Ich würde wetten, dass Nick das Papier in Jørns Auto verloren hat. Vielleicht war dieser Proteinriegel schlichtweg sein Frühstück an diesem Freitag, den 17. Dezember. Er hatte es ja eilig, nicht wahr?«

Frank nickte. »Aber wenn sich auf dem Papier keine Fingerabdrücke finden, sind wir keinen Schritt weiter.«

»Könnten wir Nick gegenüber nicht behaupten, dass sich Fingerabdrücke darauf finden? Nur, um ihn ein wenig unter Druck zu setzen?«

»Dan, im Ernst, das dürfen wir nicht. Sein Anwalt würde uns den ganzen Fall sofort um die Ohren hauen.«

»Hm.« Dan trank einen Schluck Kaffee. »Vielleicht müsst ihr ja gar nicht direkt lügen.«

»Was meinst du?«

»Wenn ihr nur sagt, wo das Papier gefunden wurde und dass es auf Fingerabdrücke untersucht wird ... das ist ja nicht wirklich gelogen. Vielleicht käme er ins Grübeln, ihr habt damit schließlich die Möglichkeit, herauszufinden, ob es ihm gehört hat.«

»Na ja ...«, erwiderte Frank zögernd.

»Man könnte auch den anderen Weg gehen«, fuhr Dan fort. »Ihr könntet Sus und Jørn fragen, ob sie so etwas essen. Oder ob sie den Wagen mal an Nick verliehen haben. Oder wann sie das Auto zuletzt gereinigt haben. Ich glaube nämlich nicht, dass es lange her ist. Auf diese Weise könnte man ungefähr feststellen, wann das Papier verloren wurde.«

»Du kennst das Verhältnis dieser Familie zur Sauberkeit«, sagte Frank. »Es ist bestimmt ewig her, seit das Auto einen Staubsauger gesehen hat.«

»Warum lag dann nicht mehr Verpackungsmüll von Süßigkeiten und anderer Kram im Wagen?«, widersprach Dan. »Ihr habt nur diesen einen Fetzen gefunden. Ich weiß aus eigener Erfahrung, wie viel Müll schon zwei Kinder auf einer einzigen Autofahrt liegen lassen. An mehrere Fahrten wage ich gar nicht zu denken.«

»Da ist tatsächlich etwas dran«, warf Flemming ein.

»Der Wagen wurde erst letzte Woche als gestohlen gemeldet«, sagte Frank. »Wer weiß, warum sie sich so viel Zeit damit gelassen haben.«

»Vielleicht hat Jørn einfach so getan, als wüsste er von nichts, bis Sus bemerkte, dass der Wagen weg ist. Sie benutzt ihn selten, sagt sie. Weil sie ohnehin nicht alle Kinder darin unterbringen kann. Je mehr Zeit seit dem Mord vergangen war, bis der Wagen als gestohlen gemeldet wurde, desto kleiner die Wahrscheinlichkeit, dass die Polizei die beiden Dinge in Verbindung bringen würde.«

»Hm.«

Dan fügte hinzu: »Ich finde schon, dass ihr den Wagen erwähnen könnt. Ihr erzählt Jørn, dass ihr dabei seid, ein Stück Papier von einem Proteinriegel zu untersuchen, der möglicherweise Nick gehört. Und ihr droht, die gleiche Frage Sus zu stellen ... Ich glaube, dass er sich immer noch an die Hoffnung klammert, sie aus der Sache heraushalten zu können.«

Frank sah noch immer skeptisch aus.

»Und dann gibt es noch den ganz einfachen Weg.« Zum ersten Mal in dieser kleinen Sitzung ergriff Pia das Wort. Ihre Gesichtsfarbe war wieder normal, die Medikamente wirkten offensichtlich.

»Wie?«

»Die Sendemasten.«

Frank starrte sie an. »Warum haben wir nicht eher daran gedacht? Andersen, die Daten beschaffst du.«

Dan ärgerte sich, dass er nicht auf diese Idee gekommen war. Mithilfe der Basisstationen für den Mobilfunk war es relativ leicht zu ermitteln, wo ein Handy sich zu einem bestimmten Zeitpunkt befand. Man konnte den Finger nicht auf eine konkrete Adresse legen, doch es war ganz eindeutig zu erkennen, ob ein Gespräch von Violparken, dem Jachthafen oder dem Wald aus geführt worden war.

»Okay.« Frank warf seinen leeren Pappbecher in den Papierkorb. »Gerner, fragst du, ob Nick bereit ist für eine weitere Runde?« Er sah ihn an. »Ich gehe mit dir rein.«

Nick hielt eine Viertelstunde stand. Er hatte seine muskulösen Arme vor der Brust verschränkt, sein Gesicht war verschlossen. Frank erläuterte ihm den Fall, wie er ihn sah, und erklärte in groben Zügen, was Jørn bereits gestanden hatte. Allerdings ließ er das Detail aus, dass der Mörder sich bisher weigerte, etwas über Nicks Rolle zu sagen.

Erst als Frank ihm das Aufspüren der Handy-Bewegungen in der betreffenden Nacht erläuterte, begann der Verdächtige auf seinem Stuhl unruhig hin und her zu rutschen. Als der Ermittlungsleiter schwieg, wandte Nick sich an seine Anwältin. Sie nickte nahezu unmerklich.

»Okay«, sagte Nick und lehnte sich mit beiden Ellenbogen auf den Tisch. »Er hat deshalb angerufen.«

»Wann haben Sie das erste Mal etwas von Jørn Kallberg gehört?«

»An dem Abend? Gegen acht oder so.«

»Was hat er gesagt?«

»Er war total verwirrt, quasselte davon, sich in eine ziemliche Scheiße geritten und wahrscheinlich einen Mann umgebracht zu haben.«

»Was haben Sie gedacht?«

»Zuerst dachte ich, er nimmt mich auf den Arm. Ich konnte mir jedenfalls nicht vorstellen, dass Jørn dazu fähig wäre.« Nick zuckte mit den Schultern. »Aber er hörte nicht auf. Er heulte.«

»Hat er etwas von Martin Johnstrup gesagt?«

»Nicht, als er beim ersten Mal anrief.«

»Und beim zweiten Mal?«

»Ja. Er rief anderthalb Stunden später noch einmal an, da war er schon ziemlich dicht. Er hatte sich besoffen und versuchte sich zusammenzunehmen, um etwas zu tun.«

»Was zu tun?«, fragte Frank nach.

»Das hat er nicht so direkt gesagt. Ihn umzubringen, vermute ich.«

»Haben Sie angeboten, es zu übernehmen?«

Nick zog die Augenbrauen zusammen. »Wofür halten Sie mich? Sehe ich aus wie ein Auftragskiller?«

»Warum hat er Sie dann angerufen?«

»Er …« Nick sah hinüber zu seiner Anwältin, die ruhig seinen Blick erwiderte. »Ich weiß es nicht. Er brauchte sicher jemanden, mit dem er reden konnte. Sus konnte er das ja schlecht erzählen.«

»Warum?«

»Sie hätte ihn sofort zur Polizei geschickt. So ist sie einfach.«

»Versuchte er, Sie zu überreden, ihm zu helfen?«

»Mag sein«, sagte Nick nach einer kurzen Pause.

»Taten Sie es?«

»Nicht sofort. Er hat mir natürlich leidgetan, aber ich wollte nicht in irgendetwas hineingezogen werden.«

»Hat Jørn Ihnen erzählt, warum er Peter Münster-Smith ermordet hat?«

»Ja, der Mann hat versucht, ihn zu erpressen. Zu diesem Zeitpunkt wusste ich noch nicht, warum …« Nick trank einen Schluck Wasser. »Sie müssen das verstehen, Jørn ist an diesem Abend in Panik geraten. Er konnte kaum sprechen. Je besoffener er wurde, umso schwerer war er zu verstehen. Es war nicht der beste Zeitpunkt, eine ordentliche Erklärung von ihm zu verlangen.«

»Aber später hat er Ihnen alles erzählt?«

»Ja.«

Svend Gerner räusperte sich. »Sie haben gesagt, dass Sie ihm nicht sofort Hilfe angeboten haben. Wann dann?«

»Ich habe mehrere Stunden nichts von ihm gehört und mir Sorgen gemacht, dass er auf dumme Gedanken kommen könnte. In der Nacht habe ich ihn dann noch einmal angerufen.«

»Wie spät war es da?«

Neuerliches Achselzucken. »Halb drei, vielleicht drei Uhr. Steht das nicht in euren Telefonlisten?«

»War Jørn wach, als Sie ihn anriefen?«

»Er hatte sich gerade ins Auto gesetzt, um zum Jachthafen zu fahren und diesen Zahnarzt umzubringen. Er war total besoffen.« Nick sah Gerner an. »Ich konnte ihn nicht überreden, den Wagen stehen zu lassen, also dachte ich, es ist besser, ihn zu fahren.«

Frank sah ihn einen Moment an, ohne etwas zu sagen. »Sie wollen uns doch nicht etwa erzählen«, begann er dann, »dass Sie mitschuldig an einem Mord wurden, weil Sie verhindern wollten, dass Jørn unter Alkoholeinfluss Auto fuhr?«

»Das könnte man so sagen.«

Frank schüttelte den Kopf. Dann richtete er sich auf. »Sie haben den Wagen also zur Marina gefahren. Und dann?«

»Na ja, Sie hätten ihn sehen sollen. Er heulte und zitterte, es war schrecklich.«

»Das glaube ich gern.«

»Er war zu nichts in der Lage. Ich ging mit ihm zum Ende des Jachthafens, bis zu dem langen Steg. Dort hatte er diesen Typen zurückgelassen.«

»Martin Johnstrup.«

»Ich hatte ja gedacht, er säße irgendwo in einem Schuppen und wäre noch am Leben, dann hätte ich Jørn zur Vernunft bringen können, damit er den Mann freiließ.«

»Aber?«

»Er war schon tot, als wir kamen. Er saß im Freien, und es war klirrend kalt geworden.«

»War er tot, oder lag er noch im Sterben?«

Nick senkte den Blick. »Er war tot.«

»Wie haben Sie und Jørn reagiert?«

»Ja, was glauben Sie denn?« Zum ersten Mal sah Nick aus, als würde er zusammenbrechen. Er presste die Fingerspitzen einen Moment auf die Augenlider, bevor er sich räusperte und antwortete. »Jørn war absolut panisch. Er versuchte, den Typen zu schütteln und zum Leben zu erwecken, bis ich ihn stoppte.«

»Und Sie?«

»Ich war natürlich schockiert.« Wieder presste er die Finger gegen die Augen.

Frank wartete ruhig auf die Fortsetzung.

Nick senkte die Hände und richtete sich auf. »Ich dachte, dass jetzt zwei Dinge getan werden mussten. Entweder würde Jørn sich sofort stellen, oder ich musste die Sache übernehmen. Er war nicht in der Lage, den Rest zu erledigen.«

»Welchen Rest?«

»Die Beweise zu vernichten, ein Alibi zu erfinden, den Wagen aus dem Weg zu schaffen. Sie wissen schon.«

»Und das haben Sie dann erledigt?«

Er nickte. »Ich habe Jørn nach Hause gefahren und den Wagen ein paar Kilometer von meiner Wohnung entfernt geparkt, sodass niemand mich mit dem Auto in Verbindung bringen konnte. Am nächsten Morgen bin ich mit dem Fahrrad im Kofferraum des Autos in den Wald gefahren. Den Overall und die anderen Sachen habe ich verbrannt, den Wagen im Leerlauf in den See geschoben. Danach bin ich mit dem Rad zur Arbeit gefahren.«

»Und als die Leiche gefunden wurde? Wie war Jørns Reaktion?«

»Er war okay. In der Zwischenzeit war er ja wieder nüchtern, und wir hatten uns eine Geschichte dazu überlegt, wo er gewesen ist, als es passierte.«

»Es ist vorbei«, sagte Frank, als er nach einer kurzen Besprechung im Gemeinschaftsbüro zu dem Verhörraum zurückkehrte, in dem

Jørn Kallberg die letzten Stunden verbracht hatte. »Nick hat gestanden. Wir kennen jetzt die ganze Geschichte.«

»Was?« Jørns Gesicht war vor Müdigkeit zerfurcht. Das lange Leugnen war ihm ganz eindeutig schwergefallen. »Was hat er gesagt?«

»Er hat sich schuldig bekannt, Ihnen bei den Morden an Peter Münster-Smith und Martin Johnstrup geholfen zu haben«, antwortete Frank Janssen. »Also, wollen Sie jetzt nicht endlich mit der Wahrheit herausrücken. Aber bitte mit der ganzen Wahrheit. Vielen Dank.«

Der Rest war eine traurige Vorstellung. Dan fühlte sich regelrecht unwohl, als er hinter der Wand stand und den flennenden armen Kerl auf der anderen Seite sah, doch er hielt bis zum bitteren Ende durch. Er war froh, nicht derjenige sein zu müssen, der Sus Kallberg mitzuteilen hatte, dass ihr Mann gestanden hatte.

62

Als er und Flemming ein paar Stunden später das Präsidium verließen, hatte Dan das Gefühl, als hätte man ihm das Mark aus den Knochen gesaugt. Er musste Benedicte anrufen. Er hatte sie zwischendurch auf dem Laufenden gehalten und versprochen, ihr Bescheid zu geben, sobald der Fall geklärt war, jetzt fehlte ihm einfach die Kraft dazu. Der Adrenalinkick, der ihn den ganzen Tag über auf den Beinen gehalten hatte, war verschwunden.

»Kommst du auf ein Glas Wein mit zu mir?«, fragte er.

»Ja, danke«, antwortete Flemming. »Genau das brauche ich jetzt.«

»Du bist nicht zu müde?«

»Du etwa?«

Dan schüttelte den Kopf. Sie gingen die Hafenpromenade entlang.

»Ich habe tatsächlich etwas zu feiern«, begann Flemming. »Also abgesehen von der Aufklärung des Falls.«

»Ah ja?«

»Ich habe heute einen Bescheid aus dem Krankenhaus bekommen. Meine Werte sind genau so, wie sie sein sollen.«

»Das ist doch toll! Glückwunsch!«

»Ja, ich bin auch jedes Mal wieder erleichtert.«

»Und was hat Ursula gesagt? Hat sie sich gefreut?«

»Ich erzähle es ihr, wenn ich nach Hause komme.«

»Du hast sie nicht angerufen?«

»Ach, ich hatte heute so viel um die Ohren.« Er hielt inne. »Nein, das ist es nicht allein«, sagte er dann. »Eigentlich weiß ich genau, warum ich das hinausgezögert habe.«

Dan sah ihn an. »Und weshalb?«

Flemming grinste. »Ursula würde sich nie mit einem ›Glückwunsch‹ oder ›Das ist doch toll‹ begnügen. Sie würde sofort mit einem Vortrag beginnen, wie schnell sich das ändern könnte, wie schlecht die Prognosen auf lange Sicht wären und wie wichtig es für mich sei, weiterhin gesund zu leben und so weiter. Ehrlich gesagt, habe ich auf diesen Sermon überhaupt keine Lust.« Er lachte. »Ich bin eine Art Deserteur. Ein Moralpredigt-Deserteur.«

»Ich bin froh, dass du mit mir desertierst.«

Sie hatten den Hauseingang fast erreicht. Am Bürgersteig hielt ein dunkler Peugeot, und als Dan seinen Hausschlüssel suchte, wurde die Wagentür geöffnet, und eine Frau stieg aus. Er warf ihr einen Blick zu und registrierte den hellbraunen Pelzmantel, die hochhackigen Stiefel und die grünen Augen in dem sorgfältig kontrollierten Gesicht.

»Hej. Was machen Sie denn hier?«, erkundigte er sich.

»Ich habe auf Sie gewartet.« Benedicte nickte Flemming zu.

»Wo ist Anton?«

»Bei meiner Schwester. Ich wollte nur ...« Sie brach den Satz ab.

»Haben sie gestanden?«

»Ja. Es gibt noch ein paar Details, die etwas genauer untersucht werden müssen, das große Ganze kennen wir jetzt.«

»Gut.« Benedicte wandte sich ein wenig ab.

»Ich hätte Sie angerufen«, sagte Dan.

»Schon okay.« Sie schaute starr auf den mit Eis überzogenen Fjord. Im Schein der Straßenlaternen konnte man eine Schar Enten erkennen, die sich einige Meter vom Kai entfernt auf der weißen Oberfläche schüttelten.

»Haben Sie lange auf mich gewartet?«

Sie zuckte mit den Schultern, ohne ihn anzusehen.

»Wollen Sie auf ein Glas Wein mit hochkommen? Dann können wir Ihnen etwas mehr erzählen.«

Sie antwortete nicht. »Benedicte?« Sie wandte ihm den Kopf zu. Ihre Augen schimmerten. »Ja, danke«, sagte sie schließlich.

»Seht zu, dass ihr ins Warme kommt«, erklärte Flemming. »Ich muss nach Hause.«

»Kommst du nicht mit?« Dan sah ihn an.

»Nein, das wird mir zu spät. Es ist besser, ich gehe.«

Dan verstand ihn. Sie hatten einen langen Tag, an dem viel geredet worden war, hinter sich. Noch ein paar Stunden tränenerstickte Unterhaltung mit einer trauernden Witwe stand im Moment nicht gerade ganz oben auf seiner Prioritätenliste, und im Gegensatz zu Dan war Flemming dazu ja auch nicht verpflichtet.

»Grüß Ursula. Bis bald.«

Benedicte und er gingen die Treppe hinauf.

»Ich habe gekündigt«, erklärte sie.

»Wann? Heute?«

»Heute Nachmittag.«

»War das nicht ein bisschen übereilt?«

»Ich hatte es schon seit einiger Zeit vor.«

»Sie sind doch krankgeschrieben, warum haben Sie nicht gewartet, bis …«

»Nein, ich muss weg, Dan. Axel hat um meine Hand angehalten.«

Dan sah sie an. »Das ging ziemlich schnell, oder?«

»Viel zu schnell, ja. Martin ist noch nicht einmal beerdigt.« Benedicte blieb auf dem Treppenabsatz stehen und suchte etwas in den Tiefen ihrer Tasche. »Aber ich hätte sowieso nein gesagt. Egal wann.«

»Wirklich?« Dan hatte seine Wohnungstür erreicht und hielt den Schlüssel bereit.

»Ganz bestimmt. Der Zauber ist gewissermaßen dahin.«

»Wie hat er es aufgenommen?«

»Wie ein Mann. Mit scheinbar gelassener Ruhe. So ist Axel nun einmal.« Sie zog ein Päckchen Papiertaschentücher aus der Tasche. »Gehen Sie ruhig schon rein«, forderte sie Dan auf. »Ich muss mir noch die Nase putzen.«

»Okay.« Dan schloss auf.

Er sah den schmalen Lichtstreifen auf dem Teppichboden im Eingang sofort. Jemand war im Wohnzimmer. Er stieß die Tür auf und ging hinein.

Im Erker saß Marianne mit Dans Notebook im Schoß. Sie saß im Halbdunklen, nur eine kleine Leselampe brannte. Rumpel, der neben ihr auf dem Sofa saß, hüpfte herunter und lief auf Dan zu, wobei seine Klauen munter auf dem Parkettboden klackten.

»Hej!«, grüßte Marianne. »Ist spät geworden, was?«

»Was machst du denn hier?«, fragte Dan und kraulte den Hund hinter den Ohren. »Natürlich bist du willkommen, nur ...«

»Ich halte es nicht mehr aus. Also Vera. Jetzt läuft sie auch noch ständig heulend herum und will nicht sagen, was los ist. Hast du etwas zu ihr gesagt?«

»Aber nein. Weißt du, Marianne, ich habe jemanden mitgebracht.«

»Ich schaue mir gerade Last-Minute-Angebote an. Tatsächlich kann ich schon am Montag losfahren, also, wenn du den Fall abgeschlossen hast, könnten wir im Grunde ...« Sie brach unvermittelt ab, den Blick auf die Wohnzimmertür gerichtet. Dan drehte sich um und sah, wie Benedicte ins Zimmer trat.

»Benedicte, das ist meine Frau, Marianne. Marianne, das ist ...«

»Hej!« Marianne klappte den Computer zusammen und stand auf, ohne Dan anzusehen. »Na ja, ich wollte ohnehin gehen.«

»Marianne«, sagte Dan.

Sie legte das Notebook auf den Schreibtisch und marschierte mit ihrer leeren Teetasse in die Küche.

»Bleib hier«, forderte Dan sie auf. »Ich muss Benedicte nur von der Aufklärung des Falls berichten. Es dauert nicht lange.«

»Um halb zwölf Uhr abends? Na wunderbar.« Marianne drückte sich an Benedicte vorbei und ging zur Garderobe. »Ich werde euch bei eurer Unterredung bestimmt nicht stören.«

Dan sah seine Klientin an, die ein wenig verwirrt aussah.

»Gehen Sie ruhig schon mal hinein und setzen sich, Benedicte«, bat Dan. »Ich bin sofort wieder da.«

»Darf ich mal auf Ihre Toilette?«

»Hier entlang.« Er zeigte ihr den Weg, bevor er hinter Marianne herging.

Seine Exfrau zog sich hastig ihre Stiefel an. »Du missverstehst die Situation, Marianne. Das ist doch vollkommen verrückt.«

»Ich missverstehe die Situation?« Sie richtete sich auf. »Du kommst am späten Abend mit eben der Frau nach Hause, von der ich unmissverständlich gesagt habe, dass du deine Finger von ihr lassen sollst.«

»Sie ist meine Klientin. Nichts anderes.«

»Als ob das ein Hinderungsgrund wäre. Ich kenne dich.« Sie griff nach ihrem Mantel. »Ich lasse mir das nicht gefallen. Nicht noch einmal.«

»Marianne.« Er streckte seine Hand nach ihr aus. »Hör schon auf.«

»Du fasst mich nicht an!« Sie trat einen Schritt zurück.

»Okay.« Dan sah zu, wie Marianne ihre Arme in die Mantelärmel schob und die Mütze über die Ohren zog. Er hätte sie jetzt gern hochgehoben, ins Doppelbett getragen und sie ihre ganze Eifersucht vergessen lassen. Wären sie allein gewesen, hätte er das auch getan. Diese Methode hatte ihre ganze Ehe über funktioniert, und er wusste, es hätte auch jetzt geklappt, als er für eine Sekunde ihren Blick erhaschte und die Leidenschaft darin sah. Wieder versuchte er, die Arme um sie zu legen, aber sie schüttelte ihn ab.

»Komm, Rumpel.« Sie ließ den Hund ins Treppenhaus.

»Sehen wir uns morgen?«, wollte Dan wissen.

»Vielleicht.« Endlich sah sie ihm ins Gesicht. »Das kommt darauf an.«

»Worauf?«

»Das weißt du ganz genau.« Sie drehte sich um und verschwand auf der Treppe.

Dan blieb stehen, bis er hörte, wie die Haustür zufiel. Dann seufzte er und ging zurück in die Wohnung.

DANK

Viele Menschen haben mir bei der Entstehung dieses Romans geholfen, und sie alle verdienen meine Dankbarkeit.

Zuerst danke ich meinem Mann, *Jesper Christiansen*, der sich seine Frau schon im sechsten Jahr mit einem kahlköpfigen Detektiv in einer erfundenen Stadt teilen muss – ohne sich zu beschweren. Ein großer Dank an meine ersten Leser *Rune David Grue* und *Hanna Wideman Grue*, die mir sehr viele konstruktive und inspirierende Hinweise geliefert haben, und an *Susanne Staun*, die noch einmal ihr Falkenauge auf das Manuskript geworfen hat. Dank an Kriminalassistent *Alex Knudsen* und Kriminaltechniker *Egon Poulsen*, sowie die Rechtsmedizinerin *Christina Jacobsen*. Ihr drei ermöglicht es mir, meine Gedanken auf eine einigermaßen glaubwürdige Weise weiterzuspinnen. Dank auch an *Nicolai Klingenberg* von mypleasure.dk, der mich über Liebhaberuhren informierte, an meinen Bankbeamten *Rasmus Hach*, der mir sein Wissen über Bankschließfächer zur Verfügung stellte, und an die Sozialarbeiterin *Eva Rosschou*, die mir einiges über die Unterbringung von Kindern erzählen konnte. Ein Dankeschön an *Lene Juul, Charlotte Weiss, Lise Ringhof* und *Helle Skov Wacher* von Politikens Forlag für ihre nie nachlassende Unterstützung.

Und last, but not least: ein Riesendank an meine treue Lektorin *Anne Christine Andersen*, die einmal mehr als Hebamme gearbeitet hat, und an meinen ebenso treuen Agenten *Lars Ringhof*, der Händchen hielt, mir den Schweiß von der Stirn tupfte und ertrug, dass ich wie ein Kesselflicker fluchte.

Und so geht es weiter: Sommerdahls sechster Fall ...

ANNA GRUE
Das falsche Gesicht

Aus dem Dänischen
von Ulrich Sonnenberg

Atrium Verlag · Zürich

TONSPUR, 18. AUGUST 2012, 22:37 UHR

Ich weiß eigentlich gar nicht, warum ich das aufnehme. Die Wahrscheinlichkeit, dass jemand es zu hören bekommt, ist ziemlich gering. Vermutlich ist es eher für mich. Wenn man etwas erlebt, das so ... brutal ist. Man hat das Bedürfnis, es mit jemandem zu teilen. Aber das geht aus verständlichen Gründen nicht.

Na, jedenfalls habe ich mir gedacht, dass es besser als gar nichts ist. Und wenn mir etwas zustoßen sollte, gibt es vielleicht irgendjemanden, der das hier findet. Ich weiß nicht ...

Vielleicht lösche ich das Ganze auch wieder, bevor es soweit kommt. Wahrscheinlich.

Es war weit schlimmer, als ich gedacht habe. Merkwürdig, oder? Man sieht sich einen blutrünstigen Film nach dem anderen an. Und man denkt, alles darüber zu wissen, wie es ist, jemanden zu ermorden. Ich habe sogar eine Menge Zeit für die Vorbereitungen aufgewandt, ein ums andere Mal habe ich die Situation visualisiert. Trotzdem hat es mich überrascht, wie schwer es war. Es braucht schon sehr viel Kraft, jemandem das Leben zu nehmen. Und es dauert länger, als man glaubt. Und dann das viele Blut ...

Gerade bin ich auf einem Rest Seifenwasser ausgerutscht, das ich im Badezimmer verspritzt habe. Ich bin nicht gefallen, ich hatte nur einen Moment dieses schwindelige Gefühl, wenn es keinen Kontakt zwischen Fußsohle und Boden mehr gibt. Man verliert die Kontrolle, und im Bruchteil einer Sekunde schießt Todesangst durch den Körper, bis man wieder festen Halt hat. Ich habe es immer gehasst. Gehasst, auszurutschen oder zu stolpern.

Vielleicht ist es eine Phobie, ich weiß es nicht. Habe nie mit jemandem darüber geredet.

Tja, jedenfalls bin ich ausgerutscht, und diesmal war es noch schlimmer als sonst. Ich dachte, ich rutsche in ihrem Blut aus. Dorthes Blut. Einen kurzen Moment vermischte sich der gewöhnliche Schrecken mit dem zwanghaften Gedanken, dass ich meine Schuhe nicht sauber gemacht hätte, dass noch immer Blut daran klebte, dass ich nicht alles gut genug geplant hätte. Dann erwischte ich den Rand des Waschbeckens und gewann das Gleichgewicht wieder. Die Panik legte sich. Selbstverständlich war es nicht Dorthes Blut. Nicht mal ein Tropfen findet sich auf meinen Sachen, beruhigte ich mich, während ich das Seifenwasser aufwischte. Es passierte alles in meinem Kopf. Trotzdem zitterte ich so, dass ich mich auf die Toilette setzen musste. Ich hatte nicht geahnt, dass es so schwer werden würde, auch nicht hinterher.

Ich war am Vormittag zu Dorthe gefahren. Sie war überrascht, natürlich, hatte aber keine Angst, glaube ich. Nachdem sie mich in die Wohnung gelassen hatte, ging sie ins Wohnzimmer voraus. Sie redete wie immer. Fragte, ob ich etwas zu trinken haben wolle. Entschuldigte die Unordnung. So etwas. Nur ein nervöser Strom von Worten. Sie schob die Umzugskisten beiseite, damit wir uns setzen konnten.

Sie stand mit dem Rücken zu mir. Sie ...

Ich hatte das Bügeleisen schon vorher ausgepackt, um es innerhalb weniger Sekunden aus der Plastiktüte nehmen zu können. Ich habe das Bügeleisen umgedreht, so, dass das spitze Ende nach unten zeigte, wenn ich es am Handgriff packte. Einen Moment bin ich so stehen geblieben, um mein Gleichgewicht zu finden, dann habe ich zugeschlagen, gerade, als Dorthe sich aufrichtete. Ich hatte unterschätzt, wie hart ich zuschlagen musste. Die Spitze des Bügeleisens rutschte ab und hinterließ lediglich eine oberflächliche Wunde an ihrem Hinterkopf. Sie schrie und drehte sich zu mir um, presste die linke Hand auf ihren Hinterkopf, wo langsam das Blut heraussickerte. Die Rechte hob sie, um sich zu schützen. Ihre Augen waren riesig. Ich schlug ihre Hand beiseite und holte ein zweites Mal aus. Diesmal traf ich sie an der Stirn, ganz oben, direkt am Haaransatz. Diese Wunde war ein wenig tiefer, ein Blutstrom floss ihr übers Gesicht. Sie taumelte, fiel auf die Knie und presste beide Hände auf die Stirn. Sie hörte nicht auf zu schreien.

Es ging nicht, das spürte ich. Das Bügeleisen war einfach zu leicht, die Spitze nicht scharf genug. Ich sah mich um und entdeckte einen Hammer, der auf einem der Umzugskartons lag. Das war besser.

Schons nach dem ersten Schlag auf die Schläfe hielt Dorthe endlich die Klappe. Sie sank auf den Boden, das Blut strömte aus der Wunde. Ich griff nach ihren Handgelenken. Es war schwierig, den Puls durch meine dünnen Einweghandschuhe zu fühlen, aber ich fand ihn. Ich ließ los und schlug noch einmal zu. Und noch einmal. Ich merkte, dass ich mit jedem Schlag besser wurde. Man konnte deutlich das Geräusch des berstenden Schädels hören.

Das Blut war jetzt überall. Dorthes Haare glänzten dunkelrot, ihr T-Shirt war durchnässt, unter ihr breitete sich ein See auf dem Fußboden aus. Ich schlug vermutlich einige Male mehr als nötig zu, aber ich wollte ganz sicher gehen. Ich hatte keine Lust, ihren Puls noch einmal zu prüfen.

Das Wohnzimmer war kein schöner Anblick. Die Umzugskisten, die sich überall stapelten, waren mit Blut bespritzt. Ein paar Tropfen liefen über den Fernsehbildschirm.

Alles verlief vollkommen nach Plan. Niemand wird mich mit dem Mord in Verbindung bringen können. Aber meine Arbeit ist noch nicht beendet.

»Herrlich böse.«

Elmar Krekeler, *Die Welt*

Anna Grue
Das falsche Gesicht
Sommerdahls sechster Fall
512 Seiten | 19,99 € [D] / 20,60 € [A]
ISBN 978-3-85535-206-7

Anna Grue
Wie der Vater, so der Sohn
Sommerdahls siebter Fall
448 Seiten | 20,00 € [D] / 20,60 € [A]
ISBN 978-3-85535-018-6